10
18

12, AVENUE D'ITALIE. PARIS XIIIᵉ

Sur l'auteur

Né à Forte dei Marmi en 1974, Fabio Genovesi est l'auteur de trois romans dont le dernier, *Appâts vivants*, a été traduit dans neuf pays. Il écrit aussi pour le cinéma, collabore au *Corriere della Sera* et à *Rolling Stones*. *D'où viennent les vagues* a reçu en Italie le prix Strega des lycéens 2016.

FABIO GENOVESI

D'OÙ VIENNENT LES VAGUES

Traduit de l'italien
par Nathalie Bauer

**10
18**

JC LATTÈS

Titre de l'édition originale
Chi Manda Le Onde
publiée par Mondadori Libri S.p.A., Milano

À ma mère et à mon père

« Il me semble que je n'ai été qu'un enfant jouant sur le rivage, heureux de trouver de temps à autre un galet plus lisse ou un coquillage plus beau que les autres, alors que le grand océan de la vérité s'étendait devant moi, encore inexploré. »

Isaac Newton, *Portsmouth Papers*

I

« Donc vers des ports divers font-elles route parmi la grande mer de l'être, et chacune emportée par l'instinct qui lui est donné. »

Dante, *La Divine Comédie*[1]

1. « Paradis », 1, 112, traduction Jean-Charles Vegliante, Imprimerie nationale Éditions, 2007.

SALUT, MOI, C'EST TAGES,
ET TOI ?

Un paysan étrusque creuse des trous dans son champ, et comme c'est un Étrusque, ça se passe il y a trois mille ans, il n'utilise ni machines ni quoi que ce soit, et ça lui demande beaucoup d'efforts, le pauvre.

Par mégarde, il creuse un trou plus profond que les autres et voilà que la terre, au fond, se met à remuer. Une main en jaillit, puis un bras et enfin un enfant, un enfant aux cheveux blancs qui bondit, se plante devant le paysan et lui lance : « Salut, moi, c'est Tages, et toi ? »

Le souffle coupé, le paysan ne répond pas, il tremble tellement qu'il semble danser. Il ouvre la bouche mais ne parvient à prononcer qu'un cri de peur, un cri si fort qu'il rameute le peuple entier. C'est un truc dingue : les Étrusques ont vraiment assisté à cet épisode ; moi, c'est mon frère Luca qui me l'a raconté. Je sais que c'est absurde, incroyable, et pourtant j'y crois dur comme fer.

Sauf que je suis crédule. Je m'appelle Luna, j'ai treize ans et, l'année dernière, je croyais encore au père Noël. Au début, il me faisait même peur. Cette histoire d'étranger qui se faufile chez vous et vous apporte un tas de cadeaux me paraissait bizarre. Car, quand on offre un présent, on tient à se montrer, pas vrai ? Pour être remercié et s'entendre dire qu'on est gentil, ce qui est agréable. Or, le père Noël arrive par la cheminée pendant que tout le monde dort, puis se sauve : une attitude de voleur plutôt que d'homme généreux. De fait, le lendemain matin, alors que tous les enfants du monde entier couraient voir ce que le père Noël leur avait apporté, j'inspectais les pièces afin de m'assurer que rien ne manquait.

Par exemple, un jour je l'avais prié de tout mon cœur de m'offrir un nouveau vélo, un vélo bleu admiré dans la vitrine de Santini. Le matin de Noël, il n'était pas au pied de l'arbre. À sa place se tenaient maman et Luca, l'air sérieux et boudeur. Maman a commencé : « Luna, je regrette énormément, c'est dur, cette année, nous ne pouvons pas… » Je l'ai tout de suite interrompue, j'ai répliqué que ce n'était pas sa faute : je savais bien que le père Noël finirait par voler les cadeaux et je me demandais ce qu'il fabriquait maintenant avec mon vélo au pôle Nord.

Mais, en général, il m'apportait un cadeau et j'avais fini par m'attacher à lui. Jusqu'à l'année dernière. J'étais en sixième et, le dernier jour de classe avant les vacances de Noël, la prof nous a donné un devoir qui s'intitulait *Les petites déceptions de la vie : ce que j'ai éprouvé en découvrant que le père Noël n'existait pas*.

J'ai écrit ces mots sur mon cahier de textes, je les ai lus et relus, puis j'ai regardé mes camarades pour voir s'ils étaient eux aussi bouleversés. Ce n'était pas le cas.

« Pardon, madame, je n'ai pas compris.

— Qu'est-ce que tu n'as pas compris, Luna ?

— Eh bien, en quoi le père Noël n'existe pas ? Ce n'est pas vrai, je suis désolée pour vous, mais ce n'est pas vrai. N'est-ce pas ? »

Un instant la prof a gardé le silence, tout comme les élèves. Un instant de silence si profond qu'on entendait les gros mots que prononçait la surveillante devant la machine à café du couloir. Puis toute la classe a éclaté de rire et a crié les trucs les plus horribles du monde. La prof disait : « Taisez-vous, taisez-vous, ou je vous flanque un zéro ! », mais personne n'a obéi. Au contraire, ils ont tous commencé à me jeter dessus des boules de papier, des gommes, des crayons et des objets encore plus lourds. Moi, je m'en fichais un peu, car je voyais seulement une image devant moi : le père Noël me saluant et s'éloignant pour toujours. Il disparaissait avec ses amis, les lutins, sa cabane au pôle Nord et les huit rennes de son traîneau, qui s'appellent Comète, Tonnerre, Danseur et… J'ai oublié les autres, mais je m'en fiche, de toute façon ils ne sont pas réels, ce sont juste des bêtises inventées dans l'unique but de nous ridiculiser, et les seules choses véritables de ce monde, c'étaient ces trucs durs et pointus dont mes camarades me bombardaient.

Tages, c'est une autre histoire. Tages n'a rien à voir avec le père Noël, il a vraiment existé. Bien sûr, l'histoire d'un enfant aux cheveux blancs qui naît sous terre peut paraître bizarre, mais tout est bizarre dans le monde. Un monsieur rencontre une dame, il lui met son zizi dedans, et au bout de neuf mois un enfant sort de son ventre : ce n'est pas une histoire bizarre, ça ? Moi, je trouve plus normal qu'un enfant jaillisse de la terre. Oui, comme les fleurs, les champignons et tant de choses autour de nous.

Mais si l'on affirme que les enfants à cheveux blancs n'existent pas, alors je n'existe pas moi non plus, puisque je suis née comme ça. J'ai les cheveux blancs, la peau blanche et mes yeux sont presque transparents, je dois veiller à ne pas attraper de coups de soleil et je vois le monde d'une façon bizarre. Ça ne signifie pas que je suis une histoire inventée, juste que je suis albinos. Ce sont des choses qui arrivent. Il y a des albinos parmi les oiseaux, les poissons, les crocodiles, les singes, les baleines et les tortues. Parmi les plantes et les fleurs également, et ça n'a rien d'anormal. Même si ça l'est pour les gens. Ils se plaignent que la vie soit monotone, plate et ennuyeuse, or une personne différente passe devant eux, et voilà qu'ils s'agitent et s'inquiètent. Comme mes camarades de classe, qui me prennent pour la fille du diable, ou pour un vampire, qui me croient capable de leur envoyer une malédiction ou de les rendre aussi blancs que moi. Je ne sais pas au juste ce qu'ils pensent, je ne sais qu'une seule chose : il est pénible qu'on se moque de vous parce que vous êtes différent, et davantage encore qu'on ait peur de se moquer de vous et qu'on garde ses distances.

Bref, tout ça pour vous dire que l'histoire de Tages n'a rien d'étrange. Tages était juste un garçon albinos qui a surgi un jour et qui s'est adressé de la sorte aux Étrusques : « Salut, les gens, je suis venu vous apprendre à lire votre destin. »

Les Étrusques le dévisagent, se dévisagent, et l'un d'eux lève la main, j'en suis sûre. « Pardon, Tages, mais pourquoi as-tu les cheveux blancs ? »

Vexé, Tages se donne un coup de poing dans la jambe. « Bordel, je viens vous parler de votre destin et vous, vous pensez à mes cheveux ?

— Oui, parce qu'ils sont bizarres.

— Ils n'ont rien de bizarre.

— Mais si. Ils sont blancs. Si tu étais vieux, ça n'aurait rien d'étrange, mais tu n'es pas vieux. »

Tages secoue la tête et s'abstient de répondre. Par chance, une dame s'en charge : « Un instant, les amis, vous êtes injustes. À mon avis, Tages n'est pas bizarre. Il est juste nain. Un vieux nain qui a l'air d'un enfant. Pas vrai ?

— Non ! Je ne suis pas nain et je ne suis pas vieux. Je suis né avec les cheveux blancs, ça vous dérange ?

— Non, non, il ne manquerait plus que ça. Mais, bref, tu es très bizarre. »

Tages pose les yeux sur le trou d'où il est sorti. « Quel peuple de débiles ! Vous me donnez presque envie de rentrer sous terre et de ne rien vous apprendre. J'aurais mieux fait d'aller chez les Égyptiens ou les Babyloniens. Mais maintenant que je suis ici, arrêtez de dire des âneries et écoutez-moi. Nous n'avons pas beaucoup de temps. En fait, j'en ai, moi, car je suis immortel, mais pas vous. Alors ouvrez grand vos oreilles. »

Tages respire profondément, commence et, au bout d'un moment, les Étrusques détournent leur attention de ses cheveux, car ses paroles sont très intéressantes. Certains se mettent même à griffonner des notes. Tages parle des éclairs, des tremblements de terre et d'autres phénomènes, il explique que ce sont des signes envoyés par le ciel. Il parle du vol des oiseaux, de statues qui s'enflamment, de brebis qui naissent sans pattes, et l'on comprend peu à peu qu'il en sait très long. C'est peut-être pour ça, justement, qu'il a les cheveux blancs : il a beau être un enfant, il est aussi sage qu'un vieillard.

Mais un de ces vieillards en forme qui ont toute leur tête. Pas comme pépé Rolando, qui se prenait pour un soldat américain du nom de John. Quand mon frère Luca et moi lui demandions pourquoi, dans ce cas, il ne connaissait pas l'anglais, il répondait qu'une bombe avait éclaté près de lui et que ça l'avait choqué. Il n'arrivait même pas à prononcer le mot « choquer », il disait « soquer ». Chaque soir, mon grand frère et moi l'écoutions raconter qu'un jour il avait affronté seul l'armée allemande et qu'il avait fui à pied l'avion ennemi qui le poursuivait. Soudain il aperçoit un arbre gigantesque : il se cache derrière et découvre un soldat mort, fusil au poing. Le fusil n'a qu'un seul coup. Alors, pépé attend que l'avion plonge vers lui, il vise une bombe placée sous une aile, il tire au dernier moment, et l'avion explose.

Le pilote allemand s'éjecte à temps, il descend tout doucement en parachute puis, armé d'un pistolet, se rue sur pépé. Mais au lieu de le tuer, il lui serre la main et lui parle. Sauf que, si l'histoire ne variait pas, la phrase finale de l'Allemand changeait d'un soir à l'autre.

Un soir, il disait : « Votre visée n'a d'égale que votre courage, cher John. » Un autre : « Aujourd'hui, vous m'avez appris ce qu'est l'honneur, cher John. » Ou encore : « L'ami, accompagne-moi au bar, je tiens à offrir une bière à un héros. »

Ces phrases avaient beau être magnifiques, je finissais toujours par demander comment l'Allemand connaissait le prénom de pépé et où ils comptaient dénicher une bière sur un champ de bataille… Alors Luca me serrait contre lui et, la main sur ma bouche, déclarait : « Allez, John, il est tard, va te reposer sur ton lit de camp. On monte la garde, Luna et moi. » Pépé répondait que c'était l'heure, il nous adressait un salut militaire et allait se coucher.

La scène s'est répétée chaque soir pendant des années. Puis, en septembre, pépé est mort. Comme ça, dans son sommeil. Il était en vie quand il est allé se coucher, pas quand il s'est réveillé. Des messieurs élégants l'ont mis dans un cercueil, puis l'ont installé dans le salon où les gens pourraient lui rendre visite. Sauf que personne ne s'est présenté.

Maman y allait de temps en temps. Moi aussi, mais je restais sur le seuil car j'avais peur de le regarder, je fixais ses mains posées sur son ventre et, comme je ne vois pas bien, j'avais l'impression qu'elles formaient une seule chose blanche, immobile et fausse. Puis je détournais les yeux et tombais sur Luca qui, lui, est resté avec pépé toute la journée et toute la nuit.

Avant de passer à table, je lui ai demandé s'il mangerait avec nous. Il a répondu : « J'arrive. » Mais comme il ne venait pas, maman m'a dit de l'appeler une nouvelle fois.

« Tu viens ? Il y a des bâtonnets de poisson et des petits pois.

— Super. Je termine mes adieux et je viens.

— Tu fais tes adieux à pépé ?

— Non, lui, c'est déjà fait. Je fais mes adieux à John et au soldat allemand.

— Ah, pigé, ai-je commenté, même si ce n'était pas le cas.

— Au fait, je me demandais un truc… Tu connais le nom du soldat allemand ? »

J'ai secoué la tête.

« Moi non plus. Pépé ne nous l'a jamais dit. Pourquoi on ne le lui a pas demandé ? »

J'ai réfléchi, et comme je ne savais pas répondre, j'ai gardé le silence.

« Dommage, ça restera un mystère », a déclaré Luca de sa voix calme. Puis il s'est remis à saluer tous ceux qui étaient dans le cercueil.

J'ai hoché la tête, comme si j'avais déjà pensé à cette histoire d'Allemand, ce qui n'était pas vrai. Soudain, j'ai imaginé tous ces gens qui me disaient au revoir et disparaissaient pour toujours. Pépé, John et l'Allemand anonyme s'en allaient là où avaient échoué le père Noël, les lutins et les rennes, là où avaient échoué mémé, ainsi que mon premier poisson rouge : un poisson presque noir du nom de Monsieur Vincenzo. Je les ai vus tournoyer comme dans un tourbillon : ils rapetissaient et s'assombrissaient, puis ils se sont évanouis.

Alors j'ai senti un pétillement autour des yeux. Je me suis précipitée à la cuisine, ai plongé la tête dans le pull de maman, qui dressait la table, et me suis serrée contre elle. Elle a dit : « Non, Luna, allez, il ne faut pas, non, non… » Cependant, à en juger par sa voix fêlée et saccadée, elle pleurait elle aussi.

C'est normal. Contre ce genre de choses, on ne peut que pleurer et aller de l'avant en attendant mieux. Les Étrusques eux-mêmes ont certainement pleuré comme des fontaines lorsque Tages a fini son discours, les a salués puis a replongé sous terre au couchant. À tous les coups, ils sont retournés sur les lieux les jours suivants, et le paysan qui l'avait trouvé a continué jusqu'à sa mort de creuser des trous profonds dans l'espoir de retomber sur lui.

Car Tages leur avait appris un tas de choses : comment comprendre la volonté du ciel d'après ce qui se passe sur Terre, comment lire le destin dans le monde environnant. Oui, merci, Tages, mais pourquoi pars-tu maintenant ? À quoi bon connaître le destin et les choses du futur s'il est impossible d'éviter les laides et si les belles rejoignent le tourbillon du passé, même quand on s'y agrippe ? Comme tes amis étrusques et toi, qui êtes tous morts, qui n'avez laissé derrière vous que des tombes poussiéreuses et nauséabondes. Comme le père Noël, comme Monsieur Vincenzo et comme pépé. Comme tout ce qui se présente, passe et disparaît on ne sait où.

LE JOYEUX EXPLORATEUR

C'est samedi après-midi et j'écoute en luttant contre le sommeil M. Marino parler du mystère de la Sainte Trinité, du mystère de la messe et de nombreux autres mystères présents dans la foi. Le mystère le plus grand est toutefois le suivant : pourquoi maman m'oblige-t-elle à assister aux cours de caté le samedi après-midi ?

Les parents normaux, je le sais, se plaignent de devoir s'occuper de la maison et du travail, de ne pas avoir le temps de faire ce qui leur plaît, et obligent malgré tout leurs enfants à vivre comme eux, à se farcir l'école et les devoirs toute la semaine, puis le samedi et le dimanche, jours de liberté, le caté et la messe. Mais maman est différente, voire trop différente : quand le soleil brille, par exemple, elle évite de me réveiller sous prétexte qu'il fait trop beau pour s'enfermer dans une école sombre et puante. Il m'arrive donc d'ouvrir les yeux à 10 heures alors que j'ai un devoir en classe ou une interrogation prévue avec un prof ce jour-là. Je téléphone au salon où elle travaille et lui dis que c'est terrible, que le prof me tuera le lendemain, peut-être même pire. Mais elle me répond, toute gaie, dans le bourdonnement des sèche-cheveux et les bavardages des clientes : « Et alors ? Tu n'iras pas demain non plus, et ce sera réglé. »

Non, ce n'est pas réglé. Pour Luca, oui, ça l'est : le matin, à son réveil, il enfile sa combinaison de surf et se précipite à la plage. Il ne va au lycée que s'il n'y a pas de vagues, juste pour changer un peu d'activité. Il s'assied à sa place, sous les bonjours émus et joyeux de ses camarades, décroche de très bonnes notes, remercie, et stop.

En réalité, Luca n'a même pas besoin d'aller au lycée : il a eu une bonne note alors même qu'il est en France où il surfe avec ses copains. Hier, la prof de philo, qui avait besoin de l'interroger, lui a mis un 16 malgré son absence : de toute façon, il n'a jamais moins, elle n'avait pas à s'inquiéter. Je le jure, c'est la vérité, Luca nous l'a écrit dans un message, et on a bien rigolé, maman et moi.

Pour être sincère, ce n'est pas juste. Ou plutôt, je suis contente pour lui qui, contrairement à moi, sait à tous les coups en quoi consiste la philo, comme le reste des choses, d'ailleurs, mais les profs ne devraient pas se conduire comme ça. Ils ne devraient pas non plus flanquer de mauvaise note à un élève qui arrive en retard ou qui n'a pas fait ses devoirs, alors qu'ils me sourient et me rassurent quand c'est mon cas. À cause de ma peau blanche, ils me croient faible et fragile, et peu importe que je ne sois pas au niveau du reste de la classe, peu importe que je me trompe : ce qui importe, pour eux, c'est que j'aie essayé.

Ils voudraient même m'attribuer un prof particulier. Ils me le proposent chaque année et, chaque année, je réponds que je n'en ai pas besoin. Quand ils insistent, maman se charge de répliquer qu'ils feraient mieux d'engager quelqu'un pour nettoyer les toilettes, qui puent la charogne. Ils voudraient aussi m'offrir un ordinateur : les caractères des livres sont trop petits pour moi et, à force de les fixer, j'ai l'impression de voir d'innombrables fourmis marchant en lignes parallèles. Or, j'utilise une loupe particulière, qui agrandit les mots. Elle a beau être lourde et me donner un peu le vertige, elle me permet de lire une demi-heure d'affilée : pas énormément donc, mais cent mille fois plus que les autres élèves.

Bref, il est injuste que j'aie besoin d'une loupe pour lire, il est injuste qu'on me réserve un traitement différent (qu'il soit meilleur ou pire), tout est injuste. Surtout, il est injuste que, le samedi, je ne puisse pas aller à la plage, à deux minutes de la maison, parce que maman m'oblige pour une mystérieuse raison à assister au cours de caté.

Me voici donc, assise à une table identique à celle de l'école, dans une pièce sombre qui sent l'humidité et les pommes de terre bouillies. Le prof de caté lit les histoires de la Bible, que nous sommes ensuite censés résumer et commenter, soit un devoir de classe sur Dieu.

Les histoires de la Bible racontent la vie de Jésus, ou des trucs qui ont eu lieu bien avant lui : on les appelle Ancien Testament et ils sont plus impressionnants, car Dieu n'arrête pas de s'y mettre en colère, il détruit des villes avec des boules de feu, ou envoie des insectes assassins dévorer les habitants.

Avec Jésus, au contraire, il n'y a jamais d'action. C'est un homme plutôt sympa, mais son caractère ressemble trop au mien, et ça, ça me rend dingue. Car si les gens sont méchants avec lui, il n'a ni un mot ni un geste, il ne réagit pas.

Maman aime bien les films d'un Chinois dénommé Bruce Lee, et les histoires de Bruce Lee commencent toujours comme celles de Jésus. On le voit marcher sur une route ou dans un marché. Soudain des types le provoquent, mais il continue son chemin, la tête basse. Puis un de ces types exagère en le poussant ou en insultant sa mère, et il explose. Il crie bizarrement et en envoie deux au tapis d'un coup de pied, il en saisit un troisième et le balance sur les autres, puis il époussette son pantalon et tourne les talons, laissant derrière lui tous ces gens en pièces.

Pas Jésus. C'est le fils de Dieu, il est capable de faire descendre du ciel une rivière de feu, de transformer les cheveux de ses ennemis en autant de cobras ou de vipères qui leur mordraient le cou un million de fois, mais il ne bouge pas, il ne s'énerve pas, il subit. Sa seule réaction consiste à tendre l'autre joue. Tu parles d'un effort ! Le catéchiste dit qu'en faisant notre confirmation l'année prochaine, on entrera dans l'armée du Christ, mais pourquoi aurait-il besoin d'une armée puisqu'il ne se bat pas ?

Au fond, ça pourrait être pire, bien pire : à la place de M. Marino, on pourrait avoir Mère Greta. Elle est originaire du Trentin et, avec ses mâchoires gigantesques, avec son œil plus gros que l'autre qui regarde au-dessus de votre tête, elle a l'air d'un affreux vieillard habillé en bonne sœur. Elles sont quatre au couvent à partager ce défaut, ce qui veut peut-être dire qu'elles ont toujours un œil sur les choses terrestres et un œil sur les choses saintes, là-haut.

Quoi qu'il en soit, Mère Greta est notre terreur à tous. À la fin du caté, elle nous attend dans le jardin du couvent, qui n'est autre qu'une étendue de béton garnie d'une balançoire, d'un banc tordu et, depuis quelques semaines, de pneus de camion usagés que les sœurs utilisent pour un jeu qu'elles ont inventé et appelé Le Joyeux Explorateur. Elles disposent ces pneus l'un contre l'autre de façon à former une sorte de tunnel qu'il faut parcourir en rampant. Mais ils sont sales, durs, de tailles différentes, et forment un tunnel étroit qui sent l'urine. Même si mes camarades sont contents de jouer, je me demande ce qu'il y a à explorer ; surtout, comment ça peut vous rendre joyeux. De plus, j'ai peur des lieux exigus. Dès que les sœurs s'affairent autour des pneus, je leur annonce que j'ai envie de prier et file à la chapelle. Mais samedi dernier, Mère Greta m'a coincée au milieu de la cour, et les prières n'ont servi à rien.

« Où croyais-tu te sauver ? m'a-t-elle dit de cette voix éraillée qui sort de son double menton.

— Pardon, mère, je vais à la chapelle réciter un Ave Maria à la Vierge.

— Tu le réciteras plus tard. Pour l'instant, viens jouer avec nous au Joyeux Explorateur.

— Vraiment, je voulais prier tout de suite.

— Eh bien, tu prieras plus tard. De toute façon, la Vierge n'est pas pressée, elle a mille qualités et une patience à toute épreuve. Mais moi, la patience, ce n'est pas mon fort, alors viens te fourrer dans ce tunnel. »

Or, je ne pouvais pas y entrer, surtout je ne voulais pas. Je n'avais qu'une seule envie : que Dieu vienne à mon secours, qu'il déverse du feu du ciel ou qu'il envoie les sauterelles dévorer Mère Greta. S'il était trop occupé, un saint aurait fait l'affaire. Mais pas Jésus, ah non, s'il vous plaît, car il aurait sûrement dit :

« Allez, Luna chérie, entre dans ce trou.

— Voyons, Jésus, je ne veux pas !

— Je le sais, mais entre quand même dans le trou et pardonne-leur.

— Ah, je dois aussi leur pardonner ?

— Oui, parce qu'elles ne savent pas ce qu'elles font.

— Ce n'est pas vrai, elles le savent très bien, elles me font du mal ! »

Jésus m'aurait dévisagée, il aurait souri et levé les yeux au ciel, puis se serait glissé dans le trou pour me tenir compagnie et souffrir un peu avec moi.

« Allez, petite, dépêche-toi ! insistait Mère Greta, entourée d'enfants qui sautillaient et joignaient leurs voix à la sienne, tant il leur tardait, à eux, de se glisser dans le tunnel. Tu ne vois donc pas que tu empêches tes camarades de jouer ? Comment se fait-il qu'ils jouent, eux, et pas toi ? Tu te prends pour un cas à part ? Tu te crois différente ? Tu es comme les autres, vois-tu. Allez, les enfants, courage, donnez un coup de main à votre amie, la trouillarde ! »

N'attendant que ça, ils se sont jetés sur moi. Ils m'ont saisie par les bras et par la capuche de mon sweat, puis m'ont poussée à l'intérieur.

Enfoncée dans le tunnel jusqu'aux hanches, pendant que les autres me poussaient et dénouaient les lacets de mes chaussures, je me suis répété ce que je me répète toujours quand il m'arrive quelque chose d'injuste, à savoir que ça pourrait être pire, que j'aurais pu être née en Afrique.

Car être albinos en Afrique, c'est déjà un sacré problème à cause du soleil. Mais en plus, là-bas, les albinos ne vivent pas longtemps. Alors qu'ils se promènent dans les villages, des Jeep surgissent, des individus en descendent, armés de couteaux gigantesques, et les tuent. Parce que les sorciers utilisent les jambes, les mains, les cheveux et le sang des albinos pour confectionner des potions magiques. Tous les morceaux conviennent. De fait, quand un albinos meurt, la famille doit le murer sous terre pour éviter qu'on creuse pendant la nuit et qu'on le découpe. Dans le cas des filles, c'est encore pire : les hommes qui ont le sida sont persuadés qu'il leur suffit de coucher avec elles pour guérir. Voilà pourquoi ils vous violent, vous collent leur maladie, et terminé.

Bref, tout ça pour dire que mon sort aurait pu être pire : on me fourrait dans des pneus où je risquais d'attraper une infection, certainement pas le sida, et, au lieu de me couper les jambes, on dénouait mes lacets. Mais, tandis que je me répétais « Tu pourrais être en Afrique, tu pourrais être en Afrique... », mes camarades se sont mis à bourrer les pneus de coups de pied et de poing. On aurait dit que d'innombrables bombes explosaient autour de moi, comme celles des Allemands qui tentaient de tuer pépé lorsqu'il était le soldat John et qu'il avait été choqué sous le bombardement. Je connaîtrais peut-être le même sort, pensais-je, je ressortirais peut-être complètement folle et convaincue d'être quelqu'un d'autre. En réalité, il y avait pire comme perspective, car, coincée dans le noir et la puanteur, je comprenais bien que ma vie était infecte. Le seul côté positif de l'affaire, c'est que personne ne m'a vue quand j'ai cessé de me battre, que j'ai posé la tête sur le caoutchouc puant et que j'ai fondu en larmes.

Maintenant que le caté prend fin, le son de la cloche dévale mon dos comme un serpent diabolique et je commence à trembler. Je sors la dernière et, une fois dans la cour, me prépare au pire. Puis je jette un coup d'œil circulaire : pour la première fois, Zot est là, et par conséquent me voilà sauvée.

Zot est dans ma classe depuis un mois. La dirlo nous l'a présenté un beau jour en nous disant qu'il venait de Tchernobyl et que nous devions faire en sorte qu'il se sente comme chez lui parmi nous. Il avait les yeux baissés, mais le temps d'un instant il les a peut-être levés vers moi et j'ai compris qu'il était venu me sauver. Je l'ai vu, petit et maigre, vêtu d'un pull en laine rouge assez long pour lui servir de robe et d'une veste grise de vieux à petits carreaux, chaussé d'énormes mocassins usés et coiffé d'un chapeau à plume qui tenait de travers sur un tapis de boucles blondes genre caniche. J'ai mis mes lunettes et je l'ai mieux regardé : désormais je serais tranquille à l'école, car les insultes, les crachats ou les gifles iraient tous se poser sur lui, comme les insectes autour de la lumière.

Sauf que Zot ne s'était pas encore montré au caté. Comme il venait de Russie, je pensais que c'était un communiste, un ennemi de la religion. Or voilà qu'il apparaît et que des garçons l'empoignent, qu'ils le fourrent dans le tunnel. « Misérables, lâchez-moi ! Vous me faites transpirer, vous abîmez mon cardigan ! Mère, je vous en conjure, venez à mon secours, ramenez ces gens à la raison ! » s'écrie-t-il de sa petite voix douce dans son italien impeccable d'un autre temps.

Ils le poussent par les pieds et se moquent de ses mocassins que je vois à mon tour, puisqu'ils sont maintenant tout près de moi. Alors que l'odeur des pneus s'installe dans mes narines, un pétillement envahit mes jambes et ma poitrine, comme une force qui enfle, se réchauffe, m'amène à réagir, à les arrêter, ou du moins à essayer, à crier qu'ils sont des fumiers, qu'ils méritent de brûler en Enfer. D'ailleurs, c'est peut-être Jésus qui m'envoie ce pétillement, manière de dire : « Allez, Luna, n'aie pas peur de tes opinions, ne crains pas leurs réactions, c'est ce qu'il faut faire, fais-le pour moi… »

Mais je secoue la tête et réponds : « Non, Jésus, pas pour toi, bordel ! Tu es le fils de Dieu et tu pourrais les arrêter en une seconde, tu pourrais envoyer des sauterelles, faire pleuvoir des grenouilles, ou transformer le terrain en un lac de feu, nous sauver, Zot et moi, nous expédier très loin, là où on nous laisserait tranquilles. »

Comme d'habitude, Jésus reste inactif, il se contente d'insuffler un pétillement à mes bras et à ma poitrine en me rappelant mes devoirs le seul jour où j'aurais pu rentrer bien tranquillement chez moi sans trop de problèmes. Au lieu de ça, j'ouvre la bouche, je parle, j'essaie de réagir.

De toute façon, s'il fallait attendre l'aide de Jésus, je pourrais toujours courir.

DÉPENDANCE[1]

Sandro entre dans l'appartement et jette sa sacoche sur la table de la cuisine. Elle est bourrée de livres et pèse une tonne, la porter à l'épaule aggrave son mal de tête. Respirer aussi, et chaque battement de cœur équivaut à un coup de marteau entre les deux yeux. Heureusement, le lundi, les cours se terminent à midi, sinon il serait mort en classe.

« Sandro, dit sa mère, perdue dans la vapeur des fourneaux. Ne mets pas ton sac sur la table, on va manger. »

De l'eau bout dans deux casseroles différentes, l'une pour le riz et l'autre pour les pâtes. Il serait plus pratique de préparer le même plat pour tout le monde ; or, ce matin, Sandro a laissé un mot dans lequel il annonçait qu'il voulait manger du riz, alors que son père refuse d'y toucher sous prétexte que les Chinois nous envahissent et que nous serons bientôt obligés d'en avaler tous les jours, raison pour laquelle il s'empiffre de spaghettis tant que c'est encore possible.

« Comment ça s'est passé, au lycée ?

---

1. En français dans le texte. *(Toutes les notes sont de la traductrice.)*

« — Comme d'habitude.
— Qu'est-ce que vous avez fait ?
— Rien.
— Comment ça, rien ? Qu'est-ce que ça veut dire, rien ?
— Les trucs habituels, maman, des trucs chiants, évidemment ! »

Sandro crie, et il a tort : quand il crie, sa tête éclate. D'un mouvement sec, il saisit son sac et fait tomber une assiette. Elle rebondit sur la chaise, s'écrase au sol et se casse en produisant le bruit de cent mille éclats pointus qui s'insinuent dans ses oreilles et se fichent l'un après l'autre dans son cerveau.

Il lâche aussi le sac, putain, presse les mains sur ses tempes, se précipite dans sa chambre et se jette sur son lit, enfonçant la tête dans l'oreiller.

Il s'est levé dans cet état, il ne sait même plus s'il a pris son petit déjeuner, il a oublié comment il est arrivé au lycée. Il s'est assis à sa place et n'a pas desserré les dents, il n'a pas écouté un mot, il a même dormi jusqu'à ce que les rires de la classe le réveillent. Ça, c'est nul, ça, c'est grave. Si un élève qui s'endort pendant le cours risque un avertissement, que risque Sandro, qui est le prof ?

C'est sa faute, car il persiste à sortir le dimanche soir.

Avant, la grande soirée de la semaine était le samedi, puis le samedi s'est rempli d'élèves, aussi ses copains et lui ont choisi le vendredi. Mais avec le temps, les élèves ont également envahi le vendredi, et ils ont dû se barricader derrière le dimanche soir. Qui est le bon soir, en effet : le samedi se prête mieux aux lycéens qui ne vont pas en classe le dimanche. Le vendredi, aux étudiants qui n'ont pas cours le samedi. Le dimanche, à ceux qui n'ont d'occupations ni le lundi ni le reste de la semaine. C'est donc la soirée parfaite pour eux.

Sauf qu'au cours du dernier mois il s'est produit un événement absurde : Sandro exerce maintenant une activité. Il est devenu prof. Ou plutôt remplaçant. Voire moins, si tant est que cela existe. S'il y a, tout en bas de l'échelle sociale, un échelon en dessous de remplaçant, c'est celui que Sandro occupe. Quand un prof est malade, que son remplaçant ne peut pas le remplacer et que le remplaçant du remplaçant s'écrase contre un arbre sur le chemin du lycée, on le convoque. Lui qui ne deviendra jamais un vrai prof, car il n'a passé ni le concours, ni l'habilitation. Il n'a rien foutu.

Il n'a même pas rempli le formulaire de demande pour ces remplacements à la con. C'est sa mère qui s'en est chargée. En cachette. Avec la sœur d'une amie qui travaille au rectorat. Le coup de téléphone est arrivé le mois dernier, et maintenant Sandro enseigne provisoirement l'anglais dans un lycée.

Ou plutôt dans *le* lycée, le seul lycée de Forte dei Marmi[1], celui-là même où il a fait ses études vingt ans plus tôt. Dans ce lycée, il n'y a que des options scientifiques, or Sandro a toujours détesté les maths, et il n'a même pas encore compris en quoi consiste la physique. Mais choisir une autre option l'aurait obligé à se rendre dans une ville plus importante, genre Viareggio, et donc à se lever une demi-heure plus tôt. Voilà pourquoi il a préféré se farcir cinq années merdiques de matières à la con. Au lycée où, d'une certaine façon, il enseigne à présent.

1. Lieu de villégiature situé dans la province de Lucques, en Toscane.

Sa mère est folle de joie, elle va au supermarché et dit : « Je voudrais cent grammes de jambon cru, mais du bon, c'est pour mon fils, qui est professeur. » Elle bavarde avec une amie et s'écrie : « Mon Dieu, il est tard, mon fils le professeur va rentrer ! » Maintenant, toute la ville est au courant, et tout le monde a du mal à le croire. À commencer par Sandro. Surtout le lundi matin, après la nuit du dimanche.

« Sandro ! Viens, c'est prêt ! » appelle sa mère, de la cuisine. Sandro répond qu'il arrive, mais tout bas et dans son oreiller. Il se retourne, essaie de respirer, sa tête éclate et une nausée acide remonte de son estomac. Il regarde le plafond et les grandes étagères qui tournoient autour de la chambre, ployant sous le poids des disques, des CD et des revues de musique. Dès qu'il aura un peu de temps, il classera ces revues par mois et par année, et les disques par ordre alphabétique selon le nom du groupe. Comme quand il avait seize ans et qu'il accordait de l'importance à l'ordre alphabétique. Parfois il achetait des disques pour la seule raison que l'initiale du nom de leur auteur manquait à sa collection. Puis un jour, il est rentré à la maison avec un nouveau disque et s'est aperçu qu'il en avait déjà un à ranger. Et comme Marino l'attendait dehors, il a posé le premier sur le second et a dit : « Bon, je m'en occuperai demain. » Sauf que demain s'est transformé en après-demain, puis en après-après-demain, et le nombre des disques à ranger est monté jusqu'à trois, à cinquante, à cent, empilés les uns sur les autres et au-dessus de lui, dans l'attente du jour adéquat pour tout mettre en ordre.

Le problème, c'est que le jour adéquat ne se présente jamais, ni pour les disques, ni pour le reste.

Un soir d'été, alors qu'il traversait la pinède de la Versiliana pour aller boire une bière avec ses copains, Sandro a trouvé un objet rouge pendu à la branche d'un pin. Un bout de caoutchouc fixé à un fil. Au bout du fil était accroché un mot. Et ce mot disait : « Ballon lâché à Reggio Emilia le 10 mai par Ivan Cilloni, dixième B. Que celui qui lira ce message m'envoie une carte postale de son lieu d'habitation. Il recevra en récompense un des dessins de rhinocéros que je réussis très bien. Salut. Ivan. » Suivait l'adresse. Sandro était tout ému : ce ballon avait volé dans le ciel depuis l'Émilie pour atterrir là, devant lui. Imaginant la joie de cet enfant au moment où il recevrait sa carte de Forte dei Marmi, il a rapporté le mot à la maison et l'a placé sur sa table de nuit pour ne pas oublier d'acheter une carte postale, de la remplir et de l'envoyer. Mais le message est toujours là, dans l'attente de ce fameux jour adéquat qui ne se présente pas, depuis neuf ans. Neuf ans, bordel.

Maintenant qu'il y pense, il n'a pas cours le lendemain. Puisqu'il doit aller cueillir des champignons avec Rambo et Marino le matin, l'après-midi pourrait être le moment adéquat pour tout ranger enfin. Bien sûr, c'est ça, demain Sandro mettra de l'ordre et expédiera une belle carte postale en Émilie. Demain, oui, demain…

« Sandrooo !

— J'arrive.

— Ton riz refroidit.

— M'en fiche.

— Le riz froid, ce n'est pas bon.

— Bien sûr que si ! L'été tu n'arrêtes pas d'en faire !

— Mais ça n'a rien à voir ! J'ajoute des câpres, des champignons, des olives, des miettes de thon, des dés de jambon blanc, des petits bouts de...

— Arrête ! J'en ai rien à foutre ! »

Sandro crie, et ses mots sont déformés par un élancement qui lui traverse le crâne, lui tord la bouche. Le moindre bruit, le moindre mouvement le frappent aussi impitoyablement qu'une lame. Le crissement du sommier également, et à plus forte raison le *bip bip* qui l'assaille à présent, jaillissant du néant.

C'est son portable, rangé dans la poche de son pantalon. Il paraît qu'il est mauvais de le garder là, près des testicules, ou encore près du cœur, ou de la tête. Où le fourrer alors ? Sandro consulte l'écran, dont la lumière évoque des aiguilles scintillantes qui se fichent dans ses yeux. Malgré tout, il lit le message et esquisse un sourire.

(13.10) Super prof, ici tout est dingue ! Je vois tout, je prends tout, je vis tout, comme vous me l'avez dit. Je le fais aussi pour vous. L.

Le L est l'initiale de Luca, son élève préféré. Sandro sait que les profs ne doivent pas avoir de préférés, mais pour ça il faudrait que les élèves ne soient pas tous si différents, qu'il n'y ait pas, parmi un tas de couillons aussi odieux que de la merde, un garçon intelligent et sublime. Donc, que ce soit juste ou pas, Luca est son préféré, d'autant plus qu'il est son portrait tout craché à l'âge de dix-sept ans.

Tout craché. Bon, Luca est peut-être plus intelligent, plus dégourdi, beaucoup plus beau et plus... Bref, ils ne se ressemblent pas vraiment, si ce n'est qu'ils ont le même esprit, une bombe de passions qui explose et pulvérise le monde environnant, ce petit monde mesquin. Et merde à notre ville natale, merde aux parents, merde au lycée, aux notes, aux vêtements de marque, à la promenade dans le centre-ville le samedi après-midi pour voir et se montrer, à toutes les conneries qui vous entourent et se rapprochent subrepticement jusqu'au jour où elles vous sautent à la gorge et vous transforment, vous aussi, en esclave.

« Sandro ! » Son père s'y met, la bouche pleine. « Je ne t'attends pas pour commencer !

— Ouais, bravo, tu vas y arriver tout seul. »

Voilà justement l'heure du déjeuner, la peur idiote que la nourriture refroidisse, que son père commence sans lui et donc que le monde s'arrête. Une de ces mille âneries qui, empilées l'une sur l'autre, finissent par vous clouer au sol. Sandro est tombé dans le piège, Sandro s'est peut-être fait piéger. Mais pas Luca, Luca a encore le temps de s'en tirer.

Il est pour une semaine en France, à Biarritz, où il surfe avec ses copains. Un rêve, un de ces voyages en van qui vous réjouissent parce que vous avez le sentiment que la vraie vie est tout près, qu'elle vous attend dans toute sa splendeur. Mais ensuite le temps passe et vous comprenez que la vie n'était pas devant vous, que la vie, c'était ça, c'étaient précisément ces jours-là, ces nuits-là ; vous sentiez qu'elle était tout près, or vous l'aviez en vous. Vous pensiez qu'il s'agissait d'un échantillon, d'un échauffement avant d'atteindre l'âge fantastique où l'on est adulte et où l'on n'a plus à obéir, l'âge où tout est splendide. Vous attendez et vous espérez, sans vous apercevoir que c'est justement ça, la splendeur, et quand vous vous en rendez compte, elle est partie, il ne vous en reste que les souvenirs.

Voilà pourquoi Luca devait à tout prix aller surfer à Biarritz. Or sa mère affirmait que ce n'était pas une bonne idée, qu'il était encore mineur, qu'elle avait confiance en lui, certes, mais qu'elle se méfiait du monde. Qu'il fallait de l'argent et qu'en ce moment personne n'en avait... Voilà ce que disait la mère de Luca. Et c'est justement là le problème : il y a toujours un tas de bonnes raisons pour faire le mauvais choix. Pour prendre un garçon bourré de talent, de potentiel, de perspectives, un aiglon aux serres prêtes à embrasser la vie, et lui ôter ses plumes tout doucement, afin que ce soit indolore et qu'il ne le remarque pas. Enfin, l'aiglon se transforme en poulet d'élevage, prêt à rôtir à la broche de la société.

C'est arrivé à un tas de gens, et peut-être même à lui, Sandro. Mais il ne veut pas y réfléchir maintenant. Il préfère penser qu'il a fini par convaincre la mère de Luca, la magnifique mère de Luca. Pendant l'entretien avec les profs, il lui a expliqué la situation. Grâce à lui, Luca est aujourd'hui en France, où il conquiert l'Océan et des jeunes filles à la peau claire, au corps moelleux, dont les yeux perdus errent toujours au bon endroit. Grâce à Sandro, Luca en allonge une ce soir sur la plage et embrasse la vie en s'agrippant à ses seins à la fois doux et fermes, lourds de possibilités, remplis d'avenir.

En vérité, la mère de Luca est plus belle que toutes ces jeunes Françaises réunies. Elle s'appelle Serena, c'est la femme la plus fabuleuse que Sandro ait jamais vue non seulement en vrai, mais aussi sur les photos et dans les films cochons qu'il a regardés au fil des années – de nombreuses années, de très nombreux films. En fait, il la connaissait déjà, car ils ont fréquenté le même lycée. Ils ont cessé de se croiser pendant un certain temps, et la revoilà, encore plus belle qu'avant. C'est un signe fantastique, cela prouve qu'il y a de l'espoir, que les événements les plus beaux peuvent se produire au moment où vous ne vous y attendez plus. Oui, Sandro, de magnifiques événements t'attendent, tes chances ne sont peut-être pas épuisées ; même si ton horizon est plat, désert, et que tu crois n'avoir plus rien à découvrir, les surprises jaillissent du néant, prêtes à bouleverser ta vie...

Mais voilà qu'une violente sonnerie près de son oreille écrase cette sublime pensée, telle une savate écrabouillant un moustique dans la nuit. Cette fois, ce n'est pas le portable, c'est le fixe, sur la table de nuit. Il sonne, il n'arrête pas de sonner.

Sandro ne répond jamais au fixe : seuls appellent à ce numéro les vendeurs ou de vieilles casse-burnes qui veulent parler à sa mère et qui lui demandent comment il va, s'il a trouvé du travail et s'il a une fiancée. Sauf que le téléphone continue de sonner, lui fracassant le crâne. Alors il empoigne le combiné et crache : « Quoi ?

— ...

— Alors, quoi ?

— Oui, allô ? » Une voix de femme, une belle voix. « Je voudrais parler à Sandro Mancini. » Il n'arrive pas à le croire, mais il le croit un peu. Car, bordel, il n'est pas rare qu'une personne vous téléphone au moment même où vous pensez à elle. C'est la mère de Luca qui veut le remercier d'avoir intercédé en faveur de son fils. Elle a un problème, elle est indécise. Il faut dire que la vie est difficile, qu'elle manque d'assurance, qu'elle est seule, sans personne pour la conseiller, l'épauler et...

« Oui, c'est moi. C'est Sandro. Salut, Serena !

— …

— Serena, tu m'entends ?

— Non, voyez, c'est la Rai.

— La Rai ?

— Oui, Radio et Télévision italienne. Je vous appelle au sujet de votre abonnement à ce jour impayé.

— Bordel, encore cette histoire d'abonnement ? Fait chier. Je vous ai déjà dit que je n'ai pas à payer, que ma mère l'a déjà fait !

— Il est inutile de hausser le ton, monsieur Mancini. Je vous appelle quasiment à titre privé, je ne suis pas tenue de le faire. Je vous avais demandé d'envoyer un fax à mon attention et…

— Effectivement, et je vous l'ai envoyé.

— Oui, mais j'avais besoin d'une attestation dans laquelle vous déclariez que vous résidez chez vos parents. Or, vous n'avez envoyé que des insultes et des conseils à propos des nouveaux programmes. »

Sandro tente de se rappeler ce qu'il a écrit dans ce fax. Mais c'est le noir complet. Il se souvient d'un seul détail : ce jour-là, il était très nerveux, il était allé avec Rambo et Marino glisser les tracts d'un supermarché dans des boîtes aux lettres, et un tas de gens leur avaient crié d'arrêter d'y glisser des ordures. Il les avait insultés. Et il avait écrit le fax, furieux de constater qu'il vivait dans une nation décrépite et moisie qui utilise encore des fax pour la bonne raison que les pistonnés travaillant dans les administrations publiques ne savent pas lire les mails, où irons-nous donc, où irons-nous donc, bordel…

« Sandrooo ! s'écrie une nouvelle fois sa mère d'une voix de plus en plus geignarde. Ça refroidit ! »

Sandro serre les dents très fort et respire. « Écoutez, je ne me rappelle pas exactement ce que j'ai écrit, mais j'ai certainement déclaré que je vis chez mes parents.

— Oui, mais vous n'avez indiqué ni votre adresse, ni le nom de vos parents. Nous n'avons ni vos coordonnées, ni votre numéro fiscal, ni votre numéro d'abonnement à la Rai, rien de rien.

— Vous n'avez qu'à vérifier vous-même, bordel de merde ! Où envoyez-vous vos lettres de réclamation ? Chez moi ! Vous avez donc mon adresse. Vous ne voyez donc pas que c'est la même que celle de ma mère, qui paie l'abonnement depuis un million d'années ?

— En effet, monsieur Mancini, en effet. Il suffit que vous m'envoyiez un fax dans lequel vous indiquez que vous résidez chez vos parents, et j'arrangerai tout. J'outrepasse mes devoirs, je vous assure, mais je vous comprends et j'essaie de vous aider. Envoyez-moi donc un fax où vous attestez que vous habitez chez vos parents, que vous n'avez pas de domicile personnel, que vous logez encore dans votre chambrette, et vous verrez que…

— N'exagérez pas, maintenant ! On dirait que vous parlez à un gosse de dix ans.

— Pardonnez-moi, ce n'était pas mon intention. Mais c'est la vérité, non ? Si vous vivez chez vos parents, j'imagine que vous avez une chambre.

— Oui, mais vous avez dit "chambrette", bordel, comme si j'étais un gamin débile. »

À la cuisine, sa mère reprend : « Sandro, ton riz est froid. Je te le réchauffe au bain-marie !

— Non ! Je déteste ça ! » hurle Sandro en pressant la main sur son front qui explose.

À l'autre bout du fil, la femme répète : « Allô ? Allô ? Qu'est-ce que vous dites ? » et Sandro n'a plus assez d'énergie pour essayer de sauver la mise.

Il fait quand même une tentative : « Bon, ce n'est pas une chambrette. C'est une pièce à part avec salle de bains, séparée du reste. J'ai mon indépendance.

— Ah, intéressant. Une autre entité d'habitation, en quelque sorte.

— Oui, exact, une autre entité, bravo.

— Désolée, monsieur Mancini, désolée. Cela change tout. Voilà pourquoi nous vous avons envoyé le bulletin de paiement. Si vous vivez avec vos parents, c'est une chose. Mais votre installation est d'un autre genre, me semble-t-il. Disposez-vous par hasard d'un coin cuisine, monsieur Mancini ?

— Non, mais je pourrais, si je le voulais.

— Vous voyez ? Il s'agit d'un logement indépendant. Vous devez donc payer votre abonnement à part.

— Quoi ? Qu'est-ce que c'est que cette connerie ? C'est absurde !

— Vous ne vivez pas avec vos parents, monsieur Mancini. Vous vivez dans le même bâtiment, qui comporte toutefois deux logements différents. Il faut donc un abonnement pour le téléviseur de vos parents et un autre pour celui que vous possédez, j'imagine, dans votre logement indépendant.

— Je n'ai pas de télé dans ma chambre !

— Vous en avez peut-être une dans votre coin cuisine, ou dans votre salle de bains privée...

— Ah, parce qu'il te paraît logique que j'aie une télé dans les chiottes, alors que je n'en ai pas dans ma chambre ? Et puis je n'ai pas de coin cuisine, je n'ai pas d'argent pour en faire construire un et je n'en aurai jamais si vous me le volez avec un putain d'abonnement injuste.

— C'est la loi, monsieur Mancini, vous vivez dans un logement indépendant, et par conséquent...

42

— Ça suffit ! Je vis chez mes parents, dans une petite maison à un seul étage. Une cuisine, une salle de bains, un couloir et deux chambres, une pour mes parents et une pour moi. Pas de salon, rien de rien, tu es contente ? Et ne m'oblige plus à crier, j'ai la tête qui éclate.

— C'est moi qui vous prie de ne pas crier, et arrêtez de me tutoyer. Appelez-moi madame Catapano. J'ai fait des études, j'ai une licence.

— Une licence, bordel ! Moi aussi, qu'est-ce que tu crois ? Je suis même professeur, vois-tu. Le professeur Mancini. Qu'est-ce que tu en dis ? Ça t'en bouche un coin, hein, dans ton petit monde rempli de faux diplômés ?

— Fort bien, professeur Mancini. Je crois que j'en ai trop fait et je vous salue bien. Je vous conseille de remplir le bulletin et d'aller payer votre abonnement au bureau de poste, majoration comprise. À ce jour, la majoration se monte à…

— C'est ça… Moi, je ne vais pas à la poste, je n'ai pas de temps à perdre.

— Évidemment, professeur Mancini, vous êtes sûrement un homme très occupé. Pour l'instant, allez donc à table : le riz refroidit et votre petite maman va vous gronder. »

Tels sont les termes qu'emploie la salope. Sandro écarquille les yeux et serre le combiné comme si c'était le cou de Mme Catapano, il remplit ses poumons afin d'avoir l'air nécessaire pour bombarder d'insultes cette crétine. Mais alors qu'il s'apprête à prononcer le premier « Va te faire foutre », le *clic* sec et impitoyable de la ligne retentit. La pute a raccroché.

Gonflé d'air et de rage, les paupières plissées par la douleur, Sandro raccroche violemment. Insuffisant. Il reprend le combiné et répète son geste encore plus fort. Il recommence avec tant de vigueur qu'une espèce de sonnerie mêlée au choc du plastique retentit, et il n'a pas besoin de porter le combiné à son oreille pour comprendre que l'appareil est cassé.

Au même moment, sa mère s'écrie, dans la cuisine : « Sandro, que se passe-t-il ? Tu t'es fait mal ? Sandro, Sandro chéri ! »

TU T'APPELLES SERENA

Tu t'appelles Serena, mais sereine tu ne l'es vraiment pas.

En te donnant ce prénom, tes parents ne pouvaient pas prévoir. Ils ne t'avaient pas comprise au moment de leur mort – ta mère, quand tu avais plus de trente ans, ton père au mois de septembre suivant –, alors à ta naissance…

Bien sûr, il y avait des prénoms moins risqués, mais ils ont choisi celui-ci, et tu es bien obligée de le garder. Comme les Gioia et les Gaia ; comme ton amie Allegra, en dépression depuis toujours ; comme ta cousine Angelica, la fille la plus délurée de la côte entre Gênes et Orbetello.

Mais ce n'est pas un problème. Par une telle journée de soleil, les problèmes n'existent pas. Certaines personnes se moquent du temps, elles ne remarquent même pas que le soleil brille ou qu'il pleut depuis un mois, leur calme ou leur nervosité n'en dépendent pas, elles sont imperméables à l'eau et à tout ce qui vient du ciel.

Toi, en revanche, tu souris dès que le soleil brille. C'est le cas aujourd'hui. Et aujourd'hui c'est aussi mardi, jour où tu ne travailles pas, où tu vas chercher Luca et Luna à la sortie des classes. Les autres salons de coiffure ferment le lundi : les femmes veulent être bien coiffées lorsqu'elles ont une soirée importante, et ici il ne se passe jamais rien le lundi soir. Mais, si l'on excepte les deux mois d'été, il ne se passe rien non plus le mardi, le mercredi, ni aucun jour de la semaine, et Gemma ferme donc quand bon lui semble. En espérant que le Gemma Hair Studio résistera, qu'il ne sera pas remplacé par une autre de ces bâtisses aux fenêtres obscurcies où l'on joue au poker et aux machines à sous. Si cela se produit, chaque jour deviendra pour toi un mardi : tu profiteras de tes enfants toute la semaine sur le trottoir, devant un orgue de Barbarie, un chapeau destiné aux aumônes sur le sol.

Il est absurde d'y penser pour le moment. Une seule chose est sensée : tourner à droite, vers l'école de Luna, au lieu de continuer vers le lycée pour récupérer Luca, comme tous les mardis. Aujourd'hui Luca n'est pas là.

Luca est en France, et cette pensée te désarçonne. Tu es contente parce qu'il va bien : il t'envoie des messages fabuleux que tu lis et relis toute la soirée comme une idiote, mais tu l'imagines ensuite devant l'Océan, ou plutôt dedans, au milieu de gigantesques vagues froides, et la peur s'empare de toi. Il n'a que dix-sept ans, tu aurais pu refuser. Mais comment refuser quelque chose à Luca ? Tous ses actes sont parfaits, naturels ; lui dire non équivaudrait à dire non au printemps qui survient. Et tu aurais beau te planter au milieu de la rue et crier « Arrête, printemps, stop, ne viens pas ! », tenter de figer les boutons jaillissant des branches et de refermer les fleurs qui s'ouvrent dans les jardins, le printemps ne t'entendrait pas, il se répandrait avec la brise, réchaufferait l'air, raviverait les couleurs, affolerait les animaux et, en l'espace de cinq minutes, il te capturerait toi aussi.

Alors, ça suffit ! Luca est heureux, et il faut que tu le sois également. Tu vas chercher Luna, acheter une pizza et la manger avec elle en plein air. C'est-à-dire sur la plage. Luna veut toujours voir la mer, comme son frère, même si le soleil n'est pas bon pour elle, si elle doit garder son sweat-shirt à capuche et ses lunettes noires, étaler un kilo de crème sur sa peau... Bien entendu, tu n'as pas emporté la crème. Tu l'avais posée sur la table de la cuisine pour ne pas l'oublier, et tu l'y as oubliée.

Quelle idiote, quelle crétine ! Comment se fait-il que tu oublies toujours tout, alors que tu réfléchis sans cesse ? Idiote et crétine, crétine et idiote... En attendant, te voici devant l'école, et tu es trop occupée à t'insulter pour remarquer qu'il n'y a personne dehors, que la cour est vide et silencieuse, que la porte d'entrée, au fond, est fermée.

Seigneur, c'est peut-être aujourd'hui la fête nationale, à moins qu'on n'ait évacué le bâtiment, ou qu'on n'ait transféré les classes ailleurs... Tout est possible, des millions de choses absurdes se produisent chaque jour dans ton monde. De fait, tu consultes ta montre et comprends qu'il s'est produit un événement encore plus incroyable : tu es en avance.

Dix bonnes minutes, presque un quart d'heure, cela a de quoi te désarçonner. Dans cette bâtisse, les profs sont encore en train de faire cours, la grille est fermée. La surveillante, qui agite à présent la main à ton adresse, vient justement l'ouvrir. Elle n'est pas très normale : elle a toujours un coin de la bouche qui rit et, sur les épaules, un petit sac à dos rose qui contient on ne sait quoi. Elle continue de te saluer, se touche le front et forme du pouce le signe OK pour signifier que la frange te va bien. Tu souris et remercies, tu lui cries : « Toi aussi, tu es sublime ! » Elle éclate de rire, se couvre le visage de ses mains en secouant la tête, rejette ses cheveux derrière ses oreilles et achève d'ouvrir la grille.

Tu te demandes pourquoi elle voue une passion à ta frange, elle t'en félicite depuis l'époque où tu amenais Luca à l'école primaire. Cela fait vingt ans que tu arbores la même coupe, tu ne songes pas à en changer. Car tu travailles dans la coiffure et tu vois tous les jours d'innombrables filles et femmes désireuses de changer de vie qui espèrent y parvenir en modifiant leur coupe, leur couleur, leur brushing. Elles abandonnent les cheveux lisses ou frisés, elles abandonnent les mèches, et elles s'imaginent qu'elles abandonneront de la même façon leur confiance en tout le monde, leur désir de rendre les autres heureux en se fichant de leur propre bonheur, leur volonté de faire croire que tout leur réussit alors que rien ne va. « À partir de maintenant, c'est terminé, Serena, oui, oui, à partir de maintenant, ça va changer », disent-elles en regardant dans le miroir leurs cheveux tomber de tous côtés. Or, en fin de compte, rien ne change, à l'exception de leur coupe qui les désarçonne pendant un certain temps et à laquelle elles finissent par s'habituer, ainsi qu'elles se sont habituées à un tas de choses désagréables au cours de leur existence, et désormais elles ne semblent ni belles ni laides, tout simplement normales.

D'autres voitures se présentent devant l'école avec d'autres mamans. Chacune reste enfermée dans son gigantesque véhicule et patiente en étudiant son téléphone portable ou en fixant le vide à travers le pare-brise. Alors tu ouvres la portière et sors à l'air libre, car si les gens tristes ont une utilité, c'est de te rappeler ce que tu dois éviter d'être. Tu allumes une cigarette et t'adosses à ta voiture, tu croises les bras et observes le bâtiment trapu, carré, de l'école.

S'il a été repeint, c'est celui que tu fréquentais dans ton enfance, sauf qu'à l'époque c'était une école primaire. Sa vue te ramène toujours à la mémoire ton premier jour d'école, qui n'a duré en réalité qu'une demi-heure. Pour toi, ce n'était pas le premier jour d'école, c'était le seul : tu n'avais pas compris que ça durerait, tu pensais que c'était juste une matinée bizarre, que ta mère t'avait abandonnée dans cette grande et vieille pièce aux murs fissurés, au milieu d'un tas d'enfants inconnus, pour la seule raison qu'elle était occupée. Les enfants et toi, vous vous jetiez des regards égarés, chacun assis à une petite table grise, vêtu d'un tablier rose ou bleu, devant une vieille femme qui vous apprenait les règles de ce jeu idiot.

D'ailleurs, il est terriblement barbant d'écouter, immobile, cette femme parler de stylos, de cahiers et d'un tas de choses à apporter, aussi tu ne l'écoutes pas, tu te contentes de poser la tête sur tes mains et les coudes sur la table que la dame appelle pupitre. Et tu décides de conserver cette position jusqu'au retour de ta mère.

Sauf que tu as envie de faire pipi.

Tu avais déjà envie depuis un certain temps, mais juste un peu. Maintenant tu en as très envie. Tu commences à remuer les jambes en jetant un regard circulaire, puis tu les serres fort, mais tu ne peux pas résister longtemps. Il faut que tu ailles aux toilettes. Où est-ce ? Y a-t-il des toilettes dans cet horrible endroit ?

La dame est en train d'expliquer que cette pièce est votre classe, que vous êtes en onzième B. Pas un mot sur les toilettes. Elle en a peut-être parlé, mais tu n'écoutais pas. Tu agites davantage les jambes, tu te mets à transpirer, ça presse de plus en plus. L'urine crie : « Ouvre-moi, ouvre-moi ! » Impossible, devant tout le monde. Alors tu t'exclames : « Madame, j'ai besoin de faire pipi ! »

La femme s'arrête et pose sur toi des yeux écarquillés, comme si tu lui avais lancé un caillou.

« Serena, avant de prendre la parole, il faut lever la main. »

Tu hoches la tête et penses que c'est un jeu barbant aux règles absurdes. Tu lèves une main, puis deux.

« Une main suffit, Serena.

— Pardon, madame. J'ai levé l'autre pour compenser, puisque je ne l'avais pas fait avant.

— Ah, d'accord, dit la femme en proie à une étrange envie de rire. Mais ne m'appelle pas madame, je suis ta maîtresse.

— D'accord, maîtresse. J'ai besoin de faire pipi. »

Sans doute parce que tu en as parlé, ça urge de plus en plus.

« Ce n'est pas comme ça qu'on dit. On demande juste la permission d'aller aux toilettes.

— Est-ce que je peux aller aux toilettes ?

— Tu ne peux pas attendre la récréation ? »

Ah non, tu ne peux pas. Tu ne sais pas très bien en quoi consiste cette récréation, mais tu sais que tu ne peux pas l'attendre. « Non, maîtresse, il faut que j'aille tout de suite, sinon je fais sous moi. »

Les autres enfants éclatent de rire, comme s'ils n'avaient jamais besoin de faire pipi alors que tout le monde peut en avoir besoin à tout instant, raison pour laquelle il y a des toilettes partout, au restaurant, au cinéma, au bar. Et ici aussi, tu espères.

« D'accord, vas-y, mais dépêche-toi. »

Tu te lèves d'un bond. Maintenant, ça urge horriblement. Tu sens même quelques gouttes chaudes mouiller ta culotte, mais tu résistes. Et tu restes plantée là, près de ton pupitre, sous l'œil de la maîtresse.

« Alors, Serena, tu n'y vas pas ?

— Je... je ne sais pas où sont les toilettes.

— Ah, pardon ! Je n'y avais pas pensé. Bon, attends-moi une seconde, car je dois terminer de dire cette chose importante, je t'y conduirai ensuite... Ou plutôt non. » La maîtresse se dirige vers la porte, l'ouvre et prononce tout haut un nom bizarre, genre Derna ou Terna, puis rentre. « La surveillante va t'accompagner, d'accord ? »

Elle s'assied et se remet à parler de détails inutiles, de cahiers à rayures et de cahiers à petits carreaux, alors que ça presse affreusement, que l'urine inonde ton ventre, qu'elle inonde peut-être même ton cerveau, puisque tu ne penses plus qu'à ça. Et un peu à cette Derna, ou cette Terna, qui ne vient pas.

Tu te rassieds, parce que la position assise diminuait un peu ton envie. Mais maintenant tu n'arrives même plus à respirer. Chaque fois qu'une bouffée d'air entre par ton nez, une goutte coule le long de tes jambes. Elle est chaude et elle se répand dans ton pantalon de survêtement. Impossible de l'arrêter car la goutte suivante proteste : « Quoi, tu l'as laissée sortir, elle, mais pas moi ? » et sort à son tour. Au bout d'un moment, tu sens du mouillé derrière les genoux, ça te chatouille, tu penses que ça ne pourra pas empirer et tu te relâches.

Tu respires. Tu te sens bien. Puis tu baisses les yeux et tu as un coup au cœur : il y a un lac autour de tes pieds, un gigantesque lac qui s'étend, qui ne cesse de s'étendre, au point d'atteindre les pieds de ta voisine. Celle-ci tourne la tête et s'en aperçoit, elle se lève si brusquement que sa chaise se renverse, attirant tous les regards. L'air éberlué, elle tend le doigt vers le lac, puis vers toi.

La maîtresse s'interrompt et accourt. Au même moment pénètre dans la pièce une dondon, Derna ou Terna, et les enfants se mettent tous à hurler : « La pisseuse ! La pisseuse ! » La maîtresse hurle encore plus fort : « Assez ! Asseyez-vous et taisez-vous, sinon je vous donnerai tellement de devoirs qu'il vous faudra un siècle pour les finir. » Mais personne ne sait ce que sont les devoirs, ni même ce qu'est un siècle, alors le chahut continue. Toi, tu pleures, les yeux fermés, y compris quand les énormes bras de Derna ou Terna te saisissent, te soulèvent doucement et te conduisent hors de la classe, là où elle devait te conduire il y a déjà longtemps.

Elle te dit de ne pas t'inquiéter, qu'il n'est rien arrivé de grave. Alors tu entrouvres les paupières et découvres à côté d'elle un homme chauve en tablier noir, que Derna ou Terna prie d'aller chercher de la sciure.

Tu fonds en larmes une nouvelle fois et dis « Non, s'il vous plaît, pas la sciure », parce que tu ne sais pas ce dont il s'agit, mais ce mot évoque une scie et tu as peur qu'on ne veuille te scier les jambes ou un autre bout de ton corps, en guise de punition.

« Non, non, ne t'inquiète pas, ce sont des copeaux de bois. Ils absorberont ce qu'il y a sous ton pupitre », explique la surveillante. Elle t'accompagne aux toilettes et te donne un rouleau de papier gigantesque, tout en téléphonant à ta mère, à laquelle elle dit de venir te récupérer tout de suite.

C'est ainsi que s'achève ton premier jour d'école, qui n'a duré en réalité qu'une demi-heure, mais au cours duquel tu as appris deux choses importantes :

tu sais maintenant ce qu'est la sciure ; surtout, tu as compris qu'il ne faut demander d'autorisation à personne quand on doit faire une chose, juste se lever et y aller.

Enfin la sonnerie retentit très fort, elle parvient jusqu'à la rue et te ramène à aujourd'hui. C'est mardi, tu as près de quarante ans et deux enfants, tu attends la plus jeune et tu dois admettre que, somme toute, tu n'as pas si mal grandi que ça.

Car un tel épisode aurait pu avoir de terribles conséquences, il aurait déboussolé de plus faibles que toi. C'est pour ce genre de traumatismes que les serial killers deviennent des serial killers, qu'ils tuent les gens puis les dévorent. Il ne faut vraiment pas grand-chose pour vous chambouler le cerveau. La mèche de la folie est courte et silencieuse ; quand on l'allume, au revoir et merci.

La porte d'entrée s'ouvre d'un coup, la surveillante s'écrie : « Doucement ! Doucement ! », mais personne ne l'écoute, les enfants jaillissent à l'extérieur, pareils à une éclaboussure phosphorescente de sweat-shirts, sacs à dos, coiffures en pétard, cris, gros mots et sonneries des portables grésillant dans l'énergie écrasée sur une chaise pendant toute la matinée qui explose soudain. La giclure s'étend dans la cour puis se comprime au moment de franchir la grille, et la lutte pour sortir le premier se mène à coups de gifles et de croche-pieds.

Et puis, là au fond, toute seule contre le muret de la cour, voilà Luna.

Qui lève la tête et te sourit.

Elle prétend qu'elle se poste à cet endroit-là pour que tu ne perdes pas de temps à la chercher dans le désordre. Tu lui répètes que c'est inutile, que tu la trouverais même au milieu de cent millions d'élèves. Elle demande : « Parce que je suis la seule à avoir les cheveux blancs ? » Tu réponds : « Non, parce que tu es la seule, un point c'est tout. » Luna dit : « Merci, alors la prochaine fois je resterai avec les autres. » Mais ce n'est jamais le cas.

Rien à voir avec Luca, qui est toujours au centre de tout, à la sortie. Il ne le fait pas exprès, non, il est le centre, le reste se rassemble autour de lui. Ses camarades le suivent, ses profs aussi, les filles observent une distance de quelques pas, mais le fixent sans cesser d'ajuster leur coiffure. Luca ne le remarque même pas. Il regarde droit devant lui et sourit calmement à une de ses pensées brillantes et mystérieuses, puis il te voit et son sourire s'accentue, son pas accélère, il t'embrasse sur la joue et se plie en deux : ta Panda est petite et il mesure près de deux mètres. Il entre, tu démarres et fermes la portière, tu laisses le monde dehors : qu'il reste là, misérable et vide, à vous regarder partir !

Mais aujourd'hui c'est différent, aujourd'hui il n'y a que Luna, qui reste au fond de la cour car le désordre ne se calme pas à la grille ; pis, il augmente autour d'un gamin qui essaie de s'éloigner, écopant à chaque pas d'une poussée, d'un croche-pied, d'un coup de pied aux fesses.

Tu espères que ce n'est pas lui, mais qui veux-tu que ce soit ? Avec son chapeau en paille, ce ne peut être que le pauvre petit qu'un projet d'aide aux enfants de Tchernobyl a conduit en Versilia. Soudain des gamins le saisissent par son manteau et le soulèvent, ils le jettent par terre comme un sac d'ordures, et il atterrit si fort sur les genoux que tu en es malade pour lui. Il ne proteste pas, il ne se défend pas, il se contente de presser des deux mains son chapeau sur sa tête.

La situation empire à l'arrivée de l'énorme Damiano, le fils d'un dentiste idiot avec qui tu étais au lycée et qui bavait devant toi. Damiano est en classe avec le jeune Russe et Luna, mais il a de la moustache et du ventre, et s'il plaquait ses cheveux sur son crâne on lui donnerait soixante ans. Il se précipite sur le petit Russe, le gifle et le bourre de coups de pied, puis lui arrache son chapeau. L'enfant réagit enfin. Si ce n'est que sa réaction consiste à crier « Vaurien ! » en essayant de récupérer son bien.

Tout le monde rit et hurle, tandis que Damiano frotte le chapeau contre ses fesses, l'écrase en disant : « Chapeau de merde, chapeau de merde », puis il le tord comme une serpillière, crache dedans, l'empoigne à la manière d'un Frisbee et fait semblant de le lancer.

« Ça suffit, rends-le-moi, c'est un chapeau assez précieux, traite-le avec des égards, scélérat !

— Moi, scélérat ? Comment oses-tu, tête de nœud ? » Damiano arme son bras pour propulser le couvre-chef vers la haute haie de ronces qui sépare la rue et l'école du terrain voisin où se trouvait autrefois une pinède. On a abattu les arbres pour construire des pavillons mais, faute d'autorisation, le terrain ne forme qu'une étendue de boue, de sacs de ciment et de rats.

« Rends-moi mon panama, je te le demande poliment, il appartient à mon grand-père, il possède une valeur affective non négligeable ! »

Damiano ne l'écoute pas, il rit et déchaîne les rires des autres. Un professeur passe en secouant la tête. Mais toi, Serena, tu approches. Au début, tu comptais rejoindre Luna, qui assiste à la scène, immobile, et tu n'imaginais pas te mêler de cette histoire. Cependant tes pieds te conduisent vers Damiano et le jeune Russe, et tu dis au premier : « Rends-lui son chapeau.

— Hein ? Qu'est-ce que tu veux, toi ?

— Rends-lui immédiatement son chapeau, ou je vais tout raconter à ton père.

— Rien à foutre, mon père est un couillon.

— C'est vrai, mais rends le chapeau quand même.

— Qu'est-ce que tu feras sinon ? » Damiano te sourit de sa grosse bouche, les lèvres mouillées et les dents enchâssées dans l'appareil que lui a fabriqué son couillon de père. Il arme une nouvelle fois son bras.

Autour de lui, les gamins s'écartent pour lui faire de la place, et même s'ils ne le disent pas, il est évident qu'ils ont hâte de l'observer en pleine action et de voir ce qui s'ensuivra. Pour la même raison, tu espères qu'il s'abstiendra.

« Obéis à la dame, malotru ! » s'exclame le jeune Russe, qui s'est dissimulé derrière toi et légèrement penché. Il t'arrive au nombril.

« Toi, tais-toi, lui lances-tu avant de répéter à Damiano : Rends-lui son chapeau.

— Et pourquoi ça ?

— Parce que tu risques de le regretter. »

Le sérieux s'empare de l'assemblée. Seul Damiano continue de rire. Il arme son bras et, alors que tu croyais qu'il bluffait, pousse un grognement et jette le couvre-chef.

Le chapeau vole, tourne, virevolte, il monte dans l'air empli du hurlement et des cris excités des camarades de Damiano, il franchit la haie et disparaît dans la boue inaccessible du chantier.

Damiano t'envoie un baiser et te tire la langue en un geste visqueux, ignoble, en rien enfantin : il la passe sur ses lèvres charnues, sur sa moustache clairsemée et va même jusqu'à te faire un clin d'œil.

« Alors, j'attends, madame. De toute façon, si tu me touches, je porterai plainte. »

Tu serres les dents, respires et secoues la tête. Tu lèves les mains et recules d'un pas pour signifier au garçon et aux mères qui approchent que la violence n'appartient pas à ton univers, qu'elle n'existe pas. Et puis, sur un gamin… mais où se croit-on, au Moyen Âge ? On ne peut pas tout résoudre avec des gifles et des coups, n'est-ce pas ?

Damiano rit et pose ses gros doigts sur ton épaule. « Bien, ne fais rien, ça vaut mieux pour toi. Parce que si tu me touches, tu finiras en prison, et ta fille retournera au cirque de monstres où tu l'as trouvée. »

Il rit et, sous les rires des autres, se lance dans l'imitation d'un monstre : il tend les bras, écarquille les yeux et crie « Arrrrrh, arrrrrh ». Puis il se plie en deux et émet un troisième « Arrrrh » beaucoup plus profond : d'un coup sec et précis, tu viens de lui balancer ton tibia entre les jambes. Il ne reste plus qu'à espérer qu'il a bien regardé ses couilles, en admettant qu'il en ait : il n'est pas près de les revoir.

Tout le monde se sauve, à trois exceptions près. À genoux, Damiano essaie de respirer, mais il ne sait plus comment s'y prendre. Le jeune Russe fixe sur toi des yeux ronds et s'écarte un peu. Luna te rejoint enfin en courant. Elle a beau porter ses grosses lunettes de soleil, tu mesures à son regard la gigantesque connerie que tu as faite.

Tu ne sais pas quoi dire. Tu voudrais lui expliquer que tu as agi pour elle, parce que ce fumier avait prononcé des mots horribles, parce que ces gamins n'ont rien d'innocent, parce qu'ils sont la version miniature des merdes qu'ils deviendront dans quelques années. Et puis tu es nerveuse : Luca n'est pas là, c'est son anniversaire demain, ses dix-huit ans, et tu aurais aimé les fêter avec lui. Enfin, tu as repensé à ta première journée d'école, un souvenir qui te remplit toujours d'angoisse, bref, tu avais les idées embrouillées et l'horrible gros lard a trinqué.

Mais il est difficile d'exprimer tout cela du regard, d'autant plus que Luna a détourné les yeux pour les poser au-dessus de ton épaule. Tu te retournes. Il y a là une prof, la surveillante et la mère de Damiano qui s'efforce de s'extraire de son tout-terrain, si ce n'est qu'elle n'arrive pas à ôter sa ceinture de sécurité. On dirait qu'elle se bat contre le tentacule d'une gigantesque pieuvre. En nage, elle hurle : « Salope ! Salope !

— Allez-vous-en, les enfants, et vite ! lances-tu à Luna et au Russe.

— Mon chapeau, madame...

— Ne m'appelle pas madame. Et tu peux faire une croix sur ton chapeau. De toute façon, il était affreux. Retourne chez ta maman.

— Je n'ai pas de maman, je prends le bus du ramassage.

— Ah oui, pardon. Alors prends le bus du ramassage.

— D'habitude, je préfère l'éviter et je me déplace à pied. Je serai rendu dans trois quarts d'heure.

— Tu aimes marcher, hein ?

— Pas excessivement, mais si je prends le car, j'ai droit à dix minutes de coups, alors je préfère marcher. »

Le plus terrible, c'est qu'il semble estimer qu'il n'y a rien de plus normal au monde. Du reste, c'est logique quand on reçoit des coups à l'école, des coups à bord du car et peut-être des coups en arrivant chez soi... Pauvre petit, ces quarante-cinq minutes à pied sont peut-être le moment le plus agréable de sa journée.

Mais tu n'as pas le temps de trop te chagriner : la mère de Damiano s'est libérée de sa ceinture, elle se rue sur toi, son double menton et ses gros seins flasques ballottant de tous côtés.

« Va à la voiture avec Luna, je te ramènerai chez toi. Vite !

— Je ne voudrais pas vous offenser, madame, je ne vous connais pas et j'ignore si je peux avoir confiance en vous.

— Qu'est-ce que ça peut foutre ? Au pire, je te frapperai, mais comme tout le monde te frappe ici, ça ne changera rien au film. Va à la voiture avec Luna et attendez-moi.

— Oui, mais cela ne me paraît pas un choix pondéré, je ne…

— Vas-y, bordel ! » Tu le saisis par le bras et l'écartes.

Luna l'appelle, il la rejoint et ils se dirigent enfin vers la voiture, tandis que la mère de Damiano déboule avec ses énormes chevilles et ses cheveux teints dans un blond qu'un pays sérieux décréterait illégal. Elle pousse un professeur, annonce à celui qui tente de la calmer qu'elle le fera enfermer s'il pose la main sur elle, elle se plante devant toi, ouvre les bras et te saute dessus.

Alors, tu te mets bien en équilibre, un pied devant l'autre, tu souffles sur ta frange et plisses les paupières pour gagner du temps et mieux viser, porter un coup précis.

Tu t'appelles Serena. Et le mardi est soi-disant ton jour de repos.

LE ROI DES CÈPES

« Over, over, rien trouvé ? Over.

— Allô, Rambo, à qui parles-tu ?

— À vous deux. Vous n'avez rien trouvé ? Over.

— Moi, rien, répond Sandro.

— Comment ça ? Pas un seul ? Over.

— Non. Pourquoi ? Combien en as-tu cueilli, toi ?

— Aucun. Over. Et Marino ? Marino, tu m'entends ?

— …

— Sandro, je suis inquiet, comment se fait-il qu'on ne l'entende pas ? Pourquoi es-tu le seul à répondre ? Over.

— Parce que je suis débile. Et maintenant arrête avec cet "over".

— Je ne peux pas, c'est le langage radio international. Quand on finit sa phrase, on dit "over", sinon tout le monde parle en même temps et c'est l'anarchie. Et toi, quand tu reçois ma communication, tu devrais répondre "Roger", comme ça on est sûr que… »

Les propos de Rambo se perdent dans un claquement électrique alors que Sandro éteint son talkie-walkie, le fourre dans sa poche et poursuit ses recherches dans le bois, en l'absence de cette voix qui coasse autour de lui.

Les talkies-walkies sont récents, ils les ont achetés la veille pour éviter de chercher jusqu'à la nuit, comme la dernière fois, celui d'entre eux qui s'est égaré. C'est du moins ce qu'ils espèrent. De même qu'ils espèrent trouver de nombreux cèpes, qui se vendent à trente euros le kilo et leur permettront donc de se constituer un petit magot. Même si, pour l'instant, ils se sont contentés de dépenser leur argent en talkies-walkies et n'ont pas vu l'ombre d'un cèpe.

Bien sûr, il vaudrait mieux compter parmi eux ces spécialistes en champignons qui connaissent les bons endroits et les bons jours pour la cueillette. C'est loin d'être leur cas. Ils ne sont spécialistes de rien, ce sont juste trois copains qui partagent le même rêve : gagner assez d'argent pour dire adieu à leurs parents et vivre seuls. En vérité, ils vivraient ensemble, genre étudiants en colocation, ce qui est un peu triste à l'âge de quarante ans, mais toujours mieux que d'habiter chez papa-maman.

Marino possède une espèce de ruine à Vaiana, la partie de Forte dei Marmi la plus éloignée de la mer et la moins prestigieuse, mais ils se fichent pas mal du prestige, ils se contenteraient de la retaper afin de s'y installer. Ils cultivent ce rêve depuis l'époque du lycée et aujourd'hui, vingt ans plus tard, ils le voient s'éloigner. Ce n'est pas possible, c'est sans doute une illusion d'optique ! Sandro, Rambo et Marino doivent s'obstiner, la tête à la fois basse et haute, résister et y croire, trouver de nouveaux moyens de gagner de l'argent. Théoriquement, Rambo travaille au kiosque à journaux de ses parents, Marino est agent à la circulation par intermittence et Sandro effectue des remplacements au lycée... Or, ces travaux ne sont pas assez lucratifs, et il n'y en a pas d'autres, il n'y a pas devant eux de routes droites menant à l'avenir. Voilà pourquoi ils essaient de battre de nouveaux sentiers dans la jungle mystérieuse du destin, des sentiers tordus et sans direction certaine, qu'ils parcourent, condamnés à improviser éternellement, à se conduire éternellement en minables.

C'est le cas aujourd'hui : ils n'ont pas encore aperçu l'ombre d'un champignon, et Marino a peut-être échoué au fond d'un ravin. Pourtant, Sandro se réjouit de cette promenade à la montagne. Il préfère ça aux matinées qu'il passe au lycée, assis pendant des heures à son bureau à chercher une façon de résister jusqu'à 13 heures. La meilleure technique n'est autre que la traduction : les élèves écrivent sur leur cahier une phrase en italien qu'ils doivent ensuite traduire en anglais. Quand ils ont terminé, Sandro en choisit un au hasard et écoute le résultat, puis il en dicte une autre et ainsi de suite jusqu'à la sonnerie. En réalité, l'astuce réside dans le délai qu'il octroie à la classe pour traduire chaque phrase : dix bonnes minutes, voire un quart d'heure, raison pour laquelle les adolescents écrivent immédiatement leurs traductions erronées et vaquent ensuite à leurs occupations dans le calme, pendant qu'il lit le journal, envoie des messages ou, plus simplement, ferme les yeux et s'octroie une sorte de somme.

Et dire qu'il se réjouissait de ce nouveau travail, même s'il en voulait à sa mère… Le premier jour, il s'est rendu au lycée à Vespa avec dix minutes de retard, la sacoche en cuir flambant neuve que son oncle et sa tante lui avaient offerte pour sa licence entre les jambes. Un film défilait alors dans sa tête : il entrait en classe, les élèves contemplaient bouche bée ce professeur si différent et si beau, qui jetait son sac par terre, s'asseyait sur le bureau et leur exposait sans tarder la situation : « Salut, je m'appelle

Sandro Mancini, j'enseigne la langue et la littérature anglaises, je me contrefiche des dates, des notes et du programme. *I only care about the heart*, le cœur est la seule chose qui m'intéresse. Donnez-moi votre cœur, les jeunes, je vous donnerai le mien. »

Ouais, exactement. Était-ce l'air glacial qui lui fouettait le visage à une heure de la matinée où il dort en général ? Sandro y croyait vraiment : il entrait en classe, et un lien particulier se nouait aussitôt avec les élèves, il devenait le frère aîné des garçons et l'objet du désir interdit des filles, une sorte de gourou plein de charme qui déboulait dans leurs vies et les bouleversait à jamais. Alors, tout en arrachant ces jeunes à leur torpeur, tout en leur apprenant à chevaucher l'existence sans écouter personne, il découvrait sa véritable et grande vocation.

Une vocation qui n'était ni la guitare, ni la poésie, ni même le mélange qu'il avait fait des deux dans sa tentative de se transformer en auteur-interprète lo-fi baptisé « Noir Complet ». Malgré ses envois de maquettes à des maisons de disques, à des revues musicales, à des clubs qui engageaient jusqu'à des répliques de Toto, personne ne l'avait jamais appelé. Personne, pas une seule réponse. Sandro avait rejeté la faute sur l'Italie, petit pays de bigots, sur le piston, sur la méconnaissance du véritable talent, sur l'encouragement donné aux conneries habituelles. Or, la réalité était tout autre. La réalité, c'était que la musique n'était pas sa vocation : Sandro Mancini était né pour enseigner.

Voilà ce qu'il pensait, roulant à toute allure à Vespa sur la route provinciale, entre un hangar en construction et un autre tout juste fermé pour faillite, et plus il s'approchait du lycée, plus il y croyait.

Mais l'accueil du surveillant (« Voici la classe, grouille-toi, il est tard »), le regard des quelques élèves qui ont daigné lever la tête à son entrée et l'odeur chimique des radiateurs poussés à fond ont suffi à le persuader du contraire. Certes, il ne vaut rien en tant que compositeur-interprète, cependant il est le Noir Complet aussi en tant que prof.

Il connaît bien le sujet, il parle anglais cent fois mieux que les professeurs titulaires – de vieux abrutis qui mettent un mois à expliquer la différence entre une montre, une pendule et un coucou, après quoi les élèves sont incapables de s'acheter un sandwich à l'étranger –, pourtant il est incapable de transmettre son savoir à qui que ce soit. Et les rares fois où il apprend quelque chose à un élève, ça ne lui apporte rien, inutile de tourner autour du pot. Il n'enseignera à ces gamins pas plus d'un mois, ils le savent tout comme lui. On dirait deux voyageurs montés à bord d'un train, dont l'un se prépare à descendre au premier arrêt.

De fait, si un follet, un nain magique ou un autre individu de ce genre surgissait de derrière un arbre et lui offrait cent euros pour chaque nom d'élève mémorisé, Sandro resterait sec. Il se rappelle quelques visages, surtout de filles, mais aucun nom propre. Il y a dans la classe deux garçons qui sont peut-être des étrangers, et un troisième qui est peut-être une fille. Alors les noms…

Certes, il se souvient de Luca, mais ça ne compte pas.

Ils se sont parlé dès le premier jour, à la récréation. Appuyé contre le mur, dans un coin du couloir où ne passaient ni élèves ni profs, Sandro caressait son paquet de cigarettes, dans la poche de son jean, en cherchant le moyen de fumer inaperçu.

« Nous, on fume dans les toilettes, mais vous, vous avez la salle des profs », lui a suggéré ce garçon surgi du néant. Grand, les cheveux blonds et longs, vêtu d'un tee-shirt bleu décoloré avec un dessin de palmier. Le genre de garçons qui plongent les femmes en dépression, et les hommes dans les tourments de leurs quatorze ans, âge auquel, trouvant un de leurs camarades beau, trop beau, ils passaient la nuit à se tourner et se retourner dans leur lit en proie à la crainte d'être pédés et à la pensée des années de mensonges à leurs parents, de blagues idiotes des gens, voire de rossées infligées par des bandes de nazis de banlieue, qui les attendaient.

« Merci du renseignement, lui a dit Sandro en retenant un sourire. Et la salle des profs, où c'est ?

— À l'étage. Derrière la seule porte intacte. Combien de temps es-tu obligé de rester ?

— Où ?

— Dans ce bahut. Combien de temps ?

— Je ne suis pas *obligé*. » Sandro s'apprêtait à amener la conversation sur le rôle-clef des professeurs dans la société, sur l'importance de leur action pour l'avenir de la nation, quand le regard tranquille du garçon lui a laissé entendre qu'il était inutile de débiter toutes ces conneries. Ils ont alors parlé musique, mentionné les grands groupes que Sandro a vus en concert. Luca exultait à chaque nom, incapable de croire qu'il les avait vraiment vus jouer, et Sandro se sentait à la fois branché et préhistorique.

Ils ont ensuite évoqué les concerts programmés pour l'été : Luca n'avait pas d'argent, mais il aurait aimé y aller. De même qu'il aurait aimé aller à Biarritz surfer avec ses copains qui partiraient en van la semaine suivante. Sauf que sa mère ne lui en donnait pas la permission.

Cette expression, « donner la permission », a fait enrager Sandro. Comment une mère pouvait-elle étouffer un fils pareil, le mettre en cage sous le prétexte horrible qu'il est encore tôt et qu'il pourra agir un jour à sa guise, un jour qui s'éloigne sans cesse, qui ne se présente jamais ? Il lui a exposé, lui, le professeur, à son élève, la réalité des faits. Comment il en est arrivé là, à l'âge de quarante ans, à cause de sa mère. C'est horrible en soi, oui, mais ça l'est encore plus de l'avouer à un garçon qui devrait vous considérer comme un point de repère. Or, Luca l'écoutait avec tant d'attention, il semblait si inté-ressé, si compréhensif, que Sandro a continué. Il lui a confié que sa mère lui téléphone quand elle entend passer une ambulance, qu'elle lui prépare des flans de légumes et dessine dessus avec du fromage son nom accompagné d'un cœur. Il s'apprêtait même à ajouter qu'il trouve chaque soir son pyjama bien au chaud sur le radiateur quand la sonnerie a retenti, telle une détonation métallique au-dessus de leurs têtes. Se rappelant où il était et ce qu'il était censé faire, Sandro s'est ravisé, et chacun a regagné sa place à toute allure.

Le même phénomène se produit à présent dans le cœur du bois : un son fort ramène Sandro à la réalité. Un cri aigu dans le ciel, une buse qui tournoie à la recherche d'une proie. Sandro l'entend et se ressaisit : il se promène depuis un bon moment dans le bois, les yeux en l'air, et ce n'est pas ce qu'il y a de mieux pour dénicher des champignons.

Il jette un regard circulaire. Il n'y a autour de lui que des arbres et des cailloux, des cailloux et des arbres. Il pourrait avancer encore un peu, ou retourner d'où il est venu, mais il ignore ce qu'il y a devant et derrière lui ; plus il y réfléchit, moins il le comprend. Une seule chose est certaine, parmi tous ces cailloux et ces branches : bordel de merde, il s'est perdu.

Il consulte son téléphone portable : pas de réseau. Il n'y a jamais de réseau ici, dans la montagne, autrement ils n'auraient pas acheté ces putains de talkies-walkies. Il allume le sien et dit : « Au secours, les mecs, je ne sais pas où je suis, et vous, où êtes-vous ? » Seul lui répond un vague bruit, genre un nid de guêpes se battant pour sortir de la radio. « Vous m'entendez ? Rambo, tu m'entends ? Si tu m'entends, réponds-moi, s'il te plaît… Over. »

Ça ne marche pas non plus. Alors Sandro s'immobilise au pied d'un arbre gigantesque, beaucoup plus large et plus haut que les autres, et s'assied. Dans ce genre de situation, il importe de se créer un repère, se déplacer aggrave les choses. Un tas de gens croient que se perdre équivaut à un discours tranché, style noir ou blanc, allumé ou éteint : soit vous savez où vous êtes, soit vous ne savez pas. Or, il y a dans ce domaine mille nuances. On se perd tous un peu, et si l'on s'obstine à marcher au hasard, on risque de se perdre tout à fait et de se retrouver seul dans la nuit sombre sans rien voir autour de soi, sans rien entendre d'autre qu'un bruit léger, les gueules des loups qui bavent en se rapprochant.

Sandro ne commet pas cette erreur. S'il ne connaît rien aux champignons, il est spécialiste dans l'art de se perdre. Il s'adosse au tronc, ferme les yeux et s'efforce de se détendre. C'est alors que retentit le double *bip* de son portable qui, dans le silence, évoque un son venu de Mars. Il bondit. Alors il y a du réseau, alors il est sauvé ! Cet arbre énorme sert peut-être d'antenne, il attire et concentre les rares ondes qui circulent dans l'air.

Sandro scrute l'écran de son appareil. Mais non, il n'y a pas de réseau, pas du tout. Il a reçu un message de Luca. Soudain, il comprend : au moment où il pensait à ce garçon magique et à son voyage fabuleux à Biarritz, Luca a pensé à son super prof et lui a écrit un message qui lui est parvenu malgré l'absence de réseau. Car les choses qui doivent se produire se moquent de l'impossible et de l'absurde, elles foncent, tête baissée, et se produisent tout simplement.

(14.07) Salut, prof, ici tout est sublime, tu avais raison comme toujours. Et toi, tu as trouvé ce que tu cherchais ? Insiste : tu y es presque. L.

Sandro sourit et secoue la tête comme si Luca se tenait devant lui. Non, il n'a pas trouvé ce qu'il cherchait, il ne sait même pas ce qu'il cherche et, pour tout arranger, il s'est perdu. Mais ce n'est pas grave, tout le monde dit des bêtises de temps en temps, y compris Luca.

Lequel est en France et s'amuse avec ses copains, chevauche les vagues le jour et drague la nuit un tas de filles. Ici elles sont si nombreuses à le poursuivre qu'il est obligé de les éviter : au lycée, les plus déchaînées préparent des embuscades, elles se placent près des toilettes et attendent qu'il passe, prêtes à l'empoigner de force, à l'attirer à l'intérieur à la moindre distraction, et arrivera ce qui arrivera…

Mais la buse crie une nouvelle fois dans le ciel, et ce cri empêche Sandro d'imaginer les filles dans les toilettes, et lui à la place de Luca. Ce cri le ramène au monde réel, bourré d'arbres et de cailloux identiques, avare de partouses.

Il lève la tête. La buse tournoie à l'affût d'une proie qui lui permettra de vivre un jour de plus. En ce sens, elle ressemble à Sandro et à ses copains. À une différence près : elle vole haut dans le ciel, sans s'arrêter, alors qu'il se tourne les pouces, assis et perdu.

Il s'agrippe au tronc du châtaignier et se relève : s'il ne sait pas voler, il dénichera le moyen de sortir en vie de cet enfer de cailloux et de feuilles. Avant tout, il brandit son portable vers la buse et tente de la cadrer pour envoyer sa photo à Luca, accompagnée du texte suivant : « Non, je n'ai pas encore trouvé ce que je cherchais, mais, bordel de merde, je cherche plus que jamais. »

Une belle phrase, une phrase forte. Elle conviendrait très bien à une chanson, placée au bon endroit : il pourrait composer un nouveau morceau et l'intituler *La Buse*. Or, pour le moment, il lui faut photographier ce maudit oiseau, toujours en mouvement, si bien que le premier cliché ne montre qu'un bout d'aile et le second, le ciel. Au troisième, son téléphone lui échappe des mains, roule sur le sol et disparaît au bout de quelques mètres sous un rocher au milieu de l'herbe haute.

Merde. Sandro abat le poing sur sa cuisse, se faisant mal aux deux, puis se précipite vers le rocher et se penche. Il s'apprête à glisser sa main douloureuse dans l'herbe quand un bruit sec, genre souffle, lui parvient aux oreilles. Il la retire aussitôt. Voilà, parfait, ce couillon de Marino lui a transmis sa peur des vipères. Ce matin, il n'a pas arrêté pendant tout le trajet de répéter qu'il était insensé de se promener sans sérum anti-venin, sans grosses chaussures et sans bâton dans les montagnes, lieux qui, selon lui, grouillent de serpents.

Mais s'il fallait écouter Marino, les trois garçons ne feraient rien, ils ne travailleraient même pas : quand ils vont ramasser des moules autour des piquets du ponton, Marino a peur que la capitainerie ne les surprenne ou qu'ils n'attrapent une congestion. Quand ils fouillent les poubelles à la recherche de vieux objets, il a peur d'être mordu par les rats et atteint de leptospirose. Quand ils vont voler des pommes de pin dans la pinède municipale, il a peur que les agents ne le pincent et qu'ils ne cessent de l'employer... Non, ce genre de vie est impossible ; ce n'est pas une vie, c'est une mort au ralenti.

Sandro ne doit donc pas céder aux peurs idiotes de Marino, Sandro doit réagir. Le bruit sec retentit une nouvelle fois parmi les feuilles. Il s'en fiche. Il respire profondément et fourre la main dans l'obscurité humide de ce mystère. Il sent la fraîcheur de l'herbe, le froid de la terre, puis le plastique dur du téléphone. Il s'apprête à s'en saisir quand il tâte autre chose. Une chose gonflée et lisse, beaucoup plus volumineuse. Il arrache l'herbe, déplace les cailloux, baisse la tête et découvre un spectacle presque effrayant : le plus gros cèpe du monde. C'est la première fois qu'il en voit un aussi gros, que ce soit en vrai ou au cinéma, en admettant qu'il ait jamais vu de cèpe au cinéma. Ce champignon est énorme et il est si parfait qu'il paraît factice. Pourtant il est bien réel, il est gigantesque, c'est le Roi des Cèpes.

« Le Roi des Cèpes ! Le Roi des Cèpes ! » s'écrie-t-il en le cueillant, d'abord d'un geste délicat, puis d'un coup sec car le Roi résiste. Il lui faut tout de même céder à l'homme qui l'a trouvé. Oui, il l'a trouvé, Sandro l'a trouvé ! Il doit l'annoncer aux autres, il doit l'annoncer à Luca, qui avait raison, putain, Luca lui a écrit qu'il touchait presque au but, et bordel, il y est, il y est !

Il soulève le champignon et examine ses contours parfaits qui se détachent sur le ciel, tandis que la buse continue de tournoyer sans avoir encore rien déniché.

Il agite le Roi en l'air, en espérant que l'oiseau le verra et qu'il s'inclinera devant son talent. « La buse, regarde-moi ça ! Et toc, dans les gencives ! »

Il salue l'animal, lui adresse un geste du médius, glisse le champignon sous son bras comme un nouveau-né et s'élance sur la pente à longues et légères enjambées.

Car ce qu'il y a de bien, quand on est perdu et qu'on ne sait plus où aller, c'est qu'on est libre de jeter un coup d'œil autour de soi et de choisir la voie la plus facile.

LES CADEAUX DE LA MER

Ces derniers jours, la mer était furibonde, noire et pâteuse, elle hurlait si fort que je l'entendais la nuit, de ma chambre. J'ignore pourquoi elle était aussi nerveuse : la mer est vaste et, si ça se trouve, c'est un phénomène situé de l'autre côté de l'horizon, en Corse, en Espagne, ou plus loin encore, qui l'a agitée. Mais ce matin tout est terminé, elle scintille calmement au soleil en d'innombrables petits carrés qui me donnent le vertige même si je les regarde à travers mes lunettes noires.

En même temps je souris, car j'aime le soleil à en mourir. À en mourir, vraiment : je ne devrais pas m'exposer à ses rayons, car ils me brûlent et risquent de me tuer. Je devrais passer mes journées à l'ombre ou, mieux, chez moi, et ne sortir qu'au crépuscule. Au lieu de ça, je me mets un kilo de crème, me cache sous la capuche de mon sweat et derrière mes lunettes, et je sors. Mieux vaut courir le risque de mourir à l'extérieur que de crever de tristesse à la maison.

Et puis, c'est trop bien ici. J'écoute les vagues qui rampent sur le sable et en oublie de manger mon morceau de pizza. Qui est bonne, mais dont le goût se mêle à l'odeur de la crème qui me couvre le visage et le cou, les mains, les bras, partout. Avant d'aller à la pizzéria, on a fait un saut à la pharmacie, maman et moi, puis on est venues à la plage, on s'est assises à l'ombre des cabines et on a envoyé un message à Luca : on lui a dit qu'il ratait notre mardi-pizza à la plage et on lui a demandé de se dépêcher de rentrer. Il n'a pas encore répondu. À tous les coups, il contemple le monde du haut des vagues, ce qui est sûrement merveilleux, et si à son retour il ne me raconte pas dans les moindres détails ce qu'il a vu, je jure que je le frappe.

Mais Luca me raconte toujours ce qu'il voit, y compris quand nous marchons ensemble, parce que j'ai une très mauvaise vue ; surtout parce que le lointain forme pour moi une sorte de brouillard coloré. Il m'arrive par exemple d'imaginer une rivière verte et bleue là où il y a un bois avec des arbres, des oiseaux et des mûres. Luca me le signale et je lui dis : « Allons-y ! » De près, les choses m'apparaissent plus sombres et plus rondes. Je tends la main, glisse le fruit dans ma bouche : il a vraiment le goût de la mûre. Alors je déclare que c'est délicieux et Luca s'exclame dans un rire : « Ça, c'est une nouvelle, Luna ! Les mûres sont bonnes ! Je vais téléphoner au *Tirreno* et la faire passer à la une. » Je ris et le pousse, il rit et fait semblant de me balancer un coup de poing sur la tête. Bref, tout ça pour dire que j'aimerais bien que mon grand frère soit avec nous aujourd'hui, au mardi-pizza.

À sa place, il y a Zot.

Nous étions censées le raccompagner chez lui, or en voiture maman l'a interrogé sur son déjeuner. Je n'ai pas vu le regard de Zot, mais maman oui, dans le rétroviseur, car elle a fait demi-tour et on est allés tous les trois à la pizzéria.

Je demande : « Luca a répondu ? » Maman vérifie encore une fois sur l'écran du téléphone et secoue la tête.

« Il doit être en mer. Il répondra plus tard, tu verras.

— On ne peut pas l'appeler ?

— J'aimerais bien, Luna. Je l'appellerais toutes les minutes si je pouvais. Mais nous avons promis… »

C'est vrai, nous le lui avons promis. Nous avons déjà eu assez de mal à le persuader d'emporter le téléphone que nous lui avons offert pour Noël et qu'il n'utilise jamais. « Mais pas d'appels, juste des messages de temps en temps. Autrement, je n'aurai rien à vous raconter à mon retour. »

« Oui, maman, mais je pense qu'on devrait lui téléphoner. Il y a urgence.

— Urgence ?

— Oui. Si tu vas en prison, il y a urgence.

— Pourquoi devrais-je aller en prison ?

— À cause de ce qui s'est passé à l'école tout à l'heure.

— Tu exagères. On ne va pas en prison pour un coup de pied. » Elle mange le dernier coin de sa pizza puis se nettoie les doigts sur le bois bleu de la cabine voisine. Après quoi, elle étend sur le sable sa chemise militaire et s'allonge dessus.

Zot et moi restons assis, lui sur un mouchoir en tissu blanc, un mouchoir de vieux. Il était dans la poche de son manteau large, gris et épais, un manteau de vieux lui aussi.

Comme il mâche depuis une demi-heure le même morceau, je lui demande : « Pourquoi tu ne manges pas ta pizza ?

— Je la savoure.

— Ce n'est pas vrai. Tu n'aimes pas ça.

— Je l'apprécie beaucoup, mais je la fais durer.

— Si tu ne l'aimes pas, tu n'es pas obligé de la manger, laisse-la. Et puis, tu as choisi la Napoli, avec des anchois très salés.

— Il s'agit de ma pizza favorite.

— Ce n'est pas vrai. Je sais pourquoi tu l'as choisie.

— Ah oui ? Et pourquoi ?

— Parce que tu n'arrivais pas à te décider. Alors le monsieur de la pizzéria t'a dit : "En tout cas, la Napoli est un vieux classique." Et comme tu aimes tout ce qui est vieux, tu l'as choisie.

— C'est absurde.

— Non, c'est vrai.

— Ça n'a rien de vrai ! s'écrie Zot d'une voix étrange qui évoque celle d'un rat pris dans un étau.

— Ne parle pas aussi fort, tu vas réveiller maman ! Il faut qu'elle se repose le plus possible. Si elle va en prison, bonjour le stress… »

Maman bondit comme un ressort. « Je n'irai pas en prison, ça suffit, avec cette idiotie, je n'irai pas ! Regardez donc, nous sommes ici au Paradis ! Taisez-vous et profitez de cette journée. » Elle prend dans la poche de sa chemise son paquet de cigarettes et en tire une, qu'elle allume.

Moi, je ne peux plus attendre. Je me lève et annonce que je vais chercher mon cadeau sur le rivage.

« Quel cadeau ? » interroge Zot, en vain. Comme chaque mardi, maman me répète de bien mettre ma capuche, de ne pas ôter mes lunettes et de ne pas trop m'attarder car l'effet de la crème ne dure pas.

« Madame, si je ne suis pas impoli, j'aimerais aller moi aussi sur le rivage voir ce cadeau », déclare Zot.

Je me retourne brusquement. Par chance, maman connaît la situation. Elle réplique : « Ne m'appelle pas madame, et tu es impoli. Il faut d'abord que tu finisses ta pizza et que tu me racontes ton histoire. Qui tu es, d'où tu viens, tout. »

Zot ne proteste pas. Il essaie d'enfourner un autre morceau de pizza dans sa bouche, tandis que je m'éloigne.

À chaque pas, la mer brille davantage et la brise se renforce. Au bout d'un moment, mes pas accélèrent et s'allongent : malgré moi je me suis élancée.

Sur le rivage, le sable est sombre et frais, mes pieds s'y enfoncent un peu et, pour la première fois, je constate qu'il se compose d'innombrables grains minuscules, qui roulent entre les doigts et chatouillent. Cela me fait sourire, tout comme les vagues légères qui me caressent les pieds de temps en temps, et même si l'air est chaud, l'eau est vraiment froide. Je commence à longer l'écume.

Je viens ici presque tous les jours : c'est à seulement cinq minutes de chez moi. Mais mon sourire se fige quand je pense à l'avenir. Le jour de l'enterrement de pépé, ont surgi des membres de la famille qu'on ne connaissait pas. Ils ont d'abord dit qu'ils regrettaient beaucoup, puis ils ont ajouté autre chose, et maman a cessé de hocher la tête, ils se sont même disputés, et elle a crié pendant qu'ils s'en allaient : « Vous ne pouvez pas, vous ne pouvez pas ! » Mais ils pouvaient : on a bientôt vu arriver sur la grille de la maison une pancarte marquée d'une inscription qui invitait les futurs acheteurs à appeler un numéro de téléphone. En italien et dans cette langue bizarre qui envahit tout depuis un certain temps, car c'est celle que les Russes utilisent.

Je suis triste qu'on leur donne la maison : elle se trouve dans une belle rue, petite, étroite, fermée au fond, où vivaient autrefois toute l'année un tas de gens, qui ont vendu. Elle y est maintenant la seule normale et la seule habitée : les autres sont des villas gigantesques dont les propriétaires ne viennent qu'un mois par an, et, quand la nôtre sera achetée, elle sera abattue et reconstruite sur ce modèle. Alors on ira vivre dans un endroit éloigné de la mer, et lorsque ma maison me manquera, je ne pourrai même pas venir la regarder, parce qu'elle n'existera plus.

Je me suis mise en colère et j'ai protesté. Luca, lui, n'a rien dit, vraiment rien, mais depuis qu'on a mis une pancarte devant notre maison, il a cessé de rentrer pour le déjeuner, il va sur la plage le matin et y reste jusqu'à l'heure du dîner.

Il a raison. Moi aussi, aujourd'hui, j'aimerais m'y attarder jusqu'au soir.

Je me promène près de la mer, qui s'est calmée après des jours de rage et qui m'envoie ses dernières petites vagues transparentes au drôle de bruit : comme s'il y avait au sommet de leur boucle un tas de feuilles qui tremblent dans l'air. Les vagues arrivent tout doucement, s'étalent sur le sable et, avant de rebrousser chemin, laissent des cadeaux sur le rivage.

Car la mer conserve des millions, peut-être des milliards d'objets sur son fond, sous son bleu. De temps en temps, elle en choisit un, qu'elle envoie sur la terre. Plein de gens ne les voient pas, parce qu'ils se perdent dans la contemplation de l'horizon, des voiliers, des mouettes en train de pêcher, de la côte et des montagnes qui disparaissent dans l'eau. Moi, qui suis éblouie quand je lève les yeux – raison pour laquelle je marche la tête couverte d'une capuche et le regard fixé au sol –, je suis bien obligée de remarquer les trucs bizarres que la mer dépose sur le rivage. Les trucs qui ont échoué dans l'eau depuis le début du monde, depuis les dinosaures jusqu'à ce matin, qui sont nés dedans, sont tombés des bateaux, ou ont été arrachés à la terre par les rivières en crue, dansent au fond de la mer et, de temps en temps, attrapent un courant, s'agrippent à la bonne vague et atterrissent sur le sable, prêts à me surprendre.

Car s'il est normal de trouver des crabes, des pagures et des coquillages, des branches et, hélas, des sacs en plastique, que fiche une brosse à dents sur le rivage ? Quel trajet a parcouru une pantoufle en forme de chien ou une télécommande jusqu'ici ? Et que dire des chaussures, des plaques d'immatriculation, des têtes de poupées aux cheveux emmêlés et ponctués de coquillage, dont un œil est fermé et l'autre ouvert, des boîtes de bonbons, des sparadraps, des cannettes de boissons aux inscriptions étranges peut-être issues de l'Inde, du Japon ou directement d'un autre monde...

Je passe mes journées à examiner ces trésors, je note mes jolies découvertes dans un cahier et emporte les plus belles. Pas trop : maman m'autorise à en prendre une par jour, que je dépose dans ma chambre. Un jour Luca est entré et m'a lancé : « Qu'est-ce que la mer t'a offert aujourd'hui ? » Depuis, on les appelle les cadeaux de la mer. Ma chambre en est bourrée, il y en a sur les meubles, sous le lit, sur le rebord de la fenêtre, dans les coins et même sur le sol, partout.

Aujourd'hui encore je me demande d'où viennent tous ces objets, comment ils sont arrivés jusqu'ici et en combien de temps. Je ne sens pas le soleil qui transperce doucement mon sweat, je ne sens pas mes yeux qui se mettent à pétiller, ni les larmes qui coulent derrière mes lunettes et se mêlent à la crème, de moins en moins épaisse.

Mais j'entends le sifflement que maman émet en fourrant deux doigts dans sa bouche, comme un berger appelant ses brebis. Je me tourne vers les cabines et aperçois une petite forme bleue qui me crie de revenir. Déjà ? Je ne suis pas restée longtemps… Il est peut-être arrivé quelque chose, Zot s'est peut-être étouffé en essayant d'avaler sa pizza, on conduit peut-être maman en prison. Dans le doute, je ramasse une petite branche tordue qui ressemble à la tête d'un canard, remercie la mer et vais voir ce qui se passe.

« Luna, viens. Pardonne-moi, mais je n'en pouvais plus, m'explique maman, les mains resserrées autour du cou comme si elle voulait s'étrangler. J'ai un poids sur la poitrine, je n'arrive pas à respirer. Ton copain Zot m'a raconté sa vie. Jamais je n'avais entendu d'histoire aussi triste. »

Assis sur le bois devant la cabine et toujours aux prises avec son morceau de pizza Napoli, qui me semble même plus gros qu'avant, Zot déclare : « Pardonnez-moi, madame, je suis désolé. C'est vous qui m'avez prié de raconter.

— Ne m'appelle pas madame. Et puis comment pouvais-je savoir que c'était si horrible ?

— Pourquoi ? dis-je. C'est quoi, cette histoire ?

— Laisse tomber, Luna, ne l'interroge jamais à ce sujet. Au moins épargne-toi ça, c'est incroyable.

— Ce n'est pas si triste que ça, intervient Zot. J'ai connu des moments heureux.

— Non, écoute-moi, petit, je te souhaite d'être heureux tous les jours de ta vie à partir d'aujourd'hui, mais jusqu'à présent, tu ne l'as foutrement pas été. Quand je pense à l'épisode de Noël, au petit chien à l'œil taché, quand je pense à l'histoire des chaussures contenant… Ça suffit, ne m'oblige pas à y penser.

— Tant mieux, maman, je croyais que tu m'appelais parce qu'on te conduisait en prison…

— Encore cette histoire de prison ? Je n'irai pas en prison, je te l'ai déjà dit, je n'irai pas !

— Je l'espère de tout mon cœur, mais tu as frappé Damiano et sa maman aussi.

— Tu exagères, je ne les ai pas frappés. Je leur ai juste donné un petit coup de pied, rien de rien. »

C'est vrai, un coup de pied à chacun. Le même coup de pied au même endroit, et ils se sont tous les deux effondrés. Elle a rejoint ensuite la voiture et, tout en se dépêchant de démarrer, m'a dit de me rappeler ce détail important : le coup de pied entre les jambes ne marche pas uniquement avec les garçons, il marche aussi avec les femmes s'il est bien asséné. « Tu as compris, Luna, tu as compris ? » J'ai hoché la tête. Il se peut que ça me soit utile un jour, mais j'espère que non.

« Si tu vas en prison, je pourrai rester à la maison avec Luca ?

— Je pense que non, réplique Zot. Il est probable qu'on te place dans un orphelinat. Mais si ça se trouve, il sera proche de la prison.

— Ça suffit, maintenant ! » s'exclame maman qui bondit et tire de son sac son téléphone portable. Elle compose un numéro et, l'appareil coincé entre joue et épaule, puise une autre cigarette dans la chemise militaire qui appartenait à Luca avant qu'elle rétrécisse. C'est une chemise d'homme mais elle lui va très bien : tout va à maman. « Vous me gonflez. Nous allons résoudre tout de suite cette affaire, je n'en peux plus… Oui, bonjour… » Elle change soudain de ton. « Je voudrais parler au docteur. Non, tout de suite, dites-lui de laisser son patient. Dites-lui que c'est urgent. Ou plutôt non, dites-lui que Serena le demande. »

Elle m'adresse un clin d'œil et, moins de dix secondes plus tard, poursuit d'une voix douce et basse que je ne lui connais pas :

« Oui, Giancarlo, salut, comment va ? Bon, tu sais tout, tant mieux. Oui, c'est même pour ça que je t'appelle, juste pour te dire que je regrette terriblement. J'ai commis une erreur, je me suis mal conduite, je regrette pour le petit. Pas pour ta femme : dans son cas, c'était de la légitime défense, car elle m'a sauté dessus et il est impossible de ne pas réagir quand on voit une dondon de ce genre se précipiter vers soi. Je sais, je sais, elle a raison de porter plainte, c'est normal. Elle le méritait, elle, mais pas Damiano. On ne peut pas dire que ce soit un enfant très sympathique, mais ce n'est pas sa faute. Le fait est que... Écoute, Giancarlo, je ne sais pas comment te le dire, je ne devrais peut-être même pas t'en parler, mais quand je vois ce petit, voilà, c'est comme si j'avais devant moi le symbole de ta vie avec une autre femme, et je comprends que tu as construit avec elle quelque chose d'important, qu'il est trop tard pour... Bref, je croyais m'en moquer, mais ce matin j'ai senti monter en moi un mélange de rage, de déception, de chagrin... Je suis une imbécile, je suis une idiote. Non, non, Giancarlo, c'est vrai, j'ai fait une erreur, je le sais, et je m'obstine en te racontant tout ça, il vaudrait peut-être mieux que je me taise. Oui, oui, je sais que tu me comprends... Entre nous, il est inutile de parler, nous avons une affinité spirituelle, tu le sais. Mais justement je ne devrais pas te dire ces choses-là, car tu as ta vie et tu as une famille, il n'est pas bon que... Oublie tout, Giancarlo, s'il te plaît. De toute façon, ma vie a toujours été compliquée et je ne veux pas compliquer la tienne. Et puis, entre les tribunaux et les avocats, les choses risquent de s'envenimer.

D'autant plus que je n'ai pas de quoi me payer un avocat, je ne sais pas comment je vais me débrouiller. Mais c'est normal, j'ai commis une erreur et je vais payer. Non, non, Giancarlo, c'est normal, et tu sais ce que je te dis ? Ces pensées, ces complications me détourneront peut-être de cette histoire, de mes sentiments pour toi. C'est peut-être mieux, vois-tu ? Non, non, ne fais rien, n'essaie même pas. Ne te fourre pas dans les ennuis avec ta femme, vraiment, je ne veux pas, je ne peux pas te demander ça, non… Retourne à ton patient, Giancarlo, tu fais du bien aux gens, c'est magnifique, c'est une mission. Je ne mérite pas ton attention, je ne te mérite pas. Oublie-moi, Giancarlo, Giancarlo chéri. Adieu. Je t'embrasse… »

Maman écarte le téléphone de son oreille et le range dans son sac. « C'est réglé. Tu es rassurée, maintenant ? »

Je n'ai pas bien compris ce qui s'est passé, ou plutôt je n'y ai rien compris, mais le ton de sa voix et le soupir qui s'ensuit m'amènent à répondre par l'affirmative.

Maman termine sa cigarette et en allume une autre avec le dernier petit bout, avant de se rallonger sur sa chemise.

Je me couche à côté d'elle comme la nuit, car il n'y a que deux chambres dans la maison : Luca dort dans la première, maman et moi dans la seconde.

« Zot, tu ne t'étends pas un peu ? demande-t-elle.

— Non, je vous remercie, je n'ai pas terminé mon repas.

— Ne te crois pas obligé de manger, je t'ai déjà dit d'arrêter.

— Non, non, j'aime ça… et puis, si je m'allonge l'estomac plein, je ne digère pas bien. Un jour, à l'époque où j'étais à l'orphelinat, j'ai…

— Oh, non, s'il te plaît, arrête avec cet orphelinat, je n'en peux plus !

— Ce n'est pas une histoire triste, c'est...

— Non, tu ne m'auras pas, je suis certaine que c'est horriblement triste. »

Zot proteste, et j'ignore s'ils continuent ce manège, s'ils changent de sujet ou s'ils se taisent, car je m'endors. Les mots s'évaporent, ils se confondent avec le bruit de la mer qui va et vient, qui va et vient, il n'y a plus qu'un bruissement, puis ce bruissement se transforme en une lumière claire et tremblante qui disparaît avec moi.

LES RETRAITÉS
FONT CE QUI LEUR PLAÎT

La matinée de cueillette dure plus longtemps que prévu : il est presque 22 heures, et ils sont encore sur le chemin du retour. Derrière les vitres de la voiture, il fait noir et l'on ne voit rien. Surtout on ne voit pas la fin de ces routes étroites, tout en virages, qui montent, descendent et se faufilent au milieu des arbres comme dans un film d'horreur que Sandro a vu à l'âge de six ans et qu'il n'oubliera jamais : un type roule au milieu de la campagne et échoue par erreur dans un village isolé dont il trouve les habitants gentils et accueillants, avant de découvrir qu'ils mangent les gens. De fait, ils essaient de le manger, mais il parvient à s'échapper, il saute dans sa voiture, qui naturellement a du mal à démarrer, puis file à toute allure sur les petites routes de montagne. Il roule, il roule au hasard et, à force de rouler, échoue dans le même village, où les cannibales l'attendent, lui sautent dessus et le dévorent.

Certes, on n'a jamais entendu parler de cannibales dans les Alpes apuanes, mais certains villages possèdent des cimetières où les pierres tombales affichent seulement trois noms de famille différents : les accouplements entre cousins ne doivent pas leur arranger le cerveau. Dans le doute, mieux vaut ne s'y promener que le jour et rentrer chez soi avant la nuit. Sauf qu'ils se sont attardés dans le bois, ils ont marché pendant des heures en essayant de se retrouver, et ils sont maintenant éreintés.

Une fois le Roi des Cèpes en main, Sandro s'est emparé de son talkie-walkie et a hurlé : « C'est un monstre ! Il est gigantesque ! » Peu après lui sont parvenues les voix de Rambo et de Marino qui lui disaient de les rejoindre, car ils voulaient le voir tout de suite. Il leur a répondu de se diriger plutôt vers lui, étant donné qu'il ne savait pas très bien où il était. Eux non plus. Ils s'étaient tous les trois perdus.

Pendant un moment, Sandro n'a plus entendu que le bruissement des talkies-walkies et, quand la communication a repris, ils ont tous les trois parlé en même temps pour s'insulter mutuellement. Ils marchaient au hasard dans le bois en s'envoyant paître, ils se disputaient en s'efforçant de se rappeler qui avait eu l'idée géniale d'acheter ces appareils : certes, ils sont utiles quand l'un d'eux se perd, mais s'ils se perdent tous les trois, ces conneries en plastique ne servent qu'à s'injurier en errant parmi les arbres en direction des bêtes sauvages qui attendent le couchant pour vous dévorer vivant.

En fin de compte, il n'y a pas eu mort d'homme et, vers l'heure du dîner, ils se tenaient tous trois devant la voiture. Rambo raconte qu'il s'est orienté grâce aux étoiles quand elles ont commencé à briller. Marino a croisé deux retraités spécialistes des champignons qui l'ont escorté jusqu'au véhicule et lui ont pratiquement sauvé la vie. Sandro est arrivé le dernier : il a suivi la musique d'un restaurant à karaoké jusqu'à la route et, pour la première fois de sa vie, s'est réjoui d'entendre une chanson de Pooh.

Lorsque les deux retraités l'ont aperçu, le Roi des Cèpes dans les bras, ils ont eu du mal à le croire. Ils n'avaient jamais vu ça, un géant, un trophée qui, à lui seul, vous propulse dans la légende.

Sandro opinait du bonnet ; mieux, il s'efforçait d'adopter un air désabusé, comme s'il était habitué à des proies de ce calibre, tandis que Rambo l'étreignait et que Marino l'embrassait en répétant : « Nous ne formons qu'un seul homme, mes frères, nous sommes sains et saufs, la nature nous a rendus plus forts, sans problèmes, sans peurs, sans femmes. » Pendant ce temps, les deux retraités contemplaient le mégacèpe. Ils se sont dévisagés et se sont abstenus de demander si Sandro souhaitait le vendre et combien, ils ont juste tiré de leur poche un billet de cent euros, cent, en tendant leurs mains desséchées vers le Roi.

Sandro a d'abord reculé d'un pas, le champignon pressé sur sa poitrine. Il avait eu un mal fou à le trouver, il avait risqué de mourir de plusieurs façons différentes et il voulait maintenant le montrer à son père. Qui s'était moqué de lui pendant une demi-heure la veille au soir en disant : « Où croyez-vous aller comme ça ? Vous connaissez les bons coins ? Vous avez une autorisation ? De bonnes chaussures ? Un panier ? Mais où croyez-vous aller comme ça ?... » Car pour son père, comme pour tous les pères du monde, la moindre activité – aller sur la Lune ou fixer une étagère – est une entreprise qui requiert une longue préparation, une organisation impériale et des équipements en tout genre.

Or, la vraie vie est différente : dans la vie, il convient de croire, de croire assez fort pour que les choses vous obéissent et se produisent nécessairement. Sans grands préparatifs, sans précautions : il suffit d'une décharge électrique, qui soulève vos fesses de votre siège, balaie les discours et déchaîne l'action. Oui, il en est ainsi, et Sandro l'a prouvé aujourd'hui en dénichant le Roi des Cèpes sans carte, sans chaussures de montagne, sans rien. De fait, il comptait bien rentrer chez lui et le jeter au nez de son père en un triomphe éclatant.

Sauf que les retraités ont décidé de l'acheter, et il est impossible de rivaliser avec des retraités : ils ont travaillé pendant de nombreuses années, à une époque où l'on jetait l'argent par les fenêtres, et maintenant qu'ils ne travaillent plus, ils continuent d'en toucher tous les mois directement chez eux. Les retraités constituent une puissance économique, ils se promènent parmi les jeunes comme les Occidentaux en vacances dans le tiers-monde qui regardent le prix des choses, rient et achètent n'importe quoi dans le seul but de se débarrasser de leur monnaie. Impossible de leur résister. De fait, Sandro a fini par lâcher prise, il a empoché les cent euros et abandonné le Roi des Cèpes.

Puis il s'est coulé dans la voiture et a demandé à Rambo de démarrer immédiatement.

Il refusait de s'attarder un instant de plus devant ces vieux richards qui déposaient déjà le Roi dans l'herbe, jetaient quelques feuilles dessus pour créer une mise en scène plus véridique et, avec leur iPhone dernier modèle, prenaient mille photos dans des poses de stupeur et de joie. Photos qui feront en l'espace de cinq minutes le tour de leurs amis et de leurs connaissances et, puisqu'il s'agit de deux retraités technologiques, s'afficheront bien vite sur Internet, dans les forums de cueilleurs de champignons que Sandro n'a jamais vus mais qui existent sûrement. Alors ce sera mondialement officiel : ce n'est pas lui qui a trouvé le Roi des Cèpes, mais deux vieux bourrés de fric.

Sandro y repense maintenant, à 22 heures, vautré sur le siège avant de la Jeep militaire de Rambo, alors qu'ils tentent de retrouver le chemin de la maison.

Il regarde à travers la vitre, voit les troncs s'allumer au passage de la voiture puis redevenir un unique mur noir de chaque côté de la route. Il est fatigué. Oui, il a arpenté la montagne toute la journée, mais ce n'est pas l'effort, c'est la lassitude. La lassitude d'une autre journée perdue à se perdre. Cette fois c'était à la montagne mais, quand ce n'est pas la montagne, c'est la pinède où ils vont voler des pommes de pin, ce sont des rues identiques ou les parkings des centres commerciaux dans lesquels ils distribuent annuaires téléphoniques, tracts de magasins qui soldent et de fêtes populaires, ce sont les ronds-points inutiles, construits dans des no man's land qui vous envoient dans mille directions différentes et ne conduisent en fin de compte qu'au néant. Or, comment peut-on se perdre autant alors même qu'on ignore où l'on va ?

Bof, Sandro ne le sait pas et il n'a aucune envie d'y réfléchir. Il ferme les yeux, appuie la tempe contre la vitre mouillée en espérant que la voiture l'endormira un peu. Comme dans son enfance, lorsque les voyages de retour ne duraient pas longtemps parce qu'il se réveillait dans les bras de sa mère, devant la maison, et que tout était accompli, tout était réglé. Il lui est arrivé de dormir cinq heures d'affilée, de Madonna di Campiglio jusqu'en Toscane, en 1985, année historique où ses parents croyaient être riches. Ou, du moins, croyaient ne pas figurer parmi les derniers de la liste. Or, s'ils étaient encore les derniers, cela signifiait que toute la liste s'était améliorée et que même la famille d'un jardinier pouvait se payer une semaine à la neige.

« Bordel, avait dit son père, j'ai trimé toute ma vie, je veux me faire plaisir. » Sandro revoit ses parents dans les combinaisons de ski de son oncle et sa tante, il se revoit dans la combinaison neuve qu'on lui avait achetée, avec des Moon Boot rouges, alors que deux ans plus tôt, quand il avait un peu neigé, à la surprise générale, à Forte dei Marmi, sa mère l'avait expédié dans la rue deux sacs en plastique enfilés sur les chaussures et retenus aux chevilles par des élastiques.

Ils ne savaient pas skier. Sa mère avait passé son temps à se réchauffer à la pension, son père avait loué une luge sur laquelle il avait parcouru la descente d'un parking, et ils lui avaient payé un moniteur : « Tu as devant toi de nombreuses années pour skier, c'est un investissement », lui avait expliqué son père, désormais devenu un entrepreneur, un homme qui voyait clair et loin dans l'avenir, à une époque où tout semblait possible et où l'on avait le loisir d'escalader les classes sociales comme les douces montagnes enneigées de Madonna di Campiglio.

Pendant le voyage de retour de cette semaine fabuleuse, Sandro avait dormi tranquillement, plongé dans un rêve qu'il n'a pas oublié : il était hyper riche, il vivait dans une villa au sommet d'une montagne et, grâce à son argent, résolvait les problèmes de tous ceux qui lui demandaient de l'aide. Mais ces gens se multipliaient et ne cessaient de le harceler, alors il montait à bord de son hélicoptère privé et filait au pôle Nord. Tout en rêvant de ce vol arctique, il sentait le mouvement des hélices qui le secouait, le secouait encore, et ces hélices n'étaient autres que les mains de son père, en voiture, qui le secouaient parce qu'ils étaient parvenus à destination. Cinq heures de voyage résolues en un rêve.

À présent, assis sur le siège dur et dans le bordel de la camionnette militaire de Rambo, il n'arrive pas à s'endormir. Il repense à Madonna di Campiglio : après cette année-là, sa famille n'y est plus retournée, elle n'a plus chaussé de skis, n'a plus escaladé de montagnes, ni même de classes sociales. L'année 1985 est restée un moment éclatant et unique, à jamais englouti dans le passé, exactement comme le Roi des Cèpes, la satisfaction la plus forte de ces derniers temps obscurs, vendu pour cent euros.

De toute façon, il aurait du mal à s'endormir même si ces pensées ne lui encombraient pas le cerveau : à côté de lui, Rambo s'époumone et insulte Marino.

« T'es con, ou quoi ? La loi établit des limites, ces limites sont claires et doivent être respectées. Mais puisque la loi fixe la limite à dix-huit, tu as le droit de baiser toute fille de dix-huit ans.

— T'as déjà vu une fille de dix-huit ans parmi nous ?

— Bon, c'est un exemple, évidemment ! » rétorque Rambo.

Leurs conversations sur les femmes appartiennent en effet au domaine de la science-fiction : ni Rambo ni Marino n'en ont jamais touché une. Par rapport à eux, Sandro, qui est sorti deux mois avec une Calabraise à l'université, trois mois avec une autre, et qu'une touriste suisse a presque violé à la plage, fait figure de play-boy international.

« De toute manière, la question n'est pas là, continue Rambo. La question, c'est que notre pote Sandro, qui travaille dans des établissements scolaires, dispose d'une immense occasion : il passe ses journées avec des gamines fraîches, délurées et majeures, et, s'il abat bien ses cartes, il peut en allonger plus d'une, selon moi. La loi est de son côté.

— Je sais, Rambo, dit Marino, et le bruit de la voiture couvre presque sa petite voix. Mais coucher avec une fille de dix-huit ans, ça me ferait un drôle d'effet.

— Encore ! Et pourquoi ?

— Parce que c'est trop jeune, ou parce qu'on est trop vieux. Bordel, on en a plus du double. Dix-huit ans, c'est pas assez.

— Et à partir de quel âge c'est assez, alors ?

— Je ne sais pas. Vingt-trois ? Ce n'est pas grand-chose non plus, mais c'est déjà mieux.

— Vingt-trois ! T'es con, ou quoi ? La loi établit la majorité à dix-huit ans. D'où sors-tu ces vingt-trois ? Quand tu conduis, si le panneau de signalisation te dit…

— Il ne conduit pas, réplique Sandro d'un ton sec, sans ouvrir les yeux. Marino n'a pas le permis.

— Ouais, quelle tristesse, je préférais oublier… Mais même sans permis, il peut comprendre… Bref, tu roules sur une route, et un panneau te signale que la limite de vitesse est cinquante à l'heure. Qu'est-ce que tu fais ? Tu roules à vingt, parce que cinquante ne te paraît pas assez ?

— Je ne vois pas le rapport. C'est différent.

— Non, non, ce n'est pas différent, c'est la loi, et la loi est la même pour tout le monde. Pour toi, qui roules à cinquante à l'heure, et pour Sandro qui baise une fille de dix-huit ans si l'occasion se présente. On est tous des types bien et honnêtes. Les gens prétendent qu'en Italie on ne grandit pas, mais si on te traite encore comme une gamine à dix-huit ans, tu as peut-être le choix ? Et puis aujourd'hui les filles de dix-huit ans te choisissent et te culbutent, mon cher Marino. Demande donc à Sandro, qui les côtoie tous les jours. Hein, Sandro ? Sandro, hé, Sandro… »

Rambo abat une main sur l'épaule de Sandro deux, trois, cinquante fois, mais Sandro ne répond pas. Il se contente de regarder la route sombre et si étroite que les branches frottent contre les vitres.

« Hé, Sandro, dis-le-lui ! Dis-lui comment sont tes élèves… Des salopes, non ? Comment elles sont, hein, comment ? Allez, dis-le, allez…

— Plus que les élèves, finit par dire Sandro, il y a des mères sublimes. »

Il a répondu comme un robot, d'une voix blanche, pour faire taire Rambo. Qui hurle encore plus fort et l'envoie paître, car il y a des mères partout, au supermarché, chez le médecin… et quand on travaille dans un lycée, rien à foutre des mères ! Marino affirme que si une femme est une mère, elle est probablement mariée et qu'il n'est donc pas bien de sortir avec elle. Alors Rambo s'écrie : « Marino, tu n'aimes pas les mères, tu n'aimes pas les filles, d'après moi tu n'aimes pas la chatte en général ! »

Pour sûr Marino proteste, et Rambo insiste, mais oui, mais non… Or Sandro ne les entend plus : il est désormais ailleurs. Il lui a suffi d'évoquer les mères sublimes pour revenir en esprit au magnifique après-midi de la semaine précédente, à la réunion parents-professeurs. Un moment splendide, un fragment de vie si lumineux qu'il a du mal à le ranger dans sa collection privée. Pourtant, c'est bien le cas, et ce seul souvenir lui réchauffe la gorge, la poitrine et même le front, collé à la vitre ruisselante.

Comme pour se réchauffer à ce feu merveilleux, Sandro s'en rapproche et finit par se jeter dedans, dans les flammes de la vie et de l'émotion et, pourquoi pas, dans les flammes de l'amour.

Il se remémore la scène dans les moindres détails.

EINSTEIN NE SAVAIT PAS LACER
SES CHAUSSURES

Cet après-midi-là, Sandro n'avait même pas envie d'aller au lycée. Il a fait remarquer à la directrice qu'il venait juste d'arriver, qu'il ne connaissait pratiquement pas les élèves : à quoi bon s'entretenir avec les parents ? La directrice a répondu : « N'ayez pas peur, dites ce que vous pouvez, ne tranchez pas, restez dans le vague et, vous verrez, il n'y aura pas de problème. »

Mais le problème, c'est qu'il ne supporte pas le vague. Et il supporte encore moins les visages déçus de ces mamans, presque toutes bien habillées et bien coiffées pour l'occasion, qui s'attendaient à un après-midi différent, à un moment particulier dans leurs immuables vies d'horaires fixes et d'insatisfaction. Or, elles lui bâillent l'une après l'autre au nez, alors qu'il prononce les phrases les plus inutiles du monde : votre fils n'est pas mauvais, mais pas bon non plus. Votre fille s'applique, mais elle pourrait s'appliquer davantage…

Sandro parle, et elles ne l'écoutent que d'une oreille, elles consultent leur montre puis s'en vont, les yeux pleins d'ennui à cause de ce professeur incompétent et sans saveur qu'elles oublieront en l'espace de cinq minutes.

Sandro ne l'accepte pas. Il ne veut pas disparaître, il veut plaire à ces mères, il veut transiter par leur tête pour atteindre leur cœur et se répandre ensuite à travers leur sang dans tout leur corps. Il veut qu'elles rentrent chez elles émues, qu'elles décrivent à leur mari le jeune et fabuleux professeur qui, en quinze jours, a compris les enfants mieux que leurs parents. Il veut qu'une pensée enflamme un coin secret de leur tête, à savoir que ce professeur si sensible pourrait les comprendre, elles aussi, comprendre leurs doutes, leurs exigences, tout ce que le reste du monde est incapable de remarquer. Si seulement elles n'étaient pas mariées, si seulement ce n'était pas le prof de leurs enfants…

Oui, voilà ce que veut Sandro, voilà ce que doit vouloir tout professeur sérieux. Sans passion, on se contente de voler de l'argent à l'État. Alors, quand une autre mère est entrée, tête basse, humiliée par les entretiens précédents et résignée à subir une nouvelle mortification, quand elle a dit : « Excusez-moi, je suis la mère d'Erik Conti, excusez-moi », Sandro a bondi sur ses pieds, a contourné le bureau et lui a serré la main.

« Oh, la mère d'Erik, enfin ! Vous avez un garçon fantastique, madame. »

La femme a posé sur lui un regard surpris, comme si elle recevait un baiser sur la bouche à la place de la gifle attendue. « Mais… vous parlez de mon Erik, Erik Conti ?

— Bien sûr. Il est d'une intelligence… Une intelligence très particulière mais extrêmement vive.

— Eh bien, la prof de mathématiques vient de me dire que la classe est en retard par sa faute.

— L'excuse typique des enseignants qui ne savent pas mener à bien le programme et en rejettent la responsabilité sur les enfants. Et puis, entre vous et moi, que voulez-vous qu'une prof de maths comprenne à la vie ? »

Sandro adresse un clin d'œil à la mère, qui laisse échapper un petit sourire.

Il faudrait qu'il s'arrête là, il a beaucoup exagéré, mais ce sourire, ce regard... Pour la première fois, Sandro se sent à l'aise dans ce lycée ; mieux, il se sent à l'aise pour la première fois depuis plusieurs mois. Alors il déclare sans réfléchir : « Ne vous inquiétez pas, madame, vous serez récompensée plus tard. Pour l'instant, avalez la couleuvre, mais à l'avenir, quand vous passerez dans la rue avec votre fils, tout le monde devra revenir sur sa mesquinerie.

— Vous êtes sûr, monsieur le professeur ? Moi, j'aime Erik, mais je ne lui vois pas l'intelligence dont vous parlez.

— C'est clair, il s'agit d'une intelligence originale, géniale, qui n'a rien de classique. Van Gogh était un génie, mais je vous rappelle qu'il s'est coupé une oreille gratuitement, pour passer le temps.

— Oui, je l'ai entendu dire.

— Et Einstein ? Savez-vous qu'Einstein ne savait pas lacer ses chaussures ?

— Vraiment ?

— Oui, c'est sa sœur qui les lui laçait. Et quand elle était absente, il sortait de chez lui en pantoufles. »

Maintenant qu'il est lancé, il ne sait plus comment s'arrêter. Il ignore si Einstein avait vraiment une sœur, mais peu importe. Ce qui importe, c'est qu'Erik Conti ait une mère. Et désormais cette mère est heureuse. Elle écoute M. Mancini, les mains sur la poitrine, le souffle de la passion dans la gorge, elle essaie de se retenir, mais il est évident qu'elle brûle d'envie de l'étreindre et de l'aimer jusqu'à la souffrance.

« Erik non plus, monsieur ! Erik non plus ne sait pas lacer ses chaussures !

— Comment ?

— Il ne sait pas non plus enfiler son pantalon ni se laver les dents tout seul ! » poursuit-elle avec une sorte de fierté.

Sandro opine et sourit, mais de moins en moins. Car il entrevoit tout doucement qui est Erik Conti : l'élève « à problèmes » qui avait un besoin absolu de soutien, mais qui n'en a pas bénéficié à cause des coupes dans le budget. Et tandis que Sandro explique, Erik à son pupitre passe son temps à se toucher le front de l'index et à plisser les paupières en marmonnant entre les lèvres un mot qui ressemble à « assesseur » et qui, espérons, ne l'est pas.

Voilà qui est Erik Conti. Mais Sandro a parlé, il a donné un avis, il a suscité chez cette mère un bonheur qu'elle n'a pas éprouvé depuis des années. Elle sourit, pousse de petits rires incontrôlables, lui prend la main et ne la lâche plus. Il est possible qu'elle ne croie pas ces commentaires sur son fils, mais il est agréable de les entendre et elle parviendra à s'y agripper au moins jusqu'à son retour chez elle. Quand les rêves commencent, peu importe qu'ils durent une vie ou cinq minutes : les rêves commencent toujours par durer une éternité.

La mère d'Erik salue Sandro et se dirige vers la porte. Mais tout en marchant à reculons, elle continue de le regarder et de le remercier. Sandro regrette son départ et le fait qu'elle ne soit pas remplacée.

Il aimerait continuer jusqu'au lendemain, il aimerait que la vie soit entièrement ainsi. Alors il saisit les crayons et les feuilles qu'il a utilisés pour dessiner des cercles et des lignes tout en parlant, comme si ces signes suivaient une précieuse pensée, et les range dans sa poche. Il s'empare des stylos qui appartiennent, certes, à l'établissement mais dont personne ne se sert, se lève et va à la porte.

C'est à cet instant-là, alors qu'il s'apprête à sortir, qu'une vague s'abat sur lui, le renverse et le jette par terre comme une chaussette mouillée. Sandro a tout juste le temps de fermer les yeux. Il ne sait plus où est le sol ni où est le plafond, tout tourne autour de lui, lui plus que le reste, et quand il entend le coup sec, il pense qu'un objet se brise en mille morceaux au loin. Puis il comprend que c'est son coccyx.

Il le masse sur le sol, tandis qu'une voix répète : « Pardon, pardon, pardon, mon Dieu, pardon, pardon, pardon ! » Sandro secoue la tête, se relève et se rappelle petit à petit comment on respire. Puis il lève les yeux et découvre la personne qui l'a presque tué. Il a de nouveau le souffle coupé. Car devant lui se tient la plus belle femme du monde.

« Pardon ! Je suis en retard, je sais, mais j'ai dû faire une mise en plis à une vieille dame qui n'avait pas de rendez-vous, après quoi j'ai eu un mal fou à retrouver mes clefs, puis à retrouver la bonne classe. Je suis alors entrée en courant et je suis tombée sur vous ! Je regrette énormément. Mais en général je n'assiste pas aux réunions parents-professeurs, c'est la première fois, et c'est pour vous que je suis venu, donc, même si vous êtes à un pas de la mort, vous pouvez prendre ça comme un compliment. Pas vrai ? »

Il ne répond pas, il ne bouge même pas la tête. Il ne peut pas. Ses yeux sont ancrés dans ceux de la femme : grands, noirs, libres sous une frange qui hésite entre le châtain et le blond, une frange qu'il aurait qualifiée une minute plus tôt de merdique, d'un truc de gosses débiles ou de hard rockeurs passionnés par le Moyen Âge. Il vient juste de comprendre que c'est la plus jolie coupe de l'univers, la coupe qui s'adapte le mieux au visage sublime qu'elle surmonte et au corps merveilleux que le jean et la chemise militaire ne parviennent même pas à gâcher, à ces yeux sans maquillage et pourtant splendides après une journée de travail, des yeux qui dézinguent à eux seuls l'industrie des cosmétiques et de la mode.

« C'est vous, le spécialiste, et je ne me permettrais pas de vous apprendre votre métier. Mais si nous nous asseyions ? lance la femme avec un léger sourire qui fait des commissures de ses lèvres une sorte de boucle.

— Oui, bien sûr ! » Sandro se rue vers le bureau, lui indique la chaise, s'assied et se relève, attend qu'elle ait pris place avant de l'imiter. Et la regarde. Sait-il qu'il est censé prononcer à présent une phrase intelligente, ou ne serait-ce que quelques mots, mais comment ? Ils sont tout près l'un de l'autre, elle continue de sourire, elle continue d'avoir ces yeux-là. Des yeux que Sandro reconnaît : les yeux de Serena, la plus belle fille de la classe, à laquelle il a pensé pendant toutes les années du lycée sans parvenir à lui parler. Et il y arrive par hasard maintenant, vingt ans plus tard.

« Je suis venue car mon fils m'a farci la tête avec vous. Le prof d'anglais a fait ci, le prof d'anglais a dit ça… alors je suis venue rencontrer ce célèbre M. Mancini en chair et en os. Mais si c'est trop tard et si vous n'avez pas envie de parler, dites-le-moi. »

Il y a dans sa voix des regrets, une sorte de tristesse, et pourtant elle ne cesse de sourire. Sandro comprend alors une chose à la fois sublime et épouvantable : ce qu'il prend pour un sourire est une expression naturelle, ce n'est pas l'étonnement d'un instant qui passe, mais une réalité fabuleuse qui dure éternellement. L'homme qui aime cette femme en profitera toute sa vie, il lui suffira de se retourner pour le trouver, malgré les journées difficiles, malgré les déconvenues, et de se rappeler qu'il a une raison gigantesque d'être heureux.

Sandro envie cet homme, même s'il n'a certainement pas ménagé ses efforts pour vivre avec cette femme. Car c'est le genre de femme à laquelle il faut consacrer son existence : pas de groupes de copains, pas de hobbies, pas de concerts ni d'âneries de ce genre, mais un engagement de tous les instants afin qu'elle reste à vos côtés et ne vous échappe pas. Bordel, ce qu'il aimerait être cet homme…

Cette pensée mêlée à de l'espoir et du désespoir l'abrutit tant qu'au lieu de prononcer une phrase élégante, profonde, ou ne serait-ce que sensée, Sandro pose la question la plus inutile et la plus évidente qui soit : « Pardon, vous êtes la maman de qui ? »

Elle ouvre alors sa bouche splendide et répond : « Enchantée, je m'appelle Serena, je suis la mère de Luca. »

Mais bien sûr, c'est clair, le garçon le plus exceptionnel du monde ne pouvait avoir été engendré que par la femme la plus belle du monde. Sandro hésite à lui présenter ses excuses. Puis il respire profondément et débite une cascade de compliments. C'est enfantin : il vient de tresser les louanges d'Erik qui ne sait même pas lacer ses chaussures, alors pour ce qui est de Luca… Pourtant, tout en expliquant à Serena que son fils est merveilleux, intelligent et magique, Sandro comprend que ça n'a pas de sens. Il l'entend dans sa propre voix, il le voit dans les yeux de Serena, que ces compliments bombardent sûrement chaque jour et qui l'ennuient. Alors, après avoir énuméré les mille choses splendides que fait

Luca, le million de choses encore plus merveilleuses qu'il fera un jour, Sandro aborde la seule que Luca ne peut pas faire : le voyage à Biarritz, où sa mère refuse de l'envoyer. C'est trop injuste, et lui, Sandro, tient à aider Luca. Le hasard veut que cela le mette aussi en valeur auprès de Serena, lui montre qu'il est un professeur, certes, mais également un homme, un vrai homme qui vit sa vie, qui l'empoigne et décide, qui sait ce qui est le mieux pour lui et pour les autres.

« Serena, je sais que cela ne me regarde pas, que Luca est mineur et donc que vous n'êtes pas forcée de l'envoyer à Biarritz. Bref, que ce choix vous appartient. Mais laissez-moi vous poser une question : êtes-vous sûre de pouvoir vraiment choisir ?

— C'est-à-dire ?

— Pas selon moi. Selon moi, vous ne pouvez pas décider pour Luca. Il ne faut ni l'arrêter ni le pousser. Il se déplace à un autre niveau, il est au sommet, et il avance seul. Je ne sais pas comment l'expliquer, c'est comme si... Bof, je ne sais pas.

— Je ne le sais pas non plus, mais c'est la réalité.

— Voilà. Dans ce cas-là vous pouvez passer votre vie à vous demander si vous l'y enverrez ou pas, mais vous ne pouvez pas vraiment décider pour lui. C'est un peu comme le parapluie de Willy le Coyote.

— Quoi ?

— Vous voyez le dessin animé, Willy le Coyote, qui veut attraper Bip Bip ?

— Oui, bien sûr.

— À chaque fois que le Coyote se retrouve au fond d'un ravin, ou d'un canyon, il lève la tête et voit un énorme rocher s'abattre sur lui. Au lieu de se déplacer, il ouvre un parapluie, vous vous souvenez ? Un minuscule parapluie. Il l'ouvre et se met dessous. Le rocher tombe et l'écrase.

— Oui, et alors ?

— Alors je crois qu'en voulant arrêter Luca, vous faites la même chose que le Coyote avec son rocher gigantesque. Vous aurez beau ouvrir votre petit parapluie, cela ne servira à rien. »

Serena plonge ses merveilleux yeux liquides dans les siens. « Bref, d'après vous, je dois le laisser y aller, n'est-ce pas ? »

Sandro répond par l'affirmative, il répond fort, parce qu'il est un homme fort, fort et sage, un homme qui sait ce qu'il y a de mieux dans la vie et qui comble de fierté la femme qui a la chance de le côtoyer.

Serena garde le silence un instant. Elle se lève, fait mine de s'éloigner puis se retourne : « Quoi qu'il en soit, ce dessin animé m'a toujours fait chier.

— Moi aussi. »

Serena soupire et tord les lèvres. À son insu, elle sourit et ce sourire demeure avec Sandro y compris après qu'elle a disparu, y compris après qu'il est sorti à son tour et rentré chez lui.

Y compris maintenant qu'il y repense et que son cœur faiblit.

PAS QUESTION DE L'APPELER LUNA

« Serena a eu ces deux enfants toute seule, car elle n'aime pas les hommes. Elle est allée dans une clinique en Suisse et a choisi le père dans un catalogue. »

« Serena a acheté ces deux enfants à des Bohémiens qui les avaient volés au marché. Ils lui ont cédé la seconde à moitié prix. »

Ta préférée est la suivante : « Serena a eu ces deux enfants avec un prêtre, un jeune et magnifique prêtre qui voulait défroquer pour vivre avec elle, mais il a vu un signe du Ciel dans la naissance de la seconde, une petite fille toute blanche, et il s'est repenti. À présent, il vit enfermé dans un monastère au sommet d'une montagne. »

Telles sont les rumeurs – et mille autres, plus terribles – dont tu fais l'objet. Elles naissent jour après jour et finissent toutes par arriver aux oreilles de Gemma, qui te les raconte. Elles t'amusent beaucoup car elles n'ont rien à voir avec de la méchanceté : comme la moisissure, elles surgissent de l'humidité de l'hiver, quand Forte dei Marmi est désert et qu'il faut inventer des choses pour qu'il s'en passe. Les jeunes se jettent sur la drogue ou sur des façons plus fantaisistes de s'abstraire du monde, les hommes vont à la chasse et à la pêche, jouent la nuit au vidéo-poker ou – pour économiser – avec des transsexuels. Les femmes, qui n'aiment pas les hobbies salissant les mains et ne savent pas où trouver de la drogue, se lancent dans une liaison clandestine si elles ne sont pas trop laides, sinon occupent leur temps à en inventer sur le compte des autres.

C'est comme ça, c'est normal : une jeune mère de deux enfants sans compagnon est presque une provocation ; voilà pourquoi mille rumeurs absurdes circulent au sujet du présumé père de Luca et de Luna. La seule à ne pas circuler, c'est la vérité, car toi seule, Serena, la sais.

Et elle est beaucoup plus absurde que toutes les autres.

Printemps 1966, tu as vingt-deux ans, tu as été reçue au bac sans jamais redoubler et t'es inscrite en fac de droit comme toutes tes copines. Pendant deux ans, tu as consacré tes matinées à l'université et tes après-midi aux révisions chez toi. De temps en temps, tu détournes la tête des mille lois infimes qui règlent des problèmes infimes et tu penses qu'il te faut demander pardon aux heures que tu as passées dans les salles d'attente des médecins, ou dans les queues à la poste ; aux dimanches où tu es restée, fiévreuse, à la maison ; aux après-midi où ta mère t'envoyait de force aux leçons de flûte chez un professeur aveugle qui sentait l'urine. Il te faut demander pardon à tout ce qu'il y a eu de pire dans ta vie car, depuis que tu étudies le droit, tu as compris que le pire, c'est ça. Il est impossible de continuer, tu ne peux pas. Ta mère elle-même te répète que tu ne feras rien de ton existence parce que tu es incapable d'aller jusqu'au bout des choses. C'est ta faute, bien sûr, mais c'est aussi la faute des choses : elles te dégoûtent et, au lieu de les mener à terme, tu as juste envie de t'en débarrasser. En réalité, tu ne les abandonnes pas tout à fait : tu les poses un instant par terre, t'écartes un peu, regardes en l'air, fais un, deux, trois pas et t'éloignes définitivement, les laissant mourir seules dans la rue.

Il en va de même avec l'université. Tu ne la quittes pas, tu décides juste de te dégoter un petit boulot d'été pour payer tes frais d'inscription et tes livres. Alors un ami de ton père te propose un travail bizarre de foraine.

Ton père est boucher, et l'homme qui règle ses trancheuses et ses balances vend des ustensiles étranges dans les foires de Toscane et d'Émilie. Il a besoin d'une jeune employée, capable de rester debout toute la journée sans se fatiguer et ayant assez de bagout pour attirer les gens, pour leur expliquer que le Super Mondial 2000, ce produit merveilleux qui écrase les gousses d'ail, écaille le poisson, dénoyaute les olives et découpe les concombres, va leur changer la vie.

Tu commences à aller de ville en ville, toujours en voyage, chaque jour dans un endroit différent comme les stars en tournée. Bien sûr, ta tournée ne passe ni par New York ni par Tokyo, mais par Settignano, Ponte a Egola, La Rosa di Terricciola, Terranuova Bracciolini et autres noms curieux qui enserrent deux rues en croix, quelques maisons tordues, une espèce d'église et un bar doté d'une salle de jeux. Tu préfères ignorer l'allure qu'auront ces lieux – déjà atroces le grand jour de la foire, avec la foule, les enfants et la fanfare bruyante – le lendemain : leurs rues vides, leurs papiers gras, leurs sacs en plastique crevés et les peaux des graines de lupin qui roulent dans le néant. Le lendemain, par chance, tu n'y es pas : le lendemain, tu es à la foire d'un autre village, où tu vantes les miracles de cet engin en Inox à un public différent et pourtant identique en tous points.

Des vieilles dames attirées par le potentiel du presse-ail, des enfants qui chignent et des garçons intéressés par le tee-shirt moulant et décolleté que tu es obligée d'arborer (la jupe est recommandée, mais pas obligatoire, car, comme tu te tiens derrière un comptoir, tes cuisses sont peu visibles). Pour éviter de les voir, tu poses les yeux sur le Super Mondial 2000, respires profondément et dis :

« Mesdames et messieurs, j'ai entre les mains un objet que vous pourriez qualifier de presse-ail, battoir, écailleur, dénoyauteur, ou de beaucoup d'autres façons, mais qui est en réalité beaucoup plus simple et plus important, car, cher public, nous avons ici devant nos yeux l'Avenir. L'Avenir qui vous permettra de ménager vos efforts, de gagner du temps et de vous débarrasser d'appareils inutiles. »

Tu glisses dans l'ouverture deux ou trois gousses d'ail (quatre, c'est trop), les écrases et montres la bouillie nauséabonde qui jaillit des six trous sur le devant, puis tu ouvres une nouvelle fois l'engin et exhibes les peaux.

« Il vous arrive souvent, mesdames, de devoir écraser beaucoup d'ail, dénoyauter les olives et écailler du poisson. Vous avez alors besoin de plusieurs ustensiles différents, qu'il vous faut ensuite laver. Car si vous espérez que vos maris... »

Les femmes secouent la tête en esquissant un sourire amer et ajoutent des commentaires du style : « Bien sûr, bien sûr, tu parles... »

« Et puis, voici devant vous un battoir à viande pratique, robuste et puissant. Très utile pour les escalopes et les paupiettes, mais aussi quand votre mari refuse de vous écouter. »

Les gens rient et – on l'espère – achètent cette grosse connerie en acier Inox.

C'est comme ça tous les jours : seul le nom du village et de la foire change, le reste est identique. Les mêmes mots, les mêmes gestes, l'odeur du porcelet et des saucisses grillés à la place de l'air, ainsi que ce mélange d'ail et de poisson qui persiste. Jour après jour. Tu prends la parole, présentes, écrases, écailles, dénoyautes, espères.

Et puis, un mercredi de juin à San Vincenzo, voilà qu'il se présente.

Il se tient là, devant ton étal, à l'écart d'une dizaine de personnes, et, comme elles, te regarde. Il se contre-fiche de ce que tu vends, il te fixe, les bras croisés, vêtu d'une chemise légère, sans doute en toile, et d'un jean déchiré, les pieds nus. Il ne porte ni tongs, ni sandales, ni aucunes chaussures de ce genre, il est vraiment pieds nus. Tu ignores, toi, Serena, comment il fait pour marcher dans la rue, tu ne sais qu'une seule chose : tes yeux ne peuvent pas se détacher des siens.

Son regard te pénètre si profondément que tu te tais. Ce n'est pas le regard d'un individu qui observe une personne, c'est le regard d'un être qui étudie l'horizon. Sauf que l'horizon, c'est toi.

Tu as les jambes tremblantes, comme tes copines, ces idiotes qui te demandent conseil quand elles sont dans le pétrin car elles savent que tu leur diras : « Envoie-le chier, ne lui accorde pas d'importance, tu n'as pas une seconde à perdre avec ce type. » Il est si facile de donner certains conseils, c'est si rapide, si vrai… Mais pas maintenant. Tu reposes le

Super Mondial 2000 sans quitter l'homme des yeux. Parce que tu as longuement parlé sous le soleil au zénith, peut-être, ou parce que tu t'es levée à 5 heures, tu n'es plus toi-même. Tu es une autre, une fille que tu ne connais pas et dont tu ne sais qu'une seule chose : elle aimerait envoyer au diable poissons, ail, olives et vieillards qui s'obstinent à demander le prix de ce maudit appareil et pourquoi la dernière olive n'a pas été bien dénoyautée. Une fille qui aimerait juste défoncer l'étal à coups de pied et rejoindre cet inconnu.

Inutile : il vient vers toi, tandis que ton public déçu s'éloigne lentement. Il te saisit les mains que tu essaies de nettoyer avec un chiffon. Il est plus grand que toi, pas trop, il sourit, et son sourire n'indique pas qu'il se plaît, mais bien que tu lui plais, toi. Il te caresse la peau et la gorge, les poumons, chaque vertèbre, se faufile entre tes côtes et, naturellement, t'atteint au cœur.

Qui galope, mais moins vite que vous : vous n'avez pas encore échangé un mot et vous êtes déjà dans la pinède derrière la place, que des gens empruntent pour se rendre à la plage et où des enfants se poursuivent en criant. Il y a là aussi un tas de buissons qui vous recouvrent, par terre, tout habillés, lui sur toi, lui en toi. Tu n'as pas encore entendu le son de sa voix et tu n'as pas parlé : c'est impossible. Tu as pourtant essayé au début, tu as dit : « Mais je, je... » Alors il a poussé sa bouche contre la tienne et vous vous êtes embrassés. Il t'embrasse et te lèche la langue, il te mord les lèvres, il t'attrape par les cheveux pour te serrer contre lui, il s'enfonce de plus en plus en toi, jusqu'à un point dont tu ignorais l'existence, un point qui se réveille de son sommeil éternel, tremble et fond. Soudain tu sens une vague immense, semblable à celles qui t'emportaient, petite, te faisant tourbillonner, t'amenant à confondre le dessus et le dessous : un instant, tu avais l'impression de te noyer, puis tu remontais à la surface, le souffle court, prête à accueillir la prochaine.

Un laps de temps indéfinissable s'écoule. Une heure, un siècle, une seconde. Allongée sur le dos, sous lui, son souffle chaud et salé dans tes cheveux, sur ta peau, entre cou et oreille, tu pourrais rester là à l'infini, et si des champignons poussaient sur vous, si des insectes construisaient une tanière entre vous, ce ne serait pas grave, ou plutôt ce serait tant mieux.

Or, au bout de cinq minutes il s'écarte, se relève, remonte son pantalon et plonge ses yeux verts, un peu embués, dans les tiens. Tu entends alors sa voix, une voix rauque et profonde qui se contente de dire : « Appelle-le Luca. »

Il tire une cigarette de sa poche et s'en va, s'évanouissant parmi les pins comme la fumée dans l'air. Tu aimerais lui emboîter le pas, mais il faut que tu te rhabilles, tu as perdu une chaussure, et lorsque tu la retrouves tu ne sais plus où il est allé, ou peut-être si, en tout cas tu ne sais pas quoi dire.

Tu ne comprends même pas le sens de ses mots. « Appelle-le Luca. » Qui dois-tu appeler Luca ? Tu as peut-être mal compris, il a peut-être dit « Appelle-moi Luca ». C'est probablement ainsi qu'il se nomme, car tu viens de faire l'amour avec un homme dans une pinède, en pleine foire, dont tu ne connais pas le nom, et tu ne comprends rien à rien.

Le mois suivant, tu comprends. Et tu l'appelles Luca.

Voilà l'histoire vraie de la naissance de ton fils et, s'il existe une histoire plus absurde au monde, tu ne l'as jamais entendue. Ou plutôt, il y en a une encore plus dingue, et c'est l'histoire de la naissance de Luna, cinq ans plus tard.

Cinq années qui auraient été belles si tu n'avais pas lu chaque jour dans les yeux de ta mère la honte et le scandale que constituait sa fille, une fille-mère. Mais il est inutile de le lire, elle tient vraiment à te le dire, une main sur la poitrine et la voix remplie d'horreur.

Or un soir, cinq ans plus tard, au lieu de te disputer avec elle, tu laisses Luca à sa garde et sors avec tes copines. L'une s'obstine à passer sa licence, d'autres sont en stage chez des avocats, ou s'accrochent à divers travaux. Comme toi qui, ayant abandonné les foires, fais des shampooings et des couleurs chez une coiffeuse, ainsi que tes premières coupes. Les clientes du salon te disent bravo, alors que les hommes te disent que tu es belle. Pour les chasser, tu déclares que tu as un fils, mais ils ne se sauvent pas. Ils accusent un peu le coup, comme après une bagarre, puis reviennent à la charge. Alors tu affirmes que tu aimes les femmes, et nombreux sont ceux que ça n'arrête pas, pis, que ça stimule. Puis tu leur dis que tu as le sida, que ça ne sera pas bien, que c'est peut-être horrible, mais, bordel, ça marche, et le vide se crée autour de toi.

Tant mieux, car le seul homme dont tu aies besoin est toujours à tes côtés : Luca a cinq ans, il n'a jamais pleuré, n'a jamais fait de caprice. Les mères qui considèrent leur progéniture comme la plus extraordinaire du monde, qui imaginent avoir accouché d'un génie parce qu'il dit « J'ai envie de faire caca », t'ont toujours semblé pathétiques, mais il arrive à Luca de prononcer des phrases si intelligentes que cela t'effraie presque. Ainsi, la veille, alors que, de retour du travail, tu avais du mal à mettre ton vélo sur la béquille et qu'il contemplait l'air devant lui, adossé à un platane, dans le jardin, il s'est levé et avancé. « Tu devrais sortir un de ces soirs, maman. Tu es jeune, il est normal que tu sortes avec tes copines. Je m'occuperai de pépé et de mémé. »

Alors ce samedi-là, tu sors vraiment, tes copines avaient du mal à le croire quand tu leur as téléphoné. Elles sont contentes, vous êtes tout émues, et vous vous lancez dans le programme complet : apéritif, dîner, discothèque à la sortie de Viareggio, au bord de la mer, dans un coin qu'on appelle la Côte des Barbares, à savoir une brochette de bars et de dancings, de dancings et de bars. C'est une sorte de fête, la fête de Serena, affirment tes copines, et tu l'affirmes toi aussi, vous choquez des verres remplis de glaçons et de cocktails, tout est splendide, les plaisanteries, les rires, les histoires d'hommes attirants qui n'aiment pas, ou pas assez, ou encore qui aiment d'un amour non partagé. Dans l'air flotte l'odeur du soir quand l'été approche, quand il se présente, un verre à la main, enveloppé dans la musique. La brise déniche on ne sait où le parfum des jasmins et l'achemine dans un bar bourré de gens en nage.

Et puis, dehors, sur la route, le voici lui aussi.

Vous vous apprêtez à entrer dans la discothèque, et il est là qui fume près de l'entrée. Il te voit, tu le vois. Cela fait cinq ans que tu penses à ce moment, qui aurait pu ne pas se produire. Au début, tu pensais que si, par malheur, il se produisait, le fumier devrait écouter tranquillement, pendant des heures, ce que tu as sur le cœur : du pur venin, des sentences dévastatrices, jaillies de ta gorge et de ta poitrine où ont fermenté la haine et la rancune envers un homme qui se pointe, se sert et disparaît, t'abandonnant entre le poids d'un ventre au bord de l'explosion et les fragments d'une vie dont tu ne reconnais plus la forme. Puis Luca est né, Luca a commencé à marcher, à parler, à te regarder de cette façon qui te met sens dessus dessous comme si le monde était une erreur et que vous étiez les seuls à avoir raison, alors tu t'es dit que tu ne le frapperais pas, si tu le rencontrais, que tu ne l'insulterais pas non plus. Mieux, que tu ferais semblant de ne pas le voir, que tu ferais semblant d'être une autre. Une seule chose importe : qu'il garde ses distances, qu'il reste loin de toi et de cet être sublime qu'est ton fils, *ton fils*, dont il ignore jusqu'à l'existence – comment pourrait-il donc savoir à quel point il est merveilleux ?

Mais tu lances à tes copines : « Entrez, je vous rejoins tout de suite. » Tu ne sais pas très bien comment te conduire, tu es peut-être revenue à ta première idée : s'il est bon de se montrer supérieure, on n'y gagne rien en général, alors, même si cela ne durera qu'une minute, autant lui parler, et chaque mot équivaudra à un crachat, chaque crachat à un coup de poing. La tête baissée, les paupières plissées et les yeux méchants, tu te diriges vers lui en de si grandes enjambées que ta jupe a du mal à tenir en place. Lui, il te sourit d'un sourire calme, une cigarette entre les lèvres, il tire dessus et la jette. Au moment où tu te rues sur lui, il ouvre tout grand les bras et tu échoues dans cette étreinte. Tu ne sais pas comment, tu ne sais pas pourquoi. Si tu le savais, tu devinerais peut-être ce qui se passe au cours des cinq minutes (cinq petites minutes) suivantes, avant que vous vous couchiez sur la plage, derrière les chaises longues d'un établissement de bains, abandonnées à l'humidité de la nuit, non loin des lumières de deux bateaux de pêche près du rivage, là où quelques couples sont venus se frotter l'un contre l'autre. Sauf que vous ne vous frottez pas, loin de là : dès votre arrivée, il te vole d'un baiser tout ce que tu avais d'amer au fond du cœur, il prend ton visage entre ses mains et te regarde d'une façon qui t'échappe mais te capture le souffle. Cela ne dure qu'un instant. Puis sa main te saisit par les cheveux, te retourne, retrousse ta jupe au point de l'arracher, tandis que l'autre t'agrippe la hanche et t'écrase contre lui. Oui, un instant, et le voici sur toi, à l'intérieur de toi, le voici partout. Il y a des gens qui peuvent vous entendre, il y a des millions de raisons pour lesquelles tu ne devrais pas être là, et pourtant tu as envie de crier, tu ne sais même pas quoi, et par chance tu ne le sauras jamais, parce qu'il fourre dans ta bouche les doigts d'une main, et, au lieu de les mordre, tu les lèches : ils sentent la cigarette et une odeur qui te plaît, mais de quoi ? tu ne le sais pas, tu ne sais plus rien. Chaque coup est plus fort et plus profond que le précédent, un pas de plus vers un monde où peu importe qui l'on est, ce que l'on veut, ce qui est juste et ce qui ne l'est pas. Et encore, encore, pendant tout le temps atemporel des choses qui donnent du sens à tout, qui font que chaque matin on se lève, s'habille, se coiffe et sort de chez soi car on sait qu'un petit bout de ce temps-là se glisse parfois dans des jours identiques, et cela justifie tout le reste.

Tout le reste, c'est la plage, la plage sous tes genoux, ta jupe un peu déchirée d'un côté et, dans ton cou, son souffle qui sent le tabac et peut-être aussi le pin, cette résine transparente, poisseuse et sucrée qui ne part pas une fois qu'elle se colle à la peau.

Il se lève, te regarde. Tu préférerais qu'il ne te voie pas comme ça, ébouriffée, en nage, couverte de sable, ton tee-shirt en bordel et le visage rouge ; surtout, tu préférerais qu'il ne voie pas la vague de plaisir qui t'est passée dessus et que tu sens encore vibrer dans ton corps en minuscules et brèves décharges qu'il est impossible d'arrêter.

Puis il s'écarte et tu découvres dans le ciel une lune énorme et ronde qui, selon toi, n'était pas là plus tôt, sinon tu l'aurais vue, une sorte de soleil pâle, bas et proche. Elle éclaire la plage, tandis qu'il ôte le sable de ses jambes, se penche une nouvelle fois vers toi, dépose un baiser léger sur ton oreille et murmure de sa voix rêche, de sa voix en résine de pin : « Appelle-la Luna. »

Sur le moment, tu n'as même pas pensé qu'il avait pu te mettre enceinte une autre fois, tu n'as même pas pensé à acheter la pilule qui, dans le doute, efface tout.

Non, toi, Serena, tu as pensé : pas question de l'appeler Luna.

Quel prénom à la con, un truc de freaks années 1970, jamais tu ne pourrais donner un tel prénom à un enfant… Surtout lorsque tu apprends que Suzy, une de tes copines, connaît cet homme. De vue. C'était l'ami d'un ami de son fiancé, lequel a perdu sa trace depuis un siècle. Précisément au moment où il a échoué en prison pour des histoires de drogue, de gens tabassés au point de devenir débiles. L'homme avec qui tu as couché s'appelle Stefano, mais tout le monde le surnomme Guillotine à cause d'un tatouage qu'il a sur la poitrine, une guillotine noire dont la lame s'apprête à s'abattre et à faire son travail. Tu hoches la tête en écoutant Suzy, alors que tu n'as jamais vu la poitrine du père de ton enfant et d'un autre à venir, un enfant dont tu ne connais pas le sexe et que tu ne garderas peut-être pas. Une seule chose est certaine : tu ne l'appelleras pas Luna.

Ou plutôt non, deux choses sont certaines : il faut que tu laisses tomber les hommes. Tu es intelligente, débrouillarde et vive, tu n'as aucun mal à établir la conduite de tes copines avec leurs fiancés. Mais quand tu penses aux hommes de ta vie, c'est le musée de l'horreur. Si, au moins, tu étais une femme facile, si tu couchais chaque nuit avec un, deux ou trois hommes différents, tu saurais qu'il y a parmi eux des idiots, des salauds, des retardés mentaux : c'est l'inconvénient de nombreuses nuits généreuses et pleines d'action. Mais toi, Serena, tu n'es pas une femme facile, tu couches une fois tous les mille ans avec un homme, et toujours avec le mauvais. Il y a l'homme complexé, l'homme dont la mère prend soin d'étaler les vêtements sur le lit pour qu'il sache quoi enfiler. L'homme qui te décrit au millimètre près le genre de week-end qu'il a l'intention de passer en thalasso avec toi, sans trouver une minute pour t'informer qu'il a une femme et des enfants. Le chômeur qui poursuit le rêve de devenir un grand artiste et occupe ses journées sur la plage à donner à un tronc la forme de l'infini... Ta collection est horrible, et il se peut qu'elle soit maintenant complète : il te manquait justement le dealer qui a fait de la prison et qui t'a probablement déjà oubliée.

C'est aussi ton intention, le concernant : il n'existe pas, il ne doit rien exister d'aussi affreux pour vous, il n'y a que Luca et toi, ainsi que la petite (oui, c'est une fille) à venir, pour l'instant un ventre si énorme que, si l'on t'avait volé tes pieds la semaine dernière, tu ne le remarquerais même pas.

Puis, un jour, tu ouvres le journal par ennui, pour ne plus écouter ta mère ni la voir secouer la tête en abattant les mains sur le cœur qu'elle n'a pas, et voilà que sa tête surgit devant toi, la tête de Stefano, dit Guillotine. En compagnie d'un homme plus âgé et d'une femme à l'air sérieux, dont le nom a des consonances de l'Est. Tombés de la bretelle d'autoroute qui mène à Lucques, ils ont atterri au fond du canal. D'après certains témoins, une autre voiture les poursuivait, la police enquête, mais il en est plus ou moins ainsi, et c'est tout ce que tu veux savoir. Tu découpes la photo de Guillotine et la ranges dans un tiroir, puis une nuit tu vas la chercher, la brûles dans le jardin et laisses la brise marine en emporter les cendres, les emporter à sa façon : au hasard et le plus loin possible.

Et tu l'as appelée Luna.

LES VIEUX, NE CAPITULEZ PAS,
LES JEUNES, NE VOUS DROGUEZ PAS

CÈPE GÉANT EN GARFAGNANA
Fête au village pour deux retraités dignes de figurer dans le livre des records

SERAVEZZA. Gros coup incroyable pour Gualtiero Stagi et Walter Francesconi, retraités et habiles cueilleurs de champignons de Seravezza, lesquels ont découvert hier dans un lieu que nous garderons évidemment secret un cèpe (*Boletus aereus*) qui a propulsé l'aiguille de la balance à 3,2 kg. Ce champignon d'une dimension record a mobilisé passionnés et chercheurs de toute l'Italie : l'Union mycologique italienne a envoyé un de ses représentants, et l'université de Pise a demandé l'autorisation d'examiner ce magnifique exemplaire. Les deux auteurs de cet exploit exultent, bien entendu. « Nous rentrions chez nous après une journée peu fructueuse, raconte Stagi, ancien marbrier âgé de soixante-cinq ans, quand nous avons aperçu un étrange tas de feuilles. Le champignon était invisible, mais nos nombreuses années d'expérience nous ont amenés à vérifier. Jamais je n'ai éprouvé d'aussi grande émotion de toute ma vie. »

Francesconi, âgé de soixante-dix ans, ancien adjoint aux travaux publics de la petite ville de Versilia, espère quant à lui que leur exploit contribue à lancer un message : « Le même jour, nous autres "petits vieux" avons trouvé un cèpe d'une taille exceptionnelle et sauvé la vie à trois jeunes gens perdus dans la montagne, probablement après une nuit d'excès. J'aimerais donc dire aux personnes âgées "Ne capitulez pas" et aux jeunes "Ne vous droguez pas". »

Pour ceux qui souhaiteraient en savoir plus, les deux cueilleurs de champignons raconteront leur aventure ce soir, à 21 heures, à la salle du conseil de la mairie. (*Teresa Bartolaccini*)

« Les fils de pute ! » commente Sandro. Mais Rambo l'a déjà dit mille fois, tout comme Marino qui ne prononce pourtant jamais de gros mots, de crainte qu'ils ne lui échappent au catéchisme devant les enfants.

« On va y aller ce soir et leur botter le cul », déclare Rambo, appuyé contre une vitrine du kiosque. Le cèpe géant fait la une du *Tirreno* et figure dans la *Nazione* juste après l'annonce de cinq postes à pourvoir dans un grand magasin d'électroménager.

Quand il s'en est aperçu, Rambo a téléphoné à ses copains. Marino s'est présenté aussitôt, car il se promenait par là à vélo dans l'uniforme d'agent auxiliaire de la circulation. Sandro se trouvait quant à lui à une réunion de professeurs durant laquelle il n'a ni pris la parole ni écouté, et il se tient à présent à leurs côtés. Les nouveaux arrivés contemplent la photo géante des deux retraités qui brandissent le Roi des Cèpes en levant le pouce de l'autre main. « Les fils de pute, les fils de pute ! » De rage, ils froissent les pages du *Tirreno* comme s'il s'agissait du cou de ces maudits vieillards.

« Ah non, les garçons, vous me les abîmez, je ne pourrai plus les vendre ! » s'exclame la dame du kiosque. Et Rambo lui crie de ne pas leur casser les couilles.

Car le kiosque appartient à Rambo, et la dame en question est sa mère. Ses parents le lui ont acheté après avoir vendu leur comptoir de poulets à la broche du supermarché Esselunga. La sœur de Rambo, Cristina, a sept ans de moins que lui. Elle est chercheuse dans le domaine médical à Boston et fait la fierté de leurs parents. Lesquels s'inquiétaient juste pour ce garçon un peu particulier, qui s'habille comme s'il vivait dans une tranchée. Grâce à l'argent des poulets, ils lui ont offert kiosque et position. Et quelle position ! Juste au centre de Forte dei Marmi, à un point de passage où l'on se débrouille jusque dans le désert hivernal et où, l'été, on vendrait même si l'on crachait à la tête des clients.

Rambo ne leur cracherait peut-être pas à la tête, mais peu s'en faut. Il est comme ça, il se met en rogne facilement. Il enrage quand les clients réclament à l'aube le journal qui n'est pas encore arrivé, ou le soir celui dont il n'a plus un exemplaire ; quand ils demandent le *Corriere della Sera* de deux jours plus tôt, *La Repubblica* sans supplément, ou le supplément sans *La Repubblica*... Il lui est arrivé d'enjoindre de payer ses impôts à un vacancier qui désirait une revue de yachting, ou de lancer à un notaire florentin qui réclamait une ristourne de dix centimes sur le prix de *Casabella* que les ristournes, c'était sa femme qui les pratiquait sur le trottoir.

Depuis, seuls ses parents vendent les journaux : son père le matin, et sa mère l'après-midi. En achetant ce kiosque à leur fils, ils pensaient se retirer, l'âme en paix, après une vie de labeur, et voilà qu'ils triment encore plus qu'avant. Il n'incombe à Rambo qu'une seule tâche : garder le plus possible ses distances. Tâche qu'il effectue à merveille, si l'on excepte ce jour-là : alors qu'il se rendait au stand de tir, le Roi des Cèpes et les deux vieux salopards l'ont obligé à s'arrêter.

« Allons leur faire un beau bordel, déclare-t-il.

— Moi, je ne peux pas, je suis de service, réplique Marino dans un uniforme bleu si grand qu'on dirait un peignoir de bain.

— Et moi, j'ai des copies à corriger.

— Pas maintenant ! Ce soir, à la rencontre, devant tout le monde ! Allons-y et racontons comment les choses se sont vraiment passées.

— Et qui nous croira ? On n'a pas de preuves, objecte Marino.

— Eh bien, moi, j'ai photographié le champignon. » C'est vrai, Sandro a fait une photo juste après sa découverte, pour l'envoyer à Luca. « On ne le voit pas bien, mais on le voit.

— T'es génial, Sandro ! Ça, c'est une preuve du tonnerre. On les enculera avec ça, une fois à Seravezza. Allez, on va l'imprimer, on l'agrandira, genre poster, et...

— Mais je suis de service.

— Et moi, je dois corriger des copies.

— Faites chier ! Vous êtes aussi ramollos que de la merde ! » Rambo jette le journal par terre. Au même moment, une vieille dame sort du kiosque, se prend le pied dedans et trébuche. Rambo se précipite sur elle, l'attrape au vol, la soutient.

« Seigneur ! Merci, mon petit, merci. Mon genou a cédé.

— De rien, madame, ce sont des choses qui arrivent.

— Elles arrivent quand on est vieux. Ah, les garçons, la vieillesse est affreuse. Profitez de votre jeunesse et de votre insouciance pour vous amuser. Vous finirez par perdre votre gaieté.

— On essaie, madame.

— Cela dit… vous avez vu les deux retraités de Seravezza ? Nous avons beau être décrépits, nous sommes plus doués que les nouvelles générations. »

La femme opine du bonnet comme pour se donner raison, puisque les trois garçons s'en abstiennent. Elle fait quelques pas de travers puis s'agrippe à un tricycle doté d'un panier derrière et s'emploie à s'y jucher.

Elle appuie sur les pédales et atteint le bord du trottoir. Elle s'arrête alors pour s'assurer qu'il n'y a personne, même si, en cette saison, elle pourrait traverser les yeux fermés, ou dresser la table au milieu de la chaussée et y déjeuner. Mais au moment où elle s'élance, une Jeep surgit de l'avenue qui mène à la mer. L'engin klaxonne et, incapable de piler, fonce sur l'autre voie, effleure la dame, puis continue sa course en l'envoyant au diable à coups de Klaxon.

L'intéressée ne s'en aperçoit même pas, elle vérifie que ses roues soient gonflées puis repart tranquillement.

Rambo ramasse *Il Tirreno*, le défroisse et commente : « Dommage. »

FRÈRE POULPE ET SŒUR MOUCHE

Les pneus de son vélo Graziella sont à plat. Comme d'habitude. Ils ont crevé et il faut les changer, mais son mari objecte qu'ils sont juste vieux et qu'ils perdent un peu d'air, que tout va bien tant qu'il les regonfle chaque matin.

Bon. Pour l'instant, ils sont à plat, et Ines pédale laborieusement, elle est en retard pour la messe de 17 heures, et elle refuse de prendre le raccourci. D'habitude, elle traverse la placette où se dressent l'épicerie et le magasin des téléphones portables, mais c'est impossible quand elle va à l'église. Car autrefois il y avait une boulangerie à la place du magasin, et la vue de ce dernier lui ramène toujours à l'esprit l'été 1952. Elle avait alors vingt ans, son mari était encore son fiancé, il était parti travailler en Émilie pour une entreprise de carrelage afin de revenir avec un beau magot et l'épouser.

Ines l'avait attendu. Elle donnait un coup de main à sa mère, couturière, et se rendait chaque jour – chaque jour, sans exception – après le déjeuner à la boulangerie. Elle frappait doucement au rideau de fer, et l'apprenti lui ouvrait, il la conduisait dans l'arrière-boutique où ils faisaient l'amour.

Il s'appelait Luigi, il était originaire de Ligurie, maigre et peu loquace, mais elle était folle de lui. Le premier jour, comme elle s'était présentée tard, ils étaient seuls dans la boutique. Il lui avait tendu le pain, la monnaie, et lui avait dit en lui prenant la main : « Viens à 14 heures. Je vais te faire du bien. » Comme ça. Ines se rappelle chaque mot, elle se rappelle le visage sérieux de Luigi, sa petite moue une fois ces mots prononcés. Et elle se rappelle sa réponse brève, haletante, impossible : « D'accord, à plus tard. »

Il en était allé ainsi tout l'été, chaque jour à 14 heures, le dimanche compris. Puis Luigi était retourné en Ligurie, son fiancé était rentré et l'avait épousée en octobre. Pendant soixante ans, Ines n'a plus rien vécu de fort, peut-être même plus rien vécu du tout. Et, aujourd'hui encore, quand elle emprunte la placette à vélo, elle repense à ces après-midi chauds et moites, elle sent encore les étreintes et les caresses de Luigi. Cela ne lui déplaît pas ; mieux, il lui arrive certains jours de passer par là exprès et d'autres de pédaler lentement afin de s'attarder un peu.

Mais jamais quand elle va à la messe, ça non. Peu importe que ses pneus soient à plat et qu'elle soit en retard, elle s'engage dans l'avenue et parcourt le trajet le plus long jusqu'à l'église, elle attache son vélo à un arbre et entre.

Elle espère que l'obscurité et la fraîcheur l'aideront à oublier la chaleur de ces mains, que l'odeur de la cire et du vieux bois chasseront celles de la farine mouillée, de la transpiration et de toutes ces choses à la fois si mauvaises et si belles.

« Oh, non, Seigneur, pourquoi veux-tu me punir ? »

Le père Ermete se réjouissait déjà – il n'y avait personne dans l'église, ce qui lui évitait de célébrer la messe de 17 heures et lui permettait de regagner le presbytère – quand nous avons entendu des petits coups secs, les pas d'une femme. Alors il a levé les yeux au ciel, s'est adressé au Seigneur puis à moi : « Allez, Luna, mets ton aube, on commence. »

J'ai hoché la tête si fort que j'en ai eu le vertige, car si l'arrivée de la dame l'attristait, elle me comblait de joie. Pendant un an, je lui avais demandé pourquoi les filles ne pouvaient pas être enfants de chœur. Il m'avait d'abord répondu : « Parce que c'est comme ça », puis, voyant que ça ne me satisfaisait pas, il m'avait dit que c'était écrit dans les Évangiles. Sauf que ce n'était pas vrai. On se les était partagés, Luca et moi, on les avait lus en entier, à part les passages sans rapport avec ça : par exemple, il était improbable que Jésus déclare sur la croix, entre un coup de fouet et un jet de lance dans le côté : « Au fait, j'allais oublier, pas de filles parmi les enfants de chœur, OK ? » Non, Jésus ne l'avait pas dit sur la croix, il ne l'avait jamais dit.

« Vous êtes sûrs ? avait interrogé le père Ermete.

— Oui.

— Bizarre. Alors c'est peut-être dans l'Ancien Testament. »

On s'y était attelés. En attendant, chaque dimanche, le chœur regorgeait de servants d'autel qui se tapaient dessus pour participer à la messe, car celui qui totaliserait le plus de présences à Noël remporterait une « magnifique récompense ». L'autre jour, le père Ermete a laissé échapper que la récompense en question consiste en une statuette de la Vierge ornée de coquillages, et il s'est retrouvé seul à la messe suivante. Idem à celle d'après, et ainsi de suite jusqu'à ce qu'il me croise aujourd'hui sur le parvis de l'église, alors que j'allais à la plage, et me dise : « Luna, je reste persuadé que les filles ne peuvent pas être enfants de chœur, Jésus aussi. Mais si tu viens aujourd'hui à la messe de 17 heures, nous fermerons un œil tous les deux. »

Je suis tellement heureuse que j'en tremble un peu. Certes, il ne s'agit pas d'une messe importante, mais c'est un début. Et comme je suis seule, je peux m'occuper de tout : calice, patène, clochette, plateau, burettes. Même de la quête, qui ne sera sans doute pas énorme : bien que ma vue soit mauvaise et l'église sombre, les bancs et les chaises me semblent tous vides. Il n'y a là que la dame, sorte de tache obscure avec un morceau blanc en haut. J'aimerais la remercier, lui demander son prénom et l'en complimenter, même s'il est affreux, car c'est grâce à elle que je peux servir la messe.

Maman devrait arriver. Je l'ai appelée tout de suite, et elle m'a dit qu'elle sortirait plus tôt du salon de coiffure. Mais il est possible qu'elle ait trop de clientes, ou qu'elle ait oublié. L'important, c'est que la dame soit là, sinon l'église aurait été vide et le père Ermete aurait filé au presbytère voir des documentaires.

C'est sa passion, il les regarde et ne cesse d'en parler. Selon lui, s'ils décrivent la vie de millions d'animaux et de plantes, les documentaires ne disent qu'une seule et même chose : Dieu existe. Puisque les castors coupent les arbres et s'en servent pour construire des digues parfaites, Dieu existe. Puisque les oiseaux migrateurs ont une boussole dans le cerveau qui les guide entre deux continents, Dieu existe. Puisque les baleines communiquent au moyen de chansons si fortes qu'on les entend de part et d'autre de l'Océan, Dieu existe.

De fait, aujourd'hui encore, comme à toutes les messes, après cinq minutes de prières et de psaumes normaux, le père Ermete en vient à son idée fixe.

« Frères et sœurs, dit-il même s'il ne s'adresse qu'à une seule personne, vous admirez les immeubles, vous admirez les gratte-ciel, vous admirez les tableaux et les sculptures, vous les trouvez prodigieux, or il s'agit de créations très simples. En revanche, quand vous marchez dans la rue, vous ne prêtez aucune attention à la perfection céleste qui réside dans une… dans une feuille, par exemple. Vous devez, en effet, savoir qu'il n'y a pas d'immeuble plus imposant ni de tableau plus admirable que la nature. Ce n'est pas un hasard si saint François en était épris. Je tiens à vous dire une chose : à son époque, la télévision n'existait pas, mais, si elle avait existé, saint François aurait certainement été un passionné de documentaires. Savez-vous que les lucioles utilisent la lumière pour séduire leurs congénères ? Et les abeilles ? Les abeilles réunissent à elles seules rien de moins que dix ou vingt miracles. Hier soir, j'ai vu un documentaire sur les mouches, chers frères et sœurs, les mouches ! À vous qui admirez une sculpture, il vous arrive d'écraser distraitement une mouche qui vous gêne sans vous rendre compte qu'aucune sculpture au monde ne peut être comparée au prodige d'une mouche. Et je ne parle pas des libellules, je ne parle pas des… »

Et ainsi de suite, sans prières, sans lectures, sans rien de ce qui est écrit dans le livre de messe. Mais le moment le plus important va bientôt se présenter : je vais aller chercher à la sacristie le calice pour le vin, ainsi que le ciboire pour les hosties, et j'espère que maman sera là à mon retour.

Il est possible qu'elle finisse de coiffer une cliente, ou qu'elle fasse une commission pour Gemma. Mais cela ne presse pas : le père Ermete a abandonné les mouches pour les poulpes, et quand il aborde les poulpes, il en a au moins pour une demi-heure.

« Savez-vous, frères et sœurs, que les poulpes savent ouvrir les bocaux ? Savez-vous que les poulpes changent de couleur cent fois plus vite que les caméléons ? Savez-vous que les poulpes s'agrippent aux filets, qu'ils font semblant d'être morts pour mieux sauter sur les poissons qui passent. Et tac ! »

C'est la preuve que Dieu existe.

AU LIEU DE ÇA

(13.59) Salut, ma magnifique mère, comment va ? Et ma sœur ? Ce matin il fait plus froid, mais les vagues sont parfaites. Tu m'achètes le journal d'aujourd'hui ? Ne travaille pas trop, ne te mets pas en rogne, dis à Luna qu'elle est bête, et ensuite dis-lui que c'est une blague. Le journal, j'insiste. L.

Cinq minutes. Il aurait suffi que le message de Luca arrive cinq minutes plus tôt pour que tu aies pu acheter le journal durant ta pause déjeuner. Au lieu de ça, tu as mangé un bout de focaccia avec du jambon cru, tu as pris un café, une cigarette, un autre café, et quand la sonnerie du téléphone a retenti, Mme Minetti entrait déjà dans le salon pour sa couleur et sa mise en plis, elle commençait déjà à te dire qu'elle déteste sa belle-sœur.

Tu as juste eu le temps de répliquer que tu devais aller aux toilettes ; là, tu as tiré ton cahier de ton sac et y as retranscrit les mots de Luca.

C'est une habitude depuis qu'il est parti. Chaque fois qu'il t'envoie un message de France, tu le notes dans ce cahier, assorti du jour et de l'heure. Tu le fais peut-être pour lui : ces messages composent un journal de bord de ses premières vacances avec ses copains qu'il aimera relire dans quelques années, pas maintenant.

Si ce n'est pas le cas, tu les garderas pour toi. Tu les as relus tant de fois que tu les connais par cœur. Certains sont splendides, d'autres un peu plus pratiques, comme celui où il te demande de lui acheter le journal. Très bizarre : Luca ne lit jamais le journal, il s'en fiche totalement, comme des actualités télévisées, d'ailleurs. De temps en temps, il vient te voir à la fin et t'interroge : « Il s'est passé quelque chose quelque part ? » Et comme tu secoues la tête, il retourne à ses mystérieuses activités dans sa chambre. Par conséquent, s'il te réclame le journal aujourd'hui, il faut vraiment que tu l'achètes.

Ce n'est pas facile. Ça l'est peut-être à l'heure du déjeuner, mais il est à présent 17 heures et le kiosque voisin n'en a plus un seul. L'été, il reçoit un tas d'exemplaires, ainsi que les quotidiens régionaux de tout le Centre-Nord, que les vacanciers lisent afin de se tenir au courant de ce qui se passe chez eux. Mais l'hiver, les distributeurs n'envoient plus rien, imaginant sans doute qu'il n'y a personne à Forte dei Marmi, tout au plus quelques sauvages vivant dans les pinèdes ou sous le ponton, des abrutis, des analphabètes.

Au kiosque du centre-ville, le plus grand de la ville, il reste peut-être des journaux. Alors, même si Luna est enfant de chœur pour la première fois et que tu es en retard, tu fais le détour. Tu ne sais pas dire non à Luca, certainement pas le jour de son anniversaire…

Aujourd'hui, il atteint sa majorité. Ton fils entre dans sa dix-neuvième année et cela te bouleverse, comme toutes les mères. À une différence près : si les autres sont surprises que leur bébé se change en homme, parce qu'il demeurera toujours un bébé pour elles, toi, tu t'étonnes qu'il ne devienne officiellement un adulte qu'aujourd'hui. Car Luca est né adulte, il avait déjà dix-huit ans quand il en avait cinq, et maintenant qu'il en a dix-huit, il te servirait aisément de père.

Quoi qu'il en soit, les faits sont là, Luca a dix-huit ans aujourd'hui et ne pas pouvoir l'embrasser pour son anniversaire suscite en toi un sentiment étrange. Et même s'il rentre demain, ce n'est pas la même chose. Tu te réjouis qu'il se porte bien et qu'il s'amuse, mais à son retour tu ne lui laisseras pas le choix : après avoir consacré une semaine à ses copains, il devra en consacrer une à Luna et à toi, tout vous raconter, du matin jusqu'au cœur de la nuit, au point d'en devenir aphone.

En attendant, il faut que tu te dépêches, la messe a commencé, tu veux voir ta fille dans le chœur et elle veut que tu la voies.

Tu as presque atteint le kiosque. Ce qu'il y a de bien pendant la basse saison, c'est qu'on ne perd pas une seconde à se garer et qu'il n'y a pas la queue à la caisse. Or, un feu rouge t'arrête, indifférent à ce qui l'entoure ; peu lui importe, en effet, que le carrefour soit muet et que personne ne l'emprunte depuis une semaine : il reste rouge pendant un certain nombre de minutes, et tu es obligée de garder l'immobilité. L'humanité a aplani les montagnes, elle a appris à voler et conquis la Lune, alors pourquoi capitule-t-elle devant une lumière rouge qui lui interdit de bouger ? Tu l'ignores, mais tu n'as pas le choix : il y a des saletés de caméras vidéo qui espionnent et, comme tu as déjà du mal à arriver à la fin du mois avec les factures et les dépenses normales, tu n'as pas intérêt à écoper d'une amende. Alors, pour te calmer, tu t'empares du cahier contenant les messages de Luca et relis un de tes préférés.

(21.19) Salut, ma sublime mère, aujourd'hui le soleil brille, il n'y a pas de vent et la mer est calme. On ne surfera pas, on nagera. Il y a sur la plage une immense cabane en bois recouverte de branches de palmier. Elle te plairait beaucoup, et Luna serait bien à l'ombre, on peut y tenir tous les trois du matin jusqu'au soir. Un jour, si on a de l'argent, on viendra. D'après moi on p...

Dring dring !
Un son faible, tremblant, comme hors du monde, t'interrompt. La sonnette d'un vélo vient vers toi. Tu le comprends, parce qu'une voix stridente retentit juste après : « Place ! Place ! »

C'est un tricycle qui se dirige vers ta voiture, bien décidé à se faufiler entre le trottoir et toi, malgré l'absence de place. Il appartient à Ines, une amie de ta mère, aussi conne qu'elle d'ailleurs : elle n'aurait aucun mal à passer de l'autre côté de la rue, mais elle pédale en sens inverse de la marche et insiste. Tu la contournes, l'envoies paître d'un geste de la main, abandonnes ton auto deux roues sur le trottoir, et te précipites vers le kiosque.

Il y a là trois types en grande conversation, dont l'un porte l'uniforme d'agent de la circulation. Il ne te manquerait plus qu'une amende... Tu lui cries : « Ne regardez pas ma voiture, elle est mal garée, mais je m'en vais tout de suite, ne me jouez pas de mauvais tour, ou je m'énerve ! »

La dame du kiosque te salue avec un sourire en attendant de savoir de quel journal tu as besoin. Soudain tu t'aperçois que tu l'ignores : Luca n'a pas mentionné son nom. Ce n'est pas un problème, il ne reste qu'un exemplaire de la *Gazzetta di Parma*, envoyé par mégarde à la basse saison.

Tu l'achètes et remercies d'un sourire l'agent qui n'a pas bougé. Soudain tu le vois, lui. Soudain tu remarques qu'un des trois types n'est autre que M. Mancini, le prof qui t'a reçue, le prof d'anglais qui plaît tant à Luca. Qui ne t'a pas non plus déplu et que tu trouves maintenant plus à son avantage, avec son jean, sa vieille chemise et son air de ne pas avoir une seule occupation dans l'univers. Tu lui souris. Il sourit à son tour et agite la main comme si tu n'étais pas à quelques centimètres de lui, mais à bord d'un bateau quittant définitivement un port, de nuit, et s'enfonçant dans la mer sombre.

Tu essaies de comprendre pourquoi ce type te plaît. Il n'est ni beau ni fascinant et, en admettant qu'il soit intéressant, il le cache avec grande habileté derrière son air troublé, perdu. La réponse est pourtant simple : il te plaît parce que tu es une crétine. De fait, il vaut mieux que tu gardes tes distances avec les hommes, Serena : si l'on est parfois mal toute seule, on peut être doublement mal à deux. Un tas de femmes introduisent un homme dans leurs journées parce qu'elles n'aiment pas leur vie, mais il ne suffit pas d'apporter du nouveau dans sa vie pour l'embellir, il faut y introduire de la beauté. Ta mère, par exemple, fourrait de l'huile partout, et l'huile te rend malade. Elle cuisait les carottes à l'eau et les noyait ensuite dans de l'huile. Et, comme tu enrageais, elle répliquait : « Sans huile, les carottes n'ont pas de goût ! » Tu avais beau lui expliquer que si les carottes bouillies n'ont pas de goût, il est absurde de déverser dessus un goût ignoble pour tenter de les améliorer. Mais elle t'interrompait toujours. De toute façon, elle ne t'écoutait pas et continuait de répandre son huile atroce sur ses carottes. De la même façon, les femmes s'obstinent à remplir leur vie d'imbéciles.

Pas toi. Toi, tu résistes, tu dois résister. Et peu importe que ce M. Mancini te plaise : chacun à sa place, calmos.

Pourtant, tu laisses échapper un sourire en passant devant lui à la sortie du kiosque. Le professeur répond, il avance vers toi, te tend la main puis la retire. Perplexe, il finit par fourrer les deux dans ses poches.

« Bonsoir, dit-il. Comment se fait-il que vous achetiez la *Gazzetta di Parma* ? »

Il indique le journal, que tu soulèves avant de déclarer que tu ne l'as pas acheté pour toi.

« Votre mari est émilien ?

— Non, pourquoi ?

— Comme ça. J'ai des amis à Parme. C'était par curiosité.

— Vous étiez curieux de savoir si l'un de vos amis est marié avec moi ?

— Non, non, je ne…

— De toute façon je n'ai de mari ni de Parme ni d'ailleurs, si c'est ce qui vous intéresse. »

Il lève les mains et secoue la tête pour dire non. Mais, comme tu souris, il étire les lèvres, et tu te demandes s'il s'agit d'un sourire ou d'une parésie. Il baisse les yeux, les ramène vers toi, et le désordre qui tremble dans ses prunelles, si marron et si normales, te pénètre en confirmant l'idée que toi, Serena, tu dois garder tes distances avec les hommes. Car les hommes sûrs d'eux, les hommes qui maîtrisent la situation en toute occasion t'indiffèrent, et tu n'éprouves que de la tristesse en écoutant ceux qui savent ce qui est le mieux pour toi et risquent de te faciliter la vie. En revanche, l'homme maladroit et perdu qui se tient devant toi sans savoir que faire de ses bras, comme si on venait de les lui offrir et qu'il n'avait pas de place pour les garder, cet homme dont la vie est à l'évidence un tel bordel qu'il lui serait facile d'en exporter un peu dans la tienne, cet homme, pour une terrible raison, te plaît, et plus qu'un peu.

Peut-être parce que tu es aussi bête que lui. Ou plutôt, pas peut-être. En effet, au lieu de te précipiter dans ta voiture, puis à l'église voir ta fille qui t'attend, tu t'attardes. Par chance, ton téléphone portable remédie à l'impuissance de ton cerveau. Il se met à sonner. C'est Gemma. Il va sans doute falloir que tu retournes au salon pour t'occuper d'une cliente casse-couilles qui exige que tu lui fasses sa couleur.

« Juste un instant, dis-tu, comme si la sonnerie avait interrompu une conversation. Allô ?

— Allô, Serena, où es-tu ?

— Je vais rejoindre Luna à l'église. Pourquoi ? Tu as besoin de moi ?

— Non, non, mais, si tu pouvais ensuite rentrer rapidement chez toi, voilà… je suis devant ta maison, je t'attends.

— Chez moi ? Pourquoi ? Que s'est-il passé ?

— Rien, voyons. » Elle a une drôle de voix, une voix déformée. « Viens dès que possible.

— Tu t'es de nouveau disputée avec Vincenzo ? » Le mois dernier, son mari s'est remis à jouer au vidéo-poker et Gemma a dormi chez vous. « Qu'est-ce que ce crétin a encore fabriqué ?

— Non, non, rien.

— Alors pourquoi es-tu chez moi ?

— …

— Gemma ?

— Euh, rien. Oui, je me suis un peu disputée avec Vincenzo, oui.

— Je le savais ! Ne t'inquiète pas, le portail est ouvert. Les clefs sont sous le pot de fleurs, près de la porte de la cuisine. Entre, je te rejoins tout de suite. »

Tu ranges ton téléphone et lâches le journal, que le prof se hâte de ramasser. Tu le remercies, tu le regardes et tu n'as rien besoin de lui dire. Il est évident que tu dois filer, si évident qu'il l'a lui-même compris.

« Bon, alors à très vite, j'espère, déclare-t-il.

— Oui, je l'espère moi aussi. » Tu prononces ces mots parce que tu les sens, parce qu'ils sont vrais. Tu les prononces parce que tu es vraiment bête.

Mais tu n'as pas le temps d'y penser. Tu dois d'abord résoudre un sacré problème, et tu es douée pour les problèmes qui ne te concernent pas. Si tu ignorais comment te conduire il y a une minute avec le prof, tu as déjà en tête un programme précis pour Gemma. Tu vas rentrer, lui préparer un thé et la consoler. D'ailleurs, tu pourrais faire de la consolation ton métier : tes copines rappliquent toujours quand elles traversent ce genre d'épreuves. Le thé, c'est pour elles que tu l'achètes : tes enfants et toi le considérez comme de l'eau amère et noire.

En attendant, les rues se croisent et défilent, toutes vides, pendant que tu fonces vers l'église et Luna. Tu gares ta voiture sur le parking à un endroit interdit, mais rien à foutre. Tu entres. L'église est vide. Putain, la messe est peut-être terminée.

Non, le prêtre parle encore. Il n'y a tout simplement pas de fidèles, si l'on excepte une vieille dame à tête bleue en haut. Luna se tient dans le chœur à côté du prêtre qui la masque un peu. Tu as envie d'agiter la main à son adresse, mais cela ne se fait sans doute pas, et elle est si éloignée qu'elle ne te verra pas.

Avec les cheveux tirés, la peau de son visage semble encore plus blanche sous son aube noire, mais elle est sérieuse et répond aux prières, elle s'agenouille au bon moment, en servant de messe professionnel. Tu regrettes juste de ne pas avoir assisté au début. Puis, tandis que le prêtre achève la prière de l'Agneau de Dieu et enchaîne sur les vrais agneaux, sur les moutons qu'il qualifie d'animaux intelligents, sur un documentaire racontant le miracle de la laine, tu scrutes ta fille sans plus l'écouter, lui.

Au même moment, dans l'obscurité qui frémit à la lumière des bougies électriques, dans la chaleur des poêles, dans l'odeur du vieux bois, il se produit un phénomène étrange. Soudain, tes pensées s'évaporent, tu n'es plus pressée. Soudain, tu te sens bien, voilà tout.

Certes, Gemma a des problèmes, mais ce sont les siens ; tu vas d'abord attendre la fin de la messe, embrasser Luna et rentrer avec elle. Puis tu écouteras Gemma. Tu respires et t'assieds plus confortablement sur ce banc dur, tu laisses les sons clos de la messe rebondir entre les murs et en toi, comme si le reste n'existait pas, comme si le monde extérieur était un film dont tout le monde parle, que tu iras peut-être voir un de ces soirs, mais pas maintenant. Pas maintenant.

« À partir de quand tu m'as vue ? À quel moment tu es arrivée ?

— Je te l'ai déjà dit, au début. Ou plutôt, pas vraiment au début, mais presque, réponds-tu pendant que vous filez vers la maison.

— Pourquoi es-tu restée au fond ? Tu pouvais te mettre devant.

— Je ne voulais pas te déconcentrer, je ne voulais pas que tu perdes la boussole.

— Je n'ai pas perdu la boussole.

— Je sais, tu as été formidable, ou plutôt, il faut fêter ça. Je regrette juste que Gemma nous attende et que je doive la consoler un peu. Tu vas m'aider ? On la console ensemble ?

— Je ne suis pas douée pour consoler les gens.

— Tu es ma fille, tu es forcément douée. Et ça, c'est une sacrée poisse, Luna, n'oublie pas.

— Une sacrée poisse ? Pourquoi ? Ce n'est pas bien ?

— Si, c'est génial. Mais il se trouve que tout le monde a besoin d'être consolé et que personne ne pense à tes propres problèmes, pas même toi.

— Ah, dans ce cas, j'essaierai de consoler peu de gens.

— Bien, essaie. »

Pendant un moment, vous en restez là. Et ce que tu as éprouvé à l'église, ce bien-être subit, résiste au fond de toi, alors que tu roules sur la route inondée de soleil que les pins découpent en raies.

« Pourquoi Gemma est-elle triste ?

— Elle s'est disputée avec son mari.

— Encore ? Mais pourquoi vivent-ils ensemble s'ils n'arrêtent pas de se disputer ?

— Ah, je ne sais pas.

— Cette fois, pourquoi se sont-ils disputés ? »

Tu ne réponds pas. Tu ne le sais pas. Et ça t'est presque égal. De toute façon, vous serez bientôt arrivées à la maison, et Gemma vous racontera tout. Et peu importe qu'elle soit triste ce soir : vous devrez fêter ça, car Luna le mérite, et toi aussi un peu. Et puis Luca revient demain et vous ferez une autre fête ensemble. À quelle heure rentre-t-il ? Tu l'ignores, et lui aussi probablement. Pourtant, tu aimerais le savoir ; d'une manière absurde, tu aimerais connaître l'heure exacte de son retour.

Or, c'est une autre sorte de connaissance qui se fraie un chemin en toi, une connaissance qui ne passe pas par ton esprit, mais ta gorge, ton cœur, les pores invisibles de ta peau et, en effectuant des circuits mystérieux, se déverse dans ton sang. Tu respires de plus en plus difficilement, tu transpires, Luna te pose une question que tu n'entends pas. Tu sens cette connaissance s'agripper à toi et enfler, ôtant tout espace au reste, y compris à ton souffle, de plus en plus laborieux et court, te serrer la gorge, étouffer ta voix.

Vous virez dans votre impasse. Bien qu'elle soit toujours déserte, tu y comptes trois voitures. Ou plutôt quatre. Trop. Et des personnes, une Jeep de cara-biniers, une ambulance. Gemma, qui vient à votre rencontre et…

Tu t'interromps. Tu ôtes le pied de l'accélérateur, tu ôtes la main du levier de vitesse et la poses près de l'autre sur le volant. La voiture peine un instant, elle cahote puis s'immobilise et se tait. Du fond de la rue surgissent Gemma, une autre femme et les carabiniers.

« Maman, que se passe-t-il ? On va vraiment te mettre en prison ? »

Luna a la voix qui tremble, qui tremble puis pleure.

Tu souris. Ou plutôt tu ris. Tu hoches la tête. Oui, bien sûr, c'est ça ! On va te flanquer en prison à cause du coup de pied que tu as donné devant l'école. Ou plutôt des deux coups de pied, dont un à un mineur. Évidemment, ces gens sont venus t'arrêter. C'est normal, oui, c'est normal.

Ils vous ont rejointes. Tu fermes les vitres, tu fermes les portières. Luna jette un coup d'œil à l'extérieur et tu te demandes si elle voit nettement les visages qui vous invitent à descendre, les carabiniers sombres qui disent « Laissez passer, laissez passer ». Tu ne sais qu'une seule chose : ta fille pleure, il y a un instant tu la regardais, heureuse, à la messe, et voilà qu'elle pleure, ce n'est pas juste, tu secoues la tête et cries : « Allez-vous-en ! Allez-vous-en ! Taisez-vous et allez-vous-en ! Allez-vous-en ! Il ne s'est rien passé, il ne s'est rien passé ! »

Et au lieu de ça.

II

« C'est peut-être la musique de la mer
qui, dans l'attente, secoue le cœur.
Si les voiliers rentrent, tu t'en abstiens,
Oh, que de larmes amères tu fais couler. »

Nicola Nisa Salerno[1]

---

1. *Tango del mare* de Nicola Nisa Salerno (1910-1969), compositeur du célèbre *Tu vuò fà l'americano*.

SI L'ON T'AVAIT INTERROGÉE AVANT
SUR LE CHAGRIN

Si l'on t'avait interrogée avant sur le chagrin, tu aurais répondu que c'est une bête maléfique qui vous saute dessus et vous griffe, vous mord, vous déchire. Et tu aurais dit une connerie.

Car ça, ce n'est pas du chagrin, Serena, c'est tout au plus le monstre d'un film d'horreur. Mais tu ne pouvais pas le savoir : des films, tu en as vu des tas, alors que tu n'avais jamais éprouvé de véritable chagrin.

Et maintenant, il a rempli ta vie. Ou plutôt, non, tu n'as plus de vie, maintenant le chagrin est ta vie, et s'il ne te saute pas dessus comme une bête sauvage, c'est juste parce qu'il n'est pas pressé, tu l'as compris. Il se présente à pas feutrés, si bien que tu regardes un moment autour de toi, incrédule, et te demandes : « Mais où est-il ? » Il approche, il approche encore et grandit, et quand il se rue sur toi, il est si gros qu'il est impossible de te sauver. Les monstres des films entrent par les fenêtres, jaillissent de sous les lits ou des tombes, et on peut tenter la fuite du côté opposé, se faufiler dans un bois et courir droit devant soi : on se retourne pour voir s'il se rapproche, on trébuche et on tombe, mais on se relève et on se remet à courir en boitant vers on ne sait où, on court et on crie parce que l'écart qui vous sépare se réduit, se réduit, puis on pousse un dernier cri strident au moment où il vous attrape, et tout est fini en un instant.

Le vrai chagrin, lui, ne vient pas d'un endroit précis, il vit autour de toi comme une mer agitée, une mer profonde et sombre dont les immenses vagues surgissent de toutes parts. Le courant te bouscule, une grosse vague te renverse et te pousse sous l'eau, tu n'arrives plus à respirer, tu ne sais plus où tu es, où est le fond et où est la surface, ce que sont ces trucs mous et visqueux qui se collent à tes poignets, à tes jambes, et t'attirent vers le bas. Alors tu cèdes et t'enfonces, tout tourne à la fois plus fort et plus doucement, les battements de ton cœur ralentissent, ton souffle s'épuise, et, au moment où tu vas te noyer, la vague passe et propulse ta tête hors de l'eau. Tu respires, tu es encore là, mais où ? Tu ne le sais pas. Tu cherches un appui autour de toi, or tu ne peux rien voir : la bosse d'une autre vague sombre vient tout masquer, bientôt tu replongeras, et la mer t'étreindra de nouveau, te serrant la gorge, t'oppressant, t'attirant vers le fond.

C'est cette même mer qui a emporté Luca, ce même monde d'eau sombre qui a pris ton fils et l'a englouti, un monde si vaste que ses amis ne se sont aperçus de rien. Il leur a fallu un moment pour apercevoir sa planche de surf, sa planche à moitié rouge et à moitié bleue, à la surface de l'eau. Ils se sont approchés. Le cordon était bien accroché à la planche, attaché à la cheville de Luca, mais Luca était sous l'eau. Les médecins n'ont rien décelé, ni coup, ni blessure, ni drogue ni alcool, ils ont juste conclu à une mort naturelle. Putain, comment parler de mort naturelle dans le cas d'un garçon de dix-sept ans – ou plutôt dix-huit ans ce jour-là – grand, fort et en bonne santé ?

Jamais le moindre problème, jamais la moindre maladie. Lorsque Luna ou toi vous enrhumiez – et Luna est toujours enrhumée l'hiver –, il vous demandait comment c'était d'avoir le nez bouché, de vous moucher et de sentir la morve couler, lui qui ne l'avait jamais expérimenté. Impossible d'imaginer alors qu'il s'amuse dans la mer avec ses amis et qu'il meure d'un coup, stop, qu'on le retrouve accroché à sa planche de surf, mais sous l'eau, ses yeux verts écarquillés, pointés vers le ciel. Impossible d'affirmer que c'est naturel. C'est le contraire du naturel. C'est comme si... comme si... Tu cherches un équivalent, quelque chose d'aussi absurde et terrible, mais tu n'y arrives pas, tu ne fais que sentir la mer qui grandit de nouveau et t'attire, de plus en plus bas.

Tu essaies de te lever, or, ce matin encore les couvertures t'écrasent. Allongée, les yeux au plafond, tu te demandes l'heure qu'il est. À en juger par les rais de lumière qui filtrent à travers les volets, il doit être plus de 11 heures. Mieux vaut la pluie : quand l'eau tambourine sur le toit, il est plus facile de rester au lit et d'attendre le lendemain. Tu redresses le buste, tu glisses les jambes hors du lit et t'efforces de poser les pieds par terre, mais ce saut te paraît impossible, tu as la tête qui tourne et tu te rallonges. Est-ce l'hypotension, les gouttes et les cachets que tu absorbes pour te calmer, ou ceux que tu prends pour te réveiller ? Tu l'ignores et tu t'en moques.

Il suffit que tu te recouches, que tu fermes les yeux et attendes que la lumière s'éteigne, qu'arrive une autre nuit, ton moment préféré car, la nuit, personne ne s'étonne de te savoir couchée. Sauf que c'est maintenant le matin et que, d'après le reste du monde, tu devrais être debout.

Mais tu n'as rien à foutre du reste du monde. D'un petit bout, oui, d'un minuscule bout, tout blanc, du nom de Luna, en l'absence duquel tu pourrais très bien… tu pourrais même avaler et… euh, tu ne sais pas, tu ne sais rien. De toute façon Luna est là, il est donc absurde d'imaginer comment tu te conduirais sans elle.

Te lever, t'habiller, faire les courses, saluer les gens dans la rue et te moquer des regards chagrinés qu'ils posent sur toi en te demandant de tes nouvelles, acheter de quoi manger, revenir et préparer le repas de Luna, voilà ce qui a un sens.

Oui, l'année scolaire a recommencé. Tu l'ignorais. Luna s'est levée de bonne heure, t'a apporté ton petit déjeuner et tes médicaments. Tu lui as demandé pourquoi elle était déjà habillée, elle t'a répondu justement qu'elle allait à l'école, et tu as trouvé ça absurde. Comment se peut-il que les cours reprennent alors que Luca est mort ? Comment se peut-il que le car du ramassage scolaire vienne chercher les enfants l'un après l'autre, qu'ils montent à bord, les bûcheurs devant et les chahuteurs derrière, qu'ils rient, se moquent les uns des autres, se fauchent leurs affaires, alors que Luca est mort ? Vraiment, les profs ouvrent leurs registres, font l'appel et entament une nouvelle année scolaire, alors que Luca est mort ?

Non, ce n'est pas possible.

C'est d'ailleurs cette impossibilité qui, au début, éloigne ton chagrin.

Cet après-midi de mars, le dernier jour où il a existé, tu es rentrée chez toi avec Luna. Tout le monde est venu à votre rencontre, et Gemma t'a parlé de Luca qui était dans l'eau avec ses amis et qui a disparu à leur insu... Alors tu as caché ton visage derrière tes mains un moment, puis tu les as écartées et tu as éclaté de rire au nez de tous ceux qui te dévisageaient.

Oui, éclaté de rire. Pour sûr, ils ont pensé que tu avais perdu la tête, ou que tu n'avais rien compris. Mais ce n'était pas toi, la fautive, c'étaient eux qui ne connaissaient pas Luca. Luna riait elle aussi, un petit peu, pendant que tu l'étreignais. « Luna ! Tout va bien, Luna, ne t'inquiète pas. Tu te rappelles le jour où Luca a rejoint à la nage un yacht au large et où ses occupants l'ont emmené en excursion à l'île du Giglio ? Tu te rappelles le jour où il a vu de la neige sur la montagne alors qu'il allait acheter une glace ? Il est monté à pied jusqu'au sommet de la Pania. Il a mangé de la neige puis il est rentré à... Quelle heure était-il ? Minuit ? Une heure ?

— Encore plus tard, maman, encore plus tard ! »

Tu hochais la tête et riais. Car il était arrivé un épisode de ce genre, c'était sûr et certain.

Les types de l'ambulance t'entouraient dans leurs stupides combinaisons orange, Gemma te tenait la main, pendant que tu imaginais Luca chevauchant les vagues de l'Océan. Une jeune Française s'était peut-être entichée de lui et l'avait rejoint. Si ce genre de choses se produisent souvent ici, elles se produisent à plus forte raison en France où les gens sont plus libérés ! Ils se sont plu, la fille a invité Luca, qui a abandonné sa planche de surf pour la suivre. Ou alors, il a rencontré en surfant un banc de dauphins, il est monté à califourchon sur l'un d'eux, qui l'a conduit sur une île merveilleuse, un endroit secret et splendide, d'où il va bientôt vous écrire pour vous dire de venir y vivre avec lui.

Voilà pourquoi tu as éclaté de rire et as étreint Luna lorsque tu les as entendus. Ils te regardaient comme si tu étais folle, et tu leur as dit que tu regrettais, qu'ils s'étaient déplacés pour rien, qu'il ne s'était rien passé. Tu leur as souhaité une belle soirée et tu as pénétré chez toi avec ta fille et Gemma. Tu es allée droit dans ta chambre, es montée sur le lit, as saisi la valise au-dessus de l'armoire et commencé à y jeter des affaires.

« Allez, Luna, aide-moi, qu'est-ce que j'emporte pour toi ? Des vêtements légers, hein ? Et un maillot, il faut un maillot.

— Où est-ce qu'on va ?

— Rejoindre Luca. Mais là-bas le soleil tape, prends de la crème, prends tes sweats à capuche. »

Luna a hoché la tête et s'est mise elle aussi à ouvrir des tiroirs, mais doucement et sans rien y puiser. Pendant ce temps, Gemma essayait de t'immobiliser, elle te serrait les bras, te priait de t'asseoir un instant, juste un instant.

« Gemma, je n'ai pas le temps. On parlera à notre retour de tout ce que tu voudras. Et tu m'expliqueras ce que t'a fait Vincenzo cette fois, hein ? En attendant, tu as envie d'un thé ? Luna, prépare un thé à Gemma.

— Non, Serena, merci, je n'en ai pas envie. Arrête-toi une seconde, fais-le pour moi, et écoute. Luca n'a pas disparu. Il était près de sa planche de surf. Je suis terriblement désolée, Serena, mais on l'a retrouvé. Tu comprends ? On l'a retrouvé.

— Pardonne-moi, Gemma, je n'ai pas le temps d'écouter tes problèmes, on doit partir. Luna, s'il te plaît, emporte aussi un jean et un sweat pour Luca. Il n'a pas pris grand-chose, il en aura besoin. »

Tu jetais tout ce qui te tombait sous la main dans ta valise, où s'élevait désormais une montagne d'affaires.

Slips, chaussettes, tee-shirts, boîtes de naphtaline, vieux mouchoirs brodés par ta mère et moisis. Tu aurais continué pendant des heures, raflant tout dans la maison, si tes bras n'avaient pas soudain pesé. Tu t'es penchée, tandis que montait à l'intérieur de ta tête le grondement d'un essaim d'abeilles dans le vent, un vent très vif qui t'a plaquée au sol. Pour sûr, Luna et Gemma t'ont vue tomber et se sont précipitées vers toi, mais tu les as devancées.

Ta tête a heurté le carrelage, mais tu ne t'en souviens pas, tu n'as pas eu mal. Et pendant qu'on te conduisait en ambulance à l'hôpital, tu fixais le toit blanc, chahuté par la rue. Le chagrin n'était pas encore là. Il était peut-être si grand qu'il avait besoin d'espace, raison pour laquelle il s'employait d'abord à faire le vide en toi : exit la jeune Française qui invitait Luca, exit les dauphins et l'île mystérieuse, exit les dix-huit ans de Luca à fêter rien que vous trois. Exit aussi ses yeux verts, son sourire, sa façon de te dire : « Ne t'inquiète pas, maman, ce n'est pas un problème, ne t'inquiète jamais de rien. »

Alors il y a eu comme un trou énorme, où tout tombe et se perd. Le jour et la nuit, la succession des heures, le déjeuner et le dîner, ainsi que cette lumière inutile entre les lattes des volets. Il est même absurde de te lever et de préparer le repas de Luna. Elle va bientôt revenir et te dire qu'elle s'est trompée, que ce n'est pas la rentrée, que le portail était fermé, qu'il était écrit dessus que l'école est finie et qu'elle ne recommencera pas.

Car rien ne recommence, rien ne va de l'avant, rien n'a plus de sens. Tu restes là, allongée dans le noir, respirant tant bien que mal entre deux vagues.

LE DOUBLE MANCHE
DE JIMMY PAGE

Le son distordu d'une guitare électrique à plein tube, voilà la grande ligne de partage, le coup de hache qui sépare en deux l'humanité, six gros milliards d'individus, mille couleurs, mille langues et mille coiffures facilement divisibles en deux seuls groupes : ceux qui adorent le son distordu d'une guitare électrique et ceux qui le détestent. Il n'y a pas de voie médiane, il n'existe pas de gens qui écoutent, tièdes et indifférents, un solo enflammé. Et en admettant qu'ils existent, Sandro s'en contrefout.

Lui, il adore la guitare électrique, c'est le son de la vie, un son fort et étrange, plein de sifflements et de mélodies, un truc magnétique qui s'enroule autour des notes, envie, rage, fugues, erreurs, ébauches et chahut, le tout mélangé et fourré dans un morceau de bois muni de six cordes et propulsé dans l'air au maximum de sa puissance.

Aujourd'hui, pourtant, ce son l'écœure.

Peut-être parce qu'il est 15 heures et qu'il vient de se réveiller. En vérité, il ne s'est pas réveillé tout seul, il a entendu quelqu'un dire « M'sieur, m'sieur ! » et il a ouvert un œil. Devant lui se tenait un gamin à cheveux mi-longs pourvu d'une guitare. Il a fallu quelques secondes à Sandro pour comprendre où il se trouvait et à quelle époque, puis il a enfilé un sweat sur son pyjama, s'est assis sur son lit et a commencé le cours.

Et il lui faut maintenant écouter la même gamme pentatonique répétée un million de fois, les mêmes notes aiguës et grinçantes qui se fichent l'une après l'autre dans son cerveau et s'y égarent, après une nuit passée moitié à dormir, moitié à fixer le blanc du plafond. Et il préfère la partie du plafond, car, lorsqu'il dort, Sandro rêve de Luca.

Cela dure depuis six mois. Ou plutôt non, les premiers jours il ne dormait même pas. Il n'arrivait même pas à s'allonger, il avait l'impression de se noyer, alors il restait assis et lisait tous les articles des journaux locaux, les phrases d'adieu des amis et des connaissances de Luca sur les blogs et sur Facebook, dans toutes les poubelles électroniques où les gens jettent leurs pensées.

Ils continuent de publier leurs souvenirs de Luca, avec un tas de photos où on le voit marcher dans la rue, enfiler ou ôter sa combinaison sur le rivage, nager, ramasser un coquillage sur la plage. Elles sont assorties d'une rafale de commentaires tels que « Luca, le monde est moins beau depuis que tu n'es plus là », « Luca, aujourd'hui une étoile plus lumineuse resplendit dans le ciel » et autres conneries de ce style, que les gens écrivent, mus par l'affreux besoin d'être toujours et forcément au centre de l'attention.

Des conneries déjà entendues, extrêmement semblables dans leur effort d'être uniques. Pourtant Sandro ne manque jamais de les lire et de les étudier pendant des heures. Il ne sait pas pourquoi, peut-être dans le seul but de se torturer, mais aussi parce qu'un petit bout de son cerveau espère y dénicher une information précieuse, du genre : Luca est allé à Biarritz rejoindre une fille qui lui plaisait, ou Luca s'était fourré dans le pétrin et voulait s'éloigner un peu, ou encore ses amis ont tellement insisté qu'ils ont fini par l'emmener de force, ou presque. N'importe quoi conviendrait à Sandro, pourvu que ce ne soit pas la vérité. Car la vérité, c'est qu'il l'a tué, lui.

Il n'y a pas à tergiverser, il l'a tué. Il l'aurait sans doute tué plus vite avec un fusil, un couteau ou une tronçonneuse, mais il existe des façons de tuer qui ne vous salissent pas les mains et débouchent sur le même résultat. Voilà ce qu'a fait Sandro : il a encouragé Luca, il l'a poussé, il l'a jeté dans ce voyage maudit.

« Il faut absolument que tu ailles à Biarritz, Luca. Si l'argent est un problème, je t'en prêterai. Si ta mère refuse, vas-y quand même. Les mères sont la première ligne d'attaque de la société, et la société n'a qu'un seul but : te garder indéfiniment prisonnier. On ne s'en aperçoit pas car le processus est lent. D'abord un enclos vaste, si vaste qu'on ne le voit pas, et qui se resserre au point de se transformer en cage. Quand on s'en rend compte, il est trop tard, alors maintenant que tu vois cet enclos se resserrer, charge et abats-le. Abats-le, Luca, enfonce l'enclos et cours ! »

Voilà ce qu'il lui a dit, mot pour mot. Un discours qui aurait déjà été idiot dans la bouche d'un aventurier, d'un téméraire, d'un rebelle, d'un marginal dévorant la vie à pleines dents, mais de la part de Sandro qui habite encore, à quarante ans, chez ses parents et qui ne s'est jamais, au grand jamais, lancé tête basse dans la vie, cela atteint les sommets de la bêtise.

« Allez, Luca, tu ne vois pas que c'est la chose à faire ? Alors vas-y, ne crains rien, courage ! »

Il est facile d'être courageux quand c'est un autre qui prend les risques : ce n'est pas du courage, c'est de la connerie, un point c'est tout. L'horreur s'est ajoutée à l'horreur quand Sandro a rencontré Serena et a joué le philosophe, débitant toutes ses âneries sur la force irrépressible, sur le merveilleux destin de ce garçon, sur le parapluie de Willy le Coyote… À cette pensée, Sandro se sent défaillir. Il est un crétin, un vrai débile. Ou plutôt, il est un assassin.

« Pardon, m'sieur, je dois continuer ? » demande son élève, soufflant sur ses doigts douloureux, tandis que le mini-amplificateur, près du lit, n'émet qu'un bruissement de friture électrique. L'élève avale la salive de son appareil, il joue la même gamme depuis un bon quart d'heure : Sandro lui a dit qu'il l'arrêterait, mais il a oublié.

« Ça suffit. Maintenant, joue-la à l'envers.

— C'était déjà à l'envers.

— Tu es sûr ? Alors recommence à l'endroit. Avec plus d'intensité, plus de ton, plus de passion. »

Les doigts secs et tordus du gamin caressent de nouveau le manche de la guitare, et Sandro recommence à penser à Serena. Il a essayé en vain de la croiser au cours des derniers mois. Elle ne met plus les pieds dans le salon de coiffure où elle travaillait, il paraît qu'elle ne sort plus de chez elle depuis le jour de l'enterrement. Ce jour-là, il n'a pas eu le courage de l'approcher, il l'a épiée de loin. Ce n'était pas difficile tant il y avait de monde. Il s'est caché derrière un groupe de filles dont la banderole disait « Tu seras à jamais sur les vagues de notre cœur » et l'a regardée marcher derrière le cercueil, les yeux rivés au sol, ébouriffée, flanquée d'une femme qui la soutenait d'un bras autour de la taille en lui parlant tout doucement à l'oreille et d'une gamine pâle portant de gigantesques lunettes de soleil et un sweat noir à la capuche relevée.

Sandro aurait aimé l'étreindre, lui aussi, il aurait aimé lui dire quelque chose. Mais quand elle est passée devant lui, il a reculé d'un pas et s'est laissé dévorer par la foule, lui, le grand courageux. Car que dire dans un moment aussi douloureux ? Tout est absurde, et la moindre phrase idiote, comme celle de la banderole sur les vagues du cœur. La vérité, c'est que Sandro avait peur. Peur que la lumière de la vie n'allume brusquement dans les yeux de cette femme merveilleuse une flamme de haine, peur qu'elle ne se rue sur lui pour lui arracher les yeux ; pis encore, qu'elle ne lui jette la vérité au nez : « Bonjour, monsieur Mancini, vous avez tué mon fils, vous êtes content ? »

Alors Sandro a regardé le cercueil de derrière les têtes que leurs propriétaires secouaient en signe d'injustice. Il imaginait le corps parfait de Luca à l'intérieur, ses cheveux longs autour de son visage, ses yeux fermés et toute cette obscurité. Il lui avait dit de partir, de refuser l'enclos qui se refermait sur lui, et c'était maintenant d'une boîte en bois qu'il était prisonnier. Il lui avait dit de se jeter à l'eau et de vivre sa vie, il l'avait envoyé à la mort.

Dès lors, chaque fois qu'il parvient à s'allonger, Sandro pense à Luca étendu dans le cercueil, et si, par mégarde, il s'endort, il rêve de lui.

Mais Luca ne lui apparaît pas sous terre, ni flottant sans vie parmi les vagues. Ce serait trop beau. Ses rêves sont épouvantables, dévastateurs : il y voit Luca courir, heureux, il le voit rire de tout et de rien la nuit avec ses copains, ou encore étendu sur la plage, derrière un pédalo, en compagnie d'une fille qui était encore une inconnue dix minutes plus tôt. Il le voit coucher avec une, deux, trois femmes, une brune,

une blonde et une rousse. Il le voit muni d'un bloc-notes et d'un stylo, appuyé contre une moto, sur une route poussiéreuse perdue au milieu du Mexique, sous un ciel dont les étoiles sont si lumineuses qu'elles évoquent du pop-corn, il le voit serrer une main tout en recevant un diplôme. Puis ce diplôme se transforme en coupe, et la coupe en nouveau-né, en toutes les choses magnifiques que Luca aurait certainement obtenues et qui l'attendaient un peu plus loin sur la route étincelante de sa vie. Or, il n'a trouvé sur cette route que la barre du passage à niveau, et cette barre n'était autre qu'un remplaçant, une tête de nœud. Aussi la route s'est achevée là, et Luca avec elle.

Sandro s'arrache à ces horribles cauchemars, en nage et le cœur battant, il se redresse et se demande où il est. Il reconnaît les murs couverts de disques et de revues, il reconnaît sa guitare dans un coin, il reconnaît la lettre du petit Ivan, venue d'Émilie avec un ballon, lettre dans l'attente d'une réponse depuis neuf ans, et il a l'impression de défaillir. En réalité, il ne défaille pas, il est encore là, sa saloperie de vie se poursuit injustement.

« M'sieur, on peut faire une autre gamme ?

— Quoi ?

— Vous pouvez m'apprendre une autre gamme ? Celle-là, je la sais. »

Sandro essaie de se concentrer sur son élève, puis il se tourne vers la porte et s'écrie : « Du café ! » Il laisse passer un instant et répète ces deux mots. Sa mère ne répond pas, mais un bruit d'objets déplacés dans la cuisine prouve qu'elle l'a entendu.

« Non, c'est trop tôt, objecte-t-il. Les gammes pentatoniques sont très importantes. On passera à la deuxième quand la première sera parfaite. Allez, recommence. »

Le petit opine du bonnet, avale sa salive et se penche une nouvelle fois sur son instrument. Mais avant de reprendre ses exercices, il hésite un instant. Il jette à son professeur un coup d'œil que Sandro n'a aucun mal à reconnaître sous le front boutonneux. Pour ce gamin aussi, en conclut-il, le moment est arrivé. Le moment finit toujours par arriver : tout dépend du degré d'éveil de son élève, de ses talents musicaux, ce n'est qu'une question de temps. Même si le temps a été foutrement inutile pour Sandro.

Il joue de la guitare depuis vingt-sept ans, vingt-sept, oui, et il est toujours aussi nul. Il a commencé en quatrième, quand tonton Roberto lui a parlé de Jimmy Page. Tonton Roberto portait un blouson en cuir, les cheveux un peu longs, des tee-shirts à impressions de tête de mort qu'il achetait dans un magasin de Florence dénommé Enfer et Suicide. Il avait dix-neuf ans et voulait devenir photographe de rock pour suivre les groupes et vivre dans le monde de la musique qu'il adorait ; de fait, il n'achetait pas seulement des tee-shirts à tête de mort, mais aussi un tas de disques. S'il avait économisé un peu sur ces articles, s'il avait plutôt acheté un appareil photo, il serait peut-être devenu photographe. Or, il avait fini par embrasser l'activité de son père, qui était jardinier : il montait au sommet des conifères pour ramasser les pommes de pin et, un jour où il n'avait pas enfilé son harnais, il est tombé. Il se déplace à présent sur un fauteuil roulant et va deux fois par an en pèlerinage à Medjugorje où, s'il n'a jamais vu la Vierge, il a rencontré une femme unijambiste d'Antignano, avec laquelle il vit et fabrique toute l'année des crèches géantes pourvues de cascades, de montagnes et de petits automates.

Mais à l'époque, tonton Roberto était encore sauvage et déchaîné. Un soir où ils fêtaient son anniversaire chez mémé, il avait tiré de son portefeuille une photo de Led Zeppelin sur laquelle on voyait justement Jimmy Page jouant sur une guitare dingue, à deux manches.

« Jimmy Page croule sous les nanas. Chaque soir il trouve dans sa chambre d'hôtel vingt ou trente filles bien décidées à coucher avec lui, car elles savent que, si c'est le cas, il leur dédiera une chanson le lendemain soir. Jimmy Page fait l'amour avec toutes, par groupes de trois, cinq ou sept – jamais de nombres pairs parce qu'ils lui portent malheur –, pendant que les autres l'attendent par terre et se débrouillent entre elles. Mais après, au concert, Jimmy Page ne dispose pas d'assez de chansons pour en dédier une à chaque nana, les chansons de Led Zeppelin sont très longues, et il en joue au maximum dix à douze par soirée, contre trente nanas au minimum. Pourtant, Jimmy Page est un homme de parole qui tient à dédier un morceau à chacune. Alors que fait-il ? Il utilise une guitare à deux manches et joue tantôt sur l'un tantôt sur l'autre. Ainsi chaque chanson compte double et il peut la dédier à deux nanas d'un seul coup. Tu as compris, Sandro, comme Jimmy Page est malin ? »

Sandro était resté coi, mais il avait compris, oui ; il devait apprendre à jouer de la guitare.

Il avait commencé par une Eko acoustique d'occasion. Il s'y exerçait chaque jour, et même s'il n'obtenait au début que des brûlures aux doigts et des notes aussi infâmes que l'instrument dont elles sortaient, il souriait et insistait : il savait qu'il finirait par être habile, que ses cheveux pousseraient, que son instrument s'électrifierait et que se présenterait enfin le moment de la guitare à deux manches pour satisfaire toutes les nanas décidées à mourir dans ses bras.

Sauf que ça ne marche pas comme ça. Dans ce cas précis, il ne s'agit pas de mathématiques, du monde menteur et inefficace où 1 plus 1 égale toujours 2 et où, si l'on joue pendant dix ans, on devient dix fois meilleur qu'au moment où l'on a commencé. Non, parce qu'un élément maléfique et injuste, qui se fiche pas mal du temps et des efforts, vient se glisser parmi les exercices, l'application et la détermination. Cet élément se nomme talent, et Sandro, bordel de merde, n'en a pas. Pis, il en est totalement dépourvu. Les années ont passé, ses cheveux ont eu le temps de pousser, de raccourcir et de tomber, mais la guitare à double manche de Jimmy Page n'est jamais arrivée : les doigts lents et brouillons de Sandro ont déjà assez de mal à se mouvoir correctement sur un seul manche, alors sur deux...

Ses élèves ne doivent toutefois pas le savoir. Il donne des leçons de guitare depuis l'époque de l'université. Tous les gamins du coin débutent avec M. Mancini, ici même, dans sa chambre. Il leur demande de l'appeler professeur, tout en sachant combien ce terme est pathétique et techniquement faux, appliqué à sa personne. C'est une façon de les impressionner. De même, il leur raconte ses concerts à Londres, dans sa jeunesse, alors qu'il n'y a jamais mis les pieds parce qu'il a peur de prendre l'avion : oui, exactement, un prof d'anglais qui n'est jamais allé à Londres et un prof de musique qui ne sait pas jouer. Pourtant ces bêtises sont nécessaires, car lorsque les gamins relèvent la tête, lorsqu'ils osent regarder les faits en face ne serait-ce qu'un instant, ils mesurent son absence de talent. Il ne faut donc pas que le gosse ici présent qui a commencé le mois dernier et qui répète la même gamme pentatonique à l'infini imagine qu'après un gros quart de siècle de pratique Sandro est incapable de la décliner avec autant de précision et de netteté que lui.

Pourtant, c'est obligé, c'est une question de temps, le moment arrive inexorablement. Le moment terrible où le gamin lève les yeux et lui lance le regard que vient de lui lancer le gosse, qui avale la salive de son appareil et dit : « Pardon, m'sieur, je me suis entraîné dans mon coin. Je sais que vous me l'avez déconseillé, mais on explique sur Internet comment interpréter le solo de *Master of Puppets*. J'ai essayé et je ne suis pas sûr du résultat. Est-ce que je peux vous le jouer ? »

Sandro ne répond même pas, il se contente de s'appuyer contre le mur, au fond du lit, et se prépare. C'est toujours la même chose : quand ce n'est pas *Master of Puppets* de Metallica, c'est *Miracle Man* d'Ozzy Osbourne, ou *Rust in Peace* de Megadeth, ou un autre encore des mille morceaux fabuleux qu'il a lui-même tenté d'exécuter pendant des années, avant de les reléguer dans la catégorie des actes humainement impossibles.

Or, ils ne sont en rien impossibles, comme le lui prouve ce gosse. Qui joue depuis deux mois avec un professeur nul, et dont les doigts survolent déjà les cordes : quelques bavures mises à part, le solo est parfait, aussi rapide que l'original. Sandro va le féliciter et lui expliquer que ce n'est pas son style, qu'il n'est pas le prof adéquat pour lui, puis il va lui fournir le numéro d'un certain Manuel qui enseigne à Viareggio et lui paie une bière à chaque élève qu'il lui adresse.

Il l'a déjà fait mille fois, une de plus ne devrait donc pas lui coûter. Or, ce n'est pas le cas : il a maintenant envie de penser à Luca qui l'a trop peu connu, qui n'a pas eu le temps de lui lancer le regard que vient de lui lancer son élève. Ou non ? Et si, un instant avant de tomber, avant de couler, avant de fermer définitivement les yeux sous le poids de l'Océan, Luca avait pensé à lui, s'il avait vu son reflet dans l'eau sombre et avait compris qui était vraiment Sandro Mancini, quelle était sa nature et combien sa vie était triste ? Malgré les milliers de kilomètres de distance, il lui a peut-être jeté lui aussi ce regard, les yeux remplis d'eau salée, d'écume et de déception.

LA MAISON DES FANTÔMES

Aujourd'hui il fait très chaud. C'était le premier jour de classe et tout le monde avait des manches courtes, à deux exceptions près : moi qui suis obligée de me couvrir les bras, et Zot qui porte un chapeau garni de fourrure et une veste en laine boutonnée jusqu'au cou.

Puisqu'il vient de Russie, il devrait mourir de chaud ici, mais son lieu d'origine n'a peut-être rien à voir avec son pays. De fait, un jour où une mère lui demandait d'où il était, il a répondu « De Russie », et elle a souri. Quand il a précisé « De Tchernobyl », elle a reculé, l'air effaré, en se couvrant le nez, la bouche, et en tirant sa fille par le bras. Tchernobyl doit donc être un endroit bizarre, et Zot l'est davantage, mais les gens en général ne me semblent pas vraiment normaux non plus, même s'il n'y a plus rien de normal, s'il ne s'est rien produit de normal depuis six mois, au point que j'ai oublié ce qu'est la normalité.

En attendant, nous rentrons ensemble à pied parce que le car du ramassage scolaire est dangereux pour nous. À l'aller, les élèves ont tous sommeil et nous laissent tranquilles, mais au retour il est préférable de marcher. Nous allons chez moi sans nous presser, car Zot a l'intention de voir maman. Il est déjà venu cet été, il lui a lancé « Bonjour, madame », et elle lui a souri, mais seulement du bout des lèvres, sans le regarder, sans lui dire qu'elle lui fracasserait le crâne s'il continuait de l'appeler madame. Ce qui ne l'a pas dissuadé de recommencer.

« Tu sais, elle n'a pas changé depuis la dernière fois.

— Ça ira, Luna.

— Si ça se trouve, elle ne te dira même pas bonjour.

— Pas de problème, je le ferai, moi. Je suis content de la voir, et à mon avis elle le sera aussi.

— Ça, je ne sais pas.

— Oh si, si, c'est certain ! N'étais-tu pas contente de me voir ce matin ? »

En vérité, je l'étais un peu, mais je ne suis plus capable de le dire, je ne sais même pas s'il est normal d'être contente. Alors je garde le silence. De toute façon, depuis six mois, six mois horribles, tout m'échappe, tout obéit au hasard, et je n'y comprends rien, je me contente de regarder.

Six mois, c'est beaucoup. Cela fait vingt-quatre semaines, près de deux cents jours, que les gens dans le monde se lèvent, vont travailler, se promener, ou je ne sais quoi encore, puis qu'ils rentrent, dînent, regardent la télé et s'endorment, raison pour laquelle ils peuvent tout recommencer de zéro le lendemain matin. Les avions ont décollé, les bateaux ont flotté vers de nombreux endroits étranges, le printemps a pris fin, les cours se sont terminés et je n'ai pas redoublé, l'été est arrivé, à présent il s'achève, et les cours ont recommencé. Un tas de choses se sont produites au cours de ces six mois.

Pas pour maman ni moi.

Pour nous, il ne s'est plus rien produit, il n'existe plus rien, pas même les journées. On mange de temps en temps, quand on y pense, on s'endort sans dire « Je vais me coucher ». On est éveillées et, l'instant d'après, on dort. Dans mon lit, j'entends la mer quand elle est agitée, et j'ai l'impression qu'elle m'appelle, qu'elle me demande : « Luna, pourquoi ne viens-tu plus me voir ? Tu ne veux plus de mes cadeaux ? » Eh bien non, je ne veux plus de ces branches, de ces trucs sales et cassés qui ne servent à rien : au lieu de m'apporter toutes ces ordures, la mer aurait pu sauver mon frère.

Je ne me contente pas de bouder la mer, je ne vais plus nulle part. En l'espace de six mois, je n'ai quitté le jardin que trois fois, pour mes examens à l'hôpital, accompagnée par Gemma. Après chaque consultation, elle me propose de manger une glace ou de faire du shopping, mais je n'ai qu'une seule envie : retourner à la maison, m'allonger à côté de maman dans le noir et ne plus rien voir.

Pourtant, ce matin, je suis sortie : les cours reprenaient, et je suis allée en classe comme les autres. Ce n'était pas une décision. Je me suis réveillée et hop ! Même si je n'ai pas de livres, même si je ne suis plus habituée aux gens qui me croisent et parlent fort, à toute cette lumière, une lumière très vive, de la lumière partout. Sauf ici : Zot vire à gauche et s'engage dans une ruelle sombre que je n'emprunte jamais. Et que je n'ai jamais envie d'emprunter.

« Non, par là, Zot, viens.

— Pourquoi ?

— Parce que c'est mieux. On ira plus vite.

— Il faut d'abord que je passe chez moi une seconde pour dire à mon grand-père que je t'accompagne.

« — D'accord, mais ne prenons pas cette rue.

— Pourquoi ?

— À cause de la maison, là-bas. »

Je pense à la maison qui se dresse au bout, au milieu d'une sorte de bosquet. On l'appelle la Maison des Fantômes, et ce seul nom me fait trembler. Mais Zot ne m'écoute pas, il avance dans la rue sans se retourner. Je le suis de loin et déjà j'aperçois les grands arbres sombres aux branches tordues qui dissimulent la bâtisse.

Pépé m'a raconté un jour qu'il avait vu pendant la Seconde Guerre mondiale cinq personnes se balancer, pendues à un pin, là-bas. Je lui ai demandé si elles s'étaient suicidées ou si on les avait tuées, et il a répondu que les Allemands les avaient assassinées : lorsqu'on est en guerre, a-t-il dit, on se bat chaque jour pour survivre, on n'a donc pas le temps de se suicider.

Un autre jour, une dame à laquelle maman coupait les cheveux m'a dit qu'elle avait entendu du bruit en passant par là à l'heure du dîner. Elle s'était retournée et avait vu un vieux monsieur muni d'une pelle qui enterrait quelque chose ou quelqu'un dans le bois.

En réalité, la Maison des Fantômes fait peur rien qu'à la regarder. Les maisons voisines sont toutes neuves, immenses, peintes en couleur crème, elles ont beau n'être occupées qu'au mois d'août, elles sont toujours bien soignées, leurs jardins bien tondus et sans arbres, tout au plus quelques palmiers, espèce qui ne salit pas. La Maison des Fantômes, elle, est engloutie par un épais bois d'arbres tordus qui semblent sur le point de tomber et qui restent peut-être debout parce qu'ils se soutiennent mutuellement, qu'ils s'entortillent et se mélangent au-dessus de ronciers et d'épines. Là-bas, l'obscurité règne même à l'heure du déjeuner, et j'aimerais courir d'une traite jusque chez moi.

Zot ne court pas. Il s'immobilise devant le portail rouillé, qu'il ouvre après avoir regardé à travers. Puis il entre et s'enfonce dans le bosquet des fantômes, je le jure.

« Qu'est-ce que tu fiches, Zot ! T'es dingue, ou quoi ? Allez, viens, dépêche-toi !

— Il faut que je parle à mon grand-père, je te l'ai déjà dit ! »

Je le dévisage. Non, ce n'est pas possible ! Zot habite la Maison des Fantômes. Je me plante au milieu de la rue, incrédule.

« Allez, Luna, viens ! »

Je secoue la tête très fort. Au-dessus du portail, il est écrit en grosses lettres sur un bout de bois : LA SONNETTE EST CASSÉE, NE SONNEZ PAS, FICHEZ LE CAMP.

« Allez, Luna, tu as peur ?

— Non. Mais je reste ici.

— Ah bon. Si tu avais peur, je préciserais que le portail est l'endroit le plus dangereux. C'est vers là que le fusil est toujours pointé. » Zot reprend sa route et disparaît dans le bois.

Je ne vois rien autour de moi, mais j'entends un tas de bruits bizarres, ainsi qu'un craquement, peut-être une branche qui se brise sous les pieds de Zot, ou un fusil qui va me tirer dessus. Alors j'agrippe les barreaux des deux mains, respire profondément et avance au milieu des branches entrecroisées, les mains tendues devant moi. C'est incroyable.

« Zot ! Est-ce qu'il y a des animaux dangereux ici ?

— Non, répond-il dans l'obscurité. Juste des araignées et des serpents. »

Je le jure, ce sont ses mots : des araignées et des serpents. Je me fige et m'efforce d'écarter les branches avec deux doigts, morte de peur. De cette peur que j'avais tout à l'heure, au moment d'entrer, ou ce matin quand je suis sortie et aussi, un peu, dans la rue, dans la classe, devant les profs qui risquaient de réclamer les devoirs de vacances : moi, je n'avais pas eu de vacances, alors ne parlons pas des devoirs… Maintenant j'ai peur de rentrer et de trouver maman dans le noir, au lit, ou sur la cuvette des cabinets, pleurant tout doucement puis sursautant à mon arrivée, comme si j'étais une voleuse.

Ça s'est produit ce matin quand j'ai pris mon sac à dos et lui ai annoncé que j'allais en classe. Elle n'a pas répondu, mais je sais qu'elle ne trouvait rien de plus absurde au monde : Luca est mort, à quoi bon aller en classe, à quoi bon sortir et avoir peur des araignées, des serpents ?

Mais je suis peut-être bête ou méchante, car je m'en moque un peu : certaines choses me font peur et d'autres me plaisent encore. Je continue de trembler en saisissant les branches, ou quand une toile d'araignée se pose sur mon visage. Alors que je bondis hors du bois, un hurlement catarrheux surgit du néant : « Les mains en l'air, salopards ! Les mains en l'air et préparez-vous à mourir ! »

Le souffle coupé, je plisse les paupières et découvre une étendue de blanc tachetée de noir, soit le mur de la maison, la Maison des Fantômes, ainsi qu'un trou noir, peut-être une fenêtre ouverte. Je plaque les mains sur mon visage puis, me rappelant ce que la voix a dit, les lève le plus haut possible. Même si j'ignore comment, je me prépare à mourir.

« Arrête, grand-père, c'est moi ! s'exclame Zot qui a, lui aussi, levé les mains.

— Ah, et qui est cette vioque ?

— Ce n'est pas une vioque. Elle est en classe avec moi.

— Pourquoi a-t-elle les cheveux blancs ?

— Elle est née comme ça, grand-père. Elle s'appelle Luna, je l'ai invitée.

— Tu as eu tort.

— Excuse-moi, grand-père.

— Je ne suis pas ton grand-père. Et tu sais où tu peux foutre tes excuses ! »

Zot hoche la tête puis se tourne vers moi. « Ne te laisse pas égarer par l'âpreté de ses propos, Luna. En réalité, grand-père est un homme exquis. »

Possible, mais en attendant je ne baisse pas les mains, je suis pétrifiée, seul mon cœur bat jusque dans ma gorge. Puis des bruits de bois et de fer retentissent, accompagnés d'insultes contre la Vierge, de claquements genre *clic clac*, encore un *clic*. Enfin la porte s'ouvre, ou plutôt s'entrebâille, et la voix catarrheuse lance : « Entrez vite. »

Zot fonce en avant. Je reste immobile, perplexe, puis une main me saisit et m'attire à l'intérieur. Dans la Maison des Fantômes.

Qui sent les vieux tapis, les vêtements oubliés dans un tiroir pendant des années, qui sent le chien mouillé et la pluie de deux ou trois ans plus tôt. J'ôte mes lunettes noires et découvre une petite table avec deux assiettes, peut-être cassées, un réfrigérateur sans porte et, dans le coin, le grand-père de Zot qui regarde à travers la fenêtre.

Il porte des tongs, un bas de pyjama, ainsi qu'un maillot de corps si élargi et si vieux qu'on le croirait torse nu. Sur sa tête, une casquette bleue, marquée d'une inscription que je n'arrive pas à déchiffrer. Ah, et à la main, un fusil !

Il ferme la fenêtre et nous observe, ou n'observe peut-être que moi. Son visage est sillonné de rides profondes qui ressemblent à des égratignures, et sa bouche tordue vers le bas comme s'il venait de mordre dans un citron.

« D'où viens-tu, avec cette peau si blanche ? Tu es radioactive, toi aussi ?

— Pardon ?

— Je te demande si tu es toi aussi de Tchernobyl.

— Non, monsieur, je suis d'ici. Et je suis albinos. C'est génétique, cela signifie que…

— Je sais, je sais. Autrefois, il y avait dans les montagnes, au-dessus de Sillano, un faisan albinos, tout blanc, bec compris. On a essayé de l'attraper pendant un hiver entier, mais il se confondait avec la neige, on le voyait de temps en temps puis il disparaissait. On a descendu tous les faisans normaux, mais le faisan albinos a passé la saison sans problème. »

Il pose son fusil contre le mur et se tourne vers moi. Je hoche la tête et souris un peu car cette histoire du faisan blanc est très jolie.

« C'était il y a combien de temps, monsieur ? Il est toujours dans la montagne ?

— Qui ?

— Le faisan blanc. Il est toujours là où vous dites ?

— Mais non, voyons ! À la fin de l'hiver, la neige a fondu, et le faisan blanc brillait dans le bois comme une ampoule. On l'a coincé dans une plaine, il a essayé de s'envoler et on lui a tiré dessus. Il a été décapité au deuxième coup. Mais il en a pris six, un par chasseur. Il était dans un état si déplorable qu'on n'a pas pu le manger. En vérité, il n'est pas tombé, il a explosé en l'air. »

Ma tête se fige, j'essaie de sourire encore un peu, mais je n'y arrive pas.

« Bon, vous êtes fiancés, tous les deux ? » À présent, le grand-père de Zot est adossé au mur, le fusil posé au sol comme une canne.

« Non ! On est camarades de classe, dis-je.

— Bon, de toute façon, écoutez-moi bien, je vais vous apprendre quelque chose d'important. À entendre les gens, vivre à deux est une arnaque, seuls les deux ou trois premiers mois sont magnifiques, après quoi la vie devient un enfer. Ils mentent, ne les croyez pas… Les premiers temps n'ont rien de magnifique, vivre à deux est une saloperie, du premier jour jusqu'à la fin, vu ?

— Oui, mais nous, on va juste en classe ensemble.

— Vous avez compris, oui ou non ?

— Oui, grand-père.

— Bon. C'est tout. Et puis, ça suffit avec cette histoire de grand-père. Je ne suis pas ton grand-père, je m'appelle Ferruccio. Pour les amis, Ferro, donc pour toi Ferruccio. Tu vois, c'est toujours la même histoire. Je me régalais tout seul, je m'occupais de mes oignons et personne ne m'emmerdait. Puis voilà que se pointe un jour ma crétine de fille en disant qu'elle a décidé d'accueillir un gosse du Projet Tchernobyl. "Tchernobyl ? Jamais de la vie, je lui ai dit. Jamais de la vie tu n'installeras un Russe chez moi, et encore moins un Russe radioactif !" Elle répond : "Mais non, papa, cet enfant est très mignon et très gentil, c'est moi qui m'occuperai de lui, je le jure." Un petit chien, voilà comment elle le considérait, l'andouille, vu ? Pour finir, le gosse arrive vraiment, sauf qu'elle l'a déjà oublié et qu'elle part pour l'Espagne travailler dans un bar avec une de ses amies encore plus stupide qu'elle. Et qui doit se farcir le gosse radioactif ? Ce couillon-là, oui, ce couillon-là, ajoute M. Ferro en indiquant sa poitrine d'un mouvement tordu du bras.

— Je regrette vraiment, grand-père. Mais je ne suis pas radioactif.

— Ça, c'est toi qui le dis ! De toute façon tu es un casse-couilles, c'est sûr et certain. Et un Russe, sapristi ! Je monte la garde vingt-quatre heures sur vingt-quatre pour éloigner les Russes, et voilà qu'on m'en envoie un par traîtrise. Vous êtes vraiment diaboliques. Vous nous avez roulés dans la farine pendant des années avec l'énorme connerie de l'Union soviétique. Moi, j'y croyais, on y croyait tous, saperlipopette ! On croyait que vous viviez bien, que vous étiez heureux et tous égaux, les ouvriers comme les médecins, que l'argent ne vous intéressait pas, que l'argent ne tournait la tête qu'aux drogués du capitalisme que nous étions. On faisait des manifestations, on faisait les fêtes de l'Unità[1], et qu'est-ce qu'on a obtenu ? Foutrement rien, voilà, foutrement rien. Pendant ce temps vous attendiez le bon moment. Quand on s'est retrouvés dans la merde, vous vous êtes pointés, et vous étiez bourrés de fric, vous aviez des chaussures en or et des hélicoptères. Vous nous avez volé notre pays, et nous, les têtes de nœud, on vous l'a vendu. Mais pas moi. Avec moi, vous tombez mal, moi, je ne vous donnerai pas ma terre, vu ? Moi, je ne vous la donnerai pas ! »

M. Ferro parle en faisant non du doigt, puis se tait. On n'entend qu'un drôle de bruit derrière le frigo, qui ne doit pas marcher car il n'a plus de porte, et en effet le bruit cesse aussitôt. Ferro attrape une

1. Équivalent des fêtes de l'Humanité.

chaise, la retourne et s'assied dessus, dossier devant. Il nous dévisage.

« Bon alors, qu'est-ce que vous voulez, sacrebleu ?

— Rien, grand-père. Je voulais juste te dire que je vais chez Luna. Ne t'inquiète pas pour moi.

— M'inquiéter ?

— Oui, t'inquiéter de ne pas me voir rentrer. Tu comptais peut-être préparer quelque chose pour le déjeuner, et moi je ne…

— Je m'en contrefous ! De toute façon, il n'y a rien à grailler. Ce matin, tu n'es pas allé faire les courses. Je ne pouvais tout de même pas m'en charger ! Qui serait resté de garde à la maison ?

— J'étais en classe. Les cours ont recommencé aujourd'hui. Mais, grand-père, j'ai un tout petit peu faim.

— Et moi, d'après toi ? Sauf qu'il n'y a foutrement rien à bouffer. Qu'est-ce que ça peut te faire, tu vas déjeuner chez ta fiancée. »

Je réplique immédiatement : « On n'est pas fiancés ! Et je crois qu'il n'y a rien à manger chez moi non plus. Peut-être des biscuits et des biscottes. Dans le pire des cas, on reprendra un petit déjeuner. »

Zot lève la tête. À en juger par le blanc que je vois dans son visage, il sourit, toutes dents dehors.

« Très bien ! Mais maintenant, déguerpissez ! s'exclame Ferro. Et puisque tu sors, va acheter deux ou trois trucs à l'épicerie. Comme ça, on aura de quoi dîner.

— Super ! Qu'est-ce que je prends, grand-père ? Tu me fais une liste ?

— Du pain, de la mortadelle et des spaghettis. Et du pecorino.

— Et des biscottes ? »

Ferro se tourne vers moi. « Petite, rends-moi un service. Tu peux répondre à ce casse-couilles à ma place ? »

Je lance à Zot : « Du pain, de la mortadelle, des spaghettis et du pecorino.

— Ah, heureusement que ta fiancée est plus dégourdie que toi ! Et maintenant débarrassez-moi le plancher, je dois aller aux chiottes. » Il tape dans ses mains, les frotte sur son pantalon de pyjama et se lève en poussant des gémissements. Puis il saisit son fusil et s'éloigne, plié en deux, une main sur le ventre.

Je me dirige vers la porte. « On y va ?

— Oui, un instant. J'attends que grand-père revienne pour lui dire au revoir. Sinon ça m'ennuie.

— Qu'est-ce que ça peut faire ? Il préférera ne pas nous voir à son retour.

— Non, tu ne le connais pas. Il est un peu brusque, mais au fond il est affectueux.

— Au fond de quoi ? »

Zot ne répond pas et je n'ajoute rien. Les toilettes se trouvent sûrement de l'autre côté du mur de la cuisine, un mur certainement de carton, car c'est comme si on y était. On entend la cuvette se lever puis claquer, suivie d'un nouveau gémissement. J'ai même l'impression de sentir l'odeur ! Oui, j'étouffe, impossible de rester ici une seconde de plus ! Sinon j'aurai un malaise.

« Zot, ça fait une demi-heure qu'on est là. On y va !

— Encore un instant de patience. Nous lui disons au revoir et nous partons.

— Oh, Zot, pourquoi est-ce que je t'ai accompagné ? Pourquoi est-ce que je me promène avec toi ? »

Il se rapproche de la porte et déclare : « Luna, bien que ce soit douloureux à entendre, tu te promènes avec moi parce que tu es marginalisée et que personne d'autre ne souhaite te tenir compagnie. » Il prononce ces mots sur un ton normal comme si c'était une évidence.

« Oh, mais toi aussi, tu sais ! Tu es au minimum aussi marginalisé que moi.

— Je le sais, c'est la vérité. Mais moi, je suis heureux de me promener en ta compagnie. Voilà la grande différence. »

Je me tourne vers lui. Par chance, il ouvre la porte au même moment. La lumière de l'extérieur me saute au nez, elle m'empêche de voir et de penser.

LES TROIS VISAGES DU SAMEDI SOIR

Adieu, célibat, adieu

C'est samedi soir, Cristina danse, rit et, quand elle connaît la chanson, chante à tue-tête. Elle embrasse ses copines et boit une gorgée chaque fois que le DJ s'exclame : « Les amis, applaudissez Cristina ! Cette nuit, c'est sa nuit ! » Elle lève son verre et danse, chante, boit, crie. Le DJ a raison, c'est sa nuit. Sa dernière nuit.

Demain, Cristina se marie. Dans la petite église de son village, qui porte le nom de Madonna dell'Acqua. Elle y est née et elle y vit. Après le mariage, elle s'installera avec Gianluca deux cents mètres plus loin, dans la maison de ses beaux-parents aménagée en deux appartements. Gianluca est l'homme de sa vie, elle l'a rencontré à l'âge de dix-huit ans, il travaille dans le magasin de fournitures électriques de son oncle, et Cristina dans une boutique de chaussures du centre de Pise, dont elle est à présent la responsable. Au cours des douze années de leurs fiançailles – douze années –, ils ne se sont quittés qu'à deux reprises, le week-end où Gianluca a participé à un rallye en Sardaigne, et les quelques jours que Cristina a passés en compagnie de sa mère aux thermes de Saturnia.

Demain, ils se retrouvent devant l'autel. Don Aldo, qui a baptisé Cristina et lui a fait faire sa première communion, lui demandera si elle souhaite vivre avec Gianluca pour toujours, et elle répondra oui, « jusqu'à ce que la mort nous sépare ».

Ses copines, elles, lui diront qu'elle est idiote. Elles ne cessent de le lui dire, et elles l'ont répété ce soir, tandis qu'elles se rendaient à l'enterrement de sa vie de jeune fille, en Versilia.

« Comment peux-tu, bordel ? Comment est-ce possible ? Tu n'es donc pas curieuse ? »

Parce que Cristina n'a couché qu'avec Gianluca.

Et alors, qu'y a-t-il de mal à ça ? Autrefois c'était normal : les filles épousaient le premier garçon qui les avait embrassées, et tout se passait très bien. Cristina est ainsi, comme sa mère et surtout comme sa grand-mère Miria, qui l'a élevée et qu'elle aime plus que quiconque. Presque plus que Gianluca, d'ailleurs. Bien sûr, il serait intéressant de voir comment les autres garçons sont fabriqués en bas, pour mesurer la différence. Mais elle a rencontré l'homme de sa vie à l'âge de dix-huit ans, un homme qui l'aime et qui ne l'a jamais fait souffrir. Comment oser la traiter de pauvre fille ?

Ses copines ne se gênent pas. Elles jouent les modernes et les supérieures, mais depuis des années elles passent désespérément de salaud en salaud, se disent chaque fois, blessées : « Maintenant ça suffit, ça ne m'arrivera plus », le répètent, le téléphone à la main, tremblant dans l'attente d'un message ou d'un « J'aime » sous la dernière photo de leurs jambes étendues au soleil. Aussi, quand ses copines prétendent qu'elle commet une erreur en se privant de ça, Cristina sourit.

Mais ce soir sa grand-mère s'est jointe au chœur, tandis que Cristina se maquillait dans la salle de bains pour sa soirée. En vérité, Cristina n'avait aucune envie d'enterrer sa vie de jeune fille, cependant ses copines ont énormément insisté, et puis Gianluca lui a confié que ses amis à lui l'emmenaient dîner au Caprice, une boîte dans la colline où l'on mange de la viande ; surtout, où des traînées de l'Est dansent et se déshabillent. « Juste pour rigoler », a-t-il précisé. Alors Cristina a accepté pour rigoler, elle aussi. Elle se regardait dans le miroir, vêtue de la petite robe courte et moulante que lui ont achetée ses copines, lesquelles, habillées de la même façon, iront en Versilia voir ce qui se passe.

Elle se penchait vers le miroir et s'éloignait pour s'examiner en pied. Même si elle ne devrait sans doute pas se l'avouer, elle a un corps sublime. De magnifiques yeux bleus et une bouche charnue qui suscite un tas de blagues sexuelles. Cette bouche a toutefois un problème, un gros problème, situé juste au-dessus : son nez. Trop long et un peu bossu, il lui fait de l'ombre et efface son sourire. Cristina y consacre de nombreuses pensées.

Elle n'est pas la seule, d'ailleurs. Récemment, Gianluca lui a lancé : « Sais-tu que telle beauté qui présente le journal télévisé a le nez refait ? Sais-tu que la femme de tel footballeur s'est refait le nez ? Devine un peu ce que s'est fait refaire la sœur de Gianni ? Le nez ! »

Si bien que Cristina a déclaré qu'elle l'envisageait elle aussi. Juste pour dire quelque chose. Gianluca aurait dû répondre aussitôt qu'elle était folle, qu'elle est magnifique, qu'elle a une beauté naturelle et qu'il l'aime tout entière, nez compris. Or, il a gardé le silence un instant, puis il a décrété que c'était une bonne idée.

Une bonne idée.

Ce soir, Cristina s'étudiait de profil dans le miroir, d'abord normalement, puis une main devant le nez, se demandant si ce serait vraiment mieux, si Gianluca est un salaud et s'il existe des hommes plus profonds qui aimeraient son nez tel qu'il est...

À ce moment-là, sa grand-mère est entrée sans frapper. Elle l'a observée, de ses chaussures à talons jusqu'à ses cuisses, du bout de son corps recouvert par sa robe jusqu'à ses yeux. Elle lui a dit : « Cristina, tu es sublime.

— Merci, mamie, je t'aime ! » Du haut de ses talons, elle s'est penchée pour embrasser sa mamie chérie. Qui a ajouté, du fond de cette étreinte : « Tu es sublime et stupide.

— Mamie ! Mais pourquoi ?

— Parce que. Si tu étais laide, je comprendrais. Mais tu ne l'es pas. Demain, je viendrai à ton mariage car je t'aime à en mourir, mais, je te le dis, je ne suis pas contente.

— Comment ça ? Tu ne veux pas que je me marie ? Tu n'aimes pas Gianluca ?

— Non, le problème n'est pas là. Il peut me plaire, à moi. Mais pas à toi.

— Tu rigoles ou quoi ? Je l'aime, c'est l'homme de ma vie !

— Tais-toi donc ! Qu'est-ce que tu en sais ? Tu en as déjà essayé d'autres ?

— Non. Ah, tu ne vas pas t'y mettre toi aussi, mamie, je t'en prie ! Venant de mes copines, je comprends, mais pas de toi.

— Et pourquoi donc ?

— Parce que maman et toi avez vécu vous aussi toute votre vie avec un seul homme.

— C'est ça, ouais ! » Mamie a jeté un coup d'œil derrière elle et, comme il n'y avait personne, a poursuivi : « Ta mère peut-être. Mais moi, je ne me suis pas gênée.

— Voyons, mamie, tu t'es mariée à seize ans !

— Oui, mais ensuite il y a eu la guerre. Et la guerre, ma petite, tu ne sais pas ce que ça veut dire. » Elle a refermé la porte de la salle de bains derrière elle et continué d'un ton plus bas : « J'avais dix-huit ans quand ton grand-père est parti pour le front. Je l'ai attendu trois ans. Il n'écrivait même pas. Et moi, j'étais belle, j'étais jeune... je ne savais pas s'il était en vie, je ne savais même pas si j'étais moi-même en vie, et la nuit j'avais l'impression de m'enflammer.

— Alors tu as couché avec un autre !

— Ne parle pas si fort ! a dit sa grand-mère avant d'opiner du bonnet.

— Qui était-ce ?

— Des hommes que tu ne connais pas.

— Des hommes ? Mais combien ?

— Précisément, je l'ignore. Dix. Onze. Dix et demi, allez. »

Agrippée au lavabo, Cristina imagine sa grand-mère au lit avec un tas d'hommes qui la saisissent de toutes parts, mais elle imagine sa grand-mère telle qu'elle est à présent, les cheveux courts et bleutés, les jambes comme des poteaux et la peau semblable à un drap tout juste sorti du lave-linge.

C'est sa grand-mère qui la saisit, elle, qui la presse sur sa poitrine et lui murmure à l'oreille : « Réfléchis, ma petite, réfléchis bien, mais vraiment bien. Je ne dis pas mille autres, je ne dis pas cent, mais un, juste un pour comprendre. Sinon, cela te restera en travers de la gorge toute ta vie. »

Elle l'a embrassée sur la joue et lui a dit qu'elle l'aimait. Puis elle est ressortie, et la salle de bains s'est tue, elle s'est resserrée, elle s'est entièrement resserrée autour de Cristina.

Qui, maintenant, danse, boit et transpire au milieu des gens, sur la piste de la Capannina, lève les yeux vers des hommes qui se penchent et la regardent. Alors Cristina rit, elle les salue en agitant la main, dont elle ne songe que rarement à couvrir son nez, puis embrasse ses copines à tour de rôle.

Elles lui ont offert un vibromasseur noir, si grand que Cristina a d'abord pensé qu'il s'agissait d'une matraque et qu'elle lui serait utile, cachée dans son sac, le soir, à son retour du travail, puisqu'elle ira vivre avec Gianluca au bout d'une ruelle sombre. Sauf que cet engin n'entre pas dans un sac. Il n'entre nulle part. Et de fait, il n'existe pas d'engin aussi gros dans la réalité. Ou si ? Bof. Qu'est-ce qu'elle en sait ? Si ça se trouve, ce n'est même pas exagéré ; si ça se trouve, elle croit que Gianluca est normal car elle n'a vu que son engin, alors qu'il est mal équipé. Oui, Cristina va épouser un type mal équipé, uniquement parce qu'elle a eu la bêtise de ne pas en regarder d'autres. Qu'est-ce qu'elle en sait, hein ? Qu'est-ce qu'elle en sait ?

Elle ne sait rien, rien de rien. Soudain, les mots de sa grand-mère retentissent dans sa tête, plus forts que la musique et que les cris : « Je ne dis pas mille autres, je ne dis pas cent, mais un... »

Alors Cristina réclame à grands cris une autre flûte de champagne. Chiara court lui en chercher une, mais elle ne se dirige pas vers le comptoir, elle va vers le haut, ou vers le bas, à moins que Cristina ne comprenne plus rien. Elle a la tête qui tourne, et tous ces inconnus se pressent autour d'elle, mais aussi dessus et dessous, presque contre elle.

Il y a des Africains. Comment sont-ils ? Il paraît qu'ils sont très bien montés. Coucher avec un blond, avec un étranger qui ne parle pas votre langue, comment est-ce ? Elle l'ignore. Elle ignore tout. Elle n'a jamais senti le souffle d'un autre homme sur sa peau, n'a jamais goûté sa saveur, elle n'a jamais vu les yeux d'un homme changer pendant qu'il vous pénètre, ni entendu ce qu'il vous dit, et...

Et si elle ne le sait pas maintenant, elle aura cent mille fois plus de mal à le savoir après-demain. Car elle se marie demain, et le mariage est sacré : après le mariage on devient sérieuse et intouchable. Après, justement. Pas cette nuit.

Alors Cristina danse, danse et rit, elle a le vertige, mais pas de malaise. En vérité, elle est en pleine forme. Le DJ répète que c'est sa nuit puis met une chanson qu'elle adore : elle l'entendait à la télé quand elle était gamine et elle la connaît encore par cœur. En particulier le refrain qui dit :

> *Que te la pongo, que te la pongo,*
> *que te la pongo, je te la mets déjà.*
> *Que te la pongo, que te la pongo,*
> *si je t'explique, ça t'amusera.*
> *Que te la pongo, que te la pongo,*
> *si je la mets, ça se décidera.*
> *Que te la pongo, que te la pongo,*
> *si je te l'explique, ça te plaira*[1].

1. Version italo-hispanique d'une chanson du groupe mexicain Garibaldi (1990) aux paroles ambiguës, puisque « que te la pongo » signifie en espagnol : « laisse-moi te la mettre » et « laisse-moi te servir ».

Cristina lève les bras et s'agite comme une folle, tandis que ses copines la montrent du doigt : incrédules, elles lui crient qu'elle est fantastique, une déesse, la meilleure d'entre toutes ! C'est vrai, et effectivement les hommes lui tournent autour, applaudissent, dansent de plus en plus près et hasardent des mouvements étranges pour se faire remarquer. Mais le plus étrange, c'est ce garçon à la chemise blanche, un peu plus jeune qu'elle, qui sautille et ondoie, une main sur le cœur et l'autre sur la hanche. Elle lui sourit et l'applaudit. Alors il pirouette et avance, ou plutôt se rue sur elle, approche son visage du sien, sa bouche de son oreille, et prononce tout bas, mais clairement dans le brouhaha, les mots les plus splendides que Cristina ait jamais entendus.

Ils pénètrent, chauds et lisses, dans son oreille et caressent ses tempes, ils dévalent sa gorge et, de la poitrine, vont droit à son cœur, puis ils coulent, bouillants, dans son ventre, jusqu'au moment où les cuisses de Cristina se rejoignent et se mouillent au point qu'elle a envie de s'écarter un instant de ce garçon magnifique pour l'étreindre juste après et se coller à sa peau, au tremblement de plus en plus profond que déchaînent en elle les mots fabuleux qu'il vient de lui dire :

« Hé, je suis épris de ton nez. »

El Aperitivo de l'Amor

Bordel, ça marche, ça marche un max !

Ses amis se sont fichus de lui tout l'été en répétant qu'il gaspillait son argent et ses soirées dans une salle nauséabonde, que la danse est un truc de pédés.

Mais ça marche, et comment, bordel, ça marche un max ! Daniele a bien fait de suivre le cours de danses caraïbes à la salle de Fivizzano, sous la direction du grand maître Hugo Toné. Dont le nom ne dit peut-être rien aux gens, mais qui fait mouche sur les passionnées. Comme si vous affirmiez que le grand Bocelli vous a appris à chanter, ou le grand Cracco[1] à cuisiner. De fait, Daniele a avisé la fille à moitié nue qui s'agitait au son de la salsa, il a compris que c'était une connaisseuse et il lui a donc montré deux ou trois pas sérieux, puis il a murmuré à son oreille ces mots magiques : « Hé, j'ai appris avec Toné. »

Et, bordel, ça l'a rendue dingue.

Ou plutôt, elle s'est figée sur place, l'a dévisagé, les yeux écarquillés, et lui a lancé : « Tu te fiches de moi, ou quoi ? » Il ne savait que répondre : non seulement elle a remarqué sa classe, non seulement elle connaît Hugo « El Suave » Toné, mais elle est si passionnée qu'elle n'arrive pas à croire qu'elle a affaire à un de ses élèves. Elle s'est jetée sur lui, l'a étreint de toutes ses forces et, grâce aux leçons de son maître, Daniele a pris en main la situation, il l'a pressée sur sa poitrine et s'est remis à danser.

Une fille toute seule, comme moi pleurnichait,
je lui ai dit que j'avais de quoi la soigner.
Danse, danse encore, ça passera, et avec les autres
*   elle a dansé,*
Sa tension était basse, par magie elle est remon-
*   tée.*
Danse, danse encore, ça passera, et la fête a
*   commencé.*
Que te la pongo, que te la pongo...

1. Carlo Cracco, grand cuisinier officiant à Milan.

Elle joue le jeu, et c'est un canon. Beau cul, beaux seins, dommage qu'elle ait ce nez gigantesque qui a l'air factice. Mais bon, Daniele la serre contre lui et ne le voit pas, et puis il est scientifiquement prouvé que les filles à grand nez ont un super physique. Ce physique, il le sent : il ondoie de droite à gauche, d'avant en arrière. Plus il la sonde, plus elle s'agite.

Bordel, maître Toné avait raison : « Les femmes changent mille fois d'idées en un segundo, porque elles imaginent qu'elles veulent une chose, puis elles en veulent une autre, y elles se disent ensuite qu'elles en veulent une troisième. En vérité, les femmes ne veulent qu'une seule chose, elles veulent un mâle seguro et présent, qui les attrape par les cheveux y les fait bailar. »

Cette nuit, Daniele est ce mâle, et cette soirée entre copains organisée à la dernière minute se transforme en la récompense évidente d'un été de leçons et d'exercices.

Et dire qu'il n'avait pas envie de venir en Versilia... Il a pris sa voiture, alors qu'il préférait aller à Montecatini, où il y a plein de femmes mûres : autrefois on les draguait un peu en secret en faisant semblant de rien, mais maintenant qu'on les appelle cougars ou MILF, on peut s'en vanter le lendemain auprès des copains. Ouais, les copains, qui ont dit non à Montecatini, « ce soir on va en Versilia, un point c'est tout ».

Heureusement. Car le voici avec cette fille au nez énorme, mais canon pour le reste, qui se frotte contre lui. Il l'a maintenant tâtée de partout, et le moment d'accomplir le mouvement décisif est arrivé, ce mouvement que maître Hugo Toné lui a appris en

181

secret à la dernière leçon, alors que les autres élèves avaient déserté le cours.

« Daniele, laisse la fille se déchaîner, fais-la bailar. Mais quand elle est vraiment chaude, lève la jambe, fourre-la entre ses cuisses et ne la bouge plus. Ne la bouge plus, intiendes ? Il faut qu'elle sente ta presencia. Une fille s'agite siempre, elle ne sait jamais où aller, elle va de-ci y de-là, elle ne veut qu'une seule chose : un hombre qui la saisisse et l'immobilise avec un truc fort et dur, tout droit entre ses cuisses. Montre-lui la presencia. C'est le mouvement más importante, Daniele, ça s'appelle El Aperitivo de l'Amor. Si tu lui offres correctement el aperitivo, sois seguro que tu auras droit ensuite à tout le dîner. Intiendes ? »

Daniele comprend, il comprend très bien, il a fait danser cette fille, il l'a fait sauter à droite à gauche, elle rit, pousse des petits cris et tremble, puis elle se tait, redevient sérieuse, se paralyse : il vient de glisser sa jambe entre les siennes et la remonte avec la jupe jusqu'à la chaleur du point magique où les cuisses se rejoignent. Daniele place l'Aperitivo de l'Amor en l'embrassant dans le cou. Elle rejette la tête en arrière, le souffle coupé. Il est lui aussi hors d'haleine, il se demande juste si elle va lui flanquer une gifle ou porter plainte. Or, elle se redresse, elle plante ses yeux, que son nez gigantesque rapetisse, dans les siens et lui fourre tout ce qu'elle a de langue dans la bouche. Ils s'embrassent cinq bonnes minutes, ils continuent de s'embrasser tandis qu'il la conduit vers les canapés, loin du tumulte de la piste.

Ils s'assoient. Daniele hésite à lui offrir un verre. Ils s'écartent un peu. « Qu'est-ce que tu veux faire ? »

Elle répond dans un soupir chaud : « Je peux voir ton truc ?

— Quoi ?

— Je peux voir ton zizi ? »

Voilà. Droit au but, précise. Juste un peu éméchée. Elle ferme les yeux et l'embrasse dans le cou. Alors Daniele perd la tête. Il la soulève et la conduit dans les toilettes des femmes. Grâce à Dieu, grâce au Seigneur qui a décidé de lui offrir une soirée inoubliable, il n'y a aux toilettes qu'une gonzesse, qui sort au moment où ils entrent. Daniele plaque la fille contre le mur, dégrafe sa ceinture en python, baisse son jean et exhibe son engin.

Immobile, les yeux écarquillés, elle met devant sa bouche une main qui atténue un peu sa voix, même si ses mots restent audibles. « Il... il est normal ? »

Daniele est perplexe : certes, il n'est pas gigantesque, mais pas assez petit pour mériter une scène.

« Ben, dit-il d'une voix qui ondoie entre la montée d'hormones et l'humiliation, il n'est pas énorme, il est normal. Dans la moyenne, voilà, je ne...

— Ça signifie qu'il y en a d'encore plus gros ? »

Daniele la dévisage. Lisant dans ses yeux la stupeur et l'émotion, il devine qu'il ne doit pas se défendre, mais attaquer. « Non, pas plus gros. Tu ne peux pas trouver mieux », répond-il.

Elle hoche la tête, se mord les lèvres et recommence à fixer son engin. Elle pose la main dessus et le caresse tout doucement comme si elle craignait d'être mordue, puis...

Puis le claquement de la porte, des voix de filles, des chants, des cris. Elle bondit comme un ressort et manque de tomber à la renverse, pendant qu'il referme son jean. Ils s'embrassent de nouveau pour cacher leurs visages aux casse-couilles. Et pendant qu'ils s'embrassent, Daniele mobilise son cerveau pour trouver une solution, un endroit où aller...

« Est-ce que la mer est loin ? » demande la fille.

Daniele ne comprend pas. « Bof. Euh, oui, de l'autre côté de la boîte, oui.

— Tu sais comment on y va ?

— Non, je ne suis pas d'ici, c'est la première fois que je viens. » La honte... un type qui ne connaît même pas le chemin de la mer. Si ça se trouve, elle va se refroidir, et l'érection bestiale qui lui troue presque le jean va faire flop. Quand il l'apprendra, le maître Hugo Toné lui dira qu'il n'est plus digne d'être son élève.

Mais elle pose toujours sur lui ses yeux mi-clos. « Et une voiture ? Tu as une voiture ? »

Oui, bordel, oui ! La voiture !

Il l'enveloppe dans son bras et la conduit dehors. Serrés l'un contre l'autre, ils avancent de travers, elle à cause de l'alcool, lui de son slip trop serré. Mais peu importe, Daniele sait que cet inconfort va bientôt devenir confortable, qu'il deviendra merveilleux. Leurs cœurs battant plus fort que la musique et propulsant du sang dans le moindre millimètre de leurs corps, Cristina et Daniele quittent la boîte pour l'étreinte de la nuit humide, chaude, gonflée de promesses.

La guerre nocturne des agents auxiliaires

Pantalon moutarde, chemise bleue à manches courtes, gilet et casquette orange ornés d'un tas de bandes réfractrices, Marino pédale dans l'obscurité de la promenade du bord de mer et tremble en regardant son reflet dans les vitres des voitures car, avec son uniforme, il a l'air d'un arbre de Noël en ce samedi soir, ce qui est une condamnation à mort pour un agent auxiliaire de la circulation.

Le plus absurde, c'est que la mairie impose cette tenue à ses semblables et à lui-même pour leur sécurité, afin que les voitures les voient et évitent de les écraser. Mais cela équivaut à attacher un caillou au cou d'un plongeur afin qu'il atteigne plus vite le fond. Ou à jeter le carburant d'un avion en vol afin qu'il ne prenne pas feu. Si la mairie tenait vraiment à ses agents auxiliaires, elle les doterait d'un survêtement noir et d'un passe-montagne, genre ninjas des parkings qui se meuvent comme des ombres, armés de leur carnet à souche, lancent une contravention sur votre pare-brise et s'évanouissent dans l'obscurité. Car le véritable risque, pour un agent auxiliaire, n'est pas d'être écrasé par mégarde, mais d'être coincé par des automobilistes bien décidés à le passer à tabac.

Pour le comprendre, il suffit de lire le bulletin de guerre de l'été précédent, où figurent non un seul auxiliaire renversé, mais bien quatre, envoyés aux urgences pour contusions et fractures. Et la semaine précédente un collègue a été hospitalisé pour brûlures au troisième degré après qu'un touriste a approché son briquet de son gilet orange synthétique qui se transforme en bûcher à la moindre étincelle.

Bref, la vie de l'auxiliaire est dure et dangereuse, mercenaire désespéré qui risque sa peau pour quelques euros par jour et procure un tas d'argent à la mairie. Comme celle des agents, ou plutôt cent fois plus, car ces derniers sont bien payés et disposent d'un uniforme plus sérieux, d'une radio s'ils ont besoin d'aide, et d'un pistolet si cette aide est urgente ; certes, ce ne sont pas de vrais policiers, mais on y réfléchit à deux fois avant de lever la main sur eux.

L'auxiliaire de la circulation, en revanche, est de la chair à canon. Uniquement armé d'un stylo et d'un carnet à souche, il se déplace dans une tenue de clown qui comporte des pièces dépareillées, un pantalon de contrôleur de bus, une chemise de plombier de l'aqueduc et la casquette à visière gigantesque qu'on offre à la fête annuelle des retraités. De fait, on a couvert le mot RETRAITÉ, de l'inscription RETRAITÉ DE FORTE DEI MARMI, d'une pièce disant AUXILIAIRE. Comme il s'agit justement de restes, les articles ne sont disponibles qu'en deux tailles, XS et XL, raison pour laquelle Marino roule ce soir dans les rues du centre-ville avec un pantalon si serré qu'il évoque un caleçon long, et une chemise si large qu'elle lui donne l'allure d'un cerf-volant à pédales.

L'image de son collègue brûlé dans la nuit ne cesse de le hanter. Allumé comme un bûcher, comme un tas de feuilles mortes, et laissé là. Qu'allons-nous devenir, qu'allons-nous devenir ?… Marino secoue la tête et s'efforce de rassembler son courage, il serre le guidon et s'obstine à pédaler sur la promenade du bord de mer, le long des parkings payants qui précèdent les discothèques. Mais les cris, les coups de Klaxon et les phares qui giflent l'obscurité lui coupent à chaque fois le souffle.

Et puis, s'il doit vraiment arriver quelque chose de terrible, il serait injuste qu'il en soit la victime : en tant que catéchiste, il est chargé d'accompagner ses élèves jusqu'à la confirmation. Il faut que Dieu le protège, du moins un peu. Mais Dieu a de nombreux soucis, et il ne peut probablement pas vous sauver lorsque vous vous promenez dans un uniforme aussi scintillant.

Voilà pourquoi, quand un hurlement s'élève du trottoir, Marino feint l'indifférence. Il continue de pédaler, pis, il accélère un peu, comme si le vent dans ses oreilles couvrait les propos du citoyen dans la rue : « Viens là, malheureux, arrête-toi ! »

Marino entend bien ces mots, il entend même les pas qui le poursuivent sur le trottoir. Alors il se soulève sur ses pédales et appuie dessus de toutes ses forces. Or, son pantalon trop serré l'entrave, sa chemise se gonfle et le ralentit comme un parachute bleu. Une main s'y agrippe, l'immobilisant et mettant fin à sa tentative de fuite.

Marino pose un pied au sol. Il se redresse et adopte un ton calme et professionnel, mais c'est le cœur battant qu'il dit : « Oui ? Puis-je vous aider ?

— Où est ma caisse, bordel de merde ? »

Un trentenaire peu robuste, quoique de grande taille, complètement fumasse. Derrière lui, une blonde aux yeux bas, moulée dans une petite robe rouge qui laisse tout voir dessous, très mignonne. Si l'on excepte son nez – gigantesque.

« Hé, c'est à toi que je parle, bordel de merde ! Où est ma caisse ?

— Je ne sais pas… je ne sais pas, pardonnez-moi, je ne suis pas voiturier. » Marino le vouvoie parce qu'on ne tabasse pas les gens qui vous vouvoient, non ? Par manque de familiarité. « Avez-vous oublié où vous l'aviez garée ?

— Non, je sais très bien où je l'ai garée.

— Dans ce cas, où est le problème ?

— Le problème, c'est qu'elle a disparu, connard ! »

La promenade du bord de mer se compose d'une file infinie de voitures désireuses d'atteindre les discothèques, de piétons y entrant ou en sortant, aussi ce cri interpelle-t-il le peuple du samedi soir qui, en l'absence d'amour, de sexe et de véritable amusement, compte sur un peu de violence.

Marino non, Marino souhaite juste rentrer chez lui en vie, il essaie de se montrer aussi humble qu'un page du Moyen Âge ou qu'un palefrenier devant un cavalier doté d'une cravache. Il ôte sa casquette et, la tenant à deux mains devant sa poitrine, déclare : « Je regrette beaucoup, vraiment. Mais j'ignore comment vous aider.

— Et pourquoi ? Vous n'êtes pas censé surveiller les voitures ?

— Non, c'est le travail des voituriers. Ou, à la limite, des agents de la circulation. Moi, je ne suis qu'un auxiliaire. »

Il esquisse un sourire, mais il est évident qu'il n'y a pas matière à rire. Alors il répète une ou deux fois qu'il regrette et que c'est un scandale : peut-être parviendra-t-il à calmer un peu le type avec la fille à la robe rouge qui lui tapote l'épaule et l'invite à laisser tomber sous prétexte que ce n'est pas important.

« Explique-moi un peu, connard, reprend le type. Je bosse comme un dingue toute la semaine, bordel de merde, je suis italien… » Des applaudissements retentissent, suivis de quelques « Bravo » et d'une ébauche de chœur, « Italie-Italie ». « Le samedi soir, je viens ici, je dépense chez vous l'argent que j'ai gagné et si j'ai cinq minutes de retard tu me flanques une prune. Mais qu'est-ce que tu fais au voleur albanais ou roumain qui vole ma caisse, hein ? Rien, bien sûr !

— Non, je vous le répète, je ne suis pas agent de la circulation. Je ne peux pas intervenir. Et puis je n'ai rien vu, je viens de commencer mon service.

— Bien sûr, tu n'as rien vu, bien sûr. Ma caisse était juste ici, bordel de merde, comment se fait-il que personne ne l'ait vue ?

— Ici ? Mais où ?

— Là, combien de fois je dois te le dire, là ! »

Le garçon indique le seul espace vide dans la file de voitures qui bordent la promenade du bord de mer. Juste devant le gros portail en fer forgé d'une villa.

« Ah, bon, commente Marino, sans cesser de tourner et retourner sa casquette entre ses doigts. Ici, il y a un portail, c'est un passage pour voitures.

— Et alors ?

— Alors, je pense qu'on ne vous a pas volé votre véhicule, mais qu'on l'a enlevé.

— Enlevé ? Comment ça ?

— Ben, avec un engin de la fourrière. »

Le garçon répète « Avec un engin de la fourrière ». Il est manifeste qu'il a toute une autre série de choses à dire, peut-être des choses sensées, peut-être uniquement des insultes. Or elles se noient dans sa gorge et l'étouffent. Il reste coi, les yeux pareils à des boules de flipper qui rebondissent au hasard entre mille trucs horribles, tandis que les voitures klaxonnent pour disperser le groupe de curieux qui s'est formé.

La fille au gros nez se rapproche davantage, murmure qu'elle a froid, qu'il vaut peut-être mieux qu'elle aille retrouver ses copines. Le type pivote brusquement et crie : « Non ! Attends ! Ne… ne… » Il déboutonne sa chemise d'un blanc éclatant, l'enlève et la pose sur ses épaules, puis il lui demande si ça va mieux. Elle grimace, répond « Bof », rive les yeux au sol. Il la dévisage encore un moment avant de se tourner, torse nu, vers Marino.

Les badauds se remettent à applaudir comme si se déshabiller équivalait à accomplir un autre pas vers la violence.

« Espèce de salopard, tu as fait enlever ma caisse, hein ?

— Moi ? Mais je n'ai rien à voir avec ça, je n'en ai pas le pouvoir…

— C'est ça, ouais ! » s'exclame une voix dans le public, car il s'agit maintenant d'un vrai public qui exige du spectacle.

Des applaudissements s'ensuivent, un individu lance une bouteille qui se brise aux pieds de Marino.

Un autre hurle : « Ce connard ne mérite qu'un coup de pied au cul ! »

Les hurlements augmentent en volume et en nombre au point de s'entrelacer et de se mélanger. Plus que des phrases, ils forment un vacarme croissant d'où jaillissent de temps en temps un « Merde », un « Cul », ou un « Tête de nœud ». La fille au gros nez lève les yeux une nouvelle fois et mesure l'ampleur de la foule : des hommes défoncés, des garçons coiffés en pétard, un tas de filles comme elle qui regardent, qui *la* regardent et la jugent. Elle tire le plus possible sur sa jupe, boutonne la chemise jusqu'au col et chuchote : « Je vais retrouver mes amies, pardon », avant de s'éclipser en titubant sur ses talons.

« Non, attends ! Juste un instant ! Je récupère ma caisse, juste un instant, allez ! », mais elle s'éloigne sans répondre. « Ou alors on va prendre une chambre, il y a un tas d'hôtels ici, un tas d'hôtels ! » Elle ne se retourne pas, ne s'immobilise pas, et le type au torse nu la regarde disparaître, encore plus belle, vue de derrière, avec son petit cul rond, sa taille fine, ses cheveux doux qui ondoient au rythme de ses pas. Et puis, de dos, on ne voit pas son nez gigantesque.

La fille se déhanche et se sauve, comme l'occasion éclatante de cette nuit qui a surgi du néant et qui retourne au néant. Ce n'est pas juste, bordel, ce n'est pas juste du tout. En l'espace d'un instant, il a perdu sa voiture, il a perdu un canon, et il se rend bientôt compte qu'il a même perdu sa chemise. Non, rien n'est juste dans sa vie, c'est une série d'échecs. Alors si l'injustice s'abat de temps en temps sur d'autres, ça ne le regarde pas. Ça regarde Marino.

« Voilà, t'es content, espèce de fumier ! » Le type au torse nu fixe Marino droit dans les yeux, après quoi tout se passe avec rapidité et précision comme dans ces formules chimiques où l'on met ce qu'il leur faut et qui marchent. Si l'on prend en considération l'heure tardive, la fatigue, l'alcool consommé en doses immodérées en fin de soirée, quand l'effet euphorie laisse la place à un arrière-goût amer, la trique non apaisée, les amis qui surviennent et découvrent leur copain torse nu puis constatent qu'ils n'ont pas de voiture pour rentrer chez eux… et si l'on n'a pas envie de voir sur quoi cela va déboucher, il faut vraiment fermer très fort les yeux et ne pas les rouvrir jusqu'à ce que parte le premier coup.

Qui ne part pas. Marino ne sent ni coups de poing, ni coups de pied. Juste des mains qui le saisissent, les mains des copains du type, et le soulèvent de son vélo. Il s'agrippe à son guidon, mais la bicyclette tombe, un garçon saute dessus, les jantes se tordent, un garde-boue se brise.

« Hé, les gars, doucement, vous exagérez, dit Marino en s'efforçant de conserver un ton professionnel, même s'il se trouve à la merci de quatre ou cinq individus qui le traitent comme un vieux tapis, bon à jeter à la poubelle. Ce vélo est la propriété de la commune, un bien public. »

En attendant, les copains de Torse-Nu immobilisent Marino, qui reçoit deux coups de pied, tandis qu'un membre de l'assistance lui vole sa casquette.

« Il est encore temps, il ne vous reste plus qu'un millimètre à franchir avant de vous retrouver dans une situation irréparable, mais si vous vous arrêtez maintenant, vous n'aurez pas de problèmes », dit-il.

Cependant, ses mots sont inaudibles, car au même moment des mains lui arrachent son gilet phosphorescent et s'en servent de fouet, l'obligeant à parer les coups. « Les gars ! Non ! Le gilet fait partie de l'uniforme, ne l'abîmez pas, c'est un outrage à un officier public ! »

Torse-Nu éclate de rire, et, comme il se tient à quelques centimètres du visage de Marino, son rire est également un crachat. Marino sent l'alcool qui l'imprègne, il sent des perles de salive acide dans ses yeux. D'autres mains le poussent et le font tomber comme le vélo un peu plus tôt. Maintenant ce sont ses os qui produisent un bruit de ferraille tordue.

Les hurlements se multiplient, réclamant un coup de pied ou se contentant de crier un générique : « Baston ! Baston ! » Une voix de fille, aiguë et presque douce, se faufile parmi les autres : « Pisse-lui dessus ! Pisse sur ce pédé ! »

Silence dans la rue, silence du monde environnant qui se fige un instant et se tourne vers l'origine de cette voix : une fille minuscule aux cheveux tirés, portant une petite robe moitié grise moitié rose, dont le sourire se fige.

Torse-Nu regarde ses amis, il regarde le public qui recommence à applaudir, les yeux écarquillés et rouges. On attrape Marino par la chemise et on l'immobilise au sol, sur le dos, au milieu de la rue, tandis que klaxonnent des voitures impatientes. Sous son dos, des petits cailloux et des morceaux de verre. Sur lui, Torse-Nu, une jambe de chaque côté. Qui ouvre la fermeture Éclair de son pantalon.

Les gens crient. Après avoir prononcé mille insultes et mille mots différents dans le bordel de la nuit, ils crient tous la même chose. Une chose claire, simple, urgente. « Pisse-lui dessus ! Pisse-lui dessus ! »

Marino entend et ne comprend pas, il a mal à la tête, il ne peut pas la relever car les copains de Torse-Nu le retiennent par les bras et les jambes. Il ne pèse pas ses mots, il ne les choisit pas : c'est sans doute le pilote automatique que nous avons à l'intérieur de nous qui le fait à sa place, ce pilote automatique qui prend le contrôle sans demander l'autorisation quand il s'aperçoit que nous allons nous écraser et que nous ne savons pas comment réagir. Ce pilote l'amène à dire : « Les gars, s'il vous plaît, je n'ai rien à voir avec cette histoire ! Je suis payé des nèfles ! Pendant que vous vous éclatez, moi, je fais ce boulot de merde ! Et je suis gentil : quand l'heure est passée sur les tickets de parking, je vais faire un tour et je ne reviens que trente minutes après, je le jure ! D'autres en jouissent, ils dressent des amendes à l'avance, ils manipulent même les horaires ! Si vous voulez, je vous donne leurs noms, ils sont en service, l'un d'eux s'appelle Robertaaaaarrgrrgrrgrgrrgh… »

Puis plus rien, juste des gargouillements sous le flot brûlant qui lui arrive dans le cou, puis sur le menton et, horriblement, dans la bouche.

Il avale de travers, comme dans la mer quand une vague se présente et qu'on boit la tasse. Sauf que Marino ne nage pas, et que ce liquide salé n'est pas de l'eau de mer, c'est de la pisse qui s'introduit dans sa gorge et ses poumons. Il essaie de se relever pour tousser, mais les copains de Torse-Nu s'obstinent à le maintenir au sol, même s'ils se sont un peu écartés pour éviter les éclaboussures.

Tout autour, le hurlement fou du public, les gens braillent, bondissent et s'embrassent comme si l'Italie avait marqué un but contre l'Allemagne à la Coupe du monde. Le hurlement est si fort qu'il couvre les coups de Klaxon furibonds des voitures immobiles sur la chaussée. Voitures dont les occupants sont pressés de rentrer chez eux, d'atteindre la dernière discothèque avant la fermeture, ou n'importe quoi d'autre, et qui voient un tas de gens sauter et crier, sans savoir qu'un homme, allongé sur le sol, reçoit un jet de pisse et se noie presque.

Mais, au lieu de se noyer, Marino incline la tête sur le côté et vomit. Le liquide chaud et acide qui pénétrait en lui rejaillit. C'est horrible, c'est épouvantable.

« Dégueulasse, putain ! » s'exclame en reculant, la manche tachée, un des garçons qui l'immobilisaient. Il peste et s'éloigne, bientôt imité par les autres. Marino demeure sur l'asphalte, les yeux brûlants, incapable de voir ni de faire quoi que ce soit. Il n'a qu'une seule envie : que tout le monde s'en aille et le laisse vomir encore un peu.

C'est ce qui se produit, et l'on n'entend plus qu'un long « Aaahhh » de satisfaction de Torse-Nu, comme s'il s'était retenu longtemps de pisser. Le public rit, applaudit et commence à s'éparpiller, non plus public, mais individus qui ont formé pendant un instant une seule âme, désireuse de voir une seule chose, et qui s'en vont contents de l'avoir vue. Tout aussi contentes sont les voitures qui klaxonnent une dernière fois et redémarrent à toute allure dans la rue qui conduit vers l'avenir.

Mais cette rue n'est jamais plane. La première voiture part comme une fusée et, au lieu de filer tout droit, monte sur un obstacle et cahote. Un dos-d'âne, une branche, un sac d'ordures tombé d'une poubelle. Ou Marino.

COMMENT NAISSENT
LES CATÉCHISTES

« Luna, je t'en prie, ne manifeste aucune familiarité à ce fripon », déclare Zot en attachant les vélos à un poteau électrique.

Le fripon en question est un monsieur noir, comme les Africains qui vendent des sacs de fausses marques sur la plage. Sauf qu'il n'est pas sur la plage, mais sur le parking de l'hôpital, et qu'il indique aux conducteurs les places libres avant de les saluer, voire de les remercier s'ils lui donnent un pourboire. Il nous dit bonjour à nous aussi, qui sommes venus tout droit de l'école à vélo, et empoche la seule pièce que j'aie sur moi, un euro.

« De l'argent aussi ! Dois-je te rappeler ce que ces individus font aux gens comme toi ? »

Le monsieur noir regarde Zot, me regarde et remercie pour l'euro sans comprendre. Ce qui n'est pas mon cas, hélas : j'ai raconté à Zot ce qui arrive aux albinos en Afrique et, depuis ce jour-là, il a décidé de résoudre ce problème. Avec mon aide.

Je lui ordonne de se taire et me dirige vers l'entrée de l'hôpital. De l'école jusqu'ici, le trajet est long, en plein soleil, et en l'absence de Zot il m'aurait été difficile de le parcourir. Mais je connais par cœur l'intérieur, car j'y fais de nombreux examens, et je me déplace rapidement en espérant le semer. Zot, qui essaie de ne pas se laisser distancer, insiste, le souffle court : « Il ne fallait pas que tu lui donnes de l'argent. Tu as de la chance que ce voyou n'ait pas eu de machette sur lui, sinon je me demande ce qu'il t'aurait fait et si tu aurais encore ces jambes pour courir, à l'heure qu'il est. »

Nous atteignons la gigantesque porte à tambour qui tourne quand on se place devant. Il y a toujours, de chaque côté, un groupe de personnes âgées qui espèrent trouver le bon moment pour s'élancer et qui, en attendant, regardent avec admiration ceux qui entrent. Au comptoir de l'accueil, Franca me salue. Je lui demande comment se porte et dans quelle chambre est hébergé Marino, dont j'ignore le nom de famille. « L'homme qu'une voiture a écrasé sur la promenade du bord de mer, samedi soir. » Franca comprend : l'hôpital a reçu trois personnes écrasées samedi soir, mais l'une d'elles est une fille, et l'autre sera enterrée dans l'après-midi.

Alors, premier étage, chambre 153. Nous prenons l'escalier roulant et croisons deux infirmières qui me disent bonjour et veulent savoir si Zot est mon fiancé. Je réponds trois fois non. Elles rient et me lancent : « À bientôt ! » Cela me fait plaisir, même s'il n'est pas agréable de se sentir chez soi à l'hôpital. En réalité, plus on est perdu dans les couloirs et moins on en sait à propos des services et des salles, moins on a de problèmes dans la vie.

Luca, par exemple, n'a été à l'hôpital qu'au moment de sa naissance. J'allais toujours aux visites médicales avec maman, et il me demandait le soir comment ça s'était passé, m'embrassait et m'appelait « la grande Luna ». Une seule fois, il m'a accompagnée chez l'oculiste, pour une raison que j'ai oubliée. Le médecin m'a examinée, a établi une ordonnance pour des verres correcteurs encore plus forts, je me le rappelle, et, comme nous étions les derniers, il a examiné aussi Luca et lui a dit qu'il avait une vision de onze dixièmes. Sur les dix échelons existants, il en avait onze. Je ne savais même pas que c'était possible. « Moi non plus », a répondu Luca avant d'éclater de rire. Nous sommes repartis et, dès lors, Luca, qui avait une si bonne vue, n'a plus jamais remis les pieds à l'hôpital.

Pas même le dernier jour. Mon grand frère n'est pas mort dans une grande salle toute blanche, surchauffée et sentant l'alcool, où les appareils émettent des bruits de téléphone portable déchargé. Luca est mort dans l'eau, au milieu des vagues. Malgré moi, je le vois souvent flotter sur le dos, ses longs cheveux ondoyant autour de sa tête. Soudain les mèches se transforment en algues, en algues sombres qui l'enveloppent, recouvrent son visage, se glissent dans sa bouche, dans ses oreilles, dans ses yeux. Ses magnifiques yeux dotés d'une super vue de onze dixièmes, et...

Heureusement, nous atteignons le premier étage et la chambre 153.

« Luna, attends, où vas-tu ?

— On entre, non ?

— Oui, mais attends. Nous avons besoin d'un présent.

— Un quoi ?

— Un cadeau, une petite attention pour notre caté-chiste. Un bouquet de fleurs, une boîte de chocolats, au minimum des journaux. Y a-t-il un kiosque à journaux ici ?

— Oui, en bas, mais à mon avis c'est inutile.

— Inutile, mais élégant. J'aurais honte de me présenter les mains vides. »

Zot tressaute dans la lumière des néons toujours trop claire et trop forte. Je sais qu'on ne la diminuera pas, je sais aussi que Zot n'entrera pas dans la chambre sans cadeau, alors je soupire avant de repartir à toute allure vers l'escalier roulant et le kiosque.

« Attends-moi, Luna, attends !

— Dépêche-toi, cours !

— Il est interdit de courir dans les hôpitaux !

— Et pourquoi ?

— Je l'ignore. Peut-être parce qu'il n'est pas gentil de montrer aux malades que nous pouvons courir et pas eux. »

Sandro regagne la chambre et claque la porte derrière lui. Il était sorti fumer, il a sa cigarette brisée dans le creux de la main et de petits bouts de tabac entre les doigts.

« Tu n'y vas pas ? » demande Rambo, assis près du lit. Marino essaie de tourner la tête, mais il a tout le buste plâtré, on dirait une tortue renversée et, comme les tortues, il ne peut que dresser un peu la tête tout en restant figé, raide, inutile.

« Non, je n'en ai plus envie », répond Sandro. Mais ce n'est pas vrai. La vérité, c'est qu'il est tombé nez à nez, dans le couloir, avec la fillette aux cheveux blancs qui se tenait à côté de Serena à l'enterrement, la petite sœur de Luca.

Si, au moins, Luca avait été fils unique, ou s'il avait eu une sœur plus âgée, adulte, équipée pour le chagrin. Mais non, c'est une petite sœur toute blanche, déjà privée de père : quelle situation terrible, quelle situation ignoble ! Sandro se sent atrocement coupable, il aimerait faire quelque chose pour la petite, il aimerait vraiment ; cependant, en la voyant surgir devant lui, il n'a été capable que de s'enfuir. Il était sorti fumer, il est revenu dans la chambre et a cessé de respirer.

Rambo le fixe, Marino essaie : par chance, c'est une chambre individuelle, et ils sont seuls. Ça coûte très cher, Marino devra y passer beaucoup de temps, à cause de son bassin fracturé, mais il lui est impossible de dormir en compagnie d'autres personnes.

« Sandro, que se passe-t-il ? interroge-t-il. Tu as rencontré un médecin, n'est-ce pas ? Il t'a dit quelque chose, quelque chose que j'ignore ? Dis-le-moi, Sandro, tu dois me le dire !

— Il ne s'est rien passé. Je voulais sortir, mais je n'en ai plus envie, je suis fatigué. »

Ce n'est pas vrai, Sandro n'est pas fatigué, il est juste lâche. Elle était là, il aurait pu se présenter, lui parler un peu. Au lieu de penser à elle jour et nuit, il aurait pu lui demander comment elle se portait, si tout allait bien à l'école ou si elle avait besoin d'aide pour ses devoirs, ou encore si des élèves l'ennuyaient. Il aurait pu également lui faire des excuses.

Jamais il ne retrouvera d'aussi bonne occasion, d'occasion aussi naturelle. S'il l'avait su un peu plus tôt, il se serait préparé, bien sûr. Il a eu un choc, mais sa fuite est vraiment pitoyable. C'est aussi une réaction normale : Sandro est triste, il est sordide, Sandro est un lâche. Il mérite la vie qui est maintenant la sienne, une succession de jours pleins de remords et de nuits pleines de cauchemars, en proie aux sentiments de culpabilité qui l'écrasent ainsi qu'il a écrasé sa cigarette alors qu'il retournait dans la chambre à toute allure.

Une cigarette, c'est ce dont il a besoin maintenant. Trop de stress, trop d'anxiété. Il en tire une du paquet et s'apprête de nouveau à sortir. C'est alors qu'il entend des pas bruyants dans le couloir. Il ouvre la porte. Voilà que se produit ce qui, à entendre son père, ne se produit jamais dans l'existence : la bonne occasion se présente à lui une deuxième fois.

La fillette aux cheveux blancs réapparaît, accompagnée d'un enfant plus petit. Sandro contemple la nouvelle possibilité qui s'offre à lui d'être un homme bien. Il la fixe, s'appuie contre le mur et respire, respire laborieusement, ne respire plus… Il replonge dans la chambre de Marino et referme la porte dans un claquement encore plus fort.

Rambo bondit sur ses pieds. « Oh, mais qu'est-ce que tu fous ?

— Sandro, qu'y a-t-il ? interroge Marino. Tu es bizarre, tu sais un truc que j'ignore. Il faut que tu me le dises tout de suite, Sandro. Qu'est-ce que tu sais ? Je vais rester paralysé dans un fauteuil roulant, c'est ça ! »

Sandro ne répond pas. Droit, immobile, il transpire. Les pas se rapprochent, et il espère qu'ils feront ce que les pas sont censés faire : passer rapidement. Or, ils s'arrêtent et les deux petits coups frappés à la porte équivalent à des bombes qui lui dévastent les nerfs.

« Il y a quelqu'un ? Monsieur Marino, peut-on entrer ? »

Cette voix faible et tremblante pourrait appartenir à la fillette ou au garçonnet, ou encore à un rouge-gorge qui agonise dans la neige. « Peut-on entrer ? »

Sandro jette un coup d'œil circulaire, plante son regard dans les yeux écarquillés de Rambo et s'élance vers les toilettes à l'intérieur desquelles il s'enferme. Puis il s'assied sur la cuvette et écoute.

« C'est nous.

— Nous qui ? demande Rambo.

— Nous sommes deux… deux disciples de M. Marino.

— Des disciples ? OK, entrez, disciples, votre Messie est sur le lit. »

Des pas légers et des bonjours parviennent aux oreilles de Sandro.

« Oh, les enfants, mes chers enfants ! dit Marino d'un ton qui mêle la souffrance à la sagesse, genre un maître zen ayant reçu un coup de bouteille sur la tête pendant une rixe. Vous êtes venus me rendre visite ! Merci. Comment allez-vous ? Salut, Luna, salut, Zot. »

Luna, elle s'appelle Luna. Mille phrases se mélangent et s'encastrent dans la tête de Sandro : « Bonjour, Luna, je ne voulais pas, Luna, pardonne-moi, Luna, s'il te plaît. »

« Excusez-nous, monsieur Marino, intervient le garçon. Je suis consterné, nous sommes obligés de nous présenter les mains vides. Nous voulions vous apporter au moins un journal, or nous venons de nous apercevoir que nous n'avons pas d'argent.

— Ne t'inquiète pas, Zot. Et tutoie-moi.

— Oh non, vous ne pouvez pas me demander ça. Surtout pas maintenant, alors que je suis mortifié de ne pas vous avoir apporté de présent. Mais voilà, nous venons directement de l'école, et je ne peux pas apporter d'argent à l'école.

— Pourquoi ? C'est interdit ? interroge Rambo.

— Non, mais tous les jours, à la récréation, je subis une fouille de la part de mes camarades. Apporter de l'argent équivaut donc à le leur offrir.

— Les fumiers ! Un jour je viendrai à l'école et je leur ferai peur, d'accord ?

— Je vous remercie, monsieur. La maman de Luna l'a fait, et ça a marché. Mais elle ne sort plus de chez elle, et alors… »

Serena ! Serena, la mère de Luna ! Sandro se lève en s'efforçant d'être le plus discret possible. Il se penche et tente de regarder par le trou de la serrure, or seule une chose claire et figée, sans doute le mur, s'offre à sa vue. Et puis il n'y a rien à voir : Serena n'est pas là, le gamin vient de le dire, Serena ne sort plus de chez elle. Parce qu'elle va mal et ne se rend plus nulle part, pas même à l'école, elle reste enfermée chez elle et personne ne défend ces gosses. Tout ça par sa faute à lui.

« Est-ce que je peux vous poser une question ? » Luna a repris la parole. « La voiture est vraiment passée sur vous ?

— Eh oui, vraiment.

— Mais qui était au volant ? Qui était-ce ? »

Sandro se sent défaillir : la seule chose qui intéresse la petite, la seule chose qui compte, pour elle, c'est de savoir de *qui* c'est la faute, qui est le coupable.

« Des types du samedi soir, répond Marino après avoir poussé un soupir. Tu sais, c'était en pleine nuit, devant les discothèques.

— Quel scandale ! s'exclame le garçon. Des jeunes gens de la pire espèce ! Des désaxés, des voyous sans idéal. Ces fainéants méritent une petite guerre ! »

Rambo éclate de rire. « Doucement, pépé, ne t'énerve pas ! » S'ensuivent des bruissements et des raclements indiquant sans doute que Marino cherche une position confortable, comme s'il pouvait exister une position confortable lorsqu'on est dans son état.

« Combien de temps devez-vous rester ici ? demande Luna.

— Je ne sais pas précisément. Un bon moment. J'aurai ensuite de la rééducation, en espérant qu'il n'y ait pas de casse.

— De la casse ?

— Eh oui, il y a mille scénarios possibles. La fracture du bassin est une loterie, cela peut entraîner un tas de problèmes. Il faut du temps, les enfants, du temps et de la foi. Nous sommes entre les mains de Dieu.

— À propos de Dieu, interroge le garçon, vous ne viendrez plus nous faire le catéchisme ?

— Ah non, Zot. Pas pendant un certain temps.

— Un certain temps ? C'est-à-dire ?

— Impossible de le savoir. Nous sommes entre les mains de Dieu, je vous l'ai dit. »

Au bout d'un instant, Luna reprend la parole d'une voix différente, un peu chagrinée, comme si elle redoutait sa réponse : « Si vous ne venez plus, qui nous fera le caté à votre place ?

— Ben, je ne sais pas exactement. De toute façon, ce ne sera pas long... Allez, vous ne vous en apercevrez même pas, les enfants. »

Plus Marino reste dans le vague, plus sa réponse est claire. De fait, Luna s'exclame bientôt : « Oh non, je le savais, ce sera Mère Greta ! Ce sera Mère Greta, n'est-ce pas ?

— Je ne sais pas quoi vous dire, les enfants. Ce n'est pas moi qui choisis. Et puis il n'y a pas grand-chose à choisir, c'est la seule catéchiste que nous ayons.

— Ce n'est pas juste ! Et si nous venions ici ? Venons ici, le samedi après-midi ! Vous nous ferez le caté à l'hôpital !

— Oh oui ! renchérit le garçon avec enthousiasme. Au couvent ou à l'hôpital, c'est pareil, non ? La voix de Dieu arrive partout. Sinon, c'est une injustice : ces jeunes amateurs de discothèques commettent un crime, et nous payons les pots cassés, Luna et moi.

— Eh bien, dit Rambo, c'est surtout cette loque, dans le lit, qui les paie.

— Oui, c'est vrai, je vous prie de m'excuser. Je me suis exprimé de manière inconsidérée. Bien sûr, c'est M. Marino qui a payé les pots cassés plus que quiconque. Sentir une voiture vous écraser est sans doute une expérience hallucinante. Et, davantage encore, se faire uriner dessus. »

Le silence s'abat sur la pièce. Un silence si absolu que Sandro, assis sur la cuvette, a l'impression que la chambre n'existe plus de l'autre côté. Sous l'effet de l'énervement, ou peut-être du désinfectant extrêmement fort qui sert à laver les toilettes, il imagine un instant que tout – ses amis, les gamins, le lit et la télé accrochée au plafond – a disparu. Il s'apprête à ouvrir la porte pour s'en assurer quand le rire de Rambo retentit, ainsi que la voix plaintive de Marino qui tente de le couvrir : « Non, ce n'est pas vrai ! Ce n'est pas vrai, les enfants. Mais où, mais… mais qui vous a dit ça ?

— On nous l'a dit à l'école, monsieur Marino. Pourquoi ?

— Parce que ce n'est pas vrai ! C'est une fausse nouvelle, une méchanceté propagée par les gens méchants qui s'amusent du malheur des autres ! Ne le croyez pas, ce n'est pas vrai, dites à tout le monde que ce n'est pas vrai !

— D'accord, monsieur Marino, répond Luna. D'accord. Mais ce n'est pas si grave que ça. Ce n'est pas votre faute si on vous a fait pipi dessus.

— Oui, renchérit le garçon. On me crache dessus tous les matins et on me colle des crottes de nez sur mon manteau. Je pense que l'urine est moins dégoûtante que les crottes de nez car elle est moins poisseuse. L'urine est-elle moins poisseuse, monsieur Marino ?

— Non, je… je ne sais pas ! Pourquoi me poses-tu la question ? Je t'ai déjà dit que c'était faux, personne ne m'a uriné dessus ! »

Rambo se noie dans les rires, les enfants essaient de s'excuser de multiples manières qui reviennent toutes sur l'histoire de l'urine, si bien que Marino finit par se taire. Sandro entend alors des fragments d'au revoir, Luna dit à Marino qu'elle l'attend bientôt au caté, ou plutôt très bientôt, puis la porte se referme et c'est terminé.

Sandro attend un moment, il en attend un autre, il entrebâille la porte, jette un coup d'œil à l'extérieur et sort. Devant lui Rambo pleure de rire ; Marino, qui avait oublié entre-temps qu'il se trouvait dans les toilettes, sursaute et pousse un hurlement.

Sandro se précipite vers lui et lui saisit le bras, il ne devrait probablement pas le secouer si fort, il ne devrait pas non plus crier, mais ce n'est pas sa faute si une idée lumineuse et géniale a surgi du néant dans ces toilettes sombres. « Marino, écoute ! Que la Mère Greta aille se faire foutre ! Le nouveau catéchiste, c'est moi ! »

DÉTECTEUR DE MÉTAUX

Aujourd'hui, c'est lundi, et le lundi il n'y a personne au bord de la mer.

De même qu'il n'y a pas d'hirondelles en janvier, de même que les fleurs n'éclosent pas dans la neige. La nature a son rythme et, selon ce rythme, chaque espèce sur la Terre interprète sa propre chanson. Voilà pourquoi les gens sérieux, les gens normaux, vont à la plage le week-end. Un bout du vendredi, le samedi entier et le dimanche jusqu'en fin d'après-midi. Puis ils refont la queue au péage pour regagner Milan, Parme, Florence, où les attendent un travail et une vie comportant des horaires et des engagements précis, clairs.

L'été est fini, les vacances sont terminées, mais il fait encore chaud et il est normal qu'ils veuillent emmagasiner le plus de soleil possible avant que n'arrivent l'hiver et l'obscurité à 17 heures, quand ils quittent leur bureau et qu'il est déjà temps de se coucher. Le vendredi donc, ces gens sérieux, des hommes et des femmes qui travaillent, qui sont peut-être mariés ou vivent ensemble, qui ont des enfants ou en tout cas des chiens, sortent leur tout-terrain de leur parking et se rendent à Forte dei Marmi. Pour s'allonger au soleil, se promener le long du rivage, écrire leur nom sur le sable au-dessus de la date de ces week-ends sereins et le photographier avec leur portable, s'attarder jusqu'au moment magique du couchant, un moment inévitable, quotidien, depuis que l'univers est né, et toutefois un miracle qui abêtit les touristes et les pousse à immortaliser cette majesté rouge, bouleversante, dominant le ciel et calmant l'eau de la mer. Il ne restera sur l'écran de leur appareil qu'une sorte de boule lumineuse qu'ils expédieront cependant sans attendre à leurs famille, amis et connaissances restés à la maison, afin de leur montrer qu'ils sont eux à Forte dei Marmi où le soleil se couche chaque soir pour eux.

Chaque soir jusqu'au dimanche. Après quoi, les gens sérieux rentrent chez eux et le soleil ne se couche plus sur la plage que pour les crabes et les corneilles qui sautillent sur la ligne de brisement des flots à la recherche de restes. Et pour Sandro et Rambo, qui ramassent eux aussi des restes, mais à l'aide de détecteurs de métaux.

« D'après moi, ces engins ne marchent pas », déclare Sandro dans un soupir. Cela fait une heure qu'ils les agitent en vain sur le sable.

« Ils marchent fantastiquement bien, écoute ça », réplique Rambo. Il soulève le sien, l'approche de la montre en acier des commandos de la marine militaire qu'il a au poignet, arrachant à l'appareil un sifflement aigu et tremblant. « Vu ? Il marche fantastiquement bien. » Et il reprend son manège sur le sable, tout fier. Car c'est lui qui a fabriqué ces deux engins. En réalité, il en a fabriqué trois, mais Marino est à l'hôpital, et pendant un long moment ils arpenteront seuls la plage le lundi.

Tout a commencé au printemps. Marino avait retrouvé des billes à l'effigie de cyclistes et tous trois s'étaient rappelé, exaltés, combien il était amusant de les lancer sur une piste de sable comportant des tournants, des courbes paraboliques et des pièges. Ils s'en étaient pris à la vie qui vous présente à un moment donné des changements trop importants et vous éloigne des jeux, ils s'étaient demandé quand ce moment était arrivé pour eux, quels changements la vie leur avait apportés, et s'étaient rendu compte qu'ils pouvaient très bien continuer à jouer aux billes. Ils avaient donc entrepris de se défier le lundi après-midi sur la plage déserte avec les frères Graziani[1], dont l'un, victime de l'ecstasy dans les années 1990, touche une petite retraite qui permet de survivre aux deux.

Une sorte de championnat doté d'un classement que Marino mettait à jour le lundi soir et envoyait aux autres par mail. Mais la troisième semaine, alors que Rambo et Sandro le traînaient sur le sable pour qu'il dessine la piste au moyen de ses fesses, Marino avait crié qu'il avait été piqué et s'était éloigné à toute allure, une main sur la cuisse, en criant : « Le sida ! Le sida ! J'ai été piqué par une seringue et j'ai attrapé le sida ! »

Ce n'était pas une seringue, mais une broche perdue dans le sable par un de ces individus sérieux et normaux qui passaient ici les jours dorés du week-end. D'ailleurs, elle était également dorée, ou plutôt en or.

Marino l'avait conservée pour se consoler de sa grande peur. Il avait offert un cierge à la Vierge de Montenero, offert le bijou à sa mère, et on n'en avait plus parlé. Du moins jusqu'à la semaine suivante :

1. Anciens footballeurs italiens.

alors qu'il s'apprêtait à lancer sa bille, Sandro s'était agenouillé et avait senti quelque chose de dur sous son tibia. C'était un bracelet en argent, sur lequel il avait soufflé et qu'il avait observé. Puis il avait posé le regard sur Marino et Rambo, un peu plus loin, et dès lors : adieu billes et adieu frères Graziani, ils occupent leurs lundis à passer le sable au crible à l'aide de détecteurs de métaux.

Que Rambo fabrique tout seul. Il a trouvé la méthode dans un manuel de survie, a réuni trois manches à balai, fixé au bout de chacun d'eux un vieux transistor et une calculatrice offerte par le super-marché voisin : même si cela peut paraître absurde, le transistor se met à siffler à l'approche d'un objet métallique sous le sable. Alors ils s'arrêtent, posent leurs engins et creusent. C'est facile, gratuit et ça marche.

Si ce n'est que le transistor ne siffle jamais.

« Bordel de merde ! s'exclame Sandro qui a mal au bras et au dos à force de tenir l'appareil – de surcroît en vain. Hier il y avait un tas de gens, comment se peut-il qu'ils n'aient rien perdu ? Bordel de merde, nom de D... » Il s'interrompt, car, si le blasphème convient à la situation, il lui faut dès maintenant se contrôler.

Rambo se moque de lui : « Oh, tu n'es pas encore catéchiste et tu as déjà arrêté de jurer ? »

Sandro continue d'agiter son manche à balai en regardant Rambo s'acquitter de cette tâche avec plus d'assurance et de crédibilité en raison de sa tenue camouflage et de ses rangers.

Rambo insiste : « Ce truc du catéchisme, c'est vraiment une connerie. Tu le sais, non ? »

Sandro garde le silence. Il se peut que ce soit une connerie, mais que faire ? Il repense à son enfance : une nuit, son père l'avait emmené pêcher l'orphie au harpon. Debout sur le ponton, Sandro pointait une torche très puissante vers l'eau, attirant les orphies, intriguées. Soudain son père en avait visé une et lancé le harpon de toutes ses forces. Sauf que l'orphie est un long poisson aussi fin qu'un doigt, alors que le harpon était pointu et doté d'un manche de bois énorme. Au lieu de transpercer l'animal, il l'avait décapité. Horrifié, Sandro avait regardé la chose, ou plutôt les deux choses argentées : l'une s'enfonçait lentement dans l'eau sombre pendant que l'autre, la queue, gigotait encore et se sauvait. « Pourquoi elle fait ça ? » avait-il demandé, manquant de lâcher sa torche. Son père avait éclaté de rire et répondu : « Qu'est-ce qu'elle est censée faire d'autre, Sandro ? Tu as une meilleure idée ? »

Non, cette nuit-là, sur le ponton, Sandro n'avait pas de meilleure idée et il n'en a pas non plus maintenant. Dans ce cas, il est normal que la queue de l'orphie tente de s'échapper et qu'il devienne, lui, le nouveau catéchiste de la petite fille toute blanche qui répond au prénom de Luna.

Il faut qu'il fasse sa connaissance, qu'il lui parle, qu'il sache comment elle va et comment va sa sublime maman. Il ignore ce qu'il lui dira, il ignore même s'il réussira à soutenir son regard, il est certain d'une seule chose : il ne peut pas continuer comme ça. D'autant plus que, depuis six mois, plus rien ne continue.

À présent, sa vie est immobile, figée. Depuis la mort de Luca, les jours se présentent et s'achèvent, l'un après l'autre, mais au lieu de s'aligner en file indienne, ils s'entassent, identiques et vides.

Sandro nageait confusément dans la nuit sombre, puis un harpon l'a décapité, et il n'arrive plus qu'à se sauver. Non parce que ça marche, ou parce qu'il a un endroit où aller, mais parce qu'il n'y a rien de mieux à faire. Il peut juste devenir catéchiste et voir ce qui se passe.

« De toute façon, ça ne doit pas être difficile, dit-il.

— Quoi ? demande Rambo, immobile à un endroit où le transistor émet un bruit semblable à celui de la pluie tombant sur un auvent de tôle.

— Il n'est pas difficile d'être catéchiste. On a affaire à des gosses, non ? Moi, je n'y connais rien, mais eux non plus. Et puis si Marino y arrive…

— Euh, je ne sais pas, Marino est plus outillé que toi.

— Pourquoi ?

— Peut-être parce qu'il va à la messe ?

— D'accord.

— Peut-être parce qu'il croit en Dieu ?

— Je ne vois pas le rapport, moi aussi j'y crois.

— Ah oui ?

— Ouais. Ben, c'est possible, pourquoi pas ? »

Rambo éclate d'un rire qui le secoue des pieds à la tête, puis abandonne la conversation, tout comme l'endroit où le transistor produit un peu de bruit, et recommence à agiter son détecteur de métaux.

En direction du rivage, où se trouve un groupe bariolé de gamins probablement venus d'Allemagne, de Hollande ou d'un pays situé encore plus au nord, là où il fait un froid glacial, car, par un jour pareil, alors que les autochtones se promènent déjà en blouson, ils se jettent à l'eau, regagnent le rivage et, tout trempés, rient et courent dans le vent, comme en plein été.

« Putain, qu'est-ce qu'ils ont à rire ? lance Rambo.

— Pourquoi ? Qu'y a-t-il de mal à ça ? Ils sont contents et ils rient.

— J'espère qu'ils ne se foutent pas de nous.

— Ils en ont rien à cirer, de nous. Ils sont bien et ils rient, c'est normal, non ? »

Sandro se tait, non seulement parce qu'il repense à Luca, qui ne pourra plus jamais rire, mais aussi parce que son transistor a émis un sifflement très puissant.

Rambo s'immobilise puis accourt. Ensemble, ils se jettent sur le sable et se mettent à creuser avec leurs mains. Et ils insistent : le transistor s'obstine, il leur crie de le croire, il leur dit que l'occasion tant attendue est arrivée.

Ce bruit attire les jeunes Hollandais, qui se déploient bientôt en ordre autour d'eux. Sandro et Rambo creusent en s'efforçant de se donner une contenance, mais leur envie de trouver un trésor est si grande qu'ils hurlent, jurent et s'encouragent.

« Allez, Sandro, c'est un gros truc, je le sens, putain, c'est un gros truc ! »

Sandro opine du bonnet. Le sable se fourre sous ses ongles, et c'est douloureux, mais il insiste, tandis que les deux transistors sifflent et que les petits étrangers les observent.

Enfin, Sandro sent un objet au fond, un trésor enseveli près de la rive. Il s'en saisit et, les lèvres étirées en un sourire tremblant, l'exhibe, hors d'haleine.

C'est un clou, un de ces grands clous qu'on plante dans les poutres en bois ou dans les coques des bateaux. Il est couvert d'une couche moelleuse, poisseuse et sombre. Sandro le pose sur le sable, se frotte les doigts qu'il porte à son nez, les yeux fermés.

De la merde de chien.

EN ABUSANT DES ANGES

Je suis assise comme les autres sur les petites chaises basses disposées en cercle et toutes occupées. Seule la chaise normale est vide, et de fait Mère Melania vient de se pencher dans la pièce et de nous prier d'être sages : le catéchiste ne va pas tarder. Pourquoi a-t-elle menti ? Elle aurait dû dire *la* catéchiste : il est évident que le visage méchant de Mère Greta va bientôt apparaître. Voilà pourquoi je voulais rester chez moi.

Je suis rentrée de l'école avec Zot. Autrefois, le samedi, maman s'échappait cinq minutes du salon pour nous préparer deux sandwichs et un verre de lait à chacun, après quoi Luca allait surfer et moi j'allais au catéchisme. C'était autrefois. Maintenant ça ne marche plus comme ça. Maintenant plus rien ne marche.

Aujourd'hui je suis passée à l'épicerie de Teresa, j'ai acheté du pain de mie, du jambon et des tranches de fromage fondu, que j'ai fait mettre sur le compte de pépé, qui n'est plus là, alors que son compte reste bien vivant, sauf que c'est maman qui le paie. Ou plutôt qui le payait. J'avais beau me concentrer sur les sandwichs, encore meilleurs quand on y met deux tranches de fromage et qu'on les réchauffe jusqu'à ce que l'extérieur ait l'air brûlé, je ne pensais qu'à Mère Greta, à ses yeux tordus, à ses mâchoires gigantesques et poilues, je pédalais et mes jambes tremblaient de peur.

Elle prétend que nous sommes les enfants du démon et elle nous déteste tous. Surtout moi, à cause de ce qui est arrivé pendant l'enterrement de Luca. À la sortie de l'église sombre, on a marché derrière le cercueil de mon frère. Il y avait là une file si longue que la fin était encore sur le parvis alors que nous étions à mi-chemin. Pourtant, à force de pousser, Mère Greta l'a remontée jusqu'à maman et moi, puis a dit à Gemma de s'écarter, faute de quoi elle ne pouvait pas rester avec nous. En réalité, elle voulait juste être devant, se montrer à toute la ville et jouer à celle qui prie, réconforte et aime tout le monde. Elle répétait à voix haute : « C'était un garçon en or, il nous manquera, mais nous devons être forts, la vie continue. » Une belle hypocrite. Soudain j'ai tourné la tête et j'ai vu qu'elle prenait maman par les épaules et qu'elle l'incitait à réciter *Le Repos éternel*, mais maman l'avait oublié, elle ne savait même pas où elle était. Mère Greta disait : « Allez, allez, "Donne-leur, Seigneur, le repos éternel", allez ! » Alors j'ai senti gonfler en moi une chose chaude et brûlante à la hauteur de ma poitrine qui me griffait la chair et les os tant elle avait hâte de sortir, et qui a fini par trouver le chemin de ma bouche. Elle a jailli de mes dents sous la forme d'un cri lancé à Mère Greta : « Je te déteste, Luca te détestait, tout le monde te déteste, va-t'en, va-t'en ! » C'est ce que j'ai hurlé, je le jure, et tout le monde m'a entendue.

Gemma m'a saisie par les hanches et pressée contre elle en murmurant, la bouche dans mes cheveux : « Luna, Luna, Luna, assez, du calme, assez. » Mais je ne l'écoutais pas, j'entendais seulement Mère Greta répéter : « Ce n'est pas sa faute, pauvre petite, elle ne sait pas ce qu'elle dit. » Pourtant, depuis ce jour-là, elle attend le moment de me le faire payer.

Et ce moment est arrivé : c'est celui du caté, où effectivement je ne voulais pas venir. J'avais déjà étudié un plan. Je comptais aller chez Zot, qui aurait séché lui aussi, et me cacher avec lui dans le bois de la Maison des Fantômes. Dont j'ai peur, certes, mais moins que de Mère Greta.

De toute façon, je n'avais pas vraiment besoin d'un plan : quand je lui ai annoncé que j'allais au caté, maman s'est contentée de me jeter un coup d'œil bizarre, comme lorsque je lui dis que je vais à l'école. Pour elle, il est absurde que je quitte la maison. Alors j'aurais très bien pu manger mes sandwichs et rester tranquillement dans ma chambre, ne plus jamais retourner au caté.

Mon rêve. Si ç'avait été l'année dernière, j'aurais sauté de joie si haut que ma tête aurait tapé contre le plafond. Mais aujourd'hui, voilà, aujourd'hui ce n'est pas juste, hein. Depuis que je suis petite, on m'oblige à venir ici tous les samedis après-midi, j'ai appris par cœur les dix commandements, les sept péchés capitaux, les trois vertus théologales, ainsi que cent mille autres choses autorisées et surtout interdites. J'ai été baptisée, j'ai fait ma première communion et, au mois de mai, j'assiste toujours au chemin de croix. Mais cette année, la dernière, l'année de la confirmation, à la veille d'être définitivement débarrassée, tout le monde se fiche que je vienne ou pas !

Ah non, hein, maintenant que j'y suis, il serait fou de m'arrêter ! Comme l'histoire que Zot m'a racontée ce matin : une nuit, un fou essaie de s'échapper de l'asile psychiatrique, sauf qu'il doit pour cela escalader des grilles immenses. Il commence par la première, passe à la deuxième et ainsi de suite toute la nuit. Il est de plus en plus fatigué, mais il s'obstine, et quand il arrive devant la centième, il secoue la tête et dit, à bout de souffle : « Non, ça suffit, je ne peux plus. » Il se retourne et escalade toutes les autres pour rebrousser chemin.

Alors j'ai mangé mes sandwichs, salué maman et je suis venue. Muette et immobile, je fixe la chaise vide en attendant de voir les grosses fesses de Mère Greta la remplir. Car je suis à la quatre-vingt-dix-neuvième grille, et me retourner serait une folie. Et moi, je ne suis pas folle, je crois. Je secoue la tête, serre mes genoux entre mes mains encore plus fort alors que des pas retentissent, qu'on entre et qu'une voix nous salue. Soudain, tout change une nouvelle fois.

« Bonjour, les enfants, dit Sandro en pénétrant dans la pièce. Que la paix soit avec vous. »

Il a réfléchi et décrété que c'était la phrase adéquate : le curé la prononçait toujours à l'époque où il allait à la messe, c'est-à-dire quand il avait leur âge. Mais les enfants posent sur lui des yeux surpris et vifs. Plus que des yeux, ce sont des appareils à rayons X qui le radiographient, de ses chaussures de sport tout abîmées à son visage, et tandis qu'il s'efforce de garder son sourire, il perçoit un ton interrogateur dans le chœur de leurs réponses : « Et avec ton esprit ? »

Ils sont une vingtaine à le fixer, assis en cercle : des gamins blonds et bruns, dont deux coiffés d'une casquette qui leur couvre les cheveux. À sa droite, Sandro découvre l'unique raison qui l'a précipité dans cette situation absurde, une raison toute blanche qui l'observe, la bouche grande ouverte, à travers de grosses lunettes de soleil.

Luna. C'est pour elle que Marino lui a rendu ce service. Il a téléphoné au curé et lui a dit qu'il s'inquiétait pour les enfants : il a élaboré à leur intention un parcours de croissance humaine et spirituelle, que ce sale accident risque d'interrompre. Mais il a un très bon ami, un garçon très dévot, avec lequel il partage de longues soirées de méditation chrétienne. S'il ne fréquente pas beaucoup la paroisse, c'est un homme de foi, et Marino affronterait ses souffrances de manière plus sereine en sachant que les enfants lui sont confiés. À lui, Sandro.

Un bel et émouvant discours, qui n'a toutefois pas emporté l'adhésion du curé. Si le prêtre a accepté, c'est parce que, depuis l'âge de seize ans, Sandro n'arrive pas à dormir sans la télé. Il l'allume sur la chaîne des documentaires et s'endort pendant la transmission des programmes consacrés à la nature, à l'histoire et aux sciences. D'après lui, cela fonctionne comme les cours sur cassettes qu'on vendait autrefois dans les revues : on les écoutait dans un casque en dormant et, sans s'en apercevoir, on apprenait l'anglais, la physique quantique ou ce que vous vouliez.

C'est ainsi que Sandro se surprend à posséder des connaissances absurdes sur les perroquets, les girafes ou la passion d'Hitler pour les voitures, des connaissances dont il ignore l'origine, mais qu'il maîtrise bien. Ce phénomène s'est produit pendant sa rencontre avec le curé. Les choses avaient pourtant mal commencé car l'homme lui avait demandé pourquoi il ne fréquentait pas l'église, quels étaient son évangile et son commandement préférés... puis la conversation a glissé sur les castors, et ça a été un triomphe. Le père Ermete a déclaré que les dix commandements sont fondamentaux, qu'ils équivalent au précieux bois vert que les castors emploient pour fabriquer leurs barrages. Les castors sont les enfants, ils doivent élever une digue contre la propagation de la corruption morale.

« Tu dois savoir que les castors sont des animaux admirables ! s'est-il exclamé. Ce sont des monogames convaincus, chez eux le couple dure toute une vie. Ils sont fidèles, aimables et laborieux. »

Sandro opinait du bonnet : mystérieusement, il savait tout cela, et il a ajouté que les castors sont plus gros qu'on ne le croie, qu'ils atteignent les vingt kilos, qu'ils atteignaient même la taille d'un ours à la Préhistoire et…

Le père Ermete l'a dévisagé et s'est levé, tout exalté. Ils ont discuté de castors, puis de la vie dans les bois et le long des rivières, avant d'aborder les merveilleuses qualités des poulpes, animaux très intelligents comparés aux poissons qui sont de vrais retardés.

Alors oui, Sandro est l'homme qui convient pour guider les enfants, parce qu'il est important de connaître les Évangiles, mais seuls les fous ignorent la présence de Dieu dans les poulpes, les castors, les miracles de la Nature. C'est le cas de Mère Greta, qui s'est plainte par deux fois auprès de l'évêque de ce que le père Ermete ne parle que d'animaux dans ses homélies. « La messe a des allures de documentaire, monseigneur ! Au lieu d'y aller, les fidèles pourraient très bien rester sur leur canapé, devant leur télévi-seur ! » Tels ont été les mots précis de cette nonne maléfique qui n'a rien compris à la religion ni même à la façon dont tourne le monde. Car l'évêque a tout raconté au père Ermete alors qu'il recevait de ses mains deux caisses de ce vin blanc puissant que le frère du second produit dans son petit vignoble situé sur les collines de Candia, et ils ont ri et trinqué.

Sandro peut trinquer lui aussi : il est officiellement le nouveau catéchiste. Et même s'il lui semble absurde d'enseigner la religion dans cette pièce sombre, tapissée de dessins de Jésus, il jette un regard circulaire, respire profondément et entreprend d'escorter les enfants vers le Paradis, ou un lieu approchant.

« Bon, je m'appelle Sandro. Ne me dites pas vos noms car je les oublierais tout de suite. Quand je m'adresserai à l'un de vous, je vous pointerai du doigt, ça vous va ? »

Les petits hochent la tête. Une main se lève aussitôt à côté de Luna. C'est celle du gamin aux drôles de vêtements qui l'accompagnait à l'hôpital. Il porte un pull-over en laine très large et à petits carreaux sous un gilet également à petits carreaux.

« Pardon, monsieur Sandro, pourquoi Mère Greta est-elle absente ? »

Il prononce le dernier mot quand un garçon deux fois plus gros, aux joues recouvertes d'une sorte de moisissure qui ressemble à des poils, lui assène une claque sur la nuque.

« C'est simple, Mère Greta est absente parce que je suis présent. Mais pourquoi ? Vous préférez la sœur nazie ? »

Ils éclatent tous de rire en secouant la tête. Sandro sourit, il croise les jambes, certain de les avoir conquis. Être catéchiste n'est pas si difficile que ça. C'est peut-être même là que réside son talent. Oui, Sandro le sent, il lève les yeux au plafond, où s'étalent deux taches d'humidité qui évoquent la Sardaigne et la Corse, mais en réalité il les lève vers le ciel qui se trouve au-delà et poursuit :

« Si vous préférez cette vieillarde, il suffit de me le dire et j'irai vous la chercher. » De nouveaux rires retentissent, deux fillettes s'étreignent et le gros garçon flanque une nouvelle gifle au vieil enfant pour manifester sa joie. Surtout, Luna sourit, une main très blanche devant les lèvres. Sandro la dévisage. Elle baisse les yeux, tente de reprendre son sérieux, en vain.

« Bon, les enfants, commençons. D'après ce que m'a dit Marino, vous avez lu et commenté un passage de l'Évangile au dernier cours. C'est ce que nous allons faire aujourd'hui aussi, d'accord ? »

Ils opinent tous du bonnet et s'emparent de leur bible. Un petit blond vêtu d'un tee-shirt Dolce & Gabbana, à la tête surmontée de lunettes de soleil, affirme que Marino avait déjà choisi la lecture d'aujourd'hui.

« Ah oui ? Très bien. Laquelle ?

— Genèse, 19. »

Genèse, 19, putain, où c'est ? Il serait plus pratique de donner le numéro de la page, non ? Même si elle contient des milliers de pages, sa bible n'est autre qu'un minuscule cube que sa mère conserve sur sa table de nuit et qu'elle n'ouvre jamais. Elle porte le titre de *La Bible dans la poche*, et le texte qu'elle contient est si petit que les lignes ont l'air de bandes noires se chevauchant. Sandro observe les enfants, qui en sont aux premières pages. Exact, la Genèse devrait être au début de l'histoire. Et de fait, la voici, il y a même un 16 en caractères plus gros. Puis un 17 et un 18. Nous y sommes.

« Alors, les enfants, qui lit ? »

Le même blondinet l'informe que le catéchiste a lu, la dernière fois.

« Ah, d'accord. Alors taisez-vous et écoutez. Je vous demanderai ensuite ce qui s'est passé et nous commenterons, OK ? » Sandro tousse, respire et démarre.

*Les deux anges arrivèrent à Sodome sur le soir ;
et Lot était assis à la porte de Sodome. Quand
Lot les vit, il se leva pour aller au-devant d'eux,
et se prosterna, la face contre terre. Puis il dit :
« Voici, mes seigneurs, entrez, je vous prie, dans
la maison de votre serviteur, et passez-y la nuit ;
lavez-vous les pieds ; vous vous lèverez de bon
matin, et vous poursuivrez votre route. » « Non,
répondirent-ils, nous passerons la nuit dans la
rue. » Mais Lot les pressa tellement qu'ils vinrent
chez lui et entrèrent dans sa maison. Il leur donna
un festin, et fit cuire des pains azymes[1]. Et ils
mangèrent.*

Une main se lève. Sandro a beau avoir les yeux
fixés sur sa page microscopique, il la remarque quand
même. Elle appartient au gamin à gilet assis à côté
de Luna.

« Pardon, monsieur Sandro, qu'est-ce que sont les
pains azymes ?

— Ce sont… Eh bien, c'est simple, vous devriez
le savoir. L'un de vous le sait ? »

Chacun essaie de disparaître. Derrière sa bible,
derrière le dos de son voisin. Luna rive les yeux
au sol et se mord la lèvre. Sandro n'a pas envie de
l'embarrasser, mais le problème, c'est que personne
dans cette pièce ne connaît les pains azymes. Et lui,
encore moins que les autres. Il lui faut se débrouiller
tout seul.

« Ce sont des pains faits avec des céréales anciennes
qu'on mangeait à l'époque. Des céréales du genre
haricots en grains…

---

1. Afin de respecter le texte italien, la traduction de la Bible
de Jérusalem est un peu modifiée.

— Mais les haricots ne sont pas des légumes ? interroge encore le gamin au gilet.

— J'ai dit *genre* haricots en grains, *genre* ! Et maintenant, arrêtez de m'interrompre, concentrons-nous sur le sens de l'histoire. »

Le gros barbu assène une autre gifle sur la nuque du vieil enfant, qui présente ses excuses et pose les yeux sur sa bible.

« Voyez, les enfants, le sens de ce splendide passage est la valeur de l'accueil. Deux inconnus frappent à la porte, et que fait Lot ? Il court leur ouvrir, il les invite chez lui. Quel geste splendide ! Si cela vous était arrivé, à vous ou à vos parents, vous seriez-vous conduits avec autant de générosité ?

— C'était une autre époque, objecte une gamine habillée en femme, soit d'une jupe et d'un chemisier blanc d'avocate hostile au monde entier. Maintenant, il y a un tas de mauvaises personnes qui circulent. Nous, on a été cambriolés trois fois en deux mois, même si papa a fait poser des barreaux aux fenêtres. Et puis, ces deux-là étaient des anges, raison pour laquelle on doit être gentil avec eux. Mon papa aussi ferait entrer des anges à la maison. Mais si ce sont des gitans…

— Bon, ne perdons pas de vue l'essence de l'histoire, le grand accueil. Deux anges arrivent et Lot les fait entrer chez lui, voyons comment ça continue… »

Ils n'étaient pas encore couchés que les gens de la ville, les gens de Sodome, entourèrent la maison, depuis les enfants jusqu'aux vieillards ; toute la population était accourue. Ils appelèrent Lot, et lui dirent : « Où sont les hommes qui sont entrés chez toi cette nuit ? Fais-les sortir vers nous, pour que nous en abusions. »

Sandro se fige. Il retourne un instant en arrière : c'est bien ce qui est écrit. Il contemple les mots, ainsi que les enfants le contemplent, lui : attentifs et muets. Tous, à l'exception du vieil enfant au gilet, qui a déjà la main levée.

« Monsieur Sandro, pardon, il est écrit *abusions*, c'est-à-dire ?

— C'est-à-dire rien. Ils voulaient abuser des anges, voilà tout. Mais ce n'est pas important, continuons.

— Que signifie *abuser* ?

— Rien. Ou plutôt, tu vois quand on te dit que tu as le droit d'utiliser les jeux vidéo, mais que tu ne dois pas en abuser ?

— Dans ce cas cela veut dire qu'abuser n'est pas bien. Ces gens pouvaient-ils utiliser les anges ? Et comment on utilise les anges ?

— Non, on n'utilise pas les anges, on ne… Bref, poursuivons, je vous ai dit de ne pas m'interrompre ! »

Car sa seule issue consiste à avancer, à échapper à cette histoire de voisins obsédés sexuels et d'anges abusés pour en arriver à la morale, qui existe forcément et qui doit être juste, religieuse : c'est la Bible, bordel de merde !

Lot sortit vers eux à l'entrée de la maison, et ferma la porte derrière lui. Et il dit : « Mes frères, je vous prie, ne faites pas le mal ! Voici, j'ai deux filles qui n'ont point connu d'homme ; je vous les amènerai dehors, et vous leur ferez ce qu'il vous plaira. »

Sandro s'arrête une nouvelle fois. Putain, c'est quoi, ça ? Est-ce donc là le livre saint qu'il faut lire pour gagner le Paradis ? Où sont les pains et les poissons multipliés pour nourrir les gens, où sont les bons Samaritains qui aident leur prochain ? Ici, seuls les viols et les sévices attendent le prochain. Comment peut-on lire ce truc-là à des mineurs ?

Sandro l'ignore, il referme son minuscule et épouvantable petit livre et regarde les enfants aux yeux écarquillés. Ils sont tous immobiles, à l'exception du blondinet qui lui a indiqué ce passage. Le petit fils de pute rigole sans vergogne.

Soudain les autres éclatent de rire à leur tour, se donnent des coups, crient des phrases du genre : « Je vais abuser de toi, je vais abuser de toi ! » La gamine à la tenue d'avocate pointe le doigt vers Luna et s'exclame : « Elle ! Elle n'a jamais connu d'homme, nous pouvons la donner à ces gens-là ! » Luna réplique : « Pourquoi ? Tu as connu un homme, toi ? » La gamine répond : « Toujours plus que toi ! » Luna dresse son majeur. C'est alors que le vieil enfant s'interpose. Il lève les deux mains et déclare : « Seigneur, je vous en prie, ne perdons pas notre calme, ne tombons pas dans la vulgarité, rappelons-nous qu'il faut toujours garder son style... » Et puis, plus rien, car l'excitation générale déchaîne sur lui une nuée de gifles, de pinçons, de coups de poing et tout ce que des mains humaines peuvent inventer pour blesser autrui.

« Taisez-vous ! hurle Sandro. Plus un geste et plus un mot, sinon je vais chercher Mère Greta ! »

Mais les gamins ne le croient pas, à moins que sa voix ne soit inaudible dans ce bordel de cris, de rires, de chaises qui tombent, du blondinet qui saisit la main de sa voisine et essaie de la poser sur la braguette de son jean de marque en disant : « Oh oui, abusons ensemble, Monica, abusons ensemble ! »

Sandro leur crie de se taire, il sépare les enfants en serrant les dents et les poings, sa rage lui monte à la tête et se répand sur les quelques cheveux qui lui restent. Mais ils sont fins, clairsemés et courts, raison pour laquelle sans doute elle rebrousse chemin et redescend, direction sa gorge, d'où elle jaillit toute seule. Un instant plus tard, il entend un hurlement franchir ses lèvres et rebondir entre les murs, les têtes des enfants et les dessins au feutre de Jésus, un hurlement qui lui revient : « Ça suffit, arrêtez, nom de Dieu ! »

Voilà, Sandro a blasphémé au couvent à sa première leçon de catéchisme. Enfin, le silence s'abat sur la pièce, un silence qui est le contraire de la paix. Ce silence qui suit les coups de fusil, qui suit la foudre et vous coupe le souffle, tandis que vous vous assurez que vous êtes encore en vie.

Les enfants l'observent. Bouleversé, le vieil enfant au gilet a les mains sur les oreilles, comme si cette offense était encore à l'affût dans l'air, prête à bondir sur lui.

À sa vue, Sandro se sent encore plus sale, plus laid, plus fautif. Il aimerait dire quelque chose, s'efforcer de remédier à ses mots, mais, ayant perdu toute confiance en ce que sa bouche peut produire, il garde le silence. Il tourne les yeux vers les murs, vers la fenêtre qui encadre le ciel tacheté de nuages, et pense qu'il aimerait être un de ces nuages, un nuage sans forme précise se hâtant dans une direction imposée par le vent et se contentant de passer, pourquoi pas de déverser sa pluie sur la terre, pour disparaître en elle goutte après goutte sans laisser de trace, et...

« Amen. »

Oui, « Amen », tel est le mot qui brise le silence assourdissant de la pièce, après son blasphème. « Amen », et il vient de Luna. Elle a ôté ses lunettes de soleil, ses yeux sont très clairs, presque transparents ; son visage sérieux et ses lèvres tremblent avant de s'étirer en un sourire.

Alors, rien à foutre, il n'est pas venu évangéliser la jeunesse, il n'a rien à cirer de ces gosses, ils peuvent tous se transformer en témoins de Jéhovah ou en bêtes de Satan. Une seule chose lui importe : que Luna le regarde et lui sourie.

Sandro sourit à son tour. Il sourit vraiment. Pour la première fois depuis six mois.

C'est facile quand ce n'est pas impossible.

UN TSUNAMI DE SOUVENIRS

Une banale partie de football du championnat UISP over 40 se déroulait quand le ciel lui a volé la vedette en délivrant une chute de neige qui a transformé le terrain du Club Versilia 2000 en étendue de blanc. Incrédule, l'arbitre Marchetti a dû interrompre les hostilités. « Nous jouions formidablement, raconte Cantini, buteur du VersilFungo-Ristorante Mamma Rosa, nous avions plus de classe et plus de souffle que l'équipe Mastro Chiavaio, mais la neige nous faisait glisser. Dommage, parce que d'après moi... »

Tu tournes la page. Le buteur prétend que si la partie n'avait pas été interrompue, son équipe aurait sûrement gagné, et juste en dessous le gardien de but de l'équipe adverse dit la même chose, mais à l'envers.

La page suivante parle de la crise du marbre de Carrare. Autrefois il rapportait un tas d'argent et se vendait partout dans le monde. Puis un jour, on a vendu non seulement le marbre, mais aussi les machines pour l'arracher aux montagnes, et au revoir.

Tu feuillettes encore un peu, tu sais déjà ce que tu vas trouver, toutes les photos, tous les mots de chaque article de ta collection de journaux. Car si certaines personnes se vantent de lire deux ou trois quotidiens par jour, toi, Serena, tu en lis quinze. La seule différence, c'est qu'elles vont le matin au kiosque acheter ceux du jour, alors que tu restes enfermée chez toi et te penches toujours sur les mêmes, les journaux parus le 23 mars, le jour où tout a pris fin.

Gemma les a récupérés à la bibliothèque : la responsable est une de ses clientes, elle les lui a donnés ; de toute manière, personne ne les réclame jamais. À part toi, qui as expliqué que tu voulais les avoir en souvenir. Comme si ce jour-là était un jour à se remémorer, comme s'il était possible de l'oublier.

Tu as commencé à lire, de la première à la dernière ligne, chaque article, chaque entrefilet, chaque publicité, et tu continues, six mois après. Désormais tu connais toutes les pages par cœur, ce qui est un exploit, dont tu te contrefiches. Ce que tu veux est encore plus impossible : tu veux comprendre pourquoi ce jour-là, ce maudit jour qu'il faudrait arracher à tous les calendriers du monde et brûler avant de cracher sur ses cendres, Luca t'a demandé de lui acheter le journal.

Il n'en a jamais lu, jamais feuilleté un seul, pas même par hasard. Alors qu'y avait-il ce jour-là de si important ? Le terrain de football enneigé, la crise du marbre, le chien de chasse abandonné sur l'autoroute qui a retrouvé son chemin et mordu son maître au bout d'un mois ? Tu l'ignores, tu ne peux que l'ignorer ; peut-être Luca voulait-il uniquement le quotidien du jour de sa majorité, et toi, tu te fais mille films dans ta tête. Alors, stop, tu ramasses les journaux et les jettes sur la table de nuit. À la place, tu prends le cahier bleu.

Tu y as écrit les messages que Luca t'a envoyés de Biarritz, cet endroit maudit au sommet de l'Océan. C'était une manière de les réunir et de les transformer en souvenirs, pour toi, pour lui. Car les souvenirs sont agréables : on se revoit autrefois et on a envie de sourire, les souvenirs vous réchauffent la vie. Mais après ce qui est arrivé, la vie a cessé d'exister, il ne reste plus que les souvenirs, ils n'ont plus rien à réchauffer, ils se consument entièrement, ils te noient dans la fumée et tu ne sais plus qui tu es. Et plus tu essaies de leur échapper, plus tu te précipites vers eux.

Nous rentrons du caté et l'air est étrange. Je pédale derrière Zot, et le vent pénètre dans la capuche de mon sweat, il se glisse dans mes cheveux, il n'est pas froid, mais je le sens virevolter autour de mes lunettes, m'effleurer les cils, se faufiler dans mon cou et me chatouiller, ce qui me donne envie de rire.

À moins que ce ne soit le contentement.

Je m'attendais à voir surgir Mère Greta, avec ses mâchoires géantes et ses yeux méchants, et elle n'était pas là. Elle n'était même pas dans la cour. Nous sommes descendus, et le nouveau catéchiste est resté avec Zot et moi, il nous a interrogés sur le genre de musique que nous écoutons. D'après lui, il est inutile de demander aux gens pendant une heure comment ils s'appellent, ce qu'ils font dans la vie et de quel signe ils sont : il suffit de connaître les groupes qu'ils aiment pour les comprendre.

Moi, je n'ai pas répondu, car je ne m'y connais pas en musique et j'avais peur de dire une bêtise. M. Sandro insistait : « Courage, un groupe qui te plaît, un chanteur, il n'y a pas de mauvaise réponse, c'est comme si je te demandais quelle est ta couleur préférée, il s'agit de goûts, un point c'est tout. » Je m'apprêtais à mentionner Michael Jackson quand Zot a tiré une rafale de noms étranges que j'ai tous oubliés, à deux exceptions près : Claudio Villa et Beniamino Gigli[1]. M. Sandro a éclaté de rire, puis s'est tourné vers moi. « Luna, pourquoi te promènes-tu avec ton grand-père ? a-t-il lancé. Laisse-le donc chez toi, près de la cheminée, c'est sa place. »

J'ai ri malgré moi, et vraiment fort, pendant que Zot répétait que ce sont les fondements de la grande musique italienne, un trésor dont nous autres Italiens devrions être fiers au lieu d'écouter les nouveautés, et qu'il aimerait bien voir un rappeur d'aujourd'hui essayer de chanter *Violino tzigano* ou *Scapricciatiello*[2].

Nous voici maintenant devant la maison, et il n'y a plus rien de drôle : elle est muette et ses volets sont fermés comme si c'était la nuit. Zot insiste pour m'accompagner jusqu'à la porte, je réplique que je me débrouillerai toute seule, il insiste et je lui rappelle que j'y vois mal, mais que je ne suis pas idiote. Il hoche la tête, tourne son vélo et s'éloigne. J'entre.

Dans la cuisine, tout est sombre, éteint, inerte. Les seuls bruits qu'on entend sont ceux du frigo et de la machine à café qui souffle. Luca et moi ne cessions de dire à maman que cette machine consommait plein d'électricité et qu'il fallait l'éteindre une fois son café prêt. Mais maman répondait que la première chose qu'elle faisait alors, c'était de le boire, après quoi elle oubliait, elle allait travailler et la machine restait allumée toute la journée même si la maison était vide.

---

1. Claudio Villa (1926-1987), chanteur de variétés italien, a vendu près de 45 millions de disques au cours de sa carrière. Beniamino Gigli (1890-1957) fut l'un des ténors italiens les plus appréciés.

2. Le premier morceau est un succès de Bixio et Cherubini datant de 1934, le second, de Venro et Albano (1954).

Aujourd'hui, on se croirait autrefois. Il se peut que ce soit vrai, il se peut qu'il n'y ait personne à la maison. J'ai envie d'éteindre la machine, mais je l'écoute un moment souffler dans la maison vide en pensant que maman est enfin retournée travailler, qu'elle s'est habillée, peut-être coiffée, et hop.

Parce qu'elle n'est pas ici. Ni dans notre chambre, ni dans la salle de bains. Alors, c'est peut-être vrai. J'ai été sage aujourd'hui ; au lieu de rester à la maison, je suis allée au caté, et le Seigneur m'a offert ce cadeau, il a donné de la force à maman, qui s'est levée pendant que j'étais au couvent, s'est préparé du café, est sortie, et qui se trouve maintenant au salon de Gemma, ou dans un supermarché, ou encore où bon lui semble.

Mais tout en pensant à ces divers endroits, j'entends, au-delà du bruit du frigo et du soupir de la machine à café, un bruissement provenant de la chambre de Luca. Qui n'a pas changé depuis six mois. Il y a même une chaussette qui pend au radiateur : il l'y a jetée au moment du départ, alors que le van de ses copains klaxonnait. Il y a deux mois, maman l'a fait tomber en passant à côté, elle l'a aussitôt ramassée et a essayé de la remettre à sa place, mais elle ne se la rappelait pas bien, alors elle a poussé la chaussette de tous les côtés en secouant la tête et en pleurant.

Je me dirige vers la chambre de Luca. La porte est entrouverte et j'aimerais ne pas la toucher. Je n'ai envie ni de l'ouvrir ni de regarder, je veux m'attarder dans le doute encore un peu. Puis je découvre maman assise par terre, au pied du lit, dans le noir, et j'ai beau ne pas bien la voir, je sais ce qu'elle fabrique : elle feuillette le cahier bleu, celui qui contient les messages de Luca. Elle le lit tout le temps.

J'entre dans la chambre et lui dis bonjour d'une voix déformée : mon nez, ma gorge et mes yeux me chatouillent un peu. J'ai eu raison de me réjouir pendant le trajet, car c'est terminé maintenant.

Je l'appelle de nouveau, mais, la tête plongée dans les pages, elle ne bouge pas. Au bout d'un moment, elle se tourne vers moi, comme effrayée. Elle me dit « Salut » puis retourne aux messages de Luca.

Il n'y en a pas beaucoup, quinze, tout au plus vingt, qui tiennent sur cinq ou six pages. Elle les lit du premier au dernier et du dernier au premier. Parfois elle sourit, pousse un petit rire comme s'ils venaient d'être écrits, comme si elle ne les avait pas encore lus. Puis elle recommence du début et ainsi de suite jusqu'à la fin. Ou plutôt sans fin.

« Bonjour, maman, je suis allée au caté.

— Oui, d'accord, Luna. À quelle heure rentres-tu ?

— Non, j'y suis déjà allée, maman, je viens de rentrer.

— Ah, bien. » Elle se remet à feuilleter ces cinq ou six petites pages dans l'obscurité, une obscurité qui l'empêche peut-être de les lire vraiment : de toute façon, elle les connaît par cœur et les reconnaît à la forme.

« Il y avait un nouveau catéchiste. L'ancien a été hospitalisé.

— Ah oui ?

— Il a été écrasé par une voiture. Tu as compris, maman ? Tu m'écoutes ?

— Oui, j'ai compris. Quel âge avait ton ami ?

— Ce n'est pas mon ami, c'est le catéchiste. Et il n'est pas mort.

— Ah. » Elle tourne la page.

Maintenant j'ai les yeux qui chauffent, après qu'ils m'ont picoté un moment, mais je ne veux pas pleurer.

J'essaie de respirer profondément, en vain. La pièce se rapetisse autour de moi, et, en pensant au sourire qui m'a rendue heureuse un peu plus tôt, à vélo, j'ai juste l'impression d'être idiote.

« Et puis Mère Greta est arrivée », dis-je pour une mystérieuse raison. Et j'ajoute, comme si ça ne suffisait pas : « Elle est venue avec une canne et nous a tous frappés.

— Ah oui ?

— Oui. Ensuite, elle nous a ordonné de nous déshabiller.

— Ah oui ?

— Elle a fait un tas de photos de nous, qu'elle vend maintenant sur Internet à des obsédés sexuels. »

Autrefois, pour un truc de ce genre, ou encore pour la moitié de la moitié d'un truc de ce genre, maman se serait précipitée au couvent, aurait enfoncé la porte, mis le feu à Mère Greta et, pour attiser le feu, aurait utilisé les pneus et les autres religieuses. Ce n'est pas ce que je veux. Il me suffirait d'un regard fumasse, voilà, ou au moins d'un regard. Non. Maman continue de fixer les pages du cahier, car elle ne m'écoute pas, cela ne l'intéresse pas.

Je serre les dents, je serre terriblement les poings, je sens mes ongles se planter dans la paume de mes mains. Ils me font mal, mais pas assez. J'aimerais ressentir une douleur super forte, ce genre de douleurs qui concentrent votre attention et effacent vos pensées. Or, il n'y a même pas de sang, alors que moi, je voudrais beaucoup de sang, du sang ruisselant de mes mains comme de fontaines, deux fontaines de sang qui gicleraient sur maman, rempliraient la chambre au point qu'on flotterait dessus. Et quand l'air manquerait, elle ouvrirait enfin les yeux, me lancerait un

regard désespéré et dirait dans son dernier souffle :
« Luna, je t'en prie, ça suffit, arrête de saigner ! »

Mais elle ne cesse de lire son cahier bleu : peu lui importe que sa fille ait été tabassée par une religieuse, qu'on l'ait photographiée toute nue et que des millions de vieux cochons la regardent à présent sur les ordinateurs du monde entier. À force d'y penser, je suis tentée de croire cette histoire et cela me donne la nausée. J'ouvre la bouche, mais il n'en sort que des mots, pas du vomi. Un tas de mots amers et brûlants qui dégringolent de mon cerveau, de mes os, de ma chair, s'entassent dans ma gorge et poussent, poussent au point de jaillir, je crie si fort que j'en ai mal aux oreilles : « Tu t'en fiches, maman, tu te fiches de tout, pas vrai ? »

Elle lève la tête. Dans le noir, j'ai l'impression de voir son visage, qui est toujours fatigué même si elle ne travaille pas.

« Luna, je regrette que tu n'aies pas aimé le catéchisme. Mais qu'est-ce que tu es allée y faire ?

— J'y… j'y suis allée parce que… parce que aujourd'hui c'est samedi, et que le samedi il y a caté, et que cette année on fait notre confirmation.

— Votre confirmation ? » répète maman, comme si c'était une expression comique et inédite. Effectivement, elle est au bord du rire, puis elle se ravise. Elle ouvre la bouche, et chacun de ses mots est comme un coup de pied ; quand on les aligne l'un derrière l'autre, on obtient : « Confirmation ? Catéchisme ? Mais qu'est-ce que tu racontes, Luna ? Après tout ce qui est arrivé, tu crois encore que Dieu existe ? »

C'est exactement ce qu'elle dit, je le jure. Puis elle retourne à son cahier, comme si je n'étais plus là.

C'est peut-être le cas, maman a parlé et je cesse vraiment d'être là. Le sol s'effondre, les murs s'émiettent, le plafond me tombe sur la tête et m'écrase, je meurs, et je ne vais pas au Paradis, pas même en Enfer, parce que ce sont des endroits inventés et tout s'arrête ici. Je respire, ou j'essaie de respirer, et au lieu de s'engouffrer, l'air surgit. « Va te faire foutre, maman, je te déteste, va te faire foutre ! »

Cela me rend malade, je me fais peur toute seule. Pourtant maman ne réagit pas. Elle continue de feuilleter ce cahier, ce cahier bleu de merde. Alors, de même que j'ai parlé au hasard, j'agis au hasard. Je me penche et lui arrache le cahier des mains pour voir si elle va se réveiller, si elle va m'écouter une seconde. Mais maintenant qu'il est entre mes doigts, si petit et si fin, j'ai une terrible envie de le déchirer, de le réduire en miettes et de l'effacer pour toujours de l'univers. Je le brandis et commence à tirer dessus. Alors, oui, maman bondit sur ses pieds et crie.

Mais je ne la comprends pas, mon cœur bat si fort que je ne l'entends pas, je n'entends que ses cris, je ne sens que ses mains serrées sur les miennes. J'entends le papier, le bruit d'une feuille qui se déchire.

Un autre bruit s'ensuit, cent mille fois plus fort et concentré sur mon visage. Le cahier m'échappe, mes lunettes s'envolent.

Une gifle.

Maman m'a flanqué une gifle, une gifle en pleine figure, j'ai du mal à le croire. Ç'aurait pu être un éclair, ç'aurait pu être un tsunami. Puis la brûlure envahit ma joue, et mon oreille se met à siffler.

Maman m'a donné une gifle, mais elle l'a peut-être déjà oublié : elle est de nouveau assise par terre, son cahier adoré entre les mains, loin de moi. Ou alors non, c'est moi qui me suis éloignée en direction de la porte, loin de la chambre de Luca. Je recule, une main sur la joue, et l'autre peut-être inexistante.

Je me cogne le dos à la table de la cuisine, puis trouve la porte et sors. Dans le jardin, le soleil se précipite sur moi. S'extirper du noir sans lunettes, c'est comme un coup de couteau au cerveau, je manque de tomber, je m'agrippe à quelque chose, je devrais m'arrêter un instant, mais je ne peux pas, je déniche mon vélo à tâtons, monte dessus et pédale. Je ne sais pas ce qu'il y a devant moi, peut-être rien, rien nulle part. Je ne sais même pas s'il y a des voitures dans la rue, et si le bruit que j'entends est celui d'un camion au loin, ou les fragments du monde qui se brise, s'écroule et s'achève définitivement. La seule chose que je sais, c'est où je vais.

Je m'en vais.

LUNA AU FOND DE LA MER

Je pédale si vite que je ne le sens pas, mais le froid est bien là. Le vent oblique qui surgit du néant vient de se lever. Autrefois, à son arrivée, Luca bondissait sur ses pieds en disant « Nous y voilà » et courait chercher sa planche avec un sourire. Car ce vent s'appelle le libeccio et, quand il souffle, la mer s'agite, de nombreuses vagues hautes et mousseuses se dressent sur son dos.

Avec le libeccio, l'air se refroidit, les nuages se multiplient devant le soleil, créant un mélange de lumière et d'obscurité qui est pour moi le pire : il m'aveugle. Je garde les yeux ouverts, mais je pourrais tout aussi bien pédaler les yeux fermés. De plus, les arbres s'agitent et sèment des feuilles glissantes sur le sol, et je risque à tout moment de tomber avec elles.

Je me suis sauvée sans lunettes, sans casquette, sans crème. Peu importe, je ne sens ni le froid ni le soleil, juste le vent qui pétille sur ma joue, sous l'œil, là où maman m'a giflée.

Maman m'a frappée. Pas tellement, pas au point d'amener un public à la traiter de monstre si je le racontais lors d'une émission de télé, devant une mauvaise photo d'elle projetée en arrière-fond (alors qu'elle est toujours très belle sur les photos), tandis qu'elle fond en larmes au téléphone en me disant qu'elle m'aime et que la présentatrice déclare : « C'est trop tard, madame, trop tard. »

Non, elle ne m'a pas frappée si fort, mais elle m'a giflée. Jamais une chose pareille ne s'était produite chez nous. Si Luca était là, il en resterait sans voix, sauf que c'est justement là le problème : si Luca était là, ce ne serait pas arrivé.

En sa présence, tout le monde était heureux, les gens se réjouissaient de le voir, ils le saluaient et l'écoutaient, bouche bée, les yeux écarquillés, pour profiter de ce spectacle le plus longtemps possible. Nous souriions nous aussi, maman et moi, et les rares fois où l'on s'enquérait de ma santé, je répondais que j'allais bien, même si l'on ne m'écoutait pas, si les regards s'étaient déjà tous reportés sur Luca.

En réalité, je n'allais pas si bien que ça, mais à présent c'est cent fois pire. Tandis que je pédale, je revois la main, le coup, le visage méchant de maman juste après, rien de plus. Et tout ça pourquoi ? Parce que je lui ai enlevé son cher cahier bleu. Parce que je l'ai priée d'écouter mes problèmes. Mes problèmes qui n'ont aucun sens, aucune réalité, pour elle. Exactement comme Dieu.

Et le vent enfle, les feuilles sur la route sont glissantes, à chaque virage la roue arrière dérape et fait une embardée.

C'est normal, à l'automne les feuilles tombent, les arbres nus patientent, puis l'hiver prend fin, les feuilles renaissent, toutes fraîches, elles s'acquittent de nouveau de leur tâche : concentrer la lumière sur elles et la convoyer jusque dans le bois. Et nous alors, pourquoi nous contentons-nous de mourir quand nous mourons ? N'est-ce pas absurde ? Oui, terriblement absurde. Ne serait-il pas plus juste que Luca revienne en mars ? Pas tout de suite, d'accord, en mars : voilà, les feuilles renaissent, mon frère aussi. À moins que ce ne soit pas absurde et que maman ait raison : Dieu n'existe pas, il n'y a rien de juste ou de faux, et dans ce cas il est logique que les choses se produisent au hasard.

C'est au hasard aussi que je m'engage dans les rues ; de toute façon, elles se croisent toutes, étroites et identiques, je ne vois que les haies, des deux côtés, et je manque par deux fois de foncer droit dedans, mais je dévie et continue de pédaler. Le vent augmente, la lumière et l'obscurité me donnent le vertige, c'est déjà le troisième coup de Klaxon qui m'effraie : je ne vois pas les voitures, je ne vois pas si je suis à droite ou à gauche, ou si je roule en zigzag, ce qui est plus probable. Je me dirige tout droit vers la seule chose qui m'importe, je ne la vois pas, mais je l'entends très bien. Je vais vers le fond, vers le bruit de la mer.

Je ne suis pas venue ici depuis ce jour-là, le jour de Luca. Je ne suis même pas venue de tout l'été. Je ne sais pas pourquoi, ou plutôt si : parce que si Luca est mort très loin d'ici, il est mort dans la mer, et la mer est toujours la même. D'une certaine manière, c'est comme s'il était mort un peu ici.

Ces derniers mois, ne pas venir ne me pesait pas. Parce qu'il s'est produit un tas de choses étranges sans doute, j'ai fini par m'habituer. Et pourtant, maintenant que j'arrive sur cette grande route droite et brillante, sous un ciel que rien ne clôt à l'horizon, je n'arrive pas à croire que je suis restée éloignée de la mer si longtemps.

Je ne la vois pas encore, car des rangées de cabines en bois la masquent, mais je sens l'odeur du sable et du sel, le bruissement de l'eau lorsqu'elle s'étale sur le rivage et son frottement pendant qu'elle reflue.

Je me glisse dans le passage étroit entre les cabines, puis l'ombre disparaît et la lumière se jette sur moi, reflétée par la mer. La tête me tourne, les yeux me brûlent. J'ai beau les garder fermés, je sens le vaste horizon, le monde qui s'ouvre devant moi sans plus d'obstacles, ni arbres ni panneaux publicitaires, ni murs d'immeubles. Ici, à la mer, tout est ouvert, tout m'appartient.

Ou plutôt pas seulement à moi. Des hurlements retentissent, des formes courent sur le rivage. Il y a des gens, des enfants qui, à en juger par leur voix, ont mon âge ou un peu plus. Inutile de les écouter pour comprendre que ce sont des étrangers descendus de ces pays où il fait toujours froid : malgré le vent glacial, les nuages noirs et l'eau gelée, ils jouent et plongent dans la mer comme au 15 août.

Ce sont les peuples les plus durs qui soient, disait pépé. Là où ils vivent la nature est impitoyable, ils s'habituent à souffrir dès leur naissance, raison pour laquelle la souffrance leur est moins pénible qu'à nous. Pépé pensait peut-être au pilote allemand qui lui avait serré la main au lieu de le tuer. Sauf que ce soldat n'a jamais existé, de même que pépé n'existe plus, que Luca n'existe plus et que, depuis ce jour-là, Dieu aussi a cessé d'exister. Plus rien n'existe.

Et si cela me paraît aussi affreux, c'est uniquement ma faute : je suis égoïste, je ne pense qu'à moi. Je devrais m'en moquer, je devrais rester couchée avec maman et attendre que les jours passent, identiques et absurdes. Mais me voici au bord de la mer, et la mer est sublime. Je vais vers le rivage, vers les enfants qui jouent et rient, et je pense que même si le monde a pris fin, si plus rien n'a de sens, j'adorerais leur ressembler.

En réalité, je leur ressemble un peu. Ils ont la peau blanche, les cheveux et les yeux clairs, rien à voir avec mes camarades de classe. Alors pourquoi ces tremblements de froid ? Je dois résister ! J'enlève mes chaussures et, au contact de l'eau, me demande si elle est froide ou brûlante, si j'ai fourré les pieds dans de la glace ou dans de la lave. Je ne sais pas, il faut que je m'en moque.

De même, je devrais me moquer de l'école, du caté, de la méchanceté des élèves, de Dieu qui n'existe pas, de ces étrangers qui rient, s'amusent et ne me disent même pas bonjour.

Et pourtant, j'y accorde de l'importance : je suis égoïste, je suis méchante. Maman a eu raison de me gifler. Elle est gentille, elle ; moi, je me fiche de tout, je ne pense qu'à moi. Forcément, bordel, si je ne pense pas à moi, qui y pense ? D'une manière absurde, quand Luca était là, j'existais peu. Maintenant qu'il ne l'est plus, c'est comme s'il était le seul à exister. Par chance, l'eau très froide m'évite d'y penser, de penser à quoi que ce soit. Elle m'invite juste à entrer et avancer. Une vague plus haute mouille mon ventre sous mon tee-shirt, un frisson me parcourt le dos jusqu'à la pointe des oreilles. Mais ça va, ce n'est pas grave, je n'y pense pas, je marche, un point c'est tout. L'eau atteint mon nombril, je ne respire plus, je ne vois rien, aveuglée par les mille carrés de lumière qui dansent sur la mer ; je sens juste le froid monter à ma poitrine, plate, contrairement à celle de nombreuses filles de ma classe. D'après maman, c'est trop tôt, la sienne était aussi très plate au même âge : « J'ai eu de la poitrine en seconde, et regarde les seins splendides que j'ai à présent. Ne t'inquiète pas, Luna, c'est trop tôt, c'est juste trop tôt. » Voilà ce que disait maman. Maintenant elle ne dit plus rien. Avant, c'était trop tôt. Maintenant, c'est trop tard.

J'ai de l'eau jusqu'au cou, la mer me prend, me soulève, m'emporte. Je sens un morceau de bois sous mes orteils, une touffe d'algues passe à côté de moi, je l'attrape, à moins que ce ne soit elle qui le fasse. Je n'ai plus de sable sous les pieds, juste de l'eau, dans les cheveux, sur le visage, elle me brûle tant elle est froide, en particulier là où maman m'a giflée. La trace de sa main ne s'en ira peut-être plus, même si je ne suis plus là. Même si je descends vers le fond, là où la mer conserve ses mystérieux trésors, parmi lesquels elle en choisissait un de temps en temps qu'elle m'offrait sur le rivage. Maintenant, c'est moi qui vais vers eux, je m'enfonce, j'ai l'impression de m'endormir, mais je les vois s'écarter pour me faire de la place, rouler, avancer, reculer et danser pour toujours au fond de la mer.

Et moi avec eux.

LE SANGLIER ET LA BALEINE

« Vous étiez vraiment obligés de la coller avec cette vieille dame ? » dis-tu. L'infirmière réplique : « Parlez moins fort, madame. »

Moins fort ? Rien à foutre ! La vieille est allongée au fond de la chambre, le visage vers le mur, elle n'a pas bougé depuis votre arrivée, il y a une heure. Elle est probablement morte, et, en admettant qu'elle ne le soit pas, elle doit avoir trois cents ans, elle n'a besoin de personne pour savoir qu'elle est vieille. Puis tu comprends que ce n'est pas pour elle qu'il convient de parler plus bas, c'est pour Luna, qui dort elle aussi et qui, d'après les médecins, a intérêt à dormir le plus possible : le sommeil fera tomber la fièvre et d'autres choses que tu n'as pas comprises.

De toute façon, tu ne comprends rien. Peut-être à cause des cachets et des gouttes que tu avales, ou parce que tu es bête. Tu as reçu un coup de fil de l'hôpital et il t'a fallu un siècle pour comprendre que ta fille s'y trouvait. Puis tu as raccroché et tu as tourné dans la maison en essayant de t'en aller. Après avoir vécu enfermée pendant six mois, tu étais soudain confrontée à mille tâches absurdes, genre mettre tes chaussures, si étroites et si dures qu'il était presque impossible d'y fourrer les pieds. Tu es sortie en titubant dans l'allée. Sous tes semelles, l'herbe te paraissait molle et glissante, tu avais du mal à marcher, tes jambes tremblaient, tout comme ton dos jusqu'à ta tête et à la pointe de tes cheveux ébouriffés, agités par le vent, un vent absurde, oblique et fort aux relents de feuilles, de bois pourri, peut-être de champignons.

Tu as rejoint la voiture, t'es jetée sur le siège et as refermé la portière. Soudain, ça allait mieux.

Puis tu as pensé que tu avais besoin de la clef.

Tu as tâté ton pantalon de survêtement, ton haut de pyjama, ta doudoune. Le tableau de bord, les tapis poussiéreux, le siège sous tes fesses et celui du passager, en vain. Comme tout le monde, tu as essayé de te rappeler où tu l'avais mise la dernière fois que tu avais conduit. Sauf que la dernière fois, c'était il y a six mois, le jour où tu ramenais Luna de l'église, le jour où Gemma, les carabiniers et l'ambulance t'attendaient devant la porte. Le dernier jour pour un tas de choses.

Tu as cessé de chercher la clef, tu t'es agrippée au volant, tu as posé la tête dessus et as fondu en larmes. À force de pleurer, tu as appuyé le front sur le Klaxon et un son aussi fort qu'une bombe a retenti, effrayant. Alors tes yeux sont tombés sur la clef. Qui pendait à sa place dans l'attente d'être tournée. Tu ne le savais pas, tu n'avais même pas vérifié.

Tu l'as actionnée, déclenchant le bruit d'un minuscule animal en train d'agoniser. Tu as recommencé, et ce bruit a de nouveau retenti. La voiture étant restée immobile très longtemps, la batterie était morte, ou quelque chose d'autre clochait dans ce truc mystérieux qu'est un moteur. Tu ne pouvais pas ouvrir le capot et vérifier, ignorant où regarder, alors tu as tourné la clef une troisième fois, comme si c'était l'oreille d'un individu qui refusait d'obéir. Et l'auto a compris qu'il valait mieux obtempérer, elle s'est allumée et hop.

Panneaux, feux rouges, piétons qui traversent, vieilles dames titubantes à vélo, chiens, voitures mal garées. La vie qui continue, les gens qui se lèvent, sortent de chez eux, s'obstinent à agir. Tout cela est absurde, tout cela est dingue. Pendant ce temps, tu ne cessais de te demander pourquoi Luna était allée au bord de la mer, pourquoi elle s'était retrouvée à l'eau, si elle était tombée, si elle voulait vraiment se baigner…

Tu l'ignorais, tu ignores tout de ce que Luna a fait aujourd'hui, tout des six derniers mois. Plus de repas ensemble, plus de pizza à la plage le mardi, plus de courses jusqu'au portail le matin en se poussant et en se faisant des croche-pieds. Vous n'avez plus regardé les émissions de la télé marocaine que vous captez mystérieusement, plus écouté les présentateurs en inventant ce qu'ils disent. Vous n'avez plus joué, la nuit, à qui de vous résiste le plus avant de s'endormir, jusqu'à ce que l'une s'endorme et que l'autre lui hurle à l'oreille « Réveille-toi ! ». Tu ne l'as plus serrée contre toi, tu ne l'as plus embrassée ni caressée. Rien.

Ou plutôt, pire que rien : tu lui as flanqué une gifle. Elle t'est revenue à l'esprit au dernier feu rouge, alors que la grosse boîte blanche de l'hôpital apparaissait derrière les pins. Tu l'as fixée un moment. La voiture qui était derrière toi a klaxonné parce que le feu était vert, tu l'as envoyée se faire foutre d'un geste du doigt, puis tu t'y es envoyée aussi mentalement.

Tu as giflé ta fille. Tu l'as giflée et elle s'est sauvée, elle s'est jetée à la mer et elle est maintenant à l'hôpital. Qu'est-ce que tu as foutu, Serena ? Putain, qu'est-ce que tu as foutu ?

Tu as atteint le parking et tu es descendue à toute allure sans refermer l'auto.

Tu as franchi la porte à tambour et tu es entrée dans le hall gigantesque. Les voix des haut-parleurs, les voix des gens te frôlant çà et là, les quintes de toux, les visages tous différents, les coiffures horribles, les odeurs ignobles de transpiration, de vieux, de moisi, de cigarette, de nourriture... toutes ces choses que tu avais oubliées t'ont sauté dessus et t'ont écœurée, tout comme la pensée de la gifle remontant à ta mémoire, claire, précise, épouvantable.

Devant son lit, tu continues à y penser, tu serres les poings, tu serres les dents.

Elle dort encore, le drap sous le menton, aussi blanc que ses cheveux et son oreiller, que sa peau pourtant tachée de sombre à cause de l'eau froide. Elle a sur la joue un étrange halo : la trace de la gifle, d'après toi. Tu baisses les yeux et fermes les paupières. Ta rage se mêle à la culpabilité, au remords et à un tas d'autres choses qui t'empêchent de respirer. Si tu ne fumes pas tout de suite une cigarette, tu risques de mourir étouffée.

Tu en tires une du paquet, la glisses entre les lèvres et, avant de sortir, te tournes un instant vers Luna, à qui tu dis au revoir même si elle dort. Si elle ne se dépêche pas de se réveiller, tu la réveilleras, toi, car tu veux l'embrasser, lui dire que tu l'aimes et un million d'autres choses que tu emportes maintenant.

Sandro gravit l'escalier, les doigts resserrés sur un objet plat, lisse et tout blanc. C'est un os, un os de sanglier. Cet os a vécu à l'intérieur d'une bête et lui a permis de bien fonctionner pendant des années, et pourtant il n'a plus rien à voir avec l'animal sombre, sauvage, aux poils durs comme des fils de fer qu'il a habité.

La mort est ainsi, elle survient et balaie tout. Ou plutôt non, ce n'est pas vrai, pas tout : la mort laisse toujours quelque chose, une chose qui n'a plus aucun rapport avec ce qu'il y avait avant. Pourtant, comme c'est tout ce qui reste, il vaut mieux s'y agripper.

De fait, Sandro s'agrippe à l'os tout en montant au deuxième étage. Il va rendre visite à Luna dans l'espoir que ce cadeau la fasse sourire comme un peu plus tôt, au catéchisme.

Il le tient de Rambo, membre des Amis du sanglier, un groupe de garçons aux tenues de camouflage qui témoignent leur amitié à cet animal en gravissant les Alpes apuanes et en tirant dessus chaque fois qu'ils en rencontrent un. Ils chargent ensuite leurs proies, les redescendent dans la vallée et les divisent en parts égales. Comme Rambo n'a ni femme ni enfants et qu'il n'est pas du genre à avoir des amis, Sandro et Marino exceptés, son congélateur regorge de morceaux de sanglier.

Pour les écouler, il invite de temps en temps ses copains à dîner, et sa mère leur prépare des croûtons au sanglier, des *pappardelle* au sanglier, du ragoût de sanglier et, pour terminer, du sanglier au chocolat, célèbre recette qui peut paraître ignoble, à l'entendre, et qui l'est effectivement.

C'est à la fin d'un repas de ce genre, en regardant les os dans les assiettes, que Rambo en a trouvé un en forme de dent de requin. Sous l'effet du vin ou de la digestion qui mobilisait leur sang loin du cerveau, les trois garçons ont alors eu l'idée géniale de gagner de l'argent dans le secteur de l'« artisanat indigène » : pour sûr, les touristes étrangers raffoleraient de ces os travaillés à la main, sur lesquels seraient par exemple gravés des inscriptions marines en latin, des dessins de bateaux et de poissons. Certes, aucun des trois ne connaissait la gravure, mais tant mieux : plus les dessins seraient laids, plus ils auraient l'air primitifs. Ils se placeraient près du quai, pieds nus et en loques, devant des lambeaux de filets, et les vendraient comme des os de requin ou de baleine. « Les touristes se battront pour les acheter, ils se battront ! »

Ils en ont choisi quelques-uns et les ont rapportés afin de les travailler. Cependant, pour des raisons que Sandro a oubliées – c'était trop difficile ou l'un d'eux s'est blessé avec un couteau –, ils n'ont rien conclu et ont remisé cette idée.

Tout cela lui est revenu à l'esprit un matin, au lycée, alors que Luca lui demandait : « Prof, à ton avis, je vais trouver un os de baleine là-bas ?

— Quoi ?

— Un os de baleine. Est-ce que je vais en trouver un à Biarritz ?

— Bof. Peut-être, je ne sais pas. Pour quoi faire ? »

Luca lui a raconté que sa petite sœur lui lançait tous les jours, plusieurs fois par jour : « S'il te plaît, tu me rapporteras un os de baleine ? » Elle avait lu que Biarritz était autrefois un point de départ des baleiniers, et c'était devenu son obsession. « Un os de mégaptère. Non, de cachalot. Ou plutôt de mégaptère. Ce que tu trouveras, c'est pareil. »

Luca avait dit oui. Mais ce commerce remontait à cent ans, il était désormais moins dangereux de tuer un être humain, et les os de baleine étaient certainement très rares, voire interdits, qui sait ?

Alors Sandro a déclaré : « Ne t'inquiète pas, va à Biarritz et amuse-toi. Jette un coup d'œil pour voir si tu en trouves un. Sinon, je m'en charge. Je te donnerai un os fabuleux, blanc et plat, un os de sanglier qui peut très bien passer pour celui d'un mégaptère, d'un cachalot ou de ce que bon te semble. »

De fait, Sandro s'apprête à voir Luna et à lui dire que cet os appartient vraiment à une baleine : il savait qu'elle en désirait un, Luca n'a pas pu le lui apporter, alors il le fait lui-même, il lui offre un cadeau pour lui souhaiter un prompt rétablissement.

Sandro parcourt le couloir parmi les patients et les familles, il se sent presque bien : il a un beau discours, un magnifique cadeau, aucun problème en vue. Ou plutôt, un seul problème, à cause duquel ses jambes commencent à trembler au moment où il aperçoit le bon numéro sur la porte : va-t-il rencontrer Serena auprès de la fillette ? Ils n'ont plus échangé un mot depuis le jour du kiosque à journaux, c'était au printemps, un tas de choses se sont produites depuis, et la plus terrible les a toutes balayées, par sa faute.

Mais les tragédies surviennent sans que personne puisse réagir. Serena est intelligente, elle le sait, juger et condamner ne l'intéressent pas. Ce terrible épisode ne laisse pas de place aux accusations, il est donc absurde d'éprouver de la haine ; les survivants sont censés s'embrasser et se renforcer mutuellement. Oui, c'est ça, ce doit être ça. Sandro atteint la porte, il respire une dernière fois comme s'il allait plonger au lieu d'entrer, puis il plonge.

Il n'y a personne dans la chambre.

À l'exception d'une vieille femme qui dort sous trois couvertures au minimum, le visage tourné vers le mur, dans le coin. Et de Luna, endormie elle aussi dans le lit, devant.

Sandro avance et l'observe : le blanc de sa personne, celui du lit et du mur environnant lui font un drôle d'effet. On dirait un fantôme, ou un rêve contenant un fantôme, et la peur grandit en lui. De quoi ? Il l'ignore. Peut-être des fantômes. Ou de quelque chose de plus réel, comme les bruits qui arrivent du couloir. Ce sont peut-être des pas, ceux de Serena, que Sandro a envie à la fois de voir et de ne pas voir.

Le blanc de cette chambre, l'odeur de désinfectant et la lumière au néon l'étouffent, et s'il y a un mauvais endroit pour la revoir, c'est bien celui-ci. Elle risque de le surprendre, cet os à la main, devant la petite qui dort mais qui semble morte, tout n'est que tristesse et angoisse.

Alors Sandro s'approche de Luna, pose l'os sur la couverture, près de l'oreiller, et pivote. Ils en reparleront au caté, elle le remerciera du cadeau, elle dira peut-être à sa mère combien le nouveau catéchiste est génial et gentil. Oui, bien sûr, mais ce n'est pas le moment d'y penser. Pour l'instant, il convient de s'en aller. Il s'attarde une seconde supplémentaire sur la vision de Luna, tandis que des pas retentissent dans le couloir, suivis de voix, de *sa* voix. Oui, c'est elle ! Que faire maintenant ? Pourquoi est-il venu, pourquoi est-il venu, bordel ?

Il y pense sans quitter le chevet de Luna, le visage face à la porte, immobile, comme s'il attendait la photo que le destin s'apprête à prendre.

« Pas comme ça, mais de la racine à la pointe, de la racine à la pointe. Tu verras, c'est complètement différent », dis-tu. L'infirmière te remercie et poursuit son chemin.

Elle fumait au rez-de-chaussée et elle t'a aussitôt demandé des conseils capillaires. Tu lui as répondu, surprise de te rappeler encore autant de choses. Puis elle t'a offert un café au bar, et maintenant que tu regagnes la chambre, tu as encore plus envie de fumer qu'avant. Tu te dis que tu aurais pu acheter à ta fille un goûter, des biscuits, n'importe quoi ; n'importe quoi vaut mieux que le rien que le rien que tu lui as pris, le rien que tu lui as donné au cours des derniers mois. Tu as peut-être désappris vraiment à être mère, c'est peut-être comme une batterie qui ne se recharge pas. Tu pénètres dans la chambre en proie à ce mélange d'angoisse, de rage, de culpabilité et de honte qui se colle à ta peau comme une toile d'araignée, tu as presque envie d'arracher une de ses mille couvertures à la vieille femme qui dort dans l'autre lit pour ôter ce truc-là de ton visage.

Mais il y a quelqu'un dans la chambre, juste à côté de Luna. Tu le vois et te figes, comme lui.

Vous échangez un regard, et soudain tout remonte dans ta mémoire. Le lycée, la réunion, le professeur Mancini dont Luca parlait tous les jours, ce remplaçant d'anglais qui te plaisait aussi. C'est à cause de lui que ton record – dix ans sans sortir avec un homme – a failli s'effondrer, c'est à cause de lui que tu as envoyé Luca à Biarritz. Il avait tant insisté, avec l'histoire de Willy le Coyote, du parapluie, du rocher qui allait te tomber dessus.

En réalité, tu ne sais même pas en quoi il est coupable, et tu ne veux pas y réfléchir. Tu y as réfléchi énormément au début et tu étais furibonde. Puis tu as perdu tout intérêt pour lui et pour le reste, tu as laissé tomber. Mais voici ce fumier devant toi, il enseignait l'anglais à Luca, et Luca n'est plus là. À présent il est au chevet de ta fille à l'hôpital. Tu ignores ce qu'il veut, tu ignores aussi ce que tu fais, tu t'élances. Tu traverses la chambre comme si tu volais, atterris sur lui et le colles contre le mur.

Tu l'y plaques, puis tu l'en écartes et l'y plaques encore. Il fixe sur toi des yeux écarquillés, il ouvre la bouche, mais tes mains serrées autour de sa gorge l'empêchent de parler, elles ne se relâchent que pour le frapper. Et si par miracle il parvenait à dire un mot, celui-ci se perdrait dans le hurlement rauque et profond qui, avant de jaillir, a parcouru ta chair, tes boyaux, ton sang, ces lieux qui réchauffent et pompent la vie. On ne dirait pas ta voix, Serena, on dirait le bruit de toute la rage du monde, un bruit qui éclate dans le ciel après avoir stagné à l'intérieur d'un corps. « Tu veux tuer les deux, fils de pute ? Tu veux tuer les deux ? » Tu le répètes, encore et encore. À chaque cri correspond un autre coup contre le mur, toujours plus fort. Tu aimerais ne jamais t'arrêter.

Mais tout s'arrête un instant plus tard. Ce déchaînement de cris et de violence se heurte à un seul mot, un mot faible et lointain, que tu as mystérieusement entendu. Il provient du lit voisin, il dit « Maman » et a la voix de Luna.

Laquelle te contemple, un objet à la main.

« Qui me l'a apporté, maman ? Je... C'est toi qui l'as apporté ?

— Mon amour ! Comment ça va ? » Tu abandonnes le professeur idiot, qui reste pendu au mur comme un tableau de travers.

« C'est toi qui me l'as apporté, maman ? » Luna secoue cet objet blanc, blanc comme elle, comme les magnifiques cheveux dans lesquels il est encore empêtré.

« Non, Luna. Qu'est-ce que c'est ? »

Tu la saisis, l'étreins, la serres très fort contre toi. Elle regarde au-dessus de tes épaules, en direction du professeur.

« C'est un os. Un os de baleine. C'est vous qui me l'avez apporté ? » demande ta fille au débile, contre le mur.

Tu te retournes. La main sous le nez pour arrêter le sang, le visiteur garde le silence. « Alors, espèce d'abruti, c'est toi qui as apporté ce truc, oui ou non ? » demandes-tu.

Au bout d'un moment, il secoue la tête.

Tu la secoues toi aussi en te retournant vers ta fille : elle contemple l'os puis l'extirpe des derniers cheveux qui s'y agrippent, s'allonge de nouveau, le presse contre sa poitrine, te presse toi aussi. Et elle dit « Je le savais, je le savais ! », la voix déformée par la position allongée, par les rires et les larmes qui l'envahissent.

Luna pleure et rit, elle répète : « Oui, je le savais, merci, je le savais ! »

Elle a bien de la chance, parce que toi, Serena, tu ne sais foutrement rien.

SAUVEZ-NOUS
OU NOUS SUCCOMBERONS

Finalement les médecins m'ont donné l'autorisation de sortir, et nous rentrons, maman, les gouttes de pluie qui tapent contre la vitre et s'écrasent sur la chaussée, les roues qui passent dessus en produisant un bruit de Scotch qu'on détache d'un support, et moi.

« Luna, je vais chercher de l'argent et nous irons faire les courses. Ou veux-tu rester à la maison pendant ce temps-là ? Qu'est-ce que tu préfères ? »

Je garde le silence, je souris et c'est tout. Je suis contente. Car après avoir vécu six mois comme un zombie, maman est dehors avec moi, elle me demande ce que je préfère et sa voix n'est plus plate, mais vivante, elle monte et descend. Alors, évidemment, je l'accompagne !

De toute façon, il faut faire un saut à la maison. Maman laisse le moteur allumé, elle me propose d'aller aux toilettes, ce dont je n'ai pas besoin, alors je reste seule sur mon siège, légèrement secouée par le moteur dont le bruit se mêle à celui de la pluie et m'endort un peu. Je ferme les yeux, glisse une nouvelle fois la main dans la poche de mon sweat et caresse mon merveilleux os. Il est tout lisse, avec quelques points plus rugueux, comme des petits trous, peut-être parce que la mer l'a usé, ou alors il est né comme ça, et seule la nature sait à quoi ces petits trous servent. Je caresse mon os de baleine, il me calme, il me calme vraiment. Puis je repense à la façon dont il m'est arrivé, alors je m'agite et mon cœur s'emballe.

J'ai interrogé maman, j'ai interrogé les infirmiers des Urgences, personne n'avait remarqué l'os. Forcément, j'étais évanouie, ils ne pouvaient pas perdre de temps à regarder. Ils m'ont dit que j'avais des bouts d'algues sur moi, deux petites branches coincées dans mon pull, mais comment voir un os si blanc au milieu de mes cheveux tout blancs ? Mon grand frère l'y a bien caché. Il avait promis de m'en rapporter un.

La nuit où il est mort, je suis restée sur une chaise avec maman et Gemma, m'endormant de temps en temps. Parmi toutes les questions entortillées et horribles que je me posais à propos de Luca – s'il s'était rendu compte de ce qui se passait, s'il avait souffert, s'il était quelque part et où –, parmi toutes ces choses, je me suis rappelé brusquement les derniers mots que je lui avais lancés alors qu'il quittait la maison à toute allure pour rejoindre ses copains qui l'attendaient dans leur van. Il s'était arrêté, il était revenu sur ses pas, il avait embrassé maman sur une joue, et moi sur le front. Il avait dit à maman : « Merci », et à moi qu'il m'aimait, et j'ai terriblement honte de ne pas lui avoir répondu « Oui, moi aussi, je t'aime très fort, Luca ». Je m'étais contentée de demander : « Tu m'en trouveras vraiment un ? » Je parlais de l'os de baleine. Il avait éclaté de rire. « Bien sûr, je vais t'en trouver un. Écoute, Luna, tant que je ne l'aurai pas trouvé, je ne rentrerai pas, c'est compris ? »

De fait, il n'est pas rentré. Pourtant, il a bien trouvé l'os et il me l'a remis. Comment s'y est-il pris, que s'est-il passé, comment… ?

Je ne le sais pas, je ne sais rien. Ou plutôt, je sais que je caresse cet os magnifique et que cela me rappelle les moments où je disais à Luca de ne plus m'embrasser : « Ça suffit ! Ça suffit ! » En réalité, je ne le pensais pas, il avait la peau du visage un peu lisse et, à certains endroits, plus rêche à cause des poils, exactement comme cet os. Je frotte mes doigts dessus et j'ai l'impression de sentir son parfum. Un instant, je le revois, j'entends sa voix.

Puis plus rien, car seuls les gros mots de maman, qui revient, trempée, me remplissent les oreilles.

Elle entre dans la voiture. Des gouttes de pluie m'éclaboussent les mains et le visage.

« Qu'y a-t-il, maman, il est arrivé quelque chose ? »

Elle ne répond pas tout de suite. Elle déplie une feuille de papier mouillée, l'écrase sur sa poitrine pour la lisser, la relit.

« Maman, qu'y a-t-il ? Il est arrivé quelque chose chez nous ?

— Non, Luna. Je ne sais pas. Non… c'est fermé. Je ne suis pas entrée. » Elle a repris sa voix plate de robot, comme celles des machines dans lesquelles on glisse des pièces pour payer et qui vous disent au revoir et merci.

« Comment ça, c'est fermé ? Tu n'as pas les clefs ?

— Si, mais elles n'ouvrent pas, elles ne… » Son dos se met à trembler bizarrement, comme si elle avait le hoquet. Mais je crois que ce n'est pas le hoquet, je crois vraiment qu'elle pleure.

Je la regarde en frottant les doigts sur mon os, j'aimerais réagir, prononcer des mots réconfortants. Mais c'est difficile : je ne sais pas ce qui se passe, je n'y comprends rien. J'essaie quand même, je lui dis de ne pas s'inquiéter si elle n'a pas envie de faire les courses : je suis peut-être vraiment fatiguée et nous pourrions entrer chez nous et nous allonger un peu. Ses pleurs redoublent. Alors, je reste immobile et muette.

Si ce n'est que je bondis en l'air sous l'effet de la peur un instant après. Un coup à la vitre transperce la pluie, suivi d'un cri, d'une voix presque étouffée qui appelle au secours.

Maman s'agrippe à la portière, baisse la vitre. La pluie pénètre dans l'habitacle ainsi que le visage de Zot.

« Qu'y a-t-il, petit, qu'y a-t-il ?

— Oh, Seigneur, à l'aide ! SOS, SOS !

— Zot, calme-toi, qu'est-ce qui se passe ? Respire et dis-moi ce qui se passe.

— SOS, SOS ! »

Je demande : « Qu'est-ce que ça veut dire, SOS ? »

Les mains sur la poitrine, Zot répond avec le peu de souffle qui lui reste : « S.O.S… c'est le signal u… universel… de secours… cela veut dire Sauvez-nous Ou nous Succomberons… en morse… On le représente par trois points… trois lignes et… »

Je m'apprête à l'interroger sur le morse, quand maman le saisit par le bras : « Ça suffit, avec ces bêtises ! Qu'est-ce qui se passe ?

— Grand-père… grand-père… SOS.

— Ferro ? dis-je.

— Oui. Grand-père… la Mort Sèche… au secours !

— Qu'est-ce que vous racontez, bordel ? »

Zot ne répond pas, il s'attarde sous l'eau, les mains sur sa poitrine. Maman sort, l'empoigne et le jette comme un paquet à l'arrière, puis nous nous dirigeons à toute allure vers sa maison. Je me demande : si c'était aussi urgent, pourquoi n'a-t-il pas appelé un voisin, au lieu de venir jusqu'ici ? Puis je réfléchis aux maisons qui nous séparent de celle des Fantômes : l'une appartient à un Milanais, une deuxième à un monsieur de Parme, trois à des Russes ; quant aux autres, on l'ignore parce qu'elles sont toujours vides. Leurs fenêtres s'ouvrent un mois par an, en août ; le reste du temps, elles sont muettes et fermées. Alors, s'il y a entre la Maison des Fantômes et nous deux rues bourrées de villas et de pavillons, nous sommes maman et moi les vrais voisins de Zot.

Devant chez lui, nous sautons de voiture et traversons le bois, où il pleut un peu moins et qui embaume mille choses réunies. À l'intérieur, tout est comme l'autre jour, sauf que Ferro est immobile par terre, le visage contre le carrelage, un bras tordu comme s'il était faux. À côté de lui, un fusil.

LA MORT SÈCHE

« Grand-père ! Mon petit grand-père adoré ! »

Zot s'agenouille devant M. Ferro, il se signe et tente d'étreindre l'homme, ce qui est compliqué, compte tenu de sa position. « Grand-père, parle-moi, je t'en prie, mon petit grand-père ! »

Ferro a les pieds nus dans des sabots de bois gigantesques, et son bras, étendu près du fusil, est aussi mou et blanchâtre que les tentacules des poulpes quand on les trouve morts à la poissonnerie.

Puis je ne sais pas ce qui se passe, car maman pose les mains sur mes yeux.

« Ce n'est pas juste ! s'exclame Zot d'une voix toute tremblante. Il était si gentil. Il ne le paraissait pas, mais il était gentil, un cœur d'or. Grand-père, mon joli grand-père, mais pourquoi ? Ô Seigneur qui vis dans les Cieux, ô saint Félix martyr, sainte Catherine de Sienne… »

Maman ôte ses mains car elle en a besoin pour pousser Zot et se pencher sur Ferro. Elle écarte le fusil, saisit le vieil homme par ce tentacule mou et, en tirant fort, parvient à le retourner. Elle lui appuie deux doigts sur le cou, pose l'oreille contre son cœur. Mais il se peut qu'elle n'entende pas bien : elle remonte un peu la tête et la redescend jusqu'à ce que retentisse la grosse voix catarrheuse, presque un écho de l'au-delà. « Oh, oui, c'est bien ! Maintenant va plus bas, un beau cadeau t'attend. »

Maman bondit sur ses pieds, tandis que Zot se jette sur M. Ferro.

« Grand-père ! Tu es vivant ! Jésus d'amour vif, merci, merci, Seigneur. Mon petit grand-père !

— Ôte-toi de là ! Laisse-moi en tête à tête avec ce canon ! »

Ferro essaie de se relever. Comme il n'y arrive pas, il pivote sur le côté. Son tee-shirt blanc est relevé, et l'on voit donc son ventre, heureusement si gros qu'il masque la partie du caleçon. Dessous, il a des jambes très maigres qui n'ont rien à voir avec le reste, genre deux bâtons encastrés de force.

« Hé, beauté, qui es-tu ? Une aide à domicile ?

— Moi... non, Zot est venu me chercher et...

— Ah, tu es une de ses amies. Pour sûr, vous autres Russes êtes diaboliques. Ton copain fait semblant d'être un orphelin de Tchernobyl, et toi, qui es-tu ? Une aide à domicile ou une traînée ?

— Ni l'une ni l'autre. Je suis venue voir si vous étiez mort, ce qui n'est hélas pas le cas. »

Ferro produit un bruit dont je ne comprends ni le sens ni l'origine, une sorte de quinte de toux mêlée au son d'un caillou qui atterrit sous une tondeuse et la casse.

« Ne dis pas de conneries, tu es une infiltrée, comme l'autre. On l'a fourré chez moi en prétendant que c'était un orphelin bourré de radioactions, mais je ne suis pas un imbécile ! Tu as entendu son italien ? Il le parle mieux que moi, bon sang !

— Voyons, c'est une langue simple, grand-père ! Et puis elle me plaît, je l'ai apprise en écoutant vos merveilleux chanteurs, Claudio Villa, le Quattuor

Cetra, Gino Latilla… Sœur Anna était italienne, nous chantions toujours leurs chansons ensemble.

— Ouais, c'est ça, une nonne italienne à Tchernobyl… Une espionne, disons-le tout net… Bref, voilà que tu surviens, après le gamin maléfique, et que tu fais semblant de me soigner en te présentant comme une aide à domicile doublée d'une traînée. En réalité, tu comptes m'empoisonner et me tuer. C'est bien ton plan, n'est-ce pas ? Mais tu ne m'auras pas, retourne à Moscou et dis-leur que Ferruccio Marrai ne bougera pas. Cette maison m'appartient et j'y reste. »

Silence. Alors je prends la parole : « Monsieur Ferro, maman n'est pas russe, c'est ma maman.

— Ah oui ? Comment se fait-il que la mère de Blanche-Neige ne soit pas blanche elle aussi ?

— Écoute-moi bien, espèce de débile », intervient maman tout en allant à l'évier, où elle s'empare de deux chiffons ni propres ni très sales non plus. Elle m'en tend un et nous nous mettons à essuyer la pluie. « Tu peux dire ce que bon te semble au sujet de Zot, mais si tu touches à ma fille, je te flanquerai dans les couilles un coup de pied si fort que tu deviendras blond. Nous sommes venues voir si tu étais vivant, mais en ce qui me concerne tu peux crever tout de suite, je me charge de remettre les clefs de ta baraque aux Russes. Je les préfère aux connards de ton espèce. »

Un instant de silence s'ensuit, puis M. Ferruccio tousse une nouvelle fois. « Mais alors, tu es italienne, petite !

— Non, je ne suis pas italienne, je suis de Forte dei Marmi.

— Saperlipopette ! » Ferro essaie de se lever, il s'agrippe à la cuisinière et retombe par terre. « Aidez-moi un peu ! »

Maman l'attrape par le bras, Zot et moi par l'autre. Mais Zot n'a pas de force ; au lieu de tirer, il se contente de poser une main sur la mienne. Ferruccio finit par se remettre debout, il se tourne vers l'évier et crache dedans. Il indique son fusil, que Zot se hâte de lui apporter, et s'appuie dessus comme sur une canne.

« Tu es vraiment de Forte dei Marmi, ou tu te fiches de ma poire ?

— Oui, et ça suffit maintenant. Tu me fais vraiment chier. »

Ferro réfléchit un instant avant de commenter : « Oui, c'est bien le style. Mais qui sont tes parents, petiote ?

— Je suis la fille de Lari.

— Stelio Lari, Tête de Pigne ? »

Maman hoche la tête.

« Je connaissais ton père depuis toujours, nous avons été enfants ensemble. Les dernières années, il avait perdu la boule, pas vrai ?

— Un peu.

— Sans vouloir te vexer, fillette, il a toujours été un peu con. Sinon il n'aurait pas épousé ta mère. Une vraie casse-couilles qui n'arrêtait pas de se plaindre avec sa petite voix énervante. Normal, dans ces conditions-là, qu'il ait fini par disjoncter. Je me demande comment il pouvait la supporter.

— Tu viens de le dire, il était con.

— Oh, fillette ! s'exclame Ferro, reprenant son sérieux. Je ne te permets pas d'offenser Stelio ! Si tu veux parler de Tête de Pigne, commence par te rincer la bouche. Il était fait à sa façon, mais c'était un type immense, comparé à vous autres. Une génération différente. Nous, on a vraiment vécu. Vous, si vous n'avez pas votre frigo plein de bouffe, vous allez faire les courses, vous allez au restaurant… Oui, nous, on a bossé, on a trimé comme des dingues et on a fait ce pays. Vous, vous l'avez vendu pour trois sous.

— En ce qui me concerne, je t'ai toujours vu te tourner les pouces sur la plage, réplique maman. Tu dormais toute la journée, allongé sous un parasol.

— Je ne dormais pas, je surveillais la mer. C'est le travail des maîtres nageurs : surveiller la mer, ne jamais la perdre de vue.

— C'est ça ! Tu la surveillais tellement que tu ronflais.

— Mais non ! Je m'allongeais parfois pour me détendre, voilà, car c'est un métier épuisant, mais j'avais les yeux fixés sur la mer.

— Alors, grand-père, c'est pour ça que tu étais par terre tout à l'heure ? Tu te détendais ? »

Ferro s'appuie sur son fusil et secoue la tête. « Non. Tout à l'heure je dormais vraiment. Il n'y a pas de mal à ça.

— Tu dormais ici, par terre ?

— Oui, et je prenais mon pied.

— Tu t'es allongé, ou…

— Ou ?

— Ou tu es tombé comme l'autre jour ?

— Non, je me suis allongé. J'ai vu le sol et j'ai dit "Putain, ce que c'est confortable !" Alors je me suis étendu. Ça te convient ?

— Pas vraiment, grand-père.

— Et pourquoi ?

— Parce que je la sens, grand-père, je sens l'odeur. C'est encore la Mort Sèche. »

Je tourne les yeux vers Zot sans avoir besoin de lui poser la question, car il m'indique lui-même quelque chose en bas. « Sous la table », dit-il. Je me penche et découvre une gigantesque bouteille en verre sombre, une fiasque remplie d'un liquide qui ressemble à de l'eau mais qui n'en est pas : malgré le bouchon, l'odeur me brûle les oreilles et me coupe le souffle.

Je me redresse, en proie à un léger vertige. « C'est du poison ?

— Je t'en donnerai, du poison ! » réplique Ferro. Il éclate de rire, et son ventre s'agite sous son tee-shirt. « C'est la meilleure eau-de-vie du monde.

— On l'appelle la Mort Sèche, commente Zot, sérieux, comme s'il me présentait une personne déplaisante.

— Au début, on l'appelait juste Sèche, reprend Ferro. Parce qu'on voulait qu'elle soit très âpre et très forte. On avait tout aménagé derrière la maison de Gino, impossible de remarquer l'installation depuis la route. Car il est interdit de fabriquer de l'eau-de-vie chez soi, c'est illégal, vous savez ? Dans quel putain de pays vit-on, si on ne peut pas fabriquer de l'eau-de-vie à la maison, hein ? Je ne vois pas le mal que ça peut faire. »

J'interroge : « Et pourquoi l'avez-vous appelée Mort Sèche ?

— Parce qu'elle a fait des morts.

— Des morts ?

— Oui, deux. Nous avons passé là une semaine et en avons fait pour une armée avec des fruits pourris, un peu de vinasse et des pelures de pommes de terre. Tout est bon pour l'eau-de-vie, les gosses, il suffit que ça contienne du jus et que ce soit bien fort. L'engrais convient aussi. Pendant la guerre, les gens utilisaient la vidange des égouts. Le résultat était excellent, paraît-il. Mais nous, on y mettait des fruits pourris. Comme d'habitude, Gino jouait le maître, il jouait Monsieur-Je-Sais-Tout, il te disait : "Ôte-toi de là, je m'en occupe, ôte-toi de là, je m'en occupe…" Et il a fini par vraiment s'en occuper : la bombonne de gaz a explosé. Le pauvre Mauro et lui y sont restés. Paix à leur âme. Et adieu alambic, adieu bombonnes, tout le matériel était foutu. Heureusement, on avait déjà fabriqué une grande quantité de Mort Sèche, on en a pris chacun une bonne bouteille, et bien le bonsoir. »

Il va près de la table, pose le fusil contre le mur et s'assied tout doucement en prononçant un « Ahhhhhhhhh » qui évoque un soupir mêlé à un rot.

« Comment se fait-il alors que tu en aies une fiasque ? » Maman se penche vers le goulot noir, enlève le bouchon, se redresse, les paupières plissées.

« Parce que les morts lèguent leur part de Mort Sèche aux copains. On va à l'enterrement, on prend la bouteille du mort et on la partage. On a toujours fait ça. Et maintenant… » Ferro marque une pause. « Maintenant il ne reste plus que moi, et j'ai donc tout le stock de Mort Sèche. Il n'y a plus qu'elle et moi. »

Un silence s'ensuit. Zot produit un léger bruit de bouche, peut-être pour signifier qu'il habite lui aussi cette maison. Mais c'est maman qui reprend la parole : « Ferro, est-ce que je pourrai sentir un peu de Mort Sèche ?

— Saperlipopette ! » s'écrie l'homme, tout content. Il tente de se lever en s'appuyant sur son fusil. Mais l'arme glisse et tombe par terre, pointée vers moi.

Maman s'en empare. « Il vaudrait peut-être mieux nous débarrasser de ça. »

Zot lui explique que c'est inutile : il y en a un autre dans la salle de bains.

« Vraiment ? À quoi te servent deux fusils ?

— Deux, à rien. Heureusement, j'en ai onze.

— Onze fusils ?

— Oui. C'est comme la Mort Sèche. Les morts lèguent aux copains non seulement l'eau-de-vie, mais aussi leurs armes. J'ai un fusil pour chaque fenêtre et une réserve d'eau-de-vie pour cent ans. Tu peux dire aux Russes de venir, tu peux dire aux agents immobiliers, les fils de pute, d'essayer de m'obliger à vendre. Je suis seul, oui, mais mes copains se battent avec moi. » D'un bras, il indique la cuisine de la Maison des Fantômes. « Nous, on est là, on ne s'en va pas. »

Il fixe le vide devant lui en hochant la tête. Pendant ce temps, maman saisit le verre, se verse de la Mort Sèche et s'assied à son tour. J'ai envie de l'imiter. J'ai mal aux jambes, les médecins m'ont conseillé de dormir, de me reposer un peu, mais je n'ai pas eu un instant de tranquillité depuis que j'ai quitté l'hôpital.

Maman porte le verre à ses lèvres, respire et avale d'un coup. Elle tousse, souffle, tousse une nouvelle fois.

Quand elle semble retrouver son souffle, je lui demande si nous allons, ou non, faire des courses : il est tard, et je suis un peu fatiguée.

« Non, Luna, nous n'y allons pas, je pense que nous n'irons pas.

— Mais on n'a rien à manger à la maison. Comment on va faire ? »

Maman attend un moment pour répondre. C'est peut-être la Mort Sèche qui lui remonte à la gorge, ou ce qu'elle a à me dire qui ne passe pas.

« Luna, écoute, nous n'avons pas de maison, nous n'en avons plus. »

LOIN DE L'AVENIR

« Désormais la vie ne vaut plus rien, déclare Rambo. Comment peut-on traiter un être humain comme un chien ? Je suis sans voix, Sandro, je suis sans voix. »

Il ne cesse de répéter qu'il est sans voix, et pourtant sa voix est si forte qu'elle parvient aux oreilles des dénommés Pino et le Rat, les deux vieillards assis sur le banc. Immobiles sur le ponton avec leurs cannes à pêche, ils attendent que les poissons mordent en souhaitant le contraire, sinon ils seront obligés de se lever.

Sa voix parvient aussi aux oreilles de Mojito, le chien que Rambo promène de temps en temps pour ses voisins, aujourd'hui attaché à un fauteuil roulant sur lequel trône une vieille femme raide et inerte, enveloppée dans trois plaids, genre momie égyptienne, sauf qu'elle est vraiment frileuse.

« Nous sommes tombés bien bas ! De nos jours il n'y a plus de différence entre un chien et une personne. Je leur ai dit : "Vous avez perdu la tête, ou quoi ? Vous n'avez pas de conscience ? Moi, je ne m'occupe pas de vieilles dames pour moins de dix euros." »

La dame aux plaids ne se rend pas compte qu'on parle d'elle. Elle est à la fois présente et absente. Jaillissant d'un cocon de couvertures, son visage est figé dans une éternelle grimace de surprise et de peur, un œil toujours fermé et l'autre écarquillé, fixant le néant, la bouche tordue vers la gauche. Cela lui est arrivé d'un coup. Plus Sandro la regarde, plus elle lui rappelle les pauvres habitants de Pompéi assaillis dans leur sommeil par la lave du Vésuve qui, en les recouvrant, les a transformés en statues dont les expressions effrayées et perdues sont celles d'il y a deux mille ans.

La vieille femme leur ressemble beaucoup, et si elle paraît trembler, c'est à cause de Mojito qui, en tirant sur sa laisse, secoue le fauteuil roulant.

Mojito est un gros beagle haletant, que Rambo promène en général avec Rimmel, qui est plus jeune et qui évoque moins une poubelle sur pattes. Mais aujourd'hui la fille des maîtres est rentrée de Milan, et ils sont allés faire un tour en emmenant le chien le plus en forme.

« Alors, comme je ne devais m'occuper que d'un chien, ils m'ont dit de sortir aussi la vieille. Pour le même tarif. Tu te rends compte ? Je leur ai répondu : "Rien à foutre. Pour la vieille, je veux dix euros minimum."

— Pourquoi ? Combien tu prends d'habitude ?

— Sept euros pour les deux chiens. Un être humain, c'est pas un chien. Et tu sais ce qu'ils m'ont répondu ? Que la vieille était *moins* qu'un chien. Elle ne parle pas, elle ne se sauve pas, et elle fait ses besoins dans sa couche. "On devrait te payer moins, ont-ils dit, pas plus…" Quelles merdes, tu te rends compte, Sandro, tu te rends compte ? »

Sandro opine du bonnet sans écouter vraiment. « Alors, comment ça s'est terminé ?

— J'ai tenu bon, c'était une question de principe. J'ai dit : "Rien à foutre, je veux au minimum le même tarif." » Il pose une main sur la tête de Mojito. Le chien ferme les yeux, lève le nez et savoure la caresse. « Il faut vraiment être une belle saloperie pour économiser sur une vieille femme qui est votre mère… Et puis, soyons francs, cette vieille les entretient. Le jour où elle mourra, la fête sera finie pour tout le monde, tu sais ? »

Sandro hoche la tête, mais ne demande pas pourquoi la fête sera finie. Car il s'en fout, il a d'autres problèmes : le mistral se lève, et même s'il n'est pas fort, il suffit pour lui faire mal à son nez tuméfié et plus chaud que le reste de son visage. Et puis, inutile de poser la question : Rambo va lui fournir l'explication.

« Tu penses, la femme n'a jamais rien fichu, et le mari travaille dans une scierie. Mais avec la crise du marbre, il passe presque tout son temps à la maison. Ils ont une fille, une petite connasse qui fait ses études à Milan mais qui, selon moi, s'occupe plutôt de collectionner les bites. Et pourtant, tu sais où ils sont allés aujourd'hui ? Ils sont allés se détendre aux thermes de Montecatini. Se détendre… on se demande bien pourquoi, puisqu'ils foutent rien ! Et grâce à quel argent, d'après toi ? » Rambo pointe un doigt vers la vieille, si près de son visage qu'il manque de toucher l'œil ouvert, toujours perdu. « Son mari travaillait à la capitainerie du port, retraite dorée tous les mois. Une fois qu'elle mourra, adieu argent, adieu thermes, adieu tout. Cette vieille est leur richesse, cette vieille est leur avenir, et eux, ils mégotent pour deux ou trois euros. Quel monde de merde… », commente Rambo avant d'émettre un bruit de gorge plein de dégoût. Il ajuste sa casquette camouflage de chasseur, se tourne vers la mer et crache, puis il s'égare un peu dans cette immensité scintillante qui capture le regard des hommes et leur procure toujours cet étrange trouble, une grande envie de ne rien faire et une dangereuse tendance à philosopher.

De fait, Rambo déclare d'une voix sage et profonde, le doigt à un centimètre de la grimace paralysée : « Regarde, Sandro, regarde bien. Quel affreux spectacle, pas vrai ? Mais tu sais ce qui cloche ? Ce qui cloche, c'est que les gens disent : "C'est la vie. On finira tous comme ça, il faut se résigner." Erreur ! Faut pas se résigner, c'est pas le pire qui puisse nous arriver, c'est le *mieux*. On vit en surveillant nos actes et notre alimentation, on espère ne pas tomber malade et ne pas être écrasé par un camion. Et pourquoi ? Dans l'espoir de se retrouver un jour dans cet état. Ça, c'est notre terminus, putain. Tu te rends compte ? Cette vieille est notre avenir, si on a le cul bordé de nouilles. Le meilleur avenir possible. T'as pigé ? »

Sandro branle du chef. Il est à bout de souffle. Il a mal au nez, il a mal à la tête depuis samedi, depuis que la femme qu'il aime l'a jeté contre le mur comme un poulpe sur un rocher. Alors qu'il quittait la chambre, il a même été pris de vertiges et il a pensé qu'il avait peut-être intérêt à passer un scanner. Ce n'était pas une idée absurde : au fond, il se trouvait déjà à l'hôpital. Il est allé à l'étage des radios et a réclamé un scanner du cerveau. L'infirmière lui a répondu qu'il devait prendre rendez-vous et qu'il y avait trois mois d'attente. « Trois mois ? Mais ce ne sont pas des choses qui se font d'urgence ? – Si, bien sûr, a affirmé la femme. Si, quand ce sont des urgences. – Et comment pouvez-vous savoir si ce sont des urgences ? » Elle a rétorqué que les urgences arrivent couchées, puis elle a observé son nez, a ouvert un tiroir et lui a tendu une poche de glace sèche.

Sandro a quitté l'hôpital, la glace en partie sur le nez et en partie sur la tête. Le froid l'a calmé. Certes, en rentrant chez lui, il examinait de temps en temps ses pupilles dans le rétroviseur pour voir si elles n'étaient pas dilatées ou de tailles différentes, si ses yeux suivaient bien le doigt qu'il agitait çà et là. Mais se concentrer sur sa conduite, regarder son doigt et vérifier que les pupilles le suivent n'était pas une mince affaire. Au bout d'un moment cela lui a donné la nausée, et la nausée est également un des symptômes du traumatisme crânien, si bien qu'il a envisagé de faire demi-tour et de regagner l'hôpital. Entre-temps il avait atteint son domicile, et la vue du mur, de la porte, de l'auvent en plastique et en fer que son père a installé tout seul à coups de marteau et de soudeuse a suscité en lui un sentiment de réalité, de dureté, de vie virile, qui l'a amené à se raviser.

Sandro doit bien posséder quelque part ce sens pratique et cette énergie constructive. Cet esprit masculin qui affronte les choses et les transforme pour en construire d'autres, pour changer le monde à coups de marteau. Il doit bien les avoir lui aussi dans le sang, cela s'appelle l'ADN, c'est de la science, et on ne discute pas avec la science.

Alors il a dit stop. Stop au caté, stop aux os de sanglier, stop aux tentatives d'impressionner une femme qui vous tabasse contre le mur d'un hôpital. Il a tenté sa chance, il a même cultivé des espoirs, mais il n'a obtenu que des insultes, un nez presque cassé, une classe d'enfants bigots et casse-couilles, ainsi qu'une espèce de traumatisme crânien. Stop, vraiment. Un jour, il a lu une citation d'un grand sportif dont il a oublié le nom et la discipline, et cette citation disait qu'on reconnaît un véritable champion au fait qu'il accomplit le plus simple des actes au bon moment. Des mots vrais, magnifiques. Désormais il se conduira lui aussi comme un champion : l'acte le plus simple consiste à cesser d'essayer, et le bon moment est tout de suite. Il a hoché la tête devant la porte, a levé les bras et crié : « Champion du monde, champion du monde ! »

Mais la porte s'est ouverte brusquement, et sa mère l'a surpris, les bras levés au ciel et le nez tuméfié. Elle a commencé à gémir : « Ô Jésus, Marie, Joseph, qu'est-il arrivé à Sandro, mon Dieu, qu'est-il arrivé à mon petit Sandro ? » Alors il a raconté ce qu'il racontait déjà quand il était à l'école primaire, à savoir qu'il était tombé pendant qu'il jouait avec ses copains, il l'a regardée, aujourd'hui comme autrefois, revenir avec de l'eau oxygénée et un morceau de coton pour le désinfecter. Comme autrefois, il s'est confié à sa voix ultrasonique et à l'odeur du désinfectant qui lui brûlait un peu le nez et s'insinuait douloureusement dans ses narines.

Maintenant il aimerait se confier à la brise et au parfum salé de la mer, mais il n'arrive pas à détourner les yeux de la vieille, de son éternelle grimace de terreur.

Car, hélas, Rambo a raison : cette ignominie est tout ce qu'on peut attendre de mieux de la vie, c'est le terminus des individus attentifs qui se soignent dans l'espoir de vivre mille ans, c'est l'avenir le plus fabuleux qui nous soit réservé. Bordel, mais non, ça ne lui convient pas. S'il n'a droit à rien de mieux dans le futur, Sandro entend au moins se battre pour un présent un peu moins ignoble.

S'il se laisse arrêter par un coup, un nez tuméfié et un léger traumatisme crânien, Sandro ne pourra pas dire qu'il aura tenté sa chance. Il l'aura tentée un peu, mais un peu ne vaut foutrement rien. Il a encaissé des coups ? Il devra en encaisser le double. Et il devra les accueillir non comme des coups, mais comme un élan le poussant vers son but. Sans se demander ce qu'il veut, sans presser ce maudit cerveau qui ne lui sert qu'à trouver des raisons de ne rien faire.

Et si l'un de ces coups le jette vraiment à terre et le tue, ce ne sera que justice : il paiera pour ce qui est arrivé à Luca par sa faute.

Il serre les dents, regarde encore la vieille. Un instant, il a l'impression qu'elle sourit, qu'elle étire ses lèvres pincées et fixes pour lui dire : « Tu as raison, petit, tu as raison, casse, cours, brûle. »

Mais ce n'est peut-être qu'un éblouissement du soleil, ou Mojito qui tire sur sa laisse et la secoue, ou une hallucination due au traumatisme crânien qui affecte vraiment Sandro, un traumatisme qui aurait été détecté par le scanner et qui le conduira bientôt au Paradis ou en Enfer s'il existe des endroits de ce genre. Ou plutôt, ils existent, et comment ! Bien sûr, ils existent, parce qu'il est catéchiste et il y croit, il doit y croire. Parce qu'il est un guerrier, parce qu'il ne capitule pas et que, si l'avenir est aussi dégueulasse, alors, bordel, il vaut mieux plonger la tête la première dans tout le présent dont on dispose.

TU ES ROMANTIQUE

Belle enfaaaant,
je suis le dernier poète qui s'inspire d'une étooooiile.
Mon enfaaaant,
je suis le dernier malade incurable de poésiiiie.
Et si je t'aime, c'est que tu es comme moooi,
romantiiiique[1]...

Je me réveille le matin après avoir rêvé toute la nuit. Je me trouvais avec Tages dans la mer, nous ne parlions pas, nous nous contentions de nager. Puis ces paroles ont éclaté dans mes oreilles, accompagnées par un accordéon déglingué.

De peur, je me redresse, et mon crâne heurte celui de maman, qui a sursauté elle aussi. Nous nous rallongeons. Bien que maman plaque l'oreiller sur sa tête, je l'entends dire : « Je vais le tuer, je vais le tuer ! » S'il est dur de se réveiller le matin, le chant de Zot et le bordel de son accordéon sont insupportables. Je préférerais vivre au milieu d'un cauchemar bourré de loups-garous qui vous dévorent tout doucement :

1. Écrite par Renato Rascel et Dino Verde, cette chanson, *Romantica*, remporta le festival de la chanson de Sanremo en 1960.

en entendant les notes désagréables de sa chanson, je les supplierais de commencer par mes oreilles. « S'il vous plaît, d'abord les oreilles ! »

C'est ainsi que nous nous réveillons depuis lundi, depuis que nous nous sommes installées dans la Maison des Fantômes. J'avais peur d'entendre des bruits de chaînes, des grincements de porte, des plaintes d'esprits, et je trouve les sérénades matinales de Zot mille fois pires.

Le premier soir, quand nous avons rendu visite à M. Ferro qui avait perdu connaissance à cause de la Mort Sèche, je n'avais pas compris que nous resterions. Nous sommes allées faire les courses chez Teresa, nous avons acheté des provisions et sommes retournées à la Maison des Fantômes, où maman a préparé des *tordelli*. Ces pâtes ressemblent aux *tortelli* d'Émilie, sauf que le D remplace le T, et la viande tout le reste.

Ici, les *tordelli* sont un plat de fête qu'on prépare à Noël, à Pâques et, hélas, le 15 août. Ce jour-là, les maîtres nageurs se retrouvent sur le rivage et en avalent chacun une casserole entière. Oui, le 15 août, alors que la mer regorge de tant de baigneurs qu'on redoute que l'eau ne déborde et n'inonde la ville ; oui, le 15 août, alors que les touristes, qui nagent comme des enclumes, se croient obligés de se baigner. Les maîtres nageurs ont beau le savoir, ils dévorent une casserole de *tordelli* chacun car c'est la tradition. Ils les arrosent d'une fiasque de vin rouge, puis scrutent la mer, le souffle court, et s'ils voient des bras levés en quête de secours, il leur faut un peu de temps pour se rappeler comment ils sont censés réagir.

De fait, il y a toujours un mort le 15 août, et un dicton prétend : « Chaque année, sainte Marie à un baigneur ôte la vie. » Cela m'a longtemps effrayée : petite, j'imaginais la Vierge descendant du Paradis et observant tous ces joyeux baigneurs en maillot de bain, dames, pères, enfants, avant d'établir son choix. Puis j'ai réfléchi, et j'ai compris que c'était une excuse, une manière de faire retomber sur elle la faute des maîtres nageurs et de leur indigestion de *tordelli*.

Ils étaient excellents l'autre soir. J'ignorais que maman savait les préparer. Jusqu'à présent elle n'avait pas dépassé les bâtonnets de poisson recouverts de tranches de fromage, qu'il lui arrivait même de brûler. Oui, les *tordelli* étaient délicieux, M. Ferro en a repris trois fois. Puis il s'est quasiment allongé sur sa chaise en se tenant le ventre et a émis un rot si sonore que je l'ai senti dans mon estomac. Alors il a lancé à Zot : « Petit, est-ce que ce sont des façons ? Honte à toi !

— Je n'ai pas éructé, c'est de la calomnie ! Luna, tu sais que ce n'est pas moi, n'est-ce pas ? »

M. Ferro s'est levé. Avant de gagner sa chambre, il s'est arrêté sur le seuil et a demandé à maman qui débarrassait la table :

« Alors, tu as vendu ta maison, comme tous les autres, pas vrai ?

— Non, je n'ai rien vendu. Ce sont les frères de ma mère qui l'ont fait, les salopards.

— Je croyais qu'ils vivaient à Milan. Qu'est-ce qu'ils veulent, saperlipopette ?

— Ils veulent de l'argent. Ils ont attendu la mort de papa. Après quoi, le choix était le suivant : soit on vendait, soit je leur remboursais leurs parts.

276

— Fils de pute…

— Exact. Quand maman est morte, ils ont même réclamé un loyer tous les mois.

— Quelles merdes… Combien leur donnais-tu ?

— Je ne leur ai jamais donné une lire, mais cela faisait beaucoup d'argent. Ils disent maintenant que je le leur dois et ils le retiennent sur ma part de la vente. Je n'aurai donc pratiquement rien. »

C'était la première fois que j'entendais ces nouvelles, mais je n'avais aucun mal à comprendre qu'elles étaient mauvaises. Je me suis levée, ai pris le plat en plastique vide qui contenait un peu plus tôt les *tordelli* et l'ai posé sur l'évier. Zot a apporté les verres et commenté : « C'est une véritable injustice. Ne peut-on donc rien faire ? La loi doit vous protéger. »

Ferro s'apprêtait à répondre, mais maman l'a devancé : « La loi ? Voyons, mon petit, ce sont des fumiers qui écrivent la loi pour protéger d'autres fumiers. »

Maman a lavé une assiette et la lui a tendue avec cette sèche vérité. Zot l'a essuyée, puis me l'a donnée afin que je la range. Mais j'ignorais où était sa place. J'ignorais même où était la mienne. Nous n'étions pas chez nous, nous n'avions peut-être plus de chez-nous.

Un peu plus tôt, maman avait téléphoné à Gemma, mais, comme sa fille était revenue chez elle et qu'elle pleurait très fort à l'étage en dessous parce qu'elle s'était disputée avec son fiancé la nuit précédente, elle ne lui avait rien demandé. Nous étions prêtes à dormir dans la rue ou dans le jardin géant d'une villa vide.

« Ce n'est pas possible, a continué Zot. La loi vous aidera, la loi sert à punir les malfaiteurs !

— Oui, mon petit, la loi punit les malfaiteurs, a répliqué maman. Le problème, c'est qu'aux yeux de la loi ces gens-là ne sont pas des malfaiteurs. Elle les laisse faire leurs saloperies. Mieux, elle les protège. Mais si, moi, je prends une pelle et la leur plante dans le crâne, la loi a vite fait de trouver son malfaiteur et je me retrouve tout droit en prison. Tu es content, l'ami de la loi ?

— La pure vérité », a dit M. Ferro, toujours sur le pas de la porte. Puis il a répété avec l'air pénétré : « Oui, la pure vérité. »

Zot a essuyé une assiette et me l'a tendue en marmonnant des mots qui ressemblaient à « Non, je ne suis pas content, pas du tout ».

« Bon, moi, je vais me coucher, a fini par déclarer Ferro. Ne faites pas de chahut et ne bouchez pas les chiottes. Votre chambre est là, vous trouverez des couvertures dans l'armoire et le fusil à la fenêtre. »

Je me suis tournée brusquement vers maman : jusqu'à cet instant précis, je n'avais pas compris que nous allions rester dans la Maison des Fantômes. Comme il y avait peu de lumière, je ne pouvais pas voir si elle était contente ou pas. Elle se bornait à laver le plat et elle a peut-être hoché la tête. Puis j'ai regardé Zot : il avait un sourire si large que je voyais le blanc de ses petites dents tordues, jetées au hasard dans sa bouche.

Je les revois maintenant, tandis qu'il chante à tue-tête son aubade de ce matin.

> *Tu es romantiiique,*
> *t'aimer, c'est un peu reviiivre*
> *dans la simplicité, dans le rêve*
> *d'une autre épooooque.*

Tu es romantique,
amie des nuaaages
qui cherchent là-haut
un peu de soleil, comme toooi...

Je lui ai dit qu'il pourrait se contenter de chanter, sans s'accompagner, mais cela l'a vexé : il a appris à jouer de l'accordéon tout seul, prétend-il, grâce au talent hérité de son père violoniste qui mendiait en jouant dans toute la Russie. Au cours de ses déplacements, ce musicien avait rencontré une jeune et sublime baronne, avec laquelle il avait passé la nuit, et Zot était né. Mais Zot ne les a pas connus, il tient cette histoire d'une religieuse, la Mère Anna, la seule bonne religieuse de l'orphelinat. Laquelle lui a appris que ses parents ne se sont jamais revus après cette merveilleuse nuit : le lendemain, son père jouait déjà dans une autre ville ; quant à sa mère, elle considérait un enfant surgi du néant comme un scandale, et sa méchante famille l'avait donc déposé devant un couvent. Ignorant l'existence de son fils, le père n'avait jamais pu jouer avec Zot ni lui enseigner les choses de la vie, mais il lui avait légué son grand talent pour la musique, estime Zot.

Que le fils d'une baronne échoue dans un orphelinat me paraît pour le moins injuste. « On ne pourrait pas essayer de la retrouver ? ai-je demandé à maman et à Ferro pendant que Zot était aux toilettes. C'est si difficile ? Combien de baronnes y a-t-il à Tchernobyl ?

— Aucune, Luna, a dit maman. Aucune.

— Comment ça, aucune ? Dans ce cas, avec qui son père violoniste a conçu Zot ? »

Maman n'a pas répondu, Ferro non plus, et parfois ne pas répondre est la meilleure façon de se faire comprendre. En attendant, on réfléchit à sa question et, dans le silence, on parvient tout seul à la conclusion. Je commençais d'ailleurs à comprendre. Mais je ne voulais pas. J'aimerais que la baronne passe ses nuits à penser à son enfant perdu et que la musique du père violoniste soit toujours empreinte d'un supplément de tristesse pour ce fils dont il ne sait rien.

Mais ce que je veux ne compte pas, alors je reste couchée et je m'oblige à écouter Zot jusqu'à la fin, même quand maman écarte son oreiller, se lève et se précipite à la salle de bains, le forçant à s'interrompre pour la laisser passer dans le labyrinthe étroit des cartons qui remplissent notre chambre.

Ils contiennent essentiellement les affaires de Luca. Nous y avons rangé tout ce qu'il y avait dans sa chambre et avons laissé les autres affaires à la maison comme si nous les portions dans le grenier, comme si les choses nous attendraient. Mais nous savions qu'un camion passerait et qu'il déverserait tout à la décharge.

Le premier soir, en revenant des toilettes, j'ai surpris maman en train de regarder les cartons. Assise sur le lit, elle les fixait dans le noir, puis elle s'est aperçue de ma présence et m'a dit : « Il vaut peut-être mieux que nous ne soyons plus à la maison.

— Tu crois, maman ?

— Oui, je crois. » Elle tremblait et elle a fondu en larmes.

Je sais pourquoi. Parce qu'elle avait tout autour d'elle les affaires de Luca, mais ni les murs de sa chambre, ni la cuisine où nous mangions ensemble, ni le jardin où il rangeait sa planche de surf. Depuis qu'il n'est plus là, il ne nous reste de Luca que des morceaux, et, de ces morceaux, nous n'avons pu fourrer dans des cartons que les plus petits : si ça continue, il ne nous restera plus rien. Voilà ce que maman pensait ce soir-là, ou du moins voilà ce que je pensais, moi.

Et maintenant cela me donne envie de pleurer. Mais je sais comment me conduire chaque fois que ça me prend : je tends la main vers le carton le plus proche, qui me sert de table de nuit, et caresse mon os de baleine. Cela me rappelle cette constatation fabuleuse : si j'ai perdu de nombreuses choses appartenant à mon frère, je viens d'en recevoir une merveilleuse.

Je l'avais tant supplié qu'il me l'a apporté, même s'il n'est pas revenu de Biarritz. J'étais évanouie dans la mer et il l'a caché dans mes cheveux. Alors, je me demande si aujourd'hui, samedi, je ne vais pas aller sur la plage avant le caté pour marcher et sentir le sable sous mes pieds. J'ai aussi l'idée absurde et secrète que mon frère me réserve d'autres cadeaux.

> *Tu es la musique*
> *qui inspire mon âme,*
> *tu es mon coin de Paradis*
> *à mooooi.*
> *Et moi qui, à tes côtés,*
> *ai retrouvé le goût de vivre,*
> *je te raconteraaai, te confieraaai*
> *mes rêves.*
> *Car tu eees*
> *romantiiique...*

La chanson de Zot s'interrompt au moment où M. Ferro surgit, lui arrache son accordéon et le jette par la fenêtre. Puis il se penche à l'extérieur et, après l'avoir contemplé dans l'herbe, s'empare de son fusil et lui tire dessus.

Maman surgit de la salle de bains, où elle retourne aussitôt, constatant que ce sont les coups de feu habituels du matin. C'est tous les jours comme ça. Une odeur de brûlé envahit la pièce. Ferro pose son fusil et dit : « La prochaine fois, ce n'est pas à l'accordéon que je m'en prendrai. » Puis il tourne les talons.

Mais il ment : il a prononcé la même menace hier et avant-hier. Zot va chercher son instrument, bouche les trous avec du ruban isolant, et rien ne change. Ou plutôt, c'est pire, car le son de l'accordéon est de plus en plus déformé. Mais Zot ne capitule pas.

Pas même maintenant, alors que le dernier bout de la chanson lui est resté dans la gorge. Il respire, écarte les bras et conclut :

Car tu eees romantiiiique...

La tête sur l'oreiller, je le regarde. Mais il y a peu de lumière et la seule chose que je reconnais, c'est son sourire large, si large qu'il couvre tout le reste. On dirait le panneau géant d'une publicité qui vous invite à être heureux. Or ce panneau est planté dans une ville détruite, bourrée d'objets cassés, de gravats, de poussière et d'arbres morts, où il est vraiment compliqué d'être heureux. Et pourtant, l'affiche est colorée, elle se tient obstinément devant vous et elle finit par vous égayer un peu.

« Tu as aimé la chanson d'aujourd'hui, Luna ? »

J'aimerais lui dire une vérité qui ne le blesse pas. Ne trouvant rien, je garde le silence et hoche la tête.

« Chouette ! J'hésitais avec *Sapore di sale*[1]. Mais *Sapore di sale* est une chanson de mer, et il vaut mieux que je te la chante cet après-midi à la plage.

— Aujourd'hui, on a caté !

— Oui, bien sûr. Mais on ira d'abord à la plage voir si ton frère a un nouveau cadeau pour toi. »

1. « Goût de sel », célèbre chanson de Gino Paoli (1963).

CE QUE DISENT LES MARMITES

« C'est vraiment une voile ? » me demande Zot. Je réponds par l'affirmative. Une voile transparente qu'elles ont sur le dos. Voilà pourquoi elles portent le nom de vélelles.

« Ce sont des espèces de petites méduses, plates et bleues. On dirait des lentilles de contact. Elles flottent à la surface de l'eau, grâce à ce petit truc qui leur sert de voile. La brise les agite, les vagues les conduisent sur la plage, où elles échouent. Ce jour-là toute la rive devient bleue, une longue route bleue de vélelles. » Je l'indique, même s'il n'y a que Zot et moi, qui marchons.

« D'où viennent ces créatures prodigieuses ?

— Je ne sais pas.

— Comment se fait-il que, si elles voguent au hasard, elles arrivent toutes ensemble au même endroit ?

— Je ne sais pas. Je sais juste qu'elles ont cette voile et qu'elles se déplacent avec le vent. C'est mon frère qui me l'a dit.

— Alerte ! Alerte rouge ! » s'écrie soudain Zot. Il me saisit par le bras afin de m'éloigner de la rive, car il a vu une vague plus grosse. Mais quand il hurle

« Alerte » pour la troisième fois, on a déjà de l'eau jusqu'aux chevilles.

Ce qui ne me gêne pas. Mieux, j'aime ça, j'ai ôté mes chaussures et je marche pieds nus, alors qu'il s'obstine à garder ses bottines de cuir trempées qui émettent à chaque pas le bruit d'un canard mourant, écrasé, au fond d'un puits.

Un peu plus tôt, sur la route, Zot pédalait devant moi et ne cessait de dire « Alerte, dos-d'âne ! Alerte, virage insidieux ! Alerte, asphalte particulièrement grumeleux ! »

C'est ma faute : je lui ai raconté qu'un jour je voulais attacher mon vélo à un poteau électrique qui me paraissait éloigné. Je pédalais vite pour l'atteindre, or il était tout près, je l'ai donc heurté et suis tombée. Depuis, Zot me précède et me décrit le parcours, et quand je lui crie de se taire, il hoche la tête, lève la main et me demande pardon, pour recommencer l'instant d'après.

Comme maintenant, sur le rivage, avec les plus grosses vagues.

« Attention, Luna, tu vas te mouiller !

— Ce n'est pas grave, je suis pieds nus. Et j'aime ça.

— L'eau froide n'est pas bonne, l'hiver. Cela procure des douleurs articulaires.

— Tu parles !

— Hé, ma jolie, c'est facile de dire ça à ton âge, mais le jour où tu auras de l'arthrite, tu lèveras les yeux au ciel et tu t'exclameras : "Mon pauvre Zot avait raison ! Paix à son âme."

— Comment sais-tu que tu mourras avant moi ?

— C'est normal, c'est la nature, c'est le renouvellement des générations.

— Zot, on a le même âge. Si ça se trouve, je mourrai la première.

— Oh, non, Luna, ne plaisante pas avec ça. À l'orphelinat, on m'a expliqué plusieurs fois qu'étant né aux environs de la catastrophe nucléaire, je ne durerais pas longtemps. Et si tu meurs, je mourrai juste après de chagrin. Donc nous mourrons ex aequo. »

Je garde le silence car cette histoire de catastrophe nucléaire me désole. Mais j'aimerais expliquer à Zot qu'on ne meurt pas de chagrin, je le sais. Sinon je serais déjà morte et maman serait plus que morte. On ne meurt pas de chagrin, un point c'est tout.

Zot s'immobilise parce qu'il a du mal à marcher, aussi j'en profite pour ajuster mes lunettes de soleil et la capuche de mon sweat. Inutile, un peu de lumière passe quand même. Pendant ce temps, il ôte une de ses bottines et la retourne, faisant tomber de l'eau et des bouts d'algues. Il la remet, mais comme sa chaussette mouillée et pleine de sable ne glisse pas, il perd l'équilibre. J'essaie de le rattraper, en vain : je referme les bras sur du vide, alors qu'il tombe la tête la première. Il se rechausse ainsi, en forçant avec une sorte de hurlement. Puis il se relève, lisse son imperméable couleur de rat mort, et nous reprenons notre promenade, les yeux braqués sur le sable.

Au bout de quelques pas, il s'arrête une nouvelle fois. « Non, ce n'est pas possible ! » s'écrie-t-il. Il ramasse un objet rond et argenté. « Luna, une autre marmite, je n'arrive pas à le croire ! »

Cela fait dix minutes que nous arpentons le rivage pour voir si les vagues nous ont apporté quelque chose d'intéressant, et c'est la cinquième marmite que nous trouvons. Zot la retourne : le métal brille encore un peu, même s'il est dévoré par le sel et couvert d'algues.

« Qu'est-ce que tu en penses ? » me demande-t-il en approchant la marmite de mon visage. L'odeur douce-amère des algues s'insinue dans mes narines. « Ça peut être intéressant ? »

J'essaie de l'observer, mais le soleil frappe l'eau et se brise en mille fragments qui se ruent sur moi de tous côtés. Je n'arrive pas à garder les yeux ouverts, je ne vois même pas la marmite, je ne vois que les étincelles du mal de tête.

« Non, elle est bonne à jeter, rien de plus.

— Tu es sûre ? Regarde-la mieux. Touche-la.

— Qu'est-ce que ça peut foutre ? C'est une marmite. Tu crois vraiment que Luca m'enverrait une marmite ? Et pour quoi faire ?

— Je ne sais pas. Mais nous avons trouvé cinq marmites et trois couvercles… Si ça se trouve, il t'en envoie une batterie complète.

— C'est ça ! Mon frère m'envoie de l'au-delà une batterie de marmites. C'est débile ! »

Zot attend un moment avant de répondre, la tête baissée. « Je ne sais pas. Il veut peut-être que tu apprennes à cuisiner. C'est important pour une bonne maîtresse de maison. » Par chance, une rafale de libeccio emporte ces bêtises. Le vent souffle fort, il se glisse sous mon coupe-vent, qui se gonfle et manque de me soulever. Il est très large, il appartient à Luca.

Ce matin, je cherchais le mien dans les cartons. J'étais en retard, alors maman m'a dit : « Prends celui-ci. » Elle me l'a enfilé, a fermé la fermeture Éclair devant, et une bouffée d'air m'a apporté l'odeur de mon frère. J'ai d'abord pensé que je me faisais une idée, que ce n'était pas vrai. Mais maman s'est figée elle aussi. Nous nous sommes étreintes, nous nous sommes embrassées, je sentais mes yeux pétiller. Maman m'a lancé : « On ne va pas pleurer, Luna, d'accord ? Arrangeons-nous pour ne pas pleurer. C'est un magnifique coupe-vent, il te va très bien, et nous, on ne pleure pas. »

À présent le parfum de Luca a disparu. Il est même remplacé par une odeur nauséabonde de bois pourri. Je me retourne. Zot agite devant mon visage un objet sombre, qui n'est autre que du bois pourri, justement.

« Et ça, Luna ? Regarde ! À mon avis, c'est intéressant.

— Non, c'est un bout de bois. Jette-le.

— Regarde-le bien. Il a une forme étrange, tu ne vois pas ?

— C'est juste un bout de bois, jette-le.

— Regarde-le bien, tu ne crois pas que… ?

— Non ! Je ne le vois pas, Zot ! Aujourd'hui, avec ce soleil, je ne vois rien ! Ça fait trois heures que tu me demandes ce que je vois, mais c'est toi qui vois, moi je ne vois rien ! »

Le silence s'abat sur la plage, brisé par le bruit des vagues qui s'élargissent sur le sable près de nos pieds. Je regrette d'avoir crié. Mais c'est vrai, je ne vois presque rien, et parfois je me mets vraiment en colère.

« Pardonne-moi, Luna, je ne voulais pas. Je ne voulais pas que tu regardes, je voulais que tu sentes.

— Je ne sens que du bois pourri.

— Pas avec ton nez. Avec tes pouvoirs.

— Mes pouvoirs ? »

Zot fait un autre pas, écrasant un dernier canard dans ses bottines. « Oui, dit-il. Tu as des pouvoirs, Luna, c'est évident. Comme ton ami Tages. »

Je lève la tête. Je ne vois rien, car le soleil et la mer brillent derrière Zot, mais je le fixe d'une certaine façon.

« Tu as encore rêvé de lui ? »

Je reste immobile. Je ne dis rien, ni oui ni non.

« Tu as rêvé de lui, pas vrai ?

— Deux fois.

— Voilà. Et que se passait-il ?

— La première fois, je ne m'en souviens pas. Mais cette nuit nous étions ensemble dans la mer.

— Ah ! » s'écrie Zot, les yeux si écarquillés que je les vois. On dirait des balles de ping-pong qui rebondissent au hasard. « Et tu me dis ça comme ça ?

— Comment faut-il que je te le dise ?

— C'est sensationnel ! Dans la mer ! Tu vois, j'avais raison !

— À quel sujet ? » Je pose la question, mais je crois savoir. Je sais tout. « Tu penses que Tages veut me dire quelque chose ?

— Non, Luna. Je pense que Tages, c'est toi. »

Tages, c'est moi ? Quelle idée stupide, quelle idiotie, seul Zot peut concevoir une idée de ce genre ! Zot et moi. En vérité, j'y avais déjà pensé, moi aussi, mais de crainte d'être envoyée dans un asile psychiatrique, j'ai gardé ça pour moi, ou plutôt, j'ai refoulé cette idée. Maintenant, dans la bouche d'un autre, elle paraît moins absurde.

« Réfléchis, Luna. Tu as les cheveux blancs comme lui. Vous êtes deux enfants à cheveux blancs.

— Je ne suis pas une enfant, je suis une fille.

— Bien sûr, une très belle fille, la plus belle. Mais tu as les cheveux blancs et tu es née ici. Tu as donc dans les veines du sang étrusque.

— Quel est le rapport ?

— Le rapport, c'est que les Étrusques parlaient avec les éclairs, avec le vol des oiseaux, ce genre de choses-là, non ? Et toi, tu parles avec les choses de la mer.

— Tu es dingue. » Le problème, c'est que nous sommes dingues tous les deux. J'aimerais qu'il arrête de dire ces trucs absurdes, mais je n'attends qu'une seule chose : qu'il continue, même si je les connais.

« Réfléchis. Les objets que tu ramassais sur le sable, pourquoi les prenais-tu ? Parce qu'ils étaient beaux ?

— Oui, exactement, parce qu'ils étaient beaux.

— Je suis désolé de te contredire, mais il s'agit de morceaux de bois, de cannettes vides, de jouets cassés... Tu trouves ça beau ?

— Ce sont des objets originaux.

— Exact. Ils sont originaux pour toi ! Pour moi, tout se ressemble sur la plage. Toi, tu sens que certaines choses sont originales. Oui ou non ? »

Non. Je veux dire non. Mais ce n'est pas vrai. Alors je garde le silence. De toute façon, Zot parle pour deux.

« Et l'os de baleine, alors ? D'après toi, ce n'est pas un signe ?

— Non. Si. Je ne sais pas. Mais je n'ai rien fait. Je me suis réveillée et je l'avais sur moi.

— Voyons, tu as fait quelque chose ! Ce jour-là, tu es allée à la mer après plusieurs mois d'absence. »

Je hoche la tête.

« Il faisait froid, il y avait du vent, mais ça ne t'a pas empêchée de plonger. Exact ? »

Nouveau hochement de tête.

« Et pourquoi ? »

Je réfléchis, je ne sais pas. En réalité, je pensais le savoir, mais non.

« Tu ne le sais pas, car tu ne le voulais pas. Tu l'as fait pour une seule raison : tu as *senti* que tu devais. Si tu n'étais pas venue, si tu n'avais pas plongé, tu n'aurais jamais trouvé l'os de ton frère. Or, il fallait que tu le trouves. Et tu as plongé. D'après moi, tu dois trouver autre chose aujourd'hui.

— Tu penses que je dois plonger une nouvelle fois ?

— Non, cherchons ici, sur la plage. Et ne t'inquiète pas si tu ne vois pas. Je te servirai d'yeux, je verrai pour toi. Tu n'as qu'à te concentrer et à sentir. Sauf si tu sens que tu dois plonger, hein, car dans ce cas, n'hésite pas ! »

Je regarde l'eau et les fragments de lumière qui dansent dessus, je regarde le sable et j'aimerais dire que tout ça est idiot. Que rien n'est vrai, que je ne crois pas cette histoire et que je n'y pense même pas, car je suis une fille normale qui ne croit que les histoires normales.

Sauf qu'il n'y a plus rien de normal par ici depuis longtemps. Les choses qui se produisent devraient toujours être identiques, et elles ne le sont pas, elles sont absurdes. Alors je regarde la plage, les bouts de bois et les marmites que la mer y a déposés, je regarde Zot couvert de sable et je me regarde, moi. Qu'y a-t-il de vraiment normal ici ?

Certainement pas nous.

L'ODEUR DE TA MAISON

Tu marches lentement et jettes un regard circulaire, tu atteins le carrefour et, avant de virer à gauche, dans la via Donati, tu réfléchis un peu. Ta chance, c'est qu'il n'y a personne dans le coin. Les maisons sont toutes vides et fermées, les jardins muets, seules les feuilles tombent sans bruit dans la rue. C'est une chance, sinon tu demanderais à un passant : « Pardon, pouvez-vous me dire où nous sommes ? Je me suis perdue. » Et il penserait que tu te fiches de lui, ici, dans le quartier où tu as toujours vécu.

Ce n'est pas ta faute. Tu sais où est située la Maison des Fantômes, tu sais comment t'y rendre. Mais le faire après avoir passé l'après-midi chez toi te dérange un peu. D'ailleurs, ce n'est plus chez toi. Pour entrer, tu as dû téléphoner à la fille de l'agence, parce que la serrure a été changée et que tes clefs n'ouvrent plus. Tu lui as dit que tu avais oublié des affaires à l'intérieur : savait-elle si elles y étaient encore ? Elle a répondu par l'affirmative : « Ils viendront les chercher lundi », ce qui signifiait que, lundi, les employés municipaux les emporteraient à la décharge, que les souvenirs de ta vie ne seraient plus qu'un problème de traitement d'ordures pour la mairie.

Pourtant, ce n'est pas pour sauver des affaires que tu es retournée dans ta maison. Tu y es retournée, un point c'est tout, parce que tu avais envie d'y entrer une dernière fois. Tu t'étais promis de résister, puis tu as pensé qu'on allait bientôt la vider, l'abattre, que tu n'aurais plus d'endroit à regagner, que résister serait donc simple.

Bref, tu es venue avec la fille de l'agence et tu l'as priée de t'accorder une heure en lui lançant un regard dont tu n'as pas idée, mais qui a marché, car elle a levé les mains et s'est éclipsée, elle t'a laissée en tête à tête avec ta maison.

Tu es entrée et, dans l'obscurité des pièces, dans le silence des murs, c'est l'odeur qui t'a marquée. Chaque maison possède sa propre odeur. Et l'odeur de la tienne est plus unique que les autres.

C'est le fruit de nombreuses années, de nombreuses vies, de tout ce que chacun y a apporté. Tes arrière-grands-parents l'ont bâtie de leurs propres mains au fond d'un terrain perdu, avec l'argent qu'ils avaient gagné à la poudrière, un peu plus haut. Cette poudrière fournissait toute l'armée italienne. On y engageait sans cesse des ouvriers pour remplacer ceux qui mouraient dans les deux explosions annuelles, et c'est ainsi que l'économie marchait. Mystérieusement, il était très facile de mourir dans cette poudrière, alors que les grenades qui en sortaient ne faisaient de mal à personne. Les grenades allemandes et américaines étaient meurtrières, oui, mais d'après ton grand-père, il suffisait de porter un manteau pour que les grenades italiennes ne vous éraflent pas. Voilà pourquoi la guerre s'aggravait toujours l'hiver.

Bref, il y a dans l'odeur de ta maison la poudre à canon de tes arrière-grands-parents, le fumier et l'herbe coupée par tes grands-parents, la fourrure des animaux sauvages qui constituaient le repas dans cet endroit qui regorge à présent de villas et de pavillons, et qui était autrefois une jungle ; de fait, quand il sortait le soir, ton père emportait son fusil ou – si ses frères en avaient besoin – un bâton surmonté d'un clou. Puis les arbres sont tombés, les murs se sont élevés, plusieurs vies se sont écoulées en contribuant à cette odeur. Résine de pin, pommes de terre bouillies, étoupe, graisse de moteur, huile, d'autres senteurs inconnues de vies que tu as tout juste frôlées mais qui resteront à jamais dans tes narines, avec la cire que Luca étalait sur sa planche de surf, avec la crème protectrice de Luna, avec ce que tu as mis toi-même dans cette odeur – quoi ? tu ne le sais même pas, mais tu le sentais avec le reste tandis que tu respirais, immobile dans le couloir de ta maison.

Or, cette odeur s'évanouira bientôt, tout comme la cuisine, la salle de bains, la chambre que tu partages avec Luna et celle de Luca. Le bulldozer abattra tout d'une caresse, morceau par morceau, il n'y aura plus que des briques brisées et des gravats. L'odeur se perdra définitivement en se mêlant à la puanteur que dégagent les moteurs des pelleteuses, aux cigarettes des ouvriers, à la terre retournée pour démolir l'allée et y creuser une piscine.

Non, ça ne peut pas se passer comme ça, ça ne doit pas. Alors tu es allée à la fenêtre, à toutes les fenêtres, tu as ouvert volets et vitres, la lumière est entrée avec l'air, et tu as regagné le couloir. Tu t'es allongée sur le sol et tu es restée là, les yeux au plafond, tu as allumé une cigarette dans le courant d'air qui commençait à circuler à l'intérieur des pièces.

Car si votre odeur est destinée à disparaître, alors tu entendais la faire sortir toi-même, sans vacarme, sans écroulement, tranquillement vers le ciel. Ainsi, quand les pelleteuses se présenteront, elles n'auront rien à détruire, que des briques, du bois et des tuiles, rien de vrai, rien de vous.

Tu y as réfléchi, étendue par terre, en fumant. La fumée s'élevait et l'air s'en emparait aussitôt, il la poussait dans toutes les directions, l'emportait, l'ôtait de ta vue. Le vent s'amusait à entrer par les fenêtres, il se partageait dans les pièces en courants qui se rejoignaient au milieu, il saisissait l'odeur de la maison, votre odeur, l'emmenait et la mélangeait au reste du monde, et l'odeur en fin de compte ne devenait rien, ou peut-être, non, devenait tout.

Non, non, elle ne devenait rien.

Maintenant, de toute façon, tu es arrivée, tu es dans l'obscurité des branches qui s'enchevêtrent comme des doigts, excluant la lumière et le reste du monde, ici, dans le bois qui entoure la Maison des Fantômes.

Tout en marchant, tu regardes les chevelures de ces arbres tordus, noueux et obliques. On dirait qu'ils ne parviennent pas à pousser normalement, comme si la règle, ici, consistait à être bizarre. Et de fait, ça marche : le bois grandit, le vent s'insinue entre les arbres, ils se soutiennent l'un l'autre et résistent aux orages de la fin de l'été et aux tornades qui ont pelé les jardins environnants, abattu des pins et des chênes verts bien droits et bien taillés.

Alors tu parcours les derniers pas, le visage tourné vers le haut, grimaçant sous l'effet des éclats de soleil qui filtrent à travers les branches et des gouttes de résine qui tombent sur ta peau. Oui, ces arbres entrelacés te donnent presque la sensation d'être bien. Peut-être pas bien, c'est trop. De ne pas être mal, voilà, ou d'être moins mal qu'avant, ce qui est déjà quelque chose.

« Halte ! Qui va là ? » Un hurlement à l'orée du bois. La grosse voix de Ferro, devant la maison.

« Du calme, Ferro, c'est moi.

— Moi qui ?

— Serena.

— Ah, on se connaît depuis deux minutes et tu me réponds "C'est moi", c'est du joli ! » Un déclic retentit, sans doute celui du fusil désarmé, une façon pour Ferro de te souhaiter la bienvenue.

Tu te rapproches de la maison. Ferro est penché sur un vieux chauffe-eau rouillé et ouvert en deux, un marteau gigantesque à la main. Il l'étudie, le retourne sur l'herbe, puis commence à le frapper.

« Qu'est-ce que tu fais ? » interroges-tu. Ou plutôt, tu essaies. La troisième fois, tu parviens à glisser ta question entre deux coups de marteau, et Ferro t'entend. Il se redresse et te dévisage, le souffle court.

« Je construis un barquenue, répond-il avant d'assener un nouveau coup de marteau.

— Un quoi ?

— Un bardegu, un barbenu, un grill pour cuire la viande, bordel !

— Ah, un barbecue !

— Oui, exactement. » Un coup sur le chauffe-eau.

Tu contemples l'appareil cabossé, les morceaux rouillés sur le sol, et te demandes comment il pourra se transformer en barbecue. Surtout si l'unique traitement de Ferro consiste à le bourrer de coups de marteau.

« J'ai envie de viande grillée. Je l'ai dit aux gosses hier soir, et ça les a rendus dingues. "Oui, une grillade ! Oui ! Achetons un grill et faisons une grillade !" C'est ça, le problème aujourd'hui. Quand les gens ont besoin d'un objet, ils pensent immédiatement à réunir de l'argent et à l'acheter, ils n'imaginent pas qu'ils peuvent le fabriquer. Tu vas voir le travail, mon barbescue surpassera de loin ceux qu'on trouve dans les boutiques, parole de Ferruccio. » Il essuie sa tête avec la manche de son tee-shirt blanc, frappé de l'inscription RÔTISSERIE PIZZÉRIA LE FAISAN – REPAS ET GOÛTERS.

Tu opines et te répètes mentalement ce qu'il vient de dire : « Parole de Ferruccio. » Ça sonne bien, ça te tire presque un sourire.

« C'est quoi, ce rire ? Tu crois que je ne vais pas y arriver ?

— Non, non, c'est juste… Je me disais que Ferruccio est vraiment un beau prénom.

— Hé, sapristi, c'est le plus beau prénom du monde. D'ailleurs, ma mère l'a donné non seulement à moi, mais aussi à mon frère quand il est né.

— Quoi ? Vous étiez deux à porter le même prénom ? Ce n'était pas trop compliqué ?

— Mais non, pendant six ans maman nous a appelés Ferro et Ferrino.

— Pas mal, Ferrino. » Tu as de nouveau envie de sourire. « Et pourquoi pendant six ans seulement ?

— Parce que Ferrino est mort après.

— Mort ?

— Oui. Il aimait trop les tracteurs. Il tournait toujours autour, il montait dessus et il a fini par se faire écraser. » Ferro recommence à assener des coups de marteau. Tu les sens dans ta tête, dans tes os. Tu ne demandes que ça.

Puis : « Et vous ?

— Nous quoi ?

— Je ne sais pas… ta mère. Qu'a-t-elle fait à la mort de Ferrino ?

— Rien. Elle m'a appelé Ferro, et c'est tout.

— Je veux dire, elle n'a rien fait, elle n'a pas…

297

— Le temps manquait, ma petite, il fallait semer le maïs, il fallait se bouger les fesses. J'étais encore là, et mes sœurs aussi. Puis une autre est née au moment des vendanges. Maman était dans la vigne, elle est rentrée à la maison, elle l'a faite et elle est revenue cueillir le raisin. C'était une autre époque, les gens étaient sérieux. Aujourd'hui, les femmes vont accoucher à l'hôpital, comme si c'était une maladie. Tu nais, et voilà ce qui t'accueille : une chambre d'hôpital, des lits médicalisés, la puanteur des remèdes. Putain, déjà qu'on doit mourir à l'hôpital, qu'on naisse au moins dans un bel endroit, non ? » Il pousse un grognement catarrheux. « La vie continue, petite, vaille que vaille. Elle continue, et peu lui importe que tu aies envie d'aller ailleurs ou de rester immobile dans ton coin. La vie te porte là où ça lui plaît. »

Ferro te dévisage un instant, il plisse les paupières en une expression de sérieux, à moins que ce ne soit la sueur qui lui brûle les yeux.

Puis il brandit de nouveau son marteau et l'abat. Cette fois, il est évident qu'il ne s'interrompra plus tant qu'il n'aura pas terminé, tant que ce chauffe-eau rouillé ne se sera pas transformé en barbecue. Tu l'observes, perplexe, mais à chaque coup l'appareil change de forme, il devient un nouvel objet. Alors, il finira peut-être par se muer en barbecue, doté d'un grill et du reste.

Il convient juste de continuer, et de voir ce qui arrive.

OÙ ES-TU ALLÉ, CHECCO ?

« Du pigeon ? » Je grimace de dégoût. « Moi, je ne mange pas de pigeon.

— Et pourquoi ? demande Ferro.

— Parce que je n'aime pas ça.

— Tu en as déjà mangé ? »

Nous sommes assis à côté, lui au bout de la table, le ventre sous une espèce de couverture verte qui lui sert de serviette. Je me tourne vers maman, aux fourneaux. À la lumière du néon, je vois mal, mais j'ai l'impression qu'elle secoue la tête.

« Non, dis-je. Non, je n'en ai jamais mangé, d'accord, mais je n'ai pas mangé non plus de... de hérisson, et ce n'est pas pour ça que je vais en manger.

— Quoi ? C'est excellent, le hérisson ! s'exclame Ferro. Ah, j'aimerais bien en avoir ici ! Mais le pigeon aussi, c'est bon. Tu ne sais pas ce que tu rates. »

Je secoue la tête, croise les bras et pince les lèvres : je ne prononcerai pas un mot, et pas un seul morceau d'oiseau mort n'entrera dans ma bouche. D'autant plus que je suis passée, avant de m'asseoir, devant la cuisinière et que j'ai vu cet animal mort et nu dans la marmite, la poitrine bombée et les jambes maigres, noyé dans la sauce tomate bouillante. Moi, je ne sais pas cuisiner, mais il y a une chose que je sais : plus la nourriture est foncée, plus elle est amère. Alors, pour sûr, le pigeon est extrêmement amer.

« D'accord, tant pis pour toi, déclare Ferro. Il y en aura plus pour nous, pas vrai, petiot ? » Il dévisage Zot, assis à côté de moi.

Je demande : « Zot, tu vas manger ce pauvre oiseau ? » Et je comprends pourquoi il a gardé le silence jusqu'à présent, alors qu'il a l'habitude de participer à la conversation.

Immobile, fourchette et couteau à la main, le visage penché sur son assiette, il répond tout bas : « Luna, autrefois le pigeon sauvage était la nourriture des rois.

— Tu as entendu ? me lance Ferro. Autrefois, les rois en mangeaient, et toi, tu n'y goûtes même pas. Tu sais ce qu'il te faudrait, petite ? Il te faudrait une bonne guerre. Ou alors il faudrait que tu sois née dans un endroit de merde, comme lui. Tu aurais alors bondi de joie en humant ce parfum. »

Je pince les lèvres et m'efforce de ne pas penser au parfum en question – qui n'en est pas un, d'ailleurs, ce qui est le plus gros problème. Car, pour éviter de voir quelque chose de laid, on n'a qu'à fermer les yeux, garder ses distances et ne pas le toucher. Mais les odeurs surviennent sans vous demander l'autorisation, elles s'insinuent dans vos narines et vous n'y pouvez rien. Et cette odeur-là remplit la cuisine, elle se faufile dans ma gorge, aussi amère que l'oiseau noir et sec.

« Je n'en mangerai pas. Je mangerai un bout de pain, s'il y en a, mais pas de pigeon.

— Ne t'inquiète pas, Luna, intervient maman. J'ai acheté des bâtonnets de poisson. J'allume le four et je te les réchauffe en une seconde.

— Des bâtonnets de poisson ? C'est quoi, nom de nom ? interroge Ferro.

— C'est bon, dis-je en pensant à la croûte dorée et croquante qu'on soulève avec sa fourchette pour découvrir un poisson moelleux, d'un blanc éclatant.

— Où les as-tu trouvés ?

— Chez Teresa, j'ai fait les courses, répond maman. Zot, tu en veux, toi aussi ? »

Sans lâcher ses couverts, Zot pose un regard ému sur maman, puis sur Ferro. Lequel s'écrie : « Non, pas lui ! Vous allez lui faire prendre de mauvaises habitudes, et il ne mangera plus ce qu'il y a à la maison.

— Grand-père, je t'en conjure, une seule fois, juste ce soir !

— Pas question !

— Je jure que je ne prendrai pas de mauvaises habitudes, je le jure sur le Seigneur notre Dieu.

— Rien à foutre. Ce soir, il y a du pigeon. Je ne l'ai quand même pas abattu pour rien !

— Tu l'as *abattu* ?

— Bien sûr, petite, j'ai essayé de le faire descendre de son arbre en lui parlant, mais il ne m'a pas écouté. »

Je suis abasourdie. Plus personne ne prononce un mot. Puis maman : « Allez, Ferro, juste pour ce soir, une seule fois. »

Ferro reste immobile un moment, avant d'émettre un bruit de gorge qui hésite entre le toussotement et le rot, et qui est sa manière de dire « M'en fous, fais ce que tu veux ». Et tandis que Zot hurle « Chouette ! », il remplit son verre de vin à ras bord et le vide d'un trait. Son visage se transforme, comme s'il élaborait une pensée si importante qu'elle en est douloureuse. Puis il ouvre la bouche et rote vraiment.

« Des bâtonnets de poisson… quelle connerie ! Et avec quel argent tu les as achetés ?

— Ne t'inquiète pas, Ferruccio, avec le mien », répond maman. Elle contrôle encore le pigeon : chaque fois qu'elle ôte le couvercle, un nuage de fumée en forme de champignon s'élève. Un champignon bouillant qui monte dans l'air, comme celui de la bombe d'Hiroshima dont la prof d'histoire nous a montré une photo qu'elle a fait circuler en expliquant les dangers de l'énergie nucléaire. Elle parlait de la bombe et elle a évoqué également Tchernobyl, où il s'est produit un accident si grave que les habitants de la Toscane aussi ont cessé pendant plusieurs mois de manger de la salade.

Tous les regards se sont alors tournés vers Zot, et Maicol Silvestri lui a lancé : « Merci d'avoir empoisonné la bouffe, mon salaud ! » Un livre, deux stylos et une calculatrice ont atterri sur lui, et, au milieu du chahut, un élève a réussi à dessiner un zizi sur la photo qui passait de main en main.

« Ben, ça me paraît le minimum, commente Ferro. Mais où trouves-tu de l'argent, puisque tu ne travailles pas ?

— Nous avons encore une petite réserve.

— Dans ce cas, tu peux te trouver un joli appartement à louer, non ?

— Non. Nous avons de quoi acheter des bâtonnets, mais pas de quoi payer un loyer.

— Bon. Alors, tu sais ce qu'on fait quand on n'a pas d'argent ? On cherche un boulot !

— Maman a déjà un travail ! Elle est coiffeuse.

— Ah oui ? Alors les temps ont bien changé. Autrefois les coiffeurs coupaient les cheveux dans un salon. Aujourd'hui ils restent chez eux à se tourner les pouces. C'est ça ? »

Maman repose le couvercle, se frotte les mains sur son pantalon militaire. « Ça fait un moment que je n'y suis pas allée », affirme-t-elle sans se retourner.

Tu n'y vas plus depuis le mois de mars, Serena. Depuis mars, tu as cessé de faire un tas de choses, et même si tu as recommencé à sortir un peu, tu n'arrives pas à franchir la porte du salon. Là-bas, il y a trop de gens que tu connais. C'est déjà assez pénible comme ça, avec ceux que tu connais peu ou pas : ils t'arrêtent dans la rue, se croient obligés de te dire « Courage, courage ! », ou pire encore, de t'adresser un sourire douloureux, comme lorsqu'on voit passer un chien à trois pattes ou quelqu'un dans un fauteuil roulant.

Aujourd'hui, c'était le pompon. Aujourd'hui, tu as laissé Ferro taper sur le chauffe-eau pour en tirer un barbecue, tu es allée chez Teresa acheter des bâtonnets et tu es tombée sur Vera. La fille de Vera travaillait l'été comme serveuse dans un restaurant de poisson, sur la promenade du bord de mer. La nuit du 15 août, elle avait travaillé tard, et Vera, qui l'attendait à la maison, avait eu un étrange pressentiment en l'imaginant rentrer en pleine nuit à mobylette. Elle avait donc demandé à son fils d'aller la chercher en voiture, ce qui ne lui avait pas plu car il regardait la télé dans son lit, mais, après avoir beaucoup soupiré, il avait fini par accepter. Ils étaient presque arrivés à la maison quand, à un carrefour, une Jeep est passée au rouge : ses occupants étaient si éméchés qu'ils n'avaient même pas vu le feu, et adieu les enfants de Vera. Depuis, les gens se sauvent quand ils la voient dans la rue, car elle leur tient la jambe pendant des heures avec les sujets habituels, genre qu'on ne devrait pas vendre de Jeep, ni d'alcool, et que les restaurants ne devraient pas rester ouverts jusqu'à

1 heure du matin, puisque, de toute façon, personne ne dîne à cette heure-là.

À ta vue, Vera s'est précipitée vers toi, les yeux écarquillés, et t'a étreinte, comme un énorme caillou qui s'attache à votre cou et vous entraîne au fond de la mer. Puis elle s'est écartée et, posant sur toi ses yeux toujours rouges, a affirmé : « Du courage, il faut du courage. Maintenant c'est dur, je le sais, mais au fil du temps ça devient encore pire. Bien, bien pire. » Oui, tels ont été les mots qu'elle a prononcés avec un étrange sourire. Elle s'est ensuite remise à contempler le fromage et le jambon derrière la vitrine, tandis que tu t'emparais des bâtonnets de poisson et déguerpissais, le souffle coincé entre la gorge et l'estomac.

Si tu retournais au salon de coiffure, Serena, ce serait comme ça à chaque instant. Embrassades, regards, paroles. Et tu ne peux pas. Pas maintenant. Un jour peut-être, mais ce n'est pas sûr. Tu es sûre d'une seule chose : pas maintenant.

Alors, heureusement, Gemma a pris une apprentie qui vient de terminer cette grosse connerie que constitue l'école de coiffure et qui, même si elle ne sait rien faire, s'applique, travaille presque gratuitement en espérant que Gemma l'engagera un jour, alors que Gemma n'attend que ton retour pour la renvoyer dans la rue, à la recherche de la prochaine illusion.

Tu ouvres le congélateur et, après la vapeur bouillante de la marmite, le froid sur ton visage te ramène au présent, à la cuisine de la Maison des Fantômes. Tu saisis les bâtonnets, refermes et écoutes ce que Ferro raconte : « Bref, je le nourrissais comme ça. Je mâchais bien puis il glissait la tête dans ma bouche et mangeait. »

Tu ne comprends pas. Tu as raté un bout de la conversation. Tu demandes qui mangeait dans sa bouche, et les enfants, avec leurs cris émus, t'arrachent au dernier morceau d'ailleurs où tu t'étais perdue.

« Checco, maman ! Il lui mangeait dans la bouche !
— Et qui est Checco ?
— Checco était le pigeon de M. Ferro !
— Un pigeon vivant ? »
Je hoche la tête, tout comme Zot, très fort et long-temps.

« Il vivait avec grand-père. Pas vrai, grand-père ? Raconte ! »

Ferro soupire. « Bon, je recommence du début, de toute façon le dîner n'est toujours pas prêt. Mais je te fais la version courte, car je n'ai pas envie de m'at-tarder. » Il s'installe confortablement sur sa chaise, écarte sa serviette-couverture, révélant un tee-shirt si maculé que je me demande à quoi lui sert une serviette.

« Alors, un jour, je sors de chez moi et vais aux chiottes.
— Ah, dit maman. Les toilettes étaient dehors ?
— Bien sûr. C'était une cabane, une grosse cabane très pratique. Puis ma crétine de fille a commencé à se plaindre, et j'ai dû en installer à l'intérieur. J'ai dépensé un tas de fric et ça ne l'a pas empêchée de partir. Elle m'a laissé avec ces chiottes inconfortables et ce casse-couilles, ajoute-t-il, et il est inutile qu'il indique Zot. Bon, je vais aux chiottes et j'avise sur le sol une boule de duvet. C'était un pigeon tombé du nid. Je l'ai ramassé et j'ai envisagé de le projeter contre un arbre pour qu'il cesse de souffrir. Puis j'ai remarqué qu'il était assez en vie, il dressait la tête et me regardait…
— Alors grand-père l'a ramené à la maison ! s'ex-clame Zot, enthousiaste.

— Oui, je l'ai ramené pour l'élever. Mais ce n'est pas facile. Les pigeons sont des oiseaux particuliers. Les merles et les pinsons ouvrent le bec et attendent que leur maman chérie y jette de la nourriture. De fait, si vous avez envie d'en élever, il suffit de leur mettre de la pâtée sur une tige, de l'introduire dans leur gorge, et ils avalent. Avec les pigeons, c'est différent. Ce sont des oiseaux têtus, orgueilleux, qui veulent manger tout seuls dès la naissance. Ils tendent le cou, fourrent le bec dans la bouche de leur mère et prennent la nourriture qu'elle a pour eux. Alors moi, je déjeunais et je dînais normalement, je mâchais bien ma dernière bouchée et approchais la bouche de Checco, qui tendait le cou et mangeait.

— Dans la bouche, vraiment ? Vraiment, grand-père ? » interroge Zot, qui met un doigt dans la sienne comme si c'était le bec de Checco. Et il manque de se planter sa fourchette dans l'œil.

« Oui, ça a duré un mois et demi. Pendant ce temps, Checco grandissait, ses plumes ont poussé et il a commencé à voler. Il me suivait partout. Un truc incroyable. J'allais à la cuisine et il venait. Je m'asseyais dans un fauteuil et il se posait sur l'accoudoir. Même quand j'allais aux chiottes, il se plaçait sur le sol, devant la cuvette. De toute façon, les oiseaux ne sentent pas les odeurs. C'est ce que je crois, du moins, sinon il n'aurait jamais pu rester là. Quoi qu'il en soit, il était toujours derrière moi, comme un chien. Puis un jour, alors que nous cherchions des champignons dans le jardin, voilà qu'est arrivé un autre pigeon, qui s'est posé au sommet d'un pin. Checco a levé la tête, il a pris son envol et s'est attardé un moment sur l'arbre. Il est revenu, il a frotté sa petite tête contre ma jambe, comme toujours, puis il est parti avec l'oiseau, et adieu Checco. » Ferro nous regarde un moment avant de fixer son assiette vide.

« Et après ? demande Zot.

— Après, rien. Il est parti. C'est normal, c'est la nature. Mais vous savez ce qui s'est passé ? »

Nous secouons tous la tête rapidement, ravis d'apprendre qu'il s'est passé quelque chose. N'importe quoi vaut mieux que Checco qui s'en va à jamais.

« Environ un mois s'est écoulé. J'étais dans le jardin où je sciais du bois, je m'en souviens comme si c'était hier. J'entends un chant, je reconnais la voix de Checco. *Glou gloou, glou gloou.* Je lève la tête : il se tenait sur la même branche avec l'autre pigeon et deux petits. Il était venu me montrer sa famille, vous comprenez ? Il est descendu un instant, il m'a touché la jambe de sa tête sans perdre de vue les autres. Je l'ai caressé, je lui ai dit que c'était un brave pigeon, puis ils se sont envolés.

— Et après ? dis-je d'une voix si faible qu'elle meurt presque avant de franchir mes lèvres.

— Après quoi ?

— Après, il n'est plus revenu ? »

Il secoue la tête.

« Monsieur Ferro, je suis vraiment désolée. »

Ferro saisit son verre et le porte à sa bouche, même s'il est vide. Il tousse. « De quoi es-tu donc désolée, bordel ? C'est la nature, c'est bien. Il était né avec des ailes, il devait voler. Depuis ce jour-là, il y a un tas de pigeons qui vivent dans le coin. » Ferro lève la main et l'agite dans l'air comme si la cuisine regorgeait de pigeons en vol.

« Et ce sont les enfants de Checco ?

— Bien sûr. Et ses petits-enfants. »

Je me tourne vers maman et la marmite qui souffle de la fumée en cuisant un fils ou un petit-fils de

Checco. Je suis maintenant certaine que je n'en mangerai pas. J'imagine Ferro mâcher son dîner et se pencher vers un petit oiseau pour lui donner la becquée. Puis je le vois charger son fusil, le pointer vers les branches et abattre le même oiseau, le ramasser, le plumer et le préparer en sauce. La même personne, les mêmes oiseaux, qu'est-ce qui change ? Je ne sais pas, je ne suis pourtant pas la seule à l'ignorer. Car maman s'interrompt, elle se penche devant le four pour retourner les bâtonnets, et dit : « Mais, Ferro, tu as sauvé Checco, tu l'as soigné comme un être humain. Mais tu tires sur ses petits-enfants et tu les manges ?

— Et alors, qu'est-ce que ça a d'étrange ? » Ferro se verse du vin et boit. Sa voix est de plus en plus aiguë et pâteuse. « Telle est la vie, mes enfants, il vaut mieux que vous l'appreniez vite. La vie est un orage, une bourrasque. Une tempête de gifles avec, de temps en temps, par erreur, une caresse. Une sur cent mille, car il n'y a pour le reste que des gifles bien assenées. J'ai aidé Checco, c'est-à-dire que je l'ai ramassé, je l'ai élevé et je l'ai ramené à la vie, mais la vie, c'est ça. Je l'aimais bien, mais c'étaient ses oignons. Et les oignons de ses enfants, de ses petits-enfants… Un jour on vous nourrit, le lendemain on vous tire dessus et on vous cuisine pour le dîner. Ce sont des choses qui arrivent, qui arrivent tout le temps. Des baffes, les enfants, des baffes tous les jours. Il vaut mieux que vous appreniez immédiatement à les encaisser. »

Ferro se renverse sur sa chaise et demande à maman quand le dîner sera prêt, car il meurt de faim.

« Oui, grand-père, mais…, dit Zot. Mais je pense qu'il ne faut pas s'habituer à ces gifles. Qu'il ne faut pas arriver au point où notre visage devient insensible, car lorsque la merveilleuse caresse survient, il est important de bien la sentir et de la savourer jusqu'au bout. » Il a un grand sourire et les yeux fixés sur son assiette. Maman se tourne vers lui et, un instant, s'abat dans la cuisine un silence que personne n'a envie de rompre.

Puis la voix de Ferro retentit, et elle brise tout : « Je peux pas le croire, petiot ! Tu as vraiment dit cette connerie ? Tu n'es pas normal, sapristi, tu n'as reçu que des baffes dans ta vie, et quand ce n'étaient pas des baffes, c'étaient des coups de pied au cul. Et tu viens maintenant me parler de caresses et de visage sensible… Hé, réveille-toi ! Tu es né à Tchernobyl, saperlipopette, on t'a enfermé dans un orphelinat, on t'a expédié ici et on n'est pas venu te reprendre… Qu'est-ce que la vie doit donc encore te faire pour que tu te réveilles ? Je ne sais pas comment tu fonctionnes, bon sang. Je ne sais même pas comment cette petite peut être ta fiancée. »

Je m'apprête à répliquer pour la millionième fois que je ne suis pas sa fiancée. Mais Zot est penché sur son assiette, sa fourchette à la main, quelque chose tremble dans son visage et je crois bien que ce n'est pas un sourire. Alors je garde le silence.

C'est maman qui se charge de débloquer la situation. Elle éteint le feu sous le pigeon : il n'est peut-être pas très cuit, mais il convient maintenant de l'apporter à table et de mettre dans l'estomac de Ferro autre chose que du vin.

Elle repose le couvercle sur la marmite qu'elle saisit par les anses et vient vers nous en disant : « Voilà, nous y sommes, attention, c'est brû… »

Le dernier mot meurt sur ses lèvres, tandis que la marmite se renverse et tombe par terre. Ou plutôt, pas par terre, mais sur maman. Avec le pigeon et la sauce bouillante. Sur son pantalon militaire, sur ses pieds nus. La sauce coule, elle brûle tout ce qu'elle touche, et maman crie.

Je bondis et me précipite vers elle, tout comme Zot. Je cherche un chiffon. Zot m'en tend un, que je pose sur sa cheville. Maman crie encore plus fort.

« Pardon, maman, pardon, pardon, pardon !

— De l'eau froide ! s'exclame Ferro en essayant de se lever. De l'eau froide sur le pied ! »

Zot se rue vers l'évier, s'empare d'une autre marmite qu'il remplit d'eau et qu'il renverse sur la jambe de maman, mouillant non seulement son pied, mais aussi son pantalon, son tee-shirt, et même moi.

« Nom d'une pipe, qu'est-ce que tu fabriques ! s'exclame Ferro. De l'eau sur le pied, pas un seau !

— Non, Ferro, ça va, dit maman, ça va. »

Elle m'arrache le chiffon et le pose sur son pied. Elle a les dents serrées et on dirait qu'elle suce l'air.

« Tu parles, petite ! Il faut faire attention à ce qui est chaud. C'est dangereux.

— Attention ? Tu parles ! » Elle agite une chose noire dans l'air. « Une des anses s'est cassée ! Marmite de merde ! »

Ferro se contente d'émettre un bruit de gorge et regarde maman soulever le chiffon pour voir ce qu'il y a dessous. Moi, je ne peux pas. Je fixe Zot, et Zot me fixe. Les yeux immobiles, la bouche grande ouverte. Nous ne disons rien, c'est inutile : les mêmes pensées s'agitent dans nos têtes, des pensées fragmentées et éparpillées qui scintillent à certains endroits, comme les marmites, les anses et les couvercles que la mer nous a apportés aujourd'hui.

La mer m'avait avertie. Et comme je ne comprenais pas, elle l'a crié en parsemant la plage de marmites

310

et de couvercles. Je les revois maintenant, même si je ferme les yeux et plisse les paupières. Ou plutôt, plus je les plisse, plus les marmites brillent sur le fond sombre, mais je ne sais pas combien de temps encore je pourrai résister.

LE CALEÇON MOUILLÉ
DE DANTE ALIGHIERI

Gucci est un caniche nain de la taille d'un rat d'égout, doté en guise d'yeux de deux boules gigantesques qu'il utilise pour toiser le monde depuis le sac de sa maîtresse lorsqu'elle court les magasins du centre-ville. Papa et maman l'aiment à la folie, mais comme ils vivent entre Londres, New York et la Côte d'Azur, ils ne peuvent profiter de lui qu'un mois par an dans leur villa de Forte dei Marmi que l'animal rallie en jet privé depuis Saint-Pétersbourg.

Gucci se déplace avec ses colliers en brillants, deux gros sacs Vuitton remplis de jouets et de manteaux sur mesure, ainsi que sa gouvernante, une Philippine dont personne ne connaît le nom. Gucci déteste sa gouvernante, de même qu'il déteste le monde entier, à l'exception de papa et maman. Un mépris envers la totalité de l'existence qu'il exprime d'une seule façon : en aboyant. Toujours. Il ouvre sa bouche microscopique et crache un son à la fois aigu et rauque qui, tels des clous pointus, se fiche dans votre cerveau.

Gucci aboie au monde triste, médiocre et inférieur qui se présente à son regard ennuyé en s'efforçant de l'impressionner. Il aboie quand il fait ses besoins, il aboie quand il mange ses bouchées au poulet farcies au thon, il aboie même quand il dort. Il aboie à sa gouvernante philippine, au pilote du jet, à l'hôtesse et au personnel de l'aéroport de Pise, il aboie au chauffeur qui le conduit à Forte dei Marmi et au moindre poteau électrique rencontré en chemin. Cela dévaste la vie de ses proches, en particulier de la gouvernante philippine qui perd chaque matin des mèches de cheveux de plus en plus épaisses.

Pour Rambo, en revanche, cet aboiement est une bénédiction. Lorsque Gucci arrive avec sa famille, on l'entend à un kilomètre à la ronde, ce qui lui permet de jaillir de la piscine, d'enjamber la haie et de s'éclipser. Certes, ça ne s'est produit qu'une seule fois en l'espace de deux années d'entraînement dans la piscine des Russes. La villa est toujours fermée, et la piscine s'offre entièrement à lui. Il lui suffit de s'arrêter un instant toutes les cinq longueurs et d'écouter : s'il n'entend que les chants des merles et des pinsons entrelacés, tout va bien, et il continue de nager.

Cela lui fait un bien fou. Depuis qu'il fréquente cette piscine, son abdomen est plus tonique, ses jambes plus fermes, et, si ces crétins n'ordonnaient pas aux ouvriers de vider le bassin, il deviendrait sans doute un super mec.

Une fois ses longueurs terminées, il s'essuiera, enfilera sa combinaison camouflage et ira à l'hôpital rendre visite à Marino qui a réclamé un journal de mots croisés et de charades, une recharge de téléphone et un paquet de biscottes. Des articles dont sa mère devrait s'occuper, mais la vieille décline et oublie tout. À cette pensée, Rambo abat ses bras dans l'eau comme s'il voulait la gifler, car la vie est une vraie saloperie : on naît, on grandit, on se mue en individu fort et bondissant, puis un jour quelque chose change, on est arrivé au sommet et on s'engage sur une descente boueuse et ponctuée de nids-de-poule, à chaque nid-de-poule on perd un morceau et on se transforme très vite en vieux débris qui a du mal à aller de l'avant. Ça marche comme ça, la nature vous roule dans la farine, la nature et la société. L'une vous vieillit, l'autre vous étouffe avec ses règles et ses conventions de merde. Mais Rambo résiste, Rambo se bat, il reste en forme et répond aux attaques en bourrant la nature de coups de pied au cul et en cassant la gueule à la société. De fait, il s'entraîne tous les jours, ne s'arrêtant que de temps en temps pour s'assurer que ce putain de cabot ne rapplique pas.

La situation s'est même améliorée depuis quelques jours, depuis qu'il est à présent accompagné de Sandro. Pendant que Rambo nage, Sandro se tient devant l'immense haie qui sépare le parc de la rue et fait pratiquement le guet. C'est parfait, même si Sandro a accepté son invitation pour une raison si triste et si pathétique que Rambo devrait plutôt lui cracher au visage.

Mais il n'a pas le temps. Seuls comptent à présent la nage, ses poumons qui se dilatent comme des soufflets, ses muscles qui travaillent durement, majestueusement, et l'eau qui produit un bruit d'ennemi capitulant. Rambo pousse et savoure un plaisir qui n'a pas son pareil. Il n'a jamais fait l'amour, il ne devrait donc pas hasarder une telle comparaison, mais il est persuadé que coucher avec une femme ne peut vous procurer un plaisir plus intense et plus fort.

La haie de laurier est très haute – trois ou quatre mètres – et aussi épaisse qu'un mur. Cependant le laurier se compose de feuilles et de branches, et si l'on s'efforce de regarder bien au milieu on voit à travers. D'ailleurs, Sandro est là pour ça : en glissant la tête parmi les feuilles, il voit la rue, le muret d'en face, il voit Serena.

Laquelle se rend chaque jour à 15 heures au cimetière. Il tient cette information de Zot qui, au catéchisme, débite à toute allure des propos absurdes, s'interrompt uniquement quand les autres enfants lui flanquent une gifle ou un coup de pied aux fesses, puis recommence. Et ses discours sont comme le sable inutile sur le rivage : en le passant au détecteur de métaux on y trouve de temps en temps un objet intéressant. Sandro attend donc que Serena sorte de chez elle et se dirige à pied vers le cimetière à 15 heures.

Pour atteindre le cimetière, il faut emprunter la petite rue qui longe la haie, une rue étroite et déserte qui s'appelle justement la via del Paradiso. Alors Sandro s'y poste chaque jour. Rambo nage et compte ses longueurs à voix haute, tandis qu'il veille, la tête fourrée entre les branches sombres et pointues.

Lorsqu'il entend des pas, les battements de son cœur accélèrent, mais il découvre parfois une vieille dame munie de fleurs ou d'un chien. Quand arrive Serena, il est impossible de se tromper : qu'elle porte des chaussures de tennis ou des rangers, ses mouvements sont rapides et harmonieux. Ils se mêlent aux battements de son cœur pendant que sa gorge se serre et que ses yeux s'ouvrent tout grand pour mieux la regarder, pour étaler sur la rétine l'image de ses longs cheveux doux dansant au rythme de ses pas, s'agitant des épaules jusqu'aux reins, telles des vagues identiques et uniques, des vagues calmes mais irrépressibles, qui capturent l'air environnant et l'aspirent dans un tourbillon. Sandro l'observe, le souffle coupé, il s'agrippe aux branches de laurier jusqu'à ce qu'elles pénètrent dans sa chair, en proie à la tentation croissante d'enjamber cette haie, de se ruer sur Serena et – au-delà du romantisme des cheveux pareils à des ondes et du passé enchanté – de la saisir par les hanches, de la flanquer contre le muret de la via del Paradiso et de la baiser jusqu'à ce que sa queue se consume en elle comme une gomme dans un cahier.

Oui, exactement, exactement, pense Sandro qui, il le sait, ne le fera pas : ce ne sont que des pensées fictives qui s'élèvent en un dernier jet d'orgueil masculin afin de chasser la réalité de sa situation pathétique. La situation d'un homme seul dans un monde rempli d'occasions et d'opportunités, qui lorgne une rue déserte en attendant que se présente sa bien-aimée. Une femme qu'il ne rejoindra pas, qu'il se contentera d'épier pendant quelques secondes. Un nase incroyable, une pauvreté digne du livre des records, digne du champion absolu de nullité avec les femmes qu'a toujours été, aux yeux de Sandro, le grand poète Dante Alighieri.

Lequel aimait Beatrice au point d'en perdre la tête et, au lieu de lui dire « Écoute, Beatrice, tu me plais, accompagne-moi un soir, avec moi tu t'amuseras », l'admirait en cachette à l'église, sur les places ou dans la rue, brûlait d'amour, écrivait cent mille poèmes pour elle, mais gardait le silence. Pis : afin de ne pas éveiller les soupçons, de ne pas la gêner par des rumeurs, il avait inventé le concept débile de « femme-écran », en d'autres termes il avait choisi une femme dont il se fichait comme d'une guigne et feignait de l'aimer. Ces mots d'amour fabuleux qui lui auraient permis de baiser tout Florence et la Toscane entière, Dante se contentait de les coucher sur le papier, et bien qu'ils aient atteint par la suite le rang de chef-d'œuvre mondial, tout le monde s'en fichait au début. Lorsqu'il est devenu un poète illustre, il était désormais sous terre, sa queue toujours neuve, réduite à un petit tas de poussière et de moisi.

« Quel nase… », avait pensé Sandro en étudiant sa vie, mais à l'époque il était au lycée et ne pouvait imaginer qu'il se retrouverait un jour dans la même situation. Ou dans une situation encore pire, car au moins Dante avait choisi une vraie femme comme femme-écran, alors que l'écran de Sandro n'est autre qu'une haie de laurier.

En effet, le plus simple serait d'attendre Serena dans la rue et de lui parler, Sandro le sait, mais il sait également que la dernière fois, à l'hôpital, elle l'a presque démoli, il est donc probable que, sur le chemin du cimetière, elle l'expédie ad patres.

Et puis ce ne sont pas tant des coups de pied et de poing que Sandro redoute. Le problème, c'est qu'il ignore comment se conduire, qu'il ignore quoi dire, que chaque mot et chaque geste erronés risquent de l'éloigner de cette femme fabuleuse qui est sa dernière occasion de donner un sens à sa vie. Voilà pourquoi, avant de la croiser, il importe de bien réfléchir, de rester de ce côté de la haie et de faire la seule chose dans laquelle il excelle : gagner du temps et ne rien faire.

« Quarante ! Oh, Sandro, quarante ! s'écrie Rambo, dans la piscine, en agitant un bras en l'air et en appuyant l'autre sur le rebord de marbre blanc. Quarante longueurs, c'est un record ! Un record ! »

Sandro se retourne et le félicite de son pouce levé, avant de l'inviter, d'un geste de toute la main, à ne pas hurler, mieux, à se taire. Car Serena ne va pas tarder.

« Allez, viens, jette-toi à l'eau, qu'est-ce que tu fous là-bas ? Jette-toi à l'eau, vis ta vie, putain ! Bientôt, ce bassin sera vidé, jette-toi à l'eau pendant qu'il en est encore temps !

— Je n'ai pas de maillot, répond Sandro d'une voix étranglée, qui est censée à la fois rester basse et parvenir jusqu'à Rambo.

— Quoi ?

— Je n'ai pas de maillot.

— Qu'est-ce que ça peut foutre ? Plonge en caleçon.

— C'est ça… et j'irai ensuite à l'hôpital dans un caleçon trempé.

— Quoi ?

— Je vais mouiller mon caleçon.

— J'ai pas compris, parle plus fort, qu'est-ce qu'il y a ?

— Je vais mouiller mon caleçon ! » s'exclame Sandro, cette fois avec force et rage. La rage que suscitent en lui ce parc gigantesque qui les oblige à crier pour se comprendre, Rambo qui a de l'eau dans les oreilles et ne l'entend pas, son dos douloureux à force de rester accroupi derrière la haie dans l'attente d'une femme qui le déteste et qui ne se montre pas. « Je vais mouiller mon caleçon ! Je vais mouiller mon caleçon ! » hurle-t-il de toutes ses forces.

Puis le silence s'abat sur les lieux. Les oiseaux cessent de chanter, et le vent d'agiter les feuilles comme mille petits applaudissements dans l'air.

Sandro se tourne vers la haie, prêt à lorgner la ruelle habituelle, le muret habituel et l'herbe pelée qui pousse dessus. Pourtant, avant même de les voir, Sandro sait déjà qu'il ne les verra plus. Qu'il y a maintenant entre cet arrière-fond et lui deux jambes, un buste, un visage aux yeux merveilleux qui le fixent. Car, sans le moindre doute, le pire en absolu est arrivé : Serena a choisi ce moment pour passer, elle allait au cimetière saluer son fils et elle a entendu une voix hurler de l'autre côté de la haie : « Je vais mouiller mon caleçon ! Je vais mouiller mon caleçon ! »

Aussi flasque qu'un sac en plastique sous la pluie, Sandro esquisse un sourire, mais sa bouche reste à moitié figée comme s'il était victime d'un AVC.

Puis il lève la main – pas tellement, plus ou moins à la hauteur de son épaule. Il écarte les doigts, les agite trois ou quatre fois. Serena ne répond pas à son salut. De sa voix chaude et musicale, elle lui demande : « Qu'est-ce que vous fichez là ?

— Serena ! Salut, je… Rien, je me détends dans le jardin.

— Et vous mouillez votre caleçon.

— Non ! Non, absolument pas, c'était une façon de parler, il est bien sec.

— C'est votre maison ?

— Oui. Non. Elle appartient à des amis. J'étais au bord de la piscine et… et si vous avez envie de vous baigner, venez donc. Maintenant, ou quand vous voulez, ça serait bien qu'on se baigne maintenant », continue Sandro qui, ne sachant pas ce qu'il dit, se contente, comme Serena, d'écouter les mots qu'il prononce.

Ou plutôt, non, Serena ne l'écoute pas, elle l'interrompt : « Faites ce qui vous plaît. » Puis elle s'écarte de la haie.

« Non ! Serena, attendez ! » Parce qu'il ne peut pas se résoudre à la laisser partir, ou parce qu'il ne peut glisser les mains de l'autre côté de la haie, il essaie de la retenir autrement. Il ouvre la bouche et lance tout ce qu'elle contient : « Serena, écoutez-moi, juste un moment. Quand j'aurai parlé, vous m'enverrez au diable, mais il faut d'abord que vous m'écoutiez.

J'ai une chose à vous dire. Je dois vous dire que je suis un idiot.

— Je le savais.

— Oui, oui, mais l'important, c'est que je suis *juste* un idiot. Je ne suis pas un con, un prof prétentieux qui croit tout savoir de la vie et qui impose aux enfants ce dont il a envie, lui. Je ne pense pas tout savoir de la vie, ou plutôt, je n'en sais foutrement rien, et je ne suis même pas un véritable prof. Si j'ai conseillé à Luca de partir, c'est uniquement parce que j'ai toujours regretté de ne pas l'avoir fait. C'était juste pour l'impressionner. Et pour vous impressionner, vous. Parce que je suis un idiot, Serena. Je suis *juste* un idiot, un gros idiot. Voilà tout. »

Sandro reste la bouche ouverte car il aimerait continuer. Mais de même qu'il n'a pas décidé de tenir ce discours, il n'a pas décidé de l'achever. Les mots ont jailli tout seuls de sa bouche, jusqu'au dernier, et il n'espère désormais qu'une seule chose : que Serena ne parte pas.

Elle ne part pas. Mieux, elle se rapproche de la haie, se penche, le fixe à travers les feuilles si fort qu'elles risquent de s'enflammer et qu'il faudra appeler les pompiers.

« Écoutez-moi, monsieur le prof, ou le catéchiste, ou comme bon vous semble. Je ne pense pas que vous soyez un connard, je ne rejette pas sur vous la faute... aucune faute. J'aimerais bien. J'aimerais le faire, au moins vous serviriez à quelque chose. Mais non, c'est moi qui ai envoyé Luca là-bas. Je voulais lui dire non, je *devais* lui dire non, comme toutes les mamans sérieuses du monde. Mais je ne lui ai jamais dit non. Comment dire non à Luca ? Ce n'était pas possible. Luca avait toujours raison, toujours. Sauf ce jour-là. Ce jour-là, c'est moi qui avais raison, et j'aurais dû lui dire non. Luca avait besoin d'une mère qui lui dise non. Je le sentais, je le sentais dans mes tripes. Et pourtant j'ai accepté, je vous ai écouté, vous, qui me disiez exactement ce que je pensais, et j'ai dit « Oui, bien sûr, vas-y donc ». Et maintenant Luca n'est plus là. Je sais que vous n'êtes pas méchant, que vous n'êtes pas cruel, que vous n'êtes foutrement rien. Vous êtes juste un idiot, oui. Mais c'est pire, car je mesure combien j'ai été bête d'écouter un idiot de votre espèce. Plus vous êtes idiot, plus c'est ma faute. Vous avez compris ? »

Sandro garde le silence, accroupi derrière la haie. De toute façon, il serait absurde de répondre : Serena a fini, elle a tourné les talons et s'est éloignée, il ne lui reste plus que la vision de la rue vide et du muret, ainsi que la sensation inconfortable d'avoir vraiment mouillé son caleçon. Au même moment, Rambo reprend consistance et s'écrie, là-bas : « Cinquante ! Cinquante longueurs, tu te rends compte ! Sandro, tu te rends compte ? »

DANS LE TEMPLE
DE LA DÉESSE LUNA

« Sincèrement, je pensais qu'il y aurait davantage de monde », déclare Zot, tandis que nous descendons du car scolaire sur le parking des fouilles, une étendue de béton prévoyant d'innombrables espaces pour les voitures, où il n'y a que nous.

Nous sommes venus aujourd'hui visiter Luni avec l'école. Luni est une ancienne cité de Ligurie, juste au-dessus de la Toscane, et je suis contente, même si j'ai dû pendant tout le trajet repousser les tentatives de Zot, assis à côté de moi, de me parler. De toute façon, je savais ce qu'il voulait me dire.

« Les marmites sur la plage étaient un signe, Luna, un message.

— Laisse-moi tranquille, Zot, ce n'était rien.

— Comment ça ? Après cette anse cassée, nous devons absolument y croire. »

Eh bien, non, je refuse. Sinon on me mettra une camisole de force et je serai enfermée dans un hôpital psychiatrique. Alors même que maman va mieux et que nous avons une espèce de foyer. Non, je refuse.

C'est vrai, il y avait énormément de marmites sur la plage, mais il se peut qu'un bateau contenant des ustensiles de cuisine ait coulé et que des couverts, des verres et des plateaux ressurgissent au cours des prochains jours. C'est comme l'os de baleine qui s'est pris dans mes cheveux. Au fond, les baleines vivent dans la mer, il est normal que leurs os s'y trouvent ! Il aurait été étrange qu'un os de baleine se retrouve dans mes cheveux lors d'une promenade à la montagne ! Ça oui.

J'en ai assez des choses bizarres, je veux des choses normales, ces choses normales qui arrivent aux gens normaux comme je souhaite l'être. Je ne veux plus croire le reste, je veux croire que c'est idiot. Je veux rire et penser qu'il faut vraiment être bête pour croire des choses pareilles. Bête comme Zot, qui a grandi dans un orphelinat et qui serait peut-être heureux dans un asile psychiatrique. Moi, je ne crois que ce que je vois ; pour le moment, je vois l'entrée de Luni et je suis contente de visiter des lieux anciens. On nous fournira des dates et des nombres, il y aura des cailloux et des vestiges, des choses vraies et pratiques, et ça me convient.

L'entrée du site n'est pas très belle, c'est un bâtiment en mauvais état surmonté de trois perches. À la première est fixé un drapeau italien tout déchiré, à la deuxième celui de l'Europe, décoloré et sale, et rien à la troisième. Une porte se dresse au sommet d'un escalier, dont la première marche est cassée. Faisane la saute et grimpe jusqu'en haut, mais la porte est fermée.

C'est elle, la remplaçante d'italien et d'histoire, qui a organisé cette excursion. Elle est jeune, sympa et s'appelle en réalité Mme Binelli, mais nous l'avons surnommée Faisane parce qu'elle s'est présentée le premier jour vêtue d'une très longue jupe sur laquelle étaient dessinés un tas de faisans en train de marcher, de voler ou de vous regarder, immobiles. La surveillante aussi utilise ce surnom. Un jour, elle est entrée en classe et lui a dit : « Vous avez une communication du proviseur, Faisane. » On a tous éclaté de rire, et la prof a répliqué qu'elle ne s'appelait pas Faisane, qu'on ne pouvait pas l'appeler comme ça. Alors, la surveillante a répondu : « D'accord, pardon, je me suis trompée. » Puis elle est repartie en écartant les bras comme deux ailes et a poussé un cri qui, s'il ressemblait plus à celui des corneilles, nous a quand même fait rire.

De nouveau les élèves rient car Settembrini a trouvé un préservatif usagé sur le sol, il l'a ramassé avec un bâtonnet et il l'approche du visage de Zot.

« Regarde, Tchernobyl, ce beau goûter. Ouvre la bouche. »

Zot se sauve dans l'escalier en s'écriant d'une voix de fille : « Settembrini, tu es fou, ou quoi ? On ne plaisante pas avec le sida, on ne plaisante pas avec les maladies sexuellement transmissibles ! »

M. Venturi, le prof de gymnastique, ne s'interpose pas ; il joint même son rire à ceux des autres. Seule Faisane s'écrie : « Settembrini, ça suffit ! » Mais personne ne l'écoute.

C'est alors que la porte s'ouvre sur une grosse dame qui s'exclame : « Putain, c'est quoi, ce bordel ! On est ici dans un musée !

— Pardon, madame, dit Faisane. Bonjour, nous sommes venus pour la visite.

— Combien êtes-vous ? demande la dondon, un balai à la main.

— Deux classes. Soixante enfants. Non, pardon, soixante-deux.

— Vous avez prévenu, au moins ?

— Naturellement, par mail, la semaine dernière.

— Par quoi ? Je ne suis pas au courant. De toute façon, je vais vous ouvrir. Les fouilles sont là.

— Oui, merci, très bien. Le guide est-il déjà sur place ?

— Quel guide ? Ici, il n'y a pas de guide.

— Voyons, le site spécifie "Visite guidée".

— Quel site ? »

Derrière, M. Venturi éclate de rire et secoue la tête.

« Votre site, répond Faisane. Il est écrit "Visites guidées du lundi au vendredi pour les groupes et…", attendez, regardez, je vais vous montrer. » Elle tire son téléphone de son sac.

« Ne vous agitez pas, restez calme. Vous pouvez me montrer tout ce que vous voulez, il n'y a que moi ici. Mais tout est ouvert, entrez donc et bonne chance. » La femme pose la serpillière et la frotte sur le sol à l'aide du balai.

« Pardon, madame. Vous n'auriez pas au moins un dépliant, euh, une introduction, une fiche, une brochure… », hasarde Faisane dont la confiance faiblit, au point qu'elle prononce le dernier mot dans un murmure. La dondon frotte le sol sans lui prêter attention. M. Venturi éclate de rire une nouvelle fois et avance avec les enfants.

Je reste à côté de la prof et souris, car je regrette que la sortie se passe mal, j'ai envie de lui confier que si les autres sont idiots, je suis contente d'être venue dans cet endroit dont le nom ressemble au mien. Mais, par timidité, je m'en abstiens.

Sur le site archéologique, le soleil qui tape m'oblige à m'arrêter. « Luna, mets de la crème, j'insiste », m'ordonne la prof. Et Zot aussi. Il me l'a déjà dit devant l'école, au moment de monter dans le car, et maman avant lui, ce matin. Je prends le tube et en étale un peu sur mon visage et sur mes bras, même si je l'ai déjà fait il y a cinq minutes. De toute façon, tout le monde me le répète, et si je réponds que c'est déjà fait, la conversation ne s'arrête pas pour autant. Alors, mieux vaut recommencer.

Il ne faut pas traîner : M. Venturi et la plupart des élèves ont déjà atteint les fouilles, délimitées par des barrières et coiffées d'un toit en tôle. D'après moi, nous ne sommes pas obligés de les rejoindre : nous formons déjà deux groupes détachés, éloignés et différents. Le premier dépasse le chantier sans même le regarder et s'immobilise sur le terrain voisin. À en juger par le bruit qui s'élève, les garçons ont déjà sorti leur ballon. L'autre groupe, le mien, est composé de Faisane, de Zot et de deux enfants que les profs qualifient de « particuliers ». L'un s'appelle Gaieté, il louche et regarde vers le haut, il rit et crache tout le temps comme si on n'arrêtait pas de lui raconter des histoires drôles, mais il est le seul à les entendre dans sa tête. L'autre est une fille aux longs cheveux roux, que je vois toujours à la récré penchée dans les coins du couloir ou fixant le sol, à genoux dans la cour. Elle ne parle pas, elle est toujours sérieuse, et je jure qu'au moment où nous sommes montés dans le car j'ai entendu sa mère murmurer à l'oreille de Faisane : « S'il vous plaît, ne lui donnez pas trop de fourmis à manger. » Je le jure, je l'ai entendue, c'est ce qu'elle a dit.

Bref, on ne devrait pas juger les gens, je le sais, et certainement pas à leur aspect, mais si ce groupe est celui des particuliers, être particulier ne me paraît pas génial. Je préférerais être normale, très normale.

« Madame Binelli, s'exclame Zot, je suis ému. Si je ne m'abuse, nous faisons face à l'ancien forum de Luni. »

Au mot « forum », Gaieté éclate d'un rire encore plus fort. Faisane observe le carré de terre et de cailloux alignés derrière la barrière en s'efforçant de lire le panneau d'explication, mais il est si loin, si défraîchi et si vieux qu'on pourrait croire que les Romains l'ont planté au moment où ils ont édifié les murs du forum. Qui n'est pas le forum.

« Non, Zot, répond la prof. Ceci est la célèbre Maison des Mosaïques. »

Zot étudie la rangée de cailloux puis réplique : « En êtes-vous bien sûre, madame ? Sincèrement, j'imaginais la Maison des Mosaïques autrement.

— Et comment ?

— Je ne sais pas. Par exemple avec des mosaïques ?

— Ah, il y en avait autrefois ! Des mosaïques magnifiques. Elles se trouvaient probablement ici, et là au fond, tout autour. Mais, que ce soit clair, les enfants : si vous voulez voir les choses ici, regardez-les avec votre imagination. Sinon vous ne verrez rien. » Faisane sourit, et moi aussi : j'ai l'habitude de me conduire ainsi. « De toute façon, Zot, j'en suis sûre. Je sais deux ou trois choses à propos de Luni. N'oublie pas que je suis ton professeur d'histoire. Et que j'ai une licence d'archéologie.

— Ah oui ? dis-je. Et pourquoi n'êtes-vous pas archéologue ?

— Ah, ce n'est pas facile ! J'ai postulé, mais j'ai dû chercher un autre travail.

— Et vous avez commencé à enseigner.

— Non, j'ai d'abord travaillé chez Decathlon. Puis j'ai obtenu un poste de remplaçante.

— C'est mieux, non ?

— Bof. Chez Decathlon, j'étais mieux payée.

— Oui, commente Zot. Mais quelle satisfaction d'être appelée "Madame le professeur" !

— Tu parles… D'ailleurs, pour l'instant, tout le monde m'appelle Faisane. »

Nous gardons le silence. Je fixe le sol, tant j'ai honte, mais Faisane éclate de rire, elle respire profondément et poursuit d'une voix plus ferme et plus sonore : « Alors, en l'absence d'un guide officiel, c'est moi qui serai votre guide. Bienvenue à Luni, les enfants, mais surtout bienvenue à toi, Luna, bienvenue chez toi ! »

Je souris. Ou plutôt je ris, et je mets la main sur ma bouche.

« Cette ville est la seule au monde à être uniquement consacrée à la déesse Luna. Le temple sacré, le plus grand, était situé sur la hauteur et tourné vers la mer. C'est donc un honneur d'être ici avec toi, Luna. » Faisane s'incline devant moi. Je ris et m'incline un peu à mon tour.

La fille des fourmis ne prononce pas un mot, et Gaieté continue de rire tout seul. Ni l'un ni l'autre n'écoute, mais quand nous dépassons la Maison des Mosaïques, ils nous emboîtent le pas, ce qui est déjà quelque chose.

Et là, après le toit qui couvre ce bout de chantier, voilà enfin la ville qui s'étend devant nous : on reconnaît les rues, les socles des palais, ainsi qu'une place ronde aux colonnes brisées. Luni était une ville importante et très riche, raconte Faisane. D'autres peuples y ont vécu avant les Romains : les Italiques, les Ligures, les Étrusques…

Les Étrusques aussi ! J'essaie de dissimuler mon émotion.

Mais, avec Zot, c'est inutile. Il m'attrape le bras en criant « Les Étrusques, Luna ! Les Étrusques vivaient ici ! » et pose sur moi ses yeux écarquillés. J'esquisse un sourire qui doit plutôt ressembler à une grimace et hoche la tête une seule fois.

« Bien sûr, les Étrusques, poursuit Faisane. Ils se sont installés après les populations locales, puis les Romains sont arrivés et ont tout envahi. Mais quelques-uns sont restés. Dans l'Empire romain, les prêtres étaient tous étrusques. Ils connaissaient beaucoup de choses, en particulier la magie. Lorsque des phénomènes étranges se produisaient, par exemple quand une statue se mettait à pleurer, ou qu'un éclair fendait un arbre, ou encore qu'un mouton naissait avec six pattes... bref, dans ces cas-là, les Romains tout-puissants allaient consulter les quelques Étrusques encore présents et leur demandaient ce que cela signifiait. C'était souvent le cas ici, à Luna, une ville magique où les phénomènes étranges étaient quotidiens.

— Luna ? dis-je. Ce n'était pas Luni ?

— Ça l'est devenu plus tard. Le vrai nom de cette ville était Luna. Comme la déesse. Comme toi. » Elle sourit. « À propos, suivez-moi, je vais vous montrer quelque chose de magnifique. »

Nous dépassons le premier groupe réuni sur un terre-plein de graviers. Les garçons jouent au foot tandis que les filles, assises les unes à côté des autres, se photographient avec leurs téléphones. Faisane annonce à M. Venturi que nous continuons. Il répond que ses élèves et lui nous rejoindront une fois le match terminé. Et, comme les garçons protestent, il rectifie : « D'accord, d'accord, on finit le match, on fait la revanche, et on ira ensuite. »

Faisane nous précède sur une allée qui descend au milieu de l'herbe en nous expliquant que tout le monde fréquentait Luni car c'était un port naturel parfaitement adapté à l'accostage. Il comportait une crique où la mer était toujours calme. « Et d'après vous, quelle forme avait cette crique ? »

Zot répond qu'elle ressemblait à une marmite et me touche le coude. Faisane rit et secoue la tête. Mais moi, je devine, je dis que le port avait la forme d'une lune. La prof me félicite et nous explique que la côte évoque un grand croissant de lune en retrait qui va de la mer au cœur de la ville.

Nous marchons ensuite en silence jusqu'à ce que disparaissent les murets et les toits. Faisane s'immobilise devant moi. Je me demande pourquoi elle s'est tue. Puis je plisse les paupières et comprends. Devant nous, au sommet d'une colline, se dresse une construction éblouissante, plus élevée que tout le reste : parmi les cailloux, les trous et les bouts de mur, un palais tient encore debout. Il est trop loin et le soleil brille trop fort pour que je puisse le distinguer, mais il est blanc, gigantesque, et il est bien réel parmi les maisons et les places qu'on doit se contenter d'imaginer.

« Voici le temple de la déesse Luna », déclare Faisane avant de poser une main sur mon épaule.

Je garde le silence malgré les nombreuses questions que j'ai à poser, puis avance vers le temple. Mais je m'aperçois bientôt qu'il est entouré d'un grillage et que le sentier s'achève devant un portillon sur lequel est écrit ACCÈS INTERDIT.

Je me tourne vers Faisane pour lui demander s'il n'est pas possible d'entrer. Sa réponse me parvient sous forme d'un coup de pied qu'elle flanque dans le portillon qui s'ouvre immédiatement.

« Nous… nous pouvons ? » interroge Zot.

Faisane m'invite à avancer. Elle prend par la main Gaieté et la fille des fourmis avant de répliquer qu'il n'y a ici ni guides, ni gardiens, ni chercheurs pour nous aider. Le côté positif de l'affaire, ajoute-t-elle, c'est qu'il n'y a personne non plus pour nous casser les pieds.

Maintenant l'herbe est haute et parsemée de gros cailloux. Je dérape, manque de tomber, mais me rétablis. Plus je m'approche, plus le temple monte vers le ciel, masquant le reste et semblant grandir autour de moi. Bientôt, je sens sous mes pieds du dur et du plat : le premier bloc de marbre de l'escalier. Je m'arrête et interroge du regard Faisane, qui me fait signe de monter.

Le soleil tape sur le marbre blanc, et j'ai l'impression de me déplacer à l'intérieur d'un flash interminable, pourtant cette lumière me soutient et me pousse. Une fois au sommet de l'escalier, je regarde Luni, ou Luna, et même si tout est blanc et scintillant, je devine que j'ai atteint son point le plus élevé. J'ôte mes lunettes : la lumière forme un mur devant moi, mais c'est comme si je voyais. Je vois la ville du temps où elle était florissante, où ses habitants étaient riches, travaillaient, se baignaient aux thermes et attendaient les bateaux avec leur chargement d'objets précieux venus de terres inconnues. Je vois le port, la place, qui dessine elle aussi un croissant de lune, puis une longue avenue bordée de colonnes qui traverse l'agglomération jusqu'au temple, ainsi que les gens montant de la rue et de la mer jusqu'au pied de l'escalier où ils adoraient la déesse Luna. Que réclamaient-ils ? Je l'ignore, car les dieux étaient nombreux et chacun avait sa propre fonction. Alors, quand Faisane me demande si tout va bien, je l'interroge sur celle de la déesse Luna.

« C'est-à-dire ?

— De quoi était-elle la déesse ?

— Luna était la déesse de la nuit et de l'au-delà. Elle mettait notre monde en contact avec celui des morts. »

Ce sont ses mots exacts, je le jure. Zot, qui s'est immobilisé au milieu de l'escalier, reprend son souffle et s'écrie : « Tu as entendu, Luna ? En contact avec le monde des morts, avec le monde des morts ! »

Il est bouleversé. Moi, je suis tranquille, peut-être parce que je suis vraiment folle. Je suis folle et tranquille. Je glisse une main dans la poche de mon jean et tâte mon os de baleine, à l'abri, lisse et un peu rêche. J'ai envie de sourire, je souris.

Pendant ce temps, Faisane poursuit son histoire. Elle nous raconte comment Luni est née, comment elle a disparu, elle parle d'un roi viking qui l'a attaquée avec ses bateaux en croyant que c'était Rome... mais je ne lui prête plus tellement attention : trop de pensées tourbillonnent dans mon esprit, comme les objets que la mer m'envoie avec les vagues, elles tourbillonnent de tous côtés et je suis concentrée sur elles.

Zot, en revanche, pose un tas de questions, si bien que Faisane est obligée de rétorquer qu'elle n'a pas toutes les réponses. « Non par manque de connaissances. Ces choses-là sont encore des mystères pour tout le monde.

— Des mystères ?

— Oui, Zot. Cet endroit regorge de mystères. Des rites magiques très anciens, certainement liés au Peuple de la Lune.

— Le Peuple de la Lune ? » C'est la première fois que j'entends cette expression et je la trouve très belle.

« Oui, Luna, un peuple préhistorique qui vivait dans les bois de la Lunigiane, il y a des milliers d'années. On ne sait pratiquement rien sur son compte, il n'avait même pas de nom. Il n'a laissé que des statues-menhirs, c'est-à-dire des sculptures au corps humain et à la tête en forme de croissant de lune qu'on plantait au milieu des bois. Il y en a de nombreux exemplaires à Pontremoli. De toute évidence, le culte de la Lune a ensuite été transmis aux Étrusques, aux Romains et... »

Faisane nous bombarde d'informations que j'ai du mal à suivre. Peuples mystérieux de la Préhistoire, statues à la tête en forme de lune, rites magiques... tout cela retentit au fond de moi et je cesse d'écouter un moment. Quand je reprends le fil, elle décrit une autre sculpture dénommée Sainte-Face. Un crucifix en bois étrange, sombre, très ancien, conservé à Lucques, que des pèlerins de l'Europe entière viennent vénérer parce qu'il est miraculeux. Ce crucifix, dit-elle, est originaire des terres lointaines où Jésus est né. Son auteur, qui était la dernière personne vivante à l'avoir connu, voulait à tout prix graver son visage. Mais n'étant pas sculpteur, il n'y parvenait pas. Pourtant il s'obstinait jour et nuit.

Je sais peut-être pourquoi il agissait ainsi. Maman et moi réunissons les photos de Luca et demandons à ses copains s'ils en ont d'autres, à cause d'un phénomène étrange : quand on ne voit pas un être aimé depuis un certain temps, on oublie son apparence. On oublie son visage, son aspect. C'est bizarre, mais c'est comme ça. Peut-être parce qu'on se rappelle d'autres détails : sa voix, ses paroles, sa façon de parler, son odeur et sa démarche. Voilà pourquoi maman et moi cherchons toutes les photos de Luca qui existent. Je comprends donc ce monsieur qui aimait énormément Jésus et qui oubliait son visage : il avait beau ne pas être sculpteur, il tapait sur le bois avec une masse ou un ciseau, ou ce qu'il avait sous la main, puisque les photos n'existaient pas à l'époque.

Le pauvre, je pense à lui et j'ai de la peine. Heureusement, Faisane raconte maintenant qu'il est arrivé un jour quelque chose d'incroyable. À force de travailler sans manger ni dormir, ce monsieur s'écroule, dort un jour et une nuit d'affilée. À son réveil, il regarde son morceau de bois : la Sainte-Face est parfaite, identique au visage de Jésus.

« C'est fantastique ! s'exclame Zot. C'est fantastique, pas vrai, Luna ? Pas vrai ? »

Oui, c'est vrai, c'est fantastique. Mais une chose m'échappe : « La Sainte-Face a été sculptée en Palestine et elle se trouve maintenant à Lucques. Quel lien a-t-elle avec Luni ?

— Eh bien, c'est à Luni qu'elle est arrivée.

— Ah oui ? Et pourquoi ? Qui l'a apportée ? »

Faisane répond de sa voix habituelle, penchée sur la fille des fourmis qui tente de se jeter par terre, cependant chacun de ses mots se fiche dans mon cerveau, dans mes os et dans tous les endroits de mon corps où mon cœur bat : « Personne, Luna. C'est la mer qui l'a apportée. »

C'est tellement incroyable que Zot et moi en avons le souffle coupé. La prof nous explique alors que de nombreuses personnes, à l'époque, étaient hostiles aux sculptures sacrées, elles prétendaient qu'elles constituaient un péché mortel, les confisquaient et les brûlaient. Notre sculpteur improvisé a donc déposé la Sainte-Face dans un petit bateau et l'a confiée aux flots. Sans marin, sans rames, sans voiles, à la dérive. Le bateau a traversé la Méditerranée, il est entré tout seul dans le port de Luni et s'est arrêté sur la rive.

Zot et moi nous fixons, de même que Gaieté fixe le ciel et que la fille des fourmis fixe le sol. Nous n'avons sans doute pas l'air plus normal qu'eux.

Pourtant, ce n'est pas notre faute : l'histoire de Faisane est-elle bien normale ? Voyons, elle est identique à celle de l'os de baleine et des marmites sur la plage ! Ce sont des histoires absurdes, impossibles, or on a beau refuser d'y penser et de les croire, elles s'obstinent à se produire à toutes les époques. Elles se produisent si souvent que je me demande maintenant pourquoi elles ne devraient pas être normales.

Zot gravit l'escalier et s'arrête sur la dernière marche. Il est inutile qu'il parle, nous le savons tous les deux. Nous regardons la ville, étendue devant le temple de la déesse Luna, devant tous ses mystères, devant la mer qui les apporte.

J'espère juste qu'on nous donnera des chambres pas trop laides, qu'il y aura des fenêtres, même avec des barreaux, pour qu'on puisse voir le ciel, que les camisoles de force seront confortables et propres.

Car au point où nous en sommes, nous n'échapperons pas à l'asile d'aliénés.

CE BONBON EST POUR DIEU

« C'est dégueulasse, tu te rends compte ? Comme nous sommes tombés bas… tu te rends compte ? »

Sandro opine depuis quelques minutes désormais. Depuis qu'il a rejoint Rambo devant l'immeuble de Marino, un des deux bâtiments de dix étages qu'on appelle « les gratte-ciel de Querceta ».

L'appartement de Marino est à l'avant-dernier étage. Dans leur enfance, Sandro et Rambo venaient contempler de ses fenêtres la Versilia comme étalée et offerte devant eux. Ils pensaient aux mille manières dont ils domineraient un jour cette terre, depuis les montagnes jusqu'à l'étendue bleue de la mer et, en attendant, se penchaient à l'extérieur pour cracher sur la tête des passants.

Puis ils avaient cessé de s'y rendre, car la mère de Marino, qui était une véritable casse-burnes, avait empiré avec le temps : à un moment donné il n'avait plus suffi qu'ils se déchaussent, ils avaient dû aussi utiliser des patins et laisser leurs manteaux dehors pour empêcher les germes et la pollution de s'introduire à l'intérieur. Aujourd'hui, bien des années plus tard, Sandro et Rambo montent au neuvième étage. À pied. Puisque Rambo ne prend pas l'ascenseur.

« Nous sommes dans une zone sismique, ce serait un suicide », explique-t-il. Gravir neuf étages à pied revient un peu au même. Du moins pour Sandro, car Rambo avance rapidement et sûrement, il a assez de souffle pour répéter que c'est dégueulasse, que le monde est tombé si bas qu'il tourne désormais sur lui-même dans l'égout de l'univers et qu'il y aura bientôt une guerre totale.

Il n'arrête pas de le dire, mais il se peut qu'il ait raison aujourd'hui : ils vont chercher la carte d'assurance maladie de Marino, que l'hôpital réclame depuis le premier jour et, à l'approche de sa sortie, exige sans plus de délai.

« Ta mère ne te l'a pas encore apportée ? » a interrogé Rambo, pendant que Sandro était au catéchisme. Marino a répondu que sa mère perd la boule, qu'elle oublie. Cette fois Rambo s'est vraiment énervé, il a ordonné à son ami de téléphoner immédiatement à sa mère et de lui enjoindre de mettre la carte dans son sac pendant qu'ils parlent au téléphone. Marino a secoué la tête en prétendant qu'il ne valait mieux pas, et Rambo a insisté. Enfin, Marino a fait d'un filet de voix un aveu absurde, déformé par l'oreiller dans lequel il avait plongé le visage sous l'effet de la honte : sa mère ne lui a pas rendu visite une seule fois, elle se fiche totalement de lui, elle passe son temps avec son amant. Bref, elle est esclave de la passion. La mère de Marino.

« C'est dégueulasse, tu te rends compte ? Ça me donne envie de gerber », déclare Rambo. Sandro s'abstient de répondre, mais il a lui aussi un peu envie de vomir. À cause des efforts qu'il accomplit pour ne pas se laisser distancer dans l'escalier, mais également à la pensée de la mère de Marino dans les bras d'un homme, en nage et abandonnée, frottant sa peau ridée sur une autre peau ridée.

« Penser encore à ces choses-là à son âge, c'est déjà horrible, dit Rambo, mais en arriver à négliger son fils… putain, ça non ! Depuis qu'il est à l'hôpital, personne n'a vu cette salope ! »

Sandro n'a pas assez de souffle pour répondre. Une fois au bon étage, il s'adosse au mur, se penche et essaie de se rappeler comment on respire. Pendant ce temps, Rambo se pend à la sonnette et l'actionne un moment, en vain. Il recommence. Seul le silence lui répond. Il assène des coups de poing et de main à la porte, sans plus de résultat.

« Cette pute n'est pas là. Elle est sûrement allée se faire tringler », affirme-t-il en cherchant les clefs de Marino dans ses poches. Une opération rapide pour les gens normaux ; or, Rambo porte des pantalons à poches, des blousons à poches, des gilets militaires à poches : il a donc besoin d'un bon bout de temps pour les sonder toutes. Il répète encore une fois que c'est dégueulasse, qu'il est inadmissible de faire des cochonneries à 17 heures pendant que son fils est à l'hôpital. Au fond, ajoute-t-il, ses parents ne valent pas mieux : ils vont danser tous les samedis aux fêtes du Fil d'Argent, la version pour vieux des nuits dans les clubs privés, et s'ils ne s'adonnent pas à des orgies ensuite, c'est uniquement parce que leurs jambes flageolent. « Bordel de merde, j'ai laissé les clefs dans ma Jeep. »

Rambo roule en Jeep, une Defender des années 1980, une sorte de camionnette militaire. Elle ne lui a pas coûté cher parce qu'elle est vieille et cabossée. L'ami d'un ami la lui a procurée : c'est un véhicule réformé de la protection civile, muni d'une échelle derrière, d'une bêche, de dix mille projecteurs et d'un pot d'échappement qui grimpe jusqu'au toit comme une sorte de cheminée, afin qu'il puisse plonger tranquillement dans un fleuve africain en crue et se déplacer, de l'eau jusqu'aux vitres. De fait, Rambo accepte avec résignation chaque jour de beau temps et de routes sèches en attendant l'automne et les horribles inondations qui ne manquent jamais de se produire sur les côtes toscane et ligure. Des catastrophes qui sont pour lui une véritable fête : tout ému, il enfile alors ses cuissardes et s'en va à bord de la Jeep prêter secours dans les zones sinistrées.

Mais si sa Jeep est parfaite au milieu des inondations et des fleuves en crue, elle a cessé de fonctionner en ce samedi ensoleillé. Raison pour laquelle Rambo l'a laissée chez lui. Avec les clefs de Marino à l'intérieur.

« Putain, comment t'es venu ?

— À vélo, répond Rambo, les yeux baissés.

— Et qu'est-ce qu'on fait maintenant ?

— Eh ben, on va chercher les clefs.

— Pas question ! Je reste ici et je t'attends.

— Allez, tiens-moi compagnie…

— Pas question, bordel ! » Se laissant glisser le long du mur, Sandro s'assied par terre et croise les bras sur sa poitrine.

Rambo se remet à jurer, il pose sa veste militaire sur ses épaules et se dirige vers l'escalier. Il disparaît, suivi du bruit de ses rangers sur les marches, qui retentit comme s'il marchait à l'intérieur d'un conduit de plus en plus étroit. Tout s'achève dans le silence des murs, des trois portes du palier et des trois paillassons, dont deux sont muets et le troisième, menteur, vous souhaite la BIENVENUE.

Sandro reste seul dans la pénombre qui sent mille repas amalgamés puis mélangés à de la lessive.

Il regrette d'avoir été désagréable avec Rambo, qui n'a rien fait. Il a juste oublié les clefs dans sa voiture ; la belle affaire, lui aussi il oublie tout. Mais Sandro ne pouvait pas l'accompagner, il en était incapable et il n'avait pas envie de lui dire pourquoi. De lui expliquer que sa Vespa non plus ne marche pas, qu'il a dû rentrer du catéchisme en la poussant depuis Forte dei Marmi jusqu'à Querceta dans la puanteur des échappements des camions qui vont et viennent entre les montagnes et la mer, transpirant comme une bête dans la montée du pont viaduc. Non, il n'avait pas envie de l'avouer à Rambo, il aimerait ne pas avoir à y penser. Sandro aimerait juste que les choses soient différentes.

Que leurs moteurs ne soient pas toujours enrayés et défectueux, poussiéreux et asséchés, incrustés et traîtres. Qu'ils soient brillants, puissants et propres, comme ceux qui meuvent le reste de l'Europe et le monde civilisé. Des moteurs qui tournent vite grâce à des technologies nouvelles, qui ne cassent jamais et qui, au moindre bruit, rejoignent des ateliers aux allures de cliniques où des mécaniciens honnêtes et sérieux en blouse blanche changent une pièce, et tout repart – ou plutôt tout continue de tourner –, sans prétendre qu'ils en ont changé deux, sans exiger d'être payés au noir, sans vous laisser assis devant une porte fermée à vous demander pourquoi votre Vespa se plante et ne roule pas, pourquoi votre Jeep se plante et meurt, pourquoi il faut toujours pousser, transpirer, enrager, se salir les mains d'huile et de cambouis, tenter sa chance une nouvelle fois en espérant qu'elles redémarreront par miracle et qu'elles pourront tenir encore un peu, juste un peu, de quoi donner du sens à la journée.

Sandro reste assis dans un silence qui semble se resserrer sur lui. Pour se sauver, il s'agrippe à la seule chose qu'il a emportée, les feuilles de papier pliées dans la poche de son veston, et il essaie de les lire.

Ce sont les pages que Zot lui a remises au catéchisme. Comme, la semaine dernière, il leur avait donné un devoir à faire à la maison, ils en ont parlé aujourd'hui, ce qui lui a permis de remplir l'heure et demie. Ce devoir s'intitulait *Le plus beau jour de mon été* : un titre solaire, propre, parfait. Mais non, Sandro est un idiot, car Luna s'est présentée à la fin du cours et lui a demandé, toute désolée, l'autorisation d'inventer le beau jour du titre car elle n'avait pas vu un seul beau jour de tout l'été. Voilà, bravo, Sandro, quelle bonne idée ! Autant prier un orphelin de raconter sa dernière aventure avec son père, ou un enfant handicapé son dernier match de foot.

« Bien sûr, tu peux inventer ! a-t-il répondu à Luna. Ou plutôt, tu sais quoi ? Maintenant que j'y pense, ce devoir est ennuyeux, je t'en dispense, on s'en fout. Utilise le temps que ça t'aurait pris pour faire quelque chose d'agréable, OK ? »

Luna lui a souri, de son sourire un peu secret. Elle n'a pas fait le devoir, comme le reste des élèves, d'ailleurs, à l'exception de Zot, qui lui a tendu au moins vingt feuilles en le priant de l'excuser : il s'était laissé aller.

C'est à ces feuilles que Sandro se raccroche maintenant pour se distraire. Il constate qu'elles sont bizarres, gonflées, dans un coin. À la dernière page, il découvre, sous la signature de Zot, un bonbon collé avec un bout de Scotch. Un caramel au lait et au miel. Sandro le détache, l'ouvre et le glisse dans sa bouche. Un instant, le bruit de cette dégustation remplit le silence, tandis que ses yeux se plantent sur les lignes obliques et commencent à lire.

Pendant toute une page, Zot le prie de l'excuser car son histoire ne remonte pas vraiment à cet été : l'été, il l'a passé à monter la garde devant la maison avec son grand-père, ce qui requiert davantage de temps durant cette saison où il y a plus de Russes dans les parages. Elle remonte au mardi précédent : une journée magnifique et importante, une journée de soleil, au cours de laquelle l'école a organisé une belle excursion. Certes les endroits visités auraient pu être mieux tenus et mis en valeur, les panneaux plus visibles, et il aurait pu y avoir un service de guides mais… Déjà ennuyé, Sandro s'apprête à sauter des pages. Or, voilà qu'il aperçoit un peu plus bas le nom de Luna. Il retourne en arrière : ce n'est pas tant la beauté de cette journée qu'il entend lui raconter, écrit Zot, mais les choses mystérieuses qui s'y sont produites.

Car dernièrement il nous arrive, à Luna et moi, des choses très étranges qu'il vaudrait peut-être mieux taire, mais je pense que si je vous en parle, à vous qui êtes catéchiste, c'est pratiquement une confession, n'est-ce pas, monsieur Sandro ? Bref, je vous confesse ces choses parce que j'ai confiance dans le secret du sacrement, dans le fait que vos yeux ne sont qu'un intermédiaire et que mes mots sont tous pour le Seigneur. Mais pas le caramel au lait et au miel que vous trouverez au bout, non, il est pour vous.

Je m'écarte du sujet, pardonnez-moi, je tiens à vous raconter qu'il nous arrive ces derniers temps des choses très particulières – par nous, j'entends Luna et moi – et qu'il n'est plus possible de conti-

nuer à les considérer comme des coïncidences ou des faits du hasard. Car, que cela reste entre nous, monsieur Sandro, ou plutôt que cela reste entre le Seigneur et moi, mais...

Zot démarre, ou plutôt décolle, noircissant des pages entières sur la ville de Luni, sur la déesse Luna qui mettait en contact les vivants et les morts, sur les Romains et les Étrusques, sur un enfant aux cheveux blancs du nom de Tages, sur les prêtres qui examinaient les éclairs et le vol des oiseaux. Sur la mer et les vagues qui déposent des objets sur le rivage, marmites et couvercles, sur Serena avec un pied brûlé, sur l'os de baleine dans les cheveux de Luna et sur Luca qui envoie ces choses-là d'on ne sait où et pour on ne sait quelles raisons.

Bref, monsieur Sandro, ce sont des signes, des événements que nous ne pouvons pas ne pas croire. Car lorsque Jésus est ressuscité et qu'il a rendu visite à ses amis, saint Thomas a cru que c'était lui au moment où il lui a dit : « Viens, touche-moi les mains, mets tes doigts dans les marques des clous. » Thomas l'a fait et il a cru, mais Jésus n'était pas content, il lui a expliqué que si l'on croit seulement face à des preuves, on n'est pas un vrai croyant. Donc, il se fâcherait sûrement contre Luna et moi, qui avons un tas de preuves, si nous n'y croyions pas encore !

Ils y croient donc, eux, et s'ils ne réagissent pas, c'est seulement parce qu'ils sont trop petits. S'ils avaient une voiture, ils partiraient sur-le-champ pour Pontremoli, où se trouvent des statues à la tête en forme de croissant de lune. Car tout est lié,

Mme Faisane l'a dit, mais ils ignorent comment, parce qu'ils n'y sont pas encore allés.

Nous avons demandé à grand-père de nous y emmener, et il a répondu par des mots que je ne peux pas retranscrire, car justement j'écris d'une certaine façon au Seigneur, et grand-père a insulté le Seigneur cent mille fois.

Nous l'avons demandé aussi à Mme Faisane, mais elle est remplaçante et elle ne compte pas, alors nous l'avons demandé à M. Venturi, le professeur de gymnastique, mais tandis que je lui exposais les raisons de cette excursion à Pontremoli, deux enfants m'ont saisi par les bras, un troisième a baissé mon pantalon et a écrit au feutre quelque chose sur mes fesses. J'ai voulu savoir quoi, mais il a refusé de me le dire, il se contentait de rire avec les autres, j'ai interrogé M. Venturi, qui riait lui aussi.

Savez-vous ce qui m'attriste le plus, monsieur Sandro ? Autrefois je pensais que tous les enfants étaient méchants et stupides, qu'ils aimaient rudoyer les autres, qu'il me fallait juste être patient et supporter, parce que les enfants sont comme ça, qu'en grandissant ils arrêtent, deviennent gentils et intelligents. Je le croyais vraiment. Mais M. Venturi et d'autres personnes comme lui m'amènent à penser que cela n'arrivera pas, que ce sera toujours pareil, que les adultes aussi peuvent être affreux, faire des choses terribles et méchantes.

Je m'arrête là. Je vous remercie de m'avoir servi d'intermédiaire avec le Seigneur.

Sincèrement,

Zot

Sandro relit les dernières lignes, plie les pages en deux et retourne au palier sombre. Mais il ne le voit pas vraiment. Il voit plutôt une sorte d'aquarium géant à l'eau trouble et remplie d'algues ; à l'intérieur se meuvent les petits poissons brillants et perdus qui ne sont autres que Luna, Luca, Serena, l'os de baleine, les Étrusques, Pontremoli… Ces poissons nagent au hasard, et finissent tous par s'enrouler dans les algues molles et filandreuses, ils se mêlent et s'unissent en une seule entité, toujours plus grosse, toujours plus compacte. Une entité sombre, visqueuse et infecte, que Sandro a presque honte de regarder, car il s'agit de l'idée diabolique que ces pensées amoncelées engendrent dans son cerveau. Elle s'élargit, s'étend de plus en plus, couvre tout et reste là, seule, devant lui.

Parce que, Zot l'a écrit, les adultes sont capables de choses horribles. Et cet enfant ignore encore combien il a raison.

VIES CONGELÉES

Si l'on trouvait vraiment le moyen de rapetisser un sous-marin, comme dans le film des années 1960, et qu'on l'envoyait en mission non à l'intérieur d'un corps humain, mais au fond d'un cendrier, dans un bar turc, un samedi en fin de soirée, on ne découvrirait pas de puanteur plus forte que celle qui assaille Sandro et Rambo à leur entrée dans l'appartement de Marino.

Car sa mère fume quatre paquets de cigarettes par jour, quatre, à l'exception du mois de mai, le mois de Marie, où elle descend à trois en vertu d'un vœu à la Bienheureuse Vierge de Montenero. Tout, dans l'appartement, est imprégné de cette odeur aigre et malsaine, comme d'une couche de peinture avariée qui empoisonnerait les murs, les meubles, le canapé, les coussins en dentelle, les rideaux également en dentelle, et, en l'espace de quelques secondes, elle se colle aux vêtements de Sandro et de Rambo qui errent dans le salon en essayant de respirer le moins possible.

Le père de Marino est mort depuis longtemps, à cause d'une de ces sales maladies qui tuent les fumeurs. Les médecins lui avaient conseillé, au vu de ses radios, d'arrêter de fumer sur-le-champ, alors qu'il n'avait jamais touché à une cigarette de sa vie. C'est aussi le cas de Marino, qui connaîtra la même fin à force de vivre avec sa mère, laquelle se porte comme un charme avec ses quatre paquets quotidiens. Le salon regorge de dépliants vantant des excursions organisées dans des sanctuaires, dans des villages perdus de l'Ombrie et dans des localités thermales : des voyages en car d'un jour ou deux, que la mère de Marino s'octroie une fois par mois pour passer ensuite des semaines à se plaindre, de sa voix goudronneuse, que les sièges étaient inconfortables, les passagers ennuyeux et sans-gêne, qu'elle a mal mangé et encore moins bien dormi. Tout en grommelant elle lit d'autres dépliants pour choisir sa prochaine excursion, aussi le salon déborde-t-il de feuilles de couleur frappées de la photo d'une croix, d'un olivier devant un mur, ou de Padre Pio, la main levée.

Mais il n'y a pas de carte d'assurance maladie.

Marino n'a pas su dire si elle se trouvait dans un meuble du salon ou dans sa chambre. Où Sandro et Rambo entrent et s'immobilisent un instant comme si, descendus d'une machine à remonter le temps, ils se demandaient à quelle époque ils avaient échoué. Car la chambre de Marino n'a pas changé depuis l'école primaire : les mêmes meubles blancs ponctués d'auto-collants, la même tête de lit parsemée de dessins de roses et surmontée d'une hirondelle, et, sur le mur, juste au-dessus, le même tableau de Jésus peint par son oncle Terzo, qui exerçait le métier de quincail-lier mais aimait exécuter des paysages de mer et de montagne. Si ce n'est que les membres de sa famille ne voulaient pas de ses paysages, ils lui réclamaient exclusivement des tableaux de Jésus à accrocher au-dessus du lit des enfants pour leur première commu-nion ou leur confirmation. Cela énervait tant Terzo qu'il se défoulait en plaçant sur l'épaule de Jésus une gigantesque croix noire et en faisant ruisseler le sang de la couronne d'épines sur son visage et dans son cou, jusqu'à sa poitrine, en une scène gore qui l'aidait peut-être à ne pas perdre la tête mais vidait aussi son tube de peinture rouge.

Sur le mur d'en face sont encore accrochés le poster de Bon Jovi et celui de Kelly LeBrock dans *Une créature de rêve*, film où deux adolescents créent à l'aide d'un ordinateur une femme super canon et disponible, entreprise certes compliquée mais plus probable que l'alternative classique consistant à en trouver une vraie qui vous aime et sort avec vous.

Tandis que Rambo ouvre le tiroir de la table de nuit à la recherche de la carte d'assurance maladie, Sandro continue d'observer ces objets, cette chambre identique à ce qu'elle était trente ans plus tôt, quand il venait y jouer, et cela lui cause un drôle d'effet tout en lui semblant d'une certaine façon parfaitement normal.

Puis il abandonne Rambo et va se remplir un verre d'eau à la cuisine. Il le boit : l'eau a un léger goût de rouille, mais cela vaut mieux que l'odeur de fumée qui s'est collée à son palais. Il tousse, s'approche de la fenêtre qui donne sur la Versilia et essaie de chasser ces pensées.

Il pose le verre dans l'évier et s'apprête à rejoindre Rambo quand il passe devant le congélateur géant, près de la porte. Il s'immobilise, actionne la poignée et ouvre.

Sans avoir rien cherché, rien compris, rien deviné. Il n'a pas remarqué dans l'évier les assiettes couvertes d'une sauce tomate qui a moisi, il n'a pas vu le plant de basilic mort de soif à côté, dans son pot entouré de petits bouts de feuilles sèches. Et le congélateur géant non plus ne l'a pas intrigué, car il est là depuis toujours : ils l'utilisaient, enfants, pour faire des granités en mélangeant de l'eau, du sucre et du jus de citron dans des gobelets en plastique. Ces granités étaient infects, et pourtant ils en mangeaient tout l'été. Sandro pense à ces granités, juste à ces granités, tandis qu'il ouvre le congélateur. La vapeur glaciale s'évanouit vers le plafond, le laissant seul face au spectacle de l'intérieur.

Deux pizzas congelées, des pots de ragoût maison, une petite boîte de chaussons tomate-mozzarella, puis ce truc droit, dur et gros, qui masque tout et finit par un arrondi au sommet.

La mère de Marino, un plaid sur les épaules.

Marino pleure, le visage sous la couverture, produisant un bruit grave et incessant des plus angoissants, en particulier pour Sandro puisqu'il est identique à celui du maudit congélateur. Il s'insinue dans ses oreilles et monte jusqu'à son cerveau, dans lequel il restera gravé, tout comme la mère de Marino, son visage dur, bleu et couvert de glace.

Quand Rambo et lui sont arrivés dans la chambre d'hôpital, Marino leur a demandé avec un sourire tremblant s'ils avaient trouvé sa carte d'assurance maladie. Ils n'ont pas répondu, se contentant de lui lancer un regard certainement éloquent, puisque le malade a tiré la couverture sur sa tête et a fondu en larmes en émettant ce bruit continu qui dure maintenant depuis dix minutes et qui, peut-être, ne s'achèvera pas.

Or, il prend fin brusquement, dès que Rambo interroge : « Bon, c'est toi qui l'as tuée ? »

Un instant de néant, puis Marino écarte le drap, découvrant ses yeux écarquillés. « Quoi ? Vous êtes dingues, ou quoi ? Vous êtes mes meilleurs copains, vous êtes mes frères, vous pensez vraiment que… que je… ? Mais vous êtes dingues, dingues !

— Oh, dit Rambo, nous sommes passés chez toi et nous avons trouvé ta mère dans le congélateur. Alors ne nous parle pas de dingues, s'il te plaît. »

Marino pose les yeux sur lui puis sur Sandro, avant de plisser les paupières et de regarder un peu plus haut. Sa bouche ne tremble plus, ses bras sont droits le long de ses côtés et, lorsqu'il se décide à s'expliquer, il le fait d'un ton plat et détaché, comme dans les films qui montrent des séances de spiritisme au cours desquelles on tombe en transe.

« Ce n'est pas moi. Je le jure. C'est arrivé cet été, quand nous sommes allés dans la pinède, à la Versiliana, étudier les pins. »

Sandro hoche la tête. Peu importe comment les choses se sont passées, il ne pourra jamais en vouloir à Marino, un homme qui conserve le cadavre de sa mère dans le congélateur et parle de promenades d'étude dans la pinède parce qu'il a honte d'admettre qu'ils volaient des pommes de pin pour vendre les pignons aux restaurants.

« Je suis ensuite rentré à la maison, couvert de résine, j'ai dit bonsoir à maman qui fumait et regardait la télé sur le canapé. Il y avait déjà sur la table le potage avec lequel commencent tous nos dîners, car c'est bon pour la santé et ça ouvre l'appétit. Nous avions beaucoup trimé ce jour-là avec les pommes de pin, alors je mourais de faim.

— Oui, et nous n'en avions pas tiré grand-chose », commente Rambo.

Sandro lui jette un regard mauvais et l'invite à garder le silence. Mais Marino semble ne pas avoir relevé. « Je lui ai dit bonsoir puis je suis allé prendre une douche. Je suis resté sous le jet un certain temps, car la résine ne partait pas. Je suis ensuite retourné dans le salon. Maman était encore là. Elle ne fumait pas, mais il flottait dans l'air une drôle d'odeur. De brûlé. Son mégot était tout noir entre ses doigts, et ses doigts aussi étaient noirs. La cigarette s'était consumée, mais elle la serrait encore, les yeux fixés sur la télé. Je l'ai appelée en essayant de lui ôter son mégot. Cela m'a pris beaucoup de temps parce qu'elle continuait de serrer, la main était très dure, comme factice. Je disais : "Lâche ça, maman ! Tu te brûles ! Lâche ça, maman chérie !" Je tirais fort, mais elle ne lâchait pas, je tirais et transpirais, je m'agrippais à sa main sans rien comprendre. Ou plutôt, je comprenais peut-être, mais je ne le voulais pas. Je ne voulais pas appeler l'ambulance ni la police, je ne voulais appeler personne, je ne voulais pas qu'on me réponde, que je sois obligé de dire ce qui s'était passé. Je ne savais même pas ce qui s'était passé, comment aurais-je pu le leur expliquer ? Ce qui s'était passé, c'était la fin, voilà ce qui s'était passé. » Marino se tait. Les paupières toujours plissées, il continue de fixer le même point vague et précis, la bouche tordue mais close.

« Qu'est-ce que tu as fait ensuite ? » interroge Sandro.

Marino respire profondément, comme en témoigne son corps maigre qui se gonfle sous le drap. Il utilise ce souffle pour répondre : « Je me suis assis à table et j'ai mangé le potage.

— Attends ! s'exclame Rambo. Ta mère était morte sur le canapé et tu t'es mis à dîner ? »

Marino opine une seule fois.

« Putain, t'étais vraiment affamé ! »

Le silence s'abat sur la chambre. Il n'y a plus que le bruit de congélateur qu'émet de nouveau la gorge de Marino, et les frissons qui secouent la peau de Sandro.

« J'ai avalé le contenu de mon assiette et de la sienne tout en lui décrivant la Versiliana. Je lui disais que c'est un endroit merveilleux, que je l'y emmènerais un jour. Je lui ai parlé toute la soirée et je pense… oui, je pense que ça a été à ce moment-là. Si j'avais immédiatement appelé quelqu'un, ne serait-ce que vous, les choses auraient été différentes. Ou si j'avais pleuré et crié. Mais je me suis assis à table, j'ai mangé mon potage en parlant à maman. Pendant ce temps, je pensais à tout ce qui allait arriver. On viendrait la chercher, on l'emmènerait et je ne la verrais plus. Et ce serait pareil pour moi. On ne m'emmènerait pas, mais je devrais partir : comment payer le loyer sans sa retraite ? Et où aller ? Pour elle, c'était facile. On la mettrait dans une boîte en bois et c'était terminé. Mais pour moi ?

— Alors tu l'as enfermée dans le congélateur », conclut Rambo.

Marino n'ajoute rien, c'est inutile. Il se contente de répondre à Sandro, qui l'interroge sur le plaid :

« Quoi ?

— Le plaid. Elle avait un plaid sur les épaules.

— Ah oui, c'est moi qui le lui ai mis. Pour qu'elle ait moins froid. »

Il a l'air convaincu. Rambo et Sandro se dévisagent. Ils ne parlent pas : que dire ? Au bout d'un moment seulement ils demandent comment il se fait que personne ne l'ait cherchée.

« Maman ne voyait personne et ne sortait jamais. C'est moi qui faisais les courses, moi qui lui achetais ses cigarettes, moi qui touchais sa pension. Qui la touche. »

Marino se tait. Les yeux fixés au plafond, il ne semble pas avoir changé, et pourtant on dirait que quelque chose a sauté, comme si la ligne téléphonique qui le reliait au monde avait été coupée.

Rambo se rapproche de Sandro et l'entraîne à la fenêtre, loin du malade.

« Tu as saisi ? murmure-t-il. Sandro, tu as saisi ? »

Sandro ignore s'il a saisi ou pas, mais il répond par l'affirmative.

« Quel salopard ! Ça fait deux mois qu'il a l'appartement pour lui tout seul et il ne nous avait encore rien dit, bordel », dit Rambo en secouant la tête, l'air dégoûté.

Sandro se tourne vers la fenêtre et contemple la pelouse fleurie de l'hôpital, que les médecins et les infirmières piétinent en fumant et en parlant au téléphone, tandis que les gens vont et viennent : ils rendent visite à un parent, un ami ou une connaissance, munis de biscuits, de chocolats, de fleurs ou de journaux, ils diront au malade « Allons, allons, tu as meilleure mine », bavarderont un moment avec lui et l'écouteront un peu. Et ils auront beau bien le cacher, ils seront pressés de le saluer et de retourner à l'extérieur, derrière les pins du parc, le mur et la grille, là où les individus ont des choses à faire et des journées à remplir pour vivre leurs vies toutes un peu identiques, mais chacune absurde à sa façon.

Comme Marino, que Sandro connaît depuis l'école primaire et qui, tout en étant le garçon le plus gentil du monde, a posé un plaid sur les épaules de sa mère et l'a fourrée dans le congélateur. Comme Rambo qui trouve cette histoire scandaleuse pour la seule raison qu'il n'a pas été invité à en profiter. Comme lui, Sandro, qui, au milieu de ce bordel, regarde le soleil se coucher de l'autre côté de la fenêtre en se demandant juste si les magasins sont encore ouverts car il doit acheter un ciseau pour une raison secrète.

Nous sommes tous normaux tant qu'on ne nous connaît pas bien.

SALE ET CONTENT

Oh, aujourd'hui je vois vraiment bien. Car le ciel n'est qu'un unique nuage qui bouche le soleil, la mer a la même couleur, elle ne brille pas, et ils se rencontrent à l'horizon comme un unique mur gris. C'est toujours comme ça, je vois bien quand il n'y a rien à voir.

Je marche sur le rivage et reconnais les branches qui s'immobilisent sur le sable en dessinant le bord de la vague qui les a apportées, les touffes d'algues semblables à des perruques poisseuses, et les méduses échouées pareilles à de grosses loupes au bord violet. Malgré tout, je ne suis pas contente, je préfère les journées de soleil. Avec le soleil, je ne vois pas bien, mais je me sens mieux. Ça, Zot n'arrive pas à l'accepter.

« Le soleil te fait mal, Luna, il te fait très mal. Comment peux-tu l'aimer ?

— Écoute, le soleil est beau, il est bien plus beau que les nuages. Il me fait mal, d'accord, et alors ? Les malchanceux qui ne peuvent pas manger de desserts souffrent en silence, ils ne vont pas dire que le chocolat est dégueulasse. Sinon ils seraient malchanceux et bêtes.

— Tu n'es pas malchanceuse, Luna.

— Non. Je suis peut-être bête. »

Zot acquiesce puis secoue la tête, il recommence à étudier les branches, les bouts de jouets et les cannettes de boissons mystérieuses que la mer a déposés aujourd'hui sur le rivage. Je m'y mets moi aussi, mais je n'ai aucune envie de me taire.

« Vive le soleil, Zot ! Vive le ciel bleu, la lumière et la peau qui brûle ! Je voudrais m'exposer au soleil et me brûler au point de prendre feu. Fantastique, non ? Un jour je le ferai vraiment !

— C'est ça, plaisante ! On passe toujours des plaisanteries aux pleurs. Vous autres jeunes d'aujourd'hui aimez jouer les rebelles. Vous ne faites pas ce que vous devez faire, et vous adorez ce que vous ne devez pas faire. Jeunes voyous…

— On a le même âge, Zot, le même âge.

— Tu ne peux pas dire ça, Luna, tu ne le sais pas. »

Zot accélère le pas. Je garde le silence, car en effet je ne connais pas sa date de naissance. Au début, il m'a dit que son anniversaire était le 23 octobre, mais uniquement parce qu'on fêtait ce jour-là saint Ignace, patron de l'orphelinat. Le 23 octobre, des dames élégantes se présentaient avec des gâteaux et des vêtements, et c'était pour Zot ce qui ressemblait le plus à un anniversaire.

« Bon, tu as plus ou moins mon âge, alors arrête de parler comme un vieux.

— Voilà, *plus ou moins*, l'approximation est une des grandes plaies de votre génération. Ah, jusqu'où irons-nous, ma chère Luna, que deviendrons-nous ? »

Je contemple le sable où les vagues se brisent pour reculer aussitôt. J'ignore ce que nous deviendrons, mais il est possible que je m'en fiche. J'aimerais d'abord savoir où aller maintenant. Or, je n'en ai pas la moindre idée. Voilà pourquoi je marche tout droit sur le rivage, le regard fixé sur le sable, en espérant que la mer me donnera un conseil. Ici, sur Terre, personne n'est plus en mesure de le faire.

Autrefois il y avait Luca, mon grand frère. Il savait un tas de choses et il en sait à présent encore plus. Quand on meurt, on apprend d'un coup des choses très importantes : avant tout, on découvre ce qu'il y a après la mort et, au bout d'un moment, si les extraterrestres existent. Car si l'on ne trouve après la mort que les âmes des terriens, les extraterrestres sont vraiment une invention. Ou alors ils sont tous en Enfer, et Luca, qui est au Paradis, ne peut les voir. Et je me demande si, au milieu des choses splendides qui l'entourent, il pense de temps en temps à moi.

Tandis que je m'enfonce dans ces pensées idiotes, une douleur me ramène au rivage. Une piqûre et un pincement, un éclat sous le pied. Cela vient du morceau de bois que j'ai piétiné : un truc plat, pareil à une fine tranche d'arbre. Je le saisis, souffle dessus pour en ôter le sable et le tourne vers le ciel. Il y a dessus quelque chose de sombre. Je l'approche de mon visage, le touche presque des yeux, alors que Zot arrive. Nous l'observons, joue contre joue, assez proches pour que nos souffles se mêlent si je parvenais à respirer.

Mais non, nous avons le souffle coupé. Ce que nous voyons est dingue, et pourtant c'est bien là. Je marchais et me demandais si Luca pensait un peu à moi. Et pendant ce temps-là mon frère, depuis la mer, me parlait.

« Ouais, bordel, ouais ! » se dit Sandro, avant d'assener un coup de poing à la paroi de bois. De toute façon, personne ne peut le voir ni l'entendre. Il est caché derrière les cabines, à l'extrémité de la plage, et il épie les deux enfants sur le rivage. Arrêtée au bon endroit, Luna ramasse un objet, qu'ils étudient tous deux, exactement comme il l'espérait. Braves gosses, putain ! Il balance un autre coup de poing à la cabine, et il continuerait s'il ne souffrait pas depuis l'autre soir, en particulier du petit doigt, peut-être cassé.

Sculpter la pierre n'est pas facile. C'est même dangereux. Sandro l'a appris samedi soir : après sa visite à l'hôpital, il est allé à la quincaillerie et a déniché au fond du magasin bourré d'outils, de tronçonneuses, de débroussailleuses et autres instruments sérieux, une étagère d'objets plus raffinés, genre pinceaux et peinture, marquée de l'inscription POUR LES FEMMES. Il a acheté une sorte de burin, puis s'est rendu au fleuve, où il a choisi la pierre la plus grosse qu'il pouvait emporter. De retour chez lui, il a cherché sur Internet les photos des statues à tête en forme de croissant de lune qui sont conservées à Pontremoli, et il a passé la nuit à en sculpter une.

Ou plutôt il a passé la nuit à s'abîmer les mains. Et tandis qu'il s'efforçait d'imprimer une forme de lune à la tête de l'avorton qu'il fabriquait, il s'est donné sur le petit doigt un coup de marteau qui lui a tiré des larmes. Ce doigt est d'ailleurs toujours gonflé, il refuse de se plier, on dirait un petit bout de corps inutile, né par erreur au fond de sa main.

Comme Van Gogh avec son oreille, Sandro a sacrifié un doigt à l'art, et ce sacrifice ne lui a servi à rien. Car, il lui faut bien l'admettre, ces hommes primitifs n'avaient rien de primitif : les statues-menhirs paraissent simples, genre dalles de roche avec une tête ronde, des mains, un couteau dessiné au milieu et parfois des seins, et pourtant après une nuit de travail son œuvre rappelait encore une pierre trouvée au bord du fleuve et martelée pendant des heures.

Au matin, furibond, il a fini par la casser puis l'a jetée avec son plan qui échouait misérablement avant même d'avoir commencé.

Or, il n'y avait pas de quoi s'énerver, au contraire. Marino le lui a expliqué l'après-midi, sur son lit de douleur. Sandro, qui se plaignait de son petit doigt insensible, lui a raconté comment il se l'était cassé et, tant qu'il y était, a révélé son projet. Alors Marino lui a répété pendant une demi-heure combien cette idée était affreuse, horrible et moralement dégoûtante, combien il était égoïste de vouloir tromper, pour des bas intérêts, deux gamins naïfs et rêveurs, encore troublés par le grave deuil qui les avait touchés. Comment a-t-il pu seulement y songer, comment a-t-il pu seulement décider de… ?

Marino aurait continué de la sorte pendant un temps indéfini si Sandro n'avait pas mentionné le cadavre de sa mère fourré dans le congélateur pour toucher sa pension. Alors il a observé un moment de silence, a levé les yeux au plafond puis repris la parole avec cette voix digne d'une séance de spiritisme qu'il avait adoptée la veille, une voix absente et lointaine. Au lieu de critiquer le plan sordide de son copain, il a fourni à ce dernier des conseils fort utiles sur la façon de le mener à bien.

« La pierre est absurde. Primo, parce qu'elle est difficile à sculpter. Deuzio, parce qu'il est impossible que des vagues convoient un objet aussi lourd. Et puis, qui était censé graver l'inscription ? Luca au Paradis ? Je t'en prie, arrête avec ces bêtises, tu as affaire à deux gosses, mais pas à deux idiots. »

Sandro a écouté sans un mot la leçon de ce nouveau Marino, aussi pratique et froid qu'un tueur du KGB. Presque en balbutiant, il lui a demandé : « Alors, qu'est-ce que je dois faire ?

— C'est simple. Passe à un bout de bois, genre planche, plus facile à travailler. Donne-lui la forme des statues-menhirs, abîme-le avec un peu de terre et quelques coups, comme pour le vieillir, colles-y des bouts de lichen et des copeaux de bois, comme s'il avait séjourné au fond de la mer. Ensuite va au kiosque qui se trouve devant les manèges, chez le couillon qui vend des bracelets en cuir, dis-lui d'en fabriquer un avec le nom de Sandro et l'autre avec celui de... Comment s'appelle la mère de Luna ? Serena ? Voilà, abîme-les eux aussi avec une râpe ou du papier-émeri. Enfin, colle-les sur le bois comme si tout ça s'était mélangé au fond de la mer à force d'y rester. Amen. »

Voilà ce qu'a dit Marino, et son amen rapide et ferme a clos le chapitre de la discussion. Hébété, Sandro s'est efforcé de se remémorer les instructions, puis il l'a remercié et a filé chercher une planche en bois et les bracelets.

Sauf que travailler le bois n'est pas facile non plus, et le résultat était ignoble, y compris avec les bracelets. Rambo le lui a confirmé en formulant ce commentaire : « C'est quoi, cette merde ? » Puis il a jeté l'objet à l'arrière de la Jeep et lui a dit qu'il s'en chargerait s'il lui fournissait deux autres bracelets et une planche de contreplaqué.

Et, en effet, le travail de Rambo est cent fois supérieur. On lit les prénoms et on reconnaît la silhouette de la statue : Sandro était si admiratif qu'il ne pouvait pas s'en détourner, sur la plage. Puis, voyant les enfants arriver à vélo, il s'est dépêché de placer l'œuvre d'art sur la rive et a regagné les cabines, de derrière lesquelles il a attendu son triomphe.

Et maintenant les enfants étudient l'objet incroyable que la mer leur a apporté, le message miraculeux et très clair que Luca leur a envoyé : il faut qu'ils aillent à Pontremoli voir les statues à tête en forme de lune. Et il faut qu'ils y aillent en compagnie de Serena et de leur catéchiste, M. Sandro.

À moins qu'il n'y ait un homonyme dans leur vie, par exemple un oncle, ou un ami. Pour ne pas courir de risques, Sandro avait pensé faire inscrire sur le bracelet MONSIEUR SANDRO, puis il s'est dit que c'était suspect et s'est ravisé. Mieux valait se fier aux enfants qui ont beaucoup d'imagination et sont crédules, en particulier Luna et Zot. Ils sont d'une naïveté folle, des agneaux prêts à rôtir en Enfer, des faons qui s'arrêtent au milieu de l'autoroute pour regarder le camion lancé vers eux et qui sourient en pensant que les phares sont des étoiles scintillantes et amies.

Sandro, qui se tient au volant de ce camion et appuie sur l'accélérateur, est partagé entre l'exultation et la honte : se taire quand Luna a confondu l'os de sanglier avec un os de baleine envoyé par son frère est une chose, inventer une histoire pour les conduire là où il le souhaite en est une autre.

Voilà pourquoi il a beaucoup réfléchi avant de mettre son plan à exécution. Non, ce n'est pas vrai, il y a juste pensé deux minutes, tout en établissant la liste des objets dont il avait besoin. Mais ce n'est pas sa faute : il doit revoir Serena, passer un peu de temps en sa compagnie et lui parler, lui expliquer ce qu'il est lui-même incapable de comprendre pour le moment.

Car il est temps d'agir, et peu importe comment. Sandro a quarante ans, bordel de merde, quarante ans. Enfant, quand il pensait à l'an 2000, il se voyait conduire ses enfants à l'école à bord d'un astronef et les confier à des professeurs-robots. Or, l'an 2000 est passé depuis longtemps et on est encore vissés sur des voitures qui crachent de l'huile et des poisons ; les robots ne sont bons qu'à mixer les fruits et à commander l'arrosage des jardins ; et, de toute façon, Sandro n'a ni enfants à conduire à l'école, ni même un vrai travail. Rien n'est vraiment arrivé dans sa vie. Pas de tournant, pas de choix, les seuls changements qui se sont produits c'était par défaut. Des amours consumées, des restaurants qui ont fermé ou qui ont pris feu, des champs qui se sont transformés en centres commerciaux, des gens qui sont allés vivre ailleurs ou qui ont cessé de vivre. La vie de Sandro n'est pas un parcours, elle consiste à perdre des pièces en cours de route et à s'efforcer d'avancer quand même.

Alors, putain, réagir, se secouer, voilà qui est nouveau et juste. Certes, il n'est peut-être pas brillant d'exploiter la naïveté et la souffrance d'une fillette et de son copain neuneu, mais Sandro veut agir, se lancer, il doit accepter que le monde est ainsi, jonché de nids-de-poule et de flaques, et que se salir les mains fait partie du jeu.

Et, en effet, Sandro regarde à présent, de derrière les cabines, les enfants mordre à l'hameçon, il se sent à la fois extrêmement sale et extrêmement content.

PARIS OU PONTREMOLI

« Tu dors, maman ?

— Non, et toi ?

— Pas tellement.

— Pourquoi ?

— Je ne sais pas. Toi, pourquoi ?

— Bof. Il faut que tu dormes, toi.

— Pas toi ?

— Si, mais demain tu as école.

— C'est vrai. Je vais donc dormir. Est-ce que je peux te poser une question avant ?

— Je t'écoute.

— En réalité, j'ai deux questions, maman.

— D'accord, vas-y », lui dis-tu.

Mais Luna attend. Tu sens son souffle dans ton cou, le bruit faible qu'elle produit en se mordant la peau autour des ongles.

Et puis : « Tu es déjà allée à Pontremoli ?

— À Pontremoli ? Non, je ne crois pas. J'y suis passée en train une fois. C'est au milieu des montagnes, sur la route de Parme. Pourquoi ?

— Comme ça. Tu aimerais y aller ?

— Non.

— Comment ça ?

— Bof, je ne sais pas, non. Il y a un tas de beaux endroits dans le monde, et Pontremoli ne me tente pas.

— De toute façon, tu ne vas plus nulle part.

— D'accord, mais si j'allais quelque part, ce ne serait pas à Pontremoli.

— Pourquoi ?

— Je ne sais pas. Pourquoi t'intéresses-tu maintenant à Pontremoli ?

— Pour rien. D'après moi, c'est un bel endroit, un endroit à voir.

— Bon, et d'après moi non, tant pis. »

Tu te tournes sur le côté, et ton coude heurte un des cartons empilés près du lit. Il faut que tu les arranges mieux, tu pourrais t'en occuper demain ; demain, tu les ouvriras, en tireras les affaires et les rangeras. Il suffit de pas grand-chose : fourrer les vêtements dans des tiroirs, par exemple, et jeter quelques cartons. Mais à cette seule pensée, tu t'agites et tu as le souffle coupé. Consacrer un après-midi entier à cette besogne, pas à pas. Non, ce n'est pas possible, pas maintenant. Peut-être demain, ou après-demain, peut-être…

« Et les statues-menhirs ?

— Quoi ?

— Les statues-menhirs, tu n'aimerais pas les voir ?

— Qu'est-ce que c'est ? demandes-tu, même si tu les as déjà entendu mentionner, sans doute à la télé, même si tu as lu quelque chose à leur sujet quelque part.

— Ce sont des œuvres magnifiques, sculptées il y a très très longtemps, trois mille ans, peut-être plus. Elles se trouvent à Pontremoli et j'aimerais énormément les voir.

— Seigneur ! Une fille de ton âge doit-elle vraiment penser à de vieilles statues alors qu'il y a tant de choses à voir dans le monde ? Paris ne t'attire pas ? New York te dégoûte ?

— Non, mais pour l'instant j'aimerais aller à Pontremoli.

— Quelle chance tu as, Luna, quelle chance ! Maintenant dors.

— Oui, mais alors ?

— Alors quoi ?

— On y va ou pas ?

— Je ne sais pas. Un jour peut-être. Mais maintenant dors. »

Un instant, le silence de la nuit se répand dans la chambre, accompagné des mille bruits qu'il renferme. La chouette avec son hululement toujours égal, un mouvement parmi les objets amassés dans le jardin – probablement un rat, mieux vaut ne pas y penser.

« Je dois encore te poser la seconde question.

— La seconde, c'étaient les statues.

— Non, les statues-menhirs étaient la seconde partie de la première question. La véritable seconde question est la suivante : d'après toi, que se passe-t-il quand quelqu'un meurt ? »

Luna prononce ces mots à brûle-pourpoint, et un nouveau silence s'ensuit. La chouette, les rats qui se déplacent dans le jardin, les morceaux de tôle secoués par le vent. Cette nuit, rien ni personne ne dort, tout s'agite et remue. La nuit est le pire moment : dans la journée, tu parviens parfois à te distraire pendant une seconde ou deux. Mais la nuit, il n'y a que Luca. Aussi tu n'essaies même pas de résister, tu sens ton esprit travailler, tes pensées se font plus vagues, elles coulent l'une sur l'autre, puis se transforment en images, bouts de phrases, parfums, couleurs qui te parlent de ton fils. Tu les fixes, les yeux fermés, dans un état qui peut passer pour du sommeil, vu de l'extérieur.

Telles sont tes nuits, enroulées autour de Luca, agrippées à Luca qui n'est plus là. Alors, la question de Luna tombe vraiment mal.

« C'est quoi, cette question ? Comment ces choses-là te viennent-elles à l'esprit à cette heure de la nuit ?

— Oui, que se passe-t-il quand on meurt, maman ? Tu penses qu'il est possible qu'on existe encore, qu'on voie ce qui se passe dans le monde… ? D'après toi, quand on meurt, on meurt, ou on est encore un peu vivant ?

— Je ne sais pas, Luna. Je ne le sais pas, tu ne le sais pas, personne ne le sait. Nous le savons juste quand nous mourons.

— Oui, c'est ce que je pense aussi. Quand nous mourons, nous savons un tas de choses. Ou du moins, je le crois. Mais si j'étais morte, j'en serais certaine.

— Ne sois pas pressée. Parce que si tu meurs, tu ne pourras pas aller à Pontremoli.

— C'est vrai ! Mais on est en vie, maman, alors pendant qu'on est en vie, on y va ? Là-bas il y a des statues-menhirs à la tête en forme de croissant de lune, on ne sait pas qui les a sculptées ni pourquoi, c'est un mystère, tu te rends compte, quelque chose de fantastique. On va les voir ? »

Maintenant qu'elle a mentionné les têtes en forme de croissant de lune, tu te rappelles ces statues. Tu ne sais pas où tu as entendu la nouvelle, mais, il y a peu de temps, un paysan qui labourait son champ pour y planter du maïs en a exhumé une. Son tracteur l'a heurtée et brisée en deux, cependant on a réuni les morceaux et elle est à présent conservée dans un musée. Tu l'as entendu dire, ou tu en as rêvé, tu ne sais pas. Tu ne sais qu'une seule chose : tu n'as pas envie d'aller à Pontremoli, tu ne peux pas y aller, et il faut que tu répondes aux « On y va, maman ? On y va ? » de Luna par : « Ça suffit maintenant, dors, il est tard.

— Il faut qu'on y aille, il le faut. On y va ? Allez, dis-moi qu'on y va.

— Oui, un de ces jours.

— Oh, maman, je sais bien que quand tu dis "un de ces jours", ça signifie non. Pourquoi pas ? On fera un petit tour, on verra de beaux endroits. Pourquoi tu ne veux pas ?

— Ce n'est pas ça, Luna, c'est que… » Tu marques une pause et, quand ta voix recommence à jaillir, elle se heurte à un goulot qui la déforme. « C'est que je ne peux pas. Je ne peux pas maintenant. Vas-y avec l'école, vois si une excursion est programmée. Moi, je ne peux pas venir.

— Mais je veux y aller avec toi, maman ! Qu'est-ce que ça te coûte ? S'il te plaît, fais-le pour moi.

— Non, Luna, je t'ai dit non. N'insiste pas, ne me force pas. Est-ce que je te force, moi ? »

Luna secoue la tête, ses cheveux te caressent le bras.

« Voilà. Et maintenant dors, car tu as école demain. Et si tu n'as pas envie d'y aller, je ne t'y forcerai pas. Dis-le-moi, et j'arrête le réveil. Tu veux rester à la maison ? »

Encore cette caresse de ses cheveux qui veut dire non.

« Oh, très bien, alors dors, demain tu dois te lever tôt. »

L'échange semble terminé. Le silence retombe, avec la chouette, le rat et la nuit. Mais Luna n'a pas fini, tu le sens à sa respiration contre ta poitrine.

367

« Pourquoi, maman ? Je n'insiste pas, je ne te force pas, mais dis-moi pourquoi. C'est à cause de Luca ? »

Son prénom. Tu n'arrêtes pas de penser à Luca, il est toujours dans ton esprit, il te brûle la peau, ta vie est une chose vague qui reste en arrière-fond. Pourtant entendre son prénom te désarçonne et tu enrages presque contre ceux qui le prononcent. Comme s'ils l'usaient, comme s'ils l'abîmaient. Y compris quand il s'agit de Luna, un peu. Tu ne voudrais pas, mais c'est comme ça.

« Qu'est-ce que Luca vient faire là-dedans ?

— Rien. Ou plutôt, d'après moi, Luca ne serait pas content que tu passes ton temps enfermée ici. Il aimait faire un tas de choses. Tu te rappelles le jour où un camion qui allait en Allemagne s'est arrêté devant le kiosque ? Il a sauté dedans et s'est caché à l'arrière car il avait envie de voir comment était ce pays.

— Oui, je m'en souviens très bien », réponds-tu. Et ce « très bien » a une allure un peu amère. Car tu aimerais dire, en réalité, que tu es la seule à te le rappeler, que Luna ne le peut pas : elle était trop petite et, si elle connaît cet épisode, c'est parce que tu le lui as raconté. Il a sauté dans ce camion et il est allé jusqu'à Bolzano. Là, il s'est arrêté à un restoroute parce qu'il faisait trop froid et il a demandé à une famille qui se rendait à Bologne de l'emmener. Un camionneur l'a conduit à Florence, où tu es allée le chercher au terme d'une journée d'angoisse et de terreur. Quand il est monté dans ta voiture, tu as essayé de lui parler, de lui faire une liste de reproches aussi longue que le trajet. Mais il t'a embrassée et, à la vue de ton visage courroucé, il s'est montré surpris, incrédule. Il t'a souri, s'est installé confortablement sur son siège et a commencé à te décrire les endroits qu'il avait vus dans le Nord et qui ne sont pas mal du tout, les restoroutes tout propres au milieu des bois, de la musique qui ressemble au *liscio*[1] de la Romagne, mais en plus fort, et... Bref, il était impossible de se fâcher contre lui.

Maintenant qu'il n'est plus là, ta rage est plus forte que jamais. Malgré toi, elle s'insinue dans ta voix, tandis que tu demandes à ta fille qu'est-ce que cette putain d'histoire de camion vient faire ici.

« Il serait content que tu bouges un peu, maman. Luca ne veut pas que tu restes enfermée ici. Luca veut que tu ailles à Pontremoli.

— Bordel, qu'est-ce que tu racontes, Luna, qu'est-ce que tu racontes ?

— Oui, maman, il me l'a dit, je te le jure. Je n'arrivais pas à le croire, mais Luca me parle, c'est dingue ! Je te jure que c'est vrai.

— Tu es débile, ou quoi ? Tu es folle ? Et quand te parle-t-il ? Comment ? »

Ta rage se mêle à un rire à la fois méchant et désespéré, et la véritable question que tu voudrais poser à ta fille est sans doute la suivante : « Pourquoi ne me parle-t-il pas, à moi ? »

« Ce n'est pas qu'il me parle vraiment, il m'envoie des messages. Il m'envoie des objets sur le rivage et je comprends ce qu'il veut me dire. Tu as vu l'os de baleine que j'avais dans les cheveux ? C'était son cadeau, il devait m'en rapporter un de France. Il m'avait également avertie que la marmite se casserait et te brûlerait le pied. Maintenant il dit qu'il faut que tu ailles à Pontremoli. Et que je t'accompagne.

1. Le *liscio* est une danse de bals populaires typique du nord de l'Italie. Inventé au XIXe siècle, il comporte la mazurka, la valse et la polka exécutées à un rythme plus rapide.

Et Zot aussi, et M. Sandro qui est notre catéchiste et... »

Luna continue, comme une avalanche, dévidant des mots plus absurdes les uns que les autres, te les déversant dessus. Tu as beau essayer de te protéger, ils t'emportent et te secouent de tremblements de rage. Comme chaque fois que quelqu'un veut te parler de Luca. Comme cette vieille amie de ta mère, le même genre de conne qu'elle, qui t'a lancé le jour de l'enterrement : « Ne pleure pas, Serena, ne pleure pas, Luca est à présent un petit ange qui te regarde du ciel. » Tu lui as répondu d'aller se faire foutre : qu'est-ce qu'elle en savait, putain ? Ces mots débiles, on les prononce juste pour dire quelque chose, pour se sentir bon et profond, on les jette là puis on se retourne et on oublie tout, alors que toi, tu y penses à chaque seconde, à chaque instant.

Luna aussi t'énerve, tout comme ses propos qui te parviennent à présent déformés, tandis qu'elle se lève et descend du lit. Elle se déplace sans problème dans le noir, elle revient et te dit : « Regarde, regarde ce que j'ai trouvé aujourd'hui. » Tu ne sais que regarder, car tu ne vois que de l'obscurité, l'obscurité de ces mots absurdes. Puis, à force de taper sur le carton qui te sert de table de nuit, tu déniches l'interrupteur de la lampe, et dans la lumière qui incendie soudain la pièce, tu découvres ta fille ébouriffée qui porte violemment une main à ses yeux, tenant dans l'autre un bout de bois couvert de saletés.

C'est un objet plat en forme de champignon, doté d'une tête ronde et de deux yeux. On dirait le travail d'un petit enfant, tant c'est mal exécuté. Deux bandes sombres, de caoutchouc, de cuir ou d'une matière de ce genre, y sont accrochées. Luna en saisit une, l'approche et te dit : « Lis ça, maman, lis ça... » Il est

écrit dessus SANDRO. « Ah non, pardon, lis l'autre »,
et sur l'autre SERENA.

Et alors, qu'est-ce que ça signifie, putain ? Tu
n'es pas la seule femme au monde à devoir supporter ce prénom ! Qu'est-ce que ça signifie ? Quel est
le rapport entre Luca et cette ignominie ? Luca ne
fabriquait que des choses magnifiques, qu'est-ce que
cette merde vient foutre avec ton fils ? Tu le penses
et tes mains se gonflent de rage, tu serres le bout de
bois, tu le serres de plus en plus, tu le sens crisser.
Alors qu'il va céder, Luna s'écrie : « Non ! » Mais tu
insistes, tu serres les dents, tu serres cet objet entre tes
mains, tu n'en veux pas vraiment à cette ignominie,
tu n'en veux pas à ta fille : la rage que tu ressens est
aveugle, sans but, et, ne sachant où aller, elle jaillit
de toutes parts, elle entend juste saisir, tirer, casser
et détruire, jusqu'à ce qu'il ne reste plus rien.

Pas même ta fille, qui est pourtant encore là, qui
essaie de t'arracher le morceau de bois. Mais la
lumière vive de la lampe l'aveugle, elle trébuche,
glisse du lit et tombe en arrière et, tout en tombant,
écarquille les yeux pour comprendre, s'efforce
de s'agripper à quelque chose, alors qu'il n'y a que de
l'air autour d'elle. Puis c'est le choc du sol derrière sa
tête. Tu l'entends, tandis que Luna disparaît pendant
un long laps de temps, beaucoup plus long que cette
maudite nuit.

Tu te jettes sur elle. Ta petite fille a les yeux fermés,
tu lui prends la tête entre les mains et l'étreins, l'étreins
très fort, tu lui demandes pardon et l'étreins, tu pleures
et l'étreins.

« Pardon, ma petite Luna chérie, pardon. Ta mère
est une crétine, ta mère est une imbécile, une idiote,
une débile, je me demande comment une mère aussi
crétine, aussi imbécile et débile a pu faire deux enfants

aussi magnifiques. Je ne sais pas, je le jure. On va aller à Pontremoli. On va y aller, on va admirer les statues et faire tout ce dont tu as envie, on emportera des sandwichs et on pique-niquera. Tu as compris, Luna, tu es contente ? Dis-moi oui, réponds-moi, dis-moi que tu es contente, dis-le-moi, Luna, dis-le-moi ! »

Puis tu te tais et essaies de ravaler tes larmes, parce que tu veux juste entendre ta fille. Qui ne bouge pas, n'ouvre pas les yeux, ne parle pas, alors que le silence de la nuit s'est transformé en véritable silence, sans chouette, sans rat, sans mouvements. Tout s'arrête, tout reste sur le qui-vive.

Puis, enfin, la voix de Luna retentit dans ton étreinte : « Oui, maman, je suis contente, très. Mais si le catéchiste nous accompagne, pourras-tu éviter de lui taper dessus ? »

CRÉNOM DE NOM

Sandro et Rambo montent l'escalier du gratte-ciel jusqu'au neuvième étage, déséquilibrés par les sacs de courses. Ils sont allés au supermarché où ils ont acheté des pizzas surgelées, des frites, des bières discount, un morceau de jambon blanc aussi gros qu'une boîte à chaussures, des cartons de lait, des tomates pelées, des haricots en grains, des anchois, quatre sortes différentes de pecorino, des corn-flakes, des biscuits au chocolat et une bouteille en plastique de cinq litres de vin blanc.

Ils ont puisé un tas d'argent dans leur fonds commun, de l'argent auquel ils n'auraient pas dû toucher. Mais Marino va sortir de l'hôpital, il ne peut pas rester seul, alors ils s'installent dans son appartement, raison pour laquelle il fallait dépenser de l'argent, il n'y a rien de mal à ça.

Excepté la mère de Marino, sèche et dure dans le congélateur.

« Pour être sincère, ça ne me fait aucun effet, affirme Rambo en entrant dans l'appartement. Tu sais combien se font payer ces salopards des pompes funèbres ? Ils profitent de la souffrance des gens pour les arnaquer. Le cercueil, le transport, les fleurs, tout ce bordel pour te fourrer dans un trou. Et, au fond, se retrouver sous terre ou dans un congélateur, ça ne fait pas de différence. »

Sandro branle du chef. « Il y avait une nouvelle de ce genre il y a quinze jours dans le *Tirreno*. Un type de Poggibonsi s'est électrocuté chez lui. Comme il ne payait pas son loyer, on est entré dans son appart un mois plus tard et on l'a trouvé mort dans sa baignoire. Et il y avait aussi dans le congélateur son père invalide de guerre.

— C'est clair, pour ce que coûtent des obsèques… Et puis, un invalide de guerre, ça touche une sacrée retraite. Alors, une fois mort, adieu et amen. Non, non, Sandro, au jour d'aujourd'hui, on a intérêt à garder son mort chez soi, ça peut paraître encore un peu bizarre, je sais, mais ça deviendra de plus en plus normal. Hé, cette crise nous a changé la vie, alors il est logique qu'elle nous change la mort. »

Sandro acquiesce en posant les sacs de courses sur la table du salon, pendant que Rambo se débarrasse des siens sur le canapé. Ni l'un ni l'autre n'a envie de les apporter à la cuisine.

« Où est-ce qu'on met les pizzas surgelées ?

— Bof, répond Rambo. Il doit bien y avoir dans le frigo un compartiment congélateur, non ?

— J'espère. En tout cas, moi, je les mets pas avec la mère de Marino.

— Mais non, bien sûr ! Ce congélateur est sacré, on doit le considérer comme une tombe. Impossible de glisser les pizzas sur la mère de Marino. Ce serait une erreur, tu vois, ça nous mettrait dans notre tort, alors qu'on a raison. »

Sandro et Rambo échangent un regard et hochent la tête comme pour se persuader mutuellement que tout va bien s'ils rangent les pizzas ailleurs.

Mais le problème de Sandro est tout autre. La mère de Marino est morte, elle est au froid dans la cuisine, une couverture autour des épaules. Ce qui lui pèse vraiment, c'est l'histoire de la statuette qu'il a placée sur le rivage à l'intention des enfants. Plus il réfléchit, plus son plan parfait lui donne l'impression d'être merdique. Il a d'abord aidé Luca, un garçon fabuleux et plein d'avenir, à perdre son avenir d'un seul coup. Maintenant il profite de sa mort pour rouler deux gamins dans la farine et approcher la femme qui lui plaît. Bref, d'abord je te tue, puis je viens te chercher dans l'au-delà et t'exploite pour essayer de baiser ta mère. Voilà ce qu'il en est, cette fois il n'y a pas d'excuses, il n'y a ni *si* ni *mais*. Telle est la situation : sèche, dure et définitive, comme la mère de Marino dans le congélateur.

Sandro y pense et s'énerve, il respire fort et son cœur bat plus vite que tout à l'heure, quand il montait les neuf étages. Même s'il sait au fond de lui-même que le problème n'est pas tant qu'il ait roulé ces deux gamins dans la farine ; le problème, c'est que Zot et Luna ne l'ont pas encore appelé.

Ils ne sont peut-être pas si idiots que ça et ils ont peut-être compris que ce truc en bois était une connerie. Ou alors ils connaissent un autre Sandro, un oncle, un voisin, pire encore, un crétin qui flirte avec Serena. Il a fait écrire SANDRO sur le bracelet, mais ce n'était pas suffisant, il aurait dû ajouter CATÉ-CHISTE. En réalité, il y a songé, et cela lui a paru excessif. Alors il a demandé au fabricant d'inscrire une croix après son prénom, mais l'idiot a refusé, au maximum il ajouterait un X. Oui, voilà ce qui gâche tout : désorganisation plus approximation, plus manque de moyens. C'est l'histoire de l'Italie, l'histoire de Sandro. Pauvre patrie, pauvre lui.

« Pauvre patrie », dit-il en se forçant pour aller à la cuisine vérifier s'il y a un endroit où entreposer les pizzas.

Rambo le suit en commentant : « Eh oui, la patrie a vraiment la balayette dans le cul. »

Pour une raison quelconque, ou pour aucune raison sensée, Sandro et Rambo échangent un regard puis éclatent de rire. Ils rient tant et si fort qu'ils n'arrivent pas à s'arrêter, ils rient, les pizzas surgelées à la main. Ils prennent deux verres et s'apprêtent à les remplir, mais l'eau jaillit du robinet toute marron avec un bruit étrange, il n'y a dans le frigo que deux ou trois trucs pourris, le seul article qui se conserve bien dans cette maison est le cadavre d'une vieille femme à l'intérieur du congélateur, alors Sandro et Rambo font la seule chose dont ils sont capables : ils continuent de rire. Ils rient tellement qu'ils en ont les larmes aux yeux, ils pourraient rire toute la journée, toute la nuit, jusqu'à ce que les voisins viennent se plaindre de leur chahut et qu'une fois entrés ils rient et pleurent eux aussi, sans raison et en même temps pour toutes les raisons du monde, sans jamais s'arrêter.

Mais non, Sandro et Rambo s'arrêtent, brusquement, au moment où retentit la sonnerie.

C'est un bruit hystérique et tout déformé : dans le néant de l'après-midi, il évoque une bombe qui explose. Rambo s'étale contre le mur et intime d'un signe à Sandro de se taire. Tous deux cessent de respirer.

La sonnerie retentit encore et encore. Ce n'est pas une bombe, c'est un bombardement. Puis, au moment où ils pensent que c'est terminé, que le casse-couilles à la porte s'est enfin lassé, arrive l'unique son qui soit plus terrible que la sonnerie : une voix humaine hurlant « Je sais que tu es là, j'ai entendu rire, je sais que tu es là ! ».

Cette voix appartient à un homme, qui se met à frapper avec tant de force que Rambo et Sandro ne savent bientôt plus s'il frappe ou s'il tente d'abattre la porte.

Il leur faut réagir, et sans tarder, sinon ce crétin va ameuter tous les occupants de l'immeuble. Ils se précipitent dans le salon. Rambo indique la porte à Sandro, se plante au milieu de la pièce en brandissant les poings et murmure : « Vas-y, je te couvre. »

Sandro s'approche de l'œilleton, mais ne voit rien, il entrebâille la porte et la bloque avec son pied, il passe la tête à l'extérieur et découvre, minuscule dans la pénombre du palier, un septuagénaire maigre arborant un tablier à rayures, les yeux exorbités sous un crâne qu'une mèche a du mal à couvrir.

« Bonjour.

— Bonjour, répond l'homme.

— Qu'est-ce que vous voulez ?

— Je... je ne... Mais qui es-tu ?

— Vous, plutôt, qui êtes-vous ?

— Je suis Franco. De la boutique de fruits et légumes, en bas. Je cherche Lidia.

— Elle est absente, je regrette.

— Où est-elle ?

— Elle est absente, en voyage.

— Crénom de nom, ça fait deux mois qu'elle est absente ! Ce voyage est interminable ! »

Sandro opine, puis secoue la tête, dans l'entrebâillement de la porte. Rambo le rejoint, ouvre tout grand et se place à côté de lui en bombant le torse.

« Nous vous remercions, mais nous n'avons besoin ni de fruits ni de légumes, nous venons de faire les courses au supermarché. »

Franco le dévisage, il dévisage Sandro, puis baisse la tête et passe une main dessus pour lisser ses cheveux qui partent de la tempe. Sa main tombe ensuite sur son visage et lui cache les yeux. « Oui, je comprends », affirme-t-il avant de fondre en pleurs. Des pleurs sourds, qui évoquent une quinte de toux et secouent son tablier.

« Mais non, ne réagissez pas comme ça, objecte Sandro. On faisait les courses au supermarché, alors tant qu'on y était on a pris aussi des légumes.

— C'est pratique, renchérit Rambo, et les prix sont avantageux.

— Je sais, articule Franco entre deux sanglots. C'est une histoire de quantité. Ils... ils forment un grand groupe, ils passent de grosses commandes, ils peuvent se permettre de proposer ces prix. Pas moi. Moi, je suis seul, crénom de nom, je... je suis... seul. » Une vague de larmes encore plus forte lui noie la voix.

« Nous aussi, on est seuls, affirme Sandro. La prochaine fois, on achètera les fruits et les légumes chez vous. Rambo mange un tas de fruits.

— C'est vrai, dit Rambo. Les fruits et les légumes sont les fondations d'un corps sain. La prochaine fois, on ira chez vous. Et Mme Lidia aussi, à son retour. »

Franco secoue la tête. « Non, elle ne vient jamais rien m'acheter. Elle envoie toujours son fils.

— Marino.

— Oui. Mais ça fait un moment que je ne l'ai pas vu, lui non plus.

— Forcément, il est à l'hôpital.

« — Quoi ? Crénom de nom ! Et pourquoi ?

— Il a été écrasé par une voiture, mais tout va bien, il rentre après-demain.

— Ah. » Franco lève les yeux et recommence à dévisager ses deux interlocuteurs. « Il revient après-demain ? »

Pour une raison qu'il ne saisit pas bien, Sandro devine qu'il valait mieux se taire.

« Alors sa mère est avec lui à l'hôpital.

— Oui... bien sûr, oui.

— Alors elle rentrera elle aussi après-demain.

— Non. Elle était à l'hôpital avec Marino, mais elle a dû s'absenter pour une urgence », intervient Rambo. Un instant de silence s'ensuit.

« Mais comment ? Son fils est à l'hôpital et elle s'en va ?

— Exactement. De toute façon, nous sommes là pour lui donner un coup de main, dit Rambo. Sa tante, en revanche, est seule, et Mme Lidia l'aime beaucoup. Sa tante lui a sauvé la vie pendant la Seconde Guerre mondiale. Les SS voulaient la fusiller et la violer. Mais la tante l'a cachée au fond d'une armoire, et les SS ne l'ont pas trouvée.

— Pourquoi voulaient-ils la fusiller ?

— Parce que... parce qu'elle faisait partie de la Résistance. Mme Lidia était une résistante. On l'appelait la Fouine de la Versilia. De nombreux livres parlent d'elle, des livres d'histoire... » Rambo se tourne vers Sandro, mais l'expression de celui-ci est un spectacle horrible, aussi reporte-t-il les yeux sur Franco. Qui le dévisage, les paupières de plus en plus plissées.

« Hé, les garçons, vous n'êtes pas en train de débiter des âneries, hein ?

— Voyons, quelles âneries, monsieur Franco ? réplique Sandro. La Résistance n'est pas un sujet de plaisanterie.

— Vous êtes sûrs ? Parce que Lidia est née en 1946. La Fouine de la Versilia ne pouvait être que sa mère, crénom de nom ! »

Silence. Sandro regarde Rambo, Rambo regarde Sandro, quelques mots cabossés répondent que c'est vrai, bien sûr, la Fouine, c'était sa mère.

« Oui, ce n'est pas elle que la tante a sauvée, évidemment, c'était sa mère. Mais Lidia avait quand même une dette envers elle. Si sa mère était morte, Lidia ne serait pas née, donc c'est un peu comme si sa tante l'avait sauvée, elle. »

Franco étudie Rambo et Sandro, la tête penchée vers le bas en fronçant ses sourcils qui évoquent deux chenilles poilues de passage sur son front.

« Les garçons, s'il vous plaît, dites-moi vraiment ce qu'il en est.

— Nous vous l'avons déjà dit, c'est ça, c'est...

— S'il vous plaît, les garçons, assez de bêtises, j'ai le droit de savoir ce qu'il en est, crénom de nom.

— Écoutez, reprend Rambo, ça suffit maintenant. Nous vous avons raconté la vérité. Et puis de quel droit posez-vous ces questions ? Qu'est-ce que ça peut vous faire ? Est-ce qu'une femme qui s'absente quelques jours est censée avertir son marchand de fruits et légumes ? »

Franco hésite un moment. Il lisse sa mèche, respire deux fois profondément, puis ses mots sortent comme un soupir, comme s'ils poussaient depuis trop longtemps derrière ses dents. « Oui, mais je ne suis pas seulement son marchand de fruits et légumes. Lidia et moi sommes amants. »

Cette déclaration absurde rebondit entre les murs du palier comme une balle affolée. De leurs mouvements de tête, Rambo et Sandro s'efforcent de la suivre, ou de l'éviter.

« Les garçons, c'est la vérité, nous ne faisons rien de mal. Nous nous sommes rencontrés et nous nous sommes plu, c'est juste épidermique. Pas d'engagement, juste du bien-être. Nous sommes au XXIe siècle, c'est normal, Lidia et moi sommes amis-amants. »

Rambo et Sandro ne commentent pas, ne bougent pas, ils restent pendus à la porte. Avant, ils la tenaient pour éviter de l'ouvrir, maintenant c'est elle qui les soutient.

« Ça fait deux mois que je ne l'ai pas vue, pas un message, rien. J'ai attendu un peu, je ne voulais pas risquer de tomber sur son garçon. Mais au bout d'un moment j'ai pensé qu'elle était peut-être malade ou qu'il lui était arrivé quelque chose, alors j'ai rassemblé mon courage et je suis venu. Il n'y avait jamais personne. Crénom de nom, je comprends que nous n'avions pas d'engagements, mais nous étions bien ensemble, elle était bien elle aussi, ou du moins c'est ce qui me semblait. Est-il possible de disparaître ainsi ?

— Ah, les femmes sont bizarres », déclare Rambo qui tend le bras pour le poser sur l'épaule de l'homme, puis se contente de l'appuyer contre le mur.

Franco acquiesce, les yeux rivés au sol, en essuyant de la main la sueur qui emperle son front. « Eh oui, les garçons, elles sont vraiment bizarres, crénom de nom, de vraies traînées. Ça vous blesse, les garçons ? Vous êtes de la famille ? » Ils secouent la tête. « Je peux vous dire ce qu'il en est ? » Ils branlent du chef, même s'ils ne préféreraient pas. « Voilà, il faut que vous sachiez que c'est une sacrée chaudasse, une jument déchaînée.

— Mme Lidia ? demande Rambo d'une voix qui ressemble à une plainte.

— Oui, crénom de nom. Elle venait à la boutique, baissait le rideau de fer, et en avant !

— Je croyais que c'était Marino qui faisait les courses, dit Sandro.

— Oui, oui. Il venait le matin chercher la marchandise, elle venait l'après-midi se plaindre de son mauvais état. Vous me direz : il n'était pas plus simple qu'elle vienne immédiatement sans envoyer son fils ? »

En réalité, Sandro et Rambo n'y avaient pas pensé, ils n'arrivent pas à formuler la moindre pensée, mais ils écoutent sans un mot.

« Non, crénom de nom. Elle envoyait son fils car ça l'excitait plus. Elle se pointait l'après-midi, son sac à la main, et disait : "Franco, vous avez donné des fruits dégueulasses à mon couillon de fils !" Et ensuite, quand je la tringlais : "Oui, oui, tu profites de ce couillon, hein, tu profites de lui, pas vrai ?" »

Les paroles de Franco pénètrent dans les oreilles de Sandro et de Rambo, elles tentent de se frayer un chemin jusqu'à leur cerveau, même s'ils s'efforcent de les repousser.

« Vous avez une idée du tableau ? » M. Franco baisse les yeux et met la main devant son visage. « Je n'arrive pas à me l'ôter de la tête, crénom de nom... »

Sandro aimerait le réconforter, mais il ne sait pas comment, il envisage de l'étreindre, or après l'avoir imaginé nu avec Lidia, la pensée d'un contact physique lui donne envie de vomir, aussi reste-t-il les bras tendus devant ce petit homme désespéré, comme une momie dans les vieux films d'horreur. Cependant rares sont les films qui font autant horreur que cette histoire.

« Excusez-moi, les garçons, excusez-moi, dit Franco d'une voix hachée. Ces problèmes ne regardent que moi, je n'aurais pas… je ne…

— Ne vous inquiétez pas. Nous sommes désolés, et si nous pouvons vous donner un coup de main… »

Franco secoue la tête en esquissant un sourire. « Merci, je n'ai besoin de rien, les garçons. » Mais il est pris d'une première quinte de toux. Puis d'une seconde. « Ou plutôt, si, puis-je avoir un verre d'eau ? »

Il fait mine d'entrer. Or, Rambo bondit devant la porte et écarte les bras.

Franco le dévisage sans cesser de tousser.

« Un verre d'eau et je retourne à la boutique. » Il s'apprête à passer à côté de Rambo qui l'en empêche et déclare : « NON. »

À y repenser plus tard, ne serait-ce qu'une seconde après, ils auraient pu lui dire : « Mais, bien sûr, Franco, entrez, venez vous asseoir. » L'inviter à prendre place au salon et lui apporter un grand verre d'eau fraîche ou une bière tout juste achetée. Puis une tape sur l'épaule, des consolations masculines assorties sur le fait que les femmes sont toutes des putes, surtout celles qui vous repoussent, et au revoir et merci.

Mais la vie serait facile et normale si l'on pouvait la vivre une seconde après que se sont produits les événements. Sauf qu'une seconde après, c'est une éternité, et les erreurs terribles, les choix erronés, les mots malheureux sont des bêtes perfides qui vivent dans les plis du présent, qui se faufilent dedans, le dévastent, et une seconde après, c'est trop tard, on ne trouve plus qu'une vie foutue à repriser.

Sandro va à la cuisine chercher de l'eau pendant que Rambo bloque la porte. L'eau est marron et ferrugineuse, mais rien à foutre, il remplit le verre et rejoint les deux hommes qui se regardent en chiens de faïence. Il tend le verre à Franco qui le saisit et ne le boit pas.

« Tout va bien à la maison ?

— Oui, oui, très bien. On fait le ménage pour le retour de Marino.

— Ah, ça me fait plaisir. Mais Lidia est absente, pas vrai ?

— Oui. On vous l'a déjà dit, elle est à Milan chez sa sœur.

— Elle n'était pas chez sa tante ?

— Si, sa tante, bien sûr.

— Je comprends. Et Ferdinando, quand rendra-t-il visite à son neveu ?

— Ferdinando ?

— Allons, les garçons, Ferdinando Cosci, l'oncle de Marino. Vous le connaissez certainement. C'est le chef de la police municipale de Forte dei Marmi. Un grand ami à moi. » Désormais toute gentillesse a disparu des yeux de Franco. La lumière qui la remplace est différente de celle qui les animait quand il parlait des amis-amants et des baises. Elle est plus froide et plus mordante, et elle continue de briller tandis qu'il recule vers l'ascenseur, qu'il presse le bouton et que les portes s'ouvrent immédiatement, comme si elles l'attendaient. Franco entre, et les portes se referment sur lui, sur sa mèche, sur son regard fixe et perçant.

Sandro et Rambo restent plantés là, aussi seuls et effrayés que deux appeaux dans une cage, la veille de l'ouverture de la chasse.

Crénom de nom.

TOUS EN EXCURSION

La route est poussiéreuse et ponctuée de nids-de-poule, mais elle mène tout droit à la gloire.

Finalement, Luna et Zot ont rendu visite à Marino à l'hôpital et lui ont demandé le numéro de Sandro, ils lui ont téléphoné et parlé d'un voyage qu'ils avaient envie d'accomplir, un parcours formateur et religieux qui requérait sa présence en tant que guide spirituel. Alors Sandro s'est transformé en guide spirituel au volant de cette Jeep autoritaire : il serre le volant à deux mains, le capot dévore l'asphalte devant lui, ses yeux le chevauchent, tout droit fixés vers l'horizon, la puissance des quatre roues motrices mord la rue, le moteur rugit tel un hélicoptère attaquant une population terrorisée, et un sentiment criant de puissance lui parcourt le dos.

Même si Rambo, assis sur le siège du passager, n'arrête pas de lui casser les bonbons.

« Plus décisif avec le levier de vitesse. Appuie bien sur l'embrayage. Ne perds pas de temps à mettre le clignotant. Quand cette bête féroce a décidé de tourner, tout le monde s'en aperçoit, inutile d'allumer ces petites lumières débiles. »

Sandro, qui l'enverrait d'habitude se faire foutre immédiatement, lui donne raison aujourd'hui ; mieux, il lui réclame d'autres informations. Car Rambo lui prête sa Jeep bien-aimée et lui sauve ainsi la vie : impossible d'emmener tout le monde à Pontremoli à Vespa ; pis, de prier Serena de prendre sa propre voiture. Non, ç'aurait été la fin avant même le départ.

Car il arrive aux femmes de passer sur les défauts les plus horribles des hommes : l'absence d'hygiène, l'absence d'écoute et d'attention, le besoin de dire uniquement ce qu'ils pensent, ce qu'est la vie et ce qu'il faut faire pour s'améliorer. Avec leur goût pour la souffrance, elles trouvent toujours un moyen de les supporter. Mais la seule chose qu'elles ne peuvent accepter, ce sont les hommes qui ne savent pas se conduire en vrais hommes. Dans ce cas, une grimace amère de compassion se peint sur leur visage, et toute montée hormonale meurt étouffée dans l'œuf. Sandro ne veut pas de ce sort-là. Sandro veut être un vrai homme aux yeux de Serena, et un vrai homme se présente à bord d'une vraie voiture. Voilà pourquoi cette Jeep est parfaite, et Rambo qui est un ami la lui prête.

Pour le remercier, Sandro l'abandonne. Le jour même où Marino sort de l'hôpital, où il rentre à la maison, où il convient de le surveiller et de surveiller M. Franco, capable de monter à n'importe quel moment, par exemple en compagnie de son ami, le chef de la police municipale.

Bref, Sandro devrait rester aujourd'hui, mais il ne peut pas. Alors, impossible d'être désagréable avec Rambo qui lui répète depuis une demi-heure qu'il l'abandonne dans la tranchée, que c'est le moment de la bataille et qu'il le plante devant l'ennemi pour aller baiser une femme.

Rambo n'a pas tort. Surtout sur l'abandon dans la tranchée. Mais pas sur la baise. Certains hommes, à leur premier rendez-vous, espèrent bien coucher avec la femme qu'ils courtisent ; d'autres comptent leur arracher un baiser et un deuxième rendez-vous ; aujourd'hui, Sandro se contenterait de ne pas recevoir de coups sur le nez.

Un désir apparemment misérable, mais il serre le volant et sent les roues mordre l'asphalte et dépasser les immeubles, les places, les entrepôts de tôle, il ne sait pas exactement où ils iront ni ce qui se produira, mais, putain, aujourd'hui Sandro a une route devant lui et une direction dans le cœur. Et c'est tout ce dont a besoin un homme qui a envie d'espérer.

« Youpi ! Youpi ! »

Déjà planté au bord de la rue, Zot saute et hurle. Il a un drapeau italien à la main, un sac bleu marine dans le dos, un foulard autour du cou et un chapeau de paille gigantesque. À la vue de la Jeep, il a bondi sur ses pieds, il a d'abord perdu son chapeau, puis, à chaque saut, le contenu de son sac, de multiples objets s'échappant et s'écrasant au sol dans un bruit de casse qui, si l'on ferme les yeux, évoque le son cahotant du bonheur.

« Youpi ! Luna, viens voir ce véhicule merveilleux ! C'est une camionnette militaire, une camionnette militaire ! Oh, Seigneur, quel jour fantastique ! Seigneur, quelle date importante ! Mon doux Jésus, comme mon cœur bat vite ! »

Sandro et Rambo descendent de la Jeep. Zot se précipite vers eux et leur serre la main. Mais une poignée de main ne traduit pas assez bien ce qu'il ressent, alors il les étreint de toutes ses forces, même s'il est difficile d'étreindre totalement le robuste Rambo.

Puis Luna franchit le portail et se met elle aussi à admirer la Jeep. Zot se rue vers elle.

« Oh, dit Rambo, je récupère mon vélo et je m'en vais. »

Sandro ne répond pas. Sandro ignore même que Rambo a parlé. Il a les yeux fixés sur la grille, les mains un peu dans les poches et un peu derrière le dos, comme s'il s'agissait d'objets ramassés dans la rue dont il ne sait que faire. Il attend Serena.

Il lui semble que des fourmis grimpent sur ses pieds et gravissent ses jambes sous son pantalon, passent le long de ses côtes et sautent sur sa poitrine, d'où elles entreprennent de le vider de sa respiration.

La voici enfin. De la végétation dense du jardin surgit une ombre qui s'étire sur le portail et sur la rue, une ombre de plus en plus longue, et il ne faut pas d'autre indice à Sandro pour la reconnaître. Ou plutôt, il ne la reconnaît pas, il sait tout simplement que c'est elle. Cette façon de marcher, cette manière de pencher un peu la tête sur le côté… Sandro hésite à écarquiller les yeux ou à les fermer à demi, car il n'existe pas de bon moyen pour se préparer à accueillir un être aussi splendide et fabuleux dans son champ de vision.

Sauf que ce n'est pas elle, et que l'être en question n'est pas splendide du tout. C'est un vieillard en savates, vêtu d'un pantalon de pyjama et d'un tee-shirt camouflage tout taché – et quand on s'aperçoit que les tee-shirts camouflage sont tachés, cela signifie que les taches sont vraiment importantes. Il est coiffé d'une casquette rouge marquée d'une inscription que Sandro ne parvient pas encore à déchiffrer, mais dont il se moque : le plus important pour l'instant, c'est que le vieux pointe un fusil sur lui.

« C'est quoi, ce bordel ? Qu'est-ce que vous voulez, sapristi ? »

Rambo plonge derrière la Defender. « Au sol, Sandro, au sol ! Ça va péter ! Ça va péter ! »

Sandro se tourne vers lui, mais reste planté dans la rue, les bras ballants. Il craignait de recevoir un énième coup de poing de la part de Serena, et voilà qu'il essuie un coup de fusil tiré par un vieux en pyjama. La vie est une éternelle surprise.

« Ceci est une propriété privée, haut les mains ! » s'exclame le vieux d'une voix de papier-émeri qui frotte sur un autre papier-émeri. Il s'approche, et Sandro lève les mains aussi haut que possible. Les derniers mots auxquels il pensera avant de mourir sont inscrits sur la casquette de l'homme, qu'il arrive maintenant à lire : QUINCAILLERIE GIANNOTTI PARIDE. Et s'il existe de pires façons de mourir, elles ne lui viennent pas à l'esprit.

Pendant ce temps, Zot et Luna continuent de porter tranquillement des sacs en tout genre jusqu'à l'arrière de la Jeep en veillant à ne pas piétiner Rambo.

« Ceci est ma maison, reprend le vieux. Retournez d'où vous venez, retournez en Russie !

— Mais nous ne sommes pas russes, articule Sandro.

— Ah, des mercenaires à la solde des Russes, hein ! C'est encore pire !

— Non, en réalité nous…

— De toute façon, on ne passe pas par ici ! Le jardin est miné. »

Luna s'immobilise alors qu'elle s'apprête à déposer une besace à l'intérieur de la Jeep. « Comment ça, le jardin est miné ?

— Non, non, ne t'inquiète pas, lui lance Zot. Juste un petit bout, mais à un endroit que nous n'empruntons jamais.

« — Tais-toi, espion ! s'exclame le vieux. Le jardin est entièrement miné. Si vous y mettez les pieds, les corneilles ramasseront vos lambeaux ! » Plus il hurle et s'énerve, plus il agite le canon du fusil, toujours pointé vers Sandro qui garde les mains en l'air en attendant les balles qui lui transperceront le ventre, la poitrine, le cou, les jambes et de nouveau le ventre.

À force de suivre ces mouvements de haut en bas, Sandro est comme hypnotisé, paralysé par la terreur et par la danse du canon étroit et sombre, qui risque d'un instant à l'autre de lui barrer définitivement la route, alors même qu'il semblait enfin en avoir trouvé une.

En réalité, il ne croit pas vraiment qu'il va mourir. Le vieux est sans doute fou, mais pas au point de tirer, et les gamins continuent de sourire, tout contents, autour de la Jeep. Même Rambo s'est relevé et ressurgit. Car nous sommes tous des gens tranquilles et corrects, et surtout nous sommes tous des Italiens. Aux États-Unis, peut-être, les choses risqueraient de mal se terminer, parce que les Américains aiment les chutes en grande pompe, bourrées d'explosions. En Allemagne aussi, car lorsqu'ils entreprennent quelque chose, les Allemands insistent, tête baissée, ils n'accélèrent ni ne ralentissent, ils accomplissent juste leur travail jusqu'au bout. Mais chez nous, non, dans ces rues asphaltées à vue de nez, entre ces maisons bâties pour la moitié sans permis de construire, on pleure et on peut tomber par terre, mais on se relève et on regarde si on s'est taché, puis on va à la plage ou boire du vin, et tout se termine par une belle histoire à raconter au bar, une histoire longue et riche en détails, mais privée de véritable chute, privée de...

Soudain, le fusil tire vraiment.

Un coup assourdissant qui retentit entre les arbres et provoque même la chute de quelques feuilles, des feuilles qui descendent lentement dans l'air et, en atterrissant, rencontrent Sandro allongé sur l'asphalte.

« Putain, qu'est-ce que tu fous, petite ! » s'écrie le vieux.

Sandro a les oreilles qui sifflent, cependant il entend cette voix rauque. Et une autre, plus lisse, qui répond : « Ta main tremblait trop, Ferro, tu m'as fait peur. »

S'il les entend, cela signifie qu'il n'est pas mort. Il ouvre les yeux, découvre le vieux debout et, à côté de lui, le fusil pointé vers le ciel entre les mains sublimes de Serena, splendide et sauvage. En la voyant ainsi, du bas, sans haie de laurier en guise d'écran, il aimerait se relever brusquement et l'étreindre, l'embrasser et l'emmener faire l'amour jusqu'à ce que leurs corps se consument à force de se frotter l'un contre l'autre et qu'il n'en reste plus que deux taches de sueur et de plaisir, ainsi que le parfum intense du bonheur.

Pour l'instant il vaut mieux qu'il se contente de se relever, ce qui n'est pas facile, compte tenu de ses jambes flageolantes.

Pendant ce temps le vieux a récupéré son fusil, qu'il tient maintenant le long de son corps, sans cesser de le fixer d'un air méchant. « D'accord, mais vous allez me dire ce qui se passe, bordel ?

— Bien sûr, grand-père ! » s'exclame Zot en courant vers lui. Serena rejoint Luna, et Rambo entreprend de charger les affaires à bord de la Jeep. Plus personne ne s'intéresse à Sandro, qui regrette presque la disparition du canon et, par la même occasion, la perte de l'attention générale.

« Je vais tout t'expliquer, grand-père ! Luna et moi partons pour une grande aventure ! Nous allons rencontrer des mystères profonds, des secrets ensevelis depuis des millénaires, des légendes antiques dans des lieux où règne la magie et où nous trouverons peut-être une réponse aux innombrables…

— Pourrait-on m'expliquer la situation plus brièvement ?

— Nous allons à Pontremoli, Ferro, répond Serena.

— À Pontremoli ? Qu'est-ce que vous allez foutre à Pontremoli ?

— C'est une idée fixe des enfants. Je les accompagne. » Luna, à ses côtés, a un sourire si large que ses lunettes de soleil remontent sur ses joues et manquent de lui glisser du nez. Elle les retient d'une main tout en se tournant vers Sandro, et à présent ce sourire magnifique lui est aussi adressé. C'est le sourire de sa mère, et Sandro le contemple, fasciné.

« Merci d'être notre guide spirituel, monsieur Sandro, je suis heureuse que vous ayez trouvé le temps de nous y accompagner. »

Il sourit à son tour, il aimerait lui livrer une belle réponse intelligente, mais il ne s'est pas encore ressaisi.

Et puis le vieux est plus rapide : « Ouais, mais qu'est-ce que vous allez foutre à Pontremoli ?

— Une excursion, dit Serena. Nous allons faire un tour. Les enfants veulent y aller, ils ont trouvé un truc en bois sur la plage et ils ont pensé… Bref, c'est une longue histoire, mais ils insistent, et il vaut mieux que je les y conduise, au moins ils nous ficheront la paix. »

Ferro opine du bonnet. Il n'ouvre pas la bouche, il se contente d'opiner, l'air sérieux. Puis il abat une main sur la Jeep, assène deux coups de pied à une roue, lorgne à l'intérieur, grimace et opine de nouveau, comme s'il approuvait la voiture. Il retourne auprès de Serena, la regarde, regarde la cime des arbres et continue d'opiner. Au bout d'un moment, il reprend la parole, juste pour prononcer deux mots, genre une réponse sèche à une question que personne ne lui a posée. « Bon, on y va. »

Le silence s'abat sur l'assemblée. Peut-être parce que ses membres n'ont pas compris, peut-être parce qu'ils ne veulent pas comprendre. Cela dure un instant, puis Zot se remet à sauter et à perdre son chapeau en s'écriant, tout heureux : « Grand-père chéri ! Tu te joins à nous, mon grand-père adoré ? » Il a les yeux si écarquillés que ses sourcils touchent presque ses cheveux. « Tu nous fais ce cadeau magnifique ?

— Forcément. Tu es sous ma garde, et si tu te blesses ou te perds, c'est à moi qu'on viendra casser les couilles. Je ne peux tout de même pas te laisser avec ce pédé », ajoute-t-il en indiquant Sandro.

Lequel hasarde : « Eh bien, puisque vous parlez de moi, sincèrement, je ne sais pas s'il vaut la peine que vous nous accompagniez. » Il se voyait en tête à tête avec Serena, elle et lui, deux adultes en promenade avec deux enfants, pratiquement mari et femme. À présent, ce vieux fou risque de tout gâcher. « Nous sommes déjà quatre, et les bagages prennent toute la place.

— T'es débile, ou quoi ? Au moins six personnes peuvent tenir dans cette bagnole, il y a un tas de place.

— Oui, mais au-delà de l'espace, nous allons pratiquement à la montagne. Il y aura des routes en pente, des cailloux, un terrain difficilement praticable… bref, avec tout le respect que je vous dois, c'est un peu risqué pour un homme de votre âge.

— Risqué ? Ça va pas, la tête ! À qui crois-tu avoir affaire, morveux ? Moi, dans ces montagnes, je massacrais assez de sangliers pour les offrir à toute la population. » Ferro secoue la tête et se tourne vers Serena. « Je viens, un point c'est tout. Car si je ne viens pas, ce petit, qui est sous ma garde, ne vient pas non plus. » Il pose la main sur une épaule de Zot avec tant de force qu'il le jette presque au sol. « Et puis j'en ai marre de rester planter là, je veux revoir un peu le monde, même un bout aussi merdique que celui où vous allez. »

Zot s'exclame : « Youpi ! Youpi ! » Il embrasse Ferro et rejoint à toute allure Luna, déjà à bord de la Jeep. Tous deux se penchent à la vitre et regardent les adultes perdre du temps.

« Le seul problème, c'est la maison, reprend Ferro. Je ne peux tout de même pas la laisser sans surveillance. Les Russes n'attendent que ça, il suffira de cinq minutes pour que leur drapeau flotte sur mon toit.

— Effectivement, commente Sandro. Effectivement, il y a un risque. Il vaudrait sans doute mieux que vous restiez ici à monter la garde.

— Tu as encore le toupet de m'adresser la parole ? Si je ne viens pas, ce petit ne vient pas non plus, pigé ? Il faut donc trouver une solution qui contente tout le monde. Il suffirait qu'un ami de confiance la surveille un peu. Mais ils sont tous morts, les fumiers. Il faudrait un vrai homme, un homme qui a des couilles, un guerrier qui…

— D'accord, monsieur Ferro, je reste. » La voix qui s'élève est si forte, si profonde et si dure qu'il faut un moment à Sandro pour la reconnaître. Elle provient de l'arrière de la Jeep, de l'endroit d'où jaillit un instant plus tard la veste militaire de Rambo.

« Et toi, qui es-tu ? interroge Ferro d'un ton qui n'a rien à voir avec celui qu'il réserve à Sandro.

— Les gens m'appellent Rambo.

— Voilà, parfait, il ne manquait plus que ça », commente Serena. Elle franchit le portail et disparaît une nouvelle fois dans le bois, laissant les hommes se dévisager.

« Rambo, hein ? dit Ferro. Un joli nom couillu. Mais toi, Rambo, qu'est-ce que tu gagnes à me rendre service ?

— Je suis un peu dans les emmerdes, monsieur. Un copain, un type de confiance, sort aujourd'hui de l'hôpital, et on aurait intérêt à attendre la nuit chez vous, où personne ne peut nous trouver.

— Quelqu'un vous casse les couilles ?

— Tout le monde me casse les couilles, monsieur, depuis que je suis né. Mais les gens ne savent pas ce qu'ils font, parce que moi, je réponds au feu par le feu. Ou plutôt, je réponds au lance-flammes. »

Rambo s'exprime d'un ton sérieux et Ferro opine du bonnet, la mâchoire en avant. « Tu sais défendre une maison ?

— Oui, monsieur. Et j'ai encore en moi la rage de l'époque où on a volé la mienne. » Rambo lève les yeux vers les platanes et poursuit en grimaçant sous l'effet du chagrin. « Je suis né à Forte dei Marmi, monsieur, comme vous, mais mes parents ont vendu leur maison. Ils ont dit "L'argent va nous être utile, c'est une belle somme…", et adieu ma maison natale. Je l'ai vue s'effondrer de mes propres yeux, et elle a été remplacée par une villa ignoble avec colonnes et mosaïques. Je n'ai rien pu y faire, monsieur, j'étais encore trop jeune, je…

— Tu avais trente-cinq ans, réplique Sandro qui se tient à côté de lui, mais à qui personne ne prête attention.

— C'était chez moi, monsieur, c'était ma terre. Et savez-vous ce que nous avons fait de cet argent ? Nous avons acheté une maison à Massarosa. Vous savez où est Massarosa, monsieur ?

— Oui, mon garçon, je sais, répond Ferro, chagriné.

— Voilà, dans cet endroit perdu il n'y a jamais de soleil, jamais ! Je suis né au bord de la mer, Jésus-Christ en a voulu ainsi, mais pour des clopinettes je suis obligé de vivre maintenant dans cet endroit sombre, où les gens sont différents, où les traditions sont différentes, où le climat est différent, où la langue est différente et…

— Massarosa est à un quart d'heure d'ici », l'interrompt de nouveau Sandro. Qui, s'il continue de parler, a désormais cessé d'exister.

« Je suis un étranger, monsieur. Je suis un étranger sur une terre étrangère, toujours à la recherche de ma maison. C'est absurde, car je le sais, bordel, je sais où elle est. Ma maison est ici, c'est cette ville où je suis né et où je ne peux pas vivre. Alors, quand vous me demandez si je suis prêt à défendre votre maison, monsieur Ferro, je vous réponds que je suis prêt à donner ma vie pour votre maison ! Je préférerais y mettre le feu et mourir à l'intérieur plutôt que de la livrer à l'ennemi ! »

Ferro l'écoute, le souffle court, il hoche la tête si fort que sa casquette s'envole, puis il échange avec Rambo une poignée de main qui se transformerait en étreinte s'ils n'étaient pas des hommes véritables et sérieux : les hommes ne s'étreignent pas. L'énergie, le regard, le tremblement de la peau de chacun équivalent toutefois à une longue et intense étreinte, et peut-être même à une vraie galoche, tant ils éprouvent de l'admiration l'un pour l'autre et de la haine pour tout le reste.

Serena revient, munie de deux bouteilles d'eau, juste à temps pour assister à la fin de cet échange amoureux.

« Allez, Rambo, dit Ferro. Courage. Ceci est le périmètre que tu dois défendre. »

Rambo jette un regard circulaire et branle du chef, puis va chercher son vélo derrière la Jeep. Au même moment, il entend qu'on frappe à la vitre. Il lève la tête : la petite fille toute blanche l'invite d'un signe à s'approcher.

« Monsieur Rambo, voilà, je ne trouve rien de mal à ça. Ou plutôt ça me va très bien. Mais Ferro est très âgé et certaines choses lui échappent, alors je pense qu'il vaut mieux ne pas lui dire que vous aimez les hommes. »

Rambo se fige, le vélo à moitié en l'air, interdit. Un seul mot lui vient aux lèvres, et un mot court. Alors il le répète : « Mais... mais...

— Je le sais, c'est quelque chose de très normal, mais il est âgé, il est fait à sa manière. Si vous restez, nous serons très heureux, et si vous êtes accompagné de votre fiancé, de retour de l'hôpital, ce sera génial. Mais ne le dites pas à Ferro, sinon il se mettra en colère, il refusera de venir et il interdira à Zot de nous suivre.

— Mais je... Écoute, ce n'est pas vrai, je ne... Qui t'a dit une chose pareille, hein ? Sandro, n'est-ce pas ? Bordel, de quoi vous parle-t-il au catéchisme ?

— Non, personne ne me l'a dit, monsieur Rambo, je l'ai deviné toute seule.

— Tu n'as foutrement rien deviné, c'est totalement faux ! Est-ce que j'ai l'air d'un type qui aime les hommes ? Regarde-moi et réponds : est-ce que j'ai l'air d'un type qui apprécie les hommes ?

— Je... ben, je pense que oui.

— Oui ? Mais comment ça ?

— Ne vous fâchez pas, monsieur Rambo, intervient Zot avec un sourire tranquille. Il n'y a rien de mal à aimer les garçons. Je les aime peut-être moi aussi, où est le problème ? »

Luna pivote brusquement. « Zot, tu n'étais pas amoureux de moi ?

— Si, bien sûr, tu es la plus belle, Luna. Mais je n'aime pas les femmes en général, je n'aime que toi, qui es une créature extraordinaire. Personne ne sait ce qui se passera quand je serai grand, j'aimerai peut-être les hommes ou les femmes, ou les deux. »

Luna grimace et réfléchit un moment, puis elle sourit et se tourne de nouveau vers Rambo. Qui recule d'un pas, les yeux écarquillés, le vélo tenu devant lui comme un bouclier. Secouant la tête, il déclare : « Vous avez les idées embrouillées, les enfants, vous savez ? Très embrouillées, très très embrouillées. Qu'est-ce que vous pouvez savoir de ces choses-là ? Vous n'êtes que des enfants, vous ne savez rien, vous vous trompez. Vous ne… vous…

— Rambo ! Rambo ! Viens, je vais te montrer l'arsenal ! » s'écrie Ferro, à la grille.

Rambo bondit. De la voix la plus grosse possible, il hurle « J'arrive ! » et dévisage une nouvelle fois ces deux maudits gamins. Puis il s'éloigne, muni de son vélo. Mais Zot descend et se précipite vers Ferro, qu'il étreint de toutes ses forces.

« Qu'est-ce que tu fous ? T'es débile, ou quoi ?

— Grand-père, mon petit grand-père, laisse-moi t'embrasser !

— Qu'est-ce que tu veux, bordel, casse-toi, espèce de tique !

— Non, laisse-moi t'embrasser un petit peu, grand-père, tu vas tant me manquer.

— Tu ne comprends foutrement rien à rien, je vous accompagne.

— Je le sais, et c'est magnifique. Tu nous causes une grande émotion et tu nous fais un grand cadeau. Mais il s'agit d'une véritable aventure, d'une entreprise importante, et nous savons tous ce qui se produit quand un groupe d'individus tente une entreprise importante. Comme les explorateurs qui gravissent l'Everest, comme ceux qui ont découvert le pôle Nord. Nous allons à l'aventure, l'aventure a un prix à payer, et ce prix est toujours la mort d'un membre du groupe. Les survivants mèneront à bien leur entreprise, ils seront heureux mais aussi un peu tristes à la pensée de leur camarade qui a échoué. Étant donné ton âge, il est hélas évident que tu es ce camarade qui ne rentrera pas. Alors laisse-moi t'embrasser, grand-père chéri, avant qu'il soit trop tard...

— Putain, qu'est-ce que tu veux, tête de nœud ! s'exclame Ferro, qui écarte Zot et se presse les testicules des deux mains[1]. Va te faire foutre, maudit morveux, tu vas me porter la poisse ! »

Se ressaisissant, il tend à Rambo les clefs de la maison et échange avec lui un salut militaire, puis il regagne la Jeep, ouvre la portière du passager et monte. En pantalon de pyjama, tee-shirt taché et casquette.

« Attendez, objecte Sandro. Il vaut mieux que Serena s'asseye devant, elle sera plus à son aise. »

Il sait que c'est inutile, pourtant il ne peut pas s'en empêcher. Car ce n'est pas juste, il avait imaginé ce voyage en tête à tête avec elle : elle a les cheveux qui brillent sous les rayons du soleil, leurs yeux se croisent de temps en temps par hasard, leurs jambes s'effleurent... Mais ce sont des rêves, qui vivent sur la terre fantastique des rêves, et si vous essayez de

---

1. Geste censé éloigner le mauvais œil, en Italie.

leur faire traverser le pont croulant qui conduit du Paradis à la réalité, ils se transforment en vieillard en pyjama qui se jette sur le siège et vous lance : « Allez, et roule vite, je ne peux pas rester assis trop longtemps, sinon mes hémorroïdes vont éclater. »

III

« Et si tu crois pouvoir raconter
une histoire plus grande que celle-ci,
je le jure sur Dieu, tu devras mentir. »

Tom Waits[1]

---

1. « *And if you think that you can tell a bigger tale/I swear to God you'd have to tell a lie* », *Swordfishtrombone*.

RAMONEUR

Il y a des hommes qui conquièrent les femmes en disant : « Je vais t'emmener sur la Côte d'Azur, je la connais bien, c'est comme ma résidence secondaire. » Si ce n'est pas la Côte d'Azur, c'est la Costa Smeralda, le lac de Côme, Venise, ou un de ces endroits dont le seul nom vous pose car il est synonyme de belle vie. Alors les femmes pensent que si elles s'agrippent à vous, leur vie aussi sera belle, un jour au lac, un jour sur la côte, un jour dans un endroit qu'elles ne peuvent même pas imaginer, mais qui est sans doute encore plus beau que les autres.

Le seul lieu que Sandro connaît bien, c'est l'autoroute.

Pas un lieu, donc, mais la bande droite et ennuyeuse qui sépare deux endroits. Pour lui, c'est tout de même un lieu, et ça l'est depuis l'enfance, quand il se rendait à Madonna di Campiglio avec ses parents ; à Piacenza, où tante Gina était hospitalisée ; au zoo de Pistoia pour voir les ours polaires qui fondent en fixant sur vous des yeux désespérés. Dès qu'ils s'engageaient sur l'autoroute, commençait une aventure incroyable qui s'achevait lorsqu'ils arrivaient à destination. Si ses compagnons de voyage sortaient alors de voiture et s'étiraient, tout contents de débuter leur promenade, il estimait, quant à lui, que la meilleure partie de l'excursion était terminée. Les roues cessaient de tourner, les maisons, les arbres et les gens de se succéder rapidement, et il se rendait compte qu'ils étaient moins beaux et moins intéressants qu'avant, lorsqu'ils filaient derrière la vitre en s'ancrant dans son esprit, tel un long sillage de couleur.

Puis Sandro a fêté ses dix-huit ans, il a obtenu son permis et il emprunte désormais l'autoroute quand il en a envie. Il adore se présenter au péage, prendre un ticket et pénétrer dans ce monde fabuleux. Et si tous les Italiens trouvent scandaleux que l'autoroute soit payante, alors qu'elle est gratuite dans les pays les plus évolués où lui est consacré en partie l'argent des contribuables, il n'en est rien pour lui. En Hollande, en Suède, dans tous ces endroits civilisés et stricts où l'argent de la population sert à faire des travaux utiles à la population, l'autoroute est gratuite, cependant elle ne possède pas la même magie. En Italie, il y a un barrage à l'entrée et un autre à la sortie, l'autoroute est véritablement un autre monde, un spectacle fantastique qui n'a rien à voir avec le reste, et il est normal de payer un billet pour assister à ce spectacle. On paie bien au cinéma, on paie bien aux concerts, et Sandro ne se rappelle pas un film ou un groupe qui l'ait autant ému que conduire tout droit pendant des heures en traversant les plaines, les bosses et les replis toujours différents et bancals de cette nation bordélique.

Sandro a passé ses plus belles nuits de la sorte. Cela en dit long sur sa vie sociale, mais il est inutile de prétendre le contraire, ses meilleurs samedis remontent à ses vingt ans, âge auquel il montait en voiture, franchissait le péage de Versilia et décidait au hasard de pointer vers le nord ou vers le sud. Une nuit où il ressentait le besoin de disparaître dans un endroit quelconque, il s'est dirigé vers Florence, puis vers Bologne et, de là, a foncé vers Rimini. D'une côte à l'autre, de la mer Tyrrhénienne à la mer Adriatique. Il est rentré chez lui à l'aube : sa mère s'était inquiétée, son père en revanche affichait un grand sourire, il lui a asséné une tape sur l'épaule et lui a cligné de l'œil, heureux que son fils occupe ses nuits à faire ce qu'il ne pouvait lui-même plus faire. Sandro lui a adressé un sourire rusé et complice pour toute réponse : cela valait mieux, il valait mieux que son père imagine qu'il avait dépensé son argent dans un beau restaurant et dans des préservatifs pour châtier le canon qu'il avait invité. Alors que cet argent avait été englouti par le péage de l'autoroute, par l'essence qui lui avait permis d'arriver nulle part, par un sandwich et une bière consommés en solitaire au restoroute de Rimini, où Sandro avait eu l'impression d'être vraiment ailleurs, vraiment bien.

À présent, il se sent bien à bord de la Jeep de Rambo, même s'il n'est pas seul : en vérité, il y a un tas de passagers et de bordel. Il regarde dans les rétroviseurs extérieurs et voit deux petites mains, chacune d'un côté : celle de Zot et l'autre, très blanche, de Luna, des mains minuscules dansant dans l'air qui les fait monter et descendre comme de petits oiseaux aux ailes déployées. Sandro aimerait être aussi léger et aussi libre, secoué et emporté par l'air. Mais il lui suffit de regarder les mains des enfants et de se tourner de temps en temps vers le rétroviseur intérieur, où il trouve le visage de Serena. Il préférerait ne pas trop le contempler, cependant ses yeux ne l'écoutent pas, ils lui échappent à chaque instant au lieu de fixer la route. Et s'il existe un meilleur endroit que celui-ci – un volant entre les mains et une route droite devant lui, avec toutes ces merveilles à admirer derrière –, il faudrait le dire à Sandro, parce qu'il ne le connaît pas.

Ou plutôt, ne le lui dites pas, il n'en a rien à foutre.

Les autres bavardent, ils étudient les panneaux de signalisation et les villages qui viennent à leur rencontre le long de la route, et cet idiot de Sandro, au volant, passe son temps à t'observer dans le rétroviseur. Mais toi, Serena, tu gardes les yeux braqués sur le siège avant, tu essaies de ne pas prêter attention aux voitures qui vous dépassent, aux camping-cars qui vous dépassent ; même les camions remplis de marchandises et les vieux coiffés d'un chapeau vous dépassent. Tous les véhicules roulent plus vite que cette Jeep qui cahote et produit un bruit semblable à cinquante lave-linge cassés s'efforçant de laver un caillou. En réalité, vous êtes presque immobiles.

Ça te convient. Ou plutôt tu préférerais que la voiture s'arrête vraiment, ou mieux encore qu'elle fasse demi-tour et te ramène à Forte dei Marmi.

C'est la première fois que tu t'éloignes autant de chez toi. La première fois dans ta vie après Luca. Qui n'est pas une vie, mais que tu appelles ainsi, ne sachant quel autre nom lui donner ; de toute façon, parler de « chez toi » n'a pas beaucoup de sens, étant donné que tu n'as plus de foyer. Alors, de quoi tu veux t'éloigner, Serena, tu l'ignores toi-même. Peut-être des rues qui te parlent de Luca, du chagrin qui te coupe le souffle quand tu vois quelque chose qui te rappelle ton fils, quand tu entends, humes, touches… Tes cinq sens se liguent pour te harceler, pour te ramener à cette souffrance qui t'égare, et pourtant, pour une raison effroyable, elle a fini par te calmer, car elle est devenue la seule certitude de tes jours. Voilà pourquoi, peut-être, tu refuses de t'éloigner : pour éviter que ta souffrance demeure sans surveillance, même si personne ne risque de vouloir te la voler. Et puis il est impossible de l'abandonner : elle te suit partout, elle se colle à toi, y compris sur cette autoroute, dans les Apennins, au milieu des bois, des vallées et des villages édifiés au sommet des montagnes il y a de nombreux siècles, perchés loin d'un monde environnant qui n'a peut-être jamais été bon. La mer a disparu, et tu essaies de t'orienter, de comprendre où tu es, mais tu l'ignores, tu ignores où est Forte dei Marmi, où est ta route, où est le cimetière.

Car tel est désormais le centre de ton univers. Ou plutôt, ce n'est même pas un centre, c'est l'unique lambeau d'univers où tu parviens d'une façon ou d'une autre à tenir debout. Cela te rappelle l'été, quand arrivaient les forains et le cirque : tu redoutais ce moment car les chats du village disparaissaient soudain ; ta mère te disait que les bohémiens les volaient pour nourrir les lions et les tigres, ce que tu as toujours refusé de croire, et pourtant les chats disparaissaient vraiment. Mais tu te réjouissais aussi : avec le cirque se présentaient les manèges, en particulier ton préféré, dans le coin juste avant la mer, le Tagada, une plate-forme au sommet d'un pilier, sur laquelle les enfants étaient assis en cercle et qui tournait, tournait, vous obligeant à rester assis et à vous tenir fort. Il y avait toujours une espèce de frimeur au gilet en jean et aux bottes Camperos, une dent de requin au cou, les cheveux courts dessus et longs derrière, qui se levait au démarrage et se plaçait au centre en sifflant, les mains dans les poches, pour montrer qu'il n'était pas inquiet, et en bougeant les pieds de façon que le manège tourne autour de lui, tandis qu'il demeurait, lui, immobile. Tu ignores qui était ce plouc, il ne se montrait jamais le reste de l'année, il ne se pointait là qu'à l'arrivée du Tagada. Tu te demandes ce qu'il est devenu, maintenant qu'il n'y a plus d'attractions, s'il est encore en vie et ce qu'il fait, s'il a trouvé un autre centre où rester debout en feignant l'indifférence. Tu ne le sais pas, Serena, tu sais juste que tu lui ressembles énormément à présent : ce monde bordélique tourne autour de toi à toute vitesse, et toi, tu essaies de tenir debout dans ton centre composé d'un lit, d'une rue et d'un cimetière, certaine qu'il suffirait d'un pas de côté pour que tu tombes et te heurtes au sol, pour que le monde te recrache dans le néant.

De fait, tu devrais en ce moment être là-bas, au lit, face aux volets clos, la tête sur l'oreiller. Or, la route se dévide et les lieux défilent, Sandro indique aux enfants un panneau frappé de l'inscription BIENVENUE EN LUNIGIANE, une lune dessinée dessus et la photo de ces statues de pierre dont te parlait ta fille. Luna et Zot s'écrient : « Yeeeeeeeeeeeeeeh ! » Ils croient énormément à cette histoire des messages de Luca. Pas toi, tu ne peux pas te le permettre : Luna est petite, elle s'améliorera en grandissant ; toi, tu as atteint un âge où les blessures ne guérissent plus, où il ne reste plus que les marques, qui s'entremêlent et se transforment en une entité unique et débraillée, et cette entité, c'est toi. Ne te laisse pas aller, Serena, agrippe-toi à quelque chose d'inerte et de vrai. Sauf qu'il n'y a rien de ce genre à bord de cette Jeep, tout tremble et tressaute tandis que vous pénétrez officiellement en Lunigiane. Alors tu essaies de t'agripper aux « Yeeeeeeeeeeeeh » heureux des enfants à chaque agglomération et aux yeux de Luna que tu distingues malgré les verres foncés des lunettes. Tu peux les voir sans les regarder et tu sais qu'ils sont heureux, écarquillés et émus, pendant qu'elle les remplit de tout ce qui passe dehors. Et sa voix aussi est heureuse au moment où elle pose une main sur ton bras et t'interroge.

Mais tu ne l'as pas entendue. Tu respires. « Pardon, Luna, je n'ai pas compris », dis-tu en essayant de sourire à ta fille, en essayant de t'agripper à elle.

« Pardon, Luna, je n'ai pas compris », me dit maman.

Je lui demande donc une seconde fois si elle a apporté des cassettes.

« Des cassettes ? Mais plus personne n'en écoute ! »

M. Sandro tend la main devant lui. Il y a un autoradio dans la voiture, mais il a apporté un magnétophone et trois cassettes choisies tout exprès pour le voyage. Sauf que Zot aussi en a apporté un sac en plastique plein, dans lequel Ferro glisse les mains pour chercher la bonne. Il les serre si fort que le plastique émet un bruit d'objet qui se brise, il les approche de ses yeux et étudie leur contenu : « Gino Latilla, Giorgio Consolini, Nilla Pizzi, le Quatuor Cetra…

— Il n'y a rien de postérieur à la Seconde Guerre mondiale ? » lance maman.

M. Sandro déclare que les siennes sont plus modernes, assez modernes. Mais maman ne lui répond pas, et de toute façon il est impossible de discuter, car Ferro repousse le sac des cassettes et en brandit une. « Ah, voilà ! Inclinez-vous devant le roi ! »

Comme je ne vois pas bien, il tire la cassette de son boîtier qu'il me tend. Dessus, l'inscription CLAUDIO VILLA, L'EMPEREUR DE LA CHANSON ITALIENNE et la photo d'un monsieur en costume de toréador, avec ce chapeau qui ressemble à un pot renversé.

« Oh, non, pas Claudio Villa ! proteste maman.

— M. Villa est un grand chanteur ! réplique Zot. Ses roulades vous séduiront.

— C'est ça... »

M. Sandro donne raison à maman, il déclare qu'il est impossible d'écouter Villa, qu'il vaudrait mieux passer ses cassettes, enregistrées tout exprès pour ce voyage...

« Tes cassettes, garde-les pour les petites fêtes que tu organises avec tes copains pédés, décrète Ferro. Arrêtez d'insulter le grand Claudio, taisez-vous et entrons dans le paradis de la mélodie. »

Il introduit la cassette dans la fente du magnéto-phone et pousse avec force. Un bruit assourdissant de violons retentit, accompagnant une voix qui crie encore plus fort et me donne le vertige.

Quand dans chaque village vient l'hiver
et que la neige étend doucement son manteau,
étreignant mon fardeau de chiffons et de peines,
je m'éloigne en soufflant un refrain[1]...

« Oh oui, bon sang de bonsoir », commente Ferro. Il lève la main et l'agite dans l'air rempli de tapage, imité par Zot. « Ah, *Spazzacamino*, le Ramoneur, ça, c'est une chanson ! Comment augmente-t-on le volume de ce truc ? »

1. Célèbre chanson composée en 1929 par Rusconi et Cheru-bini.

Maman lui fait remarquer que ses oreilles éclatent, et M. Sandro que le volume est au maximum. Alors Ferro se met à chanter en même temps que M. Villa de sa voix fausse :

> *Comme les hirondelles je vais, sans nid, sans soleil,*
> *vers un mystérieux destin. Je m'appelle le ramoneur.*
> *Je n'ai pas d'une mère caresse tendre ou légère, les baisers, je ne sais, car ma mère o'est la neigeeeee.*

Il se retourne et échange un regard avec Zot, le seul à le satisfaire. Or, Zot a cessé d'agiter la main en l'air, il se sert des deux pour masquer son visage. Je demande : « Zot, ça va ? » Mais il ne répond pas. « Hé, petit, qu'est-ce qui se passe ?

— Rien, pardonnez-moi, répond-il d'une voix qui tremble tant qu'elle est presque inaudible. Ce morceau, cette partie sur sa mère… Avance la cassette, grand-père, je t'en prie. » Son dos s'agite comme s'il toussait, mais il ne tousse pas, il pleure. J'ai du mal à en croire mes yeux : Zot sourit tout le temps, et les rares fois où il ne sourit pas, il rit. Le voici maintenant bossu et recroquevillé sur la banquette à cause de l'histoire d'un gamin qui ramone les cheminées et n'a pas de mère.

Je ne sais que dire ni que faire. Je finis par poser la main sur son épaule et passer le bras autour de sa taille. « Allez, Zot, ce n'est qu'une chanson. »

> *C'est Noël, n'y prête pas attention, Ramoneur, chaque enfant a un foyer et un jouet tout près,*

je m'approche pour m'amuser, mais un petit
me pousse : « Ne touche pas, va ramoner la
cheminée. »

« Quel fils de pute ! s'exclame Ferro. Ce gosse gâté de merde, avec ses jouets à la chaleur du foyer. Le ramoneur devrait l'enculer. »

Pas de commentaire. À l'exception du mien : « Vous avez raison, monsieur Ferro. » Je ne voulais pas, mais je n'ai pas pu m'en empêcher, car cet enfant riche me fait vraiment enrager. Je sais bien que c'est une chanson et qu'il n'est pas réel, mais il existe en vrai des enfants encore plus méchants que personne ne gronde jamais et qui continuent donc à l'être. Alors, j'aimerais vraiment que celui de la chanson soit puni. Mais non, le pauvre ramoneur se contente de chanter.

Les violons montent en intensité, tout comme la voix de M. Villa, ils assènent un dernier coup avant de se planter au fond de notre cerveau, et la chanson prend fin.

Maman soupire : « Alléluia ! » Zot s'essuie les yeux et Ferro se frotte les mains, puis demande comment on rembobine.

« Pourquoi ? » interrogeons-nous, terrifiés à l'idée d'avoir compris ce qu'il veut. C'est hélas bien le cas : « Il faut la réécouter, ne m'emmerdez pas. »

Personne ne le lui explique, alors il essaie tout seul, en multipliant les coups, et ne parvient qu'à éteindre l'appareil.

« Ce n'est pas juste. » Non seulement je le pense, mais je le dis aussi. Car ce n'est pas juste du tout.

« Quoi, Luna ?

— Qu'il soit maltraité comme ça, le pauvre.

— Qui donc ?

— Le ramoneur. Pourquoi le maltraite-t-on ?

— Parce qu'il est noir, répond Ferro. À force de travailler dans les cheminées, il est devenu tout noir. Alors les gens l'évitent.

— D'accord. Moi, on m'évite parce que je suis toute blanche. Comment doit-on être pour plaire aux gens ? »

Personne ne répond, car il n'existe sans doute pas de réponse. Au bout d'un moment, Sandro prend la parole : « Luna, je pense que pour plaire aux gens, dans ce monde, il faut être aussi gris qu'eux. Nous, nous ne sommes pas gris, voilà pourquoi on nous le fait payer jour après jour. »

À mon avis, il ne s'est pas rendu compte qu'il a prononcé des mots magnifiques. Ou peut-être que si. Comme nous gardons tous le silence, derrière, il se retourne : je lui adresse un immense sourire, Zot aussi certainement. Maman tourne la tête de l'autre côté, mais pas tout de suite. Un instant, elle l'a regardé elle aussi, et ce très beau silence pourrait durer jusqu'à Pontremoli.

Or il ne dure que quelques secondes : à force de taper sur le magnétophone, Ferro parvient à repasser la chanson. Même si ce n'est pas exactement du début, Claudio Villa recommence à chanter les aventures du pauvre ramoneur.

« Putain, quelle voix en or ! Villa est le plus grand, rien à dire, les autres chanteurs ne sont que des merdes sous ses semelles.

— C'est vrai, c'est un immense chanteur, grand-père. Même si je préfère la version de ce morceau par Robertino[1]. »

1. Chanteur né à Rome en 1947 qui connut un grand succès au Danemark et en Russie dès l'âge de quatorze ans.

Ferro se retourne brusquement, les mains serrées sur son siège : « Qu'est-ce que tu racontes, saperlipopette ? Robertino ?

— Oui. D'après moi, sa version de *Spazzacamino* était plus intense.

— Attends, tu veux comparer le roi Claudio Villa à cette demi-portion ? Je vais te balancer sur la route, hein !

— Excusez-moi, qui est Robertino ?

— Luna, il faut que tu saches que Robertino était très célèbre dans les glorieuses années 1960, explique Zot. C'était un enfant à la voix paradisiaque.

— Écoutez-moi ça, *paradisiaque* ! » Ferro crache un éclat de rire. « Jamais personne n'a écouté Robertino en Italie. Il n'avait de succès qu'au Danemark, en Allemagne et dans les pays du Nord.

— Il était également très aimé chez nous, en Russie.

— Justement. Qu'est-ce que vous connaissez à la chanson ? C'était de la merde d'exportation, comme la mozzarella à la dioxine et l'huile d'olive fabriquée avec les noyaux. Claudio Villa, lui, était un grand artiste. Vous savez ce qui est écrit sur sa tombe ? Ni angelots, ni conneries de l'Évangile qui plaisent à votre copain catéchiste ici présent. Juste cette citation du grand Claudio : "La vie, quelle beauté. La mort, quel dégoût." Un point c'est tout. Quel maître, quel poète… Et quelle voix… Écoutez-moi ça… Comment augmente-t-on le volume de ce truc ?

— Il est déjà au maximum, au maximum ! »

Ferro se vautre sur son siège et écoute son roi Claudio Villa qui déroule son chant et en arrive une fois de plus à la triste chute de ce morceau très triste.

Sauf que M. Claudio Villa, comme tous les artistes, est un être imprévisible, et cette fois il décide de terminer la chanson d'une façon très différente. Il monte dans les aigus qui vous arrachent la gorge puis descend brusquement, sa voix tremblant et s'enfonçant dans des notes basses et déformées, puis meurt brusquement avec la musique.

« Oh, qu'est-ce qui se passe ? » s'exclame Ferro. Il s'apprêtait, la main sur le cœur, à chanter le final avec lui, et il s'agrippe à présent des deux au magnétophone comme s'il avait un cou à étrangler.

« Doucement ! lui lance Sandro. Ce sont certainement les piles. Elles sont mortes.

— Mettons-en des neuves, et tout de suite !

— Je n'en ai pas.

— Bordel de merde. Et vous ? »

Nous secouons la tête.

« Dans ce cas, arrêtons-nous à un restoroute. Il y en a un avant Pontremoli.

— Mais non, intervient maman. Nous en achèterons à Pontremoli, nous pouvons nous passer un peu de musique. C'est même mieux. »

Ferro se retourne en grimaçant, il secoue une nouvelle fois le magnétophone, qui se contente d'émettre un bruit de pièces heurtant d'autres pièces.

Et alors, du néant surgit la voix de Zot : « Ah ! » Il se jette au fond de la Jeep et fouille tous les sacs que nous avons chargés. Ferro l'observe en espérant qu'il a pensé à emporter des piles. Maman l'observe, perplexe. Moi, je ne le regarde même pas : hélas, j'ai déjà compris.

Les autres comprennent aussi quand il réapparaît, armé de son accordéon tout cassé et couvert de bouts de Scotch qui pendent de partout.

« Surprise ! Nous ne sommes pas obligés de nous passer de musique !

— J'arrive pas à croire que tu as emporté cette merde !

— Eh bien, si, grand-père chéri. Et les piles sont inutiles. Il faut juste de l'enthousiasme ! »

Il pose les mains sur les touches et se prépare. « Je voudrais commencer par un morceau original, une chanson que j'ai composée cette nuit et que j'ai consacrée à notre aventure commune. Elle s'intitule *Une promesse à mon grand-père*. Et un, et deux, et un-deux-trois-quatre. » Plein d'énergie, il écrase l'accordéon, lequel produit un souffle qui se transforme en une quinte de toux, puis en des sons évoquant des roquets en train de se battre. La voix de Zot plonge dans cette bataille :

Quel bonheur, que cette excursion ensemble,
Luna, Serena, Sandro et Zot, on s'aime taaant
mais une promesse je fis, d'une voix de colooombe,
grand-père, je déposerai une fleur sur ta tooombe.

« Putain, ça suffit, bordel ! s'écrie Ferro qui forme une corne des doigts d'une main et, de l'autre, se presse entre les jambes. Si je meurs, je t'emporterai dans la tombe, petit con, je t'emporterai dans la tombe !

— Oui, grand-père chéri, et nous serons ensemble au Paradis ! » Zot se remet à jouer. Ferro tend le bras vers l'arrière et tente de l'attraper, M. Sandro hasarde « Soyez sage, ne bougez pas », et récolte un « Toi, tais-toi et conduis, pédé », ainsi qu'un coup de coude dans l'épaule. La voiture fait une embardée, tout se secoue, je me serre contre maman, qui hurle : « Ça suffit ! Arrêtez ! Bon, faisons une halte au restoroute, d'accord, mais ça suffit. Le prochain qui fait du tapage, je lui casse la figure, je le jure ! »

Plus personne ne bouge ni ne parle, nous nous contentons de regarder la route se dévider devant nous et roulons tout droit sans nous arrêter. Ou plutôt nous nous arrêtons au restoroute.

LE VIÊTNAM EST PARTOUT

« La maison appartient au vieux.

— Quel vieux ?

— Le vieux dont je t'ai parlé tout à l'heure, qui est parti avec Sandro.

— Ah oui, pardon », dit Marino. Il recommence à fixer l'air qui le sépare des murs sombres d'humidité, masqués jusqu'à mi-hauteur par des affaires. « C'est vrai, tu me l'as déjà dit. »

Bien sûr, Rambo le lui a déjà dit. Et il lui a même expliqué pourquoi ils sont ici. Il n'était pas prudent de se présenter chez Marino à bord d'une ambulance : trop de curieux dans les parages. Mieux valait le déposer ici et le conduire à l'appartement à la faveur de la nuit, lorsque Sandro rentrerait de sa petite escapade, sans courir le risque qu'on vienne les emmerder.

« Qui veux-tu qui vienne… ?

— Je ne sais pas. Par exemple ton oncle, qui est aussi chef de la police municipale.

— Tu parles ! C'est le frère de papa, paix à son âme ; il n'adressait même pas la parole à maman. Nous ne courons aucun risque. Allons chez moi, s'il te plaît.

— On ne peut pas, Marino, n'insiste pas.

— S'il te plaît, Rambo, cet endroit me fait peur. C'est la Maison des Fantômes. Tu as oublié l'histoire des résistants qui y sont morts ? On les a pendus à ces arbres devant, tu te rends compte ? À ces mêmes arbres. Allons chez moi, je te le demande comme un service. »

Rambo a dit non. Et Marino, si. Rambo, non. Marino, si. Alors Rambo a dû tout raconter. Le marchand de fruits et légumes venu s'enquérir de sa mère, et la façon dont il s'en est enquis. Pendant les cinq minutes qui ont suivi, Marino a fixé le plafond de la petite pièce sombre, puis il a demandé une nouvelle fois à Rambo où ils étaient. Comme si son cerveau essayait d'effacer ces horreurs et de recommencer de zéro. Sauf qu'il repartait chaque fois de la même ignominie. Ou plutôt d'une ignominie encore pire puisque, chaque fois, de nouveaux détails surgissaient à son esprit, et ces détails étaient dévastateurs.

Les horreurs, les accidents, les défaites, les gens que vous aimez mais qui vous abandonnent… Avec le temps, les grands chagrins s'atténuent parce que vous parvenez à introduire une perspective entre eux et vous et à y penser comme à des faits généraux, dans un contexte plus large qui les justifie et les adoucit en tant qu'expériences formatrices ou moments de croissance. Au fond, vous dites-vous, ce ne sont pas des événements si tragiques que ça, non, ce sont des passages nécessaires de la vie et ils concernent tout le monde, ils concernent l'univers entier, pas seulement vous, ou plutôt ils ne vous concernent presque pas… Ce discours pourrait marcher, l'instinct de survie vous abêtit au point de vous en persuader. Mais les détails surviennent et ils vous démolissent. Cachés dans les replis du cerveau, ils ressurgissent tandis que vous vous efforcez de mener une vie propre, tranquille, et vous jettent dans l'abîme le plus noir de la réalité. L'odeur du ragoût dans le couloir où elle vous a dit adieu, le pantalon épais que vous portiez et qui vous grattait les jambes, l'expression de ses yeux pendant qu'elle s'en allait et que vous lui demandiez si elle avait déjà quelqu'un… les détails sont des éclats de réalité minuscules et pointus, ils se fichent dans votre cerveau et vous rappellent que ces moments n'appartiennent pas à tout le monde, qu'ils ne sont pas la vie ou l'expérience d'autrui, que l'événement horrible s'est produit dans un endroit et à un moment précis, qu'il vous est arrivé à vous… Ces détails collent pour toujours la réalité à votre âme.

Voilà ce qu'expérimente Marino, la tête sur l'oreiller et les yeux errant dans la pièce. Il devrait garder le silence et son calme, fixer le plafond et penser le moins possible. Or, il se bat encore pour éviter de croire jusqu'au bout et continue de se faire du mal. « Excuse-moi, c'est absurde, dit-il. Pourquoi m'envoyait-elle toujours à la boutique ? Elle aurait pu y aller toute seule, non ?

— Bof, je ne sais pas. Si ça se trouve, elle n'avait pas envie de le voir le matin. Le matin, elle avait peut-être envie de fruits frais, et elle t'envoyait en acheter.

— Non, maman ne mangeait pas de fruits, elle m'en faisait manger parce que c'est bon pour la santé. Mais elle se mettait en colère car M. Franco me vendait de la marchandise de mauvaise qualité. Et alors, je lui disais : "Maman, les fruits de Franco ne te conviennent jamais. Demain j'en achèterai ailleurs." Et elle répondait : "Non ! Ça, jamais !" Elle m'envoyait toujours chez lui, et les fruits avaient toujours des problèmes, chaque jour elle descendait les lui rendre et… »

Marino ne va pas plus loin. Ou plutôt si, il y va, mais juste dans son esprit, et il y voit des choses qui le privent de sa voix. Des choses que Rambo sait, que Sandro sait aussi, et qu'ils ont décidé de taire à leur ami. À quoi bon dire la vérité quand elle est inutile, quand elle est si ignoble qu'elle ne peut rien apporter de bon ? Alors Rambo regarde Marino, puis va à la fenêtre et jette un coup d'œil à l'extérieur, dans un silence pesant.

La situation s'aggrave quand Marino reprend la parole. Il réclame le bassin.

Les infirmiers le lui ont laissé, ils l'appellent le bassin alors qu'il évoque une pelle en plastique blanc, Rambo leur a demandé ce qu'il devait en faire, et ils lui ont répondu qu'il comprendrait immédiatement quand cela s'imposerait. À présent ça s'impose, et Rambo comprend qu'il faut le glisser entre les jambes de Marino, attendre qu'il évacue ce qu'il doit évacuer, tout jeter, rincer, et c'est réglé.

Oui, sauf que ce n'est pas réglé du tout.

« Écoute, Marino, je ferme les yeux et je le mets sous tes fesses, mais tu t'occupes du reste, d'accord ?

— Oui, si j'en suis capable.

— Il le faut. Je te filerai une serviette, tu te nettoieras, et ça suffira, d'accord ?

— Je ne sais pas si j'y arriverai.

— Bien sûr que si. Sinon tu te débrouilleras. Pardon, ce n'est pas par méchanceté, ou parce que je ne suis pas un vrai ami. C'est justement parce que nous sommes amis. Si je dois ramasser ta merde et te torcher le cul, je n'arriverai plus à te regarder dans les yeux. Tu comprends, pas vrai ? »

Marino grimace et acquiesce. Rambo soulève le drap et découvre les jambes de Marino, allongées et légèrement écartées. Il pose le bassin entre ses pieds et le pousse vers le haut. Une fois à la hauteur des genoux, il ferme les yeux et continue à l'aide de deux doigts. Puis il sent un obstacle et lâche.

« Voilà. Vas-y.

— Attends, tu me l'as mis sous une cuisse », dit Marino en tâtant le drap.

Rambo entrouvre la paupière droite, regarde le corps nu de Marino et le bassin blanc tout tordu sous sa jambe, étrangement bien faite pour un homme qui ne pratique aucun sport et qui passe beaucoup de temps au lit. Bref, pas musclée, mais bien faite. Or, pour l'heure, Rambo ne doit pas y penser.

À l'aide de ses deux doigts, à présent contaminés, il ôte le bassin et, sans fermer les yeux cette fois, essaie de le fourrer au bon endroit. Mais le bassin ne bouge pas. Il est bloqué. Alors Rambo se voit obligé de sacrifier un autre doigt : il l'unit aux autres et pousse. En vain. Il saisit le plastique de toute sa main et sent quelque chose de chaud, peut-être la cuisse nue de Marino. Alors il remonte le bassin si fort que Marino se met à hurler, les mains entre les jambes, sur la chose nue, au milieu, qu'il serre à présent et que, pendant une seconde, Rambo a empoignée.

« Aïe ! C'est trop haut, trop haut ! » se plaint Marino, qui parvient à l'écarter un peu.

Rambo ne le prie pas de l'excuser : il se contente de bondir en arrière, les yeux écarquillés et sa main le plus éloignée possible, au bout du bras qu'il tend. Comme dans un film qu'il a vu dans son adolescence, où l'on avait greffé à un manchot la main d'un assassin extrêmement féroce exécuté la veille au soir. Au début, ça marchait et tout allait bien, mais la main recommençait à tuer, elle voulait même assassiner son nouveau propriétaire. Qui l'observait ainsi que Rambo regarde sa propre main, au bout de son bras :

elle lui appartient depuis sa naissance et voilà qu'il ne la reconnaît plus.

« Rambo, sors, s'il te plaît, sinon je n'y arriverai pas. »

Rambo se précipite hors de la chambre en claquant la porte derrière lui.

Il parcourt le couloir à toute allure et débouche dans la cuisine où les murs sont moins noirs et où une grande fenêtre laisse entrer la lumière de l'après-midi. Sous la fenêtre, un autre fusil l'attend.

Mais Rambo ne le saisit pas, il ne peut pas. Il ouvre d'abord le robinet au maximum et met la main, paume et dos, sous le jet très fort, puis renverse dessus un demi-flacon de liquide vaisselle et l'escamote dans un nuage de mousse au citron. Enfin, il s'empare de l'éponge et frotte avec la partie tampon au point de se blesser. Il s'obstine. Car si les germes sont morts depuis un moment et que disparaît aussi toute trace de l'horreur qu'il a éprouvée après avoir touché Marino et senti une chose poisseuse, chaude, lui caresser la paume, ça ne s'arrête pas là. Cela résiste à l'eau, au savon et à la volonté de s'écorcher la main. Rambo frotte mais cela persiste en un frisson qui secoue tous les muscles de son corps. C'est une sensation absurde, épouvantable, qui ressemble au plaisir.

Oui, au plaisir malsain d'avoir touché cette peau nue, ainsi qu'à l'envie encore plus malsaine de la toucher une nouvelle fois. Sans s'arrêter.

Mais non, c'est impossible, c'est faux. Et tout ça, à cause de ces deux morveux qui l'ont accusé d'aimer les garçons. Lui, Rambo. Bordel, qu'est-ce qu'ils lui veulent ? Une gamine toute blanche, pareille à une larve, un mioche apathique et radioactif, putain, qu'est-ce que ces deux avortons savent des hommes et des femmes, de la vie, de la normalité ? Ces deux monstres croient certainement que les gens sont aussi malades et étranges qu'eux. Quelle horreur, quelle folie ! Il n'aime pas les hommes. Il ne pense même pas aux femmes, il ne se retourne pas sur leur passage et il n'en a jamais touché une de sa vie. Si les femmes ne lui plaisent pas, comment les hommes pourraient-ils lui plaire ?

La vérité, c'est que Rambo est un guerrier, il se bat seul contre tous, il n'y a pas d'amour dans sa vie, il n'y a que la guerre, une bataille contre le monde qui l'opprime. Pour lui il n'existe pas de femme, pas d'âme sœur. Il est un vrai rebelle, pas comme les minets qui jouent ce rôle pour impressionner les filles. Et s'il éprouve ces trucs bizarres de temps en temps, quand il regarde la télé ou quand il passe devant les magasins du centre-ville, s'il les éprouvait quand il fréquentait la piscine municipale et se changeait au milieu des autres, c'est normal. Cela arrive, ce sont des tours que lui joue sa tête, c'est la société qui s'insinue sous sa peau dure. Il suffit de les éviter, de garder ses distances et de s'en débarrasser comme maintenant.

Il ferme le robinet et respire en regardant à travers la fenêtre. Il peut à présent prendre le fusil dessous.

Un Benelli double canon, très vieux mais prêt à accomplir son travail. Exactement comme Rambo, en admettant que le vieux ait raison et qu'on veuille s'introduire dans sa maison pour la conquérir. Russes, Chinois, mais aussi Américains, Allemands, Arabes ou Italiens, les milliardaires autoritaires courent le monde, et la morale n'existe plus.

Alors on a besoin d'hommes comme lui, qui restent sur le qui-vive et n'abandonnent pas la tranchée, même si cette maison ne lui appartient pas, même si ce périmètre est vraiment difficile à défendre. Des arbres très fournis autour, genre forêt. Une de ces jungles où l'on ne gagne qu'en exploitant les méthodes de la guérilla. Bref, cet endroit ressemble au Viêtnam, et Rambo en sait long sur le Viêtnam : il n'y a jamais mis les pieds, mais il a vu un tas de films sur la guerre à la fois terrible et merveilleuse qui s'y est déroulée. Certes, ces films ont tous, ou presque, été tournés en studio à Hollywood ou, pour les Italiens, dans les Apennins, mais cela ne veut rien dire. Ou plutôt c'est encore mieux, cela signifie que le Viêtnam ne se trouve pas seulement au Viêtnam : il se trouve partout. Le Viêtnam, c'est une situation bordélique où des guerriers surgis du néant peuvent vous sauter dessus et vous égorger, ce qui est hélas le portrait du monde entier. Les ennemis et les dangers sont partout, prêts à vous détruire. Dans la rue, devant l'appartement de Marino, entre les branches enchevêtrées de cette jungle, mais aussi à la maison, à l'intérieur de vos propres mains, sous votre peau, dans votre tête.

Le Viêtnam est partout. Rambo le sait. Et il passe sa vie à se battre.

LA DANSE DU PREMIER PAS

Allez, Sandro, ton moment est arrivé.

Les enfants ont réclamé dix euros pour acheter un guide de la Lunigiane et, comme il y en a deux, ils mettront une heure à se décider. Le vieux est allé aux toilettes après avoir réclamé, pour une raison que Sandro préfère ne pas connaître, une feuille de papier et un stylo.

Vous êtes donc en tête à tête, Serena et toi, dans la boutique du restoroute.

Elle s'est arrêtée dans un coin où se trouvent un miroir et des produits genre rouges à lèvres, ombres à paupières, des trucs que les femmes utilisent pour se pomponner, ce qui est peut-être un bon signe. Elle déplace des boîtes et se penche, tandis que Sandro la regarde, au fond du couloir, en se demandant ce qui rend cette femme aussi merveilleuse, comment sa beauté se moque des gifles que Serena lui flanque avec ses vêtements masculins, ses cheveux en désordre et ces rangers qui enlaidiraient les cuisses de toutes les femmes de la planète. De toutes, sauf d'elle : sa beauté résiste à ces mortifications, mieux, elle rejaillit encore plus férocement, comme le sanglier qu'on a intérêt à tuer du premier coup, car si l'on se contente de le blesser, il se déchaîne et vous charge, vous propulse en l'air puis vous broie par terre, vous amenant à tournoyer sans cesse, et s'il vous reste un bras en bon état, vous commencez à l'agiter pour saluer le monde, et terminé.

Telle est la beauté de Serena, et si Sandro ne peut lui expliquer qu'elle évoque un sanglier blessé, il lui faut dénicher quelque chose et aller le lui dire sur-le-champ.

Allez, Sandro, ton moment est arrivé.

Il importe qu'il le mette à profit tout de suite. Si la situation était normale, il s'en abstiendrait. Il la lorgnerait pendant une heure en pensant au mystère de sa beauté, en se disant qu'ils passent de toute façon l'après-midi ensemble, qu'ils ne se sont peut-être pas adressé la parole, mais qu'elle ne l'a pas non plus frappé, raison pour laquelle le résultat n'est pas catastrophique. Que c'est un premier pas. L'histoire du premier pas a toujours été la perte de Sandro. Elle lui permettait de rentrer tout content chez lui, de dormir d'un sommeil tranquille et de concentrer ses espoirs sur le lendemain, puis le surlendemain, la semaine suivante et le printemps qui délierait les esprits dans cinq ou six mois et susciterait chez Serena l'envie d'aimer… et ainsi de suite jusqu'au moment où il serait trop tard, où il n'aurait plus qu'à s'en prendre à la malchance et tenter de chasser Serena de ses pensées.

Mais cette fois non, cette fois, si les choses tournent mal, ce sera uniquement sa faute et celle de cette bêtise du premier pas. Premier pas qui n'a de sens que si lui succèdent le deuxième, puis le troisième, et tous ceux qui vous dirigent vers une destination bien précise, vers le but auquel vous tendez. Or, s'il n'y a pas de deuxième ni de troisième pas, le premier n'est qu'un pied posé devant l'autre, et à quoi ça sert, putain ? À rien, voilà. Et, en effet, telle est la vie de Sandro : un pas à droite, un à gauche, un en avant et un en arrière… comme une danse improvisée, au cours de laquelle on ondoie, on se déhanche et pourquoi pas on transpire, mais on n'avance pas.

Au début, cela lui convenait, c'était une fête remplie de gens, de belles filles, de personnes intéressantes et de chansons fabuleuses, la piste était bondée, tout le monde dansait et se frottait. Puis, peu à peu, certains se sont éloignés : des couples qui s'isolaient dans les recoins sombres de la boîte, qui se roulaient des pelles sur les canapés, baisaient dans les toilettes ou dehors, à bord des voitures dont ils embuaient les vitres, et puis hop, en route vers le futur. Et Sandro ? Sandro est encore là, tout seul au milieu de la piste vide, un pas en avant, un pas en arrière, droite-gauche, avant-arrière, vous vous déhanchez, vous levez les mains… les lumières colorées s'éteignent, la musique s'achève et la piste est si vide qu'un pas n'y change rien, peu importe dans quelle direction vous le faites, vous n'êtes qu'un débile planté tout seul au milieu du néant. Et alors, putain, ça suffit maintenant. Maintenant Sandro se lance, Sandro vit sa vie. Il essaie d'accomplir ce qu'il a conseillé à Luca, oui, et si ça marche, youpi, si ça rate, rien à foutre, il l'aura mérité. Au diable le premier pas, Sandro en fait douze d'affilée, le nombre qui lui permet de parcourir le couloir le long des rayons de charcuterie, fromages et outils pour le jardinage, puis de rejoindre cette femme splendide, à la peau de la couleur de juillet toute l'année, qui cherche un objet dont elle se contrefiche car, elle l'ignore encore, mais c'est lui, Sandro, qu'elle cherche en réalité.

« Je peux vous donner un coup de main ? » dit-il d'une voix pas trop aiguë et crédible, une esquisse de sourire sur les lèvres. Bref, il ne lui manque rien. Si ce n'est la réponse de Serena, qui ne daigne même pas lui accorder un regard.

« Ce restoroute est bourré de trucs absurdes, pas vrai ?

— …

— Je me demande bien, par exemple, ce qu'un individu parcourant l'autoroute pourrait faire d'un jambon entier. Ou d'une meule de parmesan, d'une antenne parabolique ou encore d'une matraque… D'après vous, il y a des gens pour les acheter ? »

Serena s'abstient de répondre, mais elle tourne une seconde vers lui ses yeux merveilleux et étire les commissures de ses lèvres en ce que des spectateurs très positifs pourraient qualifier de sourire. Il faut toutefois être extrêmement positif, comme son ami Marino lorsqu'il a failli se trouver une copine, c'est-à-dire le soir où il a aperçu dans une boîte une fille qui lui plaisait et où, incroyablement, il a eu le courage d'aller la saluer. Il lui a dit bonsoir, et elle lui a aussitôt demandé s'il était seul, il a répondu qu'il était venu avec ses copains et elle a commenté : « C'est bien, va donc les rejoindre. » Il a rejoint Sandro et Rambo, tout content, il leur a raconté leur échange, et quand ils ont voulu savoir pourquoi il était content, bordel, il leur a expliqué : « Elle est gentille, elle avait peur que je sois seul… »

Voilà, il faudrait que Sandro atteigne ce niveau de positivité pour confondre la grimace de Serena avec un sourire, cette positivité qui permet de vivre dans un monde rose et scintillant. Certes, au fil des ans, la véritable vie démolit ce monde à force de le frapper, et il ne vous reste plus qu'à fourrer votre mère dans le congélateur, mais c'est une autre histoire et Sandro ne doit pas y penser pour l'instant. Sandro doit juste insister. Un pas après l'autre, mon petit Sandro, un pas après l'autre…

« Vraiment, si vous cherchez des piles, elles sont à la caisse, poursuit-il. Mais c'est à moi de les acheter, car le magnétophone m'appartient. Si vous avez faim, il y des pizzas par ici, et si vous avez soif, des boissons dans les frigos que vous voyez là-bas, ou…

— Écoutez, monsieur le catéchiste, je vous remercie, mais je n'ai besoin de rien. La seule chose dont j'avais besoin, c'était que vous disiez non aux enfants, mais c'est trop tard maintenant. »

Sandro aimerait répliquer quelque chose, or les phrases qu'il avait préparées concernent d'autres produits du restoroute et elles ne sont sans doute plus d'actualité.

« Savez-vous pourquoi ils veulent aller à Pontremoli ? Vous ont-ils parlé du morceau de bois qu'ils ont trouvé, avec deux bracelets collés dessus ?

— Oui. C'est-à-dire… un peu.

— Voilà. J'ai été forcée d'accepter : Luna est ma fille, je n'avais pas le choix. Mais j'espérais que vous, au moins, vous refuseriez sous prétexte que c'est absurde et que vous avez du travail. Bref, partir un mercredi en excursion à quarante ans sans avoir personne à prévenir… mais vous n'avez pas de travail, d'engagements, qu'est-ce que vous fabriquez dans la vie ?

— Je… euh, je ne… » Sandro broie des morceaux de mots puis s'interrompt. Il se limite à secouer la tête et à acquiescer avant d'effectuer un mouvement du cou étrange, genre chien à tête à ressort que son père avait sur le tableau de bord de sa voiture. Cependant, ce n'est pas un problème : Serena s'est déjà détournée, il n'a donc plus à s'inquiéter de la façon dont il remue la tête. Ou plutôt, mieux vaut qu'il recule un peu, de deux, trois, quatre pas. Il s'éclipse. Il va peut-être aller acheter des piles, ils regagneront ensuite la voiture et introduiront ses cassettes dans le magnétophone. Leur préparation lui a valu une nuit blanche : trois cassettes de quatre-vingt-dix minutes présentant un mélange de chansons savamment choisies pour s'insinuer dans les oreilles de Serena et couler jusqu'à son cœur, pour lui dire qu'il ne peut pas refouler ses sentiments – lorsqu'ils frappent à votre porte, il est impossible de les envoyer paître, comme les témoins de Jéhovah le dimanche matin.

Oui, voilà ce que doit faire Sandro, s'éloigner de Serena et se fier à la force de la musique, attendre, attendre... sauf qu'avant de partir, il la regarde une dernière fois. À l'aide d'un élastique qu'elle a au poignet, elle rassemble ses cheveux et les attache en une queue-de-cheval toute tordue. Il se produit alors un phénomène imprévisible. Au moment où Serena achève de se coiffer, la bouche de Sandro s'ouvre et s'exprime toute seule. Elle dit : « Arrête donc, Serena, arrête. »

Elle se tourne brusquement vers lui, les yeux écarquillés. Elle n'arrive pas à croire ce qu'elle a entendu. Sandro non plus, pourtant il continue : « Sois désagréable avec moi, dis-moi que je suis débile et que je ne fous rien dans la vie, donne-moi un autre coup de poing, ou de pied, si ça te fait plaisir. Mais arrête de t'attacher les cheveux comme ça. Et arrête de t'habiller aussi mal, avec des trucs trop grands, des vêtements militaires et des rangers. Ça fait combien de temps que tu ne t'es pas regardée dans une glace ? Eh bien en voici une, regarde-toi : tu sais comment tu es, Serena ? »

Elle le fixe, se limitant à bouger la tête qui répond par la négative.

« Bordel, tu es superbe. Tu es la plus belle femme du monde, ou du moins du monde que j'ai vu, moi qui n'ai pas beaucoup voyagé, mais de toute façon je n'ai jamais vu ailleurs pareil canon. Les autres femmes se maquillent, se soignent, font attention à leurs vêtements et à leurs cheveux, mais toi tu ne fais rien et tu es superbe quand même. Ou plutôt, tu sais ce qui me rend fou de rage ? Que tu es maintenant encore plus belle qu'avant. Chaque fois que je te vois, tu es plus belle, bordel, et tu ne le mérites pas, Serena, tu ne mérites foutrement rien. C'est pourtant la réalité, tu n'y peux rien. Alors s'il te plaît, rends-moi au moins un service, arrête de t'attacher les cheveux n'importe comment et de t'habiller comme ça, arrête de gaspiller du temps en essayant de t'enlaidir : de toute façon, tu n'y arrives pas, tu es juste ridicule et pathétique. Et superbe. »

Sandro l'a dit, c'est incroyable, il a tout dit, ses mots sont sortis de sa bouche l'un après l'autre avec une telle puissance qu'ils restent un moment suspendus dans l'air entre Serena et lui. Il aimerait qu'ils disparaissent immédiatement, comme les caleçons gigantesques de son père, quand il invitait un camarade à jouer chez lui : sa mère laissait ces caleçons de la taille d'une nappe étendus sur le fil, devant la maison, et le jeune Sandro se sentait mourir de honte. Comme ces mots qu'il a prononcés malgré lui, à présent figés entre Serena et lui qui les fixent dans un embarras mortel.

Heureusement, Zot et Luna surgissent en hurlant, ils secouent l'air et le remplissent de mots neufs.

« Maman, maman, on a encore besoin de quelques euros ! »

Serena dévisage un moment Luna. « Encore ? Mais combien coûte ce guide ?

— Non, le guide, on l'a déjà pris. C'est pour le sérum contre les morsures de vipère.

— Ça ne nous servira foutrement à rien.

— Ah ! intervient Zot, l'index dressé. C'est la réponse classique qui vous revient à l'esprit au moment où le poison vous arrête le cœur.

— Écoutez, les enfants, nous allons visiter un musée. Certes il se trouve au milieu des bois, mais je ne crois pas qu'il y ait des vipères à l'intérieur. D'accord ? Et puis, quand on est mordu par une vipère, il suffit de garder son calme et d'appeler un médecin. On n'en meurt pas.

— Nous non, déclare Zot, mais…

— Mais ?

— Rien, je crains… » Il indique deux fois Luna de la tête.

« Que crains-tu ? Je ne comprends pas.

— Eh bien, Luna a la santé fragile, il se peut qu'elle ne supporte pas le poison autant que nous…

— Zot, va te faire foutre ! » s'exclame Luna. Dans sa bouche, de sa petite voix qui s'en échappe laborieusement, cette interjection est déplacée. Autant qu'une étoile de mer au sommet du mont Blanc. « Je ne suis pas fragile. Et puis, ça te va bien, à toi qui mets un pull sur les épaules pour aller aux toilettes !

— Parce qu'il y a toujours beaucoup d'humidité dans les toilettes ! C'est ma faute, peut-être ? Monsieur Sandro, madame Serena, je vous prie d'expliquer à Luna que les rhumatismes arrivent à un certain âge et qu'on ne peut pas plaisanter avec l'humidité. »

Serena s'apprête à répliquer, puis se ravise et se contente de soupirer en secouant la tête.

Alors Sandro se dit que son moment est de nouveau arrivé, il cherche une voix sûre, ferme, d'homme qui résout les situations, il déclare qu'on ne trouve pas de sérum contre les morsures de vipère dans les restoroutes. C'est un médicament, on le vend en pharmacie.

« Ah oui ? Est-ce qu'il y a des pharmacies à Pontremoli ?

— Oui. Forcément.

— Ah, très bien, nous nous le procurerons sur place, affirme Zot. Tu es contente, Luna ? Tu n'as plus à t'inquiéter maintenant.

— Je ne m'inquiétais pas ! » Elle déclare qu'il est tard et se dirige vers la sortie. Zot lui emboîte le pas et lui touche le bras pour mieux la guider, mais elle gesticule et le chasse comme une mouche.

Sandro les regarde un moment sans remarquer que Serena s'éloigne à son tour. Il l'entend juste dire au moment où elle le dépasse : « Bravo, il va maintenant falloir faire une halte dans une pharmacie. »

Toutefois il n'y a pas de méchanceté dans sa voix, ou moins qu'avant. Mais il se peut que Sandro en ait décidé ainsi pour se rassurer tandis qu'ils sortent du restoroute et regagnent la Jeep, où Ferro enrage, car à présent tout est automatique dans les toilettes, le robinet s'actionne quand bon lui semble et la chasse d'eau se déclenche au moindre mouvement, vous causant une syncope. Et puis les numéros de téléphone des putes ont disparu des murs, il n'y a même plus de murs, mais des parois fabriquées dans un bois lisse et sombre où les seules inscriptions sont celles des pédés. Ferro est dégoûté : autrefois cela n'existait pas, du moins les pédés ne s'en vantaient pas, ils se contentaient de signaler qu'ils cherchaient un garçon et d'inscrire leur numéro, et lorsqu'on les appelait ensuite ils espéraient vous persuader, mais entre-temps, en lisant les messages, on avait eu le temps de se représenter un sacré canon. Autrefois les hommes pouvaient rêver. Maintenant ils écrivent : « Gay cherche compagnie », « Garçon cherche bite pour nuit enflammée ». Dans quel monde vivons-nous, dans quel monde infect vivons-nous ! Il pose sur le tableau de bord la feuille de papier sur laquelle il a noté les numéros de quelques trans.

« Allez, remettez la musique, j'ai besoin de senti-ments ! » déclare-t-il alors que la Jeep rejoint l'auto-route en cahotant. Or, l'habitacle se remplit non de musique, mais de silence. Ferro se retourne : chacun cherche l'autre du regard et personne ne dit mot, personne ne s'est souvenu d'acheter des piles.

Alors le vieux produit des rafales d'insultes contre Dieu, la Vierge et divers saints dont certains n'existent peut-être même pas, les associant à plusieurs sortes d'animaux qui rampent dans la boue et transmettent des maladies.

Serena n'essaie même pas d'intervenir, et les enfants apprennent, les yeux écarquillés, ces nouveaux et terribles blasphèmes. Seul Sandro dit « Ça suffit ! » : étant catéchiste, il doit bien jouer le scandalisé. Il prie Ferro de se taire et indique du doigt le toit de la Jeep, ainsi que le ciel, au-dessus.

« Fous-moi la paix ! Laisse-moi me défouler !

— Je vous prie de vous défouler d'une autre façon que par des blasphèmes.

— Pourquoi ? Tu as peur que Dieu se vexe ? Mais tu crois vraiment qu'il y a là-haut un type à barbe blanche qui se vexe quand on l'envoie se faire foutre ? Tu crois vraiment qu'il y a là-haut un type de ce genre ? »

Sandro hésite. Un instant, il ne perçoit que le bruit des roues sur la route et l'attention des passagers concentrée sur lui. « Eh bien, voilà, je crois qu'il existe quelque chose de supérieur.

— Évidemment. Supérieur à toi, c'est pas difficile. »

VIVE LE CAMPING !

« Attention, mesdames et messieurs les passagers, nous avons une annonce importante à faire », déclare M. Sandro alors que nous nous présentons au péage. Il paie avec les pièces qui se trouvent dans le cendrier, même si maman agite à l'arrière un billet de cinq euros, et nous repartons. Des panneaux précèdent un grand virage, puis un fleuve et de vieilles maisons en pierre. D'une voix étrange, comme s'il parlait à la radio, il poursuit : « Mesdames et messieurs, voici notre annonce importante, nous venons tout juste d'arriver dans la ville riante de… Pontremoli ! »

Zot et moi échangeons un regard et crions, les bras levés : « Youpiiiiiiii ! »

Je pose la main sur la jambe de maman et la serre. Elle me serre tout entière, pendant que Ferro dit : « Il n'y a aucune raison de se réjouir ! Nous sommes arrivés dans le trou du cul du monde, et nous avons même mis la moitié de la journée ! »

En effet, nous aurions dû être ici pour le déjeuner, mais, alors que nous nous faufilons entre les rues et les maisons, le soleil disparaît car il est presque 18 heures. Ce n'est pas notre faute : en quittant le restoroute, nous sommes retournés sur l'autoroute, et au bout de cinq minutes nous sommes heurtés à un embouteillage. Nous avons passé trois heures immobiles.

Sandro a éteint le moteur, Ferro a prononcé des gros mots, maman a gardé le silence, mais je sentais qu'elle s'énervait : elle frottait les mains de haut en bas sur ses jambes comme pour les essuyer, alors qu'elles n'étaient pas mouillées. Zot a demandé à Sandro si nous pouvions profiter de cet arrêt pour revoir les dix commandements, les sept péchés capitaux, les trois vertus théologales et les autres questions que l'évêque était susceptible de nous poser avant la confirmation. Et comme personne ne répondait, il a énuméré les commandements, droits et tassés comme s'il n'y en avait qu'un très long, auquel il était impossible de désobéir : « Je suis le Seigneur ton Dieu et tu n'auras pas d'autres dieux que moi, tu n'invoqueras pas le nom du Seigneur ton Dieu pour le mal... »

Ferro s'est agrippé à la portière et a prononcé le nom de Dieu de nombreuses fois, presque toujours pour le mal, puis il est descendu, est allé parler à un monsieur appuyé contre un camion, devant. Au bout d'un moment, alors que Zot récitait la liste des péchés et des vertus, nous sommes descendus à notre tour, puis nous sommes remontés, nous sommes descendus encore une fois et nous avons regagné la Jeep à toute allure car les voitures recommençaient à avancer, et nous avons avancé nous aussi.

Nous avions faim et soif, j'avais envie de faire pipi, mais j'ai tout oublié lorsque nous avons dépassé l'endroit où la longue file avait débuté. Le truc de métal qui sépare l'autoroute en deux était enfoncé, il y avait même un trou : le camionneur devant avait expliqué à Ferro qu'une voiture venant dans l'autre sens avait heurté un obstacle et s'était retrouvée de notre côté, atterrissant sur une autre auto. Il y avait d'innombrables bouts de verre et de débris sur le bord de la route, la police et des messieurs habillés en orange, ainsi que de grandes taches sombres et étranges sur l'asphalte. Nous sommes passés devant lentement et Zot a lancé : « Saint Christophe, protecteur des automobilistes, y a-t-il des blessés ? » Ferro lui a répondu qu'il n'y en avait sans doute pas, que les occupants du véhicule étaient certainement tous morts.

Puis la route s'est élargie et nous avons accéléré. Ferro a déclaré : « Ah, enfin ! Trois heures de vie gaspillées dans une queue ! Si nous ne nous étions pas arrêtés au restoroute, nous serions passés avant l'accident et nous serions déjà à Pontremoli depuis un bon moment. »

Maman a rétorqué que c'était lui qui avait voulu s'y arrêter. Il a répliqué : « Oui, mais nous devions seulement y acheter des piles. Au lieu de ça, vous êtes allés regarder toutes sortes de conneries, et vous avez même oublié les piles. Si nous étions partis plus tôt, nous aurions l'accident derrière nous, et nous serions déjà à Pontremoli.

— Oui, ai-je dit. Ou alors la voiture de l'autre côté aurait atterri sur nous. »

Je le pensais. Et j'avais probablement raison car plus personne n'a dit un mot. J'ai glissé la main dans la poche de mon jean et touché l'os que Luca m'a offert, je l'ai remercié et caressé, et même si cet accident était horrible, si je regrettais, j'ai eu envie de sourire comme chaque fois que je touche l'os.

Et maintenant, je souris encore plus largement : nous garons la Jeep sur une grande place carrée et descendons pour découvrir enfin ce fameux Pontremoli. Sans doute parce que la place est vaste et que je ne vois qu'une vague étendue grise, j'ai l'impression que Forte dei Marmi n'est jamais aussi vide, pas même en hiver. Mais peu importe, je ne suis pas venue ici pour me lier d'amitié avec les gens, je veux juste voir les statues du Peuple de la Lune, et je vais bientôt les voir. Je veux monter en courant la rue qui, comme l'affirme un panneau, mène au château du Piagnaro où se trouve le musée, je veux y entrer et je veux que ces statues anciennes m'expliquent pourquoi Luca nous a conduits ici, je veux que ce soit une belle raison qui nous permette de comprendre d'autres belles raisons et que tout devienne clair, y compris ce que nous avons vécu de plus sombre. Maman et moi nous serrons très fort l'une contre l'autre et pleurons un peu, mais juste un instant : bientôt elle retournera travailler, on mangera le mardi une pizza sur la plage, je ferai ma confirmation, passerai au lycée et aurai de la poitrine, je mettrai des vêtements qui soulignent ces seins, si bien que les gens les regarderont davantage que mes cheveux blancs et mes yeux transparents, ils ne me repousseront plus, ils souhaiteront même me côtoyer, on parlera, on plaisantera et on sera comme on doit être quand on est bien.

Voilà ce que je veux.

En revanche, je ne veux pas de ce qui se produit dans la réalité. Nous nous immobilisons devant le château. La porte est fermée, une feuille décolorée est fixée dessus. Sandro la lit et m'informe qu'il y a des travaux en cours et qu'on a transféré le musée en ville, dans un local municipal situé au centre.

Mais on ne sait pas où précisément, on ne sait même pas où du tout, et il n'y a personne à qui le demander autour de nous. Nous regagnons la place carrée, où un monsieur lit les faire-part de décès. Il ignore où sont conservées les statues-menhirs, mais il nous dit que la mairie se dresse sur une place plus petite et qu'il faut, pour l'atteindre, se glisser sous ce qui m'apparaît comme une galerie obscure et qui est en réalité une série d'arcades, puisque Zot déclare que ces arcades sont magnifiques tandis que nous les empruntons. Vient ensuite la mairie. Il y a là une porte, à laquelle une dame est appuyée. Nous l'interrogeons à propos des statues, et elle réplique que ce n'est pas son travail. Alors nous entrons dans le bar voisin, un bar sans enseigne que nous n'avions pas remarqué. Ferro, lui, l'imaginait, car, dit-il, il y a toujours un bar à côté des mairies, sinon les employés n'auraient pas d'endroit où passer leurs journées.

Derrière le comptoir, une femme lave des verres, et je me demande qui les a salis puisque l'endroit est vide. L'emplacement des statues m'intéresse davantage, et la dame le connaît : dans un local de la mairie, juste à côté. « C'est une sorte de cave. Après l'immeuble vous descendrez un escalier qui vous y conduira. Mais dépêchez-vous, l'heure de la fermeture approche. »

Nous remercions et nous précipitons dehors, mais nous hésitons un moment sur le seuil, car une Vespa au moteur trafiqué file devant en klaxonnant dans un grand vacarme, et la dame lui crie : « Salut, Silvano ! » Puis elle nous informe que nous pouvons maintenant prendre notre temps et boire un verre : Silvano est le gardien du musée et, s'il rentre chez lui, c'est parce qu'il a fermé.

Nous cessons de sourire et de remercier. Je demande la permission d'aller faire pipi, je vais aux toilettes et je le fais, les toilettes sentent les pétales de rose et les médicaments. Quand je ressors, les autres se tiennent tous dans la rue, muets, et d'après moi ils l'ont été aussi pendant mon absence : ils ont juste écouté le vent qui se faufile entre les arbres et le fleuve coulant sur les cailloux.

Au bout d'un moment, maman déclare : « Je suis désolée, les enfants. » Elle m'adresse un signe de la main que je ne vois pas et qui m'invite peut-être à la rejoindre. Puis elle m'empoigne et me presse contre sa poitrine. « Je regrette beaucoup, Luna, oui, beaucoup.

— Ne t'inquiète pas, maman, ne…

— Je suis vraiment désolée. Nous sommes venus, nous avons essayé. Je suis extrêmement désolée.

— Moi aussi, renchérit M. Sandro, derrière. C'est triste, les enfants, les choses ne se passent pas toujours comme on le voudrait.

— Je le sais. Mais ce n'est vraiment pas un problème pour moi. Sincèrement, je préfère. »

Ça me paraît la chose la plus normale du monde, or ça ne l'est peut-être que pour moi, car maman relâche son étreinte et, tout en me tenant les bras, s'écarte un peu. « Comment ça, Luna, tu préfères ?

— Oui, maman, je préfère. Et Zot aussi. Pas vrai, Zot ? »

Zot garde le silence. Contrairement à son habitude, il ne m'approuve pas. Il essaie, il tente de hocher la tête, mais ses cheveux s'agitent de tous côtés.

« Hé, petite, m'apostrophe Ferro. Tu as perdu la boule, ou quoi ?

— Mais non, mais non, intervient Sandro. Vous ne comprenez pas. Ceci est un magnifique exemple d'acceptation chrétienne. La vie terrestre nous impose parfois des chagrins et des déceptions, que l'esprit chrétien sait accepter avec sérénité et vit comme des preuves de sa foi. Je suis admiratif, Luna, et également fier du travail que nous avons accompli ensemble.

— Merci, monsieur Sandro, mais il est évident que je suis heureuse. Je pensais juste que c'était un problème pour vous.

— Pas pour nous, dit maman. Si ça t'est égal, ça l'est encore plus pour nous !

— Ah ! Youpi ! On ira au musée demain matin ! Je suis super contente de passer la nuit ici, c'est vraiment super ! »

J'en sauterais de joie. Or, comme les autres restent immobiles et muets, je m'en abstiens.

« Attends, Luna, reprend maman. Attends, nous ne… nous ne passerons pas la nuit ici, nous allons rentrer chez nous.

— Quoi ? C'est impossible, maman, nous n'avons pas vu les statues !

— Je sais. Nous reviendrons. Un de ces jours.

— C'est ça… et nous ne reviendrons pas.

— N'insiste pas, Luna, nous reviendrons un de ces jours, un point barre, c'est tout.

— Mais nous sommes là ! Et ce doit être magnifique de dormir à la montagne. C'est comme… comme un camping.

— Oui, vive le camping ! s'écrie Zot.

— Nous n'y sommes jamais allées, maman. Nous en parlions toujours avec Luca, mais nous ne l'avons jamais fait. Quand il est parti en France, nous lui avons même dit qu'il n'était pas juste que nous restions toujours à la maison. Tu te souviens de ce qu'il a répondu ?

— Oui, mais maintenant, ça… C'était avec Luca que nous devions…

— Luca n'est plus là pour nous y emmener, maman, alors nous devons le faire nous-mêmes. Nous allons camper, toi et moi, allez, maman, toi et moi.

— Moi aussi, dit Zot. D'ailleurs, pour nous préserver, en cas de catastrophe, j'ai apporté une tente ! »

Je lève les bras, il m'imite et nous commençons à sauter. Tout en sautant, nous nous rapprochons et, j'ignore qui de nous deux fait le dernier pas, mais nos bras se croisent et nous finissons par nous étreindre. Zot se fige aussitôt, il murmure à mon oreille deux ou trois mots que je ne comprends pas, et il est possible que mon prénom figure parmi eux. Je n'en suis pas certaine parce que je retourne tout de suite embrasser maman. Elle est immobile, mais peu importe : je saute pour nous deux, pour nous trois, et aussi pour M. Sandro et Ferro, à qui nous n'avons même pas demandé leur avis, maintenant que j'y pense. De toute façon, c'est inutile : il y a des choses si fantastiques qu'il est absurde de s'en inquiéter. Seul sauter a un sens.

JE NE SUIS PAS CUISINIER

Les neuf étages d'escaliers qui mènent à l'appartement de Marino ne sont pas assez nombreux : Rambo aimerait qu'il y en ait quatre-vingt-dix ou neuf cents, il aimerait qu'ils ne finissent pas. Car il a beau s'épuiser en exercices spécifiques, ses quadriceps ne sont en rien sculptés. Pour une mystérieuse raison, ils sont moins toniques que les cuisses de Marino, lequel considère le babyfoot comme un sport et vient de passer près d'un mois immobile dans un lit.

Rambo repense aux jambes minces mais fortes de son ami, à la chaleur de sa peau lisse, qu'il a touchée malgré lui et qu'il sent encore sur ses doigts, comme lorsqu'on frôle des orties et que l'épiderme continue de brûler, d'autant plus qu'on se gratte.

Rambo atteint le neuvième étage, jette un coup d'œil derrière lui et inspecte les recoins sombres du palier. Personne. Il prend les clefs, ouvre la porte et entre chez Marino, où se trouvent toutes les provisions qu'il a achetées avec Sandro alors qu'ils pensaient emménager là. Il s'est écoulé peu de temps depuis, or on dirait que c'était une autre époque, une époque tranquille et heureuse. Bon, peut-être pas totalement heureuse, mais davantage que maintenant, compte tenu de la surveillance du maudit vendeur de fruits et légumes. En vérité, c'était encore mieux avant, lorsque Sandro et lui ignoraient que la mère de Marino était dans le congélateur. Car la vie est ainsi faite, elle vous assène chaque jour un coup de pied aux fesses ou dans les dents, et les plus douloureux sont ceux qu'on encaisse au moment où l'on se détend et où l'on croit que tout va bien.

Voilà pourquoi Rambo ouvre la porte et entre sans allumer la lumière, longe le mur, ramassé sur lui-même et prêt à bondir, prêt à répondre au feu par le feu. Et tant pis si un commando d'agents au service de l'oncle de Marino s'est posté derrière les rideaux ou le canapé : tant pis pour eux et leurs pauvres familles qui les attendront en vain.

Mais il n'y a personne au salon, personne non plus à la cuisine, il n'y a que la vieille odeur de cigarette et le bruit du congélateur qui – c'est peut-être une impression – lui paraît extrêmement fort. Rambo ne court pas de danger. Il doit juste rassembler un peu de nourriture, la fourrer dans un sac et regagner la Maison des Fantômes. Et pourtant il n'est pas satisfait. Une belle embuscade ne lui déplairait pas, une embuscade l'obligerait à effacer le reste ; son corps et son esprit se concentreraient comme des flèches pointues contre l'ennemi, sans laisser de place aux pensées inutiles et horribles, genre les jambes nues d'un homme, la peau et les poils qui la recouvrent.

Ces bêtises tournoient autour de sa tête, comme un manège sur lequel il n'a aucune envie de monter. Car Rambo ne désire pas d'autres hommes, bien sûr que non, il désire juste leur ressembler. Il mérite d'être musclé et tonique, compte tenu de l'entraînement auquel il se soumet. Bref, ce n'est qu'une histoire de justice, d'engagement et de récompense, et Rambo croit encore en certaines valeurs, voilà tout. Alors, quand il pense à ces corps nus, à des muscles qui gonflent, à la chaleur qui s'en dégage, voilà, il songe à la justice.

La justice occupe tout son esprit, l'empêchant de penser à quoi que ce soit d'autre, et c'est pour cette seule raison qu'il ne parvient pas à s'expliquer pourquoi les corps qui l'impressionnent le plus, ceux qui l'attirent vraiment, sont tous frêles, pâles et fragiles. Il ne devrait pas en être ainsi, ou plutôt il ne doit pas en être ainsi, il faut que Rambo refoule ses pensées, il vaudrait mieux qu'il en ait d'autres à l'esprit.

Voilà pourquoi il n'est pas mécontent, au moment de ressortir avec son sac, de tourner les yeux vers la porte et d'entrevoir dans l'obscurité une silhouette droite et immobile. Il lâche les poignées, allume la lumière d'une gifle flanquée au mur et découvre sur le seuil le sourire grimaçant du maudit marchand de fruits et légumes qui essaie d'entrer.

Alors Rambo éteint la lumière, ramasse le sac et va à sa rencontre. Il le repousse de sa poitrine, mais ce corps à corps ne lui procure aucun effet, aucun frémissement sous la peau : c'est juste l'affrontement primitif entre des êtres humains. Et ça lui convient.

« Laisse-moi entrer, crénom de nom, laisse-moi entrer ! »

Rambo referme la porte derrière lui et actionne la clef.

« Ça suffit ! dit-il. Il n'y a personne ici, vous me cassez vraiment les couilles.

— Mais pourquoi ? Je…

— Franco, ça suffit maintenant. Je regrette, mais je ne peux pas vous aider.

— Mais si, crénom de nom, laisse-moi entrer. Juste une minute.

— Mme Lidia n'est pas là, je vous le jure, elle n'est pas là ! »

M. Franco tourne les yeux vers la porte, derrière lui. « Laisse-moi vérifier, ça me rassurera.

— Il n'y a rien à vérifier…

— Écoute, poupon, parlons franchement, dit-il en plantant de nouveau les yeux dans ceux de Rambo. J'ai compris ce qui se passe ici. »

Rambo s'agrippe au sac de courses, mais il tremble tant que le plastique commence à faire du bruit. « Pourquoi ? Pardonnez-moi, mais qu'y a-t-il à comprendre ?

— Pour quelle raison la cachez-vous ? »

Rambo aimerait répondre que c'est Marino, que c'est cet imbécile qui l'a cachée. Lui, Rambo, n'était pas au courant, il n'a rien à voir dans cette histoire.

« Écoute, poupon, y a pas de mal, hein.

— Ah non ?

— Mais non ! En me voyant, tu imagines que je suis une grenouille de bénitier, mais nous sommes au XXIe siècle, un tas d'hommes se plaisent et emménagent ensemble. Mon neveu est comme toi, il vit à Milan avec un cuisinier, je n'y peux rien.

— Mais je… mais non ! Qu'est-ce que vous racontez, bordel ? Vous me traitez de pédé, ou quoi ?

— Non, bien sûr que non, il ne manquerait plus que ça. On dit homosexuel, non ? Ou gay.

— Je vais te casser la gueule, espèce de connard ! Tu me cherches, bordel ?

— Y a pas de mal, c'est une chose qui se voit et qu'il est absurde de cacher.

— Qu'est-ce qui se voit, putain ? s'exclame Rambo, qui s'énerve et secoue les bras si fort que le contenu du sac se déverse sur le sol. Ça, c'est la tenue camouflage des paras, la vraie, celle qu'ils

utilisent au combat. Et les rangers, la boule à zéro…
qu'est-ce que vous voyez, bordel de merde, qu'est-ce
que vous racontez, putain !

— Eh oui, le fiancé de mon neveu s'habille exactement de la même façon.

— Oui, mais c'est un cuisinier, un cuisinier pédé !
Moi, je ne suis pas pédé, la cuisine me dégoûte, je
suis même incapable de préparer une assiette de
spaghettis !

— Tu es sûr ? Sûr de ne pas avoir emménagé ici
avec ton petit copain ?

— Évidemment ! C'est dégueulasse ! Je vis chez
mes parents !

— Ah. Dans ce cas, les courses que tu as dans ce
sac ne sont pas pour vous.

— Non ! Non, elles ne sont pas pour nous.

— Ah bien, bien, bien, bien, bien, bien. » Plus
il répète ce mot, plus celui-ci paraît négatif. « Mais
puisque tu ne vis pas ici et que le fils de Lidia est à
l'hôpital, pour qui sont ces courses que vous n'arrêtez
pas de transporter ? »

Rambo réfléchit un instant. Il promène le regard
entre le sac, la *provola* et le morceau de jambon
tombés par terre. « Euh, ces courses sont pour moi,
mais je ne les ai pas apportées, je les ai prises.

— Bien sûr, tu vas faire les courses chez les gens…

— Oui. Euh, non, c'est pour Marino. Il va bientôt
quitter l'hôpital et…

— C'est ça, il va quitter l'hôpital et sa mère s'en
fiche, elle est partie de son côté, au revoir et merci,
pas vrai ? Non, je ne crois pas à ces conneries.
Laisse-moi entrer pour contrôler.

— Non. » Rambo se plante devant la porte.

« Voyons, si tu n'as rien à cacher, qu'est-ce que ça
te coûte ? J'entre, je regarde partout, deux minutes,

je me mets l'âme en paix et j'arrête de te casser les couilles.

— Non, je regrette, mais je ne peux pas vous le permettre. Ceci est une propriété privée. Tout à l'heure, quand vous vous teniez sur le seuil, vous avez presque commis une violation de domicile.

— Ah, je comprends. Dans ce cas, je n'ai plus qu'à attendre que mon ami Ferdinando finisse sa journée de travail. Avec le chef de la police municipale, je pourrai entrer, non ?

— Non ! Vous ne pourrez pas ! Mussolini est mort, il y a des lois, la propriété privée est privée et... »

Rambo s'interrompt. Il se contente de fixer Franco, les paupières plissées, les dents serrées. Il faut réagir, et sans tarder. Mais comment ? Il l'ignore.

« Bon, je dois m'en aller, j'ai des rendez-vous.

— Moi aussi, ma boutique m'attend. » Franco adresse un sourire à Rambo. Il va à l'ascenseur, presse le bouton et, quand les portes s'ouvrent, l'invite à entrer le premier.

« Non merci, je préfère descendre à pied.

— Ah, bien sûr. » Franco lève les mains et pénètre dans l'ascenseur. Les portes commencent à se refermer. « Mon neveu aussi utilise les escaliers. Ça raffermit les fesses. »

PANDA ITALIA '90

Rambo roule, les mains serrées sur le volant comme autour d'un cou qu'on veut briser, mais au bout d'un virage à droite il est obligé de relâcher son étau car un claquement dans le plastique l'avertit qu'il est vraiment en train de le briser. Ce ne serait pas très grave en soi, mais il a déjà assez de problèmes comme ça, il est inutile d'en créer d'autres, il lui faut juste inspecter du regard les environs et surtout ses arrières afin de s'assurer que personne ne le suit, et atteindre sain et sauf la Maison des Fantômes. Alors même qu'il a prêté sa Jeep à Sandro, un enfer s'est déchaîné, et il est obligé de l'affronter à bord de cette boîte de thon mal ouverte.

Une Fiat Panda, édition spéciale pour la Coupe du monde en Italie de 1990, blanche avec une bande tricolore qui coupe la carrosserie en deux, jantes en plastique noir et blanc imitant un ballon de football, et, sur la portière, la mascotte d'Italia '90, sorte de brochette composée de cubes blancs, rouges et verts dénommée Ciao et véritablement à vomir. En réalité, la voiture tout entière est ignoble, les concepteurs assassins qui l'ont inventée ont capturé avec habileté dans ses lignes l'âme de cette Coupe du monde merdique, qui se jouait enfin en Italie et que nous devions forcément gagner, mais comme d'habitude quand tout est organisé et qu'il suffit d'agir avec ordre et méthode, sans conneries, l'Italie s'est ridiculisée. Car nous ne sommes doués qu'avec les miracles, sous le coup du désespoir, quand il n'y a vraiment plus rien à perdre : c'est alors que se déclenche la fantaisie d'une dernière esquisse inspirée et malheureusement grandiose. Quand, en revanche, tout est simple, qu'il suffit d'aller tout droit et de ramener le résultat à la maison, nous nous enfonçons dans notre incapacité dévastatrice d'être honorables, constants, moyens.

Cette vérité a toujours énervé Rambo, mais pas ce soir, ce soir c'est justement à notre habileté dans le désespoir qu'il s'agrippe, car s'il existe un moment désespéré, c'est bien celui qui le voit maintenant conduire une boîte de conserve puant le tabac, tandis que dansent dans l'air les cendres d'années et d'années de cigarettes aspirées par la mère de Marino, laquelle gît à présent, enveloppée dans deux couvertures, sur la banquette arrière.

C'est une folie, Rambo le sait. Un frisson glacé lui parcourt le dos sous l'effet de la peur et parce que la mère de Marino congelée dégage de l'air froid, comme ces trucs en plastique qu'on met dans les glacières quand on part en excursion. Or, ces trucs ne durent pas longtemps, vous ouvrez la glacière et le Coca que vous vous apprêtez à boire glacé est aussi chaud que du bouillon, ce qui arrivera aussi à Mme Lidia : au moment où Rambo l'a ôtée du congélateur, elle était extrêmement dure et résistante car ses fesses étaient collées au fond, mais elle va bientôt fondre, et les emmerdes augmenteront.

Avait-il le choix ? Il a appelé Sandro, il a appelé Marino, le téléphone sonnait, mais aucune voix amie n'était là pour lui prêter secours. Rambo continuait d'appeler, en vain. Sandro, occupé à faire l'idiot avec une femme, s'en fiche, et Marino est couché, il dort sans doute grâce aux médicaments qu'il lui a administrés avant de sortir – peut-être en trop grande quantité, pourtant mieux vaut trop que pas assez, au moins il ne souffre pas et dort. Car tel est Rambo, il pense aux autres, dans la bataille il couvre ses amis et les sauve, mais quand il a besoin d'aide, lui, personne ne répond présent.

Il est retourné à l'appartement de Marino, perplexe mais persuadé de l'urgence qu'il y avait à agir, car le temps passait et, à chaque minute, le chef de la police municipale risquait de rappliquer avec Franco, ce qui serait la fin des haricots. Pour Marino, mais aussi pour lui et pour Sandro, complices de cette ignominie, tous dans la merde jusqu'au cou. Alors même que les choses semblaient s'arranger, qu'ils disposaient d'un appartement et d'une retraite pour aller de l'avant. Plongé dans ces pensées, Rambo errait dans les pièces de l'appartement – pas grandes mais pratiques, parfaites pour eux trois –, sursautant à chaque bruit, à chaque déclic de l'ascenseur. Puis il est passé au salon et a remarqué les clefs de la voiture, accrochées au porte-clefs en tissu original de Fiat et à un autre, frappé du visage de Padre Pio et de l'inscription NE TE HÂTE PAS, PENSE À MOI. Au lieu de penser à Padre Pio, il a pensé à la Fiat Panda Italia '90 de la mère de Marino, toujours garée en bas, avec ses horribles jantes en forme de ballon de foot. Il a pris les clefs, il a pris la vieille, il est descendu en tremblant à chaque volée de marches, il est entré dans la voiture, il a actionné la clef, et hop.

À présent, il appuie sur l'accélérateur et l'auto vibre, l'air chaud (il le préférerait froid) pénètre dans l'habitacle à travers les bouches d'aération, contribuant à la décongélation de la vieille. C'est peut-être seulement une impression, mais Rambo sent une odeur de pourri flotter dans l'air. Alors il ouvre la vitre, crache et se jette dans les petites rues vers la Maison des Fantômes, fuyant le danger et fuyant la mort. Sauf que l'un et l'autre se déplacent ce soir en voiture avec lui, Rambo, de manière beaucoup plus confortable.

POURQUOI LES SINGES EXISTENT

« Mais il n'y a que des cailloux ici ! lance Ferro à Sandro, tandis que la Jeep quitte la chaussée et ralentit sur l'emplacement en produisant un crissement de graviers. Hé, génie, tu as l'intention de monter la tente sur des cailloux ?

— Non, Ferro, non. Nous nous arrêtons juste pour manger. Car il n'est pas mauvais de manger avant de se coucher, non ?

— Ah, ça c'est sûr. Tu voulais m'envoyer au lit sans dîner, génie ?

— Si vous saviez où j'aimerais vous envoyer... », réplique Sandro, la voix en partie couverte par le bruit du moteur qui finit par s'éteindre au milieu de cette place de rochers blancs, devant une église également faite de rochers, mais plus gros, empilés jusqu'à un toit du même matériau.

Plus je m'approche et plus ce bâtiment me semble vieux ; de toute évidence, les gens qui l'ont construit n'avaient pas envie de perdre du temps en finitions, ils avaient besoin d'une église pour prier avec un trou carré pour y entrer et un autre au-dessus, plus ou moins en forme de croix, pour laisser passer la lumière. C'est tout.

À côté de l'église, il y a la rue, qui n'existait certainement pas au moment de la construction, pas plus que cette bande de lumière vague dans l'obscurité du soir qui évoque sans doute quelque chose aux autres puisque M. Sandro traverse, s'immobilise et demande à quoi nous voulons nos sandwichs.

Je réponds « Au fromage » et Zot m'imite avant de rectifier : « Plutôt au fromage et au jambon. » Ferro veut du pecorino et des anchois, un tas d'anchois, alors Zot déclare qu'il a réfléchi : il aimerait du jambon blanc, du fromage et des anchois. Maman est prête à manger n'importe quelle garniture, mais pas de pain complet. Au milieu de la rue, Sandro affirme qu'il est tard et qu'il faudra se contenter de ce qui reste, alors maman : « Prends ce que tu veux, de toute façon ce sera un désastre. » Et Sandro, sérieux : « Tu as raison, Serena, ce sera un désastre car j'ai déjà tout oublié. Alors viens m'aider. » Elle garde le silence un moment puis réplique qu'elle peut très bien se débrouiller seule, mais il refuse, et il repart vers l'unique lumière qui brille dans le noir.

Alors je dis à maman que j'aimerais qu'elle l'accompagne, car elle sait quel genre de fromage me plaît, étant donné que je ne les aime pas tous. Et puis j'aimerais en profiter pour visiter l'église.

« Choisis, maman, soit tu vas acheter les sandwichs, soit tu m'accompagnes à l'église. Il y a peut-être des tableaux, des images sacrées, on étudiera les colonnes et les symboles… » Avant même que j'aie terminé, elle traverse la rue et disparaît enfin derrière M. Sandro.

Zot et moi entrons dans l'église. Je fais un pas, puis deux, et il arrive ce qui arrive toujours quand je pénètre dans un endroit clos et sombre : le calme m'envahit. Il n'y a pas de lumière pour m'obliger à fermer les yeux, ma peau ne me brûle pas, je vois bien, ou en tout cas mieux que jamais. J'entre dans cette église ancienne et obscure, éclairée par quelques bougies le long des murs et empreinte d'une odeur d'humidité qui vous coupe le souffle, et je sens que je suis à ma place. Ce qui m'agace énormément.

Car je préférerais être au soleil et à la lumière, dans le vent qui agite mes vêtements. Je préférerais le parfum de la mer et le bruit des vagues, les mouettes qui volent tout près de moi et poussent leur cri étrange, je préférerais avoir les pieds nus, tandis que l'eau les mouille et reflue, les mouille et reflue. C'est là-bas que je veux me sentir à ma place, pas dans ce trou noir.

Ici, je peux garder les yeux ouverts, je n'ai pas mal à la tête, je ne sens pas de brûlure et la lumière ne m'éblouit pas, mais pourquoi faudrait-il ne rien sentir pour se sentir bien ? Cela équivaut à dire qu'on s'amuse quand on ne se fatigue pas, qu'on est heureux quand il ne vous arrive pas de malheur. De nombreuses personnes vivent ainsi, je le sais, c'est donc qu'elles sont stupides. Et plus je me sens à ma place ici, plus ma rage grandit ; de fait, je me retourne et me dirige vers la sortie. C'est alors que j'aperçois une chose carrée et grise dans le coin du fond. J'oublie tout. Je m'approche de cette pierre gigantesque et rugueuse, je la regarde, elle me regarde de ses yeux ronds, je me pétrifie comme elle. Car le panneau qui la flanque porte une inscription minuscule, que je n'ai pas besoin de lire : je le sais, je suis devant une statue du Peuple de la Lune.

Elle est là, adossée au mur de l'église. Je tends la main et la touche. Elle est froide, très dure. Je frotte mes doigts dessus : elle est rêche et lisse, comme l'os de baleine que m'a offert Luca. Je plonge mes yeux dans les siens, deux petits cercles profonds, et je jure qu'elle me scrute. J'ai beau me sentir bête, j'ouvre la bouche et murmure « Salut ». Et je suis un peu vexée car elle ne me répond pas.

Les pas de Zot résonnent derrière moi.

« C'est elle ? »

Je hoche la tête.

« Qu'est-ce qu'elle fait ici ? »

Je lui indique le panneau dessous. Il se penche, l'étudie et le lit à voix haute : cette statue très ancienne, qui représente un guerrier, a été sculptée par le mystérieux Peuple de la Lune il y a trois mille ans. On l'a retrouvée dans l'église, dont elle faisait partie : on l'avait utilisée, comme les autres rochers, pour bâtir les murs.

Je pense à cet endroit tel qu'il était il y a trois mille ans, aux forêts où vivaient des êtres mystérieux qui n'ont pas laissé la moindre trace, pas même un bout de maison, ni une inscription, parce qu'ils n'ont pas eu le temps d'apprendre à écrire, ni même de se doter d'un nom. Ils passaient juste leurs journées à transformer des pierres gigantesques en statues plates et lisses de la même forme qu'eux, que nous, et à les planter toutes droites dans les bois pour des raisons qui nous échappent mais qui sont certainement magiques. Je me demande aussi comment les gens qui ont bâti cette église ont pu se servir de cette statue comme d'un simple rocher ou d'une brique. J'ai du mal à le croire : dès qu'on la voit, dès qu'on la sent, on a envie de la respecter, de l'admirer avec tout le...

« C'est quoi, cette merde ? » lance Ferro qui survient.

Je réponds aussi sèchement que possible : « C'est une statue-menhir.

— On dirait un avorton.

— Grand-père, intervient Zot, tu fais face à un guerrier du Peuple de la Lune, un peuple d'hommes courageux et forts qui a disparu...

— Ils ne pouvaient que disparaître, s'ils étaient défendus par de tels avortons. »

Zot essaie de protester, pas moi. Je voudrais juste que Ferro aille faire un tour ailleurs, là où il y a des choses qui l'intéressent davantage. Mais il s'incruste et se moque de la statue, il prétend qu'elle ressemble à un enfant de Florence qui fréquentait la plage quand il était maître nageur, et dont les parents prétendaient qu'il était normal, alors qu'il était débile : chaque fois qu'il se baignait, Ferro devait plonger pour le sauver, d'autant plus qu'il coulait immédiatement, comme ce bout de pierre-là. Je déclare que ce n'est pas un bout de pierre, il réplique que, bien sûr, c'est un bout de pierre, et abat son poing dessus comme quand on frappe.

Enfin, maman et Sandro arrivent, munis d'un sac de sandwichs et d'un autre de boissons, probablement. Avec eux pénètre ce phénomène étrange et incroyable qui n'est autre que le rire de maman – étrange parce que tout résonne dans l'église, mais aussi parce que je ne l'avais pas entendu depuis très longtemps.

« Le magasin n'était pas bien éclairé, dit Sandro. Ça ressemblait à du pecorino. »

Et elle : « C'est ça, ouais !

— Mais il faisait noir dans cette saleté de boutique, on n'y voyait rien.

— Tu parles, on voyait très bien que c'était un bout de lard. Tu vas donc manger un sandwich au lard.

— Mais j'ai horreur du lard ! »

Maman rit encore plus fort, puis ils baissent le ton et se taisent. Je suis toutefois contente d'avoir entendu le rire de maman. Ferro a lui aussi cessé de critiquer la statue. Pas longtemps, le temps qu'ils s'habituent à la pénombre, puisque Sandro s'exclame : « Qu'est-ce que c'est que cette statue ? On dirait Panizzi !

— Panizzi, c'est qui ? » J'ai posé la question, mais je ne sais pas si j'ai envie de connaître la réponse.

« C'était le proviseur du lycée que je fréquentais. Un type de Carrare, toujours vêtu d'un manteau en cuir noir qui lui descendait jusqu'aux pieds. On aurait dit Dracula.

— Je le connais ! s'exclame maman. Je l'avais aussi comme proviseur.

— Évidemment, nous étions dans le même lycée !

— Quoi ?

— Bien sûr, Serena, la même année, mais moi en B, et toi en C.

— Oui, j'étais en C. Comment le sais-tu ?

— Parce que j'y étais ! Nous avons fréquenté le même établissement pendant cinq ans. Nous sommes même allés ensemble en sortie scolaire à Recanati, à la maison natale de Leopardi.

— Ça, je m'en souviens. » Maman s'écarte un peu pour examiner Sandro comme s'il se tenait devant elle pour la première fois. « Mais je ne me souviens pas de toi.

— Hé, je vois ça. C'est sympa, ça fait plaisir. Cinq ans, hein, cinq ans…

— C'était il y a très longtemps ! Tu as peut-être énormément changé depuis.

— Non, non, non, je n'ai pas du tout changé. C'est juste que nous vivions dans deux mondes différents. Tu étais parmi les stars, la plus belle fille du lycée, et moi, hélas, parmi les exclus, au fond. Pourtant, de vue, bordel… maintenant que je te l'ai dit… bordel.

— Ne soyez pas vexé, monsieur Sandro, intervient Zot, et ne vous inquiétez pas. Vous êtes ici entre amis, Luna et moi comptons aussi parmi les exclus de l'école.

— Parle pour toi, dis-je. Moi je ne suis pas une exclue, je préfère juste rester dans mon coin.

— Justement ! s'exclame Sandro. Moi aussi. J'étais rebelle, différent, je refusais de me mêler à la masse des gagnants, comme ta mère.

— Non, non ! proteste maman. Tu aurais bien aimé, mais tu étais un exclu.

— Tu ne te souviens même pas de moi !

— Justement. Si tu avais été un rebelle, je t'aurais remarqué. Les rebelles sont attirants. Toi, tu étais certainement un exclu. »

Un moment, M. Sandro se contente d'opiner du bonnet, puis il reprend la parole : « Je sais, Serena, je sais. Et pourtant, un jour, tu as fait au lycée une chose qui est restée l'un des plus beaux souvenirs de ma vie. Tu te rends compte ?... » Sur ces mots, il s'approche de la statue et l'examine.

« Quoi ? C'était quand ? Qu'est-ce que j'ai fait ?

— Rien, rien, je suis trop nul pour parler avec toi, je préfère garder ça pour moi.

— Allez, dis-le-moi. »

M. Sandro secoue la tête, glisse les mains dans ses poches et se penche vers la statue, il observe les dessins obtenus dans le rocher à coups de rocher, puis les pieds, les mains, les yeux ronds qui répondent au regard.

« On dirait vraiment Panizzi.

— Tu me racontes ce que j'ai fait ? C'était quand ? Au lycée ? En excursion ?

— Oui, c'est vraiment lui. Les enfants, je regrette de ne pas avoir de photo, car c'est vraiment lui. »

Ferro, qui s'est assis entre-temps sur un banc, se joint aux autres : « Bof, on dirait un gosse de Florence que j'ai connu à l'époque où j'étais maître nageur. Il avait les mêmes jambes toutes maigres.

— Pourtant, grand-père chéri, dis-toi bien que ce guerrier intrépide a trois mille ans. Incroyable, non ?

— Ouais, ça prouve qu'on disait au sujet des girafes une immense connerie.

— Les girafes ?

— Ouais, d'après les gars de la télé, si les girafes ont un long cou, c'est parce que celles qui naissaient ainsi vivaient plus longtemps que les autres. Par la suite, elles sont toutes nées avec un très long cou.

— L'évolution, grand-père. L'évolution, c'est une théorie du Pr Charles Darwin.

— Je ne connais pas son nom, je sais juste que c'est une connerie. Comment les gens pouvaient-ils gober de telles balivernes ? Autrefois les gens gobaient n'importe quoi !

— Ils le croient encore, grand-père ! C'est une vérité, c'est une des découvertes les plus importantes de l'histoire mondiale de l'univers !

— Arrête. Il suffit d'ouvrir les yeux pour voir que ce n'est pas vrai. Regarde donc cette statue. Quel âge a-t-elle ?

— Trois mille ans.

— Voilà, et elle ressemble à un gosse qui allait à la plage chez moi. Et aussi au proviseur de ces deux-là. Nous n'avons absolument pas changé en l'espace de trois mille ans. Comment ça se fait ?

— Pourquoi ? demande M. Sandro.

— À un moment donné, nous sommes descendus des singes, non ? C'est ce que dit l'histoire. Il y avait des singes, ils ont commencé à perdre leurs poils et à se redresser, puis les hommes sont arrivés, non ? Alors, comment se fait-il qu'on se soit arrêtés là ? Le bonhomme que vous voyez est identique à nous, bordel, nous n'avons pas changé du tout.

— D'accord, Ferro, mais il faut plus de temps pour changer.

— Plus de temps ? Tu n'as pas entendu le petit ? Ce truc-là a trois mille ans. Et les girafes, comment se fait-il que le cou des girafes n'ait pas continué de s'allonger ? Pourquoi s'est-il arrêté à un moment donné ?

— Eh bien, on ne peut pas avancer à l'infini, on ne…

— C'est une fable, les amis, une fable idiote que les gens croient parce qu'ils n'ont pas envie de trop penser. Alors ils disent oui, rien à foutre, ce doit être vrai. Mais c'est une connerie. Hop. Il y a d'abord les poissons, puis les poissons sortent soudain de l'eau et vont sur le rivage car leurs nageoires avant se transforment en bras, ils cessent de respirer de l'eau pour respirer de l'air, ils se dotent de jambes et vont se balader… Voyons, les amis, ça vous paraît possible ? »

Sandro se tourne vers Zot, Zot se tourne vers moi. Mais, comme maman, j'ai gardé le silence depuis le début, et ce n'est pas maintenant que nous allons parler. Il ne reste donc que Ferro pour expliquer comment marche la vie dans l'univers, et sa voix, de plus en plus forte, résonne entre les murs de l'église. Raison pour laquelle elle paraît si sérieuse.

« Comment se fait-il que les dinosaures, qui étaient extrêmement forts, ont cessé d'exister, alors que les puces, les cafards, les tiques et les rats d'égout sont toujours là, hein ? Et regardez donc ces deux-là… », ajoute-t-il en agitant le bras en direction de Zot et moi. Je savais bien que ça se terminerait comme ça, je voulais juste admirer tranquillement la statue du Peuple de la Lune. Mais : « Si cette histoire de sélection était vraie, ces deux-là ne vivraient pas plus de cinq minutes, six au grand maximum. Or, ils sont là, ils se promènent, ce soir ils dormiront même sous une tente, ils s'amusent, et si on se moque d'eux, ils s'en contrefichent, ils continuent leur chemin. Car tout obéit au destin. L'évolution, c'est de la connerie. Forts ou faibles, vrais ou faux, tout arrive comme ça arrive, parce que ça doit arriver comme ça.

— Oui, dis-je. Mais dans ce cas, Zot et moi sommes comme les puces et les tiques ?

— Oui. Exactement. Voilà, vous voyez que la petite a compris ? Bon, j'en ai marre de ces discours qui m'assèchent la gorge. Vous m'avez acheté du vin ? »

M. Sandro et maman échangent un regard, puis brandissent deux grandes bouteilles d'eau minérale. Ferro écarte les bras, prêt à insulter un saint, mais il se rappelle qu'il se trouve dans une église et se précipite vers la sortie.

Sur le pas de la porte, il s'immobilise soudain et se tourne une nouvelle fois vers nous. Devant la lumière de la nuit, il se transforme en silhouette sombre et droite qui nous fixe.

« Ah, je n'ai pas terminé. Si nous descendons des singes, comment se fait-il que les singes existent encore ? »

LES RÉSISTANTS SONT MORTS
POUR NOUS

Quand la télé passait le soir un film d'horreur, la mère de Marino le regardait toujours, et comme il n'y avait qu'un seul poste dans l'appartement, il était impossible d'y couper. Ou plutôt si, Marino y coupait, il écoutait Bon Jovi dans sa chambre en faisant ses devoirs. Mais parfois sa mère en avait assez d'être seule et elle lui disait : « Arrête d'écouter ces pédés aux cheveux de femme. » Marino rétorquait que ce n'étaient pas des pédés : ils étaient même obligés de se sauver chaque fois qu'ils sortaient de chez eux, car cent mille femmes les attendaient, prêtes à leur sauter dessus. Elle répliquait alors : « Ouais, s'ils se sauvent, c'est parce qu'ils sont pédés. Arrête de rêver, Marino, viens regarder un peu de vraie vie avec moi. » Marino obéissait, il s'asseyait à côté de sa mère et subissait ces histoires de châteaux maudits, de zombies, de vampires et de momies égyptiennes revenues pour se venger au hasard dans l'obscurité du salon où flottait un nuage de fumée évoquant la brume spectrale typique de ces films.

Tout l'épouvantait, y compris les scènes sans action, y compris les scènes de bonheur. C'était même les pires, car, Marino le savait, les gens heureux qu'il voyait sur l'écran seraient bientôt victimes de l'horreur. Puis l'horreur arrivait, il fermait les yeux, mais cela ne servait à rien : une musique horrible retentissait, le terrifiant encore plus.

Quand le film se terminait enfin, une nuit de cauchemars commençait pour Marino : dans le noir, les objets de sa chambre adoptaient soudain une apparence sinistre, épouvantable. Un tee-shirt blanc sur sa chaise ondoyait comme un fantôme, la collection des Schtroumpfs semblait réunir des petits monstres bleus et maléfiques ; même les membres de Bon Jovi, sur le poster accroché à l'armoire, le fixaient, tels des démons, avec leurs cheveux crêpés.

Il est donc facile d'imaginer dans quel état d'esprit est à présent Marino, abandonné dans l'obscurité du soir, allongé sur un lit moisi, à l'intérieur de la Maison des Fantômes. Il ne voulait pas rester, il voulait rentrer chez lui avec Rambo, mais Rambo est parti après lui avoir administré un cachet contre les douleurs et un autre pour dormir. Des cachets dont on ne lui donnait que la moitié à l'hôpital, qui plus est. Or Rambo a déclaré que c'était absurde : si un demi-cachet suffisait, il n'y aurait dans la boîte que des demi-cachets. Il les lui a fait avaler, et maintenant Marino n'a plus mal, il se bat juste contre le sommeil qui lui alourdit les paupières et contre une peur terrible qui les lui relève. Dans cette lutte, il contemple sans bouger les ombres du bois qui pénètrent par la fenêtre, poussées par la lumière de la pleine lune.

Étranges et longues, elles s'étendent sur le carrelage sale jusqu'au mur, où elles se redressent et montent jusqu'au plafond, effilées, menaçantes et toutes noires. Marino les regarde, ombres sombres qui s'agitent légèrement dans la brise du soir, il les scrute, tandis que ses yeux se ferment et qu'il s'enfonce dans les sables du sommeil. Mais quelque chose l'appelle, un murmure ou une étincelle. Il jette un regard circulaire, le cœur battant.

Cinq silhouettes se tiennent au pied du lit, immobiles, mauvaises. Cinq hommes armés de fusils et vêtus de loques qui pointent sur lui des yeux luisants.

« Oh, dit le plus grand, dont la voix profonde surgit du cœur de la nuit, du centre de la spirale mystérieuse du destin. Salut, espèce de couillon.

— Qui êtes-vous ? interroge Marino. Ne me faites pas de mal, je vous en supplie.

— Tu sais très bien qui nous sommes.

— Non, je… Vraiment pas. Vous êtes les maîtres de maison ? Je ne voulais pas venir, je le jure, c'est la faute de Rambo. Je voulais rentrer chez moi, j'ai un appartement à Querceta, aux gratte-ciel. Au neuvième étage, modestement.

— Les gratte-ciel de Querceta ? demande une autre ombre au cou ceint d'un foulard blanc. Je suis de Querceta et je n'en ai jamais entendu parler.

— Voyons, ils sont célèbres. Ils sont là depuis une éternité, depuis les années 1960.

— Ah, je comprends maintenant. Nous, nous sommes morts en 1944. »

Le silence s'abat sur la pièce. Ou une sorte de silence, car les battements du cœur de Marino résonnent si fort dans ses oreilles qu'ils le jettent presque à bas du lit.

« Allons, Marino, tu ne vois donc pas qui nous sommes ?

— Non, je regrette, non. Vous êtes des amis de maman ? De Franco, le marchand de fruits et légumes ?

« — Nous ne sommes les amis de personne. Nous sommes les cinq résistants, déclare le plus grand, dont l'œil est un peu trop exorbité.

— Comment ça ? Quels résistants ?

— Les cinq résistants tragiquement assassinés.

— C'est-à-dire ?

— Écoute, comment s'appelle cette maison ?

— La Maison des Fantômes.

— Voilà, bravo. Ça, c'est la maison, et les fantômes, c'est nous. Compris ? »

Marino acquiesce, toutefois peu convaincu. « Les résistants pendus ? »

Ils hochent tous la tête d'un même mouvement.

« Mais... mais je croyais qu'il y avait quatre hommes et une femme. Comment se fait-il que vous soyez tous des hommes ?

— Moi, je suis une femme ! » s'exclame l'individu au foulard blanc.

Marino l'examine. « Ah oui ?

— Oui, espèce de crétin.

— Pardon. Ce sont sans doute les canons de la beauté qui ont changé. Et puis la guerre, les souffrances... Bon, je vous crois. »

Le fantôme au foulard fait un pas en avant, mais son voisin le retient.

« Quelle andouille ! On vient le sauver et il nous reçoit mal.

— Me sauver ?

— Oui, même si tu ne le mérites pas.

— Me sauver de quoi ? Seigneur, que se passe-t-il ?

— Calme-toi et écoute. Tu sais comment nous sommes morts, pas vrai ?

— Bien sûr, vous avez été pendus aux arbres du jardin.

— Oui. Nous étions cachés ici, nous avions appris qu'un commando allemand nous cherchait et qu'il fallait nous sauver. Mais il pleuvait fort et nous avons décidé de nous attarder une nuit supplémentaire. Nous aurions un peu dormi, et à l'aube, tous debout, direction le maquis. Sauf que les Allemands sont arrivés pendant la nuit, et nous n'avons jamais vu l'aube. »

Voilà ce que dit le fantôme au foulard qui est censé être une femme. Après quoi tous les cinq baissent la tête. La lumière de la lune projette sur eux un éclat froid, les faisant briller comme la glace sur l'herbe par les matins d'hiver. Le plus grand reprend la parole : « Bref, il ne faut pas que tu commettes la même erreur que nous. Nous avons attendu une autre nuit, mais il n'y avait pas d'autre nuit. Et il n'y en a pas non plus pour toi, Marino.

— Quoi ? Qu'est-ce que ça veut dire ? Qu'est-ce que me veulent les Allemands ?

— Qui te parle d'Allemands ? La guerre est finie, les Allemands ont autre chose à faire, ils travaillent comme des dingues et se cassent le cul. Les Allemands n'ont rien à foutre de toi.

— Oui, justement. Alors où est le problème ?

— Le problème, c'est que tu n'as plus de temps, Marino, il faut que tu réagisses. Demain sera trop tard.

— Qu'est-ce que je peux faire ? Vous ne voyez pas dans quel état je suis ?

— Assez d'excuses ! Tu as été en bonne santé pendant quarante ans et qu'est-ce que tu as fichu ? Rien. Alors penses-y maintenant que tu es en piteux état. Libère-toi des poids morts, Marino, sinon ils te feront couler avec eux. Ce qui est mort n'existe plus, débarrasse-t'en, Marino, débarrasse-t'en.

— Vous, vous êtes morts en 44 et vous êtes encore là.

— Écoute, andouille, dit le fantôme qui se prétend une femme. Nous sommes morts pour toi, vois-tu. Nous nous sommes sacrifiés pour offrir un avenir libre aux générations à venir. Et sincèrement, en voyant ce que vous faites de toute cette liberté, je ne suis pas sûre que je recommencerais. »

Les autres échangent un regard et branlent du chef à leur tour. « Nous nous sommes sacrifiés pour vous, et vous passez vos journées à vous abrutir avec vos téléphones portables, vos ordinateurs et votre télévision. Nous aurions mieux fait de nous fourrer dans un trou et d'attendre la fin de la guerre. Malheur à vous ! »

Marino les dévisage, mais ils soupirent, les yeux baissés : ils n'ont plus envie de parler, ils n'ont plus envie de rien.

« Écoutez, je vous prie de nous excuser. Nous ne l'avons pas fait exprès. Ce n'est pas notre faute. Quand vous étiez jeunes, il n'y avait ni Internet, ni téléphones portables ni jeux vidéo, rien de rien. S'ils avaient existé, vous les auriez peut-être utilisés comme nous autres jeunes d'aujourd'hui.

— Jeunes ? Marino, tu n'es plus jeune, tu devrais être un homme et tu ne l'es même pas. Tu n'es rien. Tu as quarante ans et tu n'as pas encore commencé à vivre. Si tu ne te secoues pas, cette nuit, ta course s'achèvera avant même d'avoir débuté. Tu as compris ?

— Oui. Euh, non. Euh, je ne sais pas. Mais…

— *Mais* rien, Marino. Nous t'avons averti, maintenant fais ce que bon te semble. Et n'oublie pas, tu n'as plus de temps à perdre. Cette nuit ou jamais. Cette nuit ou jamais. »

Les derniers mots lui parviennent aux oreilles, amplifiés par un écho, comme s'ils avaient été prononcés encore plus loin. La lumière tremblante de la lune s'atténue, les cinq silhouettes s'estompent de plus en plus et disparaissent. Bientôt, il ne reste plus que le mur devant les yeux de Marino. Ou plutôt, il ne reste plus rien devant les yeux de Marino, car il a les yeux fermés.

Il les ouvre tout grand au moment où un étau le secoue. Un autre fantôme est penché sur lui. Comme les précédents, il est blanc, a les yeux exorbités et il dit : « Marino, réveille-toi, il n'y a plus de temps à perdre, nous devons nous secouer ! »

Marino se redresse comme il peut et plisse les paupières. « Je sais, vous me l'avez déjà dit, lance-t-il à Rambo.

— Quoi ? Et quand ?

— Maintenant. Ça fait trois heures que vous me le dites.

— … Bon, de toute façon, écoute-moi bien. On est dans les emmerdes. Je t'ai téléphoné et tu ne m'as pas répondu, j'ai téléphoné à Sandro et il ne m'a pas répondu. Alors j'ai dû prendre la décision tout seul. J'ai dû, Marino. Et j'ai emmené ta mère.

— Vraiment ? Super ! Où est-elle ? Pourquoi ne vient-elle pas me dire bonjour ? »

Rambo le dévisage et grimace. « Elle est morte, Marino, n'est-ce pas ?

— Oui, bien sûr, mais je pensais que… étant donné que les résistants sont venus, je pensais que…

— Elle est dans la cuisine. Pardonne-moi, mais je n'avais pas le choix, il fallait qu'elle disparaisse de chez toi. Mais il faut aussi qu'elle disparaisse d'ici. Agissons sans tarder. Je regrette, mon ami, mais nous le devons.

— Je sais, Rambo, nous devons, tout de suite. Nous le devons aux résistants. »

Rambo s'écarte sans cesser de fixer Marino. Son visage, l'expression qui y est peinte.

Parfois il n'y a rien de plus inquiétant qu'un sourire.

LES CHAMPIGNONS
DE TRANSYLVANIE

« George marche dans l'obscurité, il jette un coup d'œil circulaire et ne voit rien, il est désespéré et perplexe. Désormais il a abandonné sa cueillette de champignons, il cherche uniquement ses amis et la route, mais il ne sait pas où aller, alors il s'immobilise. C'est à cet instant-là qu'il l'entend. On dirait un soupir, à moins que ce ne soient des mots chuchotés. Mais par qui ? Et que signifient-ils ? George l'ignore, et peu lui importe, il n'a qu'une seule envie : se sauver. Il s'élance, mais il erre dans une forêt aux arbres enchevêtrés et se sent de plus en plus fatigué. Le soupir maléfique se rapproche, se rapproche... »

Le visage de M. Sandro adopte des mines étranges et effrayantes pendant qu'il raconte, sa torche pointée sous son menton. Dans le noir, il n'y a que cette lumière qui lui déforme le visage, et son ombre gigantesque, derrière, sur la toile de la tente, encore plus terrifiante, car au lieu d'être tendue et droite la toile est flasque et menace de s'effondrer sur nous à chaque instant.

La tente de Ferro est très vieille, et ce n'est même pas la sienne. Des touristes allemands l'ont abandonnée une nuit il y a de nombreuses années : ils campaient sur la plage, ce qui est interdit, et Ferro est allé leur dire de partir, mais comme il faisait noir et qu'on ne sait jamais sur qui l'on peut tomber, il s'était muni d'une rame par sécurité. Il les a réveillés en assenant deux coups à la tente, ils se sont enfuis tels qu'ils étaient et plus personne ne les a jamais revus. Les coups de rame, en revanche, sont toujours visibles : deux ou trois déchirures d'un côté. Il y a aussi quelques petits trous, œuvre des rats.

Mais, bien qu'elle soit molle et trouée, la tente résiste, et nous sommes assis en cercle dedans, écoutant Sandro raconter l'histoire de ce pauvre George, parti chercher des champignons avec ses amis, qui s'est perdu dans une horrible forêt.

« Soudain, du haut d'un châtaignier retentit un bruit sinistre. Il lève la tête et découvre une immense chauve-souris qui tournoie puis descend en piqué vers lui. Alors George lui jette dessus le panier des champignons, vide, de toute façon, et s'élance au milieu des arbres, s'enfonçant à chaque pas dans l'obscurité et le mystère. George est désespéré, il sait que les Apennins sont des montagnes perfides et dangereuses, il se demande ce qui se cache dans ce...

— Les Apennins ? interroge Zot d'une voix tremblante. Pardon, monsieur Sandro, mais ne nous trouvions-nous pas en Transylvanie ?

— Oh, pardon, j'ai dit Apennins ? Je voulais dire Transylvanie. Mais... »

C'est alors que, comme George, nous entendons s'élever un bruit étrange. On dirait un évier bouché par des ordures, où l'eau descend puis reflue. Mais ce n'est pas un évier, c'est Ferro qui, allongé au fond, s'insinue dans le récit.

« On y trouve... des cèpes... aussi gros que des pieds de table.

— Où donc, grand-père ? En Transylvanie ?

— Non, non, dans les Apennins.

— Mais nous ne sommes pas dans les Apennins, nous sommes en Transylvanie ! »

Ferro lève un bras et l'agite au hasard, puis le laisse tomber le long de son corps. Il soupire, s'endort peut-être, et la tente se remplit de son haleine fétide. Comme on ne lui a pas acheté de vin et qu'il n'apprécie pas l'eau, il a arrosé son sandwich au pecorino et aux anchois avec la demi-bouteille de Mort Sèche qu'il avait emportée pour la promenade, et son haleine me donne le vertige.

« Quoi qu'il en soit, George traverse en courant cette forêt maudite de Transylvanie. Devant lui, les arbres s'entortillent et les branches évoquent des bras secs de squelettes voulant le capturer, la chauve-souris ne cesse de le poursuivre, et voilà qu'il entend des gémissements et des bruits de chaînes se rapprocher. Il imagine que son heure est venue quand il débouche dans une clairière où il voit la lune briller dans le ciel. Une lune ronde, gigantesque, comme cette nuit, les enfants. Alors George s'arrête et sent une force brûler sous sa peau, il sent ses poils pousser, d'innombrables poils durs, il sent son visage se déformer et s'allonger, il sent ses ongles tomber, et des griffes affilées les remplacer, il lève la tête et adresse à la lune un cri terrifiant : AAAOUUUUUUUUUH !

— Alors c'est une histoire de loups-garous ! commente Zot avec le peu de souffle qui lui reste. Au début, ça ressemblait en tout point à une histoire de fantômes.

— C'est aussi une histoire de vampires, dis-je. Avec cette chauve-souris gigantesque.

— Ouais, déclare Ferro, vautré au fond de la tente. C'est surtout une histoire de merde. »

M. Sandro se contente de répondre : « Bon, dans ce cas je ne vous révélerai pas la fin. » Il ôte la torche de sous son menton et l'éteint. Soudain tout devient très noir sous la tente. Par curiosité, Zot et moi aimerions qu'il la rallume et qu'il poursuive son histoire, mais il ne vaut peut-être mieux pas : c'est trop effrayant. Alors nous gardons le silence, et c'est maman qui se charge de clore la discussion : « Surtout, ce n'était pas une histoire à raconter à des enfants qui s'apprêtent à passer la nuit au milieu d'un bois. » Elle se prépare à se lever. « De toute façon, je suis fatiguée et je vais me coucher. Les enfants, vous êtes toujours sûrs de vouloir rester dans ce truc nauséabond ? »

Nous attendons un moment, mais dès que je dis oui, Zot se joint à moi. Nous n'y dormirons que tous les deux, les adultes s'installeront à l'arrière de la Jeep, à côté, il y a assez de place. L'idée de dormir sous une tente me plaisait énormément et me plaît encore, mais peu à peu je commence à voir les ombres des arbres bouger au-dessus de la toile, et je ne suis pas très rassurée.

Cette forêt est merveilleuse, nous avons vraiment bien fait d'y venir. À côté du parvis de l'église, un panneau indiquait FORÊT DE FILETTO – AIRE DE PIQUE-NIQUE. Comme nous avions des sandwichs et qu'il y a de l'espace là où l'on pique-nique, nous avons suivi cette indication. Zot a ouvert le guide de la Lunigiane et a cherché des informations sur cette forêt. Soudain il s'est exclamé : « Sainte Catherine de Sienne ! » Il m'a saisi le bras et l'a serré si fort que j'en ai frissonné, puis il a lu à voix haute :

« La forêt de Filetto est une mine d'or de statues-menhirs. On y a mis au jour de nombreux exemplaires, certains encore érigés dans la position où le

Peuple de la Lune a voulu originellement les placer, peut-être afin de protéger ce lieu magique depuis la Préhistoire, quand les tribus s'y réunissaient pour célébrer la nuit des rites et des cultes païens. »

Voilà ce que disait le guide, aussi personne n'a rien ajouté, même maman a cessé de protester. Il était évident que nous devions y passer la nuit.

Sauf que maintenant, après l'histoire de M. Sandro, cette forêt m'effraie un peu, et tandis que maman et lui se lèvent, je suis contente de voir Ferro ronfler fort : même si on le voulait, il serait impossible de le traîner hors de la tente.

« Vous voulez quand même rester ? demande maman.

— Oui, nous nous serrerons un peu.

— Luna, veux-tu que je reste moi aussi ?

— Non, vraiment, maman. Ferro est là, c'est inutile.

— Bon. Je suis tout près, je suis là en cas de besoin.

— D'accord, mais nous n'aurons pas besoin.

— Demain nous irons voir le musée des statues de la lune, d'accord ?

— Oui, maman, youpi ! Tu te rends compte, elles étaient toutes ici. Le Peuple de la Lune les avait toutes plantées à cet endroit.

— Précisément, commente Zot. Et il y en a sans doute de nombreuses à découvrir encore. »

Je m'apprêtais à le dire. Je me tourne vers lui et nous hochons la tête un moment. Maman se penche sur moi et m'embrasse, puis elle se penche sur Zot, qui manque de bondir en arrière car il imagine que maman veut lui flanquer une gifle ou lui cracher dessus. Elle dépose un baiser sur sa joue, et Zot laisse échapper un éclat de rire ému.

« Bonne nuit, les enfants, que le Seigneur soit avec vous, nous lance Sandro.

— Bonne nuit, dis-je. Vous nous raconterez demain comment se termine l'histoire de George ? »

Sandro éclate de rire puis remonte la fermeture Éclair de la tente. Maman et lui se transforment en deux longues ombres se dirigeant vers la Jeep. Le silence s'abat sur nous.

En fait, Ferro ronfle et marmonne quelque chose de temps en temps, des mots qui évoquent des objets cassés roulant à l'intérieur d'un carton. Je m'allonge sur le dos et Zot m'imite. Côte à côte, nous regardons la lumière de la lune rougir sur la toile flasque et trouée de la tente. Je prends une couverture, et soudain on se trouve beaucoup mieux là-dessous, étendus par terre, sous la couverture, sous la tente, sous les arbres du bois qui débute devant nous, sous la pleine lune. Je murmure :

« Zot, comment ça va se terminer, d'après toi ?

— Quoi ? L'aventure de George ou la nôtre en Lunigiane ?

— Celle de George.

— Ah, je ne sais pas, hélas. Comme il est devenu un loup, il peut se sauver plus vite, ou alors son instinct lui donne assez d'ardeur pour combattre, ou... je ne sais pas, il y a de nombreuses possibilités.

— Et la nôtre ? Comment va-t-elle se terminer ?

— Personne ne le sait, Luna, personne ne le sait. »

Nous écoutons dans le silence de la nuit les grillons qui chantent pour charmer les femelles. Je me demande comment elles font pour distinguer le meilleur chanteur : c'est un bruit unique, toujours égal. D'après moi, elles doivent en avoir assez d'écouter à un moment donné, alors elles choisissent au hasard, sautant sur le premier grillon venu.

Ferro se joint à cette musique, il ronfle, s'arrête de temps en temps, et émet alors des bruits de bouche qui évoquent des paroles.

Soudain, ces bruits se changent en mots, je les comprends, et Zot aussi car il me serre le bras sous la couverture. Le souffle coupé, nous écoutons cette voix déformée, qui ne ressemble pas à la sienne. Plus profonde, plus lointaine, elle monte et descend, toute bizarre. Plus bizarre encore, le sens de ses propos : « Le châtaignier... sous le châtaignier... tout de suite... je t'attends sous le châtaignier à V. »

Je le jure, c'est ce qu'il a dit.

LÀ-HAUT,
TOUT LE MONDE EST HEUREUX

Un bruit faible, rauque, a envahi l'habitacle dès l'instant où ils ont quitté la Maison des Fantômes, et Rambo a d'abord pensé qu'il provenait du sac, sur le siège du passager. Était-ce un gémissement, les ongles de la mère de Marino qui se décongelait, s'agitait et grattait le plastique pour s'en libérer ? Non, évidemment, il est absurde d'y avoir songé ne serait-ce qu'une seconde. Mais quand on roule en compagnie d'une morte, il est difficile de conserver sa lucidité.

En réalité, ce bruit provient des roues de la Panda qui frottent contre la carrosserie sous l'effet du chargement. Marino le lui explique, à moitié allongé sur la banquette arrière, la voix dolente mais nette. Il s'exprime de la sorte depuis que Rambo s'est présenté avec la vieille à la Maison des Fantômes. En chemin, Rambo avait envisagé mille façons d'exposer la situation à son ami pour lui faire comprendre qu'ils devaient réagir, qu'ils n'avaient pas le choix et qu'il fallait se mettre aussitôt en action. Or, il a trouvé un Marino si persuadé de cette nécessité qu'il avait même élaboré un plan.

En effet, il a envoyé Rambo chercher des sacs noirs et des cordes, ainsi que des socles en ciment devant Ice Dream, le glacier.

« Des socles en ciment ?

— Ceux qui soutiennent les parasols.

— Qu'est-ce qu'on va en faire ?

— On a besoin de poids, et c'est à l'Ice Dream qu'on trouve les plus lourds. Ceux du bar, devant le kiosque, sont également lourds, mais c'est au centre-ville et l'on risque d'être vus. L'Ice Dream présente un compromis parfait entre lourdeur et risque. Prends-en quatre.

— OK. Je peux même en prendre cinq.

— N'exagère pas. Quatre suffiront. Vas-y maintenant. »

Rambo y est allé. Les alentours du glacier étaient en effet déserts et les socles très lourds. Il les a chargés dans le coffre de la Panda et a regagné la Maison des Fantômes où il a achevé de s'abîmer le dos en portant d'abord Marino, puis sa mère. Il les a installés dans la voiture et ils sont partis. C'est alors que le bruit terrible a retenti : il ne vient pas de la morte qui gratte le sac, mais des roues qui touchent les ailes de cette voiture de merde, dans cette nuit de merde dont l'issue est un mystère aux yeux de Rambo. Par chance, Marino se montre effroyablement pratique et clair, si l'on excepte ses propos au sujet des résistants, que Rambo ne saisit pas, mais qu'il n'a pas le temps de saisir de toute façon.

« Allons aux Bains Italia. Il y a un accès à la mer, on arrivera tout de suite sur la plage, on prendra la barque la plus proche de l'eau.

— OK. J'espère qu'on en trouvera une avec des rames.

— Il y en a un tas, la saison des seiches a commencé, on en trouvera autant qu'on voudra. Choisissons la plus proche de la rive. »

Et en avant, jusqu'à la promenade du bord de mer qui, les nuits d'été, regorge de lumières et de bruits, et où les voitures sont si rapides et si nombreuses que, quand vous avez un peu bu, les phares de passage se transforment en un unique fleuve scintillant menant vers la vie, vers les opportunités et l'avenir. Un mois plus tard, en revanche, il n'y a pas d'autre véhicule que la Panda Italia '90 sur cette immense bande d'asphalte bordée d'établissements de bains fermés, de restaurants fermés et de boîtes fermées, et ils sont les deux seuls promeneurs. Ou trois, si l'on compte la mère de Marino. Mais peut-être ne compte-t-elle pas.

« Tu es sûr que la mer est ce qu'il y a de mieux ?

— Oui, répond Marino.

— Il ne vaudrait mieux pas, par exemple… euh, pardon, ne te fâche pas, mais il ne vaudrait mieux pas la brûler ?

— Non. N'exagère pas. Maman doit disparaître, mais dans la plus grande dignité. Il est hors de question de la brûler.

— Tu as raison, mais… imagine qu'une forte marée la ramène à terre.

— Impossible, avec ces blocs de ciment. Elle se plantera dans le fond, et le sable la recouvrira petit à petit. Si tu réfléchis bien, c'est une tombe en tout et pour tout, au fond du bleu, plutôt que sous terre parmi les vers. Tu vois, maman aimait deux choses, être à la mer et me tenir éloigné des problèmes. » Marino dresse un doigt vers le ciel et sourit. « Tu sais, Rambo, je sens que maman est heureuse là-haut. Moi aussi. Tout comme les résistants. »

LE SEXE DES MÉDUSES

« Si tu veux dormir toute seule, je te laisse la voiture et je reste dehors. Vraiment, hein, pas de problème », dit Sandro en ouvrant le hayon de la Jeep.

Il ne cesse d'être surpris par le trou magique que constitue sa bouche, genre le haut-de-forme d'un magicien d'où sortent lapins, fleurs, colombes. N'importe quoi peut sortir d'une bouche, à l'exception de ce qu'on pense vraiment.

Mais Serena se contente de grimper dans le véhicule. Sandro l'imite, il relève les sièges selon un système conçu tout exprès pour ménager de la place à des bêches, fourches, mitrailleuses, caisses de munitions et tout autre outil susceptible d'être utile au propriétaire d'un engin de ce genre. Ou pour leur permettre de s'y allonger, en admettant que cette femme merveilleuse dont les cheveux dansent à la lumière de la lune réponde que non, cela ne la dérange pas s'il dort lui aussi à l'intérieur. Sauf qu'elle étend une serviette et s'assied dessus. De là, elle regarde la tôle de la carrosserie, les vitres latérales, ainsi que les ouvertures sur le toit par lesquelles on voit les étoiles. Puis ses yeux planent sur lui, et même si des yeux aussi sublimes vous disent cent millions de choses réunies et terriblement profondes, Serena ne dit rien. Alors Sandro tente de sourire, il agite la main, descend et s'apprête à refermer le hayon.

« Où est-ce que tu vas, bordel ?

— Euh, dehors. Ou sous la tente avec les enfants.

— Il n'y a pas de place sous la tente.

— C'est vrai. Alors dehors, par terre. Ce n'est pas grave, il ne fait pas très froid.

— C'est ça, c'est ça. » Serena s'allonge, croise les bras derrière la tête et le dévisage du fond de sa beauté. « Où veux-tu donc aller ? Viens là. »

Sandro déglutit deux fois, opine du bonnet et s'efforce de ne pas trop sourire. Allez, Sandro, allez, mon petit Sandro, cette nuit, c'est ta nuit. Elle a accepté de dormir avec toi, elle t'a dit « Viens là » de cette voix qui réchauffe autant que les radiateurs chez tante Gilda et tonton Athos, lequel s'était battu en Russie et avait tant souffert du froid qu'il mettait le chauffage à fond toute l'année. Chez eux, les fruits pourrissaient en l'espace de cinq minutes, et le jour où ils ont acheté un poisson rouge, il est mort très vite, bouilli à feu lent dans son aquarium. Voilà, c'est ainsi que le réchauffe la voix de cette femme sublime, qui est de toute évidence la femme de sa vie et qui l'invite à la rejoindre, allongée dans la lumière de la lune. Une femme qui avant-hier encore n'avait pour lui que des coups de pied et de poing, et qui est prête maintenant à coucher avec lui. Pas vraiment avec lui : tout près. Il faut que Sandro garde son calme et qu'il s'y prenne bien. Pas après pas, mon petit Sandro, pas après pas.

Il regagne l'habitacle et referme le hayon, en proie à l'impression de chasser le reste du monde. Va-t'en, univers, créer des problèmes ailleurs, cette nuit laisse-nous en tête à tête.

Sandro s'allonge à côté de Serena, il aimerait prononcer sur-le-champ une phrase intelligente, or il n'en trouve pas. Alors il en cherche une pas très intelligente, qui comble au moins ce silence. Rien. Heureusement, Serena s'en charge :

« Maintenant tu vas me la raconter correctement, hein.

— Quoi donc ?

— L'histoire. Tu ne peux pas commencer comme ça puis te taire. Dis-moi comment ça s'est terminé.

— Ah, en réalité, j'inventais au fur et à mesure que je parlais. George finit peut-être par se transformer en loup-garou et tuer la chauve-souris, ou par retrouver son chemin et avoir la vie sauve, ou encore...

— Mais non, je me fiche de cette histoire ! Je te parlais du lycée.

— ...

— Voyons, dans l'église tu as dit que j'avais fait quelque chose au lycée et que ç'avait été un des plus beaux moments de ta vie. Qu'est-ce que c'était ? Je ne m'en souviens pas.

— Ben, tu ne te souvenais pas non plus que j'étais au lycée.

— Non, ce n'est pas que je ne me souviens pas de toi, je suis juste persuadée que tu n'étais pas au lycée.

— Quoi ? » Sandro essaie d'adopter un ton blessé, mais il éclate de rire. « Non seulement tu ne te souviens pas de moi, mais tu effaces cinq années de mon existence.

— Non, c'est juste que je ne...

— Ne te gêne pas, efface-les donc. En fait, tu me rends un service. C'étaient cinq années de merde.

— Ah oui ?

— Oui, je n'obtenais que le contraire de ce que je voulais. Au lieu de me sauter dessus, vous autres filles ne me voyiez même pas. Les mecs, en revanche, me sautaient dessus pour me frapper.

— Te frapper ? Et pourquoi ?

— Parce que je n'étais pas comme eux. J'étais un rebelle, un punk.

— Attends ! C'était toi, le type à la crête rouge et à l'épingle à nourrice dans l'oreille ?

— Non. Lui, c'était Bindi.

— Voilà, lui, je me le rappelle. Il était super mignon. Toi aussi, tu avais une crête ?

— Non, pas moi… j'avais les cheveux longs. C'est-à-dire un peu longs. Et j'avais un blouson en cuir avec des badges dessus.

— À mon avis tu n'étais pas un rebelle. Sinon je t'aurais remarqué. Moi, j'ai toujours aimé les rebelles, hélas.

— Ah non, tu aimais les faux rebelles, comme Fiori, ton fiancé. C'est facile de s'habiller de loques et de jouer de la guitare dans la rue quand on a un papa notaire et une bonne qui vous réchauffe le dîner, à votre retour. Tu sais ce qu'est devenu Fiori ? Comme tous les autres, il porte un costard-cravate du matin au soir, il organise les dîners des Lions. Super rebelle, ton copain, non ? »

Sandro achève son exposé, tout excité : ce sujet l'énerve et il a haussé le ton. Serena garde le silence. Un silence qui dure un instant, mais qui suffit à l'effrayer. Quel idiot, il fallait juste parler et la faire parler, deux blagues sympas, un sourire, puis s'approcher tout doucement. Au lieu de ça, il s'est laissé entraîner en pensant à cette merde de Fiori, qui lui a un jour arraché un badge des Dead Kennedys de son sac à dos, devant tout le monde, a craché dessus et l'a de nouveau épinglé en disant : « Allez, demain je t'en laverai un autre. » Aujourd'hui encore, plus de vingt ans après, ce connard continue de lui gâcher la vie en lui inspirant des paroles venimeuses qui ont éloigné Serena.

Mais non, par chance, cela ne dure qu'un instant. Elle reprend la parole : « Oui, il est riche et triste. Mais tu sais ce qu'il y a de vraiment triste ? Je suis sortie avec lui pendant un an et je l'ai quitté lorsque j'ai découvert qu'il était riche. Quelle andouille, non ?

— Non, Serena, tu n'es pas une andouille, tu as bien fait. Tu aurais pu avoir un tas de fric, mais tu aurais mené une vie déprimante.

— Ouais, regarde-moi maintenant : de la gaieté à l'état pur ! »

Elle redresse le buste, s'approche de la vitre et observe la nuit, la tente au milieu de la nuit. Tente qui doit être tranquille, car elle s'écarte et se rallonge. C'est peut-être une impression, mais il semble à Sandro qu'elle est un peu plus près maintenant, que sa main le touche presque sur le tapis.

« Bon, ça suffit, dis-moi ce que j'ai fait au lycée qui t'a tant plu.

— Oui. Ce n'est pas grand-chose, et tu ne t'en es peut-être même pas rendu compte.

— C'est certain, mais je veux savoir. » Elle se tourne sur le côté, ce qui la rapproche d'un millimètre supplémentaire – pas grand-chose, assez toutefois pour que Sandro le sente sur sa peau.

C'est pourquoi, peut-être, il ne sait comment commencer. Il respire profondément au point d'en avoir mal aux poumons, mais il a respiré avec l'air le parfum de Serena, et il se lance, tout excité :

« C'était la fête de fin d'année, on était en terminale. Ça se passait dans cette boîte située sur la promenade du bord de mer qui a été transformée en appartements.

— La Caravella.

— Exact ! Tu étais au milieu de la piste, entourée de garçons qui voulaient tous danser avec toi.

— Ah, dit Serena d'un ton sec. Et tu étais parmi ces minables.

— Non, moi j'étais dans un coin, près des toilettes, avec mes potes.

— Qu'est-ce que tu faisais ?

— Peu importe. J'ai oublié. On se moquait probablement des danseurs et de la musique commerciale.

— Jolie soirée.

— Oh, on n'avait rien d'autre à faire. D'autant plus que personne ne nous prêtait attention. Tu n'arrêtais pas de danser au milieu de tous les garçons du lycée qui essayaient de t'impressionner. Des types d'une tristesse pas possible. À un moment donné... à un moment donné, l'un deux s'est évanoui sur la piste, il s'est effondré.

— Quoi ? Je ne l'ai pas vu, je ne m'en suis pas aperçue.

— Bien sûr que si, tu as été la première à te précipiter vers lui et...

— D'accord, je suis stupide, mais je m'en souviendrais. Si un type s'était évanoui devant moi, je ne l'aurais pas oublié.

— Non. En réalité, il ne s'est pas vraiment évanoui. Il a peut-être glissé, mais toi tu as couru et tu l'as rattrapé au vol pour éviter... bof, peut-être pour éviter que sa tête heurte le sol et...

— Ça ne me paraît pas un acte fantastique, et puis d'après moi ça n'est pas vraiment arrivé.

— Bien sûr que si ! C'est arrivé devant mes yeux, je m'en souviens comme si c'était hier.

— Ah oui ? Et comment étais-je habillée ? »

Sandro regarde Serena, il la scrute de toutes ses forces comme s'il essayait de voir à travers le temps. Il n'a pas le droit à l'erreur, il faut qu'il garde son calme.

« Alors, tu avais un pantalon militaire, comme aujourd'hui, un tee-shirt et une chemise. Je ne me rappelle pas si c'était une chemise militaire aussi, ou une chemise en jean.

— Facile… je suis toujours habillée comme ça.

— Bon, ce n'est pas ma faute, mais tu vois que je m'en souviens.

— Eh bien non », réplique Serena. Elle a changé de ton. Sandro cesse d'observer ses hanches et pose ses yeux sur les siens. Dans le noir, ils brillent d'une lumière déplaisante.

« Bien sûr que si.

— Non, je n'étais pas habillée comme ça. Ce soir-là, je portais un pyjama et des chaussettes en éponge.

— Mais non, ce n'est pas vrai, tu n'aurais pas pu venir à cette soirée en pyjama.

— Justement, je n'y suis pas allée. Je suis restée chez moi.

— Quoi ? Mais non, ce n'est pas possible ! Tu y étais cette année-là. À moins que ce ne soit la précédente…

— Je n'y suis jamais allée. J'étais déjà obligée de me farcir ces minables au lycée, tu penses bien que je n'avais aucune envie de les revoir le soir. Et puis le proviseur annonçait à cette occasion le nom de la gagnante de Miss Lycée, et c'était moi tous les ans. Tu crois vraiment que j'avais envie de monter sur l'estrade et… Non, je regrette, tu t'es planté. Et puis, tu es débile. Tu prétends que je te plaisais, mais tu n'as pas remarqué que je n'allais jamais à ces soirées ? »

Sandro la dévisage. Il essaie d'élaborer une bonne réponse, qui naturellement n'existe pas. Il finit par lever les mains et baisser les yeux. « Je ne sais pas, Serena, je n'y suis jamais allé moi non plus. »

Un instant de silence s'ensuit. Puis : « Voilà. Alors pourquoi dis-tu toutes ces conneries ? » Serena s'assied, le fixe et s'apprête à se lever. Puis elle se ravise. « Tu dis : "Tu as fait au lycée une chose magnifique que je n'oublierai jamais", puis tu inventes cette idiotie de fête de fin d'année. C'est absurde. Tu te fous de ma gueule, ou quoi ? Ça t'amuse ? »

Sandro ne répond pas, il se contente de la regarder. Il est idiot, il le sait bien. Cette histoire inventée sur-le-champ n'avait aucun sens, elle était née pour mal se terminer, mais il l'a racontée pour éviter de dire la vérité. C'est son problème : pour lui, la vérité est mince et misérable, voilà pourquoi il entasse d'autres choses dessus en espérant se montrer moins ridicule. Mais ces choses-là s'écroulent et il ne reste qu'elle, la vérité sordide, tout empoussiérée par les gravats.

Mais pas maintenant, non, maintenant ça ne peut pas se terminer comme ça. Sandro est mal à l'aise, il a le souffle coupé, il s'assied en tournant le dos à la vitre et prononce des mots terribles, épouvantables, comme dans ce documentaire montrant un touriste qui a mangé un fruit dans la forêt du Costa Rica. Ce fruit contenait une sorte de larve, et l'insecte a grandi dans son corps ; un beau jour, sentant quelque chose dans sa gorge, l'homme a ouvert la bouche et il en est sorti un cafard géant.

Voilà ce que fait Sandro à présent. Si ce n'est qu'il sort de sa bouche la chose absurde qui porte le nom de vérité.

« Écoute, Serena, dit-il en s'efforçant de la regarder droit dans les yeux. Je suis un idiot, mais tu le savais déjà, donc, s'il te plaît, ne te mets pas en colère. J'ai inventé cette histoire de soirée, c'est vrai, mais juste pour te dire un jour précis, un acte magnifique que tu as accompli une fois. Or tu n'étais pas comme ça, tu étais toujours belle. Accomplir un bel acte une fois de temps en temps, c'est trop facile. Regarde les serial killers. Quand on en arrête un, ses voisins déclarent toujours à la télé qu'ils n'arrivent pas à le croire, que c'était quelqu'un de très gentil, qu'il leur a prêté un jour du lait, qu'il a aidé un jour un chat à descendre d'un toit. Ce jour-là oui, mais le lendemain, il a découpé des gens à la tronçonneuse. À l'époque du lycée, tu n'imagines pas combien de types me saluaient et me souriaient quand je les rencontrais seuls, l'après-midi, dans la rue. Puis le lendemain matin, au bahut, au milieu des autres, ils se fichaient de ma poire ou dessinaient des bites et des croix gammées sur ma Vespa. Pas toi, Serena. Toi, tu étais différente, parce que tu étais toujours la même, tu étais toujours toi chaque fois que je te regardais. Et je te regardais beaucoup, hein. Un jour j'ai failli acheter un appareil photo minuscule qu'on vendait avec un journal, soi-disant l'appareil qu'utilisaient les espions, pour te prendre en photo. Je n'ai pas honte. Ou plutôt si, un peu. Mais je te le dis, je l'ai envisagé, et si je ne l'ai pas acheté, c'est seulement parce qu'il fallait un mois pour l'obtenir, qu'on était en mai et que les cours étaient presque terminés. Je voulais te prendre en photo. Mais pas parce que tu étais belle. Tu étais belle, tu étais magnifique, et tu l'es toujours. Ou plutôt, c'est peut-être absurde, mais tu es encore plus belle maintenant, c'est comme ça, tu le sais, ne le nie pas. Bref, ce n'était pas pour ça que je voulais te prendre en photo. Je ne voulais pas te photographier les fesses ou les seins et me caresser la nuit. Oui, peut-être aussi, mais ce n'était pas le motif numéro un. Je voulais te photographier à ton arrivée au lycée, quand tu sortais de classe, quand le proviseur t'invitait à porter l'écharpe de Miss Lycée et que tu ne lui répondais même pas. Je voulais photographier celle que tu étais vraiment, celle que tu voulais être partout et avec tout le monde, sans te soucier d'être ou non comme le reste, sans même t'en apercevoir, et tu allais offrir cette beauté aux gens qui étaient certes idiots, stupides et débiles, mais qui la remarquaient, cette beauté. C'est ça que je voulais photographier, parce qu'une photo fait durer pour toujours ce qui ne dure qu'un instant puis disparaît. Je n'ai jamais revu ça au fil de toutes ces années plates et identiques. Jusqu'à l'hiver dernier, quand je suis retourné au lycée et que j'ai fait la connaissance de Luca. Voilà, Luca était comme ça, et si j'avais de l'argent je parierais que Luna le sera aussi quand elle aura grandi, c'est évident. Tu as élevé toute seule, sans père, sans rien, deux enfants magnifiques. Et moi, qu'est-ce que j'ai fait ? Rien, foutrement rien. Je ne peux même pas dire que je n'ai pas réussi à faire ce que je voulais, car je n'ai même pas essayé, je me suis contenté de tout renvoyer à plus tard. Vraiment tout. J'ai sur ma table de nuit la lettre d'un gamin de primaire que j'ai trouvée un jour dans la pinède, accrochée à un ballon qui a parcouru un trajet dingue avant d'atterrir là. Cette lettre demandait juste une réponse par carte postale. Mais, après avoir effectué ce long voyage, le ballon a eu le malheur de tomber sur moi, je l'ai emporté et je me suis dit "Demain j'achète une carte postale et je l'envoie". Puis le lendemain s'est transformé en surlendemain… et neuf ans se sont écoulés,

Serena, neuf ans ! Qu'est-ce que ça m'aurait coûté d'acheter une carte postale, d'y écrire "Salut et va te faire foutre" et de l'expédier ? Eh bien non, j'ai renvoyé ça à plus tard, toujours plus tard, comme tout le reste, jusqu'au jour où il est trop tard et où il n'est plus possible d'essayer, où l'on ne peut plus qu'y réfléchir en secouant la tête. Ce jour-là, on s'aperçoit qu'on n'a rien obtenu de ce qu'on voulait, qu'on ne sait même pas ce qu'on voulait, et il se peut que je ne veuille vraiment rien. Ou plutôt non, je sais à présent ce que je veux, Serena. C'est toi que je veux. »

Voilà, Sandro l'a dit, maintenant il n'a plus de mots ni de souffle, il ne lui reste que les battements de son cœur, lourds, affolés. La chose bizarre qu'il avait dans la gorge a disparu, il respire mieux, comme si ces paroles avaient emporté tout ce qui l'encombrait. Il s'allonge sur le côté, le dos tourné à Serena. Et il garde le silence, un silence très lourd après ce discours, juste du silence et les grillons autour. Ainsi que le bruissement des vêtements de Serena qui s'allonge à son tour. Elle a peut-être l'intention de dormir, elle fait peut-être semblant comme lui. Bof. Peu importe.

Ce qui importe, c'est que ça s'est mal passé. Sandro a espéré, mais ça s'est mal passé. Ça lui arrive à chaque tentative. Et il n'a plus qu'à se tenir le plus immobile possible à côté de Serena. Il plante les yeux dans la carrosserie de la voiture, si fort qu'il risque de la cabosser, ce qui rendra Rambo fumasse.

D'ailleurs Rambo doit l'être déjà : ce soir il lui a téléphoné dix fois et lui a envoyé un message « Appelle, ici c'est le bordel », mais Sandro ne lui a pas répondu et il ne l'a pas rappelé. Car il n'est pas un vrai ami, il est juste un salaud qui ne pense qu'à lui et à ses propres désirs. Des désirs qui ne seront pas satisfaits, il le sait à présent. Alors, il vaudrait peut-être mieux descendre de cette maudite Jeep, téléphoner à Rambo et lui demander ce qui se passe...

Mais non. Ce sont des discours, et les discours sont de l'air, ils se dissipent au moment où Sandro sent cette chose légère et délicate, mais également vraie comme seules le sont les choses qui se touchent. Ou plutôt qui *le* touchent. Une caresse peut-être, sur le bras, une main qui l'effleure. La main de Serena. Sandro se pétrifie. Il se transforme en pierre bouillante aux yeux écarquillés qui tente de regarder derrière sans se retourner, sans bouger, puisque les pierres ne bougent pas. Et puis ce n'est peut-être que le hasard, Serena dort peut-être et elle a remué dans son sommeil. Oui, c'est forcément ça. Mais il la sent encore, elle le caresse, elle le touche, et Sandro commence à croire qu'elle l'appelle un peu. Sandro pivote, et Serena est vraiment là, ses yeux scintillants se baissent, sa bouche splendide – avec cette espèce de sourire qui n'est pas un sourire car il ne quitte jamais ses lèvres – tremble et se change en quelque chose de nouveau et de moins sûr, que Sandro aimerait bien regarder, mais qu'il ne voit plus : elle est à présent trop proche, elle est contre la sienne, de même que Serena est contre lui, ou lui contre elle, peau contre peau qui se cherchent, se frottent si fort qu'elles deviennent une seule chose salée, chaude et vive.

Ils s'embrassent. Elle lui mord la lèvre inférieure, introduit sa langue dans la bouche de Sandro, qui l'embrasse sans savoir ce qu'il fait car ses lèvres sont sur celles de Serena, tandis que ses doigts effleurent ses hanches, et que la jambe de Serena presse entre les siennes... Soudain la vie de Sandro devient intéressante à plusieurs endroits en même temps ; après des années de jours identiques et inertes, il y a maintenant de toutes parts des occasions importantes qui requièrent son attention. De temps en temps, Serena s'écarte et dit quelque chose, peut-être pas des mots : un souffle très chaud et une sorte de gémissement dans l'oreille de Sandro, dont la bouche glisse jusqu'au cou de Serena afin de l'embrasser et de le lécher ; surtout, d'ouvrir les yeux et de regarder, de regarder cette femme merveilleuse, même si la lumière faible ne fait qu'esquisser cette merveille. Il est possible que cette pénombre plaise aux femmes en créant une atmosphère tamisée et romantique. Pas à Sandro. Il voudrait le soleil de midi qui brûle les fourmis sur la route, il voudrait avoir, fixé au plafond et pointé sur Serena, un de ces projecteurs qu'utilisent les bateaux pour adresser des signaux à la côte à des milles à la ronde. Il n'a jamais posé les mains sur une femme aussi magnifique et il aimerait la voir parfaitement. Il aimerait filmer les contours, les points lisses et parfaits que ses doigts sentent et se les repasser à l'infini, toute sa vie, assis sur un canapé, puis mourir là, les yeux ouverts, comme la mère de Marino.

Telles sont les pensées de Sandro. Tandis qu'il caresse le coton de la chemise militaire et atteint la douceur des hanches de Serena, tandis qu'il s'introduit sous la chemise et remonte, il pense à la mère de Marino morte sur le canapé. Comme à l'âge de vingt ans, quand on lui a expliqué que pour ne pas jouir tout de suite, pour résister un peu, il fallait penser à des choses horribles, genre des morts, des membres brisés, des chiens ou des chats écrasés, ou encore les toilettes d'une maison de retraite à la fin de la journée. D'accord, il avait vingt ans à l'époque, il en a le double à présent, et l'histoire devrait être différente, mais il faudrait qu'il y ait au milieu cette expérience qui change tout. Or, il n'y a pas eu d'expérience, et Sandro est encore obligé de penser au cadavre de Mme Lidia, pendant que ses mains parcourent le dos de Serena qui se cambre et tremble. Ses jambes s'écartent et se collent aux siennes, maintenant Serena n'est plus sur le côté, mais sur lui, et il est vrai qu'ils sont tous deux en pantalon, pourtant ces deux couches fines de jean et de tissu militaire n'existent presque pas – la queue de Sandro le sait, elle ne comprend plus rien. D'autant que Serena lui caresse le cou en se penchant en avant, que ses seins lui effleurent la poitrine, que son bassin bouge d'avant en arrière, d'avant en arrière. Il se concentre encore une fois sur la mère de Marino morte et sèche, dont la peau se détache des os pourris, or la peau de Serena, le parfum de Serena et les petits bruits qu'elle produit avec sa bouche sont si chauds que même la mère de Marino, dans le congélateur, devient sensuelle et bandante.

Sandro comprend qu'il ne peut pas lutter, il serre les dents et s'agrippe des deux mains aux fesses de Serena, il la palpe et la pousse d'avant en arrière, d'avant en arrière, incapable de résister, incapable de se retenir. Il risque de se briser la queue, de la casser en deux, alors il écarte les mains des hanches de Serena en se promettant d'y revenir dans un instant, juste le temps de déboutonner son jean et…

Au même moment, d'un soupir dans l'oreille, Serena lui demande s'il y a une couverture dans la voiture. En effet, si Sandro a déjà atteint deux mille degrés sous l'effet de la situation, l'air est humide et les vitres de la Jeep laissent passer des courants d'air. Non, il n'y en a pas, juste une toile cirée au fond que Rambo conserve en cas de tsunami ou de cataclysmes variés. Il en informe Serena, qui tente de l'atteindre sans changer de position, elle se cambre dans la beauté illégale de ses hanches, encore plus absurde sous ce pantalon de treillis conçu pour partir à la guerre, à la chasse, ou pour survivre dans les forêts, certainement pas pour contenir une telle beauté. Elle déplace les sacs et la cherche à tâtons d'un long mouvement glissant que Sandro ressent, ressent bien, ressent trop. Alors, pour éviter de clore ce moment qui devrait durer éternellement, il replonge dans les pensées les plus terribles du monde.

Il imagine la mère de Marino couchant avec le marchand de fruits et légumes dans l'arrière-boutique, mais il est à présent avec eux, et cela se transforme en une sorte de triangle horripilant. De surcroît, Mme Lidia est morte, et pendant que Sandro et le marchand de fruits et légumes la tringlent, ses yeux tombent, de ses orbites jaillissent des vers, des araignées géantes et…

Pourtant Sandro a beau avoir vu des millions de films d'horreur, il a beau être doué pour inventer des monstruosités, ses pensées ne peuvent rivaliser avec ce qui lui arrive vraiment : quand Serena attrape enfin la toile cirée, la pose sur ses épaules et retourne sur lui, un objet s'abat lourdement sur le plancher en aluminium de la Jeep.

Sandro s'en fiche, il recommence à palper Serena, tandis qu'elle saisit l'objet en question afin de le pousser. Ce faisant, elle l'observe un moment et se frotte plus lentement avant de s'immobiliser tout à fait.

Soudain Sandro ne voit plus son corps, ses fesses, ses jambes dessinées sous le pantalon de treillis. Non, tout cela est balayé par les yeux de Serena, pointés sur lui et aussi secs que deux coups de marteau.

« C'est quoi, ce truc, putain ? » demande-t-elle.

Sandro se redresse. Une main invisible pénètre dans sa bouche grande ouverte, se faufile dans le tube qui alimente les poumons en air et lui vole tout le souffle qu'il a.

« C'est quoi, putain ? » Serena brandit l'objet et l'agite comme si elle voulait le lui flanquer sur la tête. Ce serait très douloureux car le bois est lourd et plein d'échardes. C'est le bois de la statue-menhir qu'il a tenté de sculpter, avec les bracelets collés, et il y a à côté la scie et les outils que Rambo a utilisés pour en fabriquer une plus belle. De la vieille histoire, et même si cela remonte à deux jours, il a l'impression que cela appartient à un autre siècle, à un Sandro qui n'existe plus.

Il cherche un moyen de l'expliquer à Serena, de lui faire comprendre que ce n'est rien, qu'elle doit juste jeter cet objet et ne plus y penser, recommencer à l'aimer, à se frotter pour toujours comme un instant plus tôt. Or, tout est fini, tout, il est le seul à ne pas l'avoir compris. Les yeux de Serena si, tout comme l'air autour, même les grillons dehors ont cessé de chanter. Même la queue de Sandro s'est éteinte et elle se tient là, inanimée, aussi molle qu'une méduse écrasée sur les terribles rochers du destin.

COÛTE QUE COÛTE

« Voilà, tu l'as entendu maintenant ?

— Non, qu'est-ce qu'il a dit ?

— Je ne sais pas, j'avais l'impression... »,
murmure Zot.

Nous tendons de nouveau l'oreille. Cela fait une
heure que nous sommes assis devant Ferro, ou peut-
être pas une heure : dix minutes sont très longues
lorsqu'on les passe à écouter un vieux monsieur
ronfler en émettant des sons qui ressemblent tantôt
à la respiration d'un homme qui étouffe, tantôt à une
auto cassée qui refuse de démarrer. Un peu plus tôt,
il a prononcé quelques mots que nous avons très
bien entendus. Il a dit : « Le châtaignier... au pied
du châtaignier... tout de suite... je t'attends au pied du
châtaignier en V. » On pourrait penser « Bon, un tas
de gens parlent dans leur sommeil, ça arrive », mais
à coup sûr pas sous cette tente, car la voix de Ferro
est si profonde et si nette qu'on en a des frissons.

« Ce n'est pas sa voix, c'est une inspiration ! »
a déclaré Zot. À l'époque de Tages et de ce passé
magnifique, où les gens prêtaient attention à la nature,
aux éclairs et au vol des oiseaux, il arrivait que l'un
d'eux se saoule ou perde la tête et se mette à raconter
d'une voix bizarre des choses encore plus bizarres.

Aujourd'hui on l'enverrait dans un hôpital psychiatrique, mais en ce temps-là on l'écoutait : ses paroles étaient des messages de l'au-delà et il fallait en tenir compte.

Pareil pour nous. Assis, la torche à la main, nous sommes prêts à réentendre la voix qui s'est exprimée à travers la bouche de Ferro, pour le cas où elle aurait quelque chose à ajouter.

« Voilà, voilà ! s'exclame Zot. Tu as entendu ? Il a dit "châtaigne", cette fois je l'ai très bien entendu. Ou peut-être "la teigne", rien de plus, j'en suis sûr. » Nous nous penchons vers Ferro, mais seuls nous répondent le bruit de voiture cassée et l'odeur de la Mort Sèche qui me brûle les yeux. La tente est imprégnée de cette odeur et, à la pensée qu'elle provient de l'estomac de Ferro, j'ai du mal à respirer. Je me lève et me heurte à la toile, faisant tout trembler.

« Attention, Luna, tu t'es blessée ? »

Non, je ne me suis pas blessée. Mais je ne peux plus rester là. Mes jambes frétillent, elles ne supportent plus l'immobilité. Comme moi.

« Zot, ça suffit. De toute façon, Ferro ne dira plus rien. Allons-y.

— Où ?

— Tu as entendu la voix, nous devons aller au pied du châtaignier en V. Et elle a dit "tout de suite".

— Oui, mais qu'est-ce qu'un châtaignier en V ? Et puis comment le trouver dans une forêt remplie de châtaigniers ?

— Je ne sais pas, mais si nous restons ici, nous ne le trouverons certainement pas. Il faut agir. »

Je le dis, et mes propres mots me persuadent. Je cherche la fermeture Éclair de la tente, passe les mains sur la toile, en vain : j'avais l'impression qu'elle était là-dessous, mais non. Alors je commence à tâter partout de plus en plus fort, de plus en plus au hasard, je me sens enfermée, je me sens oppressée dans cette cage en plastique à l'odeur de moisi et d'eau-de-vie. Enfin Zot se lève et j'entends le bruit de la fermeture qui descend, je glisse la tête dehors, dans le monde véritable, sans mauvaises odeurs ni toit, éclairé par la pleine lune la plus grosse que j'aie jamais vue.

« On y va, Zot ?

— En toute honnêteté, Luna, je ne pense pas que ce soit prudent.

— Moi non plus, bien sûr. Mais nous sommes ici, nous attendions un signe, et le signe est arrivé, je l'ai bien entendu et tu l'as entendu toi aussi. Alors si tu ne me suis pas, au revoir, parce que moi, j'y vais. »

Je sors de la tente, remonte la capuche de mon sweat et avance. Dans le ciel, les étoiles sont si brillantes qu'elles semblent frire. En réalité, je ne les vois pas distinctement, je ne vois qu'une lumière unique étalée sur le noir. Maman et Luca m'ont expliqué que ce sont d'innombrables petits points lumineux, un spectacle sans doute très beau, mais pas autant que celui auquel j'assiste : une unique étendue magique.

Puis un bruit m'arrache à cette contemplation. C'est Zot qui trébuche et titube. Il finit par me rejoindre, muni de son manteau et de son écharpe. « Attends-moi, Luna, je viens ! »

J'ai envie de sourire. Non pas de sa tenue : je suis contente qu'il m'accompagne. Je l'invite à baisser le ton car la Jeep est garée tout près, et maman risque de nous retenir si elle nous entend. Mieux vaut qu'elle reste bien tranquillement à l'intérieur avec M. Sandro. Il est possible qu'ils dorment, mais j'espère que non, j'aimerais qu'ils parlent, qu'ils s'expliquent, qu'ils apprennent à se connaître. Il se peut qu'ils finissent par se fiancer, même si je n'y crois pas trop, car maman n'a jamais eu de fiancé. Pourtant, quand elle est entrée dans l'église un peu plus tôt, j'ai entendu le son étrange de son rire, un son qui n'avait pas retenti depuis très longtemps. Alors mieux vaut qu'elle demeure dans la Jeep avec M. Sandro et qu'elle s'habitue à émettre ce son.

C'est un son bien différent qui s'échappe de la voiture dont je m'approche. Il vient lui aussi de maman, mais n'a rien à voir avec le rire. En vérité, elle crie. Même si c'est impoli, je m'appuie contre l'arrière de la Jeep, imitée par Zot.

Au début, ça m'amuse un peu : on est comme deux espions écoutant des discours top secret dans le cœur de la nuit. Je fais signe à Zot de se taire, lui aussi, et nous devons pincer les lèvres pour éviter de rire.

Puis j'entends ce qu'ils disent, et ça n'a rien de drôle.

« Mais non, Serena, je ne les suivais pas ! Ils me l'ont dit au catéchisme, tu sais bien que Zot n'arrête pas de parler. Il m'a raconté ces histoires d'objets que la mer apporte, de messages sur le rivage, de Luni, de magiciens étrusques, de statues à Pontremoli…

— Alors cette ignominie t'est venue à l'esprit ! réplique maman en agitant un objet sombre. Pourquoi ? Qu'est-ce que tu voulais, bordel ?

— Rien, Serena, rien de mal, je le jure ! Je voulais juste qu'ils aillent à Pontremoli.

— Mais qu'est-ce que ça pouvait te foutre ? »

Sandro lui dit qu'il voulait que nous y allions tous ensemble.

« C'est pour ça que tu as collé les bracelets avec les prénoms ? »

Sandro ne répond pas, il hoche peut-être la tête. Maman ne dit rien non plus, et ce silence m'assourdit. Je respire profondément, en proie à une drôle de sensation, comme quand il faut descendre à toute allure d'une voiture sur une route de montagne parce qu'on a envie de vomir.

« Tu es malade, Sandro, tu sais ? Regarde-moi ça, tu as même fait des yeux, une bouche... Tu as quarante ans, vois-tu ! À quarante ans, les gens travaillent, les gens ont une famille. Et toi, regarde ce que tu fabriques, tu as même fait des mains. Tu es un grand malade, Sandro. Malade mental, malade de tout. Tu ne devrais pas circuler en liberté, tu devrais être enfermé.

— Serena, je le jure, je ne voulais rien faire de mal, tout a commencé par hasard. Avec l'os. Je le jure, je ne l'ai pas fait exprès.

— Quel os ?

— L'os de baleine que Luna a trouvé. C'est un os de sanglier. Je le lui avais apporté à l'hôpital en cadeau, mais elle dormait. Je l'ai laissé là, je voulais lui dire ensuite qu'il venait de moi, mais tu es arrivée et tu as commencé à me frapper, alors...

— Évidemment, c'est ma faute !

— Non ! Bien sûr que non. Mais, bref, je ne voulais pas, c'est le hasard.

— C'est ça, et tu as pris également par hasard un morceau de bois que tu as transformé en statuette, tu y as collé par hasard des bracelets avec nos prénoms et tu as fait en sorte par hasard qu'ils la trouvent sur la plage. Tu te rends compte de ta connerie ? Ce sont deux enfants, ils sont crédules : qu'est-ce qu'ils t'ont fait ?

— Rien. En fait, je les aime. Et en fait...

— Ils sont naïfs, un peu bizarres peut-être, mais il n'y a rien de mal à être bizarre. Rien. Ce qu'il y a de mal, ce sont les fumiers comme toi qui en profitent.

— Mais je ne voulais pas, je...

— Alors pourquoi as-tu inventé cette grosse connerie, hein ? Qu'est-ce que tu voulais, bordel ?

— Rien, je... je voulais, voilà, je te voulais, Serena. Je l'ai fait pour te voir, pour te parler. Pour être avec toi. Je l'ai fait pour nous. »

Maman garde le silence une seconde, peut-être deux, puis sa voix dévale comme une avalanche : « *Pour nous* ? Va te faire foutre ! Qu'est-ce que tu me veux, bordel, qu'est-ce que tu veux de mes enfants ? Laisse-les tranquilles, Sandro, laisse-les tranquilles, disparais pour toujours et va te faire foutre ! »

Sandro essaie de répliquer, mais les mots qu'il prononce sont des lambeaux, puis il se tait. Je reste accrochée à la Jeep, les jambes tremblantes, l'oreille écrasée contre la vitre, fixant mes yeux embués sur Zot, qui me fixe lui aussi.

Forcément, on ne peut plus rien regarder d'autre, il n'y a plus rien, le monde environnant s'est écroulé morceau par morceau, il a cessé d'exister. Tout se brise et s'émiette, la terre s'ouvre, elle ne me soutient plus, je m'effondre dans le néant et je ne vais pas tarder à me transformer en néant moi aussi, je vais me perdre dans cet abîme avec tout le reste, comme ces objets qui voguent sur la mer et échouent quelque part par hasard, seulement par hasard, sans le moindre sens.

Je suis d'accord pour m'effondrer et disparaître, comme ont disparu les Étrusques et la ville de Luni, comme ont disparu Tages et même mon frère. Je me sens tomber et, pour me retenir, m'agrippe à la poignée arrière de la Jeep. Le hayon s'ouvre.

Je ne l'ai pas fait exprès, ou peut-être que si. Une chose est certaine : je ne veux pas regarder à l'intérieur, je ne veux pas qu'on me voie. Mes lèvres s'ouvrent, mais rien n'en sort. Ma bouche grimace et tremble. Car je n'ai rien à dire, rien, il fallait juste que je m'effondre, et je suis là, idiote et seule. Maman écarte les bras, se lève et s'apprête à m'étreindre. Je refuse : les étreintes ne servent qu'à vous presser et vous immobiliser dans l'attente de la prochaine méchanceté, du prochain mensonge.

Maman prononce des mots que je n'entends pas. Sandro aussi, mais leurs voix faiblissent et s'éloignent derrière moi, tandis que je serre la capuche de mon sweat et cours, cours de toute la force que je possède et même d'une autre, venue de je ne sais où. Je cours vers le noir : de toute façon, c'est ma place ; même si cela ne me plaît pas, c'est là que je dois être. Là où on ne voit rien et où rien n'existe. Même pas moi.

L'OBSCURITÉ DEVANT

Je me sauve, je me sauve à toute allure, je ne vois pas où je pose les pieds, ni même où je vais. Je m'en fiche. Quand on se sauve, peu importe où l'on va, il faut juste aller le plus loin possible. Loin de la Jeep, des mots horribles que j'ai entendus, de Sandro qui veut me dire qu'il ne l'a pas fait exprès, de maman qui veut me dire qu'elle m'aime, même si je suis idiote. Je les entends m'appeler, mais je ne réponds pas, je me sauve, un point c'est tout.

Je mets le pied dans un trou, je suis à deux doigts de tomber, j'ai mal à la cheville, mais je n'y pense pas. Pas plus que je ne pense à respirer, que je ne pense à mon cœur qui bat si fort que j'en ai les yeux exorbités. Je serre les dents et cours dans ce champ noir et mouillé, je ne veux pas m'arrêter.

Or, j'y suis presque obligée : au bout du champ, je me heurte à un énorme mur noir.

Le bois jaillit ainsi, du néant, un million d'arbres, troncs et branches enchevêtrés, qui se confondent, masquent le ciel, dévorent les étoiles et la lune, et j'ai vraiment l'impression de foncer dans un mur.

Mais ça me convient : si c'est un mur, je veux me jeter dessus et m'y écraser ; si c'est un trou noir, il m'engloutira et m'expédiera dans un autre lieu de l'univers, loin des statues-menhirs au moins, des journées absurdes passées à examiner les ordures sur le rivage, de Tages, de la voix de Ferro endormi, de l'os de baleine, de cette statuette en bois si laide que, pour y croire, il faut vraiment être les plus crétins des crétins, il faut être des malades mentaux, il faut être moi.

Alors, au lieu de m'arrêter, je cours encore plus vite, j'atteins le noir du bois et je bondis dedans. Je ferme les yeux et me bouche le nez comme si, au lieu de sauter, je plongeais et, au moment de toucher terre, je flotte dans le noir, plus rien n'existe. À l'exception de mes jambes qui continuent de courir et de mes bras tendus pour éviter les troncs, même si je n'y parviens pas toujours, si je les frôle.

Je veux vivre ici, je veux rester ici, ne plus ressortir. C'est ainsi que naîtra la légende de la fille dont on voit le fantôme errer par les nuits de pleine lune, et dont la vue fait vraiment fuir les gens, lesquels disent ensuite : « Je l'ai aperçue, je vous le jure, elle est toute blanche, elle a les cheveux blancs et les yeux transparents, c'est vraiment un fantôme ! » Car, au fond, c'est bien ce que je suis, un fantôme qui n'est pas encore mort. Je ne possède pas de pouvoirs magiques, je suis incapable de prévoir l'avenir, ni de m'entretenir avec l'au-delà. Et si maman et Gemma affirment que je suis une créature unique, que je suis exceptionnelle, c'est faux. Je n'ai rien d'exceptionnel, je suis juste bizarre, je suis défectueuse, le reste n'est que mensonges.

Les adultes aiment beaucoup raconter des mensonges. Comme l'histoire du père Noël que j'ai crue jusqu'à la primaire, ainsi que j'ai cru ensuite à Tages, au Peuple de la Lune, aux cadeaux transportés par la mer... Bon, c'est ma faute si je suis idiote, mais pourquoi les adultes s'amusent-ils à raconter toutes ces conneries ?

Je continue d'y réfléchir, je continue de courir, de temps en temps une branche s'accroche à mes cheveux, de temps en temps je me heurte à un châtaignier, et ça ne me fait pas mal. Ou peut-être que oui, je l'ignore, peu importe.

Luca, mon fabuleux grand frère, a inventé lui aussi un tas de bêtises pour moi. J'ai grandi avec ses yeux, avec sa voix qui me décrivait le monde. Et ce monde n'était que merveilles, miracles, tours de magie se succédant à chaque seconde : les montagnes sont des géants bons mais sévères à la peau en cailloux, où les arbres poussent droits et drus, comme des poils, ils convoient l'eau jusqu'à la mer, qui est notre mère, la mer qui nous parle, nous appelle, nous étreint avec ses courants et ses vagues... Non, rien de cela n'est vrai. Les montagnes sont des cailloux, la mer n'apporte aucun cadeau, elle n'est qu'une gigantesque baignoire remplie de saletés, de sacs en plastique et de poisons, et les arbres ne sont autres que des trucs pourris, à l'odeur de moisi et de champignons, que je frôle en courant, tandis que le cœur me sort des oreilles et du cerveau. Je ne crois plus ces choses, je ne veux plus cesser de courir, je ne veux plus m'arrêter dans un seul endroit de ce monde ignoble et...

Et puis je me heurte à un châtaignier. Il est gigantesque et pourtant je ne l'avais pas vu, je le jure. Je m'y heurte de l'épaule et, par chance, d'un petit bout de tête seulement, oreille et tempe, je m'effondre dans une odeur d'humidité et de flaques. Je me relève en me tenant au tronc, mon oreille me brûle et me fait mal, mais je vais bientôt me remettre à courir, bientôt...

Soudain, un bruit terrifiant retentit juste au-dessus de moi : une détonation, ou des détonations successives, deux ailes noires qui battent, un cri aigu. Une chauve-souris énorme. Comme je suis bête, je repense au vampire de la Transylvanie et des Apennins, dont Sandro parlait un peu plus tôt, et j'envisage de me couvrir le cou. Mais ce n'est pas un vampire, c'est une chauve-souris normale, et, au lieu de m'attaquer, elle s'éloigne sans m'avoir remarquée.

Les chauves-souris ont une très mauvaise vue, elles se déplacent un peu au hasard dans le noir. Je suis comme elles, comme les taupes, comme ces vers blancs qui vivent au fond des grottes… Nous formons une belle équipe, vraiment.

Je sens que toutes ces bêtes me marchent dessus et je frissonne. Or, un instant plus tard, un cri désespéré surgit du néant : « Ah ! Un vampire ! SOS, SOS ! » Un cri tremblant, désespéré.

Je souris, plisse les paupières, et comme je ne vois rien, je hurle : « Zot !

— Luna ! C'est toi, Luna ! Ô saint Genesio de Brescello, merci ! Luna, où es-tu ? »

Je l'ai déjà rejoint. « Salut, Zot.

— Luna, c'est toi ? »

Je réponds oui. Je devrais répliquer : « Bien sûr que c'est moi, qui veux-tu que ce soit ? » Sauf que je m'apprêtais à lui poser la même question – si c'était lui –, et je me contente de ce simple mot. Alors Zot m'embrasse. Je le jure. Avec une force qu'il ne possède pas et qui me coupe le souffle, comme si quelqu'un d'autre nous embrassait tous les deux en même temps. Mais ça suffit, assez de bêtises : ce n'est que Zot, heureux de m'avoir retrouvée, et je suis heureuse qu'il soit là. En revanche, inutile qu'il me dise de retourner auprès des adultes avec lui.

« Pas question, Zot, je ne viens pas.

— Où ?

— À la Jeep, je n'y retourne pas. Je reste ici, n'insiste pas. »

Zot s'écarte et me demande : « Luna, tu penses vraiment que je souhaite retourner là-bas ?

— Oui. Euh, j'imagine.

— Tu te trompes. Tu t'es sauvée, mais je me suis sauvé moi aussi. Ce qui s'est produit me blesse autant que toi, vois-tu. Tu l'as peut-être oublié, mais moi aussi j'ai été crédule... très crédule. Je n'ai donc aucune envie de retourner à la Jeep. Tu ne veux pas y retourner, alors que ta mère y est : pourquoi devrais-je donc y retourner, moi qui n'ai personne ?

— Ce n'est pas vrai, tu as Ferro.

— Je n'y compterais pas trop. Hier je lui ai demandé si nous pourrions organiser un beau réveillon pour Noël, et il a répondu que, si l'on ne revenait pas me chercher avant Noël, il m'abandonnerait dans une poubelle. »

Nous gardons un silence que seul entame le bruit de notre respiration, puis nous nous remettons en route. En d'autres termes, nous virons vers un point au hasard dans le bois en décrétant que c'est devant.

« Oui, Zot, mais... cela m'a blessée plus que toi, car je pensais que mon frère voulait me parler, tu vois ?

— Moi aussi ! Si ton frère t'avait parlé, le mien risquait un jour de me dire quelque chose, non ?

— Tu as un frère ?

— Je ne sais pas. Un frère, une sœur... tout est possible. Seuls mes parents le savent. Mais je ne peux pas le leur demander car je ne les connais pas. J'ai honte de l'admettre, Luna, mais il m'arrive d'espérer qu'ils sont morts, car s'ils sont vivants, cela signifie qu'ils se fichent totalement de moi.

— Qu'est-ce que tu racontes, Zot ? Ce n'est pas vrai ! Ton père violoniste ne sait même pas que tu existes, et ta mère a certainement subi un calvaire, tu n'ignores pas combien les nobles sont méchants.

— Luna, s'il te plaît. » Zot s'immobilise et je l'imite. « S'il te plaît, ne me raconte pas de fadaises. Pas toi. Sinon M. Sandro a raison et nous accumulerons les mensonges.

— Ce n'est pas un mensonge, c'est la vérité ! La bonne sœur te l'a dit, non ?

— Luna, tu veux savoir la vérité ? J'ignore qui sont mes parents et où ils vivent, je ne sais qu'une seule chose : ils m'ont confié aux religieuses quand je suis né. Elles m'ont conduit en Italie avec d'autres enfants et, à leur retour, m'ont oublié. Tu as compris, Luna ? Voilà la vérité. Toi au moins, tu as connu ton frère, vous vous êtes aimés pendant de nombreuses années, tu as une mère qui éprouve pour toi un immense amour. Je regrette ce qui est arrivé, j'en suis chagriné, mais, voilà, je t'écoute toujours et je te comprends, Luna. Toi, essaie de temps en temps de me comprendre. »

C'est sa voix, mais ces mots ne lui ressemblent pas. Si bien que je me demande presque, dans le noir, si j'ai vraiment affaire à lui. Pourtant, je le sens, c'est lui, et je ne sais pas quoi dire, je ne sais pas quoi faire. La seule chose dont j'ai envie, c'est de pleurer – pour moi, et encore plus pour lui. Mais, comme je refuse de me montrer en pleurs, je l'étreins. Il m'étreint à son tour, et la seule chose que j'arrive à articuler est la suivante : « Pardon, Zot, pardon.

— Tu n'as pas à demander pardon, Luna. Je te prie juste de ne pas oublier que le monde n'est pas entièrement contre toi, que tu n'es pas toujours seule. En réalité, tu n'es jamais seule. Moi oui.

— Toi non plus, Zot, toi non plus tu n'es pas seul.

— Je le sais, affirme-t-il en m'étreignant encore plus fort. Plus maintenant. »

Nous restons enlacés, je pleure, je ris, je hoche la tête, et même si je ne le vois pas, je sais que c'est aussi son cas. Inutile de nous regarder, inutile de parler. Il règne un silence aussi dense que l'obscurité, un silence qui fait un drôle d'effet car on n'entend ni le vent dans les feuilles ni les appels des adultes. Ils nous cherchent peut-être du mauvais côté, ou alors ce bois est si épais que ni la lumière ni les bruits du monde extérieur ne peuvent y pénétrer. C'est donc l'endroit idéal pour nous.

« Et maintenant qu'est-ce qu'on va faire ? interroge Zot.

— Maintenant... maintenant je te propose de croire uniquement ce que nous voyons. OK ?

— Sage décision. Sauf qu'ici on ne voit rien. »

Nous scrutons l'obscurité du bois. Qui n'est plus aussi obscur. Pas autant qu'au moment où j'y ai plongé. C'est bizarre, l'intérieur de la tente me paraissait très sombre, puis je suis sortie et j'ai compris que la véritable obscurité se trouvait dans le champ. Après quoi, je suis arrivée devant le bois et, en comparaison, le champ était éclairé par une pluie de lumière. Maintenant cette obscurité aussi s'éclaircit. C'est peut-être ainsi que ça marche, il est peut-être impossible de se tenir dans une véritable obscurité, l'obscurité ne se trouve peut-être que devant soi, et quand on l'atteint on découvre qu'elle n'est pas aussi sombre qu'on le pensait. On fait un pas et elle n'est plus là, elle s'est un peu déplacée, elle attend qu'on la rejoigne pour disparaître une nouvelle fois.

En écarquillant les yeux, je distingue autour de moi des ombres, des bandes plus sombres, des feuilles. Et là-bas, au fond, quelque chose de différent et de tremblant, qui n'est ni obscur ni sombre : une lumière.

« Qu'est-ce que c'est que ça ? » Zot me presse la main et nous nous dirigeons d'un pas lent vers ce point, malgré les difficultés : les arbres sont de plus en plus serrés et bordés de ronciers pleins d'épines qui s'accrochent à mon sweat, mais se détachent quand je tire. La lumière se rapproche, elle est ronde et vient d'en haut, comme un projecteur placé dans le ciel. Soudain, les châtaigniers s'espacent, et à quelques pas de nous s'ouvre une clairière brillante où se dresse un seul arbre doté d'une tête gigantesque. En vérité il a deux têtes et deux troncs, unis à la base, qui s'écartent en formant un gigantesque et incroyable V.

« Jésus, Marie, Joseph ! » s'exclame Zot. Nous nous figeons, plus immobiles que cet arbre sombre et impossible. Au bout d'un moment, je parviens à articuler : « Non, j'arrive pas à le croire. » Car, bordel, je n'ai aucune envie de le croire.

« Moi non plus, Luna. Mais je le vois. S'il te plaît, dis-moi que tu ne le vois pas, toi.

— Je le vois. Pas très bien, mais je le vois. »

Zot soupire et je l'imite : alors même que nous avions décidé de ne plus croire en rien, nous nous sommes heurtés au châtaignier en V qu'évoquait la voix de Ferro, à l'endroit où il fallait se rendre immédiatement. Mais pourquoi ? Qui nous attend dans le noir, au pied de l'arbre ? Pourquoi ce bois ? Surtout, pourquoi nous ? Est-ce le Peuple de la Lune qui veut nous parler ? Est-ce Tages lui-même ? Et que veulent-ils, que… ?

Je ne le sais pas, et il est possible que je ne veuille pas le savoir, je m'efforce de penser que ce sont des bêtises, que Zot et moi n'avons qu'à continuer notre chemin sans y prêter attention. Mais nous n'avons pas de chemin, et je suis saisie d'un soupçon : si Luca se trouvait là-bas ? Il est facile de s'en assurer : le châtaignier se tient devant nous. Alors, j'ai beau ne rien décider, je m'avance.

J'avance et Zot m'emboîte le pas. Nous quittons le bois et nous immobilisons dans la lumière qui entoure l'arbre. Dessous, on ne voit rien. Encore deux pas. Je plisse les paupières et distingue quelque chose au milieu des deux troncs. Ou plutôt quelqu'un, une silhouette sombre. Une personne debout.

Zot, qui a meilleure vue, m'apprend qu'elle a une grande tête bizarre, ronde au sommet. « C'est peut-être un chapeau, ou peut-être... » Il s'interrompt puis pousse une sorte de cri, qu'il étouffe sous ses doigts : « Seigneur, le Peuple de la Lune ! »

C'est absurde, pourtant la tête correspond, ronde et en forme de croissant de lune. J'ouvre la bouche, mais il n'en sort rien. Je respire profondément, fais une nouvelle tentative et parviens à articuler : « Salut. »

La silhouette demeure immobile, muette, tournée vers nous.

« Je... je m'appelle Luna. Et voici Zot. Tu nous attendais ? »

Toujours rien, à l'exception du vent qui agite les feuilles, pourtant calmes et inertes par rapport à nous. Nous avançons encore.

« Faut-il que nous nous approchions davantage ? demande Zot. Ou préférez-vous rester tranquille ? Si c'est le cas, nous le comprendrons, il ne manquerait plus que ça... »

Encore une fois, seul le silence nous répond. Alors, ça suffit, j'y vais. J'y vais et peu importe ce qui se produira. L'être mystérieux est peut-être un esprit du Peuple de la Lune, ou alors Tages jailli du sous-sol, mais certainement pas Luca : mon frère est beaucoup plus grand, beaucoup plus fort et plus beau. Surtout, Luca aurait écarté les bras, se serait précipité vers moi et nous nous serions serrés l'un contre l'autre. Donc, si ce n'est pas lui, qu'est-ce que ça peut faire ? J'y vais, un point c'est tout. Zot essaie de me retenir, mais il m'imite. Et nous rejoignons la personne qui nous attend au pied du châtaignier. Elle ne bouge pas, ne parle pas. Ce n'est même pas une personne.

« Qu'est-ce que c'est ? dis-je. Une statue ? »

Elle est dure, carrée et plate. Bordel, c'est peut-être une statue-menhir. Elle protégeait le bois, toute seule, depuis des milliers d'années. Jusqu'à sa découverte, cette nuit.

« Non, répond Zot, c'est une enseigne.

— Comment ça, une enseigne ? » Je me penche et remarque une inscription.

Zot la lit pour moi : « RÔTISSERIE PIZZÉRIA SAVEURS DE LA LUNE, 500 MÈTRES. Elle est assortie d'une flèche. Ou plutôt d'une flèche sur laquelle on a dessiné un zizi.

— Ah. » C'est tout ce que j'arrive à dire.

Une enseigne. Juste une enseigne. L'enseigne de merde d'une rôtisserie de merde située à cinq cents mètres de ce châtaignier de merde, qui a mal poussé en forme de V.

Je m'assieds. Soudain je m'aperçois que mes jambes tremblent, je suis très fatiguée, je n'arrive plus à tenir debout. Je m'adosse à cette maudite enseigne.

« Ça va, Luna ?

— Oui, mais je suis crevée.

— Moi aussi. » Zot s'agrippe à la fausse statue et s'assied à côté de moi. « Et puis j'ai froid, il y a beaucoup d'humidité et j'ai un peu faim. »

Nous restons là, côte à côte, les yeux fixés devant nous, braqués sur le bois rempli de châtaigniers, de chauves-souris, d'obscurité et c'est tout. Et nous y restons un bon moment. Je ne sais pas combien de temps, assez pour que je commence à frissonner à mon tour.

« Écoute, Luna, finit par déclarer Zot, engoncé dans son manteau. Si ça dépendait de moi, je ne repartirais pas. Il fait froid, nous n'avons rien à manger, et ça ne s'arrangera pas cet hiver quand la neige tombera. Malgré tout, je suis très bien ici. Mais les adultes, à la Jeep, comment se débrouilleront-ils sans nous ? »

Je ne réponds pas, même si j'y pensais moi aussi.

« Admettons-le : tout seuls, ils sont foutus. Ta mère commençait à aller mieux. Sans toi, je crains qu'elle ne s'enferme chez elle et bye-bye.

— Exact. Et Ferro, que fera-t-il sans toi ?

— Tu crois que je lui manque ?

— Tu plaisantes, ou quoi ? Tu lui manques énormément. Il n'est pas du genre à te le dire, mais tu lui manques.

— C'est ce que je pense, moi aussi, vois-tu. Et M. Sandro aussi.

— Oui, mais je m'en fiche pas mal.

— Moi aussi. Pourtant c'est le moins bien loti de nous tous. »

Je hoche la tête. Nous gardons le silence. Assis et transis de froid, adossés à l'enseigne d'une rôtisserie ornée d'un zizi à la place de la flèche. Un orphelin radioactif et une petite fille toute blanche qui croient tout. Ou plutôt qui croyaient tout. La vérité est bien là : la mer n'offre pas de cadeaux, il n'y a pas de peuples mystérieux qui vous appellent, pas d'Étrusques aux pouvoirs magiques et pas de frères qui vous parlent depuis l'au-delà.

Je m'agrippe à l'enseigne et me lève, imitée par Zot. Nous ne savons pas où aller, nous ne savons même pas où nous sommes. Ou plutôt si, nous le savons : nous sommes tout près d'une rôtisserie.

« Vois-tu, Zot, dis-je alors que nous avançons dans la direction de la flèche. Le problème, à mon avis, ce ne sont pas les mensonges. Le problème, c'est la vérité, qui est vraiment infecte. »

D'OÙ VIENNENT LES VAGUES

« Quel rêve magnifique, les enfants, s'exclame Ferro, tout tordu sur le siège avant. Nom d'une pipe, quel rêve magnifique ! »

Alors que la voiture épousait les virages parmi les arbres et les champs, Zot lui a demandé s'il connaissait par hasard un châtaignier en forme de V. Ferro a observé un instant de silence, puis a brusquement pivoté : « Bien sûr, bien sûr ! J'en ai même rêvé cette nuit ! Dans les années 1970, je baisais avec une certaine Giovanna, dont le mari avait une boulangerie en haut des collines, à Giustagnana. Pendant qu'il fabriquait son pain, la nuit, nous nous retrouvions dans un bois, juste avant le village, au pied d'un châtaignier en forme de V. On s'allongeait sur une sorte de terre-plein, et parfois on ne s'allongeait même pas, parce qu'elle était du genre possédée. À peine arrivée, elle me l'empoignait et...

— Ferro, l'interrompt maman. S'il te plaît.

— Oh, je réponds à leur question ! Les enfants, si vous saviez les nuits de feu que j'ai passées au pied de cet arbre, et le rêve magnifique que j'ai fait cette nuit... Tous ces châtaigniers ont dû me la rappeler. Saperlipopette, Giovanna était déjà une sacrée traînée dans la réalité, alors imaginez un peu en rêve... »

Zot hoche la tête, puis se retourne pour écarter un bout de tente qui lui heurte la tête chaque fois que la voiture freine. Nous avons mis des heures pour la monter, et cinq minutes pour la défaire. Sandro et maman ont réanimé Ferro et l'en ont extrait, puis ils ont arraché la tente du sol et l'ont jetée dans le coffre telle quelle. Mais bon, il fallait partir, et vite. Peu importe si elle ressemble maintenant à un tas d'ordures ponctué d'herbes et de feuilles et si elle roule à chaque virage en produisant un bruit de casse. Je l'écoute, le front contre la vitre. Les cailloux et les nids-de-poule me font vibrer la tête et m'aident peut-être à penser un peu moins.

« Quoi qu'il en soit, vous êtes vraiment des corni-chons, insiste Ferro. Comment peut-on se perdre dans un bosquet de châtaigniers, bordel ? »

Ni Zot ni moi ne répondons. Sandro, qui a gardé le silence jusqu'à présent, s'en charge.

« Mais non, ça peut arriver, objecte-t-il d'une voix en miettes, comme s'il s'attendait à être envoyé au diable à chaque mot et qu'il s'étonne qu'on le laisse prononcer le suivant. Il arrive à tout le monde de se perdre, mais ce n'est pas un mal. Se perdre est la seule façon de trouver les choses les plus belles. Moi aussi je me suis perdu dans un bois, dans les collines, et ce jour-là j'ai trouvé le cèpe le plus gros des Alpes apuanes.

— Arrête ! s'exclame Ferro. Ce sont deux retraités de Seravezza qui ont trouvé le plus gros cèpe. Un article a même paru dans le *Tirreno*.

— Ce n'est pas vrai ! Ils prétendent l'avoir trouvé, mais c'est moi, je le jure.

— Au moins ne jure pas, dit maman. Au moins ne jure pas.

— Eh bien si, je te le jure, Serena, je te le jure sur Dieu.

— Monsieur Sandro, réplique Zot, on ne jure pas sur Dieu. C'est un péché. Il est un péché de nommer Dieu en vain. Surtout de votre part à vous qui êtes catéchiste. »

Un instant de néant s'ensuit, puis j'interviens : « En admettant que cette histoire de catéchiste ne soit pas non plus un mensonge. »

Je ne m'adresse pas à Sandro, car j'ai cessé de lui parler. Je le dis à l'air de l'habitacle. Mais Sandro conduit sans un mot, et son silence suffit amplement.

De toute façon, ça m'est égal. Peu m'importe qu'il soit catéchiste ou pas, qu'il s'appelle Sandro ou que ce soit un prénom inventé, qu'il se soit vraiment perdu dans un bois et qu'il ait déniché ce champignon géant. Une seule chose m'importe : je me suis moi aussi perdue dans le bois, et je n'ai rien trouvé, si l'on excepte l'enseigne d'une rôtisserie.

Mais je ne veux pas y penser, je presse la tête encore plus fort contre la vitre, et la route la secoue et la brouille. J'aimerais juste fermer les yeux et dormir, faire un beau rêve ou au moins ne pas rêver. Et même si je n'y crois pas, je finis par y parvenir.

« Non, on va à la maison, point barre, j'ai la tête qui éclate. »

Voilà ce que déclare Ferro, mais j'ignore à qui il répond et pourquoi. J'ouvre les yeux et découvre que nous sommes immobiles. Je comprends que j'ai raté de nombreux discours et encore plus de route. Car s'il fait encore nuit, l'air ne sent plus les feuilles ni la terre, il sent le sel, le sable frais et le bois peint. Nous avons regagné la mer.

522

« Ça suffit, Sandro, conduis-nous à la maison, lance maman, plus fatiguée que fâchée.

— Oui, bien sûr ! Une seconde. Je récupère les clefs et on y va. »

Ferro demande où sont les clefs de sa maison, Sandro lui répond que Rambo et Marino les ont emportées sur la plage. Ferro enrage, il veut savoir ce qu'ils fabriquent sur la plage à cette heure-ci alors qu'ils étaient censés monter la garde chez lui.

Sandro se fige un instant, sa portière à moitié ouverte, puis se contente de répondre qu'il revient tout de suite, avant de descendre et de s'éloigner.

Nous restons immobiles et muets dans la voiture. L'air salé ainsi que le bruit calme des vagues qui roulent sur le rivage pénètrent par la portière de Sandro. Sans m'en rendre compte, je le jure, j'ouvre la mienne et descends à mon tour.

« On peut aller sur la plage, nous aussi, maman ? » J'ignore ce qu'elle répond, si elle m'a entendue ou pas : je suis déjà partie.

Je ne vois presque rien, mais je pose la main sur les feuilles des lauriers, les boules des pittosporums, et les troncs durs des palmiers alignés. Lorsqu'ils disparaîtront, l'accès à la mer se présentera. Mais je ne le trouve pas. À sa place, je sens dans mon dos une main que je connais bien. C'est celle de Zot, qui me pousse un peu, puis me dit « Maintenant ». Nous nous glissons dans le passage souterrain qui sent le sable, les vieilles cigarettes et l'urine. Il est sombre et étroit, presque comme la forêt de Filetto hier soir, quand nous nous sommes perdus parmi les châtaigniers. Mais si nous n'avons trouvé, au fond de ce bois, que l'enseigne d'une rôtisserie avec un dessin de zizi, nous faisons très vite une merveilleuse découverte : le tunnel s'interrompt brusquement, le monde s'ouvre et se découvre, il n'y a plus ni murs, ni toits, ni choses dures pour arrêter votre regard, il n'y a autour de nous que le ciel et la mer. J'ai l'impression d'être un de ces astronautes qui flottent, libres, dans l'espace. Sauf que je suis encore plus libre qu'eux : je ne porte pas de gigantesque combinaison blanche ni de casque ressemblant à un aquarium pour poissons rouges. Mieux, j'ôte mes chaussures, je marche sur le sable frais et m'élance vers le rivage, même si je ne vois rien. Justement tout est libre, tout est conçu pour courir où l'on veut, vers le ciel où s'étale la lumière des étoiles, vers la mer, de la même couleur, qui reflète cette lumière en la faisant danser sur les vagues.

« Luna ! Attends-moi, Luna, attends ! » La voix de maman me parvient avec celle de Zot, ainsi qu'une nuée de gros mots issus de la bouche de Ferro. Je m'immobilise, mais pas pour les attendre : j'ai atteint l'eau, le noir de la mer, d'où monte de temps en temps une bande blanche, le bord des vagues lentes et tranquilles, qui me caressent les pieds l'une après l'autre.

Il y a dans l'eau une autre chose blanche qui sursaute et tangue. Sandro lui ordonne d'accoster.

« Qu'est-ce qu'ils foutent dans une barque à cette heure de la nuit ? interroge Ferro.

— Ils étaient… ils sont allés, oui, ils sont allés pêcher la seiche, répond Sandro.

— Et ils reviennent maintenant ? C'est à l'aube qu'on attrape les seiches. »

Zot me touche le bras et m'indique quelque chose dans notre dos. Je me retourne : là-bas, au fond, le ciel commence à s'éclairer au-dessus des montagnes alignées, pareilles à des triangles noirs. Je ne les vois pas vraiment, mais je le sais : Luca m'en parlait tout le temps. Il disait qu'à l'aube, les montagnes évoquent des dents de requin et que, comme les requins, les montagnes sont les premières à se réveiller le matin. Ou plutôt, les requins ne se réveillent pas, ils ne dorment jamais, car ils doivent se mouvoir sans cesse pour faire entrer de l'eau dans leurs branchies, faute de quoi ils meurent. Voilà pourquoi les requins avancent toujours, même de très peu.

C'est ce que me disait Luca. Je l'écoutais et voyais un peu ce monde incroyable et merveilleux. Maintenant qu'il n'est plus là, je me tourne à nouveau vers la mer et les vagues légères, dont le bruit se compose de mille sons mélangés, et j'ai l'impression de l'entendre à nouveau me raconter ses histoires fantastiques.

Or, la voix qui retentit à présent est sonore, et elle ne dit rien de profond, juste : « Ne bouge pas, imbécile ! Ne bouge… »

Et brusquement tous se mettent à crier sur le rivage, en particulier Ferro : « Non, ne prête pas le flanc à la vague, ne lui… »

S'ensuivent un bruit de chute dans l'eau, une voix qui crie « Au secours ! », une autre qui émet un bruit étrange, se brise et disparaît. De même que disparaît maman, qui se tenait à côté de moi. À présent, elle agite sa chemise militaire, l'eau sombre jusqu'aux hanches, et plonge la tête la première.

« Qu'est-ce que tu fiches, espèce de folle ! » s'écrie Ferro, qui se précipite derrière elle dans un nuage de sable et une bordée d'injures. J'entends un troisième plongeon – de Sandro, cette fois, puisque Zot est près de moi. Mais je ne vois que les lumières qui tremblent sur l'eau devant nous puis filent comme des grenouilles dans un fossé lorsqu'elles vous entendent arriver.

Plantée sur le rivage, je ne sais pas quoi faire, alors j'imite les requins : j'avance. Soudain une vague plus forte m'encercle les pieds et, quand elle reflue, m'emporte à mon tour. Je la sens me prendre et m'accompagner dans une étreinte si étrange qu'elle m'effraie un peu : moi qui m'attendais à mourir de froid, je n'ai jamais senti la mer aussi chaude qu'à présent, je le jure.

Lorsque l'eau m'arrive aux hanches, j'enlève mon sweat et le lance vers la rive. Zot me crie de revenir en prétendant que je suis folle et que je vais de nouveau tomber malade. Puis je ne l'entends plus, je respire profondément, je retiens mon souffle et plonge.

La mer est chaude, glissante, douce. Est-ce parce que je ne me suis pas baignée cet été ? J'avais oublié qu'elle pouvait être aussi bonne, aussi calme, aussi amicale. Elle me caresse la peau et me chatouille. Quand je remonte à la surface, j'entends M. Marino s'exclamer d'une voix hachée : « Seigneur, j'ai bien cru mourir, merci, mon Seigneur ! Je jure que j'étais à deux doigts de la mort. » Ferro déclare que ça n'aurait pas été une grosse perte, et Zot, sur la plage, répète que je vais me retrouver encore une fois à l'hôpital.

« Mais l'eau n'est pas froide ! Elle est très chaude !

— C'est ça, bien sûr ! Sors, Luna, sors, pour l'amour de Dieu !

— Bon, je viens. » Je soupire et regagne le rivage. En effet, à la sortie de l'eau, l'air glacial me donne des frissons. « Aide-moi, Zot, je n'ai plus de force, je suis très fatiguée.

— Tu vois ? Ce sont les symptômes de l'hypothermie ! Tu trembles ? Montre-moi si tu es pâle. » S'apercevant que ce symptôme ne fonctionne pas avec moi, il se contente de me saisir la main et de m'aider à sortir. Mais je l'attrape par le bras et recule de toutes mes forces : il tombe à l'eau avec moi dans son manteau et son écharpe. Ce faisant, il hurle, boit la tasse, remonte à la surface et hurle encore, agite les bras et entreprend d'ôter son écharpe, lourde et serrée comme un boa autour de son cou. Enfin, il s'agite un peu moins, puis s'immobilise et me lance un regard égaré. « Luna, comment se fait-il que l'eau soit si chaude ? »

Je ris, je ris, puis je le saisis par son manteau et l'entraîne vers les autres, tandis que la barque regagne toute seule la rive en tanguant.

Les vagues nous font monter et descendre, et nous trempons dans cette mer de fin septembre, alors que le soleil se lève et que la pleine lune s'attarde un moment pour assister au spectacle que nous offrons. Le plus absurde, c'est que cela me paraît normal. Nous sommes là, la tête hors de l'eau, les pieds sur le sable doux du fond semé des petits bouts plus durs que sont les coquillages, les pagures, les crabes, toute la vie qui vit dessous et qui observe nos pieds géants en pensant : « Qu'est-ce que fichent ces crétins ? Qu'est-ce qui leur est venu à l'esprit ce matin ? » Ils s'écartent et s'éloignent, parce que notre présence est étrange pour eux. Pas pour nous, nous baignons dans l'eau chaude et j'espère que les autres y sont aussi bien que moi.

Ce n'est pas le cas de M. Marino, que Rambo et Sandro tiennent par les bras, tandis qu'il répète qu'il a mal au dos et qu'il veut regagner la rive. « Mais je dois d'abord vous remercier, dit-il à maman. Vous m'avez sauvé la vie.

— N'exagérez pas. Le mérite en revient aussi à Ferro.

— Bien sûr, merci à vous deux, merci du fond du cœur.

— De rien, lui lance Ferro. Je suis maître nageur, j'ai ça dans le sang. Et puis si tu attendais de l'aide des deux pédés que tu as pour copains...

— Ça suffit maintenant ! s'insurge Rambo d'une voix très forte. Ne me traitez pas de pédé, je ne l'accepte pas !

— Calme-toi, petiot. Et accepte-le car c'est ce que tu es.

— Non ! » Rambo assène des coups de poing à l'eau. Mais il n'est pas fâché. On dirait plutôt qu'il vient de se frapper et qu'il s'est fait très mal. « Je ne l'accepte pas, car ce n'est pas vrai ! Pourquoi dites-vous ça ? Je vais à la chasse, j'aime les rallyes et les armes, comment pourrais-je être pédé ? Je sais changer les roues des camions, je sais faire un tas de travaux manuels.

— Oui, je sais pour les travaux manuels. »

Rambo aimerait peut-être rétorquer quelque chose, par exemple lui sauter dessus, mais M. Marino pousse une sorte de gémissement et prétend qu'il a la tête qui tourne, qu'il lui faut regagner la rive. Alors il le prend dans ses bras et demande à Sandro ce qu'il fabrique. Sandro répond qu'il le rejoint, mais s'en abstient.

« Bien sûr, abandonne-nous encore une fois, bravo ! commente Rambo en reculant dans l'eau avec son fardeau. Voilà pourquoi vous me traitez de pédé ? Parce que je ne me mets pas dans le même état que lui pour une femme, parce que j'ai un peu d'orgueil ? Vous savez ce que je vous dis ? Eh bien, oui, je suis pédé. Je préfère être pédé que misérable !

— Oui, commente Ferro. On a compris, mais on le savait déjà. »

Il en reste là, tout comme Rambo, si l'on excepte quelques bouts de mots brisés et murmurés à sa propre adresse qui se perdent au milieu des vagues et échouent sur le rivage avec elles.

Nous nous attardons dans l'eau. Un peu plus tôt, nous étions dans les bois, au sommet des montagnes, et voilà que nous faisons trempette dans la mer. Dans cette eau chaude, étrange et belle, qui me caresse la peau et me tire des sourires. Ou plutôt qui me donne envie de rire, ce que je ne veux pas, car je suis en colère. Je pince les lèvres et garde mes rires pour moi. C'est alors qu'un hurlement terrible retentit.

Nous balayons les environs du regard, à l'exception de Sandro qui saute et lève un pied dans l'intention de l'examiner. Mais il a de l'eau jusqu'au cou, il ne peut donc que sauter et se plaindre. « Ça fait mal, ça fait mal !

— Qu'est-ce que tu as ? » demande maman.

Sandro émet un bruit difforme, les dents serrées. Moi, je sais ce dont il s'agit. « Une vive ! »

Les yeux écarquillés, Sandro hoche la tête en sautant.

Ferro éclate de rire, maman aussi, et je les imite, je ris à gorge déployée : avec toute la mer qu'il y a, il a fallu qu'il mette justement le pied sur une vive, ce petit poisson sombre qui passe son temps sous le sable dont ne jaillissent que les épines de son dos. Trois épines noires et venimeuses qui font vraiment mal.

« Aïe ! Ça brûle, ça brûle, putain !

— C'est mortel ? interroge Zot. Saint Christophe, j'avais bien dit que cette aventure causerait la mort de l'un d'entre nous, je l'avais dit !

— Bravo, petiot, tu avais raison, lance Ferro.

— Ne riez pas, ça brûle terriblement !

— Bien sûr, ça brûle quand on reste dans l'eau. Il faut mettre sur la piqûre quelque chose de chaud. Du sable bouillant, par exemple. C'est parfait. Sauf que celui-ci est froid.

— Et alors ?

— Alors accroche-toi.

— Ou alors de l'urine, propose maman. L'urine convient, non ? Avec les méduses, on utilise de l'urine.

— Exact, dit Ferro. L'urine convient. »

Je lève les bras au ciel et m'écrie : « Pissons sur Sandro, allez ! »

Et lui : « Ah ! Luna, tu ne m'adresses plus la parole et tu veux me pisser dessus ?

— Oui ! Et tout de suite, car j'ai du mal à me retenir ! » J'ai un peu honte, mais tant pis.

« D'accord, approuve maman. Pissons tous sur Sandro, allez !

— Mesdames, messieurs, je vous en prie ! s'exclame Zot, la bouche masquée par son manteau gonflé d'eau. Sincèrement, il me semble que nous outrepassons les limites du bon goût.

— Le mioche a raison, dit Ferro. Et puis je n'ai pas l'intention de montrer mon engin à ce type, qui risque de s'enticher de moi et de faire je ne sais quoi.

— Riez, riez, réplique Sandro, la voix étranglée par la douleur.

— Bon, écoute, intervient maman. Il n'y a pas de sable chaud, si tu ne veux pas qu'on te pisse dessus, regagne la rive et trouve une idée.

— Oui, j'y vais !

— Alors, qu'est-ce que tu attends ? Vas-y. Va sur la rive et regarde ton pied, il se peut que l'épine soit restée dedans.

— Oui, j'y vais dans un instant, pas maintenant.

— Pourquoi ?

— J'ai peur que vous me rejetiez ensuite. La promenade était belle, mais elle s'est mal terminée, et nous allons cesser de nous voir. »

Un instant de silence s'ensuit. Puis maman lance : « Qui peut l'affirmer ? D'après moi, Luna est la seule à pouvoir en décider. »

Tous les yeux sont fixés sur moi, je le sens, or, je ne sais pas quoi dire, car je suis si bien dans cette eau chaude que je n'arrive pas à en vouloir à M. Sandro, ni à personne au monde. Pourtant, ce n'est pas juste, il faudrait que les dieux des Étrusques et du Peuple de la Lune déversent sur lui une pluie de feu et de sauterelles assassines, ainsi que toutes les malédictions divines qui existent. Puis je me dis qu'il a bien écopé d'un châtiment, la malédiction de la vive. Sandro attend mon verdict en essayant de garder le silence et son calme, mais il laisse échapper des gémissements de souffrance et sautille sur sa jambe. De nouveau j'ai envie de rire, j'ai envie d'être bien, alors je ne dis rien.

Heureusement Zot prend la parole : « Pardonnez-moi, mais la vive va-t-elle mourir ?

— Quoi ?

— Je me demandais si les vives sont comme les abeilles qui meurent une fois qu'elles ont perdu leur dard.

— Petiot, répond Ferro, tu ne seras pas satisfait tant qu'il n'y aura pas eu un mort.

— Si. Ou plutôt non. Mais ça me paraît probable. Et pourquoi la vive ne s'est-elle pas sauvée ? Elle n'a pas vu le pied géant de M. Sandro se rapprocher ? »

Alors Ferro lui raconte qu'il a été un jour piqué par une raie, et il est possible que ce soit une très belle histoire. Mais je ne l'écoute pas, j'en suis incapable. Car en entendant Zot dire que la vive n'avait pas vu Sandro, je me suis rappelé un épisode à propos de Luca auquel je n'avais jamais repensé.

Ce devait être l'année dernière, pendant l'été. En marchant sur la plage, nous sommes arrivés à un endroit où le sable s'efface devant l'embouchure de la Versilia qui dévale les Alpes apuanes pour atteindre la mer. Il y avait là des poissons gigantesques, dont je voyais les ombres sombres, immobiles dans le courant, tournés vers les montagnes.

Nous nous sommes arrêtés tout près, ce qui me paraissait bizarre : les poissons et en général les animaux savent tous qu'il vaut mieux fuir les hommes à leur approche. Or ces poissons ne fuyaient pas, ils demeuraient là, le nez dans le courant. Luca m'a expliqué que le courant leur apporte de la nourriture, des poissons plus petits, mais aussi du bois, des sacs en plastique et des poissons plus gros à éviter. Bref, ils vivent ainsi, les yeux braqués vers ce qui leur arrive. Et ils ne prêtent aucune attention à ce qu'il y a derrière eux, tout près.

« Tu vois, Luna, nous sommes ici, nous sommes tout près et nous les regardons, mais pour eux nous n'existons pas.

— Ils ne peuvent pas se tourner vers nous ?

— Sans doute, mais ils ne le font pas. Car le courant vient de là. Les choses bonnes et mauvaises, tout vient de là, devant eux. Telle est la vie des poissons, Luna, ils pensent peut-être que nous sommes derrière eux, ils s'en doutent peut-être. Mais ils restent dans le courant et ils continuent de vivre. »

Luca m'a raconté cette histoire l'été dernier, mais comme je n'y avais plus repensé, j'ai l'impression qu'il vient de le faire par ce matin absurde, alors que nous sommes tous dans l'eau, le visage tendu vers l'aube, que la brise terrestre caresse les maisons endormies, les magasins fermés, les rues vides, et nous apporte l'odeur des croissants frais, une odeur si forte qu'on croirait en manger. Et respirer équivaut un peu à manger.

Je pense à ces poissons de l'embouchure et à nous, debout tout près, pendant que Ferro achève son histoire de la raie, que je ne comprends pas puisque je n'écoutais pas. Enfin Sandro se décide à regagner la rive parce que sa jambe est devenue insensible. Toutefois il me demande de nouveau s'il pourra revenir lorsqu'il sera guéri.

Je me tourne vers maman et dis que ce n'est pas à moi de répondre, mais à elle. Alors nous levons toutes les deux les bras au ciel en nous écriant : « Impossible de savoir, on verra ! » Nous rions, nous rions à gorge déployée. Mais comme l'air est froid et que nos bras gèlent hors de l'eau, nous les replongeons dans la chaude et fabuleuse étreinte de la mer.

Sandro part en boitant vers la rive, Ferro le suit à la nage et Zot patauge derrière l'homme qu'il appelle « grand-père » et qui, selon moi, est vraiment son grand-père.

Je reste avec maman, le soleil qui se lève, le ciel qui s'enflamme et l'eau qui frétille de mille miroirs de lumière.

« Luna, on y va, nous aussi ?

— Non, maman, on est trop bien.

— Oui, mais on ne peut pas passer notre vie ici.

— On peut y rester encore un peu. »

Côte à côte nous regardons le soleil se lever devant nous.

Nous ne voyons pas ce qu'il y a derrière nous, mais nous savons ce dont il s'agit. La mer gigantesque et son eau qui ne dort jamais, les vagues qui se succèdent toujours et pour toujours, l'une après l'autre, touchent le rivage et semblent y mourir, mais n'y meurent pas. Elles refluent pour permettre à d'autres et à d'autres encore de monter, avec un élan qui vient d'on ne sait où mais qui est bien là, au fond, qui nous fait monter et descendre, monter et descendre, dans cette étreinte chaude qu'on sent sans avoir à se retourner, tandis que nous gardons les yeux fixés droit devant nous, vers ce que nous apporte le courant, vers un jour nouveau pareil à un énorme cadeau dans un paquet orange à ouvrir.

UN MOIS PLUS TARD

RHINOCÉROS

Ivan regarde la pluie et, un instant, la pluie le regarde avant de s'écraser sur le pare-brise et de mourir. Mais il s'en fiche, il serre le levier de l'accélérateur comme s'il voulait briser le guidon, et peut-être veut-il vraiment le briser. Car c'est justement son ennemi. Pas seulement le guidon, mais tout ce triporteur Ape 50 qui vibre autour de lui en le reconduisant à la maison après une énième matinée d'enfer au lycée.

Tout aussi infernal a été son été : les autres faisaient la grasse matinée puis allaient se baigner à la piscine municipale ou déconner ; en tout cas, ils s'amusaient comme il se doit lorsque c'est l'été et qu'on a seize ans. Ivan, lui, se levait à 6 h 30, et à 7 heures il était déjà sur l'emplacement des Boissons Alga, il chargeait des caisses d'eau et de Coca sur la plate-forme de l'Ape et jusqu'au soir apportait à boire aux familles de Reggio Emilia, ruisselant de sueur et poursuivant un seul objectif : s'acheter un scooter.

Car les autres en avaient presque tous un, ils frimaient et emmenaient des filles. Mais le père d'Ivan répliquait que la vie était dure et que, avec la crise, ils ne pouvaient rien acheter, alors il a compris qu'il lui fallait agir. Il a trimé comme un dingue pendant toutes les vacances et quand, en septembre, il s'est enfin rendu chez le concessionnaire avec l'argent destiné au scooter, il a déniché cet Ape d'occasion qui avait vraiment l'air neuf. Cet été, il s'était amusé à en conduire un, et puis l'hiver on est bien au chaud dans la petite cabine, au lieu de respirer la brume de Villa Cadè jusqu'au centre de Reggio. Et quand il pleut, oui, quand il pleut, on est encore mieux.

Bref, Ivan l'a acheté et, pour la première fois de sa vie, il a attendu le début des cours comme une fête, la fête de sa nouvelle vie de super mec motorisé.

Il est arrivé au lycée et s'est garé près de l'entrée, il a ouvert la portière, est descendu sous les yeux écarquillés de tous les élèves et, dans l'attente d'un applaudissement général, s'est dirigé vers la cour. Et vers sa défaite.

Oui, sa défaite, car s'ils se sont tous rassemblés autour de lui et de son véhicule, comme prévu, ils ont éclaté de rire, indiquant son sublime Ape et le couvrant d'insultes. « C'est quoi, ce truc, bordel ? C'est ton grand-père qui te l'a prêté ? Tu l'as volé au pion ? » s'écriaient-ils. Ils prenaient des photos avec leurs portables et les plus cons se congratulaient, trop heureux d'avoir trouvé une cible de moqueries aussi facile, aussi grosse.

Cette cible, c'est lui, Ivan, de plus en plus dévasté au fil des matinées, de plus en plus déprimé et humilié. Son seul espoir, c'était qu'un jour de pluie finisse par arriver : ce jour-là, on verrait la tête des autres, trempés et transis de froid, alors qu'il serait bien au sec et content à bord de son Ape, enfin génial, au moins un peu.

Voilà pourquoi, ce matin, quand il a vu toute cette eau tomber du ciel, Ivan était le seul visage heureux aux fenêtres jaunes de Villa Cadè. Il a dévalé l'escalier, a bondi dans l'Ape et s'est présenté au lycée en imaginant la déconvenue de ses camarades de classe, certain que des filles lui demanderaient à la fin de la journée : « Pardon, Ivan, on a eu tort de se moquer de toi, peux-tu nous raccompagner ? » Il choisirait la plus belle, ou peut-être pas la plus belle, peut-être valait-il mieux choisir celle qui avait les plus gros seins afin de les regarder rebondir en cours de route.

Mais aucune fille, ni belle ni laide, n'est venue à la fin des cours. Elles ont tout simplement pris le bus ou, pour les plus gâtées, la voiture de leurs parents, et Ivan s'est rabattu sur son unique ami, Maicol. Lequel a répondu : « Merci, Ivan, mais dans l'Ape, devant tout le monde… on se fiche déjà assez de ma poire comme ça… »

Ivan a hoché la tête, il s'est enfermé dans la solitude de son véhicule et a contemplé sa défaite à travers les vitres embuées, puis il a démarré et a regagné Villa Cadè. Il abandonne maintenant cette poubelle devant chez lui, portières ouvertes : de toute façon, personne ne la volera.

Il entre. Son père lui dit que sa mère est en retard et qu'il vaut mieux l'attendre pour mettre les pâtes à cuire. Ivan répond qu'il n'a pas faim. Il lance son sac à dos sur le canapé et s'apprête à se rendre dans sa chambre, quand son père lui tend un objet étrange.

Plat, rectangulaire, blanc. C'est une enveloppe timbrée et libellée à son nom, Ivan Cilloni.

« Qu'est-ce que c'est ?

— Une lettre.

— Pour moi ? Pourquoi ? » C'est la première fois qu'il reçoit une véritable lettre.

« Tu devrais le savoir. Ça vient de Forte dei Marmi. »

Ivan opine du bonnet, bien qu'il ne connaisse personne à Forte dei Marmi. Forte dei Marmi est le lieu de vacances des footballeurs et des putes qui gravitent autour d'eux, c'est tout ce qu'il en sait.

Il pénètre dans sa chambre, referme la porte derrière lui en espérant laisser à l'extérieur la pluie, l'Ape, les rires des fumiers au lycée, la pensée de ce mauvais été, tandis que les footballeurs se tournaient les pouces, allaient à Forte dei Marmi en compagnie de femmes sublimes et avaient de quoi s'acheter un million d'Ape, mais n'en achetaient pas, car si les footballeurs ne sont pas intelligents, ils ne sont pas non plus idiots.

Lui, en revanche, est un véritable couillon. Il se jette sur le lit comme s'il se jetait à la poubelle. Il ouvre la lettre. Il déchire l'enveloppe et trouve à l'intérieur quatre rectangles de carton, quatre cartes postales de Forte dei Marmi. Sur l'une, on voit une plage photographiée d'en haut, avec le sable et les innombrables ronds colorés que sont les parasols ; sur les autres, un pont illuminé au couchant et les gens qui se promènent dessus, les mouettes et la mer autour.

Il les retourne. Au verso, les cartes postales portent des lignes serrées et un peu tordues, de différentes écritures. Tandis que la pluie continue de tomber, Ivan commence à lire, sur son lit.

Forte dei Marmi, 22 octobre

SANDRO – Salut Ivan, tu ne me connais pas, mais j'ai trouvé ton mot accroché au ballon que tu as lancé quand tu étais en primaire, tu te souviens ? Je l'ai trouvé dans la pinède de ma ville, dans la Versilia. C'était il y a neuf ans, je sais, et je pourrais te dire que je viens de le découvrir, ou que j'ai eu un tas de problèmes, ou encore que je l'avais perdu et que je suis tombé dessus hier. Mais ce n'est pas vrai, alors je ne te le dis pas. Je t'écris maintenant car je ne m'étais pas encore décidé à acheter une carte postale et à la remplir. Tu vois, je te dis la vérité. Si elle n'est pas belle, je le regrette, mais je n'ai plus envie de raconter d'histoires, alors la seule façon de raconter de belles choses, c'est de commencer à les faire vraiment. De fait, je commence aujourd'hui, et je t'écris. J'ignore si tu habites encore à cette adresse, mais je l'espère. Dans ton message, tu disais que tu enverrais à celui qui te répondrait un dessin de rhinocéros, mais de nombreuses années se sont écoulées, et je pourrais comprendre que tu n'en aies plus envie, c'est inutile, il me suffit de t'avoir enfin envoyé cette carte. Salut, Sandro.

SERENA – Je ne sais pas pourquoi je dois t'écrire moi aussi. Salut, heureuse de faire ta connaissance, mais je n'ai vraiment rien à voir avec cette histoire. C'est Sandro qui a passé un temps fou à te répondre et qui tient soudain à t'envoyer toutes ces cartes. Je lui ai expliqué que tu as maintenant seize ans et que tu t'en fiches complètement, que tu as oublié l'épisode du ballon, mais il tenait à te les envoyer, et il te les envoie. Il tenait aussi à ce que je t'écrive, pour une raison qui m'échappe. J'ai d'abord refusé, mais avec lui c'est difficile, il ne comprend pas le mot non, il s'obstine et à la fin il vaut mieux dire bon d'accord, ça va, et voir ce qui se passe. Alors, je t'ai écrit moi aussi. Salut, Ivan, sois sage. Ou plutôt fais ce qui te plaît. S.

FERRO – Petiot, je ne sais pas qui tu es et je m'en contrefous, je ne connais personne à Reggio Emilia, même si j'ai fréquenté une femme de Reggio Emilia qui était une grosse salope, le matin je la tringlais dans les cabines, mais peu importe, c'était il y a très longtemps, et ce ne peut pas être ta mère. Peut-être ta grand-mère. Mais peu importe. La seule chose qui importe, c'est que tu restes chez toi et que tu ne viennes pas. Moi, je me régalais tout seul, et nous sommes maintenant quatre, il y a même ce crétin de Sandro qui vient nous casser les burnes le soir. Salut, petiot, et j'insiste, reste chez toi.

LUNA et ZOT – Salut, Ivan ! N'écoute pas Ferro, nous serions super contents que tu nous rendes visite et nous te trouverons de la place. Nous avons aussi une tente qu'on peut monter sur la pelouse, c'est joli, il y a des arbres, et grand-père a même enlevé les mines. On t'attend. Si tu viens, on t'emmènera à la mer, on a trouvé un super canot et on fera un tour ensemble. Pour ce qui est du dessin de rhinocéros que tu sais si bien faire, on serait curieux de le voir si tu l'as toujours et on te jure qu'on l'accrocherait dans notre chambre. Salut. On t'attend, Luna et Zot.

Ivan lit jusqu'au bout, il relit puis retourne les cartes postales, contemple la plage, la mer, le pont, les pose sur le lit avec l'enveloppe libellée à son nom et fixe le plafond.

Il a complètement oublié cette histoire de ballon et de message. C'est sans doute vrai, car on fait un tas d'idioties quand on est en primaire. Des tableaux avec des macaronis collés dessus pour la fête des mères, des lettres à écrire à d'autres enfants d'un village de Calabre jumelé avec Reggio Emilia, des conneries de ce genre. Mais le ballon, il ne s'en souvient pas. Ou peut-être que oui, euh, c'était il y a neuf ans, il était un gamin, qui peut savoir ?

Personne. Ivan y pense quand même et, tout en y pensant, se lève et prend le tract d'une pizzéria qu'on lui a donné devant le lycée. Il le retourne : le verso est vide, alors il le pose sur la couverture, s'empare d'un feutre bleu et le promène dessus.

De l'autre main, il cherche son portable dans la poche de son pantalon et s'assure qu'on ne lui a pas envoyé de message, ou quoi que ce soit d'autre, mais rien. Alors, par curiosité, il va voir où se situe Forte dei Marmi, et la route qui y mène, il pense au trajet qu'a accompli ce petit ballon, depuis l'école primaire Kennedy de Villa Cadè jusqu'au sommet des montagnes, il est passé par là, puis est redescendu jusqu'à la côte, jusqu'à une pinède du bord de mer. Ivan regarde ensuite la route normale, celle que doivent parcourir les gens, elle grimpe comme un serpent sur les Apennins, puis redescend jusqu'au plat. S'y rendre à pied est impossible, à vélo aussi, et en scooter on risque d'attraper froid au sommet des montagnes. Mais avec l'Ape, oui, avec l'Ape on y arrive tranquillement, il suffit de ne pas être pressé et de partir.

Tandis qu'il suit la route, ses replis et ses virages, il dessine sur le papier des courbes identiques, qui semblent inventées au hasard sans direction ni sens, comme un ballon perdu dans l'air.

Mais si vous vous écartez, si vous vous éloignez d'un pas et regardez bien, vous l'avez soudain devant vous, votre rhinocéros.

REMERCIEMENTS

Quatre années m'ont été nécessaires, ainsi que des êtres fabuleux qui m'ont plus ou moins permis de tenir debout.

Il s'agit de Giulia Ichino, Marilena Rossi, Antonio Franchini, Riccardo Cavallero, Antonio Riccardi, Mario de Laurentiis, Marta Dosi, Giacomo Callo, Beppe Del Greco, Camilla Sica, Elisa Martini, Emanuela Canali, Nadia Focile, Francesca Gariazzo. Ils ont fait un travail exceptionnel et y ont mis beaucoup de cœur, qui n'a rien à voir avec le travail.

Isabella Macchiarulo, précieux guide dans le monde des albinos.

Teresa Martini, Roberto Mancinelli, Francesca Giannelli, Carlotta et Edoardo Nesi, Michele Pellegrini, Giada Giannecchini, Matteo Raffaelli, Michael Moore, Debora Di Nero, Gipi, Sandro Veronesi, Teresa Ciabatti, Chiara Valerio, Antonio Troiano, Aldo Grasso, Mariarosa Mancuso, Federica Bosco, Simone Lenzi, Michele Boroni, Daniele Bresciani, Marta Caramelli, Mauro Corona, Fabio Guarnaccia, Michele Dalai.

Les amis du ponton qui m'ont souvent dit : « Quelle chance tu as de ne rien foutre dans la vie. »

Et tous ceux qui m'ont compris au cours de ces années, même s'il n'y avait rien à comprendre.

À bientôt.

TABLE DES MATIÈRES

I

II

III

UN MOIS PLUS TARD

Imprimé en France par **CPI**

N° d'impression : 3027312
X07105/01